der REVISOR-Klasse

Perry Rhodan
Rhodans Sohn

Perry Rhodan

Rhodans Sohn

VPM Verlagsunion
Pabel Moewig KG, Rastatt

Alle Rechte vorbehalten
© 1983 by VPM Verlagsunion Pabel Moewig KG, Rastatt
Redaktion: William Voltz
Titelillustration: Johnny Bruck
Druck und Bindung: Graphischer Großbetrieb Pößneck
Printed in Germany 2000
ISBN 3-8118-2027-3

Einleitung

Generationskonflikt und Drogenszene sind Schlagworte, die so manche Diskussion in der heutigen Zeit beherrschen. Hier ist nicht die Stelle, um die Gründe dafür zu untersuchen. Es verdient jedoch festgehalten zu werden, daß diese beiden Themen in mancher Beziehung in einem engen Zusammenhang stehen. Ein dramaturgischer Zufall fügte es, daß dies auch in den in den frühen sechziger Jahren enstandenen Originalromanen, die für dieses Buch Verwendung fanden, so war.

Diese Romane sind (in der Reihenfolge ihres ehemaligen Erscheinens und unberücksichtigt der darin vorgenommenen Kürzungen und Korrekturen): *Die Wüste des Todes von Kurt Mahr; Der Blockadering um Lepso von Kurt Brand; Auf den Spuren der Antis von William Voltz; Unter falscher Flagge von Clark Darlton; Der Mann mit den zwei Gesichtern von Kurt Brand; Die Wunderblume von Utik von Kurt Mahr; Rufer aus der Ewigkeit von Kurt Brand; Der Imperator und das Ungeheuer von William Voltz* und *Duell unter der Doppelsonne von K. H. Scheer.*

Die für ein Buch notwendige thematische Geschlossenheit machte es notwendig, mehr Originalromane als üblich in diesen vierzehnten Band der *Perry-Rhodan-Bibliothek* aufzunehmen. Die Dramaturgie hat darunter nicht gelitten, denn es war um so einfacher, widersprüchliche Passagen und Wiederholungen zu streichen oder umzuschreiben. Dabei wurden vor allem die Aussagen zu Themen wie „Liquitiv, Zellaktivatoren, Antischutzschirme und Kombiwaffen" vereinheitlicht. Das Schicksal, das Rhodans Sohn in diesem Buch widerfährt, war in der Vergangenheit oft Anlaß zur Kritik – aber daran läßt sich natürlich auch in der Buchform nichts ändern. Wir können jedoch alle Leser mit „Familiensinn" auf den nächsten Sohn Rhodans vertrösten, der in nicht allzu ferner Zukunft an Cardifs Stelle treten und für viel

Unterhaltung sorgen wird. Unser Held Perry Rhodan erhält in diesem Buch endgültig einen Zellaktivator und erlangt in unserer fiktiven Geschichte der Menschheit in der Zukunft damit das, was ihm literarisch offenbar bereits beschieden ist: Unsterblichkeit.

Bei der Bearbeitung für dieses Buch konnte ich mich abermals auf die Hilfe von Christa Schurm, Franz Dolenc und G. M. Schelwokat verlassen, bei denen ich mich bedanke.

Heusenstamm, Januar 1983 William Voltz

Zeittafel

Die Geschichte des Solaren Imperiums in Stichworten:

1971: Die STARDUST erreicht den Mond, und Perry Rhodan entdeckt den gestrandeten Forschungskreuzer der Arkoniden.

1972: Aufbau der Dritten Macht und Einigung der Menschheit.

1976: Perry Rhodan löst das galaktische Rätsel und entdeckt den Planeten Wanderer, wo seine Freunde und er von dem Geisteswesen ES die relative Unsterblichkeit erhalten.

1984: Rhodans erster Kontakt mit dem Robotregenten von Arkon im Kugelsternhaufen M-13. Der Robotregent versucht die Menschheit zu unterwerfen.

2040: Das Solare Imperium ist entstanden. Nach 10 000 Jahren taucht der Arkonide Atlan aus seiner Unterwasserkuppel im Atlantik auf und wird Perry Rhodans Freund.
Die Druuf dringen aus ihrer Zeitebene in unser Universum vor. Menschen gelangen in das Druufuniversum, um dort der unheimlichen Gefahr zu begegnen.

2043: Rhodans Frau Thora stirbt, und ihr gemeinsamer Sohn Thomas Cardif wird zum Gegenspieler seines Vaters.

2044: Die Terraner stoßen nach Arkon vor und verhelfen Atlan zu seinem Erbe.
Zum erstenmal taucht ein geheimnisvoller „Anti" auf, der den Kräften der terranischen Mutanten widerstehen kann. Rhodans Sohn tritt offen gegen seinen Vater auf.

2102: Mit seinem ersten Linearschiff, der FANTASY, stößt Perry Rhodan in das *Blaue System* der Akonen vor und findet in den Vorfahren der Arkoniden einen unerbittlichen Gegner.

1.

Die FLORIDA kam aus dem Zentrum der Galaxis. Major Kindsom, der Kommandant des Wachkreuzers, wußte, daß man nach einer bestimmten Anzahl von Transitionen, die das Schiff auf dem Rückweg nach Terra auszuführen hatte, von ihm erwartete, daß er einen kurzen Bericht über die Ereignisse seiner Tätigkeit im Milchstraßenzentrum über Richtstrahlhyperkom an die Erde abgab. Dick Kindsom hatte den Bericht vorbereitet und eine Kodeschablone für die Sendung anfertigen lassen. Er schob die Schablone jetzt in den Sender und drückte die Auslösetaste.

Dick Kindsom wußte, daß fast im selben Augenblick, neuntausend Lichtjahre von hier entfernt, die Empfangsgeräte auf der Erde zu arbeiten begannen. Sie würden die Sendung, die eine Gesamtlänge von drei Tausendstelsekunden hatte, dehnen, auseinanderpflücken, durchleuchten, wieder zusammensetzen, und im Auswurf des Transformators würde schließlich ein Streifen Mikrofilm erscheinen, der, durch ein geeignetes Gerät projiziert, das, was Dick Kindsom mit rund tausend Worten gesagt hatte, befugten Augen in einfach lesbaren Buchstaben übermitteln würde.

Nachdem Dick Kindsom auf diese Weise seine Pflicht getan hatte, machte er die FLORIDA zur nächsten Transition bereit. Er war eben dabei, den Hypersprung auszulösen, der das Schiff um ein paar weitere tausend Lichtjahre näher an die Erde heranführen würde, als der Hyperkomempfänger sich mit einem Warnzeichen meldete.

Dick annullierte alle positronischen Befehle, die er der Steuerautomatik der FLORIDA gegeben hatte und nahm das Gespräch an. Ein rotes Leuchtzeichen erschien auf der Bildscheibe des Empfängers, und eine mechanische Stimme erklärte: „Firing zwo ruft Kreuzer FLORIDA. Ich habe ein TTT-Gespräch von Firing zwo für Kreuzer FLORIDA. Melden Sie sich bitte."

Dick zögerte nicht. TTT bedeutete höchste Dringlichkeit. Er hatte keine genaue Vorstellung, wer auf einer gottverlassenen Welt wie Firing II so ungeheuer dringend mit ihm sprechen wollte – aber er nahm an.

„Geben Sie mir das Gespräch!" befahl er dem Automaten. „Hier spricht Major Kindsom, Kommandant der FLORIDA."

Das rote Leuchtzeichen verschwand. Der Bildschirm flackerte, und dann tauchte ein Gesicht auf, bei dessen Anblick Dick vor Entsetzen einen Schritt zurücktrat.

Der Kopf sah aus wie ein Totenkopf, über dessen Knochen jemand gelbgraue, runzlige Haut so straff wie möglich gespannt hatte.

Der schmallippige Mund des Totenkopfs öffnete sich, und die Mumie begann zu sprechen. Das machte ihr Mühe. Sie brachte alle fünf Sekunden nur ein Wort hervor, und ein keuchendes Rasseln begleitete die Worte.

„Wer auch immer mich hört", sagte die Mumie, „ich bitte ihn um Hilfe. Ich befinde mich in höchster Gefahr. Ich bin Doktor Armin Zuglert, Wohnort Zanithon auf Lepso. Helfen Sie mir, ich flehe Sie an!"

Dick trat wieder nach vorn. „Wie können wir Ihnen helfen, Zuglert? Hier spricht der Kommandant des Wachkreuzers FLORIDA. Welche Gefahr droht Ihnen?"

Für seine Ungeduld dauerte es viel zu lange, bis Zuglert, der offenbar am Ende seiner Kräfte war, zu antworten begann.

„Ich habe vor zwölf . . .", begann Zuglert. Dann riß die Verbindung ab. Der Bildschirm war plötzlich wieder grau und leer.

Dick Kindsom erschrak. Dieser Narr. Er mußte aus lauter Schwäche gerade im wichtigsten Augenblick den Arm auf eine Schalttaste gestützt und sein Gerät ausgeschaltet haben. Konnte er nicht besser aufpassen, wo es doch um sein eigenes Leben zu gehen schien?

Daß das Gespräch unterbrochen worden war, beunruhigte ihn sehr. Wenn er auf der Erde Bericht erstattete, würde er nicht besonders viel zu sagen haben.

Er wußte zu diesem Zeitpunkt noch nicht, daß selbst das wenige, was er zu sagen wußte, im Laufe der nächsten Tage und Wochen eine Haupt- und Staatsaktion des Solaren Imperiums auslösen würde.

10

2.

Man glaubte im allgemeinen, daß die Sonderagenten der Interkosmischen Sozialen Entwicklungshilfe ein angenehmes Leben führten. Die Sonderagenten waren die geheime Reserve der Institution. Sie wurden dann berufen, wenn ein Problem mit den üblichen Mitteln nicht mehr zu lösen war. Zwischen zwei Berufungen taten sie, was ihnen lieb und recht war und was ihre finanzielle Lage ihnen erlaubte.

Die ISE war eine vor einigen Jahren gegründete Spezialabteilung der Solaren Abwehr. Ihre Sonderagenten waren in der „Abteilung 3" untergebracht, die ihren Sitz in einem unauffälligen Gebäude in Terrania hatte. Eingeweihte nannten diese Gruppe auch den „Gehirntrust". Chef dieser kleinen Mannschaft von Spezialisten war Oberst Nike Quinto, ein kleiner dicker Mann, der immer zu schwitzen schien und der unter einem hohen Blutdruck litt. Quinto hatte ein rötliches Pausbackengesicht, dünne, glatt zurückgekämmte Haare und ungeschickt wirkende Wurstfinger. Seine Stimme klang hoch und schrill. Mit seiner Abteilung 3 unterstand er direkt Perry Rhodan und der Administration. Quinto galt als Meister der Tarnung. In seinem Büro liefen alle Fäden des Gehirntrusts zusammen, während er offiziell nur als Leiter der ISE auftrat.

Niemand, der mit Sinn und Zweck der Interkosmischen Solaren Entwicklungshilfe – insbesondere der Abteilung 3, der die Sonderagenten unterstanden – nicht näher vertraut war, konnte ermessen, daß das, was die Sonderagenten in ihren Einsätzen leisteten, jegliche Freizügigkeit, die man ihnen außerhalb des Dienstes angedeihen ließ, rechtfertigte. Ein normaler Sterblicher hätte ohne Zweifel lieber für die nächsten zehn Jahre auf seinen Urlaub verzichtet, als den gefährlichen Auftrag eines Sonderagenten anzunehmen, durch dessen Erledigung er sich eine unbestimmte Zeitspanne privater Freizeit gesichert hätte.

Major Ron Landry war sich voll und ganz darüber im klaren, daß er in den nächsten Tagen wieder einmal seine Haut zu Markte tragen mußte, als er den Befehl erhielt, sich in Quintos Büro einzufinden.

Ron hatte es sich zur Gewohnheit gemacht, unangenehme Dinge so rasch wie möglich hinter sich zu bringen. Eine halbe Stunde, nachdem er den Befehl bekommen hatte, stand er vor Nike Quintos Tür. Er hatte sich seelisch auf Quintos ewiges Gejammer über seine miserable Gesundheit und die Unfähigkeit seiner Untergebenen noch nicht ganz vorbereitet, als die Tür sich vor ihm öffnete und er den mächtigen Schreibtisch erblickte, über dessen Rand von dem Oberst nur das rosige, schwitzende Gesicht zu sehen war.

Ron trat durch die Tür und nahm auf einem der Sessel vor dem Schreibtisch Platz. Nike Quinto bewegte sich ächzend, und nach einer Weile war auch seine Schulterpartie über der Tischplatte zu sehen.

„Sie wissen, wie es um meine Gesundheit bestellt ist, Landry", begann er ohne weitere Einleitung. „Sitzen Sie also ruhig, hören Sie zu und widersprechen Sie nicht. Mein Blutdruck hat die obere Grenze nahezu erreicht. Wenn ich mich ärgere, falle ich wahrscheinlich auf der Stelle tot um."

Das war Nike Quinto, seine unangenehme, hohe Stimme und das Gejammer über seinen schlechten Gesundheitszustand. Ron Landry wußte, daß er in Wirklichkeit kerngesund war.

„Jawohl, Sir", antwortete Ron folgsam.

Nike Quinto fuhr auf.

„Sagen Sie nicht ‚jawohl, Sir'", keifte er, „ich habe Sie ja gar nichts gefragt." Er beruhigte sich so schnell, wie er zornig geworden war, und fuhr fort: „Sie werden morgen früh nach Lepso starten. Wir haben einen merkwürdigen Bericht von dort bekommen."

Während Ron einen Teil seiner Gedanken auf die Frage konzentrierte, wer oder was in aller Welt Lepso sein könne, berichtete Nike Quinto von dem Erlebnis, das Dick Kindsom an Bord der FLORIDA gehabt hatte. Ron erfuhr auf diese Weise, daß Lepso und Firing II miteinander identisch waren, und diese Erkenntnis beflügelte seine Phantasie. Er verstand nur nicht ...

„Wissen Sie also, was Sie zu tun haben, Landry?" fragte Quinto mit hoher Stimme.

„Jawohl, Sir", antwortete Ron bereitwillig. „Zuglert muß gefunden werden."

Nike Quinto seufzte und sank ein Stück tiefer in seinen Sessel.

„Mein Herz", jammerte er. „Ich wußte, daß Sie es nicht verstehen würden. Warum hat man mir keine fähigeren Offiziere gegeben? Zum Donnerwetter, wegen Zuglert allein würde ich Sie nicht nach Lepso schicken. Wo kämen wir hin, wenn wir wegen jedes jammernden Kranken einen unserer Sonderagenten loshetzen wollten? Das ist nicht Ihr Auftrag, Landry."

Sondern? dachte Ron im stillen.

Nike Quinto jedoch ließ sich Zeit für die Antwort. Er wischte sich über die Stirn und betrachtete die vom Schweiß feuchte Handfläche.

Dann erst erklärte er: „Auf Lepso scheinen in der letzten Zeit mehrere solcher ausgemergelter Figuren aufgetaucht zu sein wie Armin Zuglert. Es scheint, als sähe man aber nie die gleiche Gestalt zweimal. Man hatte den Eindruck, als würden die Dürren sofort nach ihrem Auftauchen abtransportiert und dann durch andere ersetzt. Was für einen Sinn dies hat, wissen wir leider nicht. Es herauszufinden, ist ein Teil Ihrer Aufgabe. Die ganze Angelegenheit kann harmlos sein, aber sie muß es nicht. Im Laufe der Zeit ist Lepso ein wichtiger Handelsknotenpunkt geworden, das hätten Sie wissen sollen, Landry. Lepso ist eine autarke Handelswelt, kein Wunder, daß alle möglichen Leute mit Argusaugen über sie wachen – vor allem die Galaktischen Händler. Auf Lepso kann jeder Geschäfte im großen Stil machen. Irgendwo weit oben", er zeigte mit dem Finger ruckweise gegen die Decke, „hat der Fall Zuglert auf jeden Fall eine Menge Staub aufgewirbelt. Der Befehl, einen meiner – äh – Leute nach Lepso zu schicken, kommt durch den direktesten Draht, der vom Administrator bis zu meiner Wenigkeit führt."

Ron verbarg ein Lächeln.

Es tat ihm gut zu wissen, daß Nike Quinto in der Eile „einen meiner besten Leute" hatte sagen wollen. Und die Tatsache, daß Quinto seinen Befehl von Perry Rhodan direkt erhalten hatte, verfehlte ihren Eindruck auf Ron nicht.

„Sie werden jetzt also dort hingehen", sagte Nike Quinto und deutete auf die Tür in der Seitenwand des Büros, „und sich mit allem vertraut machen lassen, was wir bislang über die mysteriöse Lepso-Affäre wissen. Nach der Schulung werden Sie sich fühlen, als hätten sie das Gespräch mit Zuglert an Kindsoms Stelle geführt."

Ron Landry stand auf und wandte sich zur Seite. Er war ziemlich groß und breitschultrig. Er schien nicht älter als dreißig Jahre zu sein, aber der Blick seiner Augen wirkte erfahrener als dreißig, und die Art, wie er sich trotz seiner beeindruckenden Größe bewegte, wirkte elegant und selbstsicher. Landry strich sich über sein dunkelblondes Haar und wartete. Die Tür öffnete sich vor ihm. Er sah in den matt erleuchteten Raum, in dem die Geräte der Hypnoschulung auf ihn warteten.

Drei Tage später verließ Ron Landry den Frachter EPHRAIM, der ihn in rascher, aber unbequemer Fahrt zu dem Raumhafen Zanithon auf Lepso gebracht hatte, und stürzte sich, praktisch von der Lade-rampe aus, in das hektische Gewühl der großen Stadt.

Das war, erkannte er, eine der Besonderheiten auf Lepso. Es gab keine Zollabfertigung, keine Paßkontrolle, keinen Gesundheitsnach-weis, nichts. Man stieg aus einem Raumschiff wie anderswo aus einem Taxi und machte sich davon. Die Regierung dieser Welt hatte den Vorteil der galaktischen Position von Lepso frühzeitig erkannt und dafür Sorge getragen, daß sich viele von den Schiffen, die auf den nahe vorbeilaufenden Hauptschiffahrtsrouten kreuzten, auch tatsächlich auf Lepso herabließen, um dort mit einem Teil ihrer Ladung Handel zu treiben. Handeltreibende lockt man an, indem man den Zugang zum Handelsplatz mit möglichst wenig Schwierigkeiten verbindet, am besten mit überhaupt keinen. Infolgedessen gab es auf den Raumhä-fen von Lepso keine der Formalitäten zu erledigen, die in anderen Häfen der Galaxis obligatorisch waren. Natürlich war die Regierung sich von vornherein im klaren darüber gewesen, daß sie auf diese Weise nicht nur ehrliche Händler nach Lepso lockte. Sie hatte sich darüber keine Gewissensbisse gemacht, denn sie kassierte Mehrwert-steuer von den unehrlichen Geschäften ebenso wie von den ehrlichen, und das, was kassiert wurde, nämlich Geld, war auf Lepso ohnehin das einzige, was galt.

Lepso war die zweite Welt eines gelben, solähnlichen Sterns. Auf der Oberfläche des Planeten herrschte nahezu die gleiche Schwerkraft wie auf der Erde, und dank der ziemlich engen Umlaufbahn, die Lepso um sein Zentralgestirn beschrieb, herrschten das ganze Jahr hindurch Temperaturen wie im Sommer zwischen Rom und Kairo.

Die freizügige Einwanderungspolitik der Lepso-Regierung hatte im Verlauf der Jahrhunderte dazu geführt, daß Vertreter vieler galaktischer Völker auf dieser Welt ansässig geworden waren. Auf Lepso gab es Topsider, Echsenwesen von dem Planeten Topsid, die kleinen, gurkenähnlichen Swoon von Swoofon, riesige, dreiäugige Naats aus dem arkonidischen Sonnensystem und eine Unzahl anderer Geschöpfe, zum Teil von unabhängigen Welten, etwa die Hälfte von ihnen humanoid, die anderen nichtmenschlich.

Diese Welt hatte Ron Landry nun betreten, zum erstenmal in seinem Leben.

Der stumpfe Belag aus Glasfaserbeton endete an einem grünen, fluoreszierenden Lackstrich. Dahinter lag die Straße, ein Monstrum von einer Straße, mindestens zweihundert Meter breit. Sie führte nach rechts in die Stadt hinein. Jenseits des grünen Lackstrichs, die Fahrzeugkanten dicht über dem Strich, stand eine Reihe von Gleitfahrzeugen, deren Aufschriften, meist in arkonidischer Schrift und Sprache, verkündeten, daß die Gleiter für billiges Geld mitsamt Chauffeur zu mieten waren.

Ron beschloß, mit einem solchen Taxi in die Stadt zu fahren. Er bezweifelte, daß es überhaupt eine andere Möglichkeit gab. Aber zuvor wollte er einen Blick auf den Verkehr werfen, der auf der Straße an ihm vorbeiflutete. Ein kurioses Kunterbunt von Fahrzeugen bewegte sich mit höllischer Geschwindigkeit in beiden Richtungen. Ron schätzte das Tempo auf rund zweihundert Kilometer pro Stunde. Das bedeutete, daß diese Straße mit einem automatischen Funkleitsystem versehen sein mußte. Die Autos, die sich diesem Leitsystem anvertraut hatten, vertraten alle in der Galaxis bekannten Konzerne. Es gab die schnittigen, mit breiten Fenstern ausgestatteten arkonidischen Gleiter, die etwas plumperen, aber dafür kräftigeren Fords von der Erde. Man sah hochbeinige, altmodische Vehikel, die der Luft über der Straße jeden beliebigen Widerstand boten und einen Wirbelsturm hinter sich herzogen, und flache, bootsähnliche Fahrzeuge von den

15

Welten, in denen die Dichte der Atmosphäre eine solche Form erforderte.

Ron Landry fing plötzlich an zu lachen. Er hatte keinen eigentlichen Grund, und er wußte auch nicht, worüber er lachte. Es war einfach zu komisch, dieses Sammelsurium galaktischer Intelligenzen an sich vorbeirasen zu sehen und sich vorzustellen, daß diese hektische Eile einzig und allein dem Geld galt, dem Gewinn. Denn niemand kam zu einem anderen Zweck nach Lepso.

Aus dem Taxi-Gleiter, der Ron am nächsten stand, beugte sich das grinsende Gesicht eines Chauffeurs.

„Heh, Erdmann!" rief er. „Was gibt's da zu lachen? Brauchen Sie eine Fahrt in die Stadt?"

Ron sah ihn erstaunt an. Der Mann sprach englisch.

„Das kommt auf Ihren Preis an, Mann", antwortete er.

„Zwei Solar bis zur Stadtmitte, Sir", wurde ihm sofort erklärt.

Ron zog die Brauen in die Höhe. „Seit wann rechnet man auf Lepso nach terranischer Währung?"

Der Chauffeur zuckte mit den Schultern.

„Ihr lieben Waldgötter", sagte er leichthin, „man nimmt, was man kriegt. Und man kriegt am leichtesten, was die Leute in der Tasche haben. Nicht das, was sie erst einwechseln müssen."

Ron fand das eine bestrickende Art kaufmännischer Logik.

„Sie kommen von Goszuls Planet, nicht wahr?" fragte er den Chauffeur.

Jetzt war an dem die Reihe, erstaunt zu sein. „Ja, ganz recht. Und wie haben Sie das herausbekommen?"

„Die lieben Waldgötter." Ron lächelte. „Ich wüßte nicht, wo sie sonst noch angerufen würden. Mein Kompliment, Sie sprechen unsere Sprache fehler- und akzentfrei."

Der Chauffeur ließ eine Tür aufspringen.

„Auch das gehört zum Geschäft", erklärte er. „Die Leute lieben es, in ihrer eigenen Sprache angesprochen zu werden. Ich spreche eine Menge Sprachen, und die meisten fehlerfrei."

Ron stieg ein.

Schweigsam verging die Fahrt bis zum Zentrum der Stadt. Ron bezahlte seinen Fahrpreis, stieg aus und suchte sich ein Hotel.

Noch am selben Abend machte Ron Landry ausfindig, wo Doktor Zuglert sein Büro gehabt hatte, und nahm sich vor, sich im Laufe der Nacht dort umzusehen. Inzwischen hatte er durch ein Hyperkomgespräch mit der nächststehenden terranischen Flotteneinheit erfahren, daß über Zuglerts Verbleib nichts hatte ausfindig gemacht werden können.

Zuglerts Personalien dagegen waren, soweit er sie der Polizei auf Lepso, um eine Daueraufenthaltsgenehmigung zu bekommen, hatte angeben müssen, bekannt. Zuglert war Biomediziner, der seine Forschungen der Entwicklung neuer Heilstoffe gewidmet hatte. Schweizer von Geburt, besaß Zuglert den Doktortitel der Universität Bologna, war zweiundfünfzig Jahre alt und hatte bis zum Zeitpunkt seines Verschwindens vierzehneinhalb Jahre auf Lepso gelebt. Währenddessen hatte er, soweit die Polizei wußte, Zanithon nur drei- oder viermal für längere Zeit verlassen. Er besaß ein Büro in der 86. Straße. Jedermann war sich darüber im klaren, daß ein Forscher wie Zuglert irgendwo auch ein Labor haben mußte. Aber über dessen Lage war nichts bekannt.

Im übrigen weigerte sich die Polizei von Lepso, nach dem Verschwundenen zu suchen. Ihr Argument war, daß auf Lepso jeder nach Belieben verschwinden und wieder auftauchen könne und daß Zuglert es vielleicht als Einschränkung seiner persönlichen Freiheit betrachten würde, wenn man nach ihm forsche.

Ron ging ein Stück zu Fuß. Die Nacht hatte begonnen, und Lichtquellen aller Arten und Farben hüllten die Stadt in eine Flut verschwenderischer Helligkeit. Ron umrundete den Platz, der den Mittelpunkt der Stadt Zanithon bildete, zur Hälfte und bekam auf diesen zwanzig Minuten Weg soviel verschiedenartige Bewohner der Galaxis zu sehen wie sonst nicht in drei Jahren.

Er hatte unterwegs alle Tricks angewandt, die ihm beigebracht worden waren, und fühlte sich ziemlich sicher, daß niemand ihm auf den Fersen war. Er nahm ein Taxi, das diesmal von einem riesigen Naat gesteuert wurde, und ließ sich zur 84. Straße bringen. Die letzten zwei Häuserblocks ging er zu Fuß.

Die 86. Straße erwies sich als typischer Teil eines Büroviertels. Alte Bauwerke aller möglichen Baustile ragten rechts und links in den

Himmel, und Tausende von Lichtreklamen machten eine eigentliche Straßenbeleuchtung unnötig. Der Fahrzeugverkehr auf der Straße besaß den üblichen beeindruckenden Umfang. Fußgänger gab es dagegen nur wenige.

In dem Haus, in dem Zuglerts Büro lag, waren noch einige Fenster beleuchtet. Irgend jemand, dachte Ron amüsiert, ist so sehr hinter dem Geld her, daß er sogar nachts arbeitet. Er stieg die Reihe flacher, weiter Stufen hinauf, die zu dem riesigen, gläsernen Portal führten, und wunderte sich nicht, daß er sich die Tür selbst öffnen mußte. Der Pfortenmechanismus war abgeschaltet worden, als die normale Bürozeit vorüber war.

Hinter dem Portal lag die übliche Empfangshalle mit dem Auskunftrobot auf der linken Seite und der Reihe der Antigravschächte auf der rechten. Ron hatte keinen Grund, den Robot etwas zu fragen. Er wußte, daß Zuglerts Büro in der dreiundzwanzigsten Etage lag und die Nummer 23048 hatte. Er drückte auf der Schaltleiste neben dem nächsten Schacht die Nummer dreiundzwanzig und wartete, bis eine Kontrollampe aufleuchtete. Dann trat er in den Schacht hinein und war völlig sicher, daß der sanfte Sog des künstlichen Gravitationsfelds ihn aufnehmen und an das gewünschte Ziel bringen würde.

Statt dessen aber stürzte er ab. Es gab kein Schwerefeld, und Ron passierte das, was jedem passieren würde, der einfach vom Rand eines beliebigen Schachtes aus in die Tiefe springt. Er fiel mit rasch zunehmender Geschwindigkeit. Er spannte die Muskeln, um den Aufprall abzufangen, der schließlich kommen mußte.

Es gab einen dröhnenden Schlag, und Ron Landry von der Abteilung 3 war einstweilen außer Gefecht gesetzt.

Als er wieder zu sich kam, sah er direkt vor sich ein gebräuntes Gesicht mit grauen, mißtrauischen Augen und einer nicht allzu hohen Stirn, die ein Schopf sorgfältig gepflegter, schwarzer Haare umrahmte.

„Lieber Himmel, haben Sie ein Glück gehabt", sagte der Mann.

Ron versuchte sich aufzurichten. Er spürte Schmerzen, ohne sie lokalisieren zu können. Sein Kopf war klar, aber der Rest seines Körpers schien unter einem Dampfhammer gelegen zu haben.

„Wo sind wir hier?" fragte er mühsam.

„Dreiundzwanzigste Etage", antwortete der Schwarzhaarige. „Raum Nummer zwo-drei-null-vier-acht. Ich glaube nicht, daß Ihnen das etwas . . ."

Ron fuhr mit einem Ruck in die Höhe und unterbrach den anderen mitten im Satz. „Wie komme ich ausgerechnet hierher?"

Der Schwarzhaarige zuckte mit den Schultern. „Ich sah Sie abstürzen. Sie haben den Schacht benutzt, der gerade außer Betrieb ist. Haben Sie das Warnschild nicht gesehen? Ich fuhr durch einen anderen Schacht in den Keller hinunter und holte Sie herauf. Weil ich gerade auf dem Weg hierher war, nahm ich Sie mit. Ich wollte gerade nach einem Arzt rufen, da kamen Sie wieder zu sich."

Ron setzte sich vollends auf. Er konnte den Raum nicht übersehen. Irgendwo weiter hinten, etwa anderthalb Meter weit über dem Boden stand eine Lampe, die ihn und den Schwarzhaarigen mit grellem Licht übergoß. Außerhalb des Lichtkegels war alles dunkel. Ron fühlte sich unbehaglich.

„Fehlt Ihnen etwas?" fragte der Schwarzhaarige besorgt. „Brauchen Sie einen Arzt?"

Ron schüttelte den Kopf. Er war sicher, daß er bei dem Sturz nur ein paar Prellungen davongetragen hatte. Über andere Dinge jedoch war er weniger sicher.

„Wer sind Sie?" fragte er den Schwarzhaarigen.

„Mein Name ist Gerard Lobson", war die Antwort. „Mir gehört dieses Büro."

„Zwo-drei-null-vier-acht, sagen Sie?"

„Ja."

„Seit wann haben Sie diesen Raum?"

Gerard Lobson runzelte die Stirn, als gefiele ihm die Frage nicht.

„Seit – vier Jahren", antwortete er zögernd.

„Warum lügen Sie?" fragte Ron.

Lobson wich zurück. Seine Augen wurden groß, und er sah so aus, als ob er auf einmal entsetzliche Angst hätte.

„Lügen?" keuchte er. „Ich lüge nicht – warum . . .?"

„Dieses Büro hat bis vor wenigen Tagen Doktor Zuglert gehört", erklärte Ron mit harter Stimme. „Ich verlange . . ."

Ein Geräusch unterbrach ihn. Es war wie ein Scharren auf dem

19

Fußboden, aber weit hinter der grellen Lampe. Bevor Ron auch nur eine Bewegung machen konnte, dröhnte eine tiefe, schwere Stimme auf: „Schluß! Macht Licht! Das genügt."

Die Deckenbeleuchtung flammte auf. Nach einem Augenblick der Benommenheit kam Ron zu Bewußtsein, daß die fremde Stimme arkonidisch gesprochen hatte. Er wandte den Kopf und sah rechts von sich einen Schreibtisch. Auf dem Schreibtisch stand die Lampe, die ihn bisher geblendet hatte, und hinter dem Schreibtisch waren drei Gestalten zu sehen, zwei von ihnen stämmig, breitschultrig, die dritte dürr, ausgemergelt und noch größer als ihre beiden Nachbarn.

Da wußte Ron, daß er wirklich in eine Falle geraten war.

Einer der Breitschultrigen kam hinter dem Schreibtisch hervor. Ron sah, daß er etwas in der Hand hielt. Der Fremde beugte sich zu Ron herunter, streckte die Hand aus und sagte: „Trinken Sie das!"

Er sprach immer noch arkonidisch. Zwischen Daumen und Zeigefinger der rechten Hand hielt er ein Fläschchen, das nur wenige Kubikzentimeter faßte und ein buntes, violett-gelbes Etikett trug.

Ron wandte sich an Gerard Lobson, der ein Stück von ihm weggerutscht war, aber immer noch auf den Knien lag.

„Was will er?" fragte er auf englisch.

Gerard schien überrascht. „Er sagte, Sie sollen das trinken."

„Warum?"

Gerard bekam es wieder mit der Angst zu tun. „Um Gottes willen, trinken Sie es, ohne lange zu fragen. Er . . ."

Ron stützte sich auf den linken Ellbogen und schob mit der rechten Hand den Arm des Breitschultrigen beiseite.

„Trink's selbst!" fuhr er ihn an. „Ich suche mir meine Getränke allein aus."

Er sprach noch immer englisch. Aber er wußte nicht, ob er die drei Fremden davon würde überzeugen können, daß er kein Arkonidisch verstand. Zwei von ihnen waren Springer, das war ihm klar, Angehörige der Galaktischen Händler, die in fast allen Geschäften ihre Finger hatten. Der dritte konnte ein Ara sein. Die Aras waren ebenso wie die Springer Abkömmlinge arkonidischer Frühsiedler, und so, wie jene sich auf das Geschäftemachen gestürzt hatten, kümmerten sich die Aras nur um die Wissenschaft, besonders die Biomedizin.

Der Springer, der sich über Ron gebeugt hatte, wurde zornig.

„Sie werden das trinken!" schrie er, jetzt auf englisch.

Wenn mir nur nicht alles so weh täte, dachte Ron voller Wut, dann würde ich dir schon zeigen, mein Junge, was ich werde und was nicht. Er versuchte, auf die Beine zu kommen. Merkwürdigerweise ließ ihn der Springer auch gewähren. Er wich ein Stück zurück. Ron verbiß die Schmerzen, die er empfand, und lehnte sich gegen die Wand hinter seinem Rücken. Der Springer hielt immer noch das kleine Fläschchen.

„Was ist es?" wollte Ron wissen.

„Ein Likör", wurde ihm geantwortet. „Trinken Sie ihn."

„Damit ich drei Sekunden später tot umfalle, wie?" spottete Ron.

Der Springer schüttelte den Kopf.

„Wenn wir Sie umbringen wollen, haben wir bessere Methoden, als Sie zu vergiften", behauptete er.

Das war richtig. Ron glaubte auch nicht im Ernst daran, daß der Inhalt des Fläschchens tödliches Gift war. Aber eine Droge, die Ron willfährig oder geschwätzig oder sonst etwas machen sollte, enthielt es bestimmt.

Gerard Lobson beschwor ihn mit zitternder Stimme, die Flüssigkeit doch zu trinken, aber Ron blieb hart.

„Nein!" sagte er. „Das ist mein letztes Wort."

Der Ara hinter dem Schreibtisch stieß ein zorniges Zischen aus. Ron sah eine rasche Bewegung im Hintergrund des Raumes. Er stieß sich mit der Schulter an der Wand ab und schnellte nach vorn. Aber der Sturz in den Antigravschacht hatte seine Muskeln weitgehend außer Funktion gesetzt und seine Reaktionsgeschwindigkeit vermindert. Mitten im Vornüberfallen traf ihn ein harter, atemberaubender Schlag. In seinem Schädel wurde eine dröhnende Glocke angeschlagen, und dann war abermals Dunkelheit um ihn.

Als Ron zum zweiten Mal erwachte, hatte sich die Szene verändert. Es war jedoch wieder Gerard Lobson, der sich über ihn beugte.

Lakonisch erklärte er: „Jetzt haben sie es Ihnen eben mit Gewalt eingegeben."

Ron richtete sich auf. Was sie auch immer mit ihm gemacht hatten – es schien spurlos an ihm vorübergegangen zu sein. Er fühlte sich frisch.

Die Schmerzen waren verschwunden, und er hatte das Gefühl, er könnte es jetzt mit der ganzen Welt aufnehmen.

Wahrscheinlich hatte der Ara mit einer Schockwaffe auf ihn geschossen. Er war bewußtlos gewesen, und sie hatten ihm die Flüssigkeit wider seinen Willen eingeflößt.

„Was ist das überhaupt für ein Saft?" fragte er Gerard.

„Ein Likör", antwortete Gerard. „Mehr weiß ich nicht. Er wird überall auf Lepso offen gehandelt und ist ziemlich beliebt."

Das klang merkwürdig.

„Haben Sie schon davon getrunken?" fragte er.

Gerard nickte. „Nicht bevor sie mich in die Finger bekamen. Aber sie zwangen mich genauso dazu wie Sie."

„Und wie war der Erfolg?"

„Hm", Gerard zögerte, „der Schnaps scheint ziemlich stark zu sein. Man fühlt sich danach, als könnte man Bäume ausreißen."

Ron gab zu, daß dies die gleiche Stimmung war, die ihn im Augenblick erfaßt hatte. „Wie lange hält das an?"

„Ich weiß es nicht", antwortete Gerard. „Bevor die Wirkung verging, bekam ich jedesmal einen neuen Schluck."

Ron sah sich um. Sie befanden sich in einem fensterlosen, großen Raum. Der Boden bestand aus hartem, unebenem Stein. Ebenso waren Wände und Decken beschaffen. Zwei Reihen plumper Säulen ragten aus dem Boden und stützten die Decke. Zwischen beiden Säulenreihen hing eine alte Glaslampe an der Decke und verbreitete Helligkeit. Vorn an der Wand gab es eine Tür. Sie bestand aus Metall, und als Ron festgestellt hatte, daß seine Waffe nicht mehr da war, wußte er, daß er die Tür ohne Hilfsmittel nicht öffnen konnte.

„Das ist ein Keller hier, nicht wahr?" fragte er.

„Ja, das ist richtig", gab Gerard zu.

„Wo liegt er?"

„Das weiß ich nicht. Jedesmal, wenn wir hierherkommen, verbinden sie mir die Augen."

Ron lächelte plötzlich. „So altmodisch?"

Trotz des Anscheins der Widerstandsfähigkeit, den sie erweckte, fühlte Ron sich von der Tür angezogen. Er schritt zwischen den Säulen hindurch und versuchte an dem altmodischen Türknopf zu drehen.

Wie erwartet, hatte er keinen Erfolg. Die Tür war versperrt, und der Knopf rührte sich nicht um einen Millimeter.

„Waren Sie schon öfter hier?" wollte er von Gerard wissen.

„Einmal. Bevor sie mich abholten, um..."

„Um was?"

„Na, um aus Ihnen herauszubringen, ob..."

Mit einemmal stand Ron die Szene in Zuglerts Büro wieder deutlich vor Augen. Gerard hatte ihm etwas vorgeschwindelt und ihn zu der Behauptung veranlaßt, daß der Raum, in dem sie sich befanden, Doktor Zuglerts Büro wäre. Kurz darauf hatten die Springer das Licht eingeschaltet und sich zu erkennen gegeben.

Das ergab einen Sinn, stellte Ron fest. Sie wollten also nicht, daß man sich um den verschwundenen Zuglert kümmerte.

Warum?

Ron hatte den Eindruck, daß er seit seiner Landung auf Lepso schon ein wichtiges Stück weitergekommen war. Allerdings ohne sein bewußtes Dazutun, und außerdem befand er sich jetzt in einer Lage, in der es zweifelhaft erschien, ob er mit den neugewonnenen Kenntnissen jemals etwas anfangen konnte.

Zunächst mußte er jedoch, ob es einen Ausweg gab oder nicht, von Gerard alles zu erfahren versuchen, was dieser wußte. Gerard befand sich schon einige Zeit länger in der Hand der Springer als er selbst.

Gerard Lobson zögerte zunächst, aber dann berichtete er die Wahrheit: Er gab zu, daß er Zuglert kannte. Er war sogar kurz vor dem Verschwinden Zuglerts mit diesem zusammengewesen und hatte mitansehen müssen, wie der Mann sich schlagartig in jene Mumie verwandelt hatte, von der schon in Kindsoms Bericht die Rede gewesen war.

Lobson war dann in wilder Panik geflohen und hatte den Unglücklichen seinem Schicksal überlassen.

Ron versuchte, sich zusammenzureimen, was weiter geschehen war. Vermutlich war es Zuglert auch ohne Hilfe gelungen, auf die Beine zu kommen. Er hatte das Haus verlassen und von irgendwo das TTT-Gespräch mit der FLORIDA geführt. Während des Gesprächs war er verschwunden.

„Nach ein paar Stunden", fuhr Gerard schließlich fort, „drückte mich mein Gewissen. Ich wollte erfahren, was aus Zuglert geworden war. Ich machte mich auf den Weg. Zuglerts Büro stand offen. Ich ging hinein – und drinnen waren die drei Kerle, die Sie nun auch schon kennen. Sie wollten wissen, was ich wünschte, woher ich Zuglert kannte, warum ich zurückgekommen war und so weiter. Sie nahmen mich dann mit hinunter. In ihrem Auto zwangen sie mich, den Likör zu trinken, von dem sie auch Ihnen eingeflößt haben. Dann verbanden sie mir die Augen und brachten mich hierher. Ich blieb hier etwa vier Stunden. Schließlich wurde ich wieder abgeholt. Abermals wurden mir die Augen verbunden. Als man mir die Binde abnahm, stand das Auto vor dem Gebäude, in dem Zuglerts Büro liegt. Wir gingen hinauf und fingen an zu warten. Worauf eigentlich, wußte ich nicht. Jedenfalls verbrachte ich einige Tage in diesem Büro, ständig von Springern bewacht. Auf meine Fragen gab man mir keine Antwort. Sie machten sich ziemlich viel an Zuglerts Schreibtisch zu schaffen. Einmal schienen sie sehr überrascht zu sein, dann lief einer von ihnen fort, und als er wiederkam, schleppte er Sie mit sich. Dann mußte ich mich neben Sie knien und Ihnen, als Sie aufwachten, einige Lügen erzählen, so daß Sie schließlich verrieten, daß Sie wegen Zuglert gekommen waren. Den Rest wissen Sie selbst."

Ja, den Rest wußte Ron selbst, aber an Gerards Bericht schienen ihm etliche Unklarheiten zu sein. Hatten die Springer alle Liftschächte abgeschaltet und ließen wahllos alle späten Besucher des Bürogebäudes in den Keller hinabstürzen? Wenn nicht, woher hatten sie dann gewußt, um welche Zeit er kommen und welchen Schacht er nehmen würde?

Er stellte Gerard einige Fragen. Er traute dem Schwarzhaarigen nicht ganz und formulierte die Fragen so, daß Gerard sich eigentlich hätte verraten müssen, wenn er nicht ein überaus geschickter Lügner war. Aber Ron erzielte keinen Erfolg. Gerard blieb bei dem, was er gesagt hatte.

Ron gab sich schließlich zufrieden. Er hatte alles erfahren, was es zu erfahren gab, und es war höchste Zeit, daß er sich daranmachte, einen Plan zu entwickeln. Die Springer würden wahrscheinlich versuchen, ihn auszufragen, und wenn er keine befriedigenden Antworten gab, dann würden sie mit einem Trick seinen freien Willen ausschalten und aus seinem Bewußtsein herausholen, was drinnen war – auch, daß sie in dem großen, blonden Mann einen Sonderagenten der Abteilung drei vor sich hatten und was die Abteilung drei eigentlich darstellte.

Soweit durfte es nicht kommen. Ron mußte den Springern früher entkommen.

Er befand sich in einer miserablen Lage, das verkannte er nicht.

Soweit hatte er Bilanz gemacht, als die Stahltür entriegelt wurde und quietschend aufschwang. Zwei Springer kamen herein. Sie trugen einen langen, schmalen Plastiktisch, auf dem eine Reihe von Geräten stand. Die Springer sprachen kein Wort. Der Tisch wurde in der Mitte des Raumes zwischen den Säulenreihen abgestellt. Ron hatte extraterrestrische Technologie intensiv genug studiert, um die beiden Enzephalozeptoren zu erkennen. Heißer Schreck durchfuhr ihn.

Die Springer hatten ihren Entschluß schneller gefaßt, als ihm lieb war. Und noch schlimmer: Sie besaßen alle Geräte, die er fürchtete.

Die beiden Springer blieben neben dem Tisch stehen. Einer von ihnen brachte eine Waffe zum Vorschein und richtete sie auf Ron. Der andere sagte: „Wir werden Sie jetzt ein bißchen ausfragen, Erdmann. Da wir fürchten, daß Sie uns freiwillig die Wahrheit nicht sagen, werden wir dem Schleusenmechanismus Ihres freien Willens ein wenig nachhelfen. Kommen Sie her!"

Ron sah, daß die Tür, durch die die beiden Springer hereingekommen waren, nicht geschlossen war. Er war sich darüber im klaren, daß seine einzige Chance darin bestand, die beiden Springer zu überraschen. Wahrscheinlich rechneten sie nicht damit, daß er sich so schnell erholt hatte. Mit müden Bewegungen näherte Ron sich dem Tisch, darauf achtend, *zwischen* die beiden Springer zu gelangen. Ohne Argwohn sahen die Springer Ron entgegen, die Schockstrahler lässig gegen den Boden gerichtet. Als Ron sich genau zwischen den beiden befand, holte er wuchtig aus und traf die Springer gleichzeitig mit den Handkanten seiner Hände an den Halsschlagadern. Die Wucht hätte genügt, jedem normalgewachsenen Terraner das Genick zu brechen, bei den beiden Springern würde es aber höchstens für eine kurze Bewußtlosigkeit reichen. Wie vom Blitz gefällt, brachen sie zusammen. Selbst überrascht von seinem Erfolg wandte sich Ron Gerard Lobson zu, der fassungslos die Aktion beobachtet hatte.

„Vorwärts, wir verschwinden!" fuhr er ihn an.

Gerard rührte sich nicht.

„Aber – aber . . .", stotterte er fassungslos.

Ron packte ihn an der Schulter und zog ihn mit sich, in Richtung auf die Tür. Dabei versäumte er nicht, die Waffe aufzunehmen, die dem einen der Springer entfallen war. Ron trat hinaus.

Draußen lag ein schmaler, schwach erhellter Gang, unter dessen Decke die Einengungsröhren der künstlichen Schwerefelder entlangführten, die die Liftschächte betrieben. Ron schloß daraus, daß er sich in einem großen Gebäude befand.

Bis jetzt gehorchte Gerard ihm willenlos.

Ein Stück weiter endete der Gang in der Öffnung eines Antigravschachts. Ron hatte keine Bedenken, ihn zu benutzen. Er drückte den Knopf „Erdgeschoß" und schob zunächst Gerard in den Schacht hinein. Er folgte ihm dichtauf.

Über ihnen tauchte der helle Lichtfleck des Erdgeschoßausstiegs auf. Der Sog des Feldes verebbte, als Gerard mit dem Ausstieg auf gleicher Höhe war. Gerard packte den Handgriff, der neben der Öffnung angebracht war, und zog sich hinaus. Ron war blitzschnell hinter ihm. Er blickte in die hellbeleuchtete Empfangshalle eines großen Bürogebäudes und verbarg, so rasch er konnte, den Schockstrahler, den er immer noch schußbereit in der Hand hielt.

Gerard war stehengeblieben, um auf weitere Anweisungen zu warten. Ron sah sich um und stellte fest, daß nur das übliche Bürohauspublikum zu sehen war. Ein Strom von Wesen aller Art ergoß sich durch eine der beiden Türfronten in die Halle, und ein etwa ebenso starker Strom verließ das Gebäude durch die andere Front. Diejenigen, die nahe an Ron und Gerard vorbeikamen, warfen den beiden verwunderte und mißtrauische Blicke zu. Aber das lag, wie Ron bald feststellte, lediglich daran, daß seine Kleidung von dem Sturz in den Liftschacht in der 86. Straße ziemlich ramponiert war.

Sie mischten sich unter die Menge der Hinausströmenden und standen ein paar Augenblicke später auf einem pompösen Fußgängerweg am Rande einer breiten Straße.

Ron sah sich um.

„Wo sind wir hier?" fragte er Gerard.

Er mußte zweimal fragen, bis Gerard antwortete.

„Nordviertel", sagte er knapp. „Fünf-Meere-Boulevard."

Am Rand der Straße standen eine Menge Taxis. Ron hielt es für zu gefährlich, hier einen Mietwagen zu nehmen.

Sie gingen ein Stück den Bürgersteig entlang. Es war Abend. Die matte Helligkeit des Himmels wurde von den tausendfältigen Lichtreklamen überstrahlt. Ron sah einige Restaurants in der Nähe, und es wurde ihm bewußt, daß er Hunger hatte. Er sah an sich herunter. Wenn er sich das richtige Lokal aussuchte, würde kaum jemand etwas gegen seine Kleidung einzuwenden haben.

Einige hundert Meter weiter fanden sie einen Schnellimbiß, der an das Äußere der Gäste keine besonderen Anforderungen zu stellen schien. Der Türrobot wies ihnen einen Tisch im Hintergrund des Speisesaals zu, und während Ron ein Menü zusammenstellte, geschah es zum ersten Mal, daß Gerard Lobson von sich aus etwas sagte.

Gerard bestand darauf, einen Likör von der Sorte zu trinken, die die Springer ihm und Ron Landry eingeflößt hatten.

Ron erklärte: „Ich habe Sie zwar eingeladen, Gerard, aber für dieses mysteriöse Getränk gilt die Einladung nicht. Es enthält eine Droge."

Gerard sah ihn verwundert an.

„Das mag sein. Aber mir schmeckt der Likör", antwortete er.

Ron lehnte energisch ab. Er dachte nach.

Er sah auf. Gerard hatte angefangen, undeutlich vor sich hinzubrummen. Seine Augen waren rot unterlaufen. Er bot jetzt keinen besonders appetitlichen Anblick mehr. Er starrte auf die Tischplatte. Aber plötzlich hob er den Kopf und sah über Rons Schulter hinweg.

Ron sah, wie seine Miene sich veränderte. Die Augen, bis jetzt verquollen und glasig, öffneten sich weit und starrten voller Entsetzen auf einen Punkt hinter Rons Rücken.

Ron hatte instinktiv den Eindruck, Gerard wollte ihn mit Hilfe eines uralten Tricks ablenken. Aber im selben Augenblick hörte er um sich herum Stühlerücken.

Jemand schrie: „Einen Arzt, sofort einen Arzt!"

Da erst wandte Ron sich um. Zwischen zwei Fremden, die hinter ihm auf einen anderen Tisch zustrebten, sah er für einen kurzen

Augenblick die Gestalt eines Mannes, der sich soeben von seinem Stuhl erhoben zu haben schien. Wahrscheinlich war er mit seiner Mahlzeit fertig und hatte das Lokal verlassen wollen.

Jetzt hatte er kaum mehr genug Kraft, sich auf den Beinen zu halten. Er hielt sich mit beiden Händen an der Tischkante fest. Er schwankte und schnappte mit offenem Mund nach Luft. Der Mund war ein finsteres Loch in einer gelbbraunen, entsetzlichen Fratze, die einem Totenkopf ähnlicher sah als dem Kopf eines Lebenden.

Ron erinnerte sich an das Gespräch, das Dick Kindsom mit Doktor Zuglert geführt hatte, und an Doktor Zuglerts Anblick.

Zuglert hatte genauso ausgesehen wie dieser Mann hier.

Ron handelte blitzschnell. Mit einem groben Ruck riß er Gerard Lobson in die Höhe.

„Bleiben Sie dicht hinter mir!" rief er ihm zu.

Gerard nickte mechanisch. Sein Blick war noch immer dorthin gerichtet, wo der Totenköpfige an seinem Tisch stand.

Ron drängte die zur Seite, die ihm am nächsten standen.

„Machen Sie Platz!" rief er. „Hier kommt ein Arzt!"

Aus den Augenwinkeln sah er, daß Gerard ihm gehorsam folgte.

Niemand fragte ihn nach einer Legitimation. Sie waren Fremde, die sich zufällig in einem Lokal zusammengefunden hatten und Zeuge geworden waren, wie einer von ihnen krank wurde. Sie erkannten jeden bereitwillig an, der sich als Arzt ausgab.

Ron arbeitete sich geschickt bis zu dem Mann am Tisch nach vorn. Der Totenköpfige schien ihn nicht wahrzunehmen. Er war Terraner, das stand außer Zweifel. Ron packte ihn am rechten Arm.

„Kommen Sie mit, ich bin Arzt", forderte er ihn auf englisch auf. „Ich werde Ihnen helfen."

Der Mann wandte den Kopf ein Stück.

„Helfen?" röchelte er.

„Ja, helfen." Ron nickte eifrig. „Können Sie allein gehen, oder sollen wir Sie tragen?"

Als Antwort tat der Mann einen Schritt vorwärts und ließ dabei den Tisch los. Er mußte sich zwar schwer auf Rons Hand stützen, aber er blieb auf den Beinen. Die Umstehenden wichen zur Seite, als er zum zweiten Schritt ansetzte.

Ron gewahrte Gerard neben sich und flehte im stillen darum, daß dieser jetzt keine Dummheit machte.

Zunächst ging alles gut. Langsam näherte sich Ron mit dem Totenköpfigen, von Gerard und einer kleiner werdenden Schar Neugieriger begleitet, dem Ausgang des Speisesaals.

Schließlich standen sie auf der Straße, und Ron sah sich nach einem Taxi um, aber weit und breit war keines zu sehen. Das wunderte ihn. Er erkannte, daß es auf diesem Teil des Bürgersteigs auch keine Fußgänger mehr gab.

In diesem Augenblick stieß Gerard neben ihm einen unterdrückten Schrei der Überraschung aus. Ron ahnte mehr, als daß er es sehen konnte, daß Gerard sich davonmachen wollte. Seine freie Hand schoß nach vorn und packte den Mann am Ärmel seines Jacketts.

„Hiergeblieben!" fuhr er ihn an.

Er hatte das Wort kaum ausgesprochen, da sagte eine harte Stimme hinter ihm: „Übergeben Sie mir diesen Mann!"

Ron fuhr herum. Hinter ihm stand ein Uniformierter. Ron erkannte die Uniform der Staatspolizei von Lepso.

„Wieso?" wollte Ron wissen. „Der Mann ist krank. Er braucht einen Arzt und keinen Polizisten."

Der Mann grinste höhnisch.

„Sind Sie Arzt?" fragte er in schlechtem Englisch.

Ron hielt es nicht für geraten, die Lüge zu wiederholen.

„Nein", antwortete er. „Aber ich will ihn zu einem bringen."

Das Grinsen des Polizisten verstärkte sich.

„Das können wir noch viel besser", behauptete er. „Da, sehen Sie."

Ron brauchte es nicht zu sehen, er hörte es. Ein starkes Giroauto ließ sich aus der Luft über der Straße herunter und landete auf dem von Fahrzeugen leergefegten Straßenrand. Plötzlich umstanden noch mehr Polizisten Ron und den Totenköpfigen.

Sie haben die Straße zum Teil abgeriegelt, schoß es ihm durch den Kopf. Aus dem Giroauto sprangen fünf weitere Polizisten. Ron wußte genau, daß er gegen sie keine Chance hatte. Das machte ihn wütend, und zu allem Übel mußte er seine Wut noch verbergen.

„Da haben Sie recht", antwortete er dem Polizisten, der jetzt vor ihm stand. „Sie haben bessere Möglichkeiten. Nehmen Sie ihn."

Der Polizist nahm den kranken Alten beim Arm und führte ihn auf das Giroauto zu. Er verschwendete kein weiteres Wort an Ron. Ron blieb stehen, bis sich die Türen des Autos hinter dem Kranken und den Polizisten geschlossen hatten. Er sah, wie der abendliche Verkehr wieder über den bisher abgesperrten Teil der Straße zu fluten begann. Das Giroauto hob sich mit einem kühnen Sprung von der Straßenoberfläche, stieß im Licht der Reklamen aufwärts und verschwand schließlich über dem bunten Meer der Helligkeit.

Ron winkte einem Taxi, das langsam am Rand der Straße entlanggerollt kam. Der Wagen blieb stehen, die hintere Seitentür öffnete sich. Ron schob Gerard in das dunkle Innere des Fahrzeugs und kletterte selbst hinterdrein. Die Tür schloß sich hinter ihm automatisch.

Der Fahrer saß bewegungslos hinter dem Steuer, ein dunkler Umriß in der Finsternis.

„Haben Sie das Polizei-Giro gesehen, das eben von der Straße gestartet ist?" fragte Ron.

Er sah den Chauffeur nicken.

„Können Sie ihm folgen? Es soll Ihr Schaden nicht sein."

Der dunkle Kopf wandte sich um und beugte sich nach hinten.

„Für Sie tue ich das, Erdmann", sagte der Fahrer.

Der Schein einer Lichtreklame beleuchtete das Gesicht für den Bruchteil einer Sekunde. Es war das Gesicht des Mannes von Goszuls Planet, der Ron Landry vom Raumhafen in die Stadt gefahren hatte.

Ron verbarg seine Überraschung.

„Sie sind wohl überall, wie?" fragte er spöttisch.

Der Chauffeur hatte den Wagen wieder in Gang gebracht.

„Überall, wo man mich braucht", gab er zu. „Wenigstens meistens."

„Sie wissen, wohin das Giroauto geflogen ist?" fragte Ron.

„Aber gewiß doch", antwortete der Fahrer. „Ich habe schon öfter solche Fälle beobachtet. Die Polizei wendet sich immer in die gleiche Richtung."

Ron sah aus dem Fenster. Hier oben war es finster. Die Dunstglokke der großen Stadt lag über dem Land, und es waren nur ein paar Sterne zu sehen. Von dem Polizeiwagen entdeckte Ron keine Spur.

„Wie können Sie das Ding eigentlich sehen?" wollte Ron wissen. „Folgen Sie ihm etwa auf Sicht?"

Der Chauffeur lachte amüsiert.

„Bei allen lieben Waldgöttern, nein. Hier draußen sieht man die Hand nicht vor Augen." Er beugte sich nach vorn und tippte auf ein Instrument an seinem Armaturenbrett. „Ich habe eine Hochverkehrslizenz und muß demnach auch ein Ortergerät besitzen."

Ron sah auf dem Reflexschirm des Orters ein Gewimmel von gelben, hellgrünen und türkisfarbenen Punkten.

„Wenn Sie mich fragen, welches der Polizeiwagen ist", sagte er ratlos, „werden Sie keine Antwort bekommen."

„Das macht nichts", war die fröhliche Erwiderung. „Schließlich bin ich ja derjenige, der den Weg finden muß."

Ron sank in seinen Sitz zurück. Er wunderte sich über den Goszul-Mann. Er war zur rechten Zeit dagewesen, er war bereit, ein Polizeifahrzeug zu verfolgen – wozu sich, davon war Ron überzeugt, so schnell kein anderer Fahrer bereit gefunden hätte; er besaß zufällig auch eine Hochverkehrslizenz, die für das Unternehmen unerläßlich war, und natürlich obendrein noch die Instrumente, mit deren Hilfe er ein Fahrzeug unter zehntausend erkennen und verfolgen konnte.

Das waren zuviel Zufälle auf einmal. Er empfand plötzlich Mißtrauen gegen den Fahrer.

Plötzlich wünschte sich Ron, er hätte einen Kampfgefährten neben sich. Er dachte dabei an seinen Freund Larry Randall, der auch für die ISE arbeitete. Wo mochte Larry jetzt stecken? Auf der Erde war er nicht mehr dazu gekommen, diese Frage zu stellen. Wenn Nike Quinto einen Auftrag erteilte, dann tat er es Hals über Kopf, und die Spezialisten, die er aussandte, merkten gewöhnlich erst tausend Lichtjahre von der Erde entfernt, daß sie etwas vergessen hatten zu fragen, mitzunehmen oder zu hinterlassen.

Unvermittelt unterbrach der Goszul-Mann seine Gedanken.

„Ich habe solche Fälle auf Lepso schon des öfteren gesehen. Jemand, der gemütlich die Straße entlangspazierte und vor ein paar Sekunden noch frisch und munter ausgesehen hatte, verwandelte sich plötzlich in ein lebendes Gespenst. Das Gesicht fiel ihm ein, die Haut wurde trocken, gelb und rissig . . ."

31

„Ja, genauso", stimmte Ron eifrig zu.

„. . . und nach einer Weile kam die Polizei, lud ihn auf und brachte ihn fort. Ich würde mich wundern, wenn es dahinten in der Sukkussum-Wüste wirklich einen Arzt gäbe."

„In der wo?"

„Sukkussum-Wüste. Das ist da, wo wir jetzt hinfliegen und wo auch die Polizeifahrzeuge mit den Kranken an Bord hinfliegen. Sie hat tausend Namen, jedes Volk, das auf Lepso lebt, hat ihr einen eigenen gegeben. Sukkussum gefällt mir am besten."

Ron dachte darüber nach. Die Kranken wurden in die Wüste gebracht? War auch Zuglert dort zu finden?

„Wie heißen Sie eigentlich?" fragte er den Chauffeur.

„Rall", war die Antwort. „Ich lebe seit fünfeinhalb Jahren auf Lepso, bin als Besitzer und Taxichauffeur ordnungsgemäß eingetragen, habe eine Hochverkehrslizenz und . . ."

„Schon gut", unterbrach ihn Ron. „Ich wollte Sie nicht ausfragen. Welche Ausmaße hat die Wüste?"

„In nordwestlicher Richtung etwa achtzehnhundert Kilometer bis zur Küste des Seyfour-Meeres. Nach Nordosten und Südwesten jeweils rund dreihundert Kilometer von hier aus. Wir fliegen ziemlich genau die Mittellinie entlang. Ganz schöner Brocken Land."

Ron nickte. Er hoffte, daß das Ziel des Polizeifahrzeugs nicht ausgerechnet am anderen Ende der Wüste lag. Er zweifelte daran, daß Ralls Taxigleiter genügend Energiereserven besaß, um bis dorthin zu fliegen und auch wieder nach Zanithon zurückzukehren. Er sagte das Rall.

„Machen Sie sich darüber keine Sorgen." Der Goszul-Mann lachte. „Wir sind schon halb darüber hinweg."

„Worüber?" fragte Ron verblüfft.

„Über die Wüste. Fast tausend Kilometer liegen schon hinter uns."

Ron rechnete schnell. Nach seiner Rechnung waren sie vor höchstens einer halben Stunde vom Fünf-Meere-Boulevard aufgestiegen.

„Wie schnell fliegen wir eigentlich?" wollte er wissen.

„Im Augenblick rund zweieinhalbtausend Kilometer pro Stunde", antwortete Rall ungerührt. „In einer Höhe von fünfzehn Kilometern."

Das, fand Ron, war für ein gewöhnliches Gleittaxi ungewöhnlich.

Er war jetzt überzeugt davon, daß sich hinter Rall ein Geheimnis verbarg. Aber er glaubte zu wissen, daß es ein freundliches war. Deswegen fragte er nicht danach, sondern überließ es Rall, den Zeitpunkt zu bestimmen, an dem er es ihm offenbaren wollte.

Wenige Minuten, nachdem Ron von der verblüffenden Leistung des Taxis erfahren hatte, begann der Leuchtreflex des Polizeifahrzeugs sich aus dem Mittelpunkt des Orterschirms zu entfernen.

„Sie landen", verkündete Rall ruhig.

„Kennen Sie das Gelände in dieser Gegend?" fragte Ron.

„Nein. Niemand kennt es. Die Sukkussum-Wüste können Sie ruhig als unerforschtes Gebiet betrachten. Niemand ist jemals weiter als bis zwanzig Kilometer dort eingedrungen, und die Luftfahrtlinien vermeiden es, ihre Strecken über die Wüste zu legen. Sie machen lieber einen Umweg."

Ron wies Rall an, auf eine Höhe von etwa fünfzig Metern hinunterzugehen und dort noch ein Stück weiter nach Nordwesten zu fliegen. Noch während das Taxi sank, machte er den Ort aus, an dem der Polizeiwagen mittlerweile gelandet war.

Wenige Minuten später landete der Gleiter. Im matten Sternenlicht sah Ron draußen vor den Fenstern gelbe Dünen aufragen. Er sah Sandfahnen um die Kämme spielen, und als er ausstieg, hörte er das Singen und Klirren der kleinen Sandkörner im stetigen Wüstenwind.

Ron beschloß, sofort zu handeln. Er bat Rall, auf den immer noch schlafenden Gerard aufzupassen, aber Rall lehnte ab.

„Wissen Sie", sagte er, „ich habe den Anfang dieses Abenteuers mitgemacht, ich möchte auch das Ende erleben. Warum schließen wir ihn nicht im Wagen ein und lassen ihn weiterschlafen?"

„Wissen Sie, was Sie da sagen?" fragte Ron überrascht. „Vielleicht mag die Polizei nicht, daß ich hinter ihr her spioniere. Es könnte passieren, daß Schüsse fallen, und ..."

„Das macht nichts", meinte Rall. „Ich finde es außerordentlich interessant."

Ron war es im Grunde genommen recht, daß er einen Begleiter bekam. Er erkundigte sich: „Können Sie das Triebwerk so abschalten, daß Gerard nichts damit anfangen kann, wenn er zu sich kommt?"

Rall lachte. „Sicher kann ich das. Ich habe es mir überlegt. Ihn selbst brauchen wir gar nicht einzuschließen. Er wäre ein schöner Narr, wenn er uns mitten in der Sukkussum-Wüste davonliefe."

Sie einigten sich darauf, den Wagen offen zu lassen und Gerard eine kurze Notiz zu hinterlassen.

Nachdem Rall das Triebwerk verriegelt und den Kodeschlüssel abgezogen hatte, brachen sie auf. In einem Tal zwischen zwei Dünenzügen marschierten sie nordwärts. Die Luft war kühl. Der Sand hatte die Hitze des vergangenen Tages längst abgestrahlt.

Sie waren etwa einen Kilometer weit gegangen, als sie vor sich das dumpfe Brummen eines Fusionsmotors hörten.

Schnell rannte Ron den flachen Hang der nächsten Düne hinauf. Er sank bis zu den Knien in den leichten Sand ein. Aber er war noch früh genug oben, um in geringer Entfernung ein dunkles Etwas sich aus den Dünenfalten gleiten und in den Himmel hinaufsteigen zu sehen.

Das Polizeifahrzeug war gestartet.

Wider alle Vorschrift setzten die Polizisten keine Positionslichter. Das Summen des Motors wurde leiser und schwand schließlich ganz.

Nachdenklich kehrte Ron zu dem wartenden Rall zurück.

„Sie sind abgeflogen, wie?" fragte Rall.

„Ja, und ich denke darüber nach, was das zu bedeuten hat."

Rall kratzte sich am Kopf. Das war eine typisch terranische Geste. Ron wunderte sich eine Sekunde lang darüber.

„Das kann nur heißen, daß sie den Kranken irgendwo hier herum abgesetzt haben", behauptete Rall.

„Nicht nur", widersprach Ron. „Es kann auch bedeuten, daß sie wegen eines Maschinenschadens heruntergehen mußten, den Schaden repariert haben und jetzt weiterfliegen."

Rall sah ihn an. Dann erklärte er mit Bestimmtheit: „Nein, das kann es nicht bedeuten."

Ron war verblüfft. „Woher wissen Sie das so genau?"

Rall machte eine ungeduldige Handbewegung.

„Ach, zum Teufel mit der Maskerade", brummte er ohne weitere Begründung.

Starr vor Staunen sah Ron, wie er sich in den Mund griff, etwas herausholte und fortwarf. Dann sah er auf, und als Rall diesmal sprach, hörte sich seine Stimme ganz anders an.

„Ich weiß es einfach, Ron", erklärte er. „Dort hinten gibt es ein Bauwerk. Ich habe es einmal aus großer Höhe gesehen, aber..."

Ron trat vor Überraschung einen Schritt zurück. Die Stimme kannte er.

Nike Quinto, erkannte er, hatte ihm einen Streich gespielt. Er hatte ihn nicht allein nach Lepso geschickt.

„Larry, alter Gauner!" rief er voller Freude.

„Warte nur", brummte Larry Randall ärgerlich, „bis ich all das beseitigt habe, was sie mit meinem Gesicht gemacht haben. Dann sehe ich auch wieder aus wie Captain Randall."

Ron hatte eine Menge Fragen auf der Zunge. Wie kommst du hierher, warum verkleidest du dich als Taxifahrer, welchen Auftrag hat Nike Quinto dir gegeben, warum hast du dich maskiert? Aber er wußte, daß das warten mußte.

„Wie ist das mit dem Bauwerk?" wollte er wissen.

„Die Flotte hat mir einige Luftaufnahmen geliefert", erklärte Larry. „Es gibt in dieser Gegend ein Gebäude, oder vielmehr eine Ansammlung von Gebäuden, von denen niemand in Zanithon oder sonstwo weiß, wozu sie gut sind, wer sie bewohnt und wer sie gebaut hat. Noch schlimmer: In Zanithon weiß offenbar überhaupt niemand etwas von der Existenz der Gebäude."

Ron nickte grinsend. „Ja, mein Taxichauffeur hat mir gesagt, daß die Sukkussum-Wüste unerforschtes Gebiet sei."

„Das kannst du glauben", bestätigte Larry ruhig. „Auf jeden Fall bin ich sicher, daß die Polizisten den Kranken dort abgeliefert haben. Danach sind sie wieder abgeflogen."

„Hm", brummte Ron, „also wäre es jetzt unsere Aufgabe, uns den Platz anzusehen."

Larry nickte wortlos. Ron klomm den Dünenhang hinauf, von dem er vor kurzem heruntergekommen war. Von oben hielt er ein zweites Mal Umschau, aber im Licht der Sterne konnte er nichts von der Ansammlung von Bauwerken erkennen.

Larry stand neben ihm. Er hatte seine Maske jetzt abgelegt. Randall war ein mittelgroßer, etwas zur Fülle neigender Mann mit einem runden, gutmütig wirkenden Gesicht. Seine kleinen Augen schienen wie immer ein Lächeln zu verbreiten.

35

„Den Bildern nach zu urteilen, sind die Gebäude ziemlich flach", erklärte er leise. „Es ist gut möglich, daß wir sie erst vom Kamm der nächstgelegenen Düne aus zu sehen bekommen."

Aber Ron hatte in der Zwischenzeit etwas anderes entdeckt. Die Reihe der Dünen setzte sich offenbar nicht beliebig weit nach Westen fort. Soweit er in dem ungewissen Licht erkennen konnte, lagen vor ihnen nur noch zwei der Sandrücken. Dahinter schien sich, soweit das Auge reichte, flaches Land zu dehnen. Wenn es hier mitten in der Wüste Bauwerke gab, dann mußten sie dort liegen.

Sie machten sich wieder auf den Weg. Das Gehen im Sand war keine Kleinigkeit. Sie brauchten Kraft, um die Beine nach jedem Schritt wieder aus der pulvrigen Masse herauszuziehen. Trotz der Kühle des anbrechenden Morgens begann ihnen der Schweiß übers Gesicht zu rinnen.

Aber eine halbe Stunde später hatten sie es geschafft. Sie lagen im Schutz des letzten Dünenrückens und spähten über den Kamm hinweg. Unter ihnen lag ein Stück graue Mauer, die sich von Norden nach Süden zog, und dahinter befanden sich einige große und kleine Gebäude. Manche von ihnen waren würfel- oder quaderförmig, andere hatten die Form von Pyramiden und Kegeln.

Ron fragte sich, warum man hier, mitten in der Wüste, abseits von allem Verkehr und den Annehmlichkeiten, die das Leben auf Lepso bot, gebaut hatte. Nur im ersten Augenblick wunderte er sich über die fremdartige Bauweise der Häuser. Lepso war ein Schmelztiegel galaktischer Völker. Jeder baute nach seiner eigenen Gewohnheit.

Wenn dort vorn Menschen lebten oder andere Wesen, dann schliefen sie noch oder hielten sich im Innern ihrer Häuser auf. Der Platz lag wie ausgestorben, aber der Kranke dort war verschwunden.

Ron fixierte das größte aller Gebäude, eine Pyramide, die sich im Mittelpunkt der Gebäudeansammlung erhob. Und plötzlich hatte er das Gefühl einer Gefahr, die davon auszugehen schien.

Vorsichtig näherten sie sich dem ersten, würfelförmigen Gebäude, das vor ihnen aus dem Sand aufragte. Es war fensterlos. Die Mauern schienen aus Stein zu bestehen, und vorläufig war nirgendwo ein Eingang zu entdecken.

Sie umrundeten den Würfel und fanden auf der der Pyramide im

Mittelpunkt der Stadt zugewandten Seite eine Rille, die ein anderthalb Meter hohes Viereck in der Steinwand umschloß. Es gab keinerlei Mechanismus, mit dem die Tür zu bedienen war – wenn es überhaupt eine Tür war. Larry hatte deshalb nicht viel Hoffnung, als er sich mit der Schulter gegen die Wand stemmte.

Und so wäre er auch um ein Haar umgefallen, als der Stein widerstandslos nachgab und sich das von der Rille umschlossene Stück leicht und geräuschlos nach innen drehte, in einen finsteren, feuchtwarmen, stinkenden Raum hinein.

Ron hatte die Waffe in der Hand, die er von den Springern erbeutet hatte. Larry war zur Seite gesprungen. Von drinnen, aus der Finsternis, kam ein zischendes, röchelndes Geräusch. Ron wartete. Er hatte das Gefühl, als rege sich etwas im Dunkel hinter der Tür. Sekunden vergingen, dann sah er, daß er sich nicht getäuscht hatte.

Etwas kam herausgekrochen.

Ron sah zuerst ein Gebilde, das wie ein weißer, dürrer Stock aussah. Aber weiter oben hatte der Stock ein Gelenk. Dann kam noch ein Stück Stock, und dieses war mit einer Art Lappen umwickelt.

Das Bein eines Menschen.

Ron zwang sich, ruhig zu bleiben. Er wartete, bis das elende Geschöpf sich vollends in die schwache Helligkeit des beginnenden Tages gearbeitet hatte. Es kostete Mühe, das Geschöpf anzuschauen. Er empfand Mitleid, wie er es in seinem Leben noch nicht gekannt hatte, und Abscheu vor denen, die dieses Wrack von einem Menschen hier in der Wüste verkommen ließen.

Der Mann, den er im Schnellimbiß von Zanithon gesehen und dann an die Polizei ausgeliefert hatte, war ein Musterbeispiel gesunden Aussehens gewesen, verglichen mit dem da, was vor Ron und Larry auf dem Boden lag. Es vermochte kaum mehr, den Kopf vom Boden zu heben. Jedesmal sank es wieder in den Sand.

Ron beugte sich nieder und half ihm. Mit stumpfen Augen starrte ihn der Totenschädel an. Die Lippen begannen sich zu bewegen, und in englischer Sprache formten sich krächzend die Worte: „Immerdar – diene ich – euch, ihr Herren!"

„Nur Mut, mein Freund", redete Ron dem Wesen zu. „Wir bringen dich hier heraus. Wer bist du? Wie bist du hierhergekommen?"

37

Der Kopf wollte vornübersinken. Aber Ron hielt ihn fest und zwang ihn, ihm in die Augen zu sehen.

„Immerdar . . .", röchelte das Wesen.

Zu einem weiteren Wort hatte es keine Kraft mehr.

Ron ließ es behutsam in den Sand zurückgleiten. Dann stand er auf.

„Es hat wenig Zweck", murmelte er bedrückt. „Vielleicht finden wir jemand, der kräftiger ist. Ihm können wir nicht mehr helfen."

Schweigend gingen sie weiter. Ron grübelte über den Sinn der Worte, die das Wesen gesprochen hatte. Worte, die es offenbar für so wichtig hielt, daß es sie selbst im Zustand der allergrößten Schwäche von sich gab. *Wem* wollte es dienen? *Wer* waren die Herren? Fast schien es Ron eine Art religiösen Gelübdes zu sein.

Aber es ergab keinen Sinn.

Durch Zufall ging Rons Blick zu der großen Pyramide hinüber, deren Spitze über den Flachdächern und den Gipfeln der anderen Gebäude zu sehen war. Larry hörte seinen Freund einen Ruf der Überraschung ausstoßen und fuhr herum.

Auf der Spitze der Pyramide stand eine Gestalt, von ihrem Standort aus winzig anzusehen, aber selbst im schwachen Morgenlicht funkelnd von all dem Geschmeide, das sie sich umgehängt hatte. Die Gestalt bewegte sich. Es sah aus, als ob sie sich nach verschiedenen Richtungen neige oder verbeuge. Ron war plötzlich sicher, daß er mit seiner Vermutung recht gehabt hatte: diese Stadt, die totenköpfigen Kranken in den Steinhütten, die Gestalt dort oben auf der Pyramide – das alles waren Teile eines Kultes. Der dort oben auf der Pyramide schien ein Priester zu sein. Vielleicht war er einer von denen, denen der halbtote Terraner dort vorn versprochen hatte, daß er ihnen immer dienen wollte.

Wenigstens dachte Ron das, und seine Wut wuchs.

Doch ehe er und Larry den vermeintlichen Priester näher in Augenschein nehmen konnten, war dieser verschwunden.

Ron fröstelte.

Sie waren einem außerordentlichen Geheimnis auf der Spur, daran gab es keine Zweifel mehr.

„Die Sache ist heiß", meinte auch Larry. „Bevor wir weitermachen, müssen wir Quinto unterrichten."

Ron zögerte keinen Augenblick.

„Kehren wir um", schlug er vor.

Sie verließen die Ansiedlung. Sie war wieder leer und ruhig wie in dem Augenblick, in dem sie sie zum ersten Mal gesehen hatten.

Ron fragte sich, was das alles zu bedeuten hatte. Mitten in der Wüste gab es eine kleine Ansammlung von Gebäuden, die sich um eine Pyramide, anscheinend einen Tempel, gruppierten. Die Gebäude hatten wohl keinen anderen Sinn als den, die Diener der Prister zu beherbergen – die Halbtoten, die sie in Zanithon und wahrscheinlich auch in anderen Städten auflasen, um sie hierherzubringen.

Was war das für eine Krankheit, die Menschen mitten auf der Straße, beim Essen oder bei der Unterhaltung überfiel und blühende Geschöpfe in wandelnde Leichname verwandelte? Und was war das für eine Sekte, deren Priester sich dieser Kranken als Diener versicherten – mit der Unterstützung der Polizei dieses Planeten?

Fragen über Fragen. Die Priestergestalt auf dem Tempel hatte ihn an etwas erinnert. Er wußte nicht, was es war. Er erinnerte sich aber, daß es nicht in einem freundlichen Zusammenhang mit der terranischen Geschichte der vergangenen Jahrzehnte stand. Eine Gefahr verbarg sich dahinter.

Das Gleittaxi tauchte schließlich vor ihnen auf. Müde glitten sie den Hang der letzten Düne hinunter und trotteten auf das Fahrzeug zu.

Dann blieb Ron plötzlich stehen und hielt Larry an der Schulter fest.

Der Wagen war leer. Gerard Lobson war verschwunden.

„Dieser Narr!" rief Larry zornig. „Wo will er mitten in der Wüste hin?"

Sie suchten nach Fußspuren. Aber der Wind schien in der Zwischenzeit ziemlich aktiv gewesen zu sein. Es gab ein paar verwaschene Eindrücke, die nordwärts zwischen den Dünen dahinführten, aber niemand konnte sagen, ob das ihre eigenen von heute morgen waren oder die von Gerard Lobson.

Larry ging um den Wagen herum. Ron blieb stehen und überlegte, ob er auf die nächste Düne steigen und von dort aus Umschau halten sollte. Aber er kam nicht mehr dazu, einen Entschluß zu fassen. Er hörte ein kratzendes, raschelndes Geräusch hinter sich und fuhr herum.

39

Aber schneller, als er sich umdrehen konnte, hatte Gerard Lobson sich aus dem Loch erhoben, das er sich in den Sand gegraben hatte, um sich zu verstecken.

Gerard stand vornübergebeugt. Die Situation schien ihm Spaß zu machen. Er grinste und verzog das Gesicht zu einer höhnischen Grimasse.

Aber was das Schlimmste war, er hielt einen kleinen, tödlichen Nadelstrahler in der Hand.

Gerard hatte das Vergnügen, das ihm der Anblick der beiden überraschten Männer bot, anscheinend lange genug genossen. Er fing an zu reden.

„Wir werden jetzt zusammen nach Zanithon zurückfliegen", verkündete er. „Sie beide auf dem Vordersitz, ich hinten."

Larry schien sich in diesem Augenblick bewegt zu haben. Blitzschnell gab Gerard seiner Waffe eine leichte Drehung und schrie: „Stehenbleiben!"

Offenbar gehorchte Larry, denn Gerard entspannte sich wieder.

„Nach Zanithon wären wir sowieso geflogen", sagte Ron beiläufig. „Was soll das Theater?"

„Aber nicht dorthin, wo ich hin will", sagte Gerard.

„Wo wollen Sie hin?"

„Zu meinen Freunden, die mir einiges schuldig sein werden, wenn ich Sie abgeliefert habe."

„Zu den Springern, wie?" spottete Ron.

Ron hatte keinerlei Beweise dafür, daß Gerard aus eigenem Antrieb mit den Springern zusammenarbeitete. Aber der Schuß saß. Gerard riß erstaunt die Augen auf.

„Woher wissen Sie das?" stieß er hervor.

Ron lachte spöttisch. „Sie haben mir so viele Lügen erzählt, Lobson, daß ich mir meine eigene Geschichte zusammenreimen mußte. Sie saßen mit den beiden Springern und dem Ara in Zuglerts Büro, wie? Plötzlich sprang einer von den Springern auf und verließ den Raum, sagten Sie? Und als er wiederkam, trug er mich auf den Armen? Du meine Güte, beim nächstenmal müssen Sie besser lügen. Sie standen unten Wache, das ist die Wahrheit. Die Springer verdächtigten mich, seitdem ich mit der EPHRAIM auf Lepso angekommen war. Die einfachste Methode, herauszufinden, ob der Verdacht stimmte, war, abzuwarten, ob ich mir Zuglerts Büro ansehen würde. Man brauchte mich nicht einmal zu überwachen. Man brauchte nur einen Posten vor dem Gebäude in der 86. Straße aufzustellen und ein paar technische Vorbereitungen zu treffen. Der Posten waren Sie, Lobson, und die Vorbereitung bestand darin, daß das Antischwerefeld eines jeden Liftschachts nach Belieben ein- und ausgeschaltet werden konnte. Sie hatten also nichts anderes zu tun, als Meldung zu machen: Achtung, er kommt! Und erzählen Sie mir nicht, ein Springer allein hätte mich nach oben gebracht. Dazu waren zwei Leute notwendig. Es mußte ja schließlich schnell gehen, denn immerhin gab es noch einige Unbeteiligte im Haus. *Sie* haben ihm dabei geholfen, nicht wahr?"

Gerard sah Ron dreist an. „Was haben Sie daran auszusetzen?"

Ron schüttelte den Kopf.

„Nichts", antwortete er ernst. „Vor allem, weil ich weiß, daß nicht Sie dafür verantwortlich sind."

„Was heißt das?"

Ron machte eine wegwerfende Handbewegung.

„Später", sagte er. „Sagen Sie mir noch, warum die Kranken alle hierher in die Wüste gebracht werden."

Gerard zuckte zusammen. Ron sah, daß er blaß wurde.

„Das weiß ich nicht", stieß er fast flüsternd hervor.

Ron sah Gerard an.

„Aber ich weiß etwas", sagte er. „Sie sind süchtig, nur deswegen arbeiten Sie mit den Springern zusammen. Das, was Sie brauchen, kostet zwar nicht übermäßig viel Geld, aber Sie haben überhaupt keines. Vielleicht haben die Springer Sie wirklich gefaßt, als Sie zurückkehrten, vielleicht sind Sie auch freiwillig zu ihnen gegangen. Auf jeden Fall bekamen Sie von den Springern soviel von dem Zeug, wie Sie nur brauchten. Deswegen sind Sie ihnen hörig. Wegen einiger Schlucke likörähnlichen Getränks, das in kleinen Flaschen mit violett-gelben Etiketten verkauft wird."

Gerard starrte ihn an. Wie in Trance wich er einen Schritt zurück. Sein Mund bewegte sich. Er versuchte, Worte zu formen, aber sie kamen ihm nicht über die Lippen.

Ron gab sich Mühe, nicht zur Seite zu sehen. Er mußte Gerards Blick festhalten. Das meiste, was er gesagt hatte, waren nur Vermutungen gewesen. Aber Gerards Reaktion zeigte, daß er richtig geraten hatte. Er hatte eindringlich gesprochen. Gerard war zu Tode erschrocken, weil er sein Geheimnis entdeckt sah. Zum Teufel, *jetzt* war für Larry der Augenblick zum Handeln da.

Bruchteile von Sekunden später erkannte er, daß er sich in Larry nicht getäuscht hatte. Gerard wurde plötzlich auf etwas aufmerksam, was außerhalb von Rons Gesichtskreis geschah. Er wollte zur Seite springen, stolperte aber dabei und stürzte.

In diesem Augenblick zischte Larrys Schuß hinter dem Fahrzeug hervor. Ron duckte sich zum Sprung, um Gerard abzulenken, wenn Larry danebenschießen sollte.

Aber Larry hatte gut gezielt. Der Schuß traf Gerard am rechten Arm. Er brüllte vor Schmerz auf und schnellte sich herum. Die Waffe verlor er dabei, und während er sich im Sand wälzte, versuchte er auch nicht mehr, sie zu erreichen. Der Schmerz der Brandwunde am Arm hatte ihm den letzten Rest Beherrschung genommen.

Ron ging langsam auf ihn zu. Er packte ihn bei den Schultern, hob ihn auf und stellte ihn auf die Beine.

„Wir fahren jetzt nach Zanithon zurück", sagte er beruhigend. „Und Sie werden Ihren Likör bekommen, auch ohne die Springer."

Die Fahrt verlief ohne Zwischenfälle. Gerard Lobson bekam, wonach er verlangte, und Ron Landry hatte dabei Gelegenheit festzustellen, daß die Droge, Liquitiv genannt, auf Lepso im öffentlichen Handel zu haben war. Sie gehörte zu den Likören, und niemand schien etwas von der Gefahr zu wissen, die sie barg.

Ron kam der Begriff „Liquitiv" bekannt vor, er war sicher, ihn auf der Erde ebenfalls schon gehört zu haben. Auf jeden Fall mußte Quinto auch darüber schnell informiert werden.

Gerard war wie verwandelt. Er wollte nichts mehr von einer Rückkehr zu den Springern wissen, zumal Ron einen größeren Vorrat Liquitiv eingekauft hatte, um ihn auf längere Zeit zu versorgen – und Proben für die irdischen Analytiker zur Hand zu haben. Er war sogar damit einverstanden, daß man ihn bei nächster Gelegenheit zur Erde zurückbrachte und dort versuchte, ihn von seiner Sucht zu heilen.

Ron gab einen umfassenden Kodebericht an Nike Quinto.

Quinto befahl, daß Landry zusammen mit Randall sofort nach Terra kommen sollte. Ron setzte seinen Freund, der inzwischen auf eigene Faust Untersuchungen anstellte, davon in Kenntnis und verabredete sich mit ihm im Hotel. Dann verabschiedete er sich von Gerard und kehrte in sein Hotel zurück, wo sein Freund schon auf ihn wartete.

Larry hatte herausgefunden, daß Liquitiv vor etwa zwölf Jahren zum ersten Mal im Handel erschienen war. Es gab niemanden, der wußte, woher es kam. Der Wirt eines Restaurants hatte es vom Kleinhändler bezogen, der Kleinhändler vom Großhändler, der Großhändler von einem Generalvertrieb, der Generalvertrieb hatte es auf Cinema im Lorraine-System gekauft. Und man durfte sicher sein, daß auch die Leute auf Cinema nicht die eigentlichen Produzenten waren. Das Zeug ging durch viele Hände, und im Grunde genommen war es ein Wunder, daß es vom Endverkäufer noch zu einem erschwinglichen Preis erworben werden konnte.

„Das bedeutet also", schloß Ron nachdenklich, „daß Liquitiv zweierlei Wirkung haben muß."

Larry sah auf.

„Du bist mir ein Stück voraus", sagte er lächelnd. „Würdest du mir das erklären?"

Ron nickte. „Paß auf! Armin Zuglert war ein rüstiger, sportlicher Mann. Niemand sah ihm an, daß er liquitivsüchtig war. Plötzlich bricht seine Gesundheit zusammen, er sieht auf einmal aus wie ein lebender Leichnam. Warum?"

„Weil er kein Liquitiv mehr bekommt", antwortete Larry rasch und voller Überzeugung.

Ron zeigte mit dem Finger auf ihn. „Falsch. Liquitiv gibt es überall zu kaufen. Zuglert hatte Geld. Er wußte, daß er süchtig war, und auch, daß man als Süchtiger nicht einfach aufhören kann, das Zeug zu sich zu nehmen, an das man sich gewöhnt hatte. Warum sollte er also nicht hingehen und sich neues Liquitiv kaufen, wenn sein Vorrat verbraucht war? Nein, das war es nicht. Ungeachtet dessen, daß Liquitiv süchtig macht, hat es nach einer bestimmten Zeitdauer des regelmäßigen Genusses auch noch eine andere Wirkung: Es macht Menschen – und vielleicht auch andere Lebewesen – zu lebenden Leichnamen. Und nach welcher Zeit tut es das? Alles was wir darüber sagen können, ist, nach nicht mehr als zwölf Jahren und einigen Monaten. Denn früher kann Zuglert das Gift auf Lepso nicht bekommen haben."

Larry dachte darüber nach. Dann nickte er.

„Ich glaube", sagte er mehr zu sich selbst, „wir könnten eine ganze Menge herausfinden, wenn wir die Bewohner der Tempelstadt ein bißchen genauer unter die Lupe nehmen könnten."

Ron war aufgestanden und ging zu einem der Fenster.

„Ich glaube", seufzte er, „zu diesem Zweck ruft Nike uns nach Hause. Wetten, daß wir uns dort nicht einmal ausruhen dürfen?"

3.

Quinto empfing die beiden Spezialisten unmittelbar nach deren Ankunft auf Terra. Er sagte, daß er sich wegen Rons Bericht bereits mit Rhodan in Verbindung gesetzt hatte. Dann begann Quinto über seine angeblich schlechte körperliche Verfassung zu klagen.

Ron nickte geistesabwesend. Larry enthielt sich, wie üblich, jedes Wortes und jeder Geste.

„Woher kommt das?" fragte Ron.

Nike Quinto wurde zappelig.

„Woher kommt *was*?" keifte er. „Drücken Sie sich deutlicher aus, Major. Undeutliche Fragen regen mich auf, und Aufregung bringt meinen Blutdruck zum Steigen. Also, was wollen Sie wissen?"

Ron lächelte.

„Was an der Sache", präzisierte er, „ist so wichtig, daß der Administrator sich darum kümmern muß?"

„Das ist einfach erklärt", antwortete Nike Quinto. „Nach unseren Auswertungen spielen in der Lepso-Affäre die Priester des Baalol-

Kultes eine Rolle. Der Baalol-Kult hat in der irdischen Geschichte schon einmal eine Rolle gespielt, und zwar vor rund sechzig Jahren. Auf den Imperator des arkonidischen Reiches wurde ein Anschlag verübt. Man beraubte Atlan seines Zellaktivators und wollte ihn auf diese Weise zur Abdankung zwingen. Der Anschlag ging von Baalol-Priestern aus. Und bei einem Baalol-Priester wurde das gestohlene Gerät nach einer Verfolgungsjagd bis zum Gela-System und einem heftigen Kampf auch gefunden. Die Baalol-Priester haben zum Teil besondere Psi-Fähigkeiten. Sie können andere Psi-Begabungen absorbieren und gegen den Träger der Begabung selbst richten. Wegen dieses Umkehreffekts hat man sie auch ‚Antis' genannt. Es ist uns bekannt, daß die Antis ein weites Netz von Kultstätten überall in der Galaxis aufgebaut haben. Weder über ihre Ziele noch über das Wesen ihres Kultes sind wir uns jedoch im klaren. Von diesem wissen wir nur, daß er sich nicht um eine definierbare Gottheit oder um mehrere Gottheiten dreht. In mystischer Weise nimmt er für sich in Anspruch, den Gläubigen die letzten Weisheiten beibringen und sie von aller seelischen und körperlichen Not befreien zu können. Weiterhin ist bekannt, daß die Antis geschickte Händler sind. Es ist kein Wunder, daß sie mit den Springern zu tun haben, da sie offenbar in der Lage sind, den Springern wichtige Güter zu liefern. Auch die Aras hat man oft mit den Baalol-Priestern zusammen gesehen. Da sowohl die Springer als auch die Aras Terra alles andere als freundlich gesinnt sind, ist es möglich, daß wir auch von den Antis nichts Gutes zu erwarten haben."

Quinto holte Atem und tat erschöpft, dann fuhr er fort: „Wir wissen noch nicht, welche Rolle die Antis in diesem Spiel übernommen haben. Es steht fest, daß auf Lepso die halbtoten Süchtigen in die Wüstentempel gebracht werden, zu welchem Zweck auch immer. Und noch etwas. Liquitiv ist auf Terra bereits seit etwa drei Jahren im Handel und auf dem besten Weg, das Lieblingsgetränk vieler Menschen zu werden. Ebenso verhält es sich auf vielen Planeten des Arkon-Imperiums und auf terranischen Kolonialwelten."

Quinto hielt kurz inne und musterte die beiden Agenten. Das Zusammenzucken der beiden bei der Erwähnung, daß Liquitiv auf Terra gehandelt wurde, war ihm nicht entgangen.

45

„Wie konnte das geschehen?" fragte Ron gepreßt. „Wurden nicht, wie es bei allen Produkten der Fall ist, genaue Analysen durchgeführt? Warum hat man die Gefährlichkeit des Likörs nicht erkannt?"

„Derartige Kontrollen wurden selbstverständlich durchgeführt, und alle Gutachten sagen aus, daß Liquitiv ein harmloses alkoholisches Getränk ist, wenn es nicht – wie bei allen derartigen Genußmitteln – übermäßig konsumiert wird. Da die Untersuchungen ergaben, daß Liquitiv sich auch positiv auf den Organismus auswirkt, gab es keinen Grund, den Verkauf des Mittels zu verbieten. Auffallend an der ganzen Geschichte ist, daß dieser Likör – obwohl er schon seit mehr als zwölf Jahren existiert – erst vor zwei Jahren in den Handel kam, und zwar *gleichzeitig* auf verschiedenen Planeten des terranischen und des Arkon-Imperiums. Vermutlich diente Lepso den Antis und ihren Verbündeten nur als Testwelt. Als sie sicher sein konnten, daß das Liquitiv seine Wirkung entfaltete, überschwemmten sie die halbe Galaxis damit. Natürlich wird der Likör, nach allem was wir jetzt darüber wissen, neuerlich einer genauen Kontrolle unterzogen. Doch diese Untersuchungen haben bisher noch kein negatives Resultat erbracht. Deshalb ist es notwendig, jene verschollenen Terraner zu finden, die sich in der Tempelanlage auf Lepso befinden. Sie müssen untersucht werden. Vielleicht bringt uns das der Lösung des Rätsels etwas näher." Quinto lächelte böse. „Sie werden also nach Lepso zurückkehren und so viele Gefangene wie möglich aus der Tempelstadt befreien. Sind Sie dazu bereit?"

„Nein", sagte Ron gelassen, und Larry schüttelte ebenfalls den Kopf.

Quinto bekam einen Tobsuchtsanfall und verwünschte sie.

„Aber", sagte Ron genüßlich, „wir werden uns Rhodans Wünschen nicht entgegenstellen."

„Gut", meinte Quinto, schnell wieder ruhig werdend. „Es ist schade, daß ich euch nicht begleiten kann, aber mein Zustand läßt es nicht zu."

Heuchler! dachte Ron.

„Wir brauchen Sie hier", sagte Larry. „Wer sonst sollte sich all die Pläne für unsere Einsätze ausdenken?"

4.

Mehrere Passanten beobachteten den Mann, wie er aus dem Eingang eines kleinen Bürohauses hervortaumelte und sich die Straße entlang zu bewegen begann, wobei er sich gegen die Wand des Hauses stützte.

Er sah so aus, als würde er zusammenbrechen, sobald er seine Stütze verlor. Zwar vermochte das, was mit ihm geschehen war, an seinem mächtigen Körper nichts zu ändern. Er war immer noch ein Riese mit breiten Schultern und kräftigen Händen. Aber irgend etwas schien ihm die Kraft aus dem Körper genommen zu haben. Seine Knie zitterten, und die Hände waren keine Sekunde lang ruhig. Sein Gesicht war eingefallen. Gelblich graue Haut spannte sich über die Wangenknochen und blieb trotzdem runzelig und schlaff.

Es war nicht ganz klar, wo der Mann hinwollte. Für ihn wäre ein Krankenhaus das beste gewesen. Aber das nächste Hospital lag genau in der entgegengesetzten Richtung.

Einer der Passanten faßte sich schließlich ein Herz und ging auf den Kranken zu. Er wollte ihm erklären, wo er sich hinwenden mußte, um Hilfe zu bekommen. Aber er hatte noch keine drei Schritte getan, als er aus der Luft das Heulen eine Polizeisirene hörte. Verwundert blieb er stehen und sah in die Höhe. Er sah ein Giroauto ein paar Meter neben dem Kranken landen. Noch ehe er richtig begriff, was da eigentlich geschah, waren Polizisten aus dem Fahrzeug gestiegen und hatten den kranken Mann umringt. Er schien keinen Widerstand zu leisten – woher hätte er die Kraft auch nehmen sollen –, als die Polizisten ihn packten und in ihren Wagen schleppten. Sekunden später stieg das Fahrzeug wieder auf und verschwand im dichten Verkehr über den Dächern der Stadt.

Knapp eine Stunde später luden die Polizisten den Mann in der Einöde der Wüste ab. Der Kranke wurde nicht so recht gewahr, was mit ihm geschah. Irgend jemand, den er nicht sehen konnte, nahm ihn auf und trug ihn in rasendem Flug auf eine Ansammlung von Gebäuden zu. Ohne daß sich eine Tür geöffnet hätte, befand er sich plötzlich im Innern eines der kleinen Bauwerke. Es war finster. Er lag eine Weile ruhig, damit seine Augen sich an das kleine bißchen Helligkeit, das durch ein faustgroßes Loch in der Decke hereinfiel, gewöhnen konnte. Dann sah er sich um und erkannte, daß außer ihm noch viele Menschen in der gleichen Verfassung wie er auf dem Boden der Steinhütte lagen. Sie rührten sich nicht und zeigten keinerlei Interesse an ihm.

Offenbar erwarteten sie, daß er sich ebenso verhielt.

Das tat er jedoch nicht. Er stand auf und ging von einem der ruhig Daliegenden zum anderen. Zum ersten Mal erkannte er eine Reaktion an ihren Blicken. Sie verfolgten seine Bewegungen mit großen Augen, und es schien ihnen ein unglaublicher Anblick zu sein, daß jemand, der genauso krank aussah wie sie, sich kurz nach seiner Einlieferung erhob und munter im Innern der Hütte umherging.

Mit kraftlosen Bewegungen schoben sich zwei bis zur Rückwand und versuchten, sich daran aufzurichten. Das gelang ihnen nach einer Reihe von Versuchen. Sie husteten und keuchten. Aber sie saßen aufrecht und konnten den Mann, der vor ihnen stand, genau sehen.

Er nickte ihnen zu, befriedigt, wie ihnen schien. Mit einer Stimme, die ziemlich energisch klang, sagte er: „Ihr seid alle noch genügend bei Kräften, um neugierig zu sein. Das ist gut, denn in wenigen Tagen werden wir Männer brauchen, die sich bewegen können. Seid ihr alle Terraner?"

Die beiden an der Wand nickten. Auch die, die auf dem Boden lagen, machten schwache Zeichen der Zustimmung.

Der Mann vor ihnen winkte ab.

„Nicht sprechen, wenn es nicht unbedingt nötig ist!" rief er. „Spart eure Kraft!" Dann stellte er sich vor.

„Ich komme direkt von der Erde, um euch zu helfen", erklärte er. „Ich bin Major einer terranischen Abwehrorganisation. Mein Name ist Ron Landry."

So weit war der Plan also geglückt, registrierte Ron Landry. Sie hatten ihm noch auf der Erde eine Droge injiziert, die die eigenartige Veränderung seines Aussehens hervorrief, ohne ihm sonst weiter zu schaden. Er war zusammen mit fünf Begleitern von der FLORIDA unauffällig auf Lepso abgesetzt worden und hatte sich sofort zu einem Gebäude begeben, in dem, wie er wußte, die Springer ein Büro besaßen. Er hatte sich lange genug dort aufgehalten, um von den Springern gesehen zu werden – und der Erfolg war offensichtlich. Die Springer hatten die Polizei gerufen, und er wurde aufgegriffen.

Jetzt war er hier – mit vier Kranken zusammen, die bis vor kurzem noch so teilnahmslos gewesen waren, daß sie untereinander nicht einmal ihre Namen kannten. Ron Landrys Erscheinen hatte ihre Neugier geweckt und den letzten Rest ihrer körperlichen und geistigen Energie aktiviert. Aber es war die Frage, ob das bißchen, was sie noch besaßen, ausreichen würde, um sie zu retten.

Von den vieren war nicht allzuviel zu verfahren. Ron fand heraus, daß man vier- bis fünfmal Liquitiv genossen haben mußte, um wirklich süchtig zu werden. Diese Frage hatte ihn seit langem interessiert, denn er selbst war schließlich einmal dazu gezwungen worden, Liquitiv zu sich zu nehmen, und er wollte wissen, wie dicht am Rand des Abgrunds er vorbeigegangen war. Ron erfuhr außerdem, daß es in der Tempelstadt zwar in der Hauptsache humanoide Opfer der Liquitiv-sucht gab, aber auch einige hundert nichtmenschliche. Damit schien bewiesen, daß das gefährliche Getränk auf intelligente Wesen ohne Rücksicht auf Herkunft wirkte. Das machte es noch gefährlicher, als es ohnehin schon war. Ron erkannte, daß er mit Hilfe des Liquitiv-Likörs den Antis, mit Springern und Aras verbündet, unter Umständen gelingen könnte, die intelligenten Völker der ganzen Galaxis süchtig und damit sich untertan zu machen. Denn es schien niemanden zu geben, der ihrem teuflischen Gebräu Widerstand zu leisten vermochte.

Die Kranken wußten selbst nicht, warum man sie in die Tempelstadt transportiert hatte. Ab und zu wurden sie ins Innere des Tempels gebracht, wo man sie medizinisch untersuchte. Vielleicht wollten die Antis diesen Schwerkranken helfen, weil sie an solche schlimmen Auswirkungen nicht geglaubt hatten. Den Gefangenen wurde immer wieder eingeschärft, Baalol ergeben zu dienen. Aber niemand wußte, wozu die Ergebenheit gut sein sollte. Denn den Kranken wurde niemals eine Aufgabe gestellt.

Die Lektion von der Ergebenheit, berichteten sie, hätten sie in sogenannten Instruktionsstunden gelernt. Ron Landry gelang es nicht, herauszufinden, was eine Instruktionsstunde war. Die Beschreibungen widersprachen sich. Er tröstete sich damit, daß die Priester ihm eine solche Stunde über kurz oder lang auch würden zuteil werden lassen.

Er wußte noch nicht, daß die Instruktion höchste Gefahr für ihn bedeutete – aber er fand es bald heraus.

Er dachte an Larry, der von der FLORIDA aus bald nach Lepso aufbrechen würde – auch ein Teil von Quintos verrückten Plänen.

Er hatte einige Stunden geschlafen, als ihn dröhnender Gongschlag weckte. Er drehte sich verwundert auf die Seite. Für den Bruchteil einer Sekunde sah er den blassen Kranken, der neben ihm lag, dann tauchte ein anderes Bild auf; eine weite, geräumige Halle, nur matt beleuchtet und leer bis auf eine Reihe von drei Priestern in wallenden, schimmernden Gewändern, die am Ende des großen Raumes standen und ihren Blick auf Ron gerichtet hielten.

Merkwürdigerweise hatte Ron nicht den Eindruck, daß er sich selbst in der Halle befand. Er war überzeugt davon, daß er weiterhin in der Steinhütte lag und das Bild der Halle mit den Priestern ihm vorgegaukelt wurde. Ja, es war fast, als hielte ihm jemand ein buntes, lebenskräftiges Bild der Halle mit den Priestern vor die Augen. Er fühlte sich unbeteiligt.

Die Priester begannen plötzlich zu sprechen. Ron sah, daß sie die Münder nicht bewegten, aber er hörte ihre Stimmen und verstand ihre Worte.

„Freue dich! Du bist auserwählt, der ewigen Wahrheit und ihren Wächtern zu dienen."

Ron enthielt sich jeglicher Äußerung. Er starrte nur verwundert auf das Bild vor seinen Augen.

„Aber der Glaube verlangt Gehorsam", verkündete einer der

Priester. „Es gibt keine Erkenntnis ohne Gehorsam. Gehorsam wirst du uns von nun an sein, oder . . ."

Er sprach nicht weiter. Ron spürte einen brennenden, stechenden Schmerz, der ihm durch den ganzen Körper rann. Er wollte schreien, aber da er sich wesenlos in der Halle befand, hatte er keinen Mund, durch den der Schrei hinausdringen konnte.

Er verstand die Bedeutung der Demonstration. Jedesmal, wenn er mangelnde Ergebenheit erkennen ließ, würde er den gleichen Schmerz verspüren, vielleicht auch einen noch heftigeren.

Die drei Priester schienen diesen Gedanken zu empfangen.

„Es gibt keine Bedingungen", erwiderte der erste, und Ron spürte, wie der Schmerz sich verstärkte. „Bedingungslos wirst du der Wahrheit dienen – und uns, die wir ihre Hüter sind."

Ron wand sich. Er wußte nicht, was sie ihm da antaten, aber es war schrecklich. Der Schmerz ließ sich nicht lokalisieren. Es war, als ob der ganze Körper in einen mit Schmerz und Qual erfüllten Raum geworfen sei. Dabei war er augenblicklich doch offenbar körperlos.

Ja, ich gehorche, dachte Ron.

Der Schmerz ließ nach. Die Stimmen der Priester wurden wieder laut.

„Übe Demut! Nur dem Demütigen eröffnet sich die Wahrheit! Kehre zurück an deinen Platz!"

Ron öffnete die Augen. Er erwartete, das Gesicht des Kranken wieder vor sich zu sehen, aber der Steinboden war leer. Ron drehte sich auf den Rücken und sah einen seiner vier Leidensgenossen vor sich knien.

„Du liebe Güte – das dauerte lange", keuchte der Mann.

Ron hob den Arm und sah auf seine Uhr. Er hatte mindestens drei Stunden mit den drei Priestern in der Halle zugebracht.

Die anderen versicherten ihm, daß das ungewöhnlich war. Von ihnen war keiner jemals länger als anderthalb Stunden „weggeblieben", wie sie es nannten. Ron wurde mißtrauisch. Hatten die Priester bemerkt, daß er anders war als die Kranken, die die Lepso-Polizei ihnen überlicherweise brachte?

Er mußte mit dieser Gefahr rechnen. Die Baalol-Priester waren mit starken Psi-Fähigkeiten begabt. Es lag durchaus im Bereich des

51

Wahrscheinlichen, daß sie den Geist eines gesunden von dem eines kranken Menschen unterscheiden konnten. Aus der Beschreibung seiner vier Mitgefangenen erfuhr er, daß sein Körper sich mehrere Male unruhig hin und her gewälzt habe, während sein Geist von den Priestern bearbeitet wurde. Auch das war unerhört und noch nie dagewesen. Ron nahm sich vor, sein Gehabe noch mehr als bisher dem eines wirklich Kranken anzupassen.

Er ließ den ganzen Tag verstreichen, ohne etwas zu unternehmen. Dreimal im Lauf dieses Tages tauchten, von unsichtbarer Hand gebracht, fünf Schüsseln im Innern der Hütte auf. Diese Schüsseln enthielten einen grauen Brei, über den sich Rons Mitgefangene gierig hermachten. Ron selbst spürte nur mäßigen Hunger. Aber er leerte seine Schüssel gründlich. Die Schüsseln verschwanden alle auf einmal.

Das beruhigte Ron. Denn es schien ihm die Gewißheit zu geben, daß die Priester das Innere der Hütten nicht dauernd unter Bewachung hielten. Hätten sie das getan, dann hätten sie sehen müssen, wann jeder einzelne mit seiner Mahlzeit fertig war und die Schüsseln in dieser Reihenfolge zurückgeholt.

Das gab ihm den Mut, nach Anbruch der Dunkelheit die Hütte zu verlassen und sich im Innern der Tempelstadt umzusehen. Er verfolgte dabei einen Zweck. Er wollte wissen, wer im Lauf des vergangenen Tages angekommen war – und er wollte Doktor Zuglert finden.

Er durchsuchte etliche Steinhütten, die ohne Ausnahme nichtterranische Bewohner hatten. Es gab da in der Hauptsache Angehörige der arkonidischen Kolonisten, aber auch ein paar Swoon und einige andere extraterrestrische Gefangene. Alle Wesen waren in den letzten Monaten aus den Städten Lepsos verschwunden.

Erst nach mehr als einer Stunde fand Ron wieder eine Hütte, die von Terranern bewohnt war. Seine Augen hatten sich mittlerweile an das schwache Licht der Sterne gewöhnt. Wenn er die Tür der Hütte offenließ, konnte er den Gefangenen, der ihr am nächsten lag, gut erkennen.

Er ließ sich auf die Knie nieder und flüsterte in den dunklen Raum hinein: „Nike Quinto hat einen dicken Bauch . . .“

Und nach ein paar Sekunden kam leise die Antwort: „. . . und nur siebzehn Haare auf dem Kopf.“

Jemand bewegte sich drinnen. Ron sah einen Kopf aus der Finsternis auftauchen. Er erkannte einen der fünf Männer, die Nike Quinto mit ihm zusammen nach Lepso geschickt hatte.

„Was wissen Sie über die anderen?" wollte Ron wissen.

„Lester und Harrings sind pünktlich angekommen. Sonst weiß ich nichts."

„Gut. Ist Zuglert in Ihrer Hütte?"

„Ja. Er ist sogar ziemlich aktiv."

„Gut. Ich muß mit ihm sprechen."

Er kroch in die Hütte hinein. Einer der Insassen hatte das Gespräch belauscht. Er richtete sich auf und sah Ron entgegen.

„Sind Sie Major Landry?" fragte er matt.

Ron bestätigte das.

„Ich bin Armin Zuglert", sagte der Gefangene. „Ich habe von Ihrem Plan gehört und begrüße ihn sehr. Es ist wichtig, daß ich zur Erde zurückkomme."

Ron nickte.

„Der Plan ist nicht von mir", antwortete er. „Und es besteht durchaus die Möglichkeit, daß er fehlschlägt. Sicherheitshalber sagen Sie mir bitte gleich jetzt, was Sie wissen. Einer von uns beiden wird auf jeden Fall durchkommen."

Zuglert war damit einverstanden. Er bildete einen merkwürdigen Gegensatz zu den anderen Kranken. Aus einer verborgenen Reserve schien er stets neue Kraft zu ziehen. Er vermochte zusammenhängend zu sprechen und hustete nicht nach jedem Wort. Er erklärte, woran das lag. Er war Mediziner und hatte eine Methode entwickelt, mit der spärlichen Energie, die der kranke Körper noch erzeugte, hauszuhalten.

Zuglert berichtete, daß er vor etwas mehr als zwölf Jahren mit einem Terraner namens Edmond Hugher zusammengearbeitet hatte. Hugher war Biomediziner wie Zuglert, und er war es, durch den Zuglert mit dem Liquitiv zum erstenmal in Berührung gekommen war. Hugher beschäftigte sich damit, Liquitiv zu untersuchen. Er glaubte, herausgefunden zu haben, daß der Likör Wirkstoffe enthielt, die Geist und Gewebe verjüngten. Beide, Hugher und Zuglert, hatten von dem Likör getrunken, und Zuglert war süchtig geworden. Hugher

53

war kurz darauf spurlos verschwunden. Zuglert hatte keine Ahnung, ob Liquitiv auf ihn die gleiche Wirkung gehabt hatte, aber er bezweifelte es nicht, weil noch niemand Liquitiv öfter als viermal zu sich genommen hatte, ohne süchtig zu werden.

Zuglert hatte daraufhin den Verlauf der Sucht bis zu seinem Zusammenbruch sorgfältig studiert und sich Aufzeichnungen darüber gemacht. Den größten Teil dieser Aufzeichnungen hatte er regelmäßig an seine Bank auf der Erde zur Aufbewahrung in einem Safe übersandt. Lediglich der Bericht über die letzten Tage vor seinem Zusammenbruch war noch in seinem Büro gewesen, wo ihn die Springer wahrscheinlich gefunden und konfisziert hatten.

Aus Zuglerts Bericht ging hervor, daß vom Beginn der Sucht bis zum Zusammenbruch zwölf Jahre und vier Monate vergingen. Zuglert hatte auch, um die Symptome zu studieren, den Genuß von Liquitiv einmal längere Zeit unterbrochen. Auf Grund seiner Erfahrung behauptete er, daß niemand diesen Entzug länger als sechs Tage terranischer Zeitrechnung ertragen konnte. Ermattungserscheinungen, die gegenüber der gewohnten, übersteigerten Aktivität besonders auffällig waren, waren die unmittelbare Folge. Geistiger Verfall kam danach.

Doktor Edmond Hugher, mit dem er zusammengearbeitet hatte, beschrieb Zuglert als einen stillen, stets gutgelaunten, meist hintergründig lächelnden Mann, der mehr zu wissen schien, als er zugeben wollte. Zumindest war Zuglert über die Vielfalt und Tiefe seiner Kenntnisse überrascht gewesen.

„Ich befürchte, Hugher befindet sich ebenfalls hier", sagte er. „Ich habe noch ein Bild von ihm. Ich trage es stets bei mir, denn Hugher war mir ein wertvoller Mitarbeiter."

Ron streckte die Hand aus.

„Geben Sie mir das Bild", forderte er. „Ich habe das Gefühl, daß dieser Hugher nicht ganz so unschuldig ist."

Zuglert gehorchte ohne Widerspruch. Er zog mit kraftloser Hand ein Bild aus der Tasche seines Jacketts und reichte es Ron. Ron warf einen kurzen Blick darauf und steckte es ein. Der Mann auf dem Bild kam ihm bekannt vor, aber das war sicher ein Zufall. Er zuckte mit den Schultern.

Dann verließ er die Hütte. Er setzte seinen Rundgang fort und stellte fest, daß alle fünf Agenten, als Kranke getarnt, planmäßig in der Tempelstadt eingetroffen waren.

In der Zentrale der FLORIDA sah Captain Larry Randall zum soundsovieltenmal auf das Leuchtblatt der großen Uhr. Er erhob sich. Dick Kindsom, der sich als wachhabender Offizier ebenfalls im Kommandostand aufhielt, sah ihn fragend an. „Zeit?"

Larry nickte. „Ich gehe jetzt hinüber und mache mich auf den Weg."

Dick Kindsom warf dem arkonidischen Schiff, das sich auf den Bildschirmen der FLORIDA als finsteres Loch im Meer der Sterne abbildete, einen mißtrauischen Blick zu.

„Ich wollte, ich hätte ein besseres Gefühl dabei", murmelte er.

Larry machte eine abwehrende Handbewegung. „Solange Sie die Maschine ständig besetzt und empfangsbereit halten, Dick, kann kaum etwas passieren. Höchstens, daß ein paar Personen weniger ankommen, als wir erwarten."

Dick Kindsom verzog das Gesicht.

„Immerhin", brummte er, „ich halte Ihnen die Daumen."

Larry verließ die Zentrale. Kurz darauf löste sich das arkonidische Robotschiff, das nur einen Mann Besatzung, Larry, hatte, von der FLORIDA und hielt mit hoher Beschleunigung Kurs auf Lepso.

Ron Landry wurde am nächsten Tag zu einer zweiten Instruktionsstunde geholt, und diesmal stellten ihm die Priester eine Falle. Sie legten ihm das Wesen des Baalol-Kults dar. Sie erklärten ihm, daß der Kult die letzte Wahrheit als das Endziel ihres Strebens betrachte und daß man davon überzeugt sei, daß diese Wahrheit bis ans Ende aller Zeiten immer nur wenigen Auserwählten zugänglich sein werde.

Einer von ihnen sagte: „Eines Tages werden alle Welten unsere Rolle erkennen. Und die Herren der Planeten, die Herrscher der großen Reiche, werden sich vor uns beugen und froh sein, wenn sie uns die Füße küssen dürfen."

An dieser Stelle beging Ron Landry seinen entscheidenden Fehler. Er konnte sich ein solches Geschwätz selbst bei äußerster Beherrschung nicht anhören, ohne sich dabei seine eigenen Gedanken zu machen. Und seine Gedanken in diesem Augenblick lauteten etwa so: In Wirklichkeit werden sie euch die Ohren langziehen!

Die Priester schwiegen daraufhin einige Minuten. Als schließlich einer von ihnen wieder zu sprechen begann, sagte er: „Dieser Mann ist ein Verräter. Tötet ihn!"

Ron wich zurück. Er vergaß einen Augenblick, daß er körperlos in der Halle schwebte.

Die Wände der Halle glitten an ihm vorbei. Er schien sich zu bewegen, obwohl er keine Füße hatte, auf denen er gehen konnte. Die Priester wurden kleiner. Er entfernte sich von ihnen. Und während er das tat, gerieten sie dort vorn in Bewegung. Er sah sie mit den Armen fuchteln und hörte sie schreien: „Haltet ihn! Er darf nicht entkommen! Er ist ein Verräter, er muß sterben!"

Einen Augenblick lang wunderte sich Ron darüber, daß ihm das Entkommen so leicht gemacht wurde. Er hatte nicht geglaubt, daß er mit dem einfachen Wunsch, nicht sterben zu wollen, den mächtigen Willen der Priester überwinden könnte.

Er wußte nicht, daß die Priester es monatelang nur mit Kranken zu tun gehabt hatten, die ihnen keinerlei Widerstand entgegengesetzt hatten. Er wußte nicht, daß ihr Geist sich an die schwache Konstitution der Kranken gewöhnt hatte und daß sie eine Zeitlang brauchten, um sich auf die veränderte Lage umzustellen und den Kampf mit einem gesunden, kräftigen Geist aufzunehmen.

Er verließ die Halle durch ein weites Tor. Vor der Halle sah er einen kreisrunden Platz, von dem aus Gänge in alle möglichen Richtungen gingen.

Die Stimmen der Priester waren leiser geworden. Ron triumphierte. In diesem Fall bedeuteten leiser werdende Stimmen, daß die Macht schwand, die die Priester über seinen Verstand hatten. Wenn er die Stimmen überhaupt nicht mehr hörte, würde er völlig außer jeder Gefahr sein – außer vielleicht der, daß er seinen Körper nicht wiederfand.

Er entschied sich für einen Gang, der in rechtem Winkel zur

Längsachse der Halle nach rechts führte. Es bedurfte nur seines Wunsches, um den Boden des Platzes unter sich hinweggleiten und die Gangmündung auf sich zukommen zu lassen.

Der Gang war von einer merkwürdigen Finsternis erfüllt, die Ron nicht gestattete, irgendwelche Einzelheiten zu erkennen. Er sah nur weit vor sich einen gelben Lichtfleck. Auf diesen bewegte er sich zu, und er hatte den dringenden Wunsch, ihn so schnell wie möglich zu erreichen.

Er hatte nach seiner Schätzung etwa die Hälfte des Weges zurückgelegt, als er spürte, daß sich jemand hinter ihm befand. In der Aufregung der vergangenen Minuten hatte er auf die Stimmen der Priester nicht mehr geachtet.

„Dort vorn im Gang!" schrie jemand. „Er entkommt uns, wenn ihr euch nicht beeilt!"

„Er wird uns nicht entwischen", beruhigte eine andere Stimme. „Wir können ja noch das Feuer der Wahrheit beschwören."

„Ja, aber das wird alle unsere Kräfte . . ."

„Still, du Dummkopf! Willst du ihm alles verraten?"

Daraufhin war wieder Stille. Ron wußte, daß er immer noch verfolgt wurde.

Fünfzig Kilometer über der Oberfläche von Lepso explodierten planmäßig die Triebwerke des arkonidischen Robotschiffs. Es gab einen weithin sichtbaren Feuerschein, und im gepanzerten Kommandostand, dem einzigen, unberührt gebliebenen Teil des Schiffes bereitete Larry Randall das Notlandungsmanöver vor.

Der Orter bestätigte ihm, daß er sich genau an der Stelle befand, an der er nach Plan sein sollte.

Ron erkannte seinen Irrtum, sobald er den Gang verließ und in die gelbe Helligkeit dahinter eintauchte.

Das war kein Ausgang. Da gab es keinen sonnenüberfluteten Sand mit den Reihen der kleinen Gebäude darauf. Das war ein Meer gelben, Gestalt gewordenen Lichts, in dem er schwimmen konnte wie im Wasser eines Sees. Er schoß nach oben, tauchte in die Tiefe, wandte sich nach rechts und nach links, aber nirgendwo war etwas anderes als das gelbe Licht. Er konnte nicht einmal das Ende des Ganges mehr finden, aus dem er vor wenigen Sekunden herausgekommen war.

Er sah nur, wie das gelbe Licht plötzlich an Helligkeit verlor und röter wurde. Er spürte, wie Wärme von allen Seiten auf ihn zufloß. Er sah sich um und erkannte grinsende Fratzen, die ihn aus dem schwächer werdenden Licht heraus anstarrten.

Sie hatten das Feuer der Wahrheit beschworen – was immer es auch war.

Ron verhielt sich weiterhin ruhig. Es hatte keinen Sinn, in dem Licht umherzuschwimmen und sich für nichts und wieder nichts anzustrengen.

Die Wärme nahm zu. Ron fühlte, wie er zu schwitzen begann. Das war merkwürdig. Er besaß keinen Körper – wie also konnte er schwitzen?

Die Fratzen um ihn herum verschwanden nicht. Reglos hingen sie mitten im Licht, weiter nichts als teuflisch grinsende Gesichter, und starrten ihn an. Ron konnte Stimmen hören, die von weither kamen und sich über ihn lustig machten: „Seht, wie er sich windet! Im Feuer ist er gefangen! Die letzte Wahrheit straft den, der sich über sie lustig gemacht hat!"

Und ein anderer kreischte: „Allen wird es so ergehen, die Baalol verspotten!"

Für Ron wurde die Hitze allmählich unerträglich. Das Licht um ihn herum war jetzt von glühendroter Farbe. Er kam sich vor wie inmitten eines Hochofens, aber er wußte, daß die Qual noch lange nicht zu Ende war.

Er begann sich wieder zu bewegen. Langsam trieb er in die Höhe, dann in die Tiefe, aber die Hitze war überall die gleiche, die Temperatur wuchs rasch.

Ron sah, wie die grinsenden Fratzen der Priester auf ihn zukamen, und hörte ihre spöttischen, kreischenden Stimmen lauter werden. Er wußte, was das bedeutete. Sie hatten ihn gefangen.

Seine Gedanken begannen sich zu verwirren. Er wußte nicht mehr, wo er war. Immer stärker wurde der Eindruck, er erleide all diese Schmerzen körperlich. Er spürte seine Haut jucken und den Schweiß in die Augen rinnen. Er wand sich. Er hatte nur noch den einen Wunsch, Hände zu haben und sich überall dort kratzen zu können, wo es ihn juckte und biß . . .

Er fing an zu schreien.

Larry Randall konzentrierte den Schockabsorberschutzschirm des Schiffes auf den Kommandostand. Dann nahm er die Hände vom Schaltbrett und wartete ergeben auf das, was nun kommen würde.

Er spürte nur einen kurzen Ruck, aber draußen barst die Hülle des Schiffes, eine riesige Wolke von Sand und Staub wirbelte in die Höhe und verdeckte den Platz des Aufschlags.

Larry war sicher, daß ein genügend kräftiger Ruck durch den Wüstenboden gegangen war, um die Männer in der Tempelstadt darauf aufmerksam zu machen, daß jetzt der Augenblick des Handelns gekommen war.

Nike Quintos Agenten waren darauf trainiert, allein zu handeln. Sie hörten das Heulen des abstürzenden Schiffes. Fast gleichzeitig hörten sie den donnernden Krach, mit dem das Schiff aufsetzte, und spürten den erdbebenartigen Ruck, der durch den Boden ging.

Jeder von ihnen packte zwei der schwächsten Kranken bei den Armen und schleppte sie aus den Unterkünften hinaus in die Wüste, auf die gewaltige Staubwolke zu, die über der Stelle des Absturzes hing. Die anderen, auf den Rest ihrer eigenen Kräfte angewiesen, schleppten sich mühsam hinterdrein. Wenn nicht die Hoffnung auf Rettung gewesen wäre – sie hätten nicht mehr als zwei oder drei Schritte tun können.

Alles verlief planmäßig. Die Staubwolke verhüllte immer noch das notgelandete Schiff, als der letzte der achtundvierzig Kranken durch die letzte intakte Schleuse den Kommandostand betrat und von Larry Randall unverzüglich zu einem Gitterkäfig gewiesen wurde, der sich im Hintergrund des Raumes erhob. In der Mitte des Gatters gab es

59

eine offenstehende Tür. Larry schob den Kranken hindurch und schloß die Tür hinter ihm.

Im nächsten Augenblick war der Käfig wieder leer. Der Kranke war verschwunden.

Larry beobachtete auf dem Bildschirm, wie die Staubwolke allmählich in sich zusammensank. Schon war die Spitze der Tempelpyramide durch den Dunst zu erkennen.

Und Ron Landry fehlte immer noch.

Ron brauchte eine Weile, um zu begreifen, daß die Fratzen verschwunden waren und daß er nur deswegen wieder klar denken konnte, weil die Hitze um ihn herum nachgelassen hatte.

Er wunderte sich. Irgend etwas war geschehen. Die Priester hatten das Interesse an ihm verloren. War er ihnen nicht mehr wichtig genug? Waren sie abgelenkt worden?

Er wußte es nicht. Er spürte mit Erleichterung, wie das Licht um ihn herum wieder heller wurde. Er schwamm mit eingebildeten Bewegungen durch das Meer der Helligkeit. Jetzt, da die größte Gefahr überstanden war, entsann er sich wieder der Aufgaben, die er zu erfüllen hatte. Die erste unter ihnen war: Er mußte seinen Körper wiederfinden.

Als ob die Erkenntnis allein ausgereicht hätte, das Wunder zu vollbringen – die Welt ringsum begann sich plötzlich zu verändern. Fassungslos sah Ron, wie das Licht zur Seite wich. Die Umrisse der kleinen Würfel, Kegel und Pyramiden, in denen die Kranken hausten, tauchten auf.

Dann wurde es wieder dunkel um ihn herum, aber diesmal hatte er eine Hand, mit der er sich tastend in der Finsternis zurechtfinden konnte. Er hatte Füße, mit denen er sich gegen eine unsichtbare Wand stemmen und, auf den Ellbogen gestützt, aufrichten konnte. Er sah das kleine, helle Loch hoch über sich und wußte, daß er wieder in der Steinhütte lag, aus der die Priester ihn zur Instruktionsstunde geholt hatten.

Er war zu seinem Körper zurückgekehrt. Blitzschnell kam er auf die Beine. Er spürte, daß er schweißdurchnäßt war. Einen Augenblick lang wunderte er sich darüber, dann begriff er, daß sein Geist aus der Ferne die Reaktionen des Körpers gesteuert hatte.

Nur für den Bruchteil einer Sekunde erschauerte Ron Landry vor dem Bild einer fremden, unwirklichen Welt, in der Körper und Geist getrennt und doch verbunden existierten.

Daß seine vier Mitgefangenen verschwunden waren, bewies ihm, daß der zweite, entscheidende Teil des Unternehmens inzwischen angelaufen war. Als er um die Hütte herumlief, sah er den Rest der gewaltigen Staubwolke, die das notlandende Schiff aufgewirbelt hatte, und die graue, kugelförmige Silhouette des Schiffes selbst.

Er brauchte fünf Minuten, um das Schiff zu erreichen. Er schwang sich durch die offenstehende Schleuse und begrüßte Larry Randall, der dahinter auf ihn wartete, mit erhobenen Armen.

„Dort hinein", drängte Larry. „Du liebe Güte, du siehst schauderhaft aus."

Ron nickte grinsend. Dann trat er durch das Gattertor in den Transmitter. Draußen legte jemand einen Hebel um. Ron Landry spürte ganz kurz den ziehenden Schmerz der Entmaterialisierung. Die Umrisse seiner Umgebung verschwammen. Als er wieder klar sehen konnte, befand er sich an Bord des Kreuzers FLORIDA. Dick Kindsom selbst öffnete ihm die Tür des Empfangstransmitters.

Er reichte ihm die Hand und sagte: „Willkommen an Bord! Ich bin froh, daß zum Schluß doch noch alles geklappt hat."

Als letzter trat Larry Randall in den Transmitter. Als er in der FLORIDA materialisierte, vernichtete die Selbstzerstörungsanlage das Wrack des arkonidischen Robotschiffs in der Wüste von Lepso.

„Quintos Pläne sind gar nicht so schlecht", meinte Ron. „In vierundzwanzig Stunden spätestens werden wir ihm wieder gegenübersitzen."

„Mir graust davor", behauptete Larry.

5.

Kaum, daß Nike Quinto die beiden Spezialisten begrüßt hatte, jammerte er, wie schlecht es ihm in der Zwischenzeit ergangen war. Als er merkte, daß Ron und Larry nicht darauf eingingen, räusperte er sich gequält.

„Von höchster Stelle aus bin ich befugt, Ihnen die Anerkennung des Administrators auszusprechen. Wir sind, ohne es vorher zu wissen, hier in eine Angelegenheit hineingetappt, die weite Kreise zu ziehen beginnt. Es hat den Anschein, als sei ein gewaltiges Komplott gegen das Solare Imperium im Gange. Wie gesagt – es hat den Anschein. Wir wissen noch nichts Genaues. Aber wir haben achtundvierzig Terraner aus der Gewalt der Baalol-Priester befreit und eine wichtige Spur gefunden. Dafür gilt die Anerkennung."

„Ich fühle mich geehrt", versicherte Ron. „Allerdings möchte ich . . ."

„Allerdings möchten Sie *was*?" keifte Nike Quinto. „Denken Sie an meinen Blutdruck, und drücken Sie sich deutlich aus."

Ron lehnte sich in seinen Sessel zurück.

„Ich bin mir darüber im klaren, daß wir achtundvierzig Terraner befreit haben", erklärte Ron. „Aber von einer Spur, auf die wir gestoßen sind, weiß ich nichts. Könnten Sie mir das bitte erklären?"

Nike Quinto grinste plötzlich.

„Ach so, das wissen Sie noch nicht", kicherte er. „Sie erinnern sich an das Bild, das Armin Zuglert Ihnen gab?"

„Ja, natürlich."

„Es stellte den Mann dar, der Zuglert zum erstenmal mit dem Liquitiv in Berührung brachte?"

„Ja."

„Der Mann gab sich als Biomediziner aus und nannte sich Edmond Hugher?"

„Ja, auch das", antwortete Ron Landry und wünschte sich, daß Nike Quinto endlich sagen würde, was er wußte.

„Nun, das ist die Spur", erklärte Nike. „Das Bild ist von den zuständigen Stellen untersucht worden. Wissen Sie, wen es darstellt?"

Ron schüttelte den Kopf. „Nein, Sir, ich habe nicht die geringste Ahnung."

Nike Quinto genoß die Spannung, die er erzeugte.

„Es ist", sagte er langsam, „ganz ohne Zweifel Thomas Cardif, der Sohn des Administrators."

6.

Doktor Edmond Hugher hatte es sich in seiner Wohnung bequem gemacht. Seine Gedanken begannen sich mit seiner Vergangenheit zu beschäftigen.

Er hieß Edmond Hugher, aber war er auch tatsächlich Edmond Hugher? Manchmal glaubte er sich seiner Eltern und Geschwister zu erinnern, aber er hatte nie vermocht, sich Vater oder Mutter bildhaft vorzustellen. Immer waren ihre Gesichter verschwommen geblieben. Er war nicht einmal in der Lage, anzugeben, auf welchem Planeten er geboren war.

Alles, was länger als achtundfünfzig Jahre zurücklag, wurde von einem Nebelschleier eingehüllt.

Wo bin ich geboren? Ich bin doch weder Arkonide, Ekhonide, Springer noch Ara, aber von allen scheine ich etwas geerbt zu haben.

Er erinnerte sich, daß er auf Zalit gearbeitet hatte, als Gehilfe. Er kam nicht vorwärts. Immer wieder wurden ihm schlafmützige Arkoniden vor die Nase gesetzt. Seine Proteste nutzten nichts. Gegen die Vetternwirtschaft der Arkoniden kam er nicht an. Als er das einsah, suchte er Kontakte mit Nichtarkoniden und nahm freudig das Angebot einer Springersippe an, für sie als kaufmännischer Chef auf einer Planetenniederlassung zu arbeiten.

Arkon legte ein Veto ein und zerstörte alles. Man verwies auf den Knebelvertrag, in dem stand, daß er, Doktor Hugher, sich freiwillig bereit erklärt hatte, seine ganze Arbeitskraft für Arkon auf dem Planeten Zalit einzusetzen.

Er hatte damals schon über das Lächeln verfügt, das ihm auch heute noch zu eigen war. Mit beunruhigender Freundlichkeit hatte er erklärt, sich nicht mehr an den Vertrag erinnert zu haben, und fleißig wie bisher war er danach weiter seiner Tätigkeit auf Zalit nachgegangen.

Und dann hatte er eines Tages in seiner Wohnung fassungslos seinem lächelnden Ebenbild gegenübergestanden. Zunächst wollte er seinen Augen nicht trauen, dann hatte er sein zweites Ich angefaßt, von allen Seiten überprüft und zugeben müssen, daß die robotische Nachbildung vollkommen war.

Ihm gegenüber saß Lorkos, der nun schon über zwanzig Jahre tot war. Lorkos, ein Diener des Baalolkults, hatte sich gewaltsam mit dem Roboter Zugang zu Hughers Wohnung verschafft und lockte ihn nun mit dem Angebot, auf Kosten des Kultes auf Aralon, der Zentralwelt der Aras, Medizin zu studieren.

„Hugher, Ihre Abwesenheit kann nicht bemerkt werden. Durch Ihr Ebenbild verhindern wir, daß man Sie vermißt. Es ist selbstverständlich, daß wir nicht aus reiner Menschenliebe handeln, sondern von Ihnen nach Beendigung Ihres Studiums erwarten, daß Sie für den Baalolkult arbeiten. Wir haben Sie über zwei Jahre auf Zalit beobachtet und unauffällig Ihre Arbeit kontrolliert. Edmond Hugher, Sie sind auf dem falschen Platz eingesetzt worden. Wir wollen Sie jenem Aufgabenbereich zuführen, der Ihren natürlichen Fähigkeiten entspricht."

Doktor Hugher hatte diese Szene nie vergessen können. Das strenge Gesicht von Lorkos erschien ihm manchmal noch im Traum. Nach langem Hin und Her war er mit Hilfe der Priester nach Aralon verschwunden, während auf Zalit ein robotisches Ebenbild seinen Platz eingenommen hatte.

Er dagegen hatte auf Aralon sein Studium begonnen. Monatelang von der Unsicherheit verfolgt, ein Versager zu werden, hatte er sich so in die Medizin hineingelebt, daß er schon im zweiten Jahr seines

64

Studiums von dem berühmten Hämatologen Urgif öffentlich gelobt wurde.

Hugher erinnerte sich jetzt wieder, wie er von allen Seiten von seinen araischen Kommilitonen angestarrt worden war. Bisher hatten sie den lächelnden Träumer nicht für voll genommen. Stets hatte er sich im Hintergrund bewegt und nie den Versuch gemacht, auch nur ein einziges Mal aufzufallen. Nun aber hatte ihn der Ara-Professor Urgif wegen seiner kleinen Arbeit, *Haematophobie; krankhafte Blutscheu der Ekhoniden*, vor allen gelobt und Edmond Hugher als ein vielversprechendes Talent hingestellt.

In seiner Bescheidenheit war ihm dieses Lob zuwider gewesen. Mehr denn je hatten ihn danach seine Kommilitonen gehänselt, die mit dem stillen, ewig freundlichen Mann kaum Kontakt finden konnten. Und Edmond Hugher zog sich immer mehr zurück und kannte nur noch sein Studium.

Neun Jahre hatte Edmond Hugher auf Aralon studiert; ein normales Studium dauerte drei bis vier Jahre. Als Hugher zum letzten Spezialexamen antreten wollte, stand er vor mehr als zwanzig berühmten araischen Professoren, die ihm zu seinem Examen gratulierten, für das er keine Prüfung abgelegt hatte. Und der letzte, der ihm die Hand schüttelte, war Lorkos.

Seitdem hatte er sich vorwiegend auf geheimen Welten der Antis aufgehalten. Er überwachte Produktionen, zu denen er die Grundlage geschaffen hatte. Seit ein paar Wochen befand er sich nun auf Lepso, wo er Routinekontrollen an Liquitiv für die Antis durchführte, bevor diese den Likör auf den Markt brachten.

Hugher führte diese Arbeit ohne inneres Engagement aus. Wer ihn beobachtete, mußte auf den Gedanken kommen, daß er ein sehr einsamer Mensch war.

7.

Perry Rhodan hatte wegen der jüngsten Vorfälle um das Liquitiv Oberst Nike Quinto zu sich gerufen. Auch Allan D. Mercant, der Abwehrchef, und Reginald Bull nahmen an der Lagebesprechung teil.

Rhodan nahm einige Unterlagen vom Tisch und reichte sie dem Freund. „Für dich, Bully. Zu deiner Information."

Der erste Bericht stammte aus der Zentrale der General Cosmic Company. Er enthielt nur einige Textzeilen, dafür um so mehr Zahlenkolonnen. Nüchtern war darin aufgeführt, wieviel Liquitivlikör seit zwei Jahren ins Gebiet des Solaren Imperiums eingeführt wurde.

Bullys Hand zitterte leicht, als er das Blatt zur Seite legte.

Der zweite Bericht war ein Protokoll und enthielt in gekürzter Form noch einmal die wichtigsten Aussagen der auf Lepso befreiten achtundvierzig Menschen. Hinter einem großen Teil der Namen stand ein Kreuz. Tot.

Bully fühlte, daß er sowohl von Perry Rhodan als auch von Mercant und Nike Quinto beobachtet wurde. Er las: „*Ich habe erstmals gegen Ende des Jahres 2090 oder zu Anfang 2091 den Likör getrunken. Als ich nach dreimaliger Einnahme feststellen konnte, daß ich nicht nur ein jugendliches Aussehen erhielt, sondern mich auch psychisch und physisch verjüngt fühlte, nahm ich das Liquitiv regelmäßig. Bei diesen kleinen Mengen war auch der geringe Prozentsatz von Alkohol keine Gefahr. Als Mediziner beobachtete ich mich über einen Zeitraum von sechzehn Monaten. Als ich nach Ablauf dieser Zeit bei mir nicht die geringsten Nebenerscheinungen bemerkte, habe ich den Likör allen meinen Bekannten und Freunden als harmloses, aber äußerst wirksames Zell-Auffrischungs- und Aktivierungsmittel empfohlen.*"

Zum Teil kannte Bully diese Aussagen schon, aber in dieser gekürzten, gedrängten Form wirkten sie plötzlich wie eine Drohung.

Jedes der Opfer hatte besonders vermerkt: *Harmlos, keine Nebenwirkungen! Verblüffende Verjüngungserscheinungen!*

Auf dem dritten und vierten Blatt waren die Untersuchungsergebnisse von Fachleuten, die in ihren Analysen zu ähnlichen Ergebnissen gekommen waren.

Bully hatte sich bis zur Hälfte durchgearbeitet, als er die Unterlagen sinken ließ und fast hilflos sagte: „Ich verstehe jetzt gar nichts mehr. Wieso können alle behaupten, der Likör wäre ein Verjüngungsmittel und harmlos, während wir auf Lepso achtundvierzig menschliche Ruinen, die durch das Liquitiv unheilbar süchtig geworden waren, aufgelesen haben? Dieser Widerspruch will mir nicht einleuchten. Kommt denn im Solaren Imperium ein anderes Liquitiv auf den Markt als auf den übrigen Welten?"

Nike Quinto erwiderte: „Das haben wir nachgeprüft. Wir sind noch weiter gegangen und haben Vergleichsuntersuchungen angestellt, indem wir das Testmaterial nochmals scharfen Kontrollen unterzogen. Anschließend entnahmen wir der letzten Sendung zweihundert Flaschen von je zwei Kubikzentimeter Likörinhalt und testeten ihn auch. Hier, auf der letzten Seite, finden Sie das Resultat: *Seit Jahr und Tag kommt ein und dasselbe Liquitiv zur Erde.* Die chemische Zusammensetzung ist gleich."

„Hm", brummte Bully und machte ein unzufriedenes Gesicht. Er kam jedoch nicht mehr dazu, Quinto zu antworten, denn Rhodan wurde über Hyperfunk von Atlan angerufen. Das Gespräch, das nun von der Zentrale in Rhodans Büro gelegt wurde, kam nicht überraschend, denn Rhodan hatte vor ein paar Stunden Arkon angerufen, um von Atlan etwas über das Liquitiv zu erfahren. Der Arkonide hatte versprochen, Nachforschungen anzustellen.

Das Gesicht des Arkoniden erschien auf dem leicht gewölbten Bildschirm. Mit einem Blick hatte Atlan erkannt, wer sich bei dem Ersten Administrator des Solaren Imperiums aufhielt. Nach kurzer Begrüßung kam er zur Sache.

Er sagte bitter: „Ohne Übertreibung behaupte ich, daß das arkonidische Sternenreich vom Liquitiv verseucht ist. Ich habe das Robotgehirn befragt: keine Auskunft. Ich habe die Aras alarmiert und mehr als deutlich mit ihnen gesprochen. Sie behaupten, vor einem Rätsel zu stehen. Was ihre Aussagen glaubwürdig macht: Auf den Welten der Galaktischen Mediziner besteht diese Sucht nach dem Liquitivlikör auch. Dies läßt den Schluß zu, daß nur eine kleine Gruppe von Aras – ohne Wissen und Billigung ihrer Regierung – mit den Antis zusammenarbeitet. Ich bin davon überzeugt, daß hinter der Liquitiv-Geschichte eine ganz bestimmte Absicht steckt. Es scheint so, als ob die Antis damit die galaktische Ordnung in ihren Grundfesten erschüttern wollten, um in dem entstehenden Chaos die Macht an sich zu reißen. Nur eines ist mir dabei noch unklar. Nach den bisherigen Auswertungsergebnissen steht fest, daß ein dauernder Genuß des Likörs über einen Zeitraum von 12 Jahren und 4 Monaten zum rapiden körperlichen und geistigen Verfall der Süchtigen und schließlich zu deren Tod führt. Ich kann mir nicht vorstellen, daß dieser Effekt beabsichtigt war. Niemand hätte etwas davon, die Galaxis zu entvölkern. Ich glaube, daß auch die Antis, die, nach allem, was wir bisher wissen, die Drahtzieher der Liquitiv-Sache sind, von dieser Entwicklung völlig überrascht waren. Warum sonst wurden die befreiten achtundvierzig Terraner von den Antis medizinisch versorgt? Dein Verdacht, daß Lepso sozusagen eine Testwelt zur Erprobung des Liquitivs war, dürfte zutreffen. Erst als die Antis sicher sein konnten, daß ihr Mittel den gewünschten Erfolg bringen würde, wobei sie die katastrophale Entwicklung nicht vorhersehen konnten, begannen sie ihr Werk. Die Möglichkeit, daß das Liquitiv auf Lepso erzeugt wird, muß erst überprüft werden. Die Produktionsanlagen können sich aber auch auf anderen Welten befinden. Wie aber auch diese Angelegenheit sich weiter entwickeln mag, ich möchte deinem Plan zustimmen und durch Einfuhr- und Verkaufsstopp für das Gebiet beider Imperien alle Bürger schützen."

Rhodan nickte zustimmend. „Die Solare Abwehr wird für das terranische Interessengebiet kurzfristig einen detaillierten Plan erstellen und ihn dir bekanntgeben. Um den Planeten Lepso möchte ich mich, falls es erforderlich sein sollte, selbst einmal kümmern. Aber was haben die Nachforschungen über das von Ron Landry mitgebrachte Foto ergeben?"

Auf diese Frage hatten Reginald Bull, Mercant und Nike Quinto die ganze Zeit schon gewartet.

„Nichts von Bedeutung, Barbar", sagte Atlan von der Kristallwelt, 34 000 Lichtjahre von der Erde entfernt. „Cardif befindet sich nach wie vor auf Zalit und geht seiner Aufgabe als Gehilfe nach. Doch dich befriedigt meine Auskunft nicht, Perry?"

Rhodans graue Augen blickten den Arkoniden ernst an. „Atlan, ich würde mich gern mit deiner Nachricht zufriedengeben, wenn uns ein Doktor Armin Zuglert nicht von einem lächelnden, ewig freundlichen Mann auf Lepso erzählt hätte, der sich Edmond Hugher nennt, im Dienst der Priester steht und vor mehr als zwölf Jahren schon behauptet hat, sich als Wissenschaftler mit dem Likör beschäftigt zu haben."

„Das ist mir bekannt, Perry." Atlan hatte Rhodan bisher nur selten innerlich heftig erregt gesehen. „Auch eine Kopie der Aufnahme liegt mir vor, auf der ein freundlich lächelnder Mann dargestellt ist. Ich gebe zu, daß er Cardif ähnlich sieht, aber dein Sohn lebt nach wie vor auf Zalit. Die Ähnlichkeit muß ein Zufall sein."

Rhodans Backenmuskeln arbeiteten. „Atlan, ich wünschte mir, daß du recht behältst. Doch wie dem auch sei, schicke ein Spezialkommando nach Zalit mit der Aufgabe, Thomas zu untersuchen, und dabei die strengsten Maßstäbe anzulegen. Als dein Freund bitte ich dich darum."

„Verdammt noch mal!" Damit verriet der Arkonide wieder einmal, daß er lange unter den Terranern gelebt hatte. „Perry, mit deiner einmaligen Hartnäckigkeit hast du es jetzt fertiggebracht, daß ich unsicher werde. Gut, ich lasse Thomas nach allen Regeln der Kunst untersuchen. Das Ergebnis teile ich dir mit. Und nun warte ich auf den Blockadeplan deiner Abwehr. Ich möchte mein Vorgehen danach ausrichten."

Doktor Edmond Hugher verließ seine Wohnung, die am Ende des rechteckigen Gebäudekomplexes lag, betrat die Straße und ging langsam dem Pyramidentempel zu, der sich in der Mitte der Tempelstadt erhob und in seiner wuchtigen Form aussagte, daß der Baalolkult eine Sekte war, die über große finanzielle Mittel verfügen mußte.

Hugher hatte sich noch nie für diese Lehre interessiert. Er wußte selbst nicht, was er eigentlich war, Atheist oder gläubig, ob Sektenanhänger oder ein Mensch, der jedem Glauben völlig gleichgültig gegenüberstand. Aber in seiner Arbeit sah er einen Ruf, dem er zu folgen hatte, um die Geheimnisse der Natur zu entschleiern.

Nicht einmal Tupar, der Fanatiker, hatte versucht, ihn zum Anhänger des Baalolkults zu machen. Aber immer wieder kam er zu Hugher, um sich mit ihm über den Fortgang seiner Untersuchungsreihen zu unterhalten.

Tupar war nicht nur Priester, er war auch Mediziner, nur verfügte er nicht über diese Intuition, die es Hugher oft erlaubte, Probleme mit nachtwandlerischer Sicherheit zu lösen und auf den einfachsten Nenner zu bringen.

Nach den Priestern stellte der ewig lächelnde, freundliche Doktor Edmond Hugher die wichtigste Person innerhalb des Tempelbezirks dar.

Langsam ging er nun am Tempel vorüber, freundlich grüßte er nach rechts und links. Fast alle, denen er begegnete, waren Bekannte, doch kein einziger war sein Freund. Er hatte kein Bedürfnis danach, Freundschaften zu schließen. Wie seinerzeit auf Aralon, so lebte er auch hier zurückgezogen.

Was jedoch seine Stellung und seine Arbeit anbetrafen, so standen diese zu seinem privaten Leben im krassen Gegensatz.

Er war Chef der medizinischen Abteilungen und der pharmazeutischen Endfertigung. Er bestimmte und überwachte die Chargen. Ohne seine Freigabe verließ nichts den Tempelbezirk.

Er arbeitete mit der Genauigkeit einer positronischen Kontrollanlage, sein Überblick über sämtliche Zusammenhänge, gleichgültig, ob sie medizinischer Natur waren oder auf dem Gebiet der Technologie lagen, war phänomenal.

Im Tempelbezirk gab es kein intelligentes Wesen, das Doktor Hugher schon einmal aufbrausend, laut oder verärgert erlebt hatte. Eine gleichmäßige Freundlichkeit zeichnete diesen Mann aus.

Und noch eine Eigenschaft war an Hugher bemerkenswert: seine Dankbarkeit den Antis gegenüber, die ihm dazu verholfen hatten, den Planeten Zalit zu verlassen und auf Aralon Arzt zu werden.

Seine Dankbarkeit war grenzenlos, er stellte sie über alles andere.

Unbewußt hatte er sich in ein Abhängigkeitsverhältnis geflüchtet und eine Scheinethik um sich herum aufgebaut, indem er sich selbst sagte, daß die Antis richtig handelten und er als Mediziner ihren Auftrag auszuführen habe.

Mit freundlichem Gruß betrat er sein Arbeitslabor. Zwei Priester blickten von ihrer Arbeit auf und erwiderten seinen Gruß.

Ruhig nahm er hinter seinem Schreibtisch Platz. Er überflog die Folien, die sauber ausgebreitet vor ihm lagen. Mit einem Blick hatte er das Wichtigste erkannt, um es für alle Zeit als gedankliches Gut zu behalten.

Doktor Edmond Hugher ahnte nicht, daß es in der Galaxis noch einen Menschen mit dieser Fähigkeit gab, das Wichtigste aus vielen Unterlagen mit einem Blick zu erfassen, zu verarbeiten und zu behalten: seinen Vater, Perry Rhodan, den Ersten Administrator des Solaren Imperiums.

Er blickte nun zu Urzan hinüber. „Urzan, die Chargen 10.C-399 bis 11.C-999 müssen in zwei Stunden verladen sein und noch heute abend auf Terra eintreffen."

Der Priester zeigte Verwirrung, er glaubte, sich verhört zu haben. Jede einzelne Charge Liquitiv – und Hugher konnte nur den Likör gemeint haben, weil er wie gewohnt darauf verzichtet hatte, das Präparat zu benennen – bestand aus tausend Flaschen zu zwei Kubikzentimeter. Und die Sendung, die er zur Erde leiten sollte, umfaßte damit sechzehn Millionen Standardeinheiten. Diese Menge machte vier Fünftel ihres Bestands aus.

„Termol", sprach Hugher freundlich den anderen Priester an, „setzen Sie sich bitte mit Tupar in Verbindung und unterbreiten Sie ihm diesen Fall. Bitte, wollen Sie mir diese Folie abnehmen?"

Termol wußte noch nicht, über welches Thema er mit Tupar, dem Fanatiker, sprechen sollte, doch als er einen Blick auf die Folie warf, erkannte er die große Bedeutung dieses Auftrags.

„Termol, rufen Sie mich bitte von Tupars Anschluß an, wenn Sie Ihre Besprechung mit ihm beendet haben." Hugher lächelte dabei, doch in Gedanken überschlug er schon, wieviel Zeit erforderlich war, um den Reservebestand an Liquitiv wieder auf zwanzig Millionen Standardeinheiten zu bringen.

Unterdessen rief Urzan den Hauptraumhafen von Lepso an. Das zerfurchte Gesicht eines alten Springers tauchte auf dem Bildschirm auf. Der Mann grinste zufrieden, als er Urzans Order hörte.

„Ich schicke sofort Lastengleiter hinüber", sagte er mit seiner tiefen Stimme. „Mit fünfzig, bei einem Fassungsvermögen von hundertdreißig, komme ich doch aus, ja?"

Urzan überschlug kurz. „Schicken Sie sechzig Schweber, Singoll, das ist sicherer. Mit welchem Schiff bringen Sie die Fracht nach Terra?"

„Mit der SIN XI, meinem neuesten Raumer. Er ist noch kein Jahr alt", erwiderte der Springerchef stolz. „Beförderung erfolgt nach Tarif D, billiger kann ich es nicht machen."

Die Springer waren noch nie schlechte Kaufleute gewesen, und sie scheuten sich auch nicht, die Anhänger des Baalolkults kräftig auszunutzen.

Der Frachttarif D war der teuerste. Urzan protestierte schon, als Hugher sich freundlich lächelnd einmischte und von seinem Schreibtisch aus dem Priester zurief: „Akzeptieren Sie Tarif D, Urzan. Springer Singoll möchte bitte sofort die Frachtpapiere fertigmachen und sie uns über Funk zukommen lassen." Damit erhob er sich und sah abermals über Urzans erstauntes Gesicht hinweg. „Ich gehe zur Fertigung hinüber, Urzan. Sollte nach mir verlangt werden, dann bin ich im Abschnitt vierundfünfzig zu finden. Geben Sie meine Standortveränderung auch bitte der Zentrale durch, und grüßen Sie Springerchef Singoll."

Gelassen verließ er den Raum, und ohne besondere Eile an den Tag zu legen, ging er zum Abschnitt vierundfünfzig hinüber, wo achtundvierzig Serien von Automaten, jede Serie aus dreißig Einheiten bestehend, pro Sekunde je Einheit zehn Flaschen mit Likör füllten, verschlossen, zählten und in die vorbeirollenden Plastikkartons verpackten.

Magitt, ein finsterer Mann vom Arkonplaneten Zalit, war Leiter des Abschnitts 54. Er grüßte auffallend höflich, als er Doktor Hugher erkannte, aber sein finsteres Gesicht veränderte sich dabei nicht.

Ohne Aufenthalt ging Hugher an dem Zaliter vorbei, öffnete drei gerade versiegelte Plastikkartons und entnahm jedem Behältnis eine

Flasche mit Likör. Die drei angebrochenen Packungen schob er dazu vom Fließband und kümmerte sich nicht weiter darum.

Am Ende der Abfüllstraße verließ er die Halle durch die Tür, die er vorher mit einem komplizierten Magnetschlüssel entsichert hatte. Leise fiel sie hinter ihm zu. Allein hielt sich Hugher nun in einem kleinen Labor auf. Die gesamte Einrichtung war nur auf Kontrolluntersuchungen des Likörs abgestellt.

Mit der Konzentration eines Menschen, der von der Wichtigkeit seiner Arbeit überzeugt ist, nahm Hugher nun an der ersten Flasche die Prüfung vor. Er legte einen Hebel um, schaltete an einigen Stellrädern, beobachtete eine Zeitlang ein Wellenmeßgerät, um dann seine Aufmerksamkeit einem Zählwerk zuzuwenden. Als es stillstand, konnte er zwei gleichlautende Zahlengruppen ablesen.

Die zweite und dritte Prüfung verlief im selben Ablauf.

Als er seine Arbeit fast beendet hatte, erhielt er einen Anruf von Termol. „Ich habe mit Tupar alles durchgesprochen, Doktor. Er ist mit Ihrem Plan einverstanden, die Kristallwelt kurz vor Errichtung der Blockade noch einmal mit einem Stoß Liquitiv zu überschwemmen. Diese Anordnung hat den Beifall des Rates gefunden. Sie möchten in diesem Fall ohne Rücksicht auf Kosten alles selbst in die Hand nehmen und leiten. Tupar läßt fragen, wann das Liquitiv auf Arkon I ausgeliefert werden kann."

„Nach Lepsostandardzeit morgen mittag." Selbst Hughers Stimme klang jetzt verträumt, aber in Gedanken träumte er nicht. Vor seinem geistigen Auge sah er, wie alles ineinandergriff und sein Plan sich abrundete. Terraner und Arkoniden würden mit ihren Schutzmaßnahmen zu spät kommen.

Er bedauerte sie nicht. Sie waren doch schon immer Gegner des Kults gewesen. Sie traf nun die Vergeltung mit voller Gewalt, und Edmond Hugher schätzte sich glücklich, den Dienern des Baalol dazu die Waffe in die Hand gegeben zu haben.

In der nächsten Sekunde hatte er sowohl die Terraner als auch die Arkoniden vergessen. Im Grunde genommen interessierten ihn beide Völker nicht. Er wollte in seiner Arbeit aufgehen und den Priestern dadurch seine Dankbarkeit zeigen, denn nur mit ihrer Hilfe war er Mediziner geworden.

Aber da war eine Sache, die ihn zutiefst beunruhigte. Wie konnte es geschehen, daß das Liquitiv eine derart verheerende Wirkung zeigte? Sicher, es war beabsichtigt, große Teile der Galaxis mit diesem Likör zu überschwemmen und so viele Völker wie nur möglich in Abhängigkeit zu bringen. Es hatte viel Zeit gekostet, dieses Mittel zu entwikkeln.

Als Testwelt hatte man Lepso gewählt, weil gerade hier viele Völker der Galaxis vertreten waren, so daß man die Wirkung des Mittels an den verschiedensten Wesen erproben konnte.

Der Plan der Antis sah vor, eine möglichst große Zahl von Völkern – vor allem aber Arkoniden und Terraner – süchtig zu machen, um dann durch Lieferverzögerungen die Regierungen unter Druck zu setzen. Die unausbleiblichen Massenunruhen würden schließlich die Regierungen stürzen und den Antis dadurch die Möglichkeit geben, die Herrschaft an sich zu reißen, denn nur sie verfügten über das Gegenmittel, mit dem man die Süchtigen heilen konnte. Dieses ganze Unternehmen würde mehr oder weniger unblutig verlaufen. Dies war mit ein Grund, warum Hugher so vorbehaltlos bei der Sache war. Als sich herausgestellt hatte, daß *alle* Versuchspersonen gleichermaßen auf das Mittel ansprachen, war schließlich vor etwa zwei Jahren der galaktische Markt damit überschwemmt worden. Dann war es vor etwa vier Monaten zur Katastrophe gekommen, als einige hundert verschiedene Wesen, die unter dem Einfluß des Liquitivs standen, plötzlich körperlich und geistig verfallen waren. Blitzartig hatte man alle diese Wesen in den Tempel gebracht und einer gründlichen Kontrolle unterzogen. Dabei stellte sich heraus, daß das Liquitiv einen von niemandem beabsichtigten Nebeneffekt besaß. Nach einer ständigen Einnahme von 12 Jahren und 4 Monaten führte es bei *jedem* Süchtigen zum Verfall. Der Schock war gewaltig.

Dies konnte nicht im Interesse der Antis liegen, denn sie hatten nicht die Absicht, über ein entvölkertes Imperium zu herrschen. Fieberhaft begann man nach der Ursache des Verfalls zu suchen, und es dauerte nicht lange, bis man sie gefunden hatte. Bisher war es nicht möglich, diesen Effekt zu beseitigen, ohne daß das Liquitiv seine eigentliche Wirkung verlor. Also ließ man es so, wie es war. Man wußte, daß es vorläufig keine weiteren Fälle von Verfallserscheinungen geben würde. Alle Versuchspersonen, die dieses Mittel seit mehr als 12 Jahren zu sich nahmen, befanden sich bereits in der Obhut der Aras. Erst vor wenigen Tagen, kurz nach der Flucht der 48 Terraner, war ein Springerschiff mit allen anderen Kranken an Bord von Lepso gestartet. Man bezweifelte, daß sie noch gerettet werden konnten. Die Frist, während der das Gegenmittel wirkte, war bei diesen Wesen längst überschritten. Für alle anderen Intelligenzen, die erst seit etwa zwei Jahren unter dem Einfluß des Liquitivs standen, gab es die Gefahr des körperlich-geistigen Verfalls noch nicht. Man hatte noch einige Jahre Zeit. Diese Zeitspanne würde man nützen, um die Macht in der Galaxis zu ergreifen. Die Produktion des Gegenmittels konnte binnen kurzer Zeit anlaufen. Bis es aber soweit war, daß man es auslieferte, sollten die verantwortlichen Regierungen sich ruhig die Köpfe darüber zerbrechen, wie die Katastrophe zu verhinden war.

Der Plan lief also trotz der unvorhergesehenen Panne weiter. Es blieben etwa zehn Jahre, um ihn zu vollenden. Und die Antis waren zuversichtlich.

Hughers Gedanken verloren sich.

Ein Teil der Macht, die die Antis errangen, würde ihm gehören.

Als Atlan sich abermals meldete, sahen ihm die Männer auf der Erde an, daß er schwer und hart gearbeitet hatte. Auch der Zellaktivator hatte nicht verhindern können, daß sich Linien der Müdigkeit in sein Gesicht gegraben hatten.

Er schien eine gewisse Scheu zu haben, Rhodan direkt anzusehen.

„Dein Verdacht hat sich bewahrheitet", sagte er leise. „Der Mann auf Zalit ist nicht Thomas Cardif. Er ist nicht einmal ein *Mann*."

„Ein robotisches Double", stieß Bully hervor.

Rhodan war blaß geworden.

„Das heißt, daß die Ähnlichkeit zwischen Cardif und diesem vermeintlichen Edmond Hugher kein Zufall ist", stellte er fest.

„Hugher ist Cardif", bestätigte Atlan.

Man spürte, daß er auf Cardif nicht gut zu sprechen war, er konnte diese Abneigung einfach nicht unterdrücken.

Vor achtundfünfzig Jahren hatte das Leben des Imperators am

seidenen Faden gehangen, als Atlan nach einem Uberfall feststellen mußte, daß er seinen lebenserhaltenden Zellaktivator nicht mehr besaß. Antis hatten ihm das geheimnisvolle Gerät geraubt, aber der Plan zu diesem Raub war von Thomas Cardif ausgegangen. Er wollte über den Zusammenbruch des Arkon-Imperiums das Solsystem vernichten und damit endlich zu dem Ziel kommen, Perry Rhodan auszulöschen.

Das Vorhaben war in letzter Sekunde vereitelt worden. Cardif hatte einen Hypnoblock erhalten, verlor das Wissen um seine Vergangenheit, wer er war, woher er kam und wie sein Leben bis zu diesem Tag verlaufen war. Sein Haß gegen den Vater lag unter einem hypnotischen Block für alle Zeit begraben.

So hatten Rhodan, Atlan und die engsten Mitarbeiter des Administrators gedacht. Nach achtundfünfzig Jahren wurden sie mit einer Wirklichkeit konfrontiert, die ein grausiges Gesicht besaß.

„Vermutlich hat er direkt mit dem Liquitiv nichts zu tun", versuchte Reginald Bull seinen Freund zu trösten.

Rhodan sah an ihm vorbei. „Trotzdem werden wir sofort eingreifen. Hör zu, Atlan . . ."

Höchste Eile war geboten. Auf allen Planeten der beiden Imperien wurden die Einfuhr und der Verkauf des Likörs verboten und alle auffindbaren Lagerbestände beschlagnahmt. Inzwischen waren die ersten Hochrechnungen über die Zahl der Süchtigen auf Terra eingetroffen. Man mußte davon ausgehen, daß etwa 50 Millionen Menschen vom Liquitiv abhängig waren.

Rhodan und Atlan waren übereingekommen, über Lepso eine Blockade zu verhängen. Man wollte damit zweierlei erreichen. Erstens sollten die Antis wissen, daß sie von nun an nicht mehr risikolos das Gift verbreiten konnten, und zweitens sollten sie dazu gezwungen werden, Cardif, der sich nach den Aussagen Zuglerts auf Lepso aufhielt, auszuliefern. Gleichzeitig wollte man mit dieser Maßnahme verhindern, daß von Lepso weiter Liquitiv auf den Markt kam.

Die terranische Raumflotte wurde in Alarmbereitschaft versetzt. Es war geplant, mit einer 20 000 Einheiten starken kombinierten Flotte, bestehend aus terranischen Schiffen und Arkonroboteinheiten, über Lepso zu erscheinen und den Planeten hermetisch abzuriegeln. Man wußte, daß vor allem die Springer sich als Schutzmacht Lepsos verstanden, und wollte mit diesem massiven Aufgebot jedes Eingreifen der Springer verhindern. Selbst der wagemutigste Springerpatriarch würde es nicht wagen, eine derart große Flotte anzugreifen.

Man schätzte die Anzahl gegnerischer Raumschiffe auf und um Lepso auf etwa viertausend. Sie stellten kein Problem dar, wohl aber die Schutzschirme der Antis, über die man in den letzten Wochen immer wieder Erstaunliches erfahren hatte. Es hieß, daß die Antis unter bestimmten Umständen gegnerische Schutzschirme auch umschalten konnten.

Rhodan und seine Freunde wußten, daß es eigens zu diesem Zweck geschaffener Geräte bedurfte, um gegen die Antis bestehen zu können. Man war dabei, Schiffsgeschütze terranischer Einheiten umzubauen, so daß sie in der Lage waren, neben ihren Impuls- und Desintegratorstrahlen auch antimagnetische Projektile zu verschießen. Für die Raumfahrer waren sogenannte „Kombilader" in die Produktion gegangen, mit denen ebenfalls abwechselnd Strahlen- und Kugelsalven abgefeuert werden konnten.

Damit hoffte man, in absehbarer Zeit den Antis bei eventuellen Auseinandersetzungen standhalten zu können.

Mitten in diesen Vorbereitungen wurde Perry Rhodan von der Nachricht überrascht, daß auf Arkon und Terra ein paar Stunden vor der Einfuhrsperre riesige Mengen von Liquitiv eingetroffen und sofort verteilt worden waren.

Das bedeutete, daß auch ein ausgeklügeltes Vertriebssystem gesprengt werden mußte, wenn man des Unheils tatsächlich Herr werden wollte.

In Tupars asketischem Gesicht glühten die Augen.

Der Anti ging erregt im Raum auf und ab. Im Sessel saß Doktor Edmond Hugher. Er lächelte freundlich und ruhig.

„Wer ist dieser Rhodan schon, Tupar? Ein Feind des Baalol. Gut. Dann wird Baalol ihn vernichten. Und so friedliebend ich auch bin, so sehr sind alle diejenigen meine Feinde, die Baalols Feinde sind. Wie konnten Sie daran zweifeln, daß meine Dankbarkeit nicht grenzenlos ist, Tupar?" Er lächelte dabei.

Aber Tupar, einer der einflußreichsten Priester auf Lepso, konnte dieses Lächeln heute nicht ertragen.

Die Galaxis bebte. Zehntausende von Raumschiffen Terras und Arkons mußten in Transition gegangen sein. Lepsos Ortungsstellen meldeten viele Strukturerschütterungen.

Tupar und die übrigen Diener des Baalol ahnten, wem der Anflug der Riesenflotten galt. Aber noch wußten sie nichts Genaues.

Tupar sah Doktor Hugher an. Dessen Lächeln trieb ihn fast zum Wahnsinn. Mit einer Heftigkeit, wie er sie Hugher noch nie hatte spüren lassen, fuhr er ihn an: „Nehmen Sie das alles nicht so leicht, Hugher! Sie kennen Rhodan doch besser als wir, und Sie müßten an erster Stelle wissen, daß wir einer Krise entgegengehen."

Das verträumte Lächeln blieb. Doktor Edmond Hugher wurde durch Tupars Temperamentsausbruch nicht aus der Ruhe gebracht.

„Ich bedanke mich für Ihr Kompliment, Tupar, aber so interessant ist dieser Mann für mich nicht. Er ist aufgetaucht, und er wird wieder verschwinden. Haben Sie Angst um Lepso und um den Tempel?"

Abrupt blieb Tupar vor Hugher stehen. „Wo ist ihre phänomenale Fähigkeit geblieben, im richtigen Moment immer das Richtige zu entscheiden?" herrschte er ihn an.

„Sie überfordern mich, Tupar. Ich bin eine friedliebende Natur, und solange ich in einem gewissen Rahmen Entscheidungen zu treffen hatte, fielen sie mir nicht schwer. Nun jedoch stehe ich vor einer Situation, die meinem Charakter nicht entspricht."

„Entweder waren Sie schon immer verrückt, Hugher, oder Sie sind es in den letzten Stunden geworden", stöhnte der Priester auf.

„Dieser Feststellung fehlt jede Freundlichkeit", meinte Hugher. „Haben Sie mir nicht immer wieder erzählt, Baalol sei die wahre und einzige Macht in der Galaxis, und ich könnte meine Dankbarkeit nicht besser zeigen, als Baalols Macht zu stärken? Habe ich es nicht getan, als ich das Liquitiv entdeckte?"

Tupar fühlte Unsicherheit. Er erkannte in diesem Augenblick größter Gefahr, daß Perry Rhodans Sohn geistig verwirrt war.

Warum haben wir das nicht früher entdeckt? fragte sich der Anti verzweifelt. Warum ist uns nie aufgefallen, daß Thomas Cardif kaum reagierte, wenn in seinem Beisein über Perry Rhodan gesprochen wurde?

Wußte Cardif überhaupt, daß er Rhodans Sohn war? Hatte Lorkos diesen Mann nicht über seine Herkunft und Identität unterrichtet?

Das Schicksal in Form einer Alarmmeldung verhinderte in diesen Sekunden, daß Tupar jene Fragen stellen konnte: *Wissen Sie, daß Sie Perry Rhodans Sohn sind?* In der Alarmmeldung, die überlaut durch den Lautsprecher kam, war von Perry Rhodan die Rede.

„Rhodan fliegt mit einer riesigen Flotte ins Firingsystem, Kurs Lepso. Im Flottenverband befinden sich dreißig Superschlachtschiffe. Etwa eine Lichtstunde außerhalb der letzten Planetenbahn orten wir gewaltige Strukturerschütterungen, die auf Einflug weiterer Flottenverbände schließen lassen. Bei einem Verband handelt es sich um Robotkampfschiffe des Großen Imperiums."

Die IRONDUKE, ein Schiff der STARDUST-Klasse, hob unter dem Donnern der Impulstriebwerke vom Raumhafen Terrania ab. Als letztes Schiff der Solaren Flotte nahm es nun auch Kurs auf das Firingsystem.

Oberst Jefe Claudrin, der auf Epsal Geborene, war der Kommandant dieses Schiffes, das über den Linearantrieb verfügte. Es gab zur Zeit keinen besseren Kosmonauten als ihn.

Gelassen saß er in dem eigens für ihn angefertigten Sitz in der Zentrale der IRONDUKE und lauschte auf das Arbeiten der Impulstriebwerke. Claudrin kontrollierte über die kleinen Kontrollschirme die Ringwulstanlage, während der Kugleraumer beschleunigte.

Um Claudrin herum war das normale Treiben, das es bei jedem Flug gab. Aber heute herrschte verhaltene Spannung in allen Räumen der IRONDUKE, und auch die erfahrenen Männer, die in der Zentrale Dienst machten, konnten sich davon nicht befreien.

Perry Rhodan war an Bord, Reginald Bull, Mercant, Deringhouse und Marshall mit dem gesamten Mutantenkorps und einigen Spezialagenten der Solaren Abwehr.

Die Gedanken der meisten Männer in der Zentrale beschäftigten sich mit den geheimnisvollen Antis, über die man im Grunde genommen nicht viel wußte. Man hatte von den einzigartigen Fähigkeiten dieser Wesen gehört. Die Antis konnten Individualschutzschirme mental aufladen, so daß diese von Schüssen aus Energiewaffen nicht mehr durchdrungen wurden. Darüber hinaus waren sie in der Lage, jeden paranormalen Angriff abzuwehren und die psionischen Kräfte auf den Verursacher zurückzuschleudern.

Rhodan war sich darüber im klaren, daß die Mutanten bei dem bevorstehenden Einsatz keine große Hilfe sein würden. Trotzdem waren sie dabei, denn Rhodan hoffte, daß die Antis so sehr mit den Flotten Terras und Arkons beschäftigt sein würden, daß sie ihre mentalen Blockaden vernachlässigten. Dabei würde es den Mutanten vielleicht gelingen, Hugher alias Cardif in der Tempelstadt auf Lepso ausfindig zu machen.

„Sir!" klang Oberst Claudrins Stimme durch die Zentrale. „Wir schalten jetzt den Kalup zu."

Gleich darauf gab der Panoramabildschirm ein neues Bild des Universums wieder: An die Stelle der Sterne waren Leuchtbahnen getreten. Die IRONDUKE war in den Linearraum eingedrungen. Sie war eines von mehreren Schiffen, die inzwischen mit dem neuen Triebwerk ausgerüstet worden waren.

Der Flug verlief weitgehend schweigend. Die Besatzungsmitglieder wußten nicht genau, was sie erwartete. Sicher war nur, daß man sich mit den beiden Flottenverbänden treffen würde.

Rhodan hoffte, daß man auf diese Weise die gesteckten Ziele erreichen konnte. Die Antis sollten angesichts der zahlenmäßigen Überlegenheit der Terraner und Arkoniden ihre Absichten aufgeben.

Doch es war noch ein Spiel mit vielen Unbekannten. Rhodan wußte genau, daß Demonstration von Stärke nicht immer der richtige Weg war, um einen Gegner einzuschüchtern.

Auf jeden Fall aber mußte Lepso derart abgeriegelt werden, daß eine weitere Verteilung des Liquitivs unmöglich gemacht wurde.

Zum vereinbarten Zeitpunkt erreichte die IRONDUKE das Firingsystem und schloß sich den aus dem Hyperraum kommenden Schiffen der beiden Flotten an.

Von der IRONDUKE aus ging ein persönlicher Funkspruch Perry Rhodans an die Behörden von Lepso.

„Im Namen des Solaren Imperiums und des Großen Imperiums von Arkon fordern wir Sie auf, bis auf Widerruf alle Raumschiffstarts zu verhindern. Diese Maßnahme richtet sich nicht gegen die Regierung oder die Bevölkerung von Lepso, sondern einzig und allein gegen die Antis, die diesen Planeten zu kriminellen Zwecken mißbrauchen. Im Fall einer Mißachtung wird jedes Raumschiff zur Rückkehr nach Lepso gezwungen."

Rhodan lehnte sich zurück. Er wußte, daß dies im Grunde genommen eine Herausforderung war, aber er hatte keine andere Wahl gehabt. Die vielen Süchtigen überall in der Milchstraße ließen sie ihm nicht.

An Bord der IRONDUKE brauchte man nicht lange auf eine Antwort zu warten.

Eine näselnde Stimme klang aus den Empfängern. „Hier spricht Eran Galtan, Ministerpräsident der Regierung von Lepso. Wir verlangen, daß Sie die Schiffe der beiden Imperien sofort wieder aus dem Firingsystem abziehen, andernfalls werden Gegenmaßnahmen eingeleitet. Betrachten Sie das als Ultimatum, das nach einer Frist von fünf Stunden abgelaufen sein wird."

Rhodan und Reginald Bull wechselten einen Blick.

„Ganz schön mutig für sein Alter", meinte Bully überrascht.

„Es wird ihm nichts helfen", versicherte Rhodan.

Neue Befehle gingen an die Schiffe. Die Einheiten der beiden Flotten gingen in Umlaufbahnen um Lepso, wobei der Planet völlig blockiert wurde. Die IRONDUKE und dreißig Begleitschiffe bereiteten Landemanöver vor.

Aus den Empfängern kamen in regelmäßigen Abständen Drohungen und Beschimpfungen, aber Rhodan ignorierte sie. Weitaus mehr beunruhigten ihn die Hilferufe, die von Lepso aus in den Weltraum gefunkt wurden. Die ersten Reaktionen darauf lagen bereits vor. Rhodan hoffte, daß die Zusicherung vieler Galaktischer Händler, Lepso zu Hilfe zu eilen, nur verbale Kraftakte waren und daß im Grunde genommen niemand Lust verspürte, sich mit den beiden vereinigten Flotten einzulassen.

Die IRONDUKE und dreißig Superschlachtschiffe kamen schließlich in wenigen Kilometern Höhe über der Tempelanlage in der Sukkussum-Wüste zum Stillstand. Längst hatten die Mutanten an Bord mit dem Versuch begonnen, Cardifs Mentalimpulse zu lokalisieren.

Rhodan forderte die Antis auf, zu kapitulieren und Dr. Edmond Hugher auszuliefern.

Während er über die Bildschirme der Fernortung beobachtete, wartete Rhodan ungeduldig auf ein Zeichen der Mutanten.

Nach einer Weile sah er Lloyd zusammenzucken.

„Haben Sie etwas entdeckt, Felmer?" rief er sofort und sprang auf.

„Für einen kurzen Augenblick", erklärte der Telepath und Orter zögernd. „Es waren allerdings die Gedanken eines Mannes, der sich als Edmond Hugher versteht – nicht als Cardif."

„Der Hypnoblock!" rief Gucky mit schriller Stimme dazwischen. Der Mausbiber stand auf seinen Schwanz gestützt inmitten der Zentrale. „Cardif weiß noch immer nicht, wer er in Wirklichkeit ist. *Deshalb* sind seine Gedanken die Hughers."

Rhodan sank in seinen Sitz zurück.

„Und nun?" wollte er wissen.

Lloyd schüttelte bedauernd den Kopf. „Es ist vorbei, die Antis haben alle Mentalströme wieder abgeschirmt."

Wilde Gedanken schossen Rhodan durch den Kopf. War Cardif für sein Tun verantwortlich zu machen? Er wußte darauf keine Antwort.

Nach einigen Minuten, in denen er gedankenverloren dasaß, erhob er sich und ging zum Hypersender, der noch immer die Kapitulationsaufforderung an die Antis ausstrahlte.

Er unterbrach die automatische Sendung und fing an zu sprechen. „Hier spricht Perry Rhodan. Ich fordere den Hohenpriester der Baalol auf, den Tempel binnen einer Stunde zu räumen und sich zu ergeben. Wird dieses Ultimatum nicht befolgt, lasse ich das Feuer auf den Tempel eröffnen. Ich versichere, daß wir wirksame Waffen haben, um jeden Schutzschirm zu sprengen."

Der Hinweis auf wirksame Waffen war vorläufig nur ein Bluff. Denn noch verfügte man nicht über sie; vorläufig waren sie nur in der Produktion.

82

Gemeinsam betraten Tupar und der immer noch lächelnde Edmond Hugher jenen Saal, in dem die Antis ihre Versammlungen abzuhalten pflegten.

Im Gegensatz zu seinem Begleiter war Tupar äußerst erregt. Er hatte gespürt, wie Terras Mutanten nach Hugher gespäht hatten.

Tupar ließ Hugher einfach stehen und begab sich zu dem Hohenpriester, um ihm etwas ins Ohr zu flüstern. Der alte Mann sah Tupar erschrocken an.

„Ja", bestätigte Tupar. „Ich habe mich bisher immer gewundert, warum Hugher bei der Erwähnung von Rhodans Namen nie reagierte. Ich dachte, daß er seine Rolle perfekt spielt. Erst langsam wurde mir klar, daß er wirklich nicht weiß, wer er ist. Sein Hypnoblock dürfte also noch immer existieren. Ich hätte schon viel früher daraufkommen müssen. Aber erst, als Rhodans Mutanten nach ihm griffen, habe ich gemerkt, was mit ihm los ist."

Der uralte Anti, ein Mann mit verschlagenem Blick und einem von Falten übersäten Gesicht, kniff die Augen zusammen. „Es bedarf doch keiner großen Anstrengung, Hughers Gehirnfrequenz zu verändern? Damit machen wir es den terranischen Mutanten unmöglich, ihn jemals wieder aufzuspüren. Dein Verdacht ließe sich im Lauf dieser gewaltsamen Frequenzumstellung nachprüfen. Aber haben wir noch Zeit dazu?"

„Wir müssen die Zeit aufbringen. Hugher ist vorläufig unersetzlich."

Der uralte Anti begegnete diesem hektischen Eifer mit fast stoischer Gelassenheit. „Wir haben Fehler gemacht. Er hätte nie unersetzlich für uns werden dürfen. Wenn dein Verdacht stimmt, warum hat uns Lorkos über diese Tatsache nicht informiert?"

„Herr, Lorkos starb unerwartet. Zur Zeit seines Todes studierte Hugher noch auf Aralon. Und unter uns Dienern des Baalol hatte Lorkos keinen Vertrauten. Herr, der Fehler liegt nicht bei mir." Der letzte Satz war wie eine Beschwörung.

Der Alte traf seinen Entschluß sofort. Er hatte beobachtet, daß der Wissenschaftler sich ihnen näherte. Er bewegte kaum die Lippen, als er seinen Begleitern die Anweisung gab: „Schafft Hugher unter den Frequenzversteller und überprüft dabei Tupars Verdacht."

83

Edmond Hugher sah sich plötzlich von Priestern umringt. Er hatte sich schon über Tupars eigentümliches Verhalten seine Gedanken gemacht, doch als man nun versuchte, ihn mit sanfter, aber unnachgiebiger Gewalt aus dem Saal zu führen, sträubte er sich.

„Tupar, wollen Sie mir nicht erklären, was das bedeutet?" fragte er und richtete seinen verträumten Blick auf den Anti.

„Nachher, Hugher, nachher. Sie befinden sich in größter Gefahr. Sie wissen es nicht. Aber Sie wissen wohl, daß man die Gehirnimpulse eines jeden Wesens mit Parakräften anpeilen kann. Wollen Sie, daß das Flammenschwert, das Sie Baalol in die Hände gegeben haben, uns von Rhodan geraubt wird?"

Während Hugher mit acht Antis über den breiten Gang schritt, nickte er nachdenklich und lächelte dabei. „Rhodan möchte mir das Geheimnis des Likörs entreißen? Interessant. Und weil es mich plötzlich sehr interessiert, ob Baalol wirklich mächtiger ist als dieser aggressive Terraner, bin ich gern bereit, alles zu tun, was Rhodan daran hindert, mich meines Wissens zu berauben."

Doktor Edmond Hugher ahnte nicht, welche Erleichterung seine Worte bei den ihn begleitenden Antis auslöste.

Tupar begann Lorkos im stillen zu verwünschen, weil er sein Wissen um Cardifs Hypnoblock zurückgehalten hatte. Doch warum hatte Lorkos sein Wissen den anderen nicht mitgeteilt? Sollte Rhodans Sohn erst auf Aralon sein medizinisches Studium beenden und dann vor die Tatsache gestellt werden, wer sein Vater war? Und war der unerwartete Tod von Lorkos jener Eingriff des Schicksals gewesen, der einen auf lange Zeit hin vorbereiteten Plan auf ein völlig anderes Ziel lenkte?

Wilde Erregung tobte in Tupar, während er mit seinen Brüdern und Hugher einen geheimnisvollen Raum der Tempelpyramide betrat.

Mit einer Hast, welche die Antis sonst nie zeigten, nötigten sie Edmond Hugher Platz zu nehmen. Dem Wissenschaftler kam die Eile der Antis immer unheimlicher vor. Er fühlte, daß hinter ihrem Tun mehr steckte, als sie ihm bisher gesagt hatten. Doch alles Mißtrauen verdrängte er durch das Gefühl seiner Dankbarkeit dem Kult gegenüber, der ihm geholfen hatte, den Planeten Zalit und damit den Klüngel arroganter Arkoniden zu verlassen.

Er ließ sich anschnallen. Zwei biegsame Metallkontakte wurden um seine Schläfen gelegt, ein dritter preßte sich dort fest, wo unter den Rippen das Herz schlug. Seine Hände mußten konisch geformte, blitzende Metallkörper umfassen. Als er diesem Befehl nachgekommen war, schnappten um die Handgelenke Sperren, die ihn daran hinderten, die Hände zurückzuziehen.

Hinter seinem Rücken begann ein Transformer zu summen. Zusammen mit Tupar standen zwei weitere Antis vor dem Steuerpult. Tupar justierte das Gerät. Das Summen verstärkte sich. Verträumt verfolgte Doktor Edmond Hugher jeden Handgriff. Eine Veränderung in seinem Innern fühlte er nicht. Die Metallkontakte an den Schläfen begannen langsam seine Körpertemperatur anzunehmen.

Plötzlich riß die Welt für ihn auseinander.

Ein greller Blitz, den er mit seinen Gedanken erfaßte, aber nicht mit den Augen sah, war das letzte, was er begriff.

Tupar stand wie erstarrt vor dem Steuerpult. Er starrte auf das Diagramm. Die große Kurve wies im unteren Drittel einen auffallenden Knick auf.

„Geblockt", stieß Tupar hervor. „Man hat seine Persönlichkeit blockiert. Er weiß nicht, daß er Rhodans Sohn ist. Ruft den Hohenpriester!" Den letzten Satz schrie er.

In panischer Hast nahm Tupar Kontrolluntersuchungen vor.

Doktor Edmond Hugher saß besinnungslos im Sessel.

Dann trat der Hohepriester ein. Erst als sich Tupar zur Seite gedrängt fühlte, begriff er, wer neben ihm stand.

„Herr, stören Sie mich bitte nicht", verlangte er.

Der Uralte gab sich damit zufrieden, Tupar über die Schulter zu blicken. Sein Verhalten zeigte eindeutig, welche Bedeutung Edmond Hugher für die Antis besaß.

Der Blocktaster trat in Tätigkeit. Tupar bediente ihn selbst. Dieses Gerät tastete Hughers Gehirn ab, um festzustellen, wo der Hypnoseblock lag und inwieweit er benachbarte Zentren beeinflußte.

Der Wissenschaftler, besinnungslos im Sessel, ahnte nicht, daß er die gefährlichsten Sekunden seines bewegten Lebens durchmachte und durch eine einzige falsche Einstellung oder Auswertung des Blocktasters als geistiges Wrack erwachen konnte.

85

Tupar sah nur die pendelnden Zeiger der Instrumente, das Rotieren der Farbskala und die beiden Vergleichsdiagramme, von denen das linke anzeigte, wie stark der Hypnoseblock war, während das andere angab, welche Energien benötigt wurden, um den Block zu sprengen.

Am unteren Rand des kleinen Schaltpults befand sich das Zielgerät – eine Frequenzoptik, mit deren Hilfe die Strahlen genau zu justieren waren, damit sie in Hughers Gehirn nur die hypnotisierte Zone, aber nicht die unbeeinflußten anderen Zentren trafen.

Die Zeit schien dahinzurasen. In Wirklichkeit waren erst wenige Minuten vergangen. Noch einmal überprüfte Tupar jede Einstellung am Blocktaster. Dann atmete er tief und betätigte die Hauptschaltung.

Hughers Schrei hatte nichts Menschliches mehr an sich. Tupar und die übrigen Antis erstarrten.

Doktor Edmond Hughers gelbliche Augen funkelten sie an.

Instinktiv hatte Tupar die Anlage ausgeschaltet.

„Schnallt mich los!" Eine harte Stimme, die es gewohnt war, zu befehlen, klang durch den zimmergroßen Raum.

Die Antis starrten den Wissenschaftler sprachlos an. Wo war Edmond Hughers verträumtes Lächeln? Wo war seine Bescheidenheit geblieben? Wo seine durch nichts zu erschütternde Ruhe?

„Verdammt noch mal, werde ich bald losgeschnallt?" fuhr er sie an.

Die Antis bewegten sich nicht.

Ein Fremder saß im Sessel. Doktor Edmond Hugher hatten sie darin angeschnallt, ein Mann, dessen Gesichtszüge sich von Sekunde zu Sekunde stärker veränderten, rüttelte jetzt wütend an den Klammern, die ihn im Sitz festhielten. Mehr und mehr verschwand das Weiche, Ausdruckslose aus seinem Gesicht. Züge tauchten auf, die unbeugsamen Willen widerspiegelten.

„Laßt mich los!" Seine Stimme klirrte wie Eis. In seinen Augen glitzerte es. Sein Blick besaß etwas von hypnotischer Kraft. „Tupar, muß ich es noch einmal befehlen?" fuhr Hugher ihn an.

Tupar trat an den Sessel heran. Er betätigte einen Schalter. Die Klammern sprangen auf, und Hugher erhob sich.

Der blinkende Metallschirm in Höhe seines Kopfes spiegelte sein Gesicht wider. Wie unter einem Schlag zuckte er zusammen. Seine

Hände griffen nach seinem Gesicht. Mit den Fingerspitzen tastete er es ab.

„Das bin ich? Dazu hast du mich gemacht, Rhodan? Zuerst hast du meine Mutter getötet, und anschließend hast du mich um achtundfünfzig Jahre meines Lebens bestohlen." Er drehte sich langsam um und musterte die ihn umstehenden, atemlos lauschenden Antis. Jeden sprach er mit Namen an, zuletzt Tupar. „Ich habe nichts vergessen, Tupar. Ich weiß noch, wie du das erstemal nach Aralon kamst und mich besuchtest. Ich weiß alles noch, was in den letzten achtundfünfzig Jahren geschehen ist, und ich habe nicht vergessen, was vorher geschah und wer ich bin. *Thomas Cardif heiße ich!* Thora, die Fürstin aus arkonidischem Geschlecht, war meine Mutter, und Rhodan, dieser skrupellose Terraner, war mein Erzeuger und ist der Mörder meiner Mutter. Genug, denn ihr wißt alles über mich." Er blickte auf den blitzenden Metallschirm und sah sich abermals als Fremden. „Eine Spottfigur hast du aus mir gemacht, Rhodan. Aber dafür wirst du noch die Quittung von mir bekommen." Er blickte beim Sprechen an sich herunter. „Meine Figur hat sich nicht sehr verändert."

„Aber Ihr Gesicht hat sich seit der Blocksprengung verändert, Hugher!" rief Tupar ihm zu.

„Cardif heiße ich", verbesserte Rhodans Sohn ihn scharf. „Und nun? Sollen wir warten, bis Rhodan uns zwingt, zu kapitulieren?"

Den Antis fiel es schwer, sich innerhalb weniger Minuten auf den neuen Edmond Hugher, alias Thomas Cardif, einzustellen. Noch schwerer fiel es ihnen, zu glauben, daß er kein Erlebnis der letzten achtundfünfzig Jahre vergessen haben wollte.

Das Erbteil seines Vaters kam mit der Befreiung von der aufgepfropften künstlichen Persönlichkeit wieder zum Vorschein. Er war Rhodan in Planung und Strategie fast ebenbürtig gewesen. Er hatte mehr als einmal das Solare Imperium in schwerste Krisen gestürzt und dabei fast immer Rhodans Gegenzüge durch geschickte Manipulationen nicht zur Wirkung kommen lassen.

Thomas Cardif, nach achtundfünfzig Jahren aus stärkster Teilhypnose erwacht, war wieder zum unerbittlichsten Gegner seines Vaters geworden.

Mehr denn je haßte er ihn, mehr denn je verachtete er ihn, und in der Sekunde seines Erwachens hatte er sich geschworen, Rhodan für diese ihm gestohlenen sechs Jahrzehnte zahlen zu lassen.

Tupar zuckte zusammen, als er sah, daß Cardif vor ihn trat.

„Warum habt ihr mich einer Mentalbehandlung unterzogen?"

Der Anti mußte unter dem zwingenden Blick aus Cardifs rötlichen Arkonidenaugen sprechen.

Rhodans Sohn ließ sich seine Überraschung nicht anmerken. Erst als der Anti seinen Bericht beendet hatte, äußerte er sich dazu.

„Er verfügt also noch immer über sein Mutantenkorps? Ist nun die Frequenz meiner Gedankenimpulse verändert worden oder nicht?"

Der Priester mußte zugeben, es nicht zu wissen.

Mit drei Schritten saß Thomas Cardif wieder im Sessel. „Kontrolle, Tupar!"

Zwei Priester stürzten heran und beeilten sich, bei Cardif wieder die Kontakte anzubringen. Plötzlich schien es in dem zimmergroßen Raum nur noch einen Menschen zu geben, der Befehle erteilen konnte: Thomas Cardif.

Minuten später stand fest, daß seine Gehirnfrequenz infolge der gewaltsamen Lösung des Hypnoblocks um eine Winzigkeit verändert worden war.

„Danke", sagte er kurz, während er den Sessel wieder verließ.

Ein triumphierendes Lächeln umspielte seine Lippen. Die Telepathen aus Rhodans Mutantenkorps waren von jetzt an nicht mehr in der Lage, ihn zu lokalisieren. Die Frequenzverschiebung reichte aus, seine Gedankenimpulse in dem Milliardenmeer an Ausstrahlungen unentdeckt zu lassen.

„Rhodan!" Er lachte, als er den Namen aussprach, und er dachte an das biologische Verjüngungsmittel, an *sein* Liquitiv.

Er nahm kaum die erneuten Meldungen über Perry Rhodans entschlossenes Vorgehen wahr, die jetzt aus den Empfängern der Funkanlage kamen. Die Tempelanlage war in Gefahr.

Der Hohepriester forderte zur Flucht auf.

„Halt!" überschrie Cardif ihn, und er lächelte böse. Von dem verträumten Lächeln, das er fast sechs Jahrzehnte zur Schau getragen hatte, war nichts mehr übriggeblieben. „Wir haben noch Zeit, um hier alles Wichtige zu vernichten."

Sie starrten ihn an. Sie waren immer noch nicht damit fertig geworden, daß aus dem lächelnden Träumer Edmond Hugher nun der große Stratege Thomas Cardif geworden war.

Die IRONDUKE schwebte zusammen mit dem Verband noch immer über der Wüste. In zwanzig Minuten lief das Ultimatum ab, aber niemand glaubte an eine Kapitulation der Antis.

Unruhe und Spannung an Bord wuchsen.

Claudrin deutete auf die Schirme der Ortungssysteme.

„Neue Impulse", meldete er. „Es hat den Anschein, als würde dort unten ein Schiffstriebwerk anlaufen."

Bullys Stirn umwölkte sich.

„Sie haben eine Teufelei vor", befürchtete er.

„Nein", widersprach Rhodan. „Ich nehme an, daß es sich um Fluchtvorbereitungen handelt."

Er gab eine Warnung an alle Schiffe der beiden Flotten. Sie sollten auf ein startendes Flugobjekt im Bereich der Tempelanlage achten.

Dann befahl Rhodan dem epsalischen Kommandanten, die IRON-DUKE bis 500 Meter über die Gebäude in der Wüste absinken zu lassen.

Sie warteten und beobachteten erneut. Mehr konnten sie im Augenblick nicht tun.

Unbeeindruckt verfolgte Thomas Cardif, wie die letzte Maschine der Liquitivabfüllung unter Strahlbeschuß vernichtet wurde. Mit der eiskalten Ruhe eines Mannes, der weiß, daß ihm noch reichlich Zeit für seine Flucht zur Verfügung steht, kontrollierte er, ob auch in den Labortrakten alles zerstört war. Die Antis vernichteten in wenigen Minuten Millionenwerte, die im Zeitraum von vielen Jahren hier investiert worden waren. Sie bedauerten ihre Handlungsweise nicht. Unter ihnen gab es einen Menschen, der ihnen vorlebte, daß man Rhodan nicht zu fürchten hatte: Thomas Cardif.

Cardif war für die Antis noch wertvoller geworden. Zehn Minuten vor Ende des Ultimatums versammelten sich 150 Antis im Hangar, wo das kleine Raumschiff lag. Es war ein Schiff, wie es auch die Springer benutzten. Wenige Minuten später gingen die Antis an Bord. Als sich der Hangar öffnete, schoß das Schiff mit hoher Beschleunigung und mit aktiviertem Schutzschirm in den Raum. Der Schirm wurde von der mentalen Kraft der Antis verstärkt. Geschütze terranischer Raumschiffe konnten ihn nicht durchdringen.

Brazo Alkher, Waffenoffizier der IRONDUKE, hörte den Offizier vor der Energieortung rufen. Im selben Augenblick sah er ein Flugobjekt von der Tempelanlage aufsteigen und mit hoher Beschleunigung in den Himmel Lepsos rasen.

Die Impulstriebwerke des Walzenboots stießen ihren Gluthauch in die unteren Luftschichten.

Alkher störte es nicht. Blitzschnell schlug er gegen die Haupttaste. Er gab Punktfeuer aus allen Geschützen auf das Springerschiff.

„Zum Teufel!" schrie Alkher auf. Was er sah, konnte er nicht fassen. Weder Desintegrator- noch Thermo- oder Impulsstrahlen rissen den Schutzschirm des kleinen Springerschiffs auf. Eine gewaltige Energiekaskade zerplatzte auf dem Feldschirm. Über der großen Geröllwüste von Lepso schien plötzlich eine Sonne zu stehen.

Alkher verwünschte die Tatsache, daß ihnen die neuen Kombinationswaffen noch nicht zur Verfügung standen, mit denen sie die Antis leicht hätten aufhalten können.

Er und alle anderen Besatzungsmitglieder in den Zentralen mußten in ohnmächtiger Wut mitansehen, wie das Springerschiff den Weltraum erreichte und entmaterialisierte.

Der Strukturtaster der IRONDUKE registrierte einen Hypersprung.

Der Eintauchpunkt bei Rückkehr ins normale Universum konnte nicht festgestellt werden. Für Rhodan und Bull war es kein Rätsel. Sie wußten, daß die mentalen Kräfte der Antis auch in der Lage waren, eine Strukturerschütterung zu absorbieren.

Wenig später landete die IRONDUKE unweit der Tempelanlage. Hunderte von Raumfahrern und Robotern schwärmten aus, um die Station der Antis zu untersuchen.

Rhodan begab sich zusammen mit Bully und einigen Wissenschaftlern in die Pyramide, aber sie fanden nichts, was einer genaueren Betrachtung wert gewesen wäre. Es bot sich ihnen ein Bild der Verwüstung.

Trotzdem konnte festgestellt werden, daß Lepso nur eine Verteilerstation und nicht die eigentliche Produktionsstätte für das Liquitiv war.

Perry Rhodan ließ die Blockade aufheben, denn nachdem die Antis sich zusammen mit Thomas Cardif von Lepso zurückgezogen hatten, besaß sie keinen Sinn mehr. Einige hundert Männer blieben auf dem Freihandelsplaneten zurück, um nach versteckten Depots zu suchen.

Die Flotten der verbündeten Imperien kehrten in ihre Ausgangsstellungen zurück.

Rhodan wußte, daß der Einsatz nur einen bescheidenen Erfolg gebracht hatte.

Auf der Erde gab es fünfzig Millionen Süchtige, die mit Liquitiv versorgt werden wollten.

Die Antis würden von ihren Plänen nicht ablassen, und Thomas Cardif war ein schwer berechenbarer Faktor in ihrem schlimmen Spiel.

Als die IRONDUKE wieder Kurs auf das Solsystem nahm, hatte sie einen nachdenklichen und ernsten Perry Rhodan an Bord.

8.

Perry Rhodan stand in dem einfachen Raum, der ihm als Arbeitszimmer diente. Er war nicht allein. Vor ihm, schräg neben dem Schreibtisch, hatte sich eine Gruppe von Frauen und Männern versammelt, die ihn aus brennenden Augen anstarrten. Rhodan konnte in ihren Blicken keine Sympathie erkennen. Zuerst war er über das Anliegen der Süchtigen, von ihm empfangen zu werden, verärgert gewesen, dann hatte er jedoch dem Drängen Reginald Bulls nachgegeben.

In den großen, schlanken Mann kam Bewegung. Mit äußerer Gelassenheit nahm er hinter seinem Tisch Platz.

Sofort begannen die zwölf Menschen auf ihn einzureden. Rhodan hob seine Hände. Er konnte den erregten Zustand der Süchtigen begreifen, aber wenn er ihnen helfen sollte, dann mußte er planvoll vorgehen.

„Wählen Sie einen Sprecher", forderte er. „Es ist sinnlos, wenn Sie alle auf einmal reden."

Ein vierschrötiger Mann, größer als Rhodan, trat vor, ohne daß ihn seine Begleiter zu ihrem Anführer ernannt hätten.

„Ich bin Godfrey Hunter", sagte er. Die Respektlosigkeit in seiner Stimme rührte zweifelsohne von einer inneren Aufgewühltheit her, mit der Hunter nicht fertig wurde. Dieser Mann, erkannte Rhodan, hatte bisher ein ruhiges, ordentliches Leben geführt. Doch damit war es endgültig vorbei. Der Verkaufsstop für Liquitiv begann sich bereits auszuwirken.

Über 50 Millionen Menschen drohten eine Revolte zu entfesseln. Die Erde war zu einem Tollhaus geworden. Die Süchtigen benötigten den Likör, den man gemeinhin unter dem Namen Liquitiv kannte, ebenso nötig zum Leben wie normale Menschen atembare Luft.

Auf den Kolonialplaneten war die Lage nicht viel besser. Atlan, Imperator des Großen Imperiums, hatte auf den Arkon-Planeten mit den gleichen Problemen zu kämpfen. Riesige Mengen des heimtückischen Rauschgifts hatten die Planeten der beiden verbündeten Imperien überschwemmt.

„Wir sprechen für eine größere Gruppe, Sir", fuhr Hunter fort. Beim Sprechen mahlten seine Zähne erregt aufeinander. Seine Beherrschung wirkte nicht überzeugend. „Sir, wir bitten Sie, sofort wieder den Likör im öffentlichen Handel zuzulassen."

Ein zustimmendes Gemurmel kam von den anderen Süchtigen. Sie drängten sich näher an Rhodans Tisch heran.

Rhodan sah Hunter nachdenklich an. Er fühlte Mitleid mit diesen Menschen, aber er durfte es nicht zeigen. Sein Gesicht blieb ausdruckslos, als er fragte: „Wie lange trinken Sie bereits diesen Alkohol?"

„Etwa zwei Jahre, Sir", erwiderte Hunter. „Ich weiß noch genau, wie meine Frau eine Flasche davon mit nach Hause brachte. Ich kann an diesem Getränk nichts Gefährliches finden. Im Gegenteil: Nachdem meine Frau und ich ihn benutzten, trat eine offensichtliche Verbesserung unseres Allgemeinzustands ein. Ich möchte behaupten, Sir, daß ich seitdem kaum gealtert bin."

Du armer Teufel, dachte Rhodan. Ich wünschte, du hättest die Menschen gesehen, die wir auf Lepso gefunden haben, dann würdest du mich sicher verstehen.

„Ich glaube Ihnen durchaus", sagte er laut. „Beantworten Sie mir eine zweite Frage: Seit wieviel Tagen haben Sie keinen Likör mehr getrunken?"

„Seit sechs Tagen", knurrte Hunter giftig. Man sah ihm an, daß er den Administrator für diese Tatsache verantwortlich machte.

Rhodan nickte. Sechs Tage war die Grenze. Nach ihren bisherigen Erfahrungen begannen danach zunächst Ermattungserscheinungen. Das zweite Stadium setzte mit Schwindelanfällen ein. Das Ende war qualvoll: Schwere Nervenanfälle schüttelten die Körper der Geplagten.

Perry Rhodan sah den hilflosen Mann vor sich mit steinernem Gesicht an. Noch hatte er nicht den Bericht der Fachärzte vorliegen, die fieberhaft an Entwöhnungskuren arbeiteten. Bisher waren alle Versuche, einen Süchtigen zu heilen, gescheitert.

Eine düstere Vision zeichnete sich in Rhodans Gedanken ab: Er sah Millionen Terraner in geistiger Umnachtung ein schreckliches Leben fristen. Die Lage hatte sich derart zugespitzt, daß sie um vieles gefährlicher war als während der großen Zeit des Rauschgiftschmugglers Vincent Aplied. Aplied und die Galaktischen Händler hatten sich damit begnügt, terranische Rauschgifte zu verbreiten, um die wirtschaftliche Position der Erde zu schwächen.

Die Antis kannten keine Skrupel. Jedes Mittel war ihnen recht, um die Macht in ihre verbrecherischen Hände zu bekommen. Wie ein Spinngewebe hatte sich ihre Sekte über der Galaxis ausgebreitet. Planet auf Planet verfing sich darin. Die Antis benötigten keine Flotten. Sie arbeiteten aus dem Hintergrund. Andere verrichteten für sie die schmutzige Arbeit.

Andere – wie Rhodans Sohn.

Der Gedanke an Thomas Cardif ließ Rhodans Blick verschwommen werden.

War es möglich, daß sein eigenes Fleisch und Blut zu solchen Taten fähig war?

„Haben Sie sich entschieden, Sir?" unterbrach Hunters nervöse Stimme die Gedanken des schlanken Mannes hinter dem Tisch.

„Ich kann Ihnen noch keinen offiziellen Bescheid geben", antwortete Rhodan ruhig. „Bevor die Ärzte nicht einwandfrei festgestellt haben, daß der ständige Genuß von Liquitiv harmlos ist, wird der Likör nicht zum Verkauf freigegeben."

„Verdammt!" schrie Hunter.

Rhodan erhob sich langsam. Selbst ein gefühlsmäßig unbeteiligter Beobachter hätte in diesem Moment die Gedanken des Administrators nicht in seinem unbewegten Antlitz erkennen können.

Hunter pendelte mit vorgebeugtem Oberkörper hin und her. Es waren eigenartige Bewegungen, aber Rhodan wußte sie zu deuten.

Etwas in Hunter trieb ihn an, einfach davonzulaufen, aus dem Zimmer auszubrechen. Aber ein letzter Rest von Stolz fesselte ihn an seinen Platz. Rhodans geschulter Blick bemerkte diese Spur letzter Hartnäckigkeit, dieses innere Kämpfen. Hunter war noch nicht völlig zerbrochen, aber er stand kurz davor.

Ein anderer Mann trat vor und berührte Hunter am Arm.

„Komm, Godfrey", sagte er. Während er versuchte, Hunter davonzuziehen, rief er Rhodan wütend zu: „Wissen Sie nicht, daß die Verfassung des Solaren Imperiums uns ein gewisses Recht gibt, Sir?"

Rhodan schwieg. Der Mann ließ Hunters Arm los. Sein Gesicht war gerötet, als wäre er eine längere Strecke gerannt. Unter seinen Augen hingen dicke Tränensäcke. Rhodans Schweigen machte ihn nervös.

„Die demokratische Freiheit muß uns den Likör gewährleisten", sagte er mit hoher Stimme.

„Sie sind nicht in der Verfassung, um sich mit mir über Demokratie zu unterhalten", sagte Perry Rhodan. Er drückte den Knopf der Tischsprechanlage. „Kenwood, kommen Sie bitte herein und führen Sie meine Besucher zurück", sagte er. „Die Unterredung ist beendet."

Jemand aus der Gruppe rief gehässig: *„Er* wird sich schon sein Quantum an Liquitiv reserviert haben."

Die Menschen stellten sich gegen ihn. Ihre logische Denkweise war gestört, und sie wurden ungerecht. Hemmungen fielen von ihnen ab. Rhodan verstand die Reaktion der Anwesenden, aber es war auch für ihn nicht einfach, die Beleidigungen hinzunehmen, als seien sie niemals ausgesprochen worden. Er sagte sich, daß er hier Kranken gegenüberstand. Da galten andere Gesetze.

Kenwood kam herein, korrekt, sauber und diszipliniert. Er grüßte auf seine steife Art. Hinter ihm erschien ein zweiter Mann, weniger militärisch in seinem Auftreten. Reginald Bull.

„Bitte sehr!" sagte Kenwood.

Hunter nickte stumm.

„Er kann uns doch nicht einfach wegschicken", protestierte der Mann, der Hunter am Arm festgehalten hatte. „Er muß doch irgend etwas für uns tun."

Rhodan und Bull wechselten einen verständnisvollen Blick. Die Haltung des Mannes war typisch. *Rhodan* mußte etwas tun. Er hatte bisher immer etwas getan. Sein Name war so mit dem Aufstieg der Menschheit verbunden, daß es undenkbar war, er könnte versagen.

Etwas schnürte Rhodan die Kehle zu. Es war ein beklemmendes Gefühl. Er war in eine wenig beneidenswerte Lage geraten. Die Menschheit identifizierte sich mit ihm. Er war zu einer beinahe mystischen Figur geworden. In den Gedanken der Milliarden von Menschen befand sich Rhodan auf einer Art höherer Existenzebene, die ihm erlaubte, zu schalten und zu walten, wie immer er wollte.

Es gab praktisch nur eine einzige Möglichkeit für Rhodan, von diesem imaginären Olymp herabzusteigen: Er mußte sterben. Er, der Unsterbliche, hatte plötzlich das Gefühl, daß er sich immer mehr in der Einsamkeit verlor. Immer weiter entfernte er sich vom Denken normaler Sterblicher, für die er alles tun wollte, was in seinen Kräften stand. Der Tod war der Preis, wenn er zu ihnen zurückfinden wollte.

„Sie sind gegangen", sagte Bully leise.

Rhodan lächelte. Er war doch nicht allein auf seinem Olymp. Es waren noch andere bei ihm.

„Ich glaube, daß es ein Fehler war, sie zu empfangen", bemerkte Bully selbstkritisch. „Außer einigen Beleidigungen ist nichts dabei herausgekommen."

95

Rhodan blickte auf die Uhr.

„In einer Stunde beginnt die Lagebesprechung", gab er bekannt. „Es ist besser, daß ich mich von der Stimmung der Süchtigen persönlich überzeugt habe."

Es schien, als hätte Bull seinen Humor in den öden Landschaften von Lepso verloren. Er war einer der wenigen gewesen, die Rhodan immer wieder zu überzeugen versucht hatten, daß Thomas Cardif im Grunde kein schlechter Mensch sei. Oft genug hatte der untersetzte Mann seinen Freund daran erinnert, daß Cardif ohne seine Eltern aufgewachsen war. Außerdem glaubte der Halbarkonide, daß Perry Rhodan der Mörder seiner Mutter war. Er hielt das Gerücht für wahr, nach dem Rhodan seine Frau Thora durch einen unsinnigen Auftrag ums Leben gebracht hatte.

Rhodan fuhr fort: „Wir müssen einen Aufstand verhindern. Die Verzweifelten sind zu allem fähig. Bei der Besprechung werde ich den Befehl geben, daß ein großer Aufklärungsfeldzug gestartet wird. Die Menschheit muß von der verheerenden Wirkung des Liquitivs wissen. TV, Presse und Funk werden mit der Vorstellung aufräumen, daß der Likör ein Lebenselixier ist."

Bulls Blick wurde skeptisch. Trotzdem dauerte es einige Zeit, bis sich der sonst so impulsive Mann zu einer Antwort entschließen konnte. Er hatte Rhodans Worte genau durchdacht.

„Die Menschen werden nicht verstehen und nicht glauben", sagte er dann. „Viele von ihnen trinken das Gift seit zwei Jahren, und es hat sich, da die zwölf Jahre und vier Monate noch nicht vorüber sind, als ungefährlich gezeigt. Man wird sich auf die Tests berufen, die mit jedem neuen Genußmittel durchgeführt werden, das auf den Markt kommt. Wissenschaftler haben den Likör empfohlen und als unschädlich bezeichnet, solange man Liquitiv nicht des Alkoholgehalts wegen in großen Mengen zu trinken beginnt. Diese Meinung ist fest in den Gedanken der Süchtigen verankert. Sie *wollen* nichts anderes glauben, als daß sie ihr Leben verlängern können."

„Sicher, wir können den noch gesunden Menschen wohl kaum begreiflich machen, daß das Getränk sie eines Tages in die geistige Umnachtung führen wird", antwortete Rhodan. „Aber wir können immerhin verhindern, daß größere Revolten ausbrechen. Wenn wir den Süchtigen das Gefühl geben, daß wir uns um sie kümmern, ist schon viel gewonnen. Wir müssen sie dazu bringen, abzuwarten."

Bully fuhr mit den Fingern durch sein dichtes, rotes Haar. Rhodan hatte mit seinen Ansichten schon oft allein gestanden und trotzdem recht behalten.

Diesmal, dachte Bully düster, kann uns nur noch ein Wunder helfen.

Die Gier der Menschen, die Liquitiv genossen hatten, war nicht zu bremsen. Bevor sie starben, würden sie viel Unheil anrichten.

Der Plan, die Süchtigen zur Vernunft zu bringen, entsprach dem Vorhaben eines einzelnen Mannes, der einen Brunnen voll verseuchten Wassers bewacht und zweihundert Verdurstende am Trinken hindern will.

Bull begann zu ahnen, was die fürchterliche Konsequenz allen Geschehens sein würde. Als sich sein Blick mit dem Rhodans traf, erkannte er, daß der Administrator die gleichen Gedanken haben mußte.

Bei ihren bisherigen Zusammenstößen mit den Antis hatten sie viel Schreckliches erlebt. Aber gegenüber dem, was jetzt auf sie zuzukommen drohte, erschien alles andere bedeutungslos.

Das Spinnennetz der Anti-Mutanten zog sich zusammen.

Eine Spinne kann an jedem Punkt ihres Gespinstes sein; von wo sie angreift, ist nicht vorher zu erkennen. Außerdem hat sie Zeit, wenn sich ihr Opfer einmal verfangen hat. Sie wartet, bis es sich immer tiefer in das Netz verstrickt und schließlich hilflos vor ihr liegt.

Mit jeder Gegenmaßnahme, das wußten Rhodan und Bull, würden sie sich dem endgültigen Unheil schneller nähern. Die logische Folgerung war, daß man etwas anderes tun mußte.

Abwarten und keine Verteidigungsbereitschaft zeigen!

Weder Rhodan noch sein Stellvertreter sprachen diese Gedanken aus. Doch einer wußte vom anderen, daß sie *beide* die gleiche Idee hatten.

9.

Der Beauftragte des Solaren Imperiums für den Sektor Rot III/b 1245 II war ein wichtiger Mann. Da die Zahlenbezeichnung eines Sektors nur für Karteien und Programmierungen von positronischen Speicherbänken bestimmt war, nannte man das Gebiet, über das er die Aufsicht führte, auch Kapra-System. Kapra, das war der Name der Sonne, um die nicht weniger als 24 Planeten kreisten. Das Besondere an diesem System war, daß sechs der 24 Welten Sauerstoffplaneten waren, das heißt, sie wurden von irdischen Kolonisten besiedelt. Nach der Ausdehnung des Sonnensystems und nach der Anzahl der Planeten gemessen, war Oliver Gibson ein mächtiger Mann.

Die Tatsache, daß er sich jetzt in Terrania aufhielt, ließ darauf schließen, daß ein äußerst wichtiger Grund vorliegen mußte. Perry Rhodan kannte die Schwere der Verantwortung, die die Beauftragten zu tragen hatten, und er wußte, daß es gut war, wenn diese Männer ständig in ihrem Gebiet weilten.

In diesem Augenblick befand sich Oliver Gibson fast 20 000 Lichtjahre von jenem Platz entfernt, von wo aus er normalerweise die Geschicke terranischer Kolonien zu lenken pflegte. Gibson hielt sich in dem großen Versammlungsraum auf, der sich in einem der gewaltigsten Gebäude Terranias befand.

Außer ihm waren über fünfzig Männer anwesend, die zu den profiliertesten gehörten, die das Solare Imperium aufzubieten hatte. Ein blasser, schlanker Mann, der ganz in der Nähe von Perry Rhodan saß, schien John Marshall zu sein, der Chef des legendären Mutantenkorps. Gibson erkannte weiterhin Reginald Bull, Solarmarschall Freyt und den Befehlshaber der Solaren Abwehr, Allan D. Mercant. Er ahnte, daß sich außer Marshall noch mehrere Mutanten in dem Raum befanden. General Deringhouse war in ein Gespräch mit dem Beauftragten des Wega-Systems vertieft. Hinter Rhodan saßen zwei

Männer in weißen Kitteln, was den Eindruck erweckte, daß man sie direkt von ihrer Arbeit hierhergebracht hatte.

Ein Mann, der wie ein Tank wirkte und zwei Stühle für sich in Anspruch nahm, erregte für einen Augenblick die Aufmerksamkeit Gibsons. Sollte das Jefe Claudrin sein, der zusammen mit Rhodan die FANTASY, das erste terranische Schiff mit Linearantrieb, durch eine Sonne gesteuert hatte?

Dann erblickte Gibson das Tier.

Es war etwa einen Meter groß und sah aus wie eine überdimensionale Maus, deren Mutter sich mit einem Biber eingelassen haben mußte. Mit runden Augen starrte Gibson das eigenartige Wesen an. Es trug die Uniform eines Leutnants der Solaren Flotte, augenscheinlich eine Spezialanfertigung, in der sogar ein Loch für den breiten Biberschwanz vorhanden war.

Das Tier schien Gibsons Interesse zu bemerken, denn es richtete sich etwas auf. Erstaunt registrierte der Beauftragte, daß das Wesen auf dem einzigen gepolsterten Stuhl hockte, der in diesem Saal zu finden war.

Gibson schluckte. Er hatte schon viel von Gucky gehört, aber *hören* und *sehen* ist zweierlei.

Der Mausbiber blickte aus dunklen Knopfaugen zu ihm herüber. Dann entblößte er einen blitzenden Nagezahn und grinste Gibson an. Der Beauftragte errötete. Er wußte nicht, wie er sich jetzt verhalten sollte. Das Wesen war immerhin Offizier, und die Berichte von Taten, die man ihm nachsagte, waren bis zum Kapra-System gedrungen.

Verlegen deutete Gibson eine schwache Verbeugung an.

Gucky nickte gnädig und blinzelte verschlafen.

Perry Rhodan stand von seinem Platz auf und zwang damit Gibsons Blicke in seine Richtung. Es wurde still in dem Saal. Hier befanden sich verantwortungsbewußte Männer, die alle führende Positionen innehatten.

„Vor kurzer Zeit habe ich den Befehl gegeben, die Einfuhr von Liquitiv zu stoppen, hier auf der Erde und auf allen Kolonialplaneten", begann Rhodan. „Zusätzlich wurde ein Verkaufsverbot erlassen. Es war uns klar, daß wir nicht mit einem Schlag alle Vorräte zurückhalten konnten. Schnelle Angstkäufe wurden getätigt, und der

Schwarzmarkt blüht nach wie vor. Trotzdem ist es jetzt so, daß sich etwa fünfzig Millionen Menschen nicht mehr in den Besitz des Rauschgifts setzen können. Ihre Zahl ist ständig im Steigen begriffen. Ich wage nicht daran zu denken, wieviel Süchtige tatsächlich bereits unter uns leben. Von den Kolonialplaneten, oder gar den arkonidischen Welten, wollen wir gar nicht reden."

Rhodan unterbrach sich und warf einen ernsten Blick auf die Versammelten. Er griff nach einigen Blättern Papier, die vor ihm lagen.

„Es sieht ganz so aus, als könnte eine Revolte ausbrechen", gab er bekannt. „Hier liegen verschiedene Meldungen vor, die mich mit tiefer Besorgnis erfüllen. In Des Moines wurde die Wohnung des Bürgermeisters geplündert. In Paris wächst die Unruhe der Demonstranten stündlich. Erste Versuche, öffentliche Gebäude zu stürmen, wurden von der Polizei mit Wasserwerfern zunichte gemacht. In Gettysburg kam es zu einer Schlägerei zwischen einem Polizisten und einer Gruppe von fünfzig Süchtigen. Der Polizist wurde zusammengeschlagen und sein Fahrzeug zerstört. Ein Laden wurde ausgeplündert. In derselben Stadt ist der erste Selbstmord zu verzeichnen. Ein Gelähmter hat sich umgebracht, weil er ohne Liquitiv nicht mehr leben konnte."

Er schüttelte bedauernd den Kopf. Seine Lippen waren schmal geworden.

„Das waren nur einige Berichte von vielen", erklärte er. „Inzwischen haben Bully und ich beschlossen, einen großen Aufklärungsfeldzug zu starten. Wir müssen die Menschheit vor der Gefahr des Rauschgifts warnen. Gewaltige Mengen des Likörs konnten nicht sichergestellt werden. Er wird mehr oder weniger offen zu Wucherpreisen verkauft. Es ist also Grundbedingung, daß wir den Menschen die Gefahr klarmachen, die in dem Genuß des Likörs liegt."

General Deringhouse stand auf. „Glauben Sie, daß diese Menschen dadurch weniger brutal bei ihren Versuchen werden, sich in den Besitz des Rauschgifts zu setzen?"

„Ich hoffe es."

Oliver Gibson dachte, daß jetzt eigentlich der Zeitpunkt gekommen war, wo er seine Angelegenheit klären konnte. Er meldete sich zu

Wort, indem er seinen Arm hob. Rhodan nickte ihm ermunternd zu.

„Die meisten von Ihnen kennen mich", sagte Gibson. „Trotzdem möchte ich noch einmal sagen, wer ich bin und woher ich komme. Ich bin der Beauftragte des Kapra-Systems, wo sich sechs Kolonialplaneten der Erde im Aufbau befinden. Die Situation der Menschen dort ist nicht mit der der Erdbevölkerung zu vergleichen. Die Kolonisten führen ein hartes Leben. Sie sind froh und glücklich über jede Entspannung und Abwechslung. Es ist verständlich, wenn hier das Rauschgift in größeren Mengen gekauft wurde als auf der Erde selbst. Das gilt mehr oder weniger auch für andere Kolonien."

Er lächelte.

„Meine Herren", sagte er, „ich selbst bin ein Süchtiger."

Die Männer, die sich hier zusammengefunden hatten, waren es gewohnt, Überraschungen zu erleben. Ihre Gesichter zuckten nicht, als Gibson sein Geständnis ablegte. Mancher von ihnen blickte etwas verschlossener und ernster, ein anderer wandte seine Aufmerksamkeit erst jetzt dem Beauftragten zu, aber niemand machte einen Zwischenruf.

Gibson blickte zu Perry Rhodan hinüber. Er hatte dem Administrator bereits vertrauensvoll von seiner Misere berichtet. Rhodan war kein Mann, der einen Menschen sofort verurteilte. Gibson sah in den grauen Augen des Administrators keinen Vorwurf, nur eine stumme Ermunterung, die Rede fortzusetzen.

„Ich lebe seit drei Tagen ohne Liquitiv", sagte Oliver Gibson. Unbewußt war sein Blick auf Gucky gefallen. Der Mausbiber hatte seine Augen geschlossen. Trotzdem fühlte Gibson einen unerklärlichen Strom warmer Verbundenheit, und er wußte, daß er hier Freunde hatte. Seine Schultern strafften sich. „Ich spreche hier für sechs terranische Kolonialplaneten. Meinen Beitrag zu dieser Besprechung möchte ich in einem Satz zusammenfassen: Es muß dringend eine Lösung gefunden werden, die den Süchtigen und dem übrigen Teil der Menschheit gleichermaßen gerecht wird."

Gibson nickte und nahm Platz. Da gab es niemand in diesem Raum, der ihn verachtet hätte. Jeder hatte nur den Wunsch zu helfen.

Rhodan drehte sich zu den beiden Männern in den weißen Kitteln um, worauf sich einer von ihnen erhob. Er war übernervös. Eine seiner Hände war in der Kitteltasche vergraben, mit der anderen rückte er seine Krawatte zurecht.

„Mein Kollege, Dr. Topezzi, und ich hatten die Aufgabe, alle Meldungen der Forscherteams und Ärzte zu koordinieren, die in aller Eile darangingen, den gefährlichen Eigenschaften des Rauschgifts auf die Spur zu kommen." Er hüstelte krampfhaft und warf einen hilfeheischenden Blick auf Dr. Topezzi, der anscheinend froh darüber war, daß er nicht selbst an der Stelle des Redners stehen mußte.

„Es ist bisher nicht gelungen", fuhr der Arzt fort, „festzustellen, wie die Antis das Gift erzeugen. Zweifellos ruft Liquitiv eine verjüngende Wirkung hervor. Interessant ist, daß die Sucht erst nach drei- bis fünfmaligem Gebrauch auftritt. Daraus ließen sich einige Rückschlüsse ziehen, die allerdings rein theoretischer Natur sind und im Augenblick für uns keine Bedeutung haben. Festzustehen scheint jedoch schon jetzt, daß der Likör erst zu einem Nervengift wird, wenn ein Mensch ihn getrunken hat. Irgendein Ferment trifft im Magen des Menschen mit dem Likör zusammen. Fermente sind bekanntlich Katalysatoren. Vor dem Genuß ist der Alkohol also nicht giftig. Er wird es erst dann, wenn er auf das Ferment stößt. Ich brauche wohl nicht zu erklären, daß Liquitiv auf Hormongrundlage hergestellt wird, anders ist die tatsächlich eintretende Verjüngung nicht zu erklären."

„In Ordnung, Doc", sagte Reginald Bull. Er war nicht der einzige Mann, der ungeduldig geworden war.

„Berichten Sie nun von den Entwöhnungskuren und ihrem Verlauf", forderte Rhodan.

„Sie sind, um es kurz zu sagen, alle negativ verlaufen", berichtete der Mediziner. „Die größten Spezialisten auf dem Gebiet der Rauschgiftentwöhnung haben versagt. Wir alle wissen, daß Morphinisten oder Alkoholiker von ihrer Sucht zu befreien sind. Das ist bei Liquitiv anscheinend nicht der Fall. Nach spätestens vier Wochen ist jeder einzelne der Süchtigen einer Geistesumnachtung verfallen."

Er senkte den Kopf. Sehr leise fügte er abschließend hinzu: „Wir können den verantwortlichen Stellen nur empfehlen, den Einfuhr- und Verkaufsstopp für Liquitiv wiederaufzuheben, wenn sie nicht riskieren wollen, daß viele Millionen Menschen wahnsinnig werden."

Was Gibson mit seiner Eröffnung nicht fertiggebracht hatte, erreichte der Arzt mit seinem schockierenden Vorschlag: Seine Zuhörer wurden unruhig. Jefe Claudrin ruckte unwillkürlich hoch. Der mächtige Körper des Epsalgeborenen schien die Uniform sprengen zu wollen. John Marshall wechselte einen kurzen Blick mit einem kleinen Japaner, auf dessen Zügen ein sanftes Lächeln lag.

„Wollen Sie etwa die Blockade aufheben lassen, Dr. Whitman? Wissen Sie, was das bedeutet? Die galaktischen Handelsorganisationen, vornehmlich unsere alten Freunde, die Springer, werden wieder ungehindert in das Solare System einfliegen können."

„Das stimmt, Sir", sagte Dr. Whitman.

Deringhouse war ein kühler Denker. Trotzdem war er vornehmlich Soldat, und seine Gedanken bewegten sich logischerweise auf militärischen Bahnen. Als General hielt er es für seine Aufgabe, alles Unheil mit der Solaren Flotte von Terra abzuwenden. Hintergründige Schachzüge, politische Intrigen oder Scheinmanöver lagen ihm nicht.

„Das kommt einer Kapitulation gleich", knirschte er erbittert.

Gucky blinzelte interessiert. Kapitulation, das war ein Wort, dessen Bedeutung auch nicht der stets zum Scherzen aufgelegte ehemalige Trampbewohner unterschätzte.

Lediglich Rhodan blieb ruhig.

„Kapitulation klingt sehr hart, Sir", mischte sich Dr. Topezzi ein. „Eine bessere Bezeichnung wäre Kompromiß."

„Als ob es auf die Bezeichnung ankäme", erregte sich der General. „Wollen wir unsere Niederlage vielleicht mit schönen Worten verschleiern?"

Aus dem Mund Jefe Claudrins kam ein dumpfer Ruf, den jeder in diesem Raum als Zustimmung verstand. Als Kommandant des ersten terranischen Linearschiffs hatte seine Meinung einiges Gewicht.

Perry Rhodan begriff, daß sich die Männer in zwei Parteien spalten würden, wenn er jetzt nicht eingriff. Er war sich seiner Verantwortung bewußt. Es mußte eine Entscheidung getroffen werden, von der wahrscheinlich die weitere Existenz der gesamten Menschheit abhing, ob sie nun auf Terra oder auf den Kolonialplaneten lebte.

Der Mann, den selbst Auris von Las-Toór, Beauftragter des Regierenden Rates von Akon, bis zu einem gewissen Punkt respektiert hatte – er, dessen Name unauslöschlich mit der Weiterentwick-

103

lung der Menschheit verbunden war –, sagte in diesem historischen Augenblick: „Die Blockade wird aufgehoben. Das Liquitiv darf ab sofort auf der Erde und all ihren Kolonien wieder verkauft werden. Wir werden eine entsprechende Empfehlung an Atlan richten, damit er sich unserer Handlungsweise anschließt."

Die Augen Perry Rhodans richteten sich prüfend auf die Versammelten. Er sah wohl, wie General Deringhouse erblaßte, und er bemerkte das düstere Zusammenziehen der Augenbrauen bei Oberst Claudrin. Ihre Gesichter verhärteten sich. Aber stärker als ihre Gefühle war das Vertrauen, das sie in den Ersten Administrator setzten.

In die grabesähnliche Stille hinein klang Rhodans Stimme. „Damit verhindern wir zunächst einmal, daß Millionen von Menschen dem Wahnsinn verfallen. Unser Aufklärungsfeldzug muß verstärkt werden, damit noch gesunde Menschen nicht ebenfalls süchtig werden. In allen Teilen des Imperiums muß bekannt werden, daß der Genuß von Liquitiv lebensgefährlich ist."

Er lachte in seiner humorlosen Art.

„Das heißt natürlich nicht, daß wir uns geschlagen geben", sagte er. „Wir werden ein Forschungsprogramm starten, wie es dieser Planet noch nicht erlebt hat. Mit allen Mitteln gefördert, werden die besten Wissenschaftler aller Welten versuchen, ein Gegenmittel zu finden."

Seine Augen verengten sich. „Sie *werden* es finden, so wie ich Thomas Cardif finden werde."

Gucky riß erschrocken die Augen auf. Er sagte jedoch nichts. Wenn sein Chef in dieser Stimmung war, schwieg man besser. Jeder der Anwesenden spürte Rhodans grimmige Entschlossenheit.

Seine Energie verbreitete einen Optimismus, der, gemessen an späteren Geschehnissen, völlig ungerechtfertigt war.

Zwei Tage nach dieser Versammlung war das Rauschgift wieder überall auf der Erde erhältlich. Für einige Hunderte Menschen war dieser Zeitpunkt bereits zu spät.

Die böse Saat der Antis ging auf. In den Laboratorien der Erde und der Arkon-Planeten liefen Testversuche an. Rhodan gönnte sich keine Ruhe. Persönlich kümmerte er sich um alle Ergebnisse.

Da geschah etwas, was den Ereignissen eine andere Wendung gab.

10.

Stephen Elliot kreiste über der grauen Stadt, hinter der sich die kahle Landschaft Lepsos dehnte. Er steuerte den Gleiter ein wenig tiefer. Der tägliche Routineflug war für ihn vorüber.

„Hallo, Stephen", sagte da eine fröhliche Stimme.

Elliot fuhr zusammen. Desoga hatte eine unkonventionelle Art, sich mit ihm in Funkverbindung zu setzen. Elliot schaltete sein Sprechgerät ein. Er stellte sich vor, wie der dürre Spanier in der Zentrale hockte und an einer gewaltigen Zigarre rauchte, die dicker als sein Daumen war.

„Hier Gleiter FTP 34", meldete sich Elliot. „Ich höre."

Desoga hustete. Rangmäßig gesehen war er Elliots Vorgesetzter. Elliot fragte sich jedoch wiederholt, wie ein derart unmilitärischer Mann eine solche Arbeit leiten durfte, die immerhin ein großes Maß an Verantwortung forderte.

„Wenn ich aus dem Fenster schaue, kann ich Sie sehen", bemerkte Desoga.

Verblüfft starrte Elliot nach unten. Er konnte von hier nicht sagen, in welchem der grauen Gebäude man die Zentrale eingerichtet hatte. Aus der Luft sahen alle Häuser gleich aus. Außerdem erschien es ihm völlig gleichgültig, ob Desoga ihn sehen konnte oder nicht.

„Landen Sie noch nicht, Stephen", befahl Desoga.

Elliot überblickte die Panoramakanzel. Desoga gab einige schnaufende Geräusche von sich und wartete anscheinend darauf, daß Elliot etwas sagte. Der Pilot stellte sich vor, wie es wäre, wenn dem Spanier einmal die Zigarren ausgingen.

„Haben Sie weitere Befehle, Sir?" rang er sich ab.

In Gedanken verfluchte er Desoga, dessen Zigarren, die Stadt und diesen ganzen Planeten, der nur aus Geröll und öden Berghängen zu bestehen schien. Bevor er weitere Gegenstände in den Kreis seiner

Verwünschungen einbeziehen konnte, sagte Desoga: „Ja, Stephen."
Er räusperte sich, und Elliot dachte: Jetzt ist es soweit.

„Fliegen Sie zum Planquadrat X45-B3", befahl Desoga. „Von der dortigen Wachtruppe ist ein Bericht eingelaufen. Angeblich wurde ein kleiner Stützpunkt entdeckt, den wir bisher noch nicht aufgespürt hatten."

Desoga hatte noch nicht einen einzigen Stützpunkt aufgespürt, aber er redete, als hätte er sie alle entdeckt.

„Die Männer sind in Begleitung eines Mutanten, Stephen. Er ist Telepath. Angeblich soll sich in dem Stützpunkt ein Mensch aufhalten. Sehen Sie zu, was Sie machen können."

Das war ein für den Spanier typischer Befehl. Er hatte keine klaren Angaben darüber gemacht, was Elliot eigentlich tun sollte. Der Pilot steuerte den Gleiter in die angegebene Richtung.

„Es wäre vielleicht gut", vermerkte Desoga gemütlich, „wenn wir den Mann lebend in unsere Hände bekommen könnten."

Auf jeden Fall schien der Spanier mehr zu wissen, als er Elliot anvertrauen wollte. Desoga schien ständig mehr zu wissen als andere Leute. Plötzlich kam dem Piloten der Gedanke, daß das vielleicht der Grund war, warum der dürre Mann als sein Vorgesetzter in der Zentrale saß und sich systematisch mit Nikotin vergiftete.

„Jawohl, Sir", sagte Elliot.

Desoga schien schon nicht mehr zuzuhören. Die Stadt verschwand unter Elliot. Nur wenn er zurücksah, konnte er ihre düstere Silhouette am Horizont erkennen. Firing, die kleine gelbe Sonne, spendete genügend Licht, um die Landschaft unter dem Gleiter zu erhellen. Elliot legte jedoch keinen Wert darauf, ständig auf Steine und Geröll zu blicken.

„Was tun wir eigentlich noch auf dieser Welt?" überlegte er.

Das war eine Frage, die ihm niemand beantworten würde. Er warf einen Blick auf die Armaturen. In genau zehn Minuten würde er in dem Planquadrat eintreffen, das zu seinem Gebiet gehörte. Sicher erwartete man ihn schon.

Als er die Stelle erreichte, die ihm Desoga angegeben hatte, sah er eine Gruppe winkender Männer in der Einöde stehen. Geschickt landete Elliot den Gleiter. Die Uniformen der Soldaten wiesen sie als

Angehörige der Solaren Flotte aus. Sie waren schwer bewaffnet. Zwei Kampfroboter hielten sich etwas abseits von ihnen auf. Diese Gruppe gehörte zu den Menschen, die Perry Rhodan nach Abzug der Blockadeflotte auf Lepso zurückgelassen hatte, damit sie nach geheimen Stützpunkten der Antis und Liquitiv-Lagern suchten.

Elliot kletterte aus dem kleinen Flugboot. Der steinige Boden gab unter seinen Stiefeln nicht nach. Lepso war ein Sauerstoffplanet, so daß die Terraner auf einen Schutzanzug verzichten konnten. Für Elliot war es schwer vorstellbar, daß ausgerechnet auf dieser unscheinbaren Welt der Schmuggel blühte.

„Sie sind sicher Elliot", sagte ein untersetzter Mann als Begrüßung. „Desoga hat uns Ihr Kommen bereits angekündigt. Wir durften nichts unternehmen, bevor Sie nicht bei uns waren. Ich bin Korporal Higgins und führe diese kleine Truppe an."

Elliot sah sich unter den sechzehn Männern um. Wo war der Mutant, von dem der Spanier gesprochen hatte? Elliot traute sich zu, ein Mitglied des legendären Korps sofort unter anderen Menschen zu erkennen.

Als hätte Higgins seine Gedanken erraten, sagte der Korporal: „Der Telepath ist mit einer zweiten Gruppe zu Leutnant Lechner und seinen Leuten gestoßen. Lechner hat einige verdächtige Aras festgenommen und befindet sich mit ihnen auf dem Weg zum Raumhafen, damit sie so schnell wie möglich nach Terra zum Verhör gebracht werden."

Es war offensichtlich, daß Higgins erwartete, daß der Pilot den Befehl übernahm. Unsicher überblickte Elliot das trostlose Gelände.

„Was ist geschehen?" fragte er.

„Der Mutant hat festgestellt, daß sich dort drüben ein verborgener Stützpunkt befinden muß", berichtete Higgins eifrig. Er zeigte in Richtung eines flachen Hügels, der Elliot einen unverdächtigen Eindruck machte.

Higgins zuckte mit den Schultern. Man sah ihm an, daß er nicht verstand, wie die Mutanten arbeiteten. Es schien ihm auch nicht viel daran zu liegen, es zu begreifen. Er war mit dem, was er erreicht hatte, zufrieden. Entscheidungen von größerer Bedeutung überließ er anderen.

„Das Korpsmitglied behauptete, daß sich dort nur ein einzelner Terraner aufhält", fuhr Higgins fort. „Er soll bewaffnet sein. Der Telepath hält ihn für ungefährlich."

„Das werden wir herausfinden", entschied Elliot.

Mit der Miene eines im Dienst ergrauten Soldaten erwiderte Korporal Higgins: „Bestimmt, Sir."

Elliot hatte keine bestimmte Vorstellung davon, wie er in den Stützpunkt gelangen sollte. Da aber die Männer von ihm erwarteten, daß er etwas unternahm, setzte er sich in Richtung auf den Hügel in Bewegung.

„Wir haben bereits versucht, den geheimnisvollen Terraner durch Funk zu erreichen", bemerkte Higgins. „Wir hatten keinen Erfolg."

Sie hatten ungefähr die Hälfte des Weges zurückgelegt, als Elliots Probleme auf eine überraschende Weise gelöst wurden: Auf dem Hügel tauchte eine schwankende Gestalt auf.

„Vorwärts!" rief Higgins.

Er rannte an Elliot vorüber. Auf seinen kurzen krummen Beinen machte er einen ziemlich komischen Eindruck. Elliot beschleunigte seine Gangart.

„Das scheint der Mann zu sein, Sir!" schrie Higgins, als gelte es, mit der Handvoll Männer einen Springerkreuzer zu stürmen.

Elliot fragte sich verwundert, warum ein Mensch, der sich lange Zeit versteckt gehalten hatte, ausgerechnet in dem Moment aus seinem Schlupfwinkel kommt, wenn diejenigen auftauchen, vor denen er anscheinend geflüchtet war.

Der Mann vor ihm war entweder völlig entkräftet oder krank. Er taumelte den Hang herunter.

„Geht sanft mit ihm um", befahl Elliot. „Er scheint verletzt zu sein."

Zusammen mit Higgins und zwei anderen Soldaten kam er als erster bei dem Fremden an. Es handelte sich zweifellos um einen Terraner. Er war mittelgroß und hager, fast so hager wie Desoga. Sein Gesicht war eingefallen und von Bartstoppeln zur Hälfte verdeckt. Seine Kleidung war arg mitgenommen. Um den rechten Oberschenkel hatte er notdürftig einen Verband gewickelt.

Der Mann sah Elliot in die Augen, ohne ihn anscheinend zu

108

erkennen. Unbewußt fühlte der Pilot, daß nicht allein die Beinverletzung für den Zustand des Flüchtlings verantwortlich war. Dieser hohle Blick kam Elliot irgendwie bekannt vor.

Plötzlich fiel ihm ein, was er vor Wochen hier auf Lepso gesehen hatte. Nun wußte er, was mit ihrem Gefangenen los war.

Er war süchtig. Er stand ebenfalls unter dem Einfluß dieses schrecklichen Liquitivs. Elliot erschauerte. Desoga hatte befohlen, daß dieser Mann lebend geborgen werden mußte.

Elliot war überzeugt, daß er sich gewaltig beeilen mußte, wenn er diesen Befehl befolgen wollte.

„Stützen Sie ihn, Korporal", befahl er Higgins.

Gemeinsam schleppten sie den Halbtoten davon, dem Gleiter entgegen.

Noch ahnte niemand, daß dieser Mann der Anfang einer neuen Spur war – einer Spur, die direkt in das Zentrum der Milchstraße führte. Desoga, der dürre Offizier in der Zentrale der Stadt, wartete voller Spannung darauf, daß Elliot in der Zentrale eintraf.

Was Elliot nicht wissen konnte – weil es ihm niemand gesagt hatte –, war, daß Miguel Desoga ein Spezialist der Solaren Abwehr war. Nach einer gemeinsamen Beratung hatten sich Rhodan und Mercant entschlossen, in jeder Stadt auf Lepso einen Abwehrspezialisten einzusetzen. Dieser Zustand sollte zwei Monate andauern, bis man sicher war, daß sich auf dem zweiten Planeten der Sonne Firing niemand mehr verborgen hielt, der wichtige Auskünfte geben konnte.

Miguel Desoga hatte den Piloten vor zwei Stunden aus dem Raum geschickt. Jetzt war nur noch der Arzt anwesend, der versucht hatte, den vor sich hindämmernden Gefangenen verhörbereit zu machen.

„Er hat viel Blut verloren", erklärte Dr. Silverman. „Die Schußwunde im Oberschenkel will mir nicht gefallen. Dazu kommt natürlich noch die verheerende Wirkung des Rauschgifts. Mir scheint fast, als ob dieser Mann bereits länger als zwölf Jahre Liquitiv zu sich nimmt. Alle Symptome sprechen jedenfalls dafür."

Die dunklen Augen des Spaniers verengten sich. Die unvermeidliche Zigarre hing zwischen seinen Lippen.

„Er wird also sterben?" fragte Desoga.

„Ja, sehr bald sogar."

„Hm." Desoga starrte nachdenklich auf die zusammengesunkene Gestalt. Der Sterbende machte einen intelligenten Eindruck.

„Also gut, Doc", sagte Desoga, „bringen Sie ihn zum Reden."

Der Arzt wußte, daß es vollkommen sinnlos war, mit einem Agenten zu diskutieren. Seit zwanzig Jahren arbeitete er mit diesen Männern zusammen. Sie trafen ihre Entscheidungen wohlüberlegt.

„Wenn wir Glück haben, ist er in zehn Minuten bei vollem Bewußtsein", verkündete Dr. Silverman. „Sie können ihn dann verhören."

„Wie lange?"

Dr. Silverman hob seine eckigen Schultern. „Das kommt auf seine Widerstandskraft an. Vielleicht haben Sie Pech, und er spricht nur wenige Minuten. Bestenfalls haben Sie eine knappe Stunde Zeit."

Desoga entschloß sich, auf jeden Fall eine Bandaufnahme zu machen. Er stellte die entsprechenden Geräte ein. Da er sich bei dem Verhör beeilen mußte, blieben ihm kaum Möglichkeiten für die Wiederholung der Fragen. Das Bandgerät war unbestechlich. Es würde jede Einzelheit aufzeichnen und später alles viel besser wiedergeben, als es Desoga vermocht hätte.

Kaum hatte der Agent seine Arbeit beendet, als Dr. Silverman sagte: „Er kommt zu sich."

Desoga zog einen Stuhl zu sich heran und schwang sich in umgekehrter Richtung darüber. Er stützte sein Kinn auf die Stuhllehne. Der Kranke stöhnte leise. Seine Augenlider zuckten.

„Sie können jetzt gehen, Doc", sagte Desoga knapp. „Vielleicht brauche ich Sie noch einmal. Halten Sie sich bitte bereit."

„*Er* wird mich nie mehr benötigen", murmelte Dr. Silverman und verließ den Raum.

Desoga rückte mit dem Stuhl näher an den Fremden heran.

„Können Sie mich hören?" fragte er eindringlich. „Verstehen Sie meine Worte?"

Der Mann nickte. Er öffnete seine Augen. Sie waren blutunterlaufen. Er sah den Spanier verständnislos an. Desoga entschloß sich, ihm eine Minute Zeit zu geben, um sich einigermaßen zurechtzufinden.

„Wo bin ich?" stammelte der Verletzte.

„Auf der Erde", log Desoga. „Sie sind in einem Krankenhaus."

„Krankenhaus?" wiederholte der Süchtige stumpfsinnig.

Desoga ergriff eine Hand seines Gegenübers und schüttelte sie sanft. „Wir möchten wissen, wer Sie sind."

„Dr. Nearman", brachte der Mann mit einem gewissen Stolz hervor. „Ich bin der bekannte Biologe und Astromediziner."

Desoga hatte noch nie von einem Dr. Nearman gehört. Ohne daß eine weitere Frage gestellt wurde, fuhr Dr. Nearman mit seinen Erklärungen fort.

„Vor achtunddreißig Jahren habe ich die Erde verlassen", sagte er. Desoga bemerkte mit Schrecken, wie sich die Pupillen des Biologen ständig veränderten, obwohl die Beleuchtung im Raum konstant blieb.

„Was haben Sie auf Lepso getan?" wollte Desoga wissen.

In der folgenden halben Stunde gab Dr. Nearman einen unzusammenhängenden Bericht ab, in den Desoga immer wieder mit Zwischenfragen Klarheit bringen mußte.

Dr. Nearman hatte mit einem Mann namens Dr. Edmond Hugher – kein anderer als Thomas Cardif – Bekanntschaft geschlossen. Zusammen arbeiteten sie an der Weiterentwicklung von Liquitiv. Desoga nahm an, daß man Dr. Nearman nur Liquitiv gegeben hatte, um ihn fest an die verbrecherische Organisation zu binden. Die Vermutung von Dr. Silverman, daß der Kranke im letzten Stadium sei, erwies sich als richtig. Nachdem die Solare Flotte über Lepso erschienen war, hatte sich Dr. Nearman zum erstenmal Gewissensbisse über seine Handlungen gemacht. Er war geflüchtet und dabei von einem Kampfroboter angeschossen und verwundet worden. In der allgemeinen Aufregung war es ihm jedoch gelungen, in den Schlupfwinkel zu gelangen, wo er von dem Mutanten geortet worden war. Völlig am Ende seiner Kräfte, hatte er sich schließlich gestellt.

Desoga stellte fest, daß Dr. Nearman ausgezeichnet mit galaktischen Positionsberechnungen Bescheid wußte. Er sprach immer wieder von einem rätselhaften Planeten mit dem Eigennamen Okul. Sofort brachte Desoga diese Welt mit Thomas Cardif und den Antis in Verbindung, denn Dr. Nearman sprach davon, daß die Organisation überzeugt davon war, auf Okul eine sichere Zufluchsstätte zu besitzen. So gut es ging, entlockte der Spanier dem Sterbenden alle Daten über die geheimnisvolle Welt, die er zu kennen schien.

Ein prüfender Blick auf das Bandgerät ließ Desoga erleichtert aufatmen. Er war davon überzeugt, daß man in Terrania mit den Angaben Dr. Nearmans wesentlich mehr anzufangen wußte als er selbst hier auf Lepso. Desoga beschloß, das Band auf dem schnellsten Weg zur Erde schaffen zu lassen.

„Okul muß eine Dschungelwelt sein", berichtete Dr. Nearman. Seine Stimme war immer schwächer geworden. „Dr. Hugher sprach davon, daß es dort keine intelligenten Lebewesen gibt. Deshalb erschien es den Priestern der Baalol-Sekte vernünftig, dort eine Niederlassung zu errichten."

Desoga bemerkte, daß seine Zigarre ausgegangen war. Er konnte sich nicht erinnern, wann das zum letztenmal geschehen war.

„Sprechen Sie weiter, Dr. Nearman", forderte er ruhig.

Plötzlich erwachte in dem Biologen das Mißtrauen aller Schwerkranken.

„Sind Sie Arzt?" fragte er. „Was wollen Sie eigentlich von mir?"

„Es ist alles in Ordnung", sagte der Agent beruhigend. „Sie sind in Sicherheit, es kann Ihnen nichts geschehen."

Dr. Nearman blickte plötzlich starr. Da wußte Desoga, daß der Biologe tot war. Er stand auf und ging zur Tür. Dr. Silverman saß draußen im Gang. Er hatte die Beine übereinandergeschlagen und machte sich Notizen. Der Schreibblock lag auf seinen Knien.

„Kommen Sie, Doc", sagte Desoga.

11.

Die staatlichen Forschungsstätten auf der Erde glichen Bienenstökken. Zusammensetzung und Wirkungsfaktoren des Liquitivs waren zu erkennen und ein Gegenmittel zu finden.

Es war ein übermüdeter Perry Rhodan, der spät in der Nacht mit Solarmarschall Freyt zusammentraf, um über die Ergebnisse zu sprechen, die die Robotgehirne von jenem Tonband ausgewertet hatten, das Desoga von Lepso mit einem Kurier zur Erde hatte bringen lassen.

41 386 Lichtjahre von der Erde entfernt, gab es eine kleine, gelbe Sonne, die bereits innerhalb des Milchstraßenzentrums stand. Sie wurde von einem Planeten umkreist, von dessen Existenz auf der Erde bisher niemand gewußt hatte – von Okul. Die beiden anderen Welten des Systems waren namenlos und uninteressant.

Reginald Bull überwachte zur selben Zeit mit Allan D. Mercant die Verhöre der Aras, die man auf Lepso gefangen hatte. Die Galaktischen Mediziner wurden von den Mutanten des Korps vernommen. Rhodan erhoffte sich von ihnen wertvolle Rückschlüsse über das Rauschgift.

„Guten Abend, Sir", sagte Freyt in seiner ruhigen Art. Er hatte vieles mit dem Administrator gemeinsam.

Rhodan blickte auf seine Uhr. Er lächelte schwach.

„Sie könnten bereits ,Guten Morgen' sagen", meinte er. „Es ist nach Mitternacht."

Freyt sagte mit unbeweglichem Gesicht: „Ich möchte Ihnen nicht das Gefühl rauben, daß Ihnen noch eine wohlverdiente Nachtruhe bevorsteht."

Er nahm Platz, und Rhodan schob ihm ein Erfrischungsgetränk über den Tisch. Perry Rhodan wußte, daß der Marschall ein hart arbeitender Mann war, der nie viele Worte um seine Taten machte. Nachdem Freyt getrunken hatte, sagte er bedächtig: „Ich hoffe, Sie haben gute Nachrichten, Sir."

„Die Wahrscheinlichkeitsberechnungen haben ergeben, daß Okul mit der Rohstoffquelle für die Erzeugung des Rauschgifts identisch sein könnte", eröffnete Rhodan.

„Es ist also möglich, daß auf Okul die Pflanzen wachsen, aus deren Extrakt die Antis Liquitiv herstellen?"

Rhodan überlegte einen Augenblick. In den letzten Tagen hatten immer mehr Wissenschaftler darauf hingewiesen, daß das Rauschgift nicht unbedingt aus pflanzlichen Stoffen bestehen mußte. Auf jeden

Fall aber spielte Okul eine bedeutende Rolle im Plan der Anti-Mutanten.

„Es sieht nicht so aus, als seien die Informationen, die wir von Lepso erhalten haben, nur Phantasien eines Geisteskranken. Desoga erklärte in seinem Bericht, daß ihm die Angaben Dr. Nearmans wahrheitsgemäß erscheinen."

Freyt schob sein leeres Glas zurück. Er wußte, daß ihnen jetzt nur eine Möglichkeit blieb: Sie mußten nach Okul. Der Solarmarschall traute sich zu, Rhodan soweit zu kennen, daß der Administrator den gleichen Gedanken hatte. Es war sogar wahrscheinlich, daß der Grund für sein spätes Hiersein etwas mit Rhodans Plänen in dieser Richtung zu tun hatte.

„Wir sind, offen gesagt, zur Zeit einfach hilflos", sagte Rhodan. „Die Antis halten sich im verborgenen. Es ist ihnen gelungen, so viel Rauschgift zu verbreiten, daß es für einschreitende Maßnahmen bereits zu spät war, als wir die Gefahr erkannten." Er blickte Freyt ernst an. „Ich weiß, daß die Aufhebung der Blockade nicht die Zustimmung aller Flottenoffiziere findet."

Freyt kannte Rhodan lange genug, um sich darüber im klaren zu sein, daß der Administrator sich Sorgen um die Loyalität im eigenen Lager machte.

„Es wurde verschiedentlich kritisiert, daß man die Gefahr des Likörs nicht früher festgestellt hat", erwiderte Freyt. „Man zweifelt die Brauchbarkeit der Testversuche an, denen jedes kosmische Handelsgut unterzogen werden muß."

„Für jeden einzelnen der Wissenschaftler, die diese Kontrollen vorgenommen haben, lege ich meine Hand ins Feuer", versicherte Rhodan.

Bevor Freyt eine Antwort geben konnte, klopfte jemand an die Tür. Freyt blickte sich um und sah Reginald Bull hereinkommen. Bully machte einen abgekämpften Eindruck. Mit schnellen Schritten hatte er einen Sessel erreicht und ließ sich seufzend niedersinken.

„Guten Abend, Sir", sagte Freyt mit spöttischer Höflichkeit.

In Rhodans Lächeln platzte Bullys empörte Stimme.

„Ich bin halb tot", knurrte er. „Diese Aras sind zähe Burschen. John Marshall hat bis jetzt dazu gebraucht, um alles aus ihnen herauszuholen." Er wedelte mit der Hand vor seinem Gesicht herum, als wolle er sich frische Luft zufächeln.

Rhodans Gesicht wurde hart. Er erinnerte sich, daß es sich um die Aras handelte, die man auf Lepso gefangen hatte. Thomas Cardif hatte mit ihnen zusammengearbeitet.

„Was haben die Mutanten herausgefunden?" fragte Rhodan.

Bully vermied es, seinen Freund direkt anzusehen. Freyt, der ein scharfer Beobachter war, vermutete sofort, daß der untersetzte Mann unangenehme Nachrichten brachte.

„Die Aras haben gestanden, wer der eigentliche Entdecker des teuflischen Rauschgifts ist", eröffnete Bully tonlos.

Kaum, daß Bully seinen Satz beendet hatte, wußte Freyt, wer dieser Entdecker war. Er wie Bull wären damit einverstanden gewesen, wenn sie stillschweigend zu einem anderen Thema übergegangen wären.

Doch Rhodans Stolz zwang ihn zu der Frage: „Wer ist es?"

Bully und Freyt tauschten einen sekundenlangen Blick. Die persönliche Tragik ihres Freundes war auch für sie eine seelische Belastung. Eine kurze Zeit herrschte peinliche Stille. Dann sagte Bully: „Es ist Thomas Cardif."

Ein Fremder, der gewußt hätte, daß soeben der Name von Rhodans Sohn gefallen war, hätte Rhodan für einen gefühllosen Eisblock gehalten. Bully und Freyt hingegen durchblickten diesen Panzer eiserner Beherrschung und sahen, was dahinter war: tiefe Trauer und Bitterkeit.

Bull hob beschwörend beide Arme. „Vergiß nicht, daß Cardif einem Hypnoblock unterlag. Als er an der Entwicklung des Liquitivs mitarbeitete, war er nicht er selbst. Denke daran, daß er unter dem Namen Dr. Edmond Hugher lebte."

„Erinnerst du dich nicht mehr, wie er die Erde an die Springer verraten wollte? Weißt du nichts von einem Springer, der auf den Namen Cokaze hörte?" Rhodans Stimme hatte sich gehoben. „Cardif und dieser Patriarch haben Hand in Hand gearbeitet, und fast wäre es ihnen gelungen, das Solare Imperium zu zerstören."

„Er ist das Produkt unglücklicher Umstände", sagte Bully betont.

Reginald Bull war vielleicht der einzige Mensch, der Rhodan in

115

privaten Dingen kritisierte. Er machte von diesem Recht nicht oft Gebrauch, aber wenn er es tat, dann auf seine impulsive Art. Rhodan kommentierte die Vorwürfe Bullys nur selten, er nahm sie meist schweigend hin. Heute wußte auch er, daß es ein Fehler gewesen war, seinen Sohn von fremden Menschen großziehen zu lassen. Ohne Elternliebe war Cardif aufgewachsen. Aus einem kühlen, jungen Mann war er zu einem erbitterten Gegner seines Vaters geworden. Einmal hatte Rhodan den Versuch gemacht, die Versöhnung herbeizuführen. Am Grabe Thoras hatte er Cardif seine Hand angeboten. Doch unter den Augen aller Anwesenden, eingeschlossen Millionen von TV-Zuschauern, hatte Cardif die Versöhnungsgeste ausgeschlagen. Diese schmerzliche Szene stand unauslöschlich in der Erinnerung des Ersten Administrators jenes kleinen Imperiums, das sich das „Solare" nannte und auf dem besten Weg war, ein mitentscheidender Machtfaktor innerhalb der Galaxis zu werden.

„Theoretisch besteht die Möglichkeit, daß sich Cardif auf Okul aufhält. Da nach unseren Ermittlungen diese Welt das Zentrum der Rauschgiftfabrikation sein dürfte, bleibt uns keine andere Wahl: Wir müssen zum Angriff übergehen."

Damit hatte Rhodan die entscheidenden Worte gesprochen. Die Zeit des Stillhaltens war vorüber.

„Wahrscheinlich haben Sie sich bereits gewisse Vorstellungen über unser Vorgehen gemacht, Sir", sagte Freyt, der froh darüber war, daß das unangenehme Thema „Thomas Cardif" nicht mehr erwähnt wurde. „Haben Sie bereits bestimmte Befehle für die Flotte?"

Rhodan nickte bestätigend. In sein markantes Gesicht war Leben gekommen. Mitten in der Nacht beratschlagten diese drei Männer. Von ihren Entscheidungen konnte viel – ja alles abhängen.

„Für den Einsatz gegen Okul bestehen völlig veränderte Bedingungen", erklärte Rhodan. „Wir müssen blitzschnell zuschlagen. Unser Gegner darf uns erst dann entdecken, wenn es bereits zu spät für ihn ist."

Bully massierte seinen Nacken. Seine Müdigkeit war plötzlich von ihm abgefallen, und er richtete sich in dem Sessel auf.

„Die IRONDUKE", sagte er betont.

„Du hast völlig recht", stimmte Perry Rhodan seinem Freund zu.

116

„Die sechsdimensionalen Absorberfelder des Linearantriebs werden verhindern, daß uns die Antis frühzeitig entdecken. Wenn wir aus dem Librationsfeld auftauchen, werden sie keine Zeit mehr für eine planvolle Gegenwehr haben."

Innerlich war Rhodan überzeugt, daß jeder Angriff gegen Okul sinnlos war, wenn nicht bald ein Gegenmittel gegen das Rauschgift entdeckt wurde. Was nützte es, wenn sie einen Tempel der Antis nach dem anderen in Schutt und Asche verwandelten – der Krankheitskeim war millionenfach auf der Erde und in den Kolonien verbreitet.

Okul war bestenfalls ein schwacher Hoffnungsschimmer.

Freyt und Bully schienen keine derartigen Bedenken zu kennen. Sie waren dabei, zu so später Stunde noch einen Schlachtplan zu entwerfen.

Rhodan wußte, daß noch einiges zu tun war, bevor die IRONDUKE starten konnte. Das Wichtigste waren Waffen, mit denen man die Schutzschirme der Antis überwinden konnte.

Diese sogenannten Kombilader standen kurz vor der Fertigstellung.

In ein paar Tagen konnten Rhodan und seine Freunde mit der IRONDUKE nach Okul aufbrechen.

12.

Das Wasser war flach und sumpfig. Es war so heiß, daß es dampfte und brodelte. Am Ufer des Sumpfes dehnte sich der Dschungel aus, eine farbige, schillernde Welt aus Bäumen, Blumen, Lianen, Farnen und anderen Gewächsen. Wurzeln umgestürzter Bäume ragten aus dem seichten Morast.

Aber es gab Leben auf dieser Welt. Intelligentes Leben. Zwar kam es von anderen Planeten, aber immerhin.

Der Himmel loderte in gelblicher Farbe. Nur von hier konnte man einen Blick auf ihn werfen. Wer sich im Dschungel aufhielt, konnte ihn nicht mehr sehen.

Der Mann, der das einfache Boot mit einer Stange fortbewegte, die er in regelmäßigen Abständen am Grund des Sumpfes abstieß, sah nicht so aus, als wäre er allein wegen eines Blickes auf die Wolken an diesen Platz gekommen.

Mit kräftigen Stößen trieb der einsame Mann den Kahn voran. Er war einfach, aber sauber gekleidet. Die Art, wie er seinen Blick über die Landschaft gleiten ließ, zeigte, daß er sich hier auskennen mußte.

Er war groß und schlank, beinahe hager. Über einer scharfrückigen Nase standen graue Augen fast zu dicht beieinander. Das Gesicht wirkte aristokratisch.

Sein Gesicht war das des Ersten Administrators der Erde.

Perry Rhodans Gesicht.

Sein Körper, seine Haltung und seine Bewegungen, alles schien von Rhodan entlehnt. Noch vor ein paar Wochen war davon wenig zu sehen gewesen, doch nach der Beseitigung des Hypnoblocks waren alle diese vertrauten Dinge wieder erschienen.

Doch der Mann war nicht Rhodan. Er nannte sich Thomas Cardif und war der Sohn des großen Terraners. Auf eine besondere Art war sein Leben ebenso abenteuerlich und ereignisreich verlaufen wie das seines Vaters.

Mit einem Unterschied.

Perry Rhodan kämpfte *für* die Erde.

Thomas Cardif kämpfte *gegen* sie.

Das arkonidische Blut in Cardifs Adern verhinderte, daß er so schnell wie ein Terraner alterte. Er glich jetzt seinem Vater in vieler Beziehung.

Cardif steuerte das Boot dem Ufer entgegen. Geschickt lenkte er es zwischen Wurzeln hindurch. Aus dem Dschungel kam das Geschrei der Vögel. Millionen von Insekten tanzten über dem Gewässer. Sie schwebten in dichten Wolken auf und nieder. Am Ufer gab es eine flache, sandige Stelle. Cardif hielt auf sie zu.

Ein kleines Flugzeug, das an einen Hubschrauber erinnerte, wartete dort bereits auf ihn. Um Cardifs Mund spielte ein spöttisches Lächeln. Neben dem Fluggerät stand ein Mann in einem wallenden Umhang. Selbst auf diese Entfernung wirkte er düster und verschlossen. Er hielt eine eigenartig geformte Strahlenwaffe in seinen Händen.

Äußerlich ähnelte der Mann einem Arkoniden. Doch er war Priester der Baalol-Sekte – ein Anti. Man vermutete, daß die Antis Nachfahren einiger früh ausgewanderter Arkoniden waren, die auf paranormaler Ebene mutiert waren.

Cardif erreichte den natürlichen Hafen und sprang aus dem Boot. Er verankerte es und legte das kurze Stück bis zu dem Gleiter mit langsamen Schritten zurück.

Der Anti ließ seine Waffe sinken. In seinen finsteren Augen war keine Gemütsbewegung zu erkennen.

„Halten Sie diese Ausflüge für besonders interessant?" fragte er Cardif. „Wenn Sie aus dem Boot fallen, sind Sie verloren. Auch diese Waffe kann Ihnen dann nicht mehr helfen."

„Ich habe in meinem Leben gefährlichere Dinge unternommen", sagte Cardif.

„Wir hätten auch mit dem Gleiter über dem Sumpf kreuzen können", wandte der Priester ein.

Cardif deutete auf das Wasser.

„Es gibt nur eine Möglichkeit, die Tiere aufzuspüren", erklärte er. „Das sollten *Sie* doch wissen, Hekta-Paalat."

Paalats Aussehen wurde noch mürrischer. Wenn es zwischen ihm und dem Terraner überhaupt eine Freundschaft gab, dann hielten sie beide diese wohlverborgen. Cardif ließ sich jedoch von den bisherigen Bemerkungen des Antis nicht erschüttern.

„Wir sind dabei, ein Spezialboot zu bauen", erinnerte Paalat. „Wenn Sie noch einige Tage gewartet hätten, wäre Ihr Ausflug mit diesem selbstgebastelten Kahn unnötig gewesen."

In Cardifs Augen erschien ein seltsamer Glanz.

„Warten", murmelte er erbittert. „Ich habe lange genug gewartet. Nun bin ich wieder am Zug. Außerdem habe ich immer wieder vorgeschlagen, die Tiere in Tümpeln zu züchten, das würde die ewige Jagd nach ihnen ersparen."

Der Anti hörte verdrossen zu. „Bisher ist jeder Versuch, die Tiere in Gefangenschaft am Leben zu erhalten, hoffnungslos gescheitert. Sie haben einige Monate dahinvegetiert und sind dann eingegangen. Bevor wir nicht den Grund dafür kennen, ist es auch sinnlos, mit Zuchtversuchen zu beginnen."

Rhodans Sohn kletterte in den Gleiter, und der Priester folgte ihm. Die beinahe unerträgliche Hitze ließ die Männer schwitzen.

„Mit Langsamkeit und Abwarten ist die Erde nicht zu besiegen", murrte Cardif. „Wir müssen an mehreren Stellen gleichzeitig angreifen, mit welchen Mitteln auch immer."

Zum ersten Mal erschien so etwas wie ein Lächeln auf dem Gesicht Hekta-Paalats. Er schlug seinen Umhang über den Beinen zusammen.

„Es gibt verschiedene Methoden, einen Gegner zu bezwingen", sagte er. „Die schnellere muß nicht immer die bessere sein. Ihre Ungeduld entsteht aus dem Haß gegen Ihren Vater. Ungeduld und Haß sind Gefühle, die einen Mann unvernünftig werden lassen."

Cardif erwiderte verächtlich: „Die unbekannte Macht im Hintergrund – an diese Rolle hat sich Ihre Kaste schon so gewöhnt, daß sie nicht mehr davon loskommt. Im entscheidenden Moment losschlagen, das ist wichtig. Meine Hinweise, die euch bei dem Kampf gegen Arkon und Terra unterstützen, zeigen die etwa Unvernunft? O nein! Im Gegenteil, ich bin zur Zeit der höchste Trumpf in dem Spiel aus dem Hintergrund. Der Sohn des mächtigsten Mannes im Solaren Imperium ist auf eurer Seite."

„Natürlich nur in strategischer Hinsicht", meinte Hekta-Paalat bissig. „Beeilen Sie sich jetzt. Patriarch Valmonze ist gekommen, um eine weitere Sendung Liquitiv abzuholen. Er will so schnell wie möglich wieder aufbrechen."

Ohne etwas darauf zu antworten, startete Cardif den Motor. Mit kaum hörbarem Geräusch hob der Gleiter vom Boden ab. Cardif war es gewohnt, daß man ihm mit Spott begegnete. Er hatte selten auf der Seite der Gerechtigkeit gestanden, aber selbst die Ungerechten verstanden nicht, daß er seinen eigenen Vater vernichten wollte. Sie nutzten seine Gefühle und Pläne für ihre Zwecke aus, aber sie achteten sie nicht. Sie respektierten ihn nur als einen intelligenten, fähigen Mitarbeiter.

Das war bisher immer so gewesen – und hier auf Okul hatte sich nichts geändert.

Cardif nahm Kurs auf den Stützpunkt der Antis.

13.

Die namenlose Sonne wurde von drei Planeten umkreist. Im Schutzfeld des sechsdimensionalen Absorberfelds drang die IRONDUKE nach stundenlangem Linearflug in das fremde System ein. Kein Ortungs- oder Peilgerät konnte sie wahrnehmen.

Die zweite Welt war Okul.

„Wir haben es geschafft", sagte Major Hunts Krefenbac in der Kommandozentrale. „Alle Angaben Dr. Nearmans treffen auf diesen Planeten einwandfrei zu."

„Materie- und Energietaster in Betrieb nehmen!" befahl Rhodan.

Der Kugelraumer beschrieb jetzt eine stabile Kreisbahn um Okul.

„Befehl ausgeführt, Sir!" rief Claudrin.

„Peilversuche!" kam Rhodans Stimme.

Nach der zweiten Umkreisung schlug der Masseanzeiger aus.

„Ortung, Sir!" rief Krefenbac. „Da unten scheint sich etwas zu tun. Überdurchschnittlich starke Energieentladungen."

„Gehen Sie tiefer, Oberst!" befahl Rhodan dem Epsalgeborenen.

Er mußte Claudrin nicht näher erklären, was zu tun war. Der Oberst verstand seine Arbeit. Zehn Minuten später wußte jeder an Bord, was sie entdeckt hatten.

Mitten im Dschungel, am Rande eines Ozeans, lagen 67 Stahlkuppeln von gewaltiger Ausdehnung.

„Eine Stadt", flüsterte Bully atemlos. „Eine Stadt aus Stahl. Die Antis können also durchaus praktisch bauen, wenn sie niemand beeindrucken wollen."

„Hier konnten sie in aller Ruhe ihrem verbrecherischen Geschäft nachgehen", sagte Rhodan. „Dort unten werden also die riesigen Mengen an Liquitiv erzeugt. Nun, das dürfte die längste Zeit so gewesen sein."

Mit tiefer Stimme fragte Claudrian: „Wollen wir angreifen, Sir?"

121

„Lassen Sie alle Männer in den Schleusen antreten. Sie sollen die Kampfanzüge anlegen. Antigravantrieb einschalten."

Bully strich über sein widerspenstiges Haar. Er winkte den Männern in der Zentrale zu.

„Es geht los", sagte er in seiner unkonventionellen Art.

Tupar erblickte einen dunklen Punkt am Himmel von Okul. Er rieb mit beiden Händen über seine Augen und sah noch einmal nach oben. Jetzt waren es drei Punkte. Tupar stand wie versteinert. Plötzlich ertönte eine aufgeregte Stimme von der anderen Seite des Balkons. Jemand rannte klirrend und klappernd über die Gitterroste, mit denen der Boden belegt war.

Es waren jetzt noch mehr Punkte erschienen. Hunderte. Tupar starrte ungläubig in den wolkenlosen Himmel.

Er raffte seinen weiten Umhang zusammen.

Im selben Augenblick tauchte eine riesige Kugel über der Kuppelstadt auf. Sie spie die herabsegelnden Körper aus, ganze Wolken davon. Da wußte Tupar, was geschehen war.

Die Kugel war ein terranisches Raumschiff. Unbemerkt hatte es sich genähert. Tausende von Männern regneten auf die Station der Antis herab.

„Alarm!" schrie Tupar verzweifelt.

Sein Aufschrei ging in dem Wimmern der Alarmanlagen unter. Jetzt endlich war man auch auf den Wachstationen auf die Invasion aufmerksam geworden.

Tupar stürmte in das Innere der Kuppel. Ein langer Gang nahm ihn auf. Weitere Priester kamen aus den verschiedenen Räumen hervor. Sie machten alle einen verstörten Eindruck. Die meisten schienen den Grund des Alarms noch nicht einmal zu kennen.

Da peitschte eine Stimme aus den überall angebrachten Lautsprechern. „Wir werden von einem terranischen Schiff angegriffen. Alles sofort auf die Stationen. Wir müssen versuchen, die Angreifer zu vernichten, bevor sie gelandet sind."

Die Verwirrung wuchs. Tupar stieß mit einem anderen Priester zusammen, der auf den Gang herausgestürzt kam.

„Terraner?" keuchte er. „Wieviel?"

Tupar hielt sich nicht mit Erklärungen auf. Er rannte weiter.

„Ihre Energiewaffen können unsere Individualschirme nicht durchdringen", erklang die Stimme des Hohenpriesters aus dem Lautsprecher.

Die ruhige Überlegung kehrte zurück. Tupar verlangsamte sein Tempo. Das stimmte. Die Terraner hatten verloren, bevor sie noch gelandet waren. Mit Strahlwaffen waren die Energieschirme der Antis nicht zu durchdringen. Die Priester veränderten durch mentale Beeinflussung die Struktur der Individualschirme.

Tupar lächelte triumphierend. Sein Entschluß stand fest. Er würde sich jetzt in den Besitz einer Waffe setzen und dann auf den Balkon hinausgehen. Die Terraner boten ein gutes Ziel, während er selbst unverletzbar war.

Ein zischendes Geräusch ließ ihn herumfahren. Direkt über ihm, im weitgespannten Dach der Kuppel, erschien ein weißglühender Fleck. Er wurde sehr schnell größer. Tupar stieß einen Schrei aus. Es roch nach verbranntem Plastik. Hinter ihm begann ein Priester auf die entstehende Öffnung zu feuern.

„Sie sind bereits auf den Dächern!"rief jemand.

Sie brennen Löcher in die Kuppel, dachte Tupar bestürzt. Unbewußt fühlte er so etwas wie Bewunderung für die tollkühnen Angriffe der Terraner.

Die Zahl der ausgebrannten Löcher erhöhte sich. Tupar rannte weiter. Bevor noch der erste Terraner im Innern der Kuppel auftauchen würde, wollte er eine Waffe in seinen Händen halten.

Neben Bully schwebten etwa zwanzig andere Männer. Unter ihm blitzten die ersten Schüsse auf. Wie umgekippte Schalen breiteten sich die Kuppelbauten unter ihnen aus. Darüber schwebte ein mächtiger, drohender Schatten, die kugelförmige IRONDUKE.

Bisher hatte der Gegner noch nicht einen einzigen Schuß abgegeben. Der Überraschungsangriff war gelungen. Bully steuerte auf das nächstliegende Dach herunter. Er umklammerte seinen neuen Kombilader und drückte ab. Die Entfernung war noch etwas zu groß. Die

123

Luft flimmerte unter der unerträglichen Hitze des Beschusses. Überall stiegen Qualmwolken auf.

„Jetzt", sagte Bully. Er mußte vorsichtig sein, daß er keinen der eigenen Männer verwundete. Die ersten waren auf dem Dach angekommen. Rücksichtslos brannten sie sich mit ihren Blastern Eingänge. Rund um die Kuppel spannte sich eine Art Balkon. Bully sah, wie Männer in weiten Umhängen dort erschienen. Sie trugen Waffen und begannen, auf die herabfliegenden Terraner zu feuern.

Das waren also die Antis. Bully verlor sie aus seinen Blicken, als er auf das Dach herabfiel.

„Auf die Priester nur mit den Kombiladern schießen!" rief Bully.

Ein kleiner, dünner Mann schwenkte grimmig seine Waffe. Sein Gesicht war gerötet vor Hitze und Erregung. Bully lief über den stählernen Boden auf ihn zu.

„Ich glaube", sagte der Kleine, „jetzt können wir eindringen."

Ohne zu zögern, schwang er sich in das Innere. Bully beugte sich nieder und sah ihm nach. In den Gängen unter ihm wimmelte es von Priestern. Er schoß dreimal, dann wurde er getroffen. Bully sah, wie er sich zur Seite neigte und vornüber kippte. Er fiel plötzlich wie ein Stein auf die zurückweichenden Antis hinab.

Bully und die verbliebenen Männer sahen sich an.

Dann sprangen sie schweigend in das Loch – einer nach dem anderen.

Zwölf Wesen wie Ameisen bewegten sich über die graue Fläche. Perry Rhodan starrte auf den Bildschirm. Die insektengroß aussehenden Wesen waren Angehörige der Eliteeinheit, die sich über ein Dach vorankämpften. Rhodans Gedanken waren bei diesen einsamen Männern.

„In diesen drei Kuppeln leisten die Priester hartnäckigen Widerstand", murmelte Claudrin bedrückt. „Es sieht ganz so aus, als könnten sie sich dort halten."

Rhodan gestand sich ein, daß nicht alles so glatt verlief, wie er sich das vorgestellt hatte. Rasch hatten sich die Antis der Situation angepaßt. Als sie erkannten, daß sie nicht alle Kuppeln gleichzeitig verteidigen konnten, hatten sie ihre Abwehrkraft auf drei einzelne Gebäude konzentriert. Von hier aus trugen sie überraschende Gegenangriffe vor.

Während in den übrigen Kuppeln die Terraner mit Geplänkeln am Platz gehalten wurden, rechneten die Antis damit, vom Zentrum aus langsam den Angriff zurückschlagen zu können. Strategisch gesehen, war das eine kluge Überlegung.

Major Krefenbac, der mit den Anführern der einzelnen Gruppen in Funksprechverbindung stand, hatte sorgenvolle Falten auf der Stirn.

„Henderson berichtet, daß er vier Kuppeln fest in den Händen hat, Sir", sagte er zu Rhodan. „Es sollen sich nur noch einzelne Antis dort aufhalten, die sich kämpfend zurückziehen."

„Sie fesseln damit unsere Männer auf einen Platz. Wir müssen unbedingt Verstärkung für diese drei Kuppeln beschaffen."

„Pastenaci meldet sich nicht mehr", berichtete der Major bedrückt. „Die Verbindung ist unterbrochen. Sokura Tajamos Meldungen gleichen denen von Henderson."

Rhodan wandte sich an Oberst Claudrin.

„Sie übernehmen die IRONDUKE, Jefe!" befahl er. „Es wird Zeit, daß wir den Männern dort unten Unterstützung bringen."

Krefenbac sprang auf, doch Rhodan schüttelte den Kopf.

„Nein, nein, Major, Sie werden hier nötiger gebraucht. Ich werde einige Männer aussuchen, die der Oberst entbehren kann."

„Glauben Sie wirklich, daß Sie persönlich in den Kampf eingreifen müssen, Sir?" fragte Krefenbac.

„Ja", erwiderte Rhodan einfach.

Gucky watschelte aufgeregt herum. Es war ihm anzusehen, daß er gern ebenfalls mitgegangen wäre.

„Nein, Kleiner", sagte Rhodan. „Du mußt noch warten."

Enttäuscht kehrte der Mausbiber an seinen Platz zurück.

„Hals- und Beinbruch, Sir", sagte Claudrin dumpf, nachdem Rhodan fertig war.

Als Rhodan wenige Minuten später auf die Station zuschwebte, bot sich ihm ein chaotisches Bild. Die Dächer der meisten Kuppelbauten waren teilweise zerstört. Rauchschwaden drangen aus den Öffnungen hervor.

Rhodan winkte den sieben Männern, die ihn begleiteten, zu, sich dicht beieinander zu halten. Von hier oben aus waren die drei hart umkämpften Kuppeln leicht auszumachen. Dort herrschte noch heftiger Schußwechsel, während an den anderen Stellen nur ab und zu ein Strahlenblitz aufleuchtete.

Inzwischen hatten die Antis bestimmt festgestellt, daß ihnen ihre mental verstärkten Energieschirme gegen den abwechselnden Beschuß mit Strahlen und antimagnetischen Explosivgeschossen nichts nützten.

Auf den Dächern erkannte Rhodan winkende Männer.

Er konnte sie nicht hören. Erst als er näher kam, verstand er ihr Geschrei. Unter schwerem Beschuß feierten sie sein Erscheinen.

„Perry Rhodan kommt!" schrien die Männer.

Innerhalb einer Stunde hatte sich das Bild geändert. Die Terraner in den arkonidischen Kampfanzügen waren auf dem Vormarsch. An ihrer Spitze kämpfte ein schlanker, großer Mann. Die Priester, die ihn erblickten, rissen verstört die Augen auf, denn sie glaubten, Thomas Cardif zu sehen.

„Das ist Verrat", knirschte Thomas Cardif mit verzerrtem Gesicht. „Jemand muß uns an Rhodan verraten haben. Wie könnte er sonst diese Welt gefunden haben? Wo sind die Verräter in den Reihen der Antis?"

Er hatte die Fäuste geballt und hieb bei jedem einzelnen Wort auf den Tisch vor sich. Blinder Haß stand in seinen Augen. Eine weitere Niederlage begann sich für ihn abzuzeichnen. Er wünschte, er wäre in den Sümpfen geblieben. Inzwischen hatte er erfahren müssen, daß sein Vater die terranischen Einheiten auf dem Vormarsch in die drei Kuppeln führte, wo sich die Antis bisher so erfolgreich zur Verteidigung gestellt hatten.

Hier befanden sich die so wichtigen Filtrieraggregate für den Rohstoff des Liquitivs. Die Priester hatten beschlossen, diese unter allen Umständen zu retten.

Dieser Plan war nun in Frage gestellt. Keiner der Antis nahm die Niederlage tragischer als Cardif.

„Es gibt bei uns keinen Verräter", erwiderte Hekta-Paalat ruhig. Der Umhang des Antis war von dem Beschuß einer Strahlwaffe versengt. Wie die meisten hatte er es aufgegeben, den körpereigenen Schutzschirm aufrechtzuerhalten, als er bemerkt hatte, daß die antimagnetischen Projektile der terranischen Waffen ihn im Wechsel mit Strahlensalven durchdringen konnten.

„Werden wir die Kuppeln halten können?" schrie Cardif unbeherrscht.

„Nein", antwortete Rhabol von der anderen Seite des Tisches aus.

Die Augen des Terraners loderten. Er kam um den Tisch herum und packte den Priester am Gewand.

„Wir müssen sie einfach halten!" schrie er. „Es befindet sich nur ein einziges Schlachtschiff über Okul. Mehr als fünftausend Mann kann es kaum ausgesetzt haben. Ich verlange, daß die Führung des Kampfes an mich übergeben wird. Zusammen mit den Überlebenden werde ich die Anlage retten."

Die Blicke der anwesenden Antis verrieten finstere Ablehnung. Der Schock, daß die Terraner mit Waffen ihre Individualschirme durchdringen konnten, hatte die Priester demoralisiert. In jedem anderen Fall hätten sie das Gefecht zu ihren Gunsten entschieden.

„Wir werden fliehen", sagte der Hohepriester ruhig.

Cardif lachte spöttisch. Er verschränkte die Arme über der Brust und nickte zu den Bildschirmen hinüber, auf denen die ausgebrannten Kuppeln zu sehen waren.

„Fliehen?" wiederholte er spöttisch. „Wohin, alter Mann? In den Dschungel? Rhodans Männer schießen auf jeden, der sich dort draußen sehen läßt."

„In das Meer", antwortete der Alte mit Gelassenheit. Ihn schien es nicht zu beeindrucken, daß wenige hundert Meter entfernt immer mehr Antis den Widerstand gegen die eindringenden Soldaten aufgaben.

In Cardifs höhnische Stimme mischte sich so etwas wie Hoffnung.

„Sollen wir vielleicht schwimmen?" erkundigte er sich.

Er erhielt keine Antwort.

Die ganze Zeit über war Bully unfähig gewesen, einen klaren Gedanken zu fassen. Rein automatisch hatte er seine Waffen gegen die Priester abgefeuert, die sich ihm in den Weg stellten. Neben ihm kämpften andere Männer. Bully hatte nicht bemerkt, daß ihre Zahl sich immer weiter verringerte.

Bullys Augen waren vom Schweiß verklebt. Seine Lungen nahmen die rauchgeschwängerte erhitzte Luft nur widerstrebend auf. Er lag jetzt am Ende eines langen Ganges am Boden und hielt drei der Antis unter Beschuß, die sich schräg vor ihm auf einer kleinen Empore verschanzt hatten.

Überall in der Kuppel tobten heftige Kämpfe. Ein Strahlenschuß zischte über ihn hinweg und versengte seinen Rücken. Er stützte sich auf die Ellenbogen und feuerte den Kombilader ab. In der Mauerumwandung der Empore erschien ein schwarzes Loch.

Bei seinen Gegnern schien jetzt jede Bewegung erstorben. Zum erstenmal nahm er sich Zeit, einen Blick hinter sich zu werfen. Er war der einzige Terraner in diesem Gang. Darüber konnte er sich jetzt keine Gedanken machen. Seine Aufmerksamkeit galt den drei Antis, deren Ruhe ihn mißtrauisch machte.

Er schoß dreimal hintereinander, ohne daß sie das Feuer erwidert hätten.

Bully fuhr mit der Zunge über seine trockenen Lippen. Die Stille breitete sich über die gesamte Kuppel aus, als hätte jemand den sofortigen Waffenstillstand befohlen.

Vorsichtig richtete sich Bully auf. Es war riskant, den Antis ein offenes Ziel zu bieten, aber er konnte nicht für alle Zeiten unbeweglich hier liegenbleiben. Er fühlte, daß sich etwas geändert hatte. Die Schlacht war entschieden. Bully konnte einen Anflug der Furcht nicht unterdrücken. War der Überraschungsangriff fehlgeschlagen? Sollte er einer der wenigen Überlebenden der IRONDUKE sein?

Er erhob sich. Hochaufgerichtet stand er in dem Gang. Er blickte an sich herunter. Er bot nicht gerade ein vertrauenerweckendes Bild. Seine Uniform war an mehreren Stellen verbrannt. Es war fraglich, ob der Kampfanzug noch voll funktionsfähig geblieben war.

Das konnte er leicht feststellen. Mit grimmigem Gesicht stellte er den Antigravantrieb ein und ließ sich zur Empore hinauftragen. Sie war von den Antis verlassen worden. Bully landete und sah sich um. Von hier aus konnte er den gesamten Gang überblicken. Er erkannte seinen vorherigen Standort. Ein eisiges Gefühl rieselte seinen Rücken hinab. Praktisch ungedeckt hatte er von dort unten mit den Priestern gekämpft.

Mit vorgehaltener Waffe drang Bully weiter in das Innere ein. Ein abwärts führender Gang nahm ihn auf. Einige Schritte weiter stieß er auf ein dunkles Bündel, das bewegungslos am Boden lag. Es war ein Anti. Er war schwer verwundet, aber er lebte noch.

Als er Bully kommen hörte, wälzte er sich herum.

„Worauf warten Sie noch?" fragte er in gepflegtem Interkosmo. „Glauben Sie, Tupar hätte Angst vor dem Tod?"

„Nein", sagte Bully, aber es war nur ein krächzender Ton, der aus seinem Munde kam.

„Was wollen Sie tun?" wollte Tupar wissen. Er lächelte schmerzerfüllt. Es gelang ihm, sich so weit aufzurichten, daß er eine Strahlwaffe unter seinem Körper hervorziehen konnte. Er betrachtete sie nachdenklich.

„Keine Tricks", warnte Bully.

Er versucht, mich aus irgendeinem Grund aufzuhalten, dachte er.

Er ging auf Tupar los. Der Verwundete rollte zur Seite und legte auf Bully an. Bully stieß einen Fluch aus und warf sich mit einem mächtigen Satz nach vorn. Der glühende Strahl zischte über ihn hinweg. Die Beine des Terraners wirbelten durch die Luft und trafen den Anti, so daß er aufschrie. Mit einer schwerfälligen Bewegung schwenkte er die Waffe auf Bully.

Diesmal war Bully auf der Hut. Ein kräftiger Fußtritt schleuderte den Arm Tupars nach oben. Bully brachte die Waffe in seinen Besitz.

„So", sagte er. „Nun werden wir nachsehen, was es hier zu verbergen gibt."

Tupar zuckte zusammen.

„Wenn Sie weitergehen, werden Sie sterben", drohte der Priester. Entkräftet sank er in sich zusammen.

Bully beachtete ihn nicht länger. Er rannte den Gang hinunter. Seine Schritte erzeugten ein rollendes Echo. Der Gang beschrieb einen scharfen Knick, und plötzlich stand Bully vor einem Schacht,

129

der in vollkommenes Dunkel gehüllt war. Bully ließ sich auf den Boden sinken und lauschte.

Täuschte er sich, oder war da tatsächlich das Plätschern von Wasser zu hören? Was mochte sich am Grund des Schachtes befinden? Er löste die Lampe vom Gürtel des Kampfanzugs und schaltete sie ein. Die Wände, die von dem Licht getroffen wurden, waren vollkommen glatt. Bully dachte angestrengt nach. Der Lichtkegel reichte nicht bis zum Grunde der Öffnung.

Die Warnung des sterbenden Priesters fiel ihm ein. Lauerte hier wirklich eine unbekannte Gefahr?

Entschlossen biß Bully die Zähne aufeinander. Dann ließ er sich mit Hilfe des Kampfanzugs in den Schacht gleiten.

Perry Rhodan hob den Arm.

Die drei heftig umkämpften Kuppeln waren gefallen. Überall waren die Kampfroboter dabei, letzte Widerstandsnester auszuheben. Die Kuppelstadt mit ihren 67 Gebäuden war praktisch zerstört.

Einer der abgekämpften Männer, die sich um Rhodan versammelten, sagte mit dumpfer Stimme: „Ich möchte wissen, wohin sie plötzlich verschwunden sind, Sir."

Von einer Minute zur anderen hatten die Priester in dieser für sie offenbar so wichtigen Kuppel ihre Stellungen verlassen. Es schien, als hätten sie sich in Luft aufgelöst. Rhodan schätzte, daß mindestens zweihundert Priester an einen unbekannten Ort geflüchtet waren. Thomas Cardif mußte sich bei den Flüchtlingen befinden.

Die Kuppel war vollkommen abgeriegelt. Wohin hatten sich die Antis gewendet? Gab es vielleicht einen Geheimgang?

Rhodan rief einen Soldaten mit Funksprechgerät zu sich.

„Stellen Sie Verbindung mit der IRONDUKE her!" befahl er.

Gleich darauf hörten sie Oberst Claudrin mit donnernder Stimme rufen: „Gratuliere, Sir. Sie haben es geschafft."

Claudrin, der von der Kommandozentrale des Schiffes die gesamte Station überblicken konnte, mußte ein vollkommenes Bild der Anti-Niederlage sehen – nach dem triumphierenden Klang seiner Stimme zu schließen.

„Eine größere Gruppe ist uns entwischt, Oberst", sagte Rhodan müde. „Wahrscheinlich existiert ein Geheimgang. Sie können viel besser als wir feststellen, wenn die Antis irgendwo auftauchen."

„Die IRONDUKE wird ihnen einen heißen Empfang bereiten", versicherte Claudrin grimmig. Deutlicher Ärger war aus seinem Tonfall herauszuhören – Ärger darüber, daß er die ganze Zeit praktisch nur Zuschauer gewesen war.

Rhodan überblickte die um ihn versammelten Raumfahrer. Es waren mehrere hundert. Die anderen hielten sich in den restlichen Kuppeln auf und waren sicher bereits unter der Führung erfahrener Spezialisten dabei, alles gründlich zu untersuchen.

Das war eine Aufgabe, die auch Rhodan bevorstand.

„Wir werden uns jetzt hier umsehen", rief er den Männern zu. „Systematisch wird jeder Raum durchsucht. Alles, was uns Hinweise auf die Rauschgiftherstellung geben könnte, ist sofort sicherzustellen."

Bevor er weitersprechen konnte, entstand eine Bewegung unter den Raumfahrern. Rufe wurden laut. Dann teilte sich die Menge, und zwei Männer führten einen Anti zu Rhodan. Der Administrator sah sofort, daß der Priester verwundet war.

„Wir haben acht Antis gefangen, Sir", sagte einer von ihnen. „Sieben sind gesprächig wie Holzklötze. Nur unser junger Freund hier scheint eine Geschichte für uns zu haben."

Der verletzte Anti war verhältnismäßig jung.

„Sie haben uns im Dreck sitzenlassen!" rief er Rhodan zu. „Sie sind einfach geflohen, als es zu gefährlich wurde."

Zweifellos galt seine Empörung den entkommenen Priestern, bei denen sich Thomas Cardif aufhalten mußte.

„Regen Sie sich darüber nicht auf", meinte Rhodan gelassen. „Das ändert nichts an der Tatsache, daß wir sie auch festnehmen werden."

Der Anti lachte spöttisch. Er schien Rhodans Zuversicht nicht zu teilen. „Ich nehme an, daß Sie sich für unser Produkt, das Liquitiv, interessieren?"

„Sprechen Sie", forderte er mit belegter Stimme.

Der Priester sah ihn aufmerksam an.

„Sie gleichen diesem Cardif tatsächlich aufs Haar", murmelte er.

Rhodans Backenknochen traten hart hervor.

„Das ist schon möglich", gab Rhodan mit äußerer Ruhe zu. „Er ist immerhin mein Sohn."

Unwillkürlich trat der Anti einen Schritt zurück. Die eiskalten grauen Augen schienen ihn durchbohren zu wollen.

„In den Kuppeln waren vorwiegend die Reinigungsanlagen für den Rauschgiftrohstoff untergebracht", sagte er hastig.

„Aus welcher Pflanze wird der Giftstoff gewonnen?" fragte Rhodan.

„Pflanze?" Der Angehörige der Baalol-Sekte schüttelte erstaunt den Kopf. „Das Gift ist kein Pflanzenprodukt. Wir gewinnen es aus einem Drüsensekret einheimischer Tiere."

„Tiere?" entfuhr es Rhodan. „Erklären Sie das."

„Es handelt sich um zwei Meter lange und vierzig Zentimeter dicke Panzerraupen, die sich auf zahlreichen kleinen Füßen fortbewegen. Sie halten sich vornehmlich in sumpfigen Gegenden des Dschungels auf. An ihrem runden, horngepanzerten Kopf tragen sie einen fünfzehn Zentimeter durchmessenden Bohrkranz, mit dessen Hilfe sie Erde aufwühlen können. Wir nennen die Tiere Schlammbohrer. Der Bohrkranz wird von einem eigenartigen Körperorgan belebt, das in einer Art Druckkammer Preßluft entwickelt, von der der Bohrer angetrieben wird. Diese Raupen haben ein besonderes Drüsensystem, aus dem der Wirkstoff des Liquitivs gewonnen wird."

Die Stimme des Antis war zusehends schwächer geworden. Seine Verwundung schien ihn stark mitzunehmen. Über das Gegenmittel wußte der Anti nicht Bescheid; darüber waren nur wenige Priester informiert. Aber er bestätigte dem Administrator, daß Cardif der Entdecker der gefährlichen Substanz war.

Außerdem sagte der Anti aus, daß ein Priester namens Tupar Cardif bereits auf Lepso von seinem Hypnoblock befreit hatte.

Rhodan schien ungerührt.

Er gab den Befehl, die fast vollkommen zerstörte Kuppel zu durchsuchen.

Das Plätschern von Wasser wurde immer lauter. Mit angehaltenem Atem schwebte Bully durch die Dunkelheit. Er hatte die Lampe ausgeschaltet. Er ließ sich nur langsam nach unten sinken, um bei jeder drohenden Gefahr sofort umkehren zu können.

Einmal glaubte er das Stampfen einer Maschine zu hören, aber das konnte auch eine Täuschung gewesen sein. Kühle Luft kam aus der Tiefe. Bully kam der Gedanke, daß er sich in einem Antigravschacht befinden könnte.

Plötzlich spürte er festen Boden unter den Füßen. Direkt vor ihm schimmerte helles Licht durch einen Spalt in der Wand. Er schob seine Finger dazwischen. Zu seinem Erstaunen vergrößerte sich der Schlitz.

Eine doppelte Schiebetür, dachte Bully.

Er preßte seinen Kopf an die Öffnung und blickte hindurch.

Er sah einen subplanetarischen Hafen.

An der Pier lag ein seltsames Boot. Mehrere Antis kletterten darauf herum. Die Halle war von künstlichem Licht erhellt. Die Priester schienen es eilig zu haben. Nach und nach verschwand einer nach dem anderen im Innern des Schiffes.

Dann tauchte Perry Rhodan auf.

Bully hätte fast einen Schrei ausgestoßen. Doch der Mann war nicht Rhodan – es war sein Sohn. Bewegungslos sah Bully zu, wie auch Cardif das Schiff bestieg. Es wäre sinnlos gewesen, wenn er allein einen Angriff riskiert hätte. Auf jeden Fall mußte er Rhodan sofort Bericht erstatten.

Als auch der letzte Priester im Boot verschwunden war, trieb es langsam in die Mitte des Hafens hinaus. Langsam versank es im Wasser.

Ein U-Boot, durchfuhr es Bully. Sie tauchen unter der Kuppel durch.

Das Meer war ganz in der Nähe. Anscheinend führte ein Kanal von der Kuppel direkt in den Ozean.

Bully zögerte nicht länger. So schnell es die Enge des Schachtes zuließ, ließ er sich hinauftragen.

Thomas Cardif warf einen letzten Blick durch das Periskop auf die zerstörte Station. Zwar war es ihm noch einmal gelungen, sich dem Zugriff seines Vaters und der Solaren Flotte zu entziehen, aber das Bewußtsein der eindeutigen militärischen Niederlage dämpfte seine Freude darüber.

„Periskop einfahren!" befahl Hekta-Paalat.

Cardif klappte die Haltestangen ein.

„Fertigmachen zum Tauchmanöver!" rief der Hohepriester.

„Wir verkriechen uns wie die Tiere", rief Cardif erbittert.

„Früher oder später wird Rhodan den Hafen entdecken", sagte Rhabol. „Ich traue ihm zu, daß er Mittel und Wege findet, um uns weiterhin zuzusetzen. Unsere Situation ist nicht gerade hoffnungsvoll. Deshalb schlage ich vor, daß wir uns zunächst einmal ruhig verhalten. Baaran, ich glaube, daß wir in den Tiefen der Ozeane zunächst am sichersten sind."

Auch Cardif war sich darüber im klaren, daß sie in ihrer jetzigen Lage keinerlei Chancen hatten, erfolgreich zurückzuschlagen. Sie konnten nur hoffen, daß die Zeit für einen Umschwung sorgte. Der gewaltige Verlust, den die Baalol-Sekte durch die Zerstörung ihrer Station auf Okul erlitten hatte, war sicher nicht dazu angetan, die Aktivität der Priester zu erhöhen.

Plötzlich erschien ein höhnisches Lächeln auf Cardifs Gesicht.

„Haben Sie wieder eine Ihrer prächtigen Ideen?" erkundigte sich Rhabol.

Cardif nickte. Wenn es den terranischen Forschern nicht gelang, ein Heilmittel gegen die Auswirkungen des Rauschgifts zu finden, dann würde Rhodan der Sieg auf Okul teuer zu stehen kommen.

„Ich dachte gerade an Valmonze", erklärte Cardif.

Die Antis blickten ihn verständnislos an.

„Der Patriarch ist mit dem letzten Rest Liquitiv von Okul gestartet", murmelte er. „Wir sind nicht in der Lage, weiterhin die Rohstoffe herzustellen. Alle Anlagen sind vernichtet."

„Das bedeutet, daß sich die Regierung des Solaren Imperiums Millionen von Süchtigen gegenübersieht, die durch den unverhofften Entzug des Nervengifts mit einer Revolte beginnen werden." Hekta-Paalat sah zufrieden aus. Er verstand die Gedankengänge Cardifs.

134

„Es sei denn, man findet auf der Erde ein wirksames Gegenmittel", wandte Baaran ein.

„Dazu haben die Wissenschaftler keine unbegrenzte Zeit", erinnerte Cardif. „Sie werden sich beeilen müssen, wenn sie mit Erfolg alle Süchtigen heilen wollen."

Von dieser Seite betrachtet, erschien Cardif die Niederlage nicht mehr so tragisch. In seinem Kopf begann sich in schwachen Umrissen ein phantastischer Plan abzuzeichnen.

Je länger er über seinen kühnen Einfall nachdachte, desto sicherer erschien ihm die Möglichkeit seiner Ausführung.

Die eroberte Station der Antis bot ein Bild der Vernichtung. Über fünfzig von den siebenundsechzig Kuppeln waren zerstört. Der Rest befand sich in einem Zustand, der von jeder weiteren Benutzung abraten ließ. Die Kombiwaffen der IRONDUKE hatten mit ihren antimagnetischen Geschossen überall Lücken geschlagen.

Major Krefenbac steuerte die Space-Jet in einer weiten Runde über die verbrannte Stadt aus Stahl. Überall stiegen Qualmwolken empor. Zwischen den Ruinen sah man immer wieder die Suchtrupps auftauchen. Sichernd bewegten sich die Metallkörper der mit schweren Waffen ausgerüsteten Kampfroboter an den Flanken der einzelnen Gruppen. Jeder Angriff versprengter Gruppen von Antis wäre sofort mit vernichtender Gewalt zurückgeschlagen worden. Es war jedoch unvorstellbar, daß es noch Wiederstandsnester geben konnte. Rhodan hatte den Männern befohlen, gründlich nach Hinweisen auf die Rauschgiftproduktion Ausschau zu halten.

„In einigen Jahren wird der Dschungel diesen Platz wieder restlos überwuchert haben, Sir", meinte Major Krefenbac. „Diese Anhöhe war bestimmt ein Teil des Urwalds."

„Aus irgendeinem Grund haben die Priester diesen Platz in der Nähe des Ozeans gewählt", sinnierte Rhodan. „Warum haben sie nicht weiter im Landinnern gebaut?"

Krefenbac legte die Stirn in Falten.

„Vielleicht verfügen sie über Materietransmitter", sagte er. „Noch haben wir nicht alle Gebäude durchsucht."

„Ausgeschlossen", widersprach Rhodan. „An Bord der IRONDU-KE befinden sich empfindliche Ortungsgeräte. Eine fünfdimensionale Entladung wäre sofort angepeilt worden. Oberst Claudrin hat uns jedoch nichts davon berichtet. Nein, Major, die Antis müssen einen anderen Fluchtweg benutzt haben."

Krefenbac lenkte die Space-Jet in einer Schleife tiefer nach unten.

„Dann bleibt nur noch der Dschungel, Sir", erwiderte er.

Bevor Rhodan eine Antwort geben konnte, sprach der Normalfunk an. Das breitflächige Gesicht Claudrins erschien auf dem Bildschirm des Visiphons.

„Entschuldigen Sie, Sir", donnerte er. „Ich muß Ihren Inspektions-flug unterbrechen."

„Haben Sie Neuigkeiten, Oberst?"

Claudrin nickte. „Bully ist soeben an Bord zurückgekehrt. Er hat einen subplanetarischen Hafen entdeckt. Von dort aus sollen die Antis und Thomas Cardif mit einem U-Boot geflüchtet sein."

Krefenbac schnippte mit den Fingern. Er deutete auf das Meer hinaus.

„Der Ozean!" rief er aus. „Dort sind sie also untergetaucht."

„Zurück zur IRONDUKE, Major!" befahl Rhodan. Er wandte sich wieder an Claudrin. „Wir kehren in den Hangar zurück, Oberst. Stellen Sie inzwischen eine gut bewaffnete Gruppe zusammen, mit der wir in den Hafen eindringen können."

Claudrin bestätigte, und sein Gesicht verblaßte auf dem Bildschirm.

Rhodan und der Erste Offizier der IRONDUKE, Major Hunts Krefenbac, betraten die Zentrale.

„Nun haben wir ein neues Problem zu lösen", begrüßte sie Bully. „Wir müssen einen Weg finden, um die geflohenen Antis gefangenzu-nehmen."

John Marshall, der Anführer der Mutanten, sagte: „Es ist möglich, daß die Priester irgendwo ein Raumschiff stationiert haben. Vielleicht sind sie bereits nach dort unterwegs?"

Rhodan nickte zustimmend. Er besaß keine geeigneten Mittel, um die Tiefen des Ozeans zu durchforschen.

„Es wird Zeit, daß wir uns etwas einfallen lassen", nörgelte Gucky mit seiner hellen Stimme. Er war sichtlich verärgert, daß man ihm keine Gelegenheit zum Eingreifen gegeben hatte. „Ewig können wir doch nicht in der unbequemen IRONDUKE herumsitzen."

Abgesehen davon, daß der Mausbiber bei seinen Worten stand, ging niemand auf seine Vorwürfe ein.

„Wir müssen auf jeden Fall verhindern, daß die Antis Okul verlassen", überlegte Rhodan. „Wir wissen, wo sich ihr U-Boot im Augenblick ungefähr befindet. Je länger wir warten, desto schwieriger wird es sein, den Standort der Priester festzustellen. Sie können nicht für alle Zeiten auf dem Grund des Meeres bleiben. Irgendwann werden sie auftauchen. Dann müssen wir genügend Schiffe zur Verfügung haben, um Okul vollkommen zu überwachen. Die Antis haben vermutlich im Meer einen Stützpunkt. Jefe, fordern Sie über Hyperfunk sofort zwanzig U-Boote von Terra an." Er dachte einen Augenblick nach. „Für den Fall, daß die Antis Verstärkung aus dem Raum erhalten, soll Deringhouse fünftausend Einheiten in Marsch setzen. Die Schiffe können in wenigen Stunden hier sein. Ich gehe kein Risiko mehr ein."

14.

Das vierdimensionale Raum-Zeit-Kontinuum schien zerbersten zu wollen, als der Flottenverband aus dem Hyperraum brach. Die Entladungen, die die noch nicht mit dem Linearantrieb ausgerüsteten gewaltigen Kugelraumer bei ihrer Transition verursachten, riefen schwere Transitionsschockwellen hervor. Die Auswirkungen beeinträchtigten auch das kleine System mit den drei Planeten, zu denen Okul gehörte. Erdbeben und Überschwemmungen waren die Folge.

Auch diese Begleiterscheinung der Raumfahrt konnte mit den modernen Linearschiffen überwunden werden. Ohne jede Gefahr konnten Schiffe wie die IRONDUKE im Schutz der Halbraumzone bis dicht an einen Planeten herankommen. Hyperraumsprünge erforderten stets eine gewisse Vorsicht.

In der Kommandozentrale der IRONDUKE verfolgte Perry Rhodan das Auftauchen der Schiffe.

„Ein beeindruckendes Bild", gestand Bully, der diesen Vorgang schon oft erlebt hatte, aber immer wieder davon fasziniert wurde.

Dieser starke Schiffsverband würde genügen, um Okul so abzuriegeln, daß noch nicht einmal ein Gleiter unbemerkt landen oder starten konnte. Tausende von Ortungs- und Peilgeräten würden die Oberfläche und den Raum absuchen.

Der Administrator unterrichtete die einzelnen Kommandanten über Funk von der bestehenden Situation. Die erfahrenen Offiziere schalteten sofort. Innerhalb einer knappen Stunde war Okul völlig abgeriegelt. Die U-Boote wurden nach Okul gebracht. Die Suche nach den Antis konnte bald beginnen.

„So", sagte Rhodan befriedigt. „Auf jeden Fall haben wir unsere Freunde jetzt festgesetzt. Sie werden sich schon etwas Besonderes einfallen lassen müssen, wenn sie uns entkommen wollen."

In der Kommandozentrale der IRONDUKE trafen die Offiziere und U-Boot-Kommandanten zu einer Lagebesprechung zusammen.

Ein zweites Mal stellte der Administrator die Verbindung mit Terrania her. Er sprach mit Dr. Topezzi und Dr. Whitman und berichtete ihnen über die Entdeckung der Schlammbohrer. Die Ärzte, beide Koordinatoren des Forschungsprogramms, das zur Bekämpfung des Rauschgifts entstanden war, schlugen vor, einige dieser Tiere nach Terra bringen zu lassen.

„Das werden wir sofort tun", stimmte Rhodan zu.

„Ich glaube fest daran, daß wir nun ein Gegenmittel finden werden", meinte Dr. Whitman zuversichtlich. „Schließlich sind jetzt alle technischen Voraussetzungen gegeben. Wir wissen, woraus das Drüsentoxikum besteht und wie es erzeugt wird."

„Ich hoffe, daß Ihr Optimismus berechtigt ist, Doc", sagte Rhodan abschließend. „Sobald die Depots der Springer leer sind, brauchen wir das Gegenmittel. Es gibt nun keine Liquitiv-Produktion mehr."

Er unterbrach die Verbindung. Als er sich umdrehte, blickte er in Bullys lächelndes Gesicht. Die Kälte verschwand aus den grauen

138

Augen des großen Mannes. Er wandte sich den versammelten Offizieren zu und begann mit fester Stimme zu sprechen.

„Jeder U-Boot-Kommandant erhält eine Karte Okuls. Jeder Kommandant erhält außerdem seinen bestimmten Sektor, den er abzusuchen hat. Eine ständige Funkverbindung mit der Zentrale ist vorgesehen. Wenn jemand glaubt, die Gesuchten entdeckt zu haben, erstattet er sofort Meldung. Die anderen Boote werden dann zu seiner Unterstützung herbeieilen. Angegriffen wird erst dann, wenn ich den Befehl dazu erteile. Ist das klar – besonders der letzte Punkt?"

Die Männer nickten stumm.

„Gut", sagte Rhodan. „Dann bitte ich die U-Boot-Kommandanten, nach der Besprechung zu ihren Mannschaften zurückzukehren und diese über alle Details zu unterrichten."

„Was geschieht, wenn wir keinen Erfolg haben?" fragte Alf Torsin, einer der Seeleute.

„Natürlich können wir nicht ewig nach den Antis suchen", meinte Rhodan. „Wenn Sie nach achtundvierzig Stunden nichts gefunden haben, stellen wir den Antis ein Ultimatum. Wir drohen ihnen, Okul mit allen Schiffen anzugreifen und den Ozean unter Beschuß zu nehmen. Natürlich will niemand Okul vernichten, aber ich hoffe, daß unsere Gegner auf den Bluff hereinfallen."

„Cardif wird den Plan durchschauen", befürchtete Bully.

„Das werden wir sehen. Die Antis und er wissen, daß wir auf Lepso hart durchgegriffen haben. Das wird ihre Phantasie beflügeln."

Sie kamen nun auf Einzelheiten zu sprechen.

Niemand schien besonders optimistisch zu sein.

Die nächsten beiden Tage brachten wenig Abwechslung. Die U-Boote waren pausenlos unterwegs, ohne jedoch einen Erfolg zu verzeichnen. Sie konnten nicht einmal einen Funkspruch der Antis mit ihren Peilsendern empfangen.

Inzwischen waren einige Schlammbohrer nach Terra gebracht und dort von einer Gruppe von Wissenschaftlern unter der Leitung eines Spezialisten auf dem Gebiet der Hormonforschung, Professor Wild, untersucht worden.

Über Hyperkom erhielt Perry Rhodan die ersten Ergebnisse.

Der Wirkstoff, der nach dem Genuß von Liquitiv Verjüngungserscheinungen hervorrief, wurde offenbar aus einem Sekret gewonnen, das die Schlammbohrer aus ihrer Rüsseldrüse absonderten. Doch dieser Wirkstoff *allein* führte nicht zur Abhängigkeit, und er konnte auch nicht *allein* die beobachteten Verjüngungen bewirken. Das Liquitiv mußte eine zweite, letztlich für alles verantwortliche Komponente besitzen.

„Es bleibt uns keine andere Wahl, als den Antis ein Ultimatum zu stellen", meinte Rhodan, nachdem er die von der Erde übermittelten Auswertungen sorgfältig studiert hatte. „Wir kommen sonst nicht weiter. Setzen Sie einen offenen Funkspruch nach Okul ab, Jefe. Wenn uns die Antis innerhalb von drei Stunden kein Gegenmittel liefern oder sich ergeben, greifen wir an."

Claudrin sah auf. „Und Sie glauben, daß die Antis anbeißen?"

„Ihnen bleibt keine Wahl. Wir wissen, daß sie folgerichtig denken und handeln. Cardif wird verhandeln wollen, das ist das mindeste, was ich mir von unserem Ultimatum erwarte."

„Verzeihen Sie, aber ich traue Cardif nicht."

Rhodan lächelte bitter. „Da gibt es kaum etwas zu verzeihen, Oberst. Ich traue ihm nämlich genausowenig. Warten wir ab, was er uns zu bieten hat. Sorgen Sie dafür, daß der Spruch sofort über alle Sender geht und zehnmal wiederholt wird. Dann Dauerempfang. Ich gehe jede Wette darauf ein, daß sie sich melden. Für den Fall sofort alle Peilgeräte darauf einrichten. Wir müssen feststellen, an welcher Stelle sich der Sender der Antis befindet. Selbst wenn ein abschlägiger Bescheid erteilt wird, haben wir wenigstens die Möglichkeit, ihren Standort zu bestimmen."

Jefe Claudrin nickte.

Bully lehnte sich vor. Er sah Rhodan ins Gesicht. „Was wirst du tun, Perry, wenn sie das Ultimatum unbeantwortet lassen?"

Rhodan begegnete Bullys Blick.

„Ich weiß es nicht", gestand er.

Einhundertachtzig Minuten können eine Ewigkeit sein.

Bereits nach einer Stunde ließ Rhodan zum Schein alle Vorbereitungen zum Angriff des Planeten treffen. In offenen Funksprüchen an die draußen im Weltraum stationierte Flotte befahl er die Bereitstellung von fünf Arkonbomben.

Rhodan rechnete damit, daß die Funkempfänger der Antis seine Anordnungen abhörten, und genau das war der Sinn seiner unverschleierten Angriffsvorbereitungen. Sie sollten sehen, daß er es diesmal ernst meinte und keine Rücksicht auf seinen Sohn zu nehmen gedachte.

Die zweite Stunde lief ab, ohne daß die Antis sich meldeten.

Immer noch operierten die U-Boote in ihren Sektoren.

Die IRONDUKE umkreiste den Dschungelplaneten in geringer Höhe.

Rhodan saß schweigsam und mit zusammengekniffenen Lippen vor den Bildschirmen.

Zwei Stunden und dreizehn Minuten.

Warum verging die Zeit so langsam? Warum antworteten die Antis nicht? Verließen sie sich darauf, daß er sich scheute, diesen Planeten anzugreifen? Hofften sie, er würde seinen Sohn nicht dem Tod preisgeben wollen?

15.

Die unruhige Oberfläche des Meeres verriet nichts.

Doch tausend Meter unter dieser Oberfläche lagen die zerklüfteten Gipfel eines unterseeischen Gebirges in ewiger Finsternis. Nach beiden Seiten fielen die steilen Abhänge bis in eine Tiefe von mehr als viertausend Meter. Nichts wuchs auf diesen Abhängen, und auch die Gipfel waren ohne jede Vegetation.

An einer Stelle wölbte sich eine fast senkrecht abfallende Felswand so nach innen, daß ein Überhang entstand. Von oben hätte man ihn nur schwer entdecken können, selbst wenn man die entsprechenden Ortungsgeräte genau darüber eingesetzt hätte.

Wenn man mit einem U-Boot an dieser Stelle getaucht wäre, hätte ein aufmerksamer Beobachter gleich bemerkt, daß die unter dem Überhang abfallende Felswand an einer bestimmten Stelle viel zu glatt und regelmäßig war, um natürlichen Ursprungs zu sein. Diese Stelle besaß einen Durchmesser von gut dreißig Metern. Genau in der Mitte verlief eine feine Fuge – die Trennstelle der beiden Tore, die in die benachbarten Wände eingeschoben werden konnten. So entstand bei Bedarf der Eingang zu einem riesigen mit Wasser gefüllten Tunnel, der in das Innere des Gebirges führte.

Die Festung der Antis, letzter Zufluchtsort Thomas Cardifs.

Eine Schleuse trennte Tunnel von eigentlicher Festung, die mit Luft gefüllt war. Ständig arbeiteten die Anlagen tief im Innern des Berges, um die gewaltigen Hohlräume mit Frischluft zu versorgen. Die überall angebrachten Beleuchtungskörper ließen es niemals Nacht werden. Korridore, Räume und Laboratorien waren beheizt, und niemand, der es nicht wußte, hätte auf den Gedanken kommen können, mehr als tausend Meter unter der Meeresoberfläche zu weilen.

Die Antis hatten das Versteck gut ausgebaut und alle Möglichkeiten in Betracht gezogen. Auch den nun eingetretenen Notfall. Sie wußten, daß eine Anpeilung unmöglich war und man sie niemals finden konnte. Sie aber hatten alle technischen Voraussetzungen geschaffen, jede Bewegung des Gegners genau zu beobachten und sich darauf einzurichten.

Von der Festung aus senkte sich bis auf die Höhe des Meeresgrunds ein Schacht hinab, der sich dann in waagerechter Richtung fortsetzte. Hundert Meter unter dem Boden des Ozeans, durch festes Urgestein, lief das Kabel noch zweitausend Kilometer weit und endete in einer ferngesteuerten Funkstation. Sie bestand aus einem druckfesten Gehäuse, das sich nach Belieben ausfahren ließ, um senden oder empfangen zu können. Im Fall einer zufälligen Anpeilung konnte man die unbemannte Station jederzeit in das sichere Gestein absinken lassen. So war es möglich, daß man auch durch eine aufsteigende Antenne Bilder von der Oberfläche empfangen und entsprechend auswerten konnte. Senden ließ sich vom Meeresgrund aus.

Thomas Cardif und ein älterer Baalol-Priester saßen in der Funkzentrale der Festung und betrachteten die verschiedenen Bildschirme, die reihenweise an der Wand angebracht waren. Eine sinnreiche Antennenanordnung machte es möglich, daß sich mit nur einem Empfangsgerät mehrere Bilder einfangen ließen. So erhielten die Antis einen genügenden Überblick der Geschehnisse auf der Oberfläche.

Als Rhodans Funkspruch eintraf, wußten sie, daß Okul von einer Riesenflotte eingeschlossen war. Sie befürchteten, daß Rhodan fest entschlossen war, den Planeten anzugreifen.

Cardif sah seinem Vater inzwischen wieder zum Verwechseln ähnlich. Seine Augen schienen nicht nur grau, sondern auch etwas gelblich zu sein, aber das war auch der einzige wirkliche Unterschied. Er saß in einem bequemen Sessel und starrte mit düsterer Miene auf die Bildschirme.

„Ich wüßte keinen Ausweg", sagte er.

Der Priester warf ihm einen abschätzenden Blick zu. Er hatte einen dichten Vollbart und erinnerte an einen Springerkapitän. Vielleicht war einer seiner Vorfahren ein Patriarch gewesen, durchaus möglich. Doch jetzt war er ein Hoherpriester des Baalol-Kultes.

„Es gibt einen", erwiderte er knapp, „und wir werden ihn finden."

Cardif sah auf die Uhr. „Wir haben keine zwei Stunden mehr, Rhobal. Eine viel zu kurze Zeitspanne, um einen Plan auszuarbeiten."

Rhobal sah zu den beiden Antis, die vor den Funkgeräten saßen. „Wir müssen versuchen, Zeit zu gewinnen. Wie können wir von Rhodan einen Zeitaufschub erwirken? Wenn wir schweigen, sicherlich nicht."

„Wir können nur annehmen oder ablehnen."

Über das Gesicht des Priesters huschte Enttäuschung. „Denken wir nach, Cardif. Es muß eine Möglichkeit geben."

„Ja, vielleicht gibt es eine Möglichkeit", murmelte Cardif verbittert und sah den Priester an. „Wir müssen Rhodan klarzumachen versuchen, daß er auf keinen Fall in Kürze über das Gegenmittel verfügen wird, wenn er Okul angreift."

„Verhandlungen? Du glaubst, er gewährt uns freien Abzug?"

„Wenn wir ihn mit dem Gegenmittel versorgen, ja."

143

Rhobal sah Cardif nachdenklich an. Eine kühne Idee entstand in seinem Bewußtsein. Er wußte, daß sie mit dem Liquitiv nicht mehr viel erreichen konnten. Diese Karte war ausgereizt. Früher oder später würden die Terraner ein Gegenmittel finden, also konnte man es ihnen überlassen, bevor Tausende von Menschen starben.

Rhobal sah eine andere Möglichkeit, Macht und Einfluß der Antis zu stärken. Cardif mußte der neue Trumpf sein. Er durfte jedoch nicht merken, daß er eine Marionette der Antis war. Cardif mußte glauben, daß er eigene Pläne realisierte.

Rhobal sah zu den Funkern. „Du kannst selbst mit Rhodan sprechen, wenn du willst."

Cardif dachte nach, dann nickte er langsam.

Zehn Minuten vor Ablauf des Ultimatums trat er an das Funkgerät und verlangte Rhodan zu sprechen.

In derselben Sekunde, in der sein Funkspruch aufgefangen wurde, begannen die Peilgeräte zu spielen. Noch während Rhodan antwortete, wurde der Standort des Senders ermittelt. Er lag viertausend Meter unter der Meeresoberfläche und Tausende von Meilen von der Küste entfernt. Drei U-Boote, die am nächsten waren, setzten sich in Marsch. Sie führten schwere Wasserbomben mit.

Thomas Cardif wartete. Es dauerte lange Minuten, ehe aus dem Lautsprecher die Stimme des Verhaßten kam.

„Hier Rhodan! Das Ultimatum läuft in fünf Minuten ab."

„Wir wissen es. Was wollt ihr erreichen, wenn ihr Okul angreift? Wenn Okul angegriffen wird und wenn wir dabei umkommen, gibt es für Milliarden intelligenter Lebewesen keine Rettung mehr."

„Ist das meine oder deine Schuld?"

„Wir sind bereit, euch zu helfen."

Rhodan schien es für Sekunden die Sprache zu verschlagen, denn es dauerte sehr lange, bis seine Antwort eintraf. „Ihr wollt uns helfen? Ich bin gespannt und höre."

Thomas Cardif warf Rhobal einen triumphierenden Blick zu, als habe er die Schlacht bereits gewonnen. Er gab sich natürlich keinem übertriebenen Optimismus hin, aber vage begann sich bereits in einer Ecke seines Gehirns ein irrsinniger Plan abzuzeichnen, zu dessen Ausführung er nichts als Zeit benötigte.

Einige Stunden nur würden genügen.

„Es wird euch vielleicht möglich sein, in einigen Monaten ein Gegenmittel herzustellen. Vielleicht. Und was ist bis dahin?"

„Es ist ein Fehler, unsere Wissenschaftler zu unterschätzen."

„Der Fehler ist größer, wenn man sie überschätzt."

„Wortgeplänkel", gab Rhodan zurück. Seine Stimme verriet Ungeduld. „Wir haben nur noch wenige Minuten. Dann gebe ich das Zeichen zum Beginn des Angriffs. Wenn du einen Vorschlag hast, dann heraus damit. Aber beeile dich."

Cardif zuckte zusammen. Sein Gesicht war voller Haß, aber seine Stimme blieb ruhig und gelassen. Er besaß die gleiche Begabung, sich zu beherrschen, wie sein Vater.

„Wir sind bereit, euch das Gegenmittel zu überlassen."

„Nicht übel", kam es zurück. „Und was verlangt ihr dafür als Gegenleistung?"

„Okul darf nicht angegriffen werden", sagte Cardif. „Zweitens habt ihr uns ein Raumschiff zur Verfügung zu stellen, mit dem zweihundertfünfzig Personen transportiert werden können. Außerdem Wasser und Verpflegung in ausreichendem Maß. Das ist alles."

„So, das ist alles", kam es ein wenig spöttisch aus dem Lautsprecher. Cardif konnte sich Rhodans Lächeln vorstellen, und sein Gesicht verzerrte sich vor Wut. Aber er beherrschte sich. Er durfte sich jetzt unter keinen Umständen verraten. Wer zuletzt lachte, der lachte immer noch am besten. Und er, Cardif, würde zuletzt lachen.

„Es ist wenig, wenn man die Gegenleistung bedenkt."

In dieser Sekunde liefen die drei Stunden des Ultimatums ab.

„Gut, ich bin einverstanden, mit einer einzigen Einschränkung: Das Raumschiff, das ich zur Verfügung stelle, nimmt keine zweihundertfünfzig Personen an Bord, sondern nur zweihundertneunundvierzig. Du bleibst hier. Ist das klar?"

Cardif biß die Zähne zusammen, um seine Wut nicht gegen das Mikrophon zu schreien. Er beherrschte sich mit einer Vollendung, die sogar dem Hohenpriester Bewunderung abverlangte.

So ruhig er konnte, sagte er: „Das ist Nötigung und Erpressung. Darf ich mir die Antwort in aller Ruhe überlegen?"

„Überlegen kannst du, aber nicht in aller Ruhe. Ich werde in der

Zwischenzeit das Schiff landen lassen. In genau einer Stunde hole ich mir deine Antwort. Von ihr wird es abhängen, wie sich dein weiteres Schicksal gestaltet. Denke daran. In einer Stunde also."

Die Verbindung wurde unterbrochen. Cardif bebte vor Zorn.

„So schlecht sieht es nicht aus", sagte Rhobal listig.

Er verwickelte Cardif in ein Gespräch und gab ihm dabei so geschickt seine Idee ein, daß Cardif sie mehr und mehr für seine eigene hielt.

Als Rhodan die Verbindung abbrach, konnte Bully sich nicht mehr halten. Er hatte die ganze Zeit mit fest zusammengebissenen Zähnen neben Rhodan gestanden und sich nur mühsam beherrscht.

„Du willst ihn laufenlassen, wenn er darauf besteht?"

Rhodan wandte sich langsam um. Sein Gesicht war völlig ausdruckslos.

„Wir haben eine Stunde Zeit, darüber nachzudenken", sagte er kurz und deutete damit an, daß die endgültige Entscheidung noch lange nicht gefallen war. „Auch bin ich nicht sicher, daß wir die Festung gefunden haben. Der Sender wurde geortet, das ist alles. Meerestiefe viertausend Meter. Kein Boot kann so tief tauchen. Auch eins der Antis nicht. Wenn also die Festung dort auf dem Meeresgrund liegt, wie sind sie hineingekommen?"

Bully starrte Rhodan an. „Du meinst, es könnte ein Bluff sein? Aber wie können sie von dieser Tiefe aus senden, ohne selbst . . ."

„Ferngesteuert, Bully. Wir hätten es uns gleich denken können."

Es wurde eine lange Stunde, aber noch ehe sie zu Ende war, geschah etwas völlig Unerwartetes.

Cardif meldete sich über Bildfunk. Sein Anruf kam von einem anderen Standort – von der Planetenoberfläche.

Der Sender mußte mit zu geringer Kapazität arbeiten, denn das Bild war undeutlich und verschwommen.

„Ja, Rhodan hier. Du hast dich entschieden?"

Rhodan vermied es, selbst die Kamera einzuschalten, so daß er zwar Cardif, dieser aber nicht ihn sehen konnte.

„Ja, ich habe mich entschieden." In Cardifs Stimme war etwas unbestimmt Lauerndes, das Rhodan zur Vorsicht mahnte. Aber schon die nächsten Worte ließen diese Vorsicht wieder vergessen. „Ich habe mir alles gut und reiflich überlegt, ich will mit dir sprechen. Unter vier Augen."

„Es hört niemand mit, den deine Entscheidung nichts anginge."

„Du verstehst nicht richtig – ich meine, wir sollten uns treffen, um unter vier Augen alles zu besprechen."

„Uns treffen?" Rhodan war verblüfft und zögerte mit der Antwort. Tausend Gedanken durchkreuzten sein Gehirn.

„Was ist dabei?" fragte Cardif ungeduldig. „Du glaubst an einen Trick, nicht wahr? Aber welchen Sinn hätte er jetzt noch? Ich bin allein an die Oberfläche gekommen. Meine Verbündeten blieben in der sicheren Festung, auf dem Hochplateau eines Berges, und ich bin sicher, meine Position ist dir längst bekannt. Glaubst du, ich würde mich in eine so große Gefahr begeben, wenn ich dir nicht vertraute?"

„Du vertraust mir?"

„Ja, ich vertraue dir. Darum bitte ich dich, jetzt auch mir zu vertrauen. Ich habe mir alles überlegt, und ich beginne, mich selbst nicht mehr zu verstehen. Gut, ich habe dich gehaßt, weil ich dich für den Mörder meiner Mutter hielt und..."

„Hielt?" dehnte Rhodan verblüfft. „Was soll das heißen?"

„Ich beginne daran zu zweifeln. Aber du kannst mir ja alles erklären, und vielleicht bin ich jetzt bereit, dir endlich zu glauben. Wir könnten viele Dinge der Vergangenheit vergessen."

„Ehrlich gesagt, Thomas, der Umschwung kommt mir zu plötzlich. Außerdem hast du dich genau im Augenblick größter Gefahr zu neuen und besseren Erkenntnissen durchgerungen. Du mußt zugeben, daß ein solches Verhalten nicht gerade überzeugend wirkt."

„Ich gebe es zu, aber vielleicht solltest du gewisse Umstände berücksichtigen. Ich wurde gegen meinen Willen von den Priestern befreit. Ich erhielt von ihnen eine gewaltsam durchgeführte Schockbehandlung, die mir mein Gedächtnis und meine alte Persönlichkeit zurückgab. Vielleicht schürten sie sogar meinen Haß gegen dich und die Erde, ich weiß es nicht. Gerade die aussichtslose Lage, in die ich nun geraten bin, hat mich zum Nachdenken angeregt – und ich kam zu den für dich überraschenden Ergebnissen."

147

Rhodan blieb argwöhnisch. Er konnte sich nicht vorstellen, daß in so kurzer Zeit eine so gewaltige Wandlung erfolgen konnte, die zumal genau seinen eigenen, tief im Herzen verwurzelten Wünschen entsprach.

„Ich glaube nicht an deine Sinneswandlung", sagte er schließlich, aber die Worte fielen ihm unendlich schwer. Wie gern hätte er doch an sie geglaubt. „Du willst mich in einen Hinterhalt locken." Er lächelte kalt. „Vielleicht willst du auch nur Zeit gewinnen und hoffst, daß inzwischen Hilfe eintrifft. Aber sie hätte wenig Sinn, denn dieser Planet ist abgeriegelt."

„Ich weiß das, deshalb wäre jede Falle sinnlos", gab Cardif zu. In seiner Stimme war Bedauern. „Endlich habe ich mich dazu durchgerungen, mit dir zu sprechen, da glaubst du mir nicht. Wenn wirklich noch etwas Gutes in mir ist, so wird es von deinem Mißtrauen verschüttet. Wie soll es da jemals durchbrechen?"

Rhodan ahnte, daß er vor der schwersten Entscheidung seines Lebens stand. Es war eine Entscheidung, die ihm aufgezwungen wurde. Gleichzeitig war es eine Entscheidung, die er mit allen Fasern seines enttäuschten Herzens herbeigesehnt, aber nicht mehr erhofft hatte.

„Ich bin dein Vater, Thomas", sagte er weicher als bisher. „Aber du bist auch mein Todfeind. Du hast unermeßliches Unglück über die Erde und andere Welten gebracht. Du hast Verbrechen begangen, um einem Phantom nachzujagen. Es gibt viele, die dich zum Tode verurteilt haben. Ich möchte dir so gern glauben, aber ich weiß nicht, ob ich es verantworten kann."

„Jeder macht Fehler, und ich sehe meine ein. Ich will versuchen, sie wiedergutzumachen. Aber wenn du jetzt meine Hand ausschlägst – was soll dann geschehen?"

Hilfesuchend wandte Rhodan sich an Bully. Bully zuckte mit den Schultern, um so auszudrücken, daß er sich nicht sicher war.

Wie erwartet, stand Rhodan plötzlich allein da und mußte die Entscheidung fällen. Er fühlte, daß es keine reine Verstandesentscheidung wurde, sondern eine gefühlsbedingte. Konnte er das verantworten? Widersprachen gefühlsbedingte Entscheidungen nicht sehr oft dem gesunden Menschenverstand? Auch jetzt sagte ihm sein Ver-

148

stand, daß der unversöhnliche Haß seines Sohnes niemals in so kurzer Zeit in Reue oder gar Zuneigung umschlagen konnte.

Seine Zweifel suchten nach einem Ausweg. Und er fand ihn. Er sprach ihn sogar offen aus.

„Es fällt mir schwer, dir zu glauben, mein Sohn. Wenn ich überhaupt einem Treffen zwischen uns beiden zustimme, so nur deshalb, um deine Absichten kennenzulernen. Ich will die Motive deiner angeblichen Sinneswandlung ergründen. Aber hüte dich, mir eine Falle zu stellen."

„Ich komme allein, aber ich erwarte das auch von dir. Das Plateau ist nur klein, und kein Schiff kann darauf landen. Im Augenblick bin ich so gut wie hilflos. Wenn auch du allein kommst, stehen nur wir beide uns gegenüber – und du wirst mich doch nicht fürchten. Ich bin waffenlos."

Auch das konnte eine Falle und eine Lüge sein, überlegte Rhodan, der innerlich bereits fest entschlossen war, den Versuch zu wagen. Sollte er nicht für Rückendeckung sorgen? Wenn er jetzt auch nur einen einzigen falschen Schritt unternahm, war der bisher errungene Erfolg gefährdet. Auf der anderen Seite durfte er keine Chance versäumen, den Sohn zurückzugewinnen.

„Also gut, ich werde kommen. Zu Fuß, wenn es geht."

„Es geht leicht. Hundert Meter unterhalb des Plateaus erstreckt sich eine Ebene, auf der ein Schiff landen kann. Von da an geh allein. Ich habe nichts dagegen, wenn dein Schiff bleibt und wartet. Du mußt zugeben, daß es innerhalb weniger Sekunden über dem Plateau erscheinen könnte, wenn etwas Verdächtiges geschieht. Niemand könnte sich dem Plateau nähern, ohne von deinen Raumfahrern bemerkt zu werden."

Das klang einleuchtend. Rhodans letzte Zweifel schwanden.

Es entstand eine kleine Pause, als die Ergebnisse der Peilungen eintrafen. Rhodan überprüfte sie. Cardifs Sendung kam von einer kleinen Felseninsel mitten im Meer. Der nächste Kontinent war fünfhundert Kilometer entfernt. Was Rhodan allerdings nicht wußte, war die Tatsache, daß kaum hundert Kikometer von der Insel entfernt ein riesiges Unterwassergebirge seine Gipfel bis tausend Meter unter die Meeresoberfläche emporhob.

„Ich werde in einer halben Stunde auf der Insel landen", sagte Rhodan entschlossen. „Aber ich warne dich, Thomas! Eine falsche Bewegung, und ich lasse jede Rücksicht fallen. Es ist mein letzter Versuch, dir die Hand zu reichen. Vergiß das nicht."

„Ich warte auf dich", sagte Cardif nur, dann erlosch der Bildschirm.

„Wie kannst du so leichtgläubig sein, diesem Cardif auch nur eine Sekunde zu trauen", rügte Bully und machte seiner Empörung Luft. „Glaubst du denn vielleicht an diese wundersame Wandlung seines Charakters? Wenn der Schock der Behandlung wirklich eine Änderung verursacht hat, dann bemerkte es Cardif aber reichlich spät."

„Ich behaupte nicht, ihm restlos zu vertrauen", entgegnete Rhodan langsam und betrachtete die Karte, die auf dem Kontrolltisch lag. Die Insel war bereits eingezeichnet worden. „Aber welchen Hinterhalt könnte er mir schon stellen? Eine einsame Insel. Die IRONDUKE wird in der Nähe sein. Niemand kann sich unbemerkt dem Plateau nähern. Ich muß es riskieren. Im Grunde genommen bleibt mir keine andere Wahl – und Thomas Cardif weiß das genausogut wie ich. Ganz davon abgesehen, daß er mein Sohn ist, wir brauchen so schnell wie möglich das Gegenmittel. Also – worauf warten wir eigentlich noch?"

Während die IRONDUKE aus der Kreisbahn glitt, verlangsamte und in die Atmosphäre eintauchte, bereitete sich Rhodan auf das Zusammentreffen mit seinem Sohn vor. Er überlegte sehr lange, aber dann entschloß er sich, das Mißtrauen seiner Freunde zu teilen. Er schob einen kleinen Nadelstrahler in die Tasche seiner Uniformhose. So ganz waffenlos wollte er sich nicht der Willkür seines größten Gegners aussetzen.

Die Insel kam in Sicht. Langsam näherte sich ihr das riesige Schiff und überflog in geringer Höhe den einzigen Berggipfel, der vorhanden war. In der Tat stellte der Gipfel ein Plateau dar. Es war sehr klein und hatte kaum einen Durchmesser von dreißig Metern. Ein größeres Schiff konnte hier unmöglich landen.

Mitten auf dem Plateau stand eine einsame Gestalt und blickte nach oben. Ihr Gesicht war deutlich zu erkennen. Thomas Cardif war allein. Die kahle Felsenplatte bot nicht das geringste Versteck. Niemand konnte sich auf ihr oder auch nur in ihrer Umgebung verbergen, ohne vom Schiff aus gesehen zu werden.

„Wenn das eine Falle sein soll", murmelte Claudrin, „dann bin ich sehr gespannt, wie sie aussieht. Cardif allein dürfte wohl keine Gefahr für Sie bedeuten."

Rhodan nickte langsam. „Ich bin Ihrer Meinung. Landen wir also. Dort, neben dem Plateau, wie Cardif sagte. Die Ebene ist groß genug."

Das riesige Schiff senkte sich langsam auf die Hochfläche hinab und setzte sanft auf. Bully begleitete Rhodan bis zum Ausstieg.

„Ich werde das Gefühl nicht los, Perry, daß die Sache faul ist. Wie sollen wir wissen, was passiert? Von hier unten ist die Rückseite des Plateaus nicht einzusehen."

Rhodan stand an der Schwelle der Schleuse. Dicht vor seinen Füßen flimmerte das Antigravfeld, das ihn sicher nach unten gleiten lasssen würde.

Er sagte: „In meiner Tasche habe ich einen Sender. Er wird ständig meinen Aufenthaltsort verraten. Außerdem kann ich euch jederzeit mit meinem Funkgerät anrufen." Er deutete auf sein winziges Armbandgerät. „Schließlich habe ich nichts dagegen, wenn die IRONDUKE in einer Viertelstunde startet und in größerer Höhe meine weiteren Befehle abwartet. Genügt dir das?"

Bully nickte beruhigt. „Ja, ich denke schon. Wenigstens ist mir das lieber, als wenn wir hier wie die Schneehühner sitzen." Er reichte Rhodan die Hand. „In fünfzehn Minuten also. Bis dahin wirst du den Gipfel gerade erreichen können. Viel Glück."

Die Ärzte in Terrania jubelten.

Tagelang war ihnen entgangen, daß der Rüssel der Schlammbohrer noch eine zweite Drüse enthielt, die Sekret lieferte. Jetzt wurde damit an lebenden, aber alternden Zellen und Nervenbahnen der erste Laborversuch gemacht. Eine riesige, kristallweiße Schirmfläche projizierte, was das Ara-Mikroskop in dreimillionenfacher Vergrößerung entschleierte.

Man hatte zur größten Überraschung in der zweiten Drüse das chemisch gleiche Sekret gefunden. Und obwohl vom Augenblick der Entdeckung bis zu diesem Moment sehr wenig Zeit vergangen war, so hatten die ersten Ergebnisse einwandfrei bewiesen, daß es der gleiche Wirkstoff war. Trotzdem gaben sich die Wissenschaftler nicht zufrieden. Nun laborierten sie an Zellen und Nerven.

Der Wirkstoff aus der zweiten Drüse, das stellte sich schnell heraus, rief die Verjüngungserscheinungen hervor. Aber auch *er* war nicht dafür verantwortlich, daß das Liquitiv süchtig machte.

Mitten in der Vorführung rannte Professor Wild, der diese Untersuchung leitete, hinaus. So schnell wie der mehr als sechzigjährige Mann laufen konnte, eilte er in den Sezierraum, wo man die zweite Drüse im Rüssel des Schlammbohrers entdeckt hatte.

Dr. A. Hughens war Chef dieser Abteilung. Er hörte sich den erregten Professor an. Er konnte sich seinem Verdacht nicht verschließen.

„Kommen Sie, Professor", sagte Hughens plötzlich impulsiv und führte ihn zum Mikroskopstand.

Professor Wild betrachtete unter 1,5-millionenfacher Vergrößerung die durch Zufall entdeckte Drüse. Je länger er ihren Aufbau überprüfte, um so erregter wurde er. Den organischen Aufbau der Drüse der Schlammbohrer hatte er im Gedächtnis.

„Hughens", flüsterte er, ohne seine Kontrolle zu beenden, „diese Drüse kann nie und nimmer den gleichen Wirkstoff produzieren. Da, sehen Sie sich das im oberen Drittel links selbst einmal an."

Er machte ihm Platz. Hughens starrte auf die unglaublich scharfe Wiedergabe. Er mußte Professor Wild recht geben. Aber besagte die chemische Untersuchung nicht, daß es identische Stoffe waren?

„Und ich glaube es nicht!" tobte Wild. „Wenn unsere Tests es millionenfach behaupten, dann behaupte ich, daß die Tests nichts taugen! Es muß auch noch andere Untersuchungsmethoden geben!"

Die dampfenden Urwälder lagen tief unten in den Ebenen der Insel. Hier oben wuchs nichts mehr, obwohl es auch warm genug dazu gewesen wäre, aber es fehlte die Feuchtigkeit. Die Felsen trugen keinen Zentimeter Humus und waren staubtrocken.

Der tatsächliche Höhenunterschied zum oberen Plateau betrug kaum fünfzig Meter. Die IRONDUKE wirkte mit ihren achthundert

Metern Durchmesser wie ein eigenes Gebirge. Sie war jetzt höher als der eigentliche Gipfel.

Rhodan nahm sich Zeit.

Er schalt sich einen unverbesserlichen Optimisten, weil er glaubte, daß bei Thomas das Gute nun endlich gesiegt habe. Seine Verantwortung der Erde gegenüber war größer als jene, die er für seinen Sohn zu tragen hatte. Aber durfte er die Chance ausschlagen, sich mit ihm aussprechen zu können? Tat er es denn wirklich nur für sich? Hatte er nicht vielmehr nun die Möglichkeit, der Erde und damit dem Solaren Imperium eine große Sorge abzunehmen und einen gewaltigen Gegner auszuschalten oder gar in einen Freund zu verwandeln?

Er schritt um einen Felsbrocken herum und sah das letzte Stück seines Weges vor sich liegen. Gegen den Himmel zeichnete sich oben klar und deutlich Cardifs Gestalt ab. Er konnte das Gesicht nicht erkennen, weil das Gegenlicht zu grell war. Aber es war Cardif, daran konnte kein Zweifel bestehen.

Er nahm die letzten Meter, dann stand er vor seinem Sohn, der bis zur Mitte des Plateaus zurückgegangen war.

Die beiden Männer sahen sich an und sagten nichts.

Rhodan erschrak. Im ersten Augenblick vermeinte er, vor einen Spiegel getreten zu sein. Der Mann, der ihm da gegenüberstand, war sein genaues Ebenbild. Die gleichen hageren Züge, die gleichen Haare, wenn auch eine Tönung heller. Auch die gleichen Augen, bis auf einen schwachen gelben Schimmer.

Cardif betrachtete ebenfalls sein Gegenüber, wenn er es auch aus völlig anderen Motiven tat. Mit Befriedigung stellte er fest, daß sein gefährlicher Plan bisher geglückt war. Rhodan, sein Doppelgänger, war allein auf das Plateau gekommen. Die Nachbarschaft des großen Schiffes störte ihn nicht. Es würde ihn nicht daran hindern können, sein Vorhaben in die Tat umzusetzen. Rhodan sah nach achtundfünfzig Jahren genauso aus wie er.

In diesem Augenblick heulten die Triebwerke der IRONDUKE auf, und der Kugelraumer stieg langsam und majestätisch in die Höhe.

„Meine Freunde glauben, aus großer Höhe einen besseren Überblick zu haben", entschuldigte Rhodan den Start. „Es trifft nicht unsere Abmachungen. Ich kam allein."

„Das Schiff stört mich nicht", sagte Cardif und wich Rhodans Blick nicht aus. „Du kamst allein, mehr wollte ich nicht. Warum eigentlich hast du mir geglaubt?"

Rhodan erstarrte. Was sollte die Frage bedeuten? So gelassen wie möglich erwiderte er: „Vieles von dem, was du denkst, könnte der Wahrheit entsprechen. Ich wollte mich überzeugen, ob dem so ist. Wenn du es ehrlich meinst, dann komm jetzt mit mir. Wir könnten die Vergangenheit vergessen."

„Kann man das wirklich, Perry Rhodan?"

Der Tonfall seiner Stimme paßt nicht zu seiner Reue, dachte Rhodan verwirrt und wurde äußerst wachsam. Sein Instinkt warnte ihn, aber er sah noch keine Gefahr. Wo sollte die Gefahr sich verbergen? Cardif stand waffenlos wenige Schritte von ihm entfernt, ein spöttisches Lächeln auf den Lippen. Beide Hände hingen am Körper herab. Er schien sorglos – für seine Lage viel zu sorglos.

„Wir können später über alles reden, Thomas. Ich bin hergekommen, um deine angebotene Hand zu nehmen. Warum gibst du sie mir nicht?" Er streckte seine Hand aus, ohne sich von der Stelle zu rühren. „Nun, was ist?"

Er starrte in das Gesicht seines Sohnes, in dessen Züge etwas Wartendes, Lauerndes getreten war. Die Hitze wurde fast unerträglich, und es war Rhodan, als flimmere die Luft über dem steinigen Plateau. Cardifs Gesicht war plötzlich nicht mehr so deutlich. Es schwebte hinter dem Schleier der flimmernden Heißluft.

Viel zu spät begriff Rhodan. Er fuhr mit der rechten Hand in die Tasche und zog den Nadelstrahler hervor. Mit einem Satz sprang er auf Cardif zu, der ruhig stehenblieb und ihn erwartete.

Er prallte gegen die flimmernde Luft.

Ein Schutzschirm aus Energie, wie er sich gedacht hatte. Aber der Energieschirm in Form einer Glocke lag nicht um Cardif, sondern um ihn, Rhodan. Er war von der Umwelt abgeschlossen.

Ein Glück, daß er es früh genug erkannt hatte. Ein Schuß aus dem Nadelstrahler hätte jetzt für ihn selbst gefährlich werden können. Auch die Funkwellen würden nun die IRONDUKE nicht mehr erreichen, aber das bedeutete keine Gefahr. Wenn die Signale ausblieben, würde das Bully alarmieren.

Die Enttäuschung war für Rhodan groß. Achselzuckend schob er den Strahler in die Tasche zurück.

Eine Erschütterung lief durch den Boden. Das Plateau, auf dem Rhodan und Cardif standen, begann in die Tiefe zu sinken.

Hilflos stand Rhodan unter der kleinen Energieglocke, die nicht einmal Luft durchließ. Es war heiß und stickig.

Am Himmel wurde die IRONDUKE schnell größer. Wie ein Stein fiel sie in die Tiefe. Auf den Bildschirmen in der Zentrale mußte sich deutlich abzeichnen, was hier unten geschah. Aber würde Claudrin rechtzeitig eingreifen können?

Die Platte sank jetzt schneller. Cardif rührte sich nicht. Sein Gesicht hatte einen gespannten Ausdruck angenommen, der den versteckten Triumph nicht überschatten konnte. Er sagte etwas, aber keine Schallwelle drang bis zu Rhodans Ohren. Er war in die perfekteste Falle geraten, die man ihm jemals gestellt hatte.

Über dem Schacht schloß sich der Boden. Der Himmel und die herabstürzende IRONDUKE verschwanden. Claudrin würde sich hüten, den Gipfel zu bombardieren.

Licht flammte auf. Rhodan sah, daß sie immer noch in die Tiefe sanken. Von einer Plattform sprangen drei Antis zu Rhodan und Cardif herüber. Sie waren an ihren Umhängen leicht zu erkennen. Einer trug einen dichten Vollbart. Er sprach mit Cardif und deutete dabei mehrmals auf Rhodan. Cardif nickte.

Endlich, nach endlosen Minuten schnellen Absinkens, hielt die Platte mit einem harten Ruck an. In derselben Sekunde verschwand die Energieglocke. Rhodan war überrascht. Trotzdem dauerte es keine Sekunde, bis er den Nadler in der Hand hielt.

Ehe er ihn in die Höhe reißen und auf Cardif feuern konnte, traf ihn der konzentrierte Schockstrahl des Anti, der nur darauf gewartet zu haben schien. Rhodan spürte, wie eisige Kälte seine Glieder umschloß und bewegungsunfähig machte. Die Waffe entfiel seinen kraftlos gewordenen Händen. Langsam sank er zu Boden und verlor sofort das Bewußtsein.

Als er die Augen wieder aufschlug, fesselten ihn die Antis gerade. Rhodan wehrte sich verzweifelt, es gelang ihm aber lediglich, einen seiner Widersacher mit einem heftigen Tritt von sich zu schleudern. Cardif stand dabei und gab seine Anweisungen. In der Hand hielt er Rhodans Nadelstrahler, das Armbandgerät und den kleinen Peilsender. Als er sah, daß Rhodan wehrlos war, trat er einen Schritt näher.

„Du hast mir von Anfang an nicht getraut, Rhodan, das beweisen diese Dinge, die wir bei dir fanden."

„Mein Mißtrauen war gerechtfertigt", gab Rhodan zurück.

Er hatte Zeit genug gehabt, seiner Enttäuschung Herr zu werden, aber ein wenig schämte er sich doch noch seiner Schwäche. Er hätte auf seinen Verstand, aber nicht auf seine Gefühle hören sollen. Bully würde ihm einiges zu sagen haben, das alles andere als angenehm war.

„Du glaubtest doch wohl nicht im Ernst, ich würde mich geschlagen geben? Nein, in der Beziehung bin ich dein Sohn. Aber eben nur in dieser." Seine Stimme wurde laut und kompromißlos. „Du warst so freundlich, mir Zeit genug zum Nachdenken zu lassen. Ich habe die Zeit genützt. Du nicht. Das ist dein Fehler, nicht meiner."

„Man wird dich verfolgen, Thomas, und wenn man dich bis ans Ende von Raum und Zeit jagen müßte. Einmal werden sie dich erwischen. Und dann wirst du es mit Männern zu tun haben, die sich nicht von Gefühlen leiten lassen, sondern nur von ihrem Verstand."

„Spare deine Kräfte, du wirst sie noch nötig haben", war alles, was Thomas Cardif dazu zu sagen hatte. Er gab den Antis einige Befehle, dann wurde Rhodan in die Höhe gehoben und auf einen flachen Wagen gelegt. Cardif und seine Bundesgenossen setzten sich dazu, dann begann die Höllenfahrt in den Berg hinein.

Es ging abwärts. Der Tunnel war gerade groß genug, den Wagen durchzulassen. In regelmäßigen Abständen waren Lampen angebracht, die dürftiges Licht spendeten.

Rhodan rechnete sich aus, daß der Lift gut tausend Meter in die Tiefe gesunken war. Der Berg auf der Insel war aber höchstens siebenhundert Meter hoch. Der Tunnel mußte, wenn die Fahrt nicht bald wieder in die Höhe ging, im Meer, fünfhundert Meter unter der Wasseroberfläche, enden.

Er endete vorher.

Der Gang verbreiterte sich zu einer regelrechten Halle, deren größter Teil von einem Wasserbecken eingenommen wurde. Darin lag aufgetaucht das U-Boot der Antis, mit dem die Besatzung der zerstörten Festung entkommen war.

Der Wagen hielt an. Die beiden Antis nahmen Rhodan und trugen ihn zum U-Boot. Der Bärtige und Cardif folgten. Sie sprachen miteinander, aber Rhodan konnte kein Wort verstehen. Sie brachten ihn in eine kleine Kabine, überprüften seine Fesseln und ließen ihn dann allein.

Kurze Zeit darauf begannen die Maschinen im Innern des Bootes zu arbeiten, das Rauschen von Wasser ertönte. Wahrscheinlich durchfuhr man eine Schleuse, um ins offene Meer zu gelangen. Dann liefen die Maschinen regelmäßig, und das Schwanken hörte auf. Rhodan ahnte, daß sie sich tief unter der Oberfläche befanden und mit direktem Kurs auf die geheimnisvolle Unterwasserfestung zuliefen.

Wenn der Peilsender, den ihm Cardif abgenommen hatte, noch funktionierte, würde man auf der IRONDUKE den Kurs des U-Bootes genau verfolgen können. Aber was half das im Augenblick? Thomas Cardif besaß die wertvollste Geisel, die es für seine Sicherheit geben konnte.

Niemand würde das Boot oder die Festung angreifen, solange sich Perry Rhodan in Cardifs Gewalt befand.

Niemand wußte das besser als Rhodan selbst.

Mit Höchstgeschwindigkeit glitt das Boot in tausend Meter Tiefe dahin und wurde erst langsamer, als die Gipfel des unterseeischen Gebirges vor dem Bug auftauchten. Vorsichtig ließ es sich dann tiefer sinken, bis es genau vor dem Felsüberhang stand. Die Tore öffneten sich, und das Boot fuhr in den mit Wasser angefüllten Kanal. Er endete vor einer Schleuse, durch die es schließlich in den Hafen der eigentlichen Festung gelangte.

Vier Antis traten in die Kabine und hoben den gefesselten Rhodan vom Bett. Sie trugen ihn durch den engen Gang des Bootes hinauf in den Turm und dann an Land. Das Hafenbecken war hell beleuchtet, und man hätte nicht vermuten können, mehr als tausend Meter unter der Meeresoberfläche zu weilen.

Rhodan sah Cardif und den bärtigen Anti vorangehen und in einem

157

Korridor verschwinden. Er selbst wurde auf eine Bahre gelegt und hinterhergetragen.

Seine Lage wurde gefährlicher, als er es sich einzugestehen wagte. Zuerst hatte er nur damit gerechnet, als Geisel mißbraucht zu werden. Aber dann hätte Cardif schon längst seine Forderungen gestellt.

Was also, fragte er sich, hatten sie wirklich mit ihm vor?

Der Korridor endete vor einer breiten Tür. Sie öffnete sich selbsttätig, als die Träger nahe genug herangekommen waren. Rhodan konnte sich nur wenig bewegen, aber schon der Blick gegen die Decke ließ ihn das Schlimmste ahnen. Symmetrisch angebrachte Scheinwerfer erfüllten den Saal mit grellem und fast unerträglichem Licht. Dort wo die Decke mit den Wänden zusammentraf, liefen ganze Bündel von Kabeln entlang und verschwanden in den Verschalungen. Rhodan drehte den Kopf und erblickte die komplizierten Apparaturen eines gut eingerichteten Forschungslabors. Man trug ihn zu einem Gerät, in dem Rhodan eine Hypnoschockanlage zu erkennen glaubte.

Er wurde auf einen Tisch gelegt und darauf festgebunden.

Im Hintergrund sah Rhodan den bärtigen Anti, der immer mit Cardif zusammengewesen war. Er trug jetzt einen weißen Mantel, der von einem goldenen Gürtel zusammengehalten wurde. In der Hand hielt er einige Papiere. Cardif näherte sich von der anderen Seite. Er lächelte fast freundlich, als er zu dem Tisch trat, auf dem Rhodan hilflos und gefesselt lag.

„Genieße es noch einmal, Perry Rhodan, richtig und selbständig denken zu können, denn bald wirst du dazu nicht mehr in der Lage sein. Nein, wir werden dich nicht töten, dazu bist du zu wertvoll. Auch wäre dein Gehirn und sein Inhalt zu wertvoll, um für immer im Meer des Vergessens zu versinken. Viele Menschen wären froh, wenn sie wüßten, was du weißt. Etwa das Geheimnis von Wanderer, dem Planet des ewigen Lebens. Oder der Schlüssel zu Arkon und seiner Macht. Oh, es gäbe viel, das wir wissen möchten – und der Weg zu diesem Wissen ist so einfach."

Rhodan bewegte sich nicht. Er wagte kaum zu atmen. Er ahnte, was Cardif mit ihm vorhatte.

Er begann, sich schwerste Vorwürfe zu machen. Seine Sentimentalität hatte Arkon und Terra in größte Gefahr gebracht.

„Ich sehe deinem Gesicht an, daß du die Wahrheit erraten hast",
fuhr Cardif triumphierend fort. *Ich* werde zu Perry Rhodan, mit allem
seinem Wissen und Können. Injektionen werden meine Augen grau
erscheinen lassen. Das Haar ist schnell gefärbt. Unsere Individualschwingungen des Gehirns sind sich so ähnlich, daß man die meinen
mit einer einfachen Manipulation den deinen anpassen kann. Unsere
Zellkernstrahlung ist fast identisch. Kein Telepath wird feststellen
können, daß ich *nicht* Perry Rhodan bin. Du wirst aus dem Verkehr
gezogen, und ich übernehme deine Rolle. Du wirst in dem Augenblick, da ich auf der Bühne der Imperien erscheine, als verletzter
Thomas Cardif identifiziert werden. Man wird glauben, daß es mit dir,
dem vermeintlichen Cardif, zu Ende geht. Niemand kann und wird
den Austausch bemerken. Ich, Perry Rhodan, werde in wenigen
Stunden der Administrator des Solaren Imperiums sein." Er sah
Rhodan scharf in die Augen. „Nun, was sagst du zu meinem Plan?"

Rhodan gab sich keiner Täuschung hin. Seine Lage war hoffnungslos. Niemand wußte, wo er war, und wenn man es wußte, würde man
keinen Angriff wagen, obwohl es jetzt besser für das Imperium
gewesen wäre, wenn er starb. Cardifs Plan war fehlerlos und ohne
Risiko. Sogar die Telepathen würden nicht in der Lage sein, zwischen
dem echten und dem falschen Rhodan zu unterscheiden.

„Auch wenn ich Rhodan sein werde, bin ich immer noch Thomas
Cardif", fuhr Cardif fort. „Und ich werde es wissen. Aber kein
Telepath wird es bemerken. Eingekapselt in deinem Wissen und
Können wird meine eigene Persönlichkeit weiterleben und ihre Ziele
verfolgen. Und es sind nicht deine Ziele, Rhodan."

Immer noch schwieg Rhodan. Was hätte er sagen sollen? Jedes
Wort würde verschwendet sein. Thomas Cardif war verrückt – er
mußte verrückt sein. Aber er war auch genial.

Cardif gab dem Bärtigen einen Wink. „Du kannst beginnen,
Rhobal, sobald die Anschlüsse befestigt sind." Noch einmal beugte er
sich über Rhodan und sagte: „Lebe wohl, Perry Rhodan. Ich glaube
nicht, daß wir uns je wiedersehen. Du darfst die Augen schließen. Ich
bin human genug, dir den Anblick der Maschinen zu ersparen."

Rhodan schloß die Augen nicht, er gab aber auch keine Antwort.
Vergeblich versuchte er, seine Fesseln zu lösen. Von oben herab

159

senkte sich eine Art Glashaube über seinen Kopf. Metallbänder umschlossen seine Gelenke. Ein zweiter Tisch wurde herbeigefahren, auf den sich Cardif legte. Einige der Kabel, die durch eine Maschine liefen, verbanden ihn mit Rhodan.

Rhobal trat hinzu. „Alles bereit, Thomas Cardif."

„Dann los. Wir dürfen keine Zeit versäumen. Wenn die Pause zu lang wird, könnte man die Geduld verlieren."

Rhodan schwieg immer noch. Er wußte, wie sinnlos jedes Wort sein würde. Irgend etwas in ihm allerdings sträubte sich dagegen, aufzugeben, so hilflos er auch im Augenblick war. Durfte er überhaupt noch hoffen? Wer sollte ihm helfen? Die Mutanten waren hilflos. Sie wären es auch gewesen, wenn sie die Meeresfestung gefunden hätten.

Nein, es war vorbei.

Die Maschinen begannen zu summen. Zuerst verspürte Rhodan nichts als angenehme Wärme und ein wohltuendes Prickeln in den Gliedern, aber dann war ihm, als griffe jemand in sein Gehirn und hole Stück für Stück daraus hervor. Es begann zu schmerzen, und vor seinen Augen wurde es dunkel. Mühsam nur konnte er sich noch genügend konzentrieren, um die Vorgänge zu beobachten und zu registrieren, aber dann war auch das zuviel für ihn.

Die rasenden Schmerzen drohten seinen Kopf zu sprengen.

Dann versank er in einer bodenlosen, schwarzen Tiefe.

16.

Professor Wild hatte über den halben Globus ein UV-Hormotroskop nach Terrania schaffen lassen. Er hatte mehr als dreißig Gespräche rund um die Erde geführt, bis er einen Kollegen auftrieb, der ihm erklären konnte, wie ein Ultraviolett-Hormotroskop arbeitete.

Vor hundert Jahren war es schon vergessen gewesen. Es hatte der Medizin, vor allen Dingen den Wissenschaftlern, keine Hilfe geleistet. Professor Wild versprach sich von dem Apparat auch nichts, den er in alten, vergilbten medizinischen Fachzeitschriften einmal erwähnt gefunden hatte, aber er wollte sich auch später nicht den Vorwurf machen, zu wenig verantwortungsbewußt gehandelt zu haben, und – er gehörte auch zu den Liquitiv-Trinkern.

Drei Stunden nach dem ersten Versuch fand er zum achtzehntenmal dasselbe Ergebnis. Der Wirkstoff aus der zweiten Drüse, chemisch identisch mit dem Sekret der ersten, ließ 0,57 Prozent weniger ultraviolettes Licht durch als der andere.

Achtzehnmal hatte das Resultat *minus 0,57 Prozent* gelautet, verglichen mit den Meßwerten des ersten Extraktes.

Da gab es in Terrania Alarm für die Fermentspezialisten. Fermente, Stoffe biologischer Herkunft, deren Anwesenheit den Ablauf chemischer Vorgänge bedingt; sie waren bei den meisten Lebewesen sowohl im Speichel zu finden als auch im Magen und Darm, in Galle und Bauchspeicheldrüse. Weit mehr als tausend waren bekannt.

In Terrania gab es nur sieben Fermentspezialisten. Sie sollten in Stunden weit über tausend im Menschen vorhandene Fermente mit dem Wirkstoff aus der zweiten Drüse der Schlammbohrer in Kontakt bringen. Fermente und Katalysatoren; sie wirken durch ihre Anwesenheit, verändern sich selbst nicht, wohl aber den Stoff, der ihnen begegnet.

Professor Wild wurde zum Kettenraucher, während die Untersuchungen liefen. Der medizinische Komplex in Terrania fieberte. Mehr als ein Drittel der Ärzte tranken Liquitiv.

Und dann kam die Meldung.

Vom *Lyl*-Ferment war die Rede. Vor knapp zwanzig Jahren war es erst entdeckt worden. Alle Wesen, die einen Stoffwechsel besaßen, schienen es zu produzieren. Kam der Extrakt aus der zweiten Drüse im menschlichen Magen mit einem Lyl-Ferment in Kontakt, dann veränderte der Katalysator den Extrakt in ein Nervengift, dessen Wirkung so teuflisch war, daß es unheilbare Rauschgiftsucht hervorrief, und ebenso unheilbare Zerstörungen der Nerven verursachte.

Professor Wild wußte nun, wie die Antis das Mittel durch die Kontrollen gebracht hatten. Die terranischen Chemiker hatten vor zwei Jahren ein Liquitiv überprüft, das nur den Wirkstoff der ersten Rüsseldrüse enthielt. Später erst wurde das Sekret aus der zweiten

Drüse beigemischt, ohne daß sich an dem Liquitiv etwas Erkennbares änderte.

„Großer Gott", stöhnte Wild, „welch teuflische Tarnung."

17.

Nach Rhodans spurlosem Verschwinden hatte Bully das Kommando über die IRONDUKE und die gesamte Kriegsflotte übernommen.

Die IRONDUKE folgte der Rotation des Planeten und stand unbeweglich in sehr großer Höhe über der Insel.

Bully lag ruhelos in seiner Kabine und konnte nicht schlafen. An erster Stelle stand die Sorge um seinen Freund. Er mußte sich eingestehen, ihn noch niemals zuvor in einer so aussichtslosen Lage gewußt zu haben. Was immer Cardif oder die Antis jetzt von ihm verlangten, er würde ihre Forderungen erfüllen müssen, um Rhodans Leben zu retten.

Wenn sie sich doch endlich melden würden.

Aber die Nacht verging mit endlosem Warten, bis endlich der Morgen graute.

Bully duschte sich kalt, zog sich an, verzichtete auf das Frühstück und eilte in die Kommandozentrale, wo er Claudrin bereits antraf.

„Nichts?"

Der Epsaler schüttelte den Kopf. „Nichts."

In Bullys Gesicht trat ein gehetzter Ausdruck. Er überschaute die Kontrollen, als könnten sie ihm eine Antwort auf seine unausgesprochenen Fragen geben. Alle Geräte standen auf Empfang. Die Peiler liefen unaufhörlich. Die Routinemeldungen der wartenden Flotte und U-Boote trafen ein und wurden beantwortet.

Die Ungewißheit begann unerträglich zu werden.

„Wenn ich nur wüßte, was wir tun sollen..."

Claudrin warf Bully einen kurzen Blick zu.

„Sie können sich nicht ewig verstecken", deutete er an, ohne daß seine Stimme Zuversicht verriet. „Einmal müssen sie aus ihrem Versteck kommen, und dann..."

„Was – dann? Wenn Rhodan in ihrer Gewalt ist, müssen wir unter Umständen einem freien Abzug zustimmen. Ich weiß nicht..."

„Sir!"

Das war die Stimme des Cheffunkers. Sie klang aufgeregt.

Bully war mit einem Satz bei ihm. „Was gibt's?"

„Funkzeichen, Sir. Von hier." Er deutete auf die Karte, die vor ihm auf dem Tisch lag. „Die Peilergebnisse liegen noch nicht vor. Ich habe nur die Richtung."

Der Finger des Funkers lag auf einem Punkt, der etwa zweitausend Kilometer von der Insel entfernt war.

„Was für Funkzeichen?" drängt Bully unruhig. „Vielleicht stammen sie von einem unserer Boote..."

„Es war Rhodan, Sir."

Bully schnappte nach Luft. „Was?"

„Morse, Sir. Morsezeichen. Sie brachen plötzlich wieder ab, als sei eine Störung eingetreten. Hören Sie inzwischen die Aufnahme, während ich die Peilergebnisse der U-Boote auswerte."

Die Aufnahme bestand aus einfachen Morsezeichen. Mühelos ließen sie sich entziffern. Der Text war in englischer Sprache abgefaßt.

„...bin in Festung. Lage genau zweitausend Kilometer westlich dieses Senders in Gebirgszug, tausend Meter unter Null. Sender ferngesteuert, Zerstörung sinnlos. Habe mich befreit, kann aber Festung nicht verlassen. Versucht Befreiung, aber..."

Die Funkzeichen brachen ab.

Bully und Claudrin sahen sich an.

„Soll das eine Falle sein?" fragte Bully.

Claudrin schüttelte den Kopf. „Wer von den Antis spricht Englisch und kennt Morsezeichen? Gut, Cardif vielleicht, aber welchen Sinn hätte es, wenn er uns die Lage der gut getarnten Festung verriete? Nein, das war Rhodan."

Bully wandte sich an den Funker. „Wo steht der Sender?"

„Es ist derselbe wie beim ersten Kontakt mit den Antis, Sir. Hier, vier Kilometer unter der Oberfläche des Meeres." Er deutete auf den bereits eingezeichneten Punkt.

163

Zweitausend Kilometer westlich war nichts als Meer. Hier also lag ein unterseeisches Gebirge, und die Festung. Tausend Meter unter dem Wasser.

„Sie kümmern sich darum, daß zweihundert Einheiten aus der Blockade abgezogen und um das Seegebirge gelegt werden", befahl Bully dem Epsaler. „Wir schließen es ein. Ich werde den U-Booten entsprechende Anweisungen und Ortsbestimmungen zugehen lassen. Wir haben keine Sekunde zu verlieren."

Es ging alles blitzschnell. Keine halbe Stunde nach dem Auffangen des Funkspruches hatten zweihundert Raumschiffe die Festung eingeschlossen. Niemand konnte unbemerkt entkommen.

Die Antis saßen in der Falle.

Was aber war mit Rhodan?

Drei Stunden schlichen dahin.

Es erfolgte kein neuer Anruf, und die Ungewißheit blieb, ob Rhodan die Flucht gelungen war oder ob man ihn wieder gefangen hatte.

Das Warten wurde unerträglich.

Die IRONDUKE stand genau über dem Unterwassergebirge in nur zwei Kilometer Höhe. Auf der Karte waren die Umrisse des Massivs bereits eingezeichnet worden.

Gerade sank Bully müde in einen Sessel, als etwas völlig Unerwartetes geschah. Ein starker Sender schlug durch und forderte die IRONDUKE auf, auf Bildempfang zu gehen. Der Funker reagierte sofort.

Direkt vor Bully leuchtete der Bildschirm auf – und Rhodans Gesicht erschien darauf.

Aber was war das für ein Gesicht.

Die Haare waren von Schweiß und Blut verklebt, eine frische Narbe zierte die Stirn auf der rechten Seite, und das Blut rann die Wangen herab, um im Kragen der Uniformjacke zu verschwinden. Tiefe Falten zerfurchten das Gesicht und zeugten von durchgestandener Qual. In den grauen Augen aber blitzte es triumphierend, als er sagte: „Bully – bist du es? Schalte auf Bildfunk."

Der Funker tat es. Rhodan schien aufzuatmen.

„Wie gut ist es, dein Gesicht wiederzusehen, treuer Freund. Sie hätten mich bald für immer erledigt."

164

„Wo bist du, Perry? In der Festung?"

Rhodan lächelte etwas verzerrt. „Ja, ich bin in der Festung, aber ich bin nicht frei." Er zuckte mit den Schultern und trat einen Schritt zur Seite, um einem bärtigen Mann Platz zu machen, der nun ins Blickfeld kam. „Das ist Rhobal, ein Hoherpriester der Baalol. Ich bin in seiner und Cardifs Gewalt. Bei meinem Fluchtversuch wurde Cardif schwer verletzt. Es ist noch nicht sicher, ob er durchkommt. Ich kam mit einigen unbedeutenden Wunden davon, wie du siehst."

Bully starrte in das Gesicht Rhobals, der neben Rhodan stand, in der Hand einen schweren Impulsstrahler.

„Warum läßt man dich Verbindung mit uns aufnehmen?"

„Ich habe dir im Namen des Baalol einen Vorschlag zu machen", sagte Rhodan mit belegter Stimme. „Es bleibt dir keine andere Wahl, als ihn anzunehmen, wenn du mein Leben nicht gefährden willst. Cardif bedarf der Pflege der Aras, um eine Chance zu erhalten. Sie sind bereit, mich gegen Cardif auszutauschen. Wenn wir sie ziehen lassen, bin ich frei."

Bully blieb mißtrauisch. „Man zwingt dich, uns dieses Angebot zu machen. Es hat keinen Wert."

Rhodan lächelte ungewöhnlich kalt. „Glaubst du, man könne mich zu etwas zwingen, das für Terra Schaden bringen könnte? Lieber würde ich sterben. Nein, du kannst ganz beruhigt sein, Bully. Diesmal bin ich der gleichen Meinung wie die Antis. Sie werden mir das Gegenmittel übergeben. Es gibt keine andere Alternative für uns. Besorge ein Schiff und lasse es landen. Dann werden die Antis mit dem verwundeten Cardif die Festung verlassen. Solange ihr sie nicht daran hindert, zu dem Schiff zu gelangen und damit zu starten, ist mein Leben außer Gefahr. Ich werde in der Festung zurückbleiben und mit Bildfunk Verbindung zu euch halten."

In Bullys Augen blitzte es auf, aber Rhodan schüttelte den Kopf. „Keine voreiligen Schlüsse, mein Freund. Natürlich haben die Antis Maßnahmen getroffen, damit ihr nicht zur selben Zeit angreifen und mich befreien könnt. Ich werde in den Funkraum eingeschlossen – mit einer Bombe. Sie kann jederzeit ferngezündet werden. Rhobal selbst wird den Impulssender mitnehmen. Erst dann, wenn Cardif und die Antis in Sicherheit sind, dürft ihr hier eindringen."

165

Bully war erstaunlich hartnäckig. „Und wer garantiert mir, daß die Antis dich nicht in die Luft jagen, sobald sie vor der Transition stehen?" Er schüttelte den Kopf. „Die Abmachung gefällt mir nicht. Wir benötigen auch eine Sicherheit."

Rhobal schob Rhodan beiseite. Er sagte: „Ihnen bleibt keine andere Wahl, Terraner. Wir verlangen außerdem, daß uns ein Springerschiff geschickt wird – damit ihr es nicht präparieren könnt. Aber ich will Ihnen entgegenkommen. Ich erlaube, daß zwei Schiffe uns begleiten. Wir werden am Rand des Sonnensystems in Transition gehen. Ihr dürft uns daran hindern, wenn wir nicht vorher den Impulssender ausschleusen, so daß er von euch aufgenommen werden kann. Außerdem werden bis dahin Ihre Raumfahrer und Mutanten in die Festung eingedrungen sein und Rhodan befreit haben. Sie können mir glauben, daß wir uns an die Abmachungen halten."

Rhodan nickte zustimmend. „Mir wird nichts geschehen." Er blinzelte Bully so zu, daß der Anti es nicht sehen konnte. „Ich bin froh, wenn ich wieder in der IRONDUKE stehe."

Bully sah Claudrin an. „Schicken Sie einige Kreuzer aus, die ein Schiff der Springer herbeiholen. Es soll auf der Insel landen und die Antis an Bord nehmen."

Er wandte sich wieder Rhodan zu. „Es ist gut, Perry, in einigen Stunden ist es soweit. Aber gnade Gott den Antis, wenn sie uns eine Falle stellen wollen."

Rhodan lächelte und wischte sich das Blut aus dem Gesicht. „Du kannst mir glauben, Bully, daß es diesmal keine Falle ist."

Rhobal stieß ihm den Lauf der Waffe in die Seite und schob ihn von der Kamera fort. Er sagte zu Bully: „Wir werden Rhodan jetzt einsperren und die Bombe scharfmachen. Ihr könnt dann ständig mit ihm Verbindung halten. Gebt inzwischen die Ausfahrt frei. Wir werden mit dem Boot auslaufen und die Insel ansteuern. Ich habe meinen Daumen auf dem Feuerknopf des Impulssenders. Eine falsche Bewegung – und Perry Rhodan ist gewesen. Ist das klar?"

Während Claudrin ein Springerschiff herbeiholen ließ, konnte Bully auf dem Bildschirm beobachten, wie eine kleine Bombe in Form

166

eines Kästchens in einem Fach eingeschlossen wurde. Rhobal nahm den Schlüssel mit. Dann winkte er Bully noch einmal zu und verließ den Raum.

Auf den Bildschirmen der IRONDUKE zeichneten die Ortungsgeräte laufend Umrisse und Kurs des U-Boots der Antis ein. Bully saß so, daß er sie und Rhodan gleichzeitig im Auge behalten konnte.

Das Springerschiff, das man herbeigerufen hatte, landete schließlich, durch Funksprüche geleitet, an den Ufern eines Stromes, der nicht weit von dem Gipfelplateau der Insel im Ozean mündete. Das U-Boot der Antis war ein Stück stromaufwärts gefahren und hatte an einer günstigen Stelle angelegt. Während das Schiff landete, nahm Rhobal noch einmal Bildverbindung mit der IRONDUKE auf.

„Sie haben sich an unsere Abmachungen gehalten", lobte er spöttisch. „Wir werden nun an Bord gehen und starten. Sie können die Festung betreten."

Bully starrte auf den Bildschirm. Er konnte im Hintergrund das aufgetauchte Boot deutlich sehen. Die Antis schritten über das felsige Ufer dem Schiff entgegen. Sie schleppten Gegenstände mit sich, in denen Bully nur wichtige Geräte oder persönliches Eigentum der Priester vermuten konnte. Zwei Antis trugen eine Bahre.

„Was ist das?" fragte Bully.

Rhobal drehte sich um. Als er Bully wieder ansah, war sein Gesicht zornig.

„Das ist Thomas Cardif, Rhodans Sohn. Wir hätten es niemals für möglich gehalten, daß ein Vater seinen eigenen Sohn derart zurichten könnte. Sehen Sie selbst . . ."

Bully konnte nur einen flüchtigen Blick auf Cardifs Gesicht werfen, denn sie trugen ihn viel zu schnell vorbei. Aber deutlich erkannte er den Verräter. Die Augen des Verwundeten waren fest geschlossen. Wahrscheinlich hatte man ihm ein Schlafmittel gegeben, um ihm die Schmerzen des Transports zu ersparen.

Wieder einmal entging Cardif der verdienten Strafe. Aber Rhodans Leben und Gesundheit waren wichtiger. Cardif würde seinem Schicksal nicht entgehen, wenn er auch diesmal mit dem Leben davonkam.

167

Rhobal trat wieder vor die Kamera. „Sorgen Sie dafür, daß jemand den Impulssender übernimmt, bevor wir in Transition gehen. Der grüne Knopf muß eingedrückt werden, dann ist die Bombe entschärft." Er sah Bully mit eiskalten Augen an, in denen die Genugtuung flimmerte. „Leben Sie wohl, Terraner. Es kann gut möglich sein, daß wir uns wiedersehen. Ich werde dann an Ihre Großmut denken."

Ohne eine Antwort abzuwarten, schaltete er das Gerät aus. Bully aber konnte ihn immer noch sehen, denn längst waren die Fernkameras der IRONDUKE auf die Insel gerichtet. Rhobal ließ den transportablen Sender einfach stehen und bestieg als letzter Anti das Schiff der Springer.

Sekunden später startete es und stieg mit heulendem Antrieb in die Stratosphäre hinauf, den wartenden Kreuzern der terranischen Flotte entgegen.

Gleich darauf meldete Gucky, daß der mentale Abwehrblock um die Festung erloschen war. Der Mausbiber ortete Rhodans Gedanken und teleportierte sofort in den Raum, aus dem die Impulse kamen.

Gucky brachte den Mann, den alle an Bord für Rhodan hielten, in eine Medo-Station der IRONDUKE. Rhodan schlief vor Erschöpfung ein.

Inzwischen hatte das Springerschiff Transitionsgeschwindigkeit erreicht.

Wie vereinbart, wurde der Impulssender aus der Schleuse gestoßen. Der metallene Kasten war leicht aufzufischen. Ein Offizier drückte den grünen Knopf ein. Die Bombe war entschärft.

Ungehindert ging das Schiff der Springer in Transition, an Bord die zweihundertfünfzig Baalol-Priester und der angebliche Thomas Cardif. Mit unbekanntem Ziel tauchte das Schiff in den Hyperraum. Mit ihren mentalen Kräften verhinderten die Antis eine Beobachtung des Sprunges.

Erst als Bully die Nachricht erhielt, atmete er auf.

Sekunden später erschütterte eine gewaltige Explosion das Meer auf Okul. Ein Wasserberg hob sich in die Höhe, Felsbrocken wurden weit in die Atmosphäre geschleudert und eine Feuerfontäne schoß dicht an der IRONDUKE vorbei. Die Festung der Antis war gesprengt worden. Der Impulssender war nur eine Attrappe gewesen.

Es wurde Bully niemals klar, ob die Detonation zu spät erfolgte oder ob beabsichtigt war, daß man Rhodan vorher in Sicherheit brachte. Natürlich konnte er nicht ahnen, daß der falsche Rhodan den Zeitzünder erst dann eingeschaltet hatte, als man ihn fand.

Zum Glück wurde weder ein Schiff noch ein U-Boot beschädigt.

Bully befahl, die U-Boote einzusammeln und an Bord zu nehmen.

Für ihn war das Unternehmen Okul erledigt.

18.

Cardif-Rhodan erwachte. In der Nähe hörte er Menschen, die sich leise unterhielten. Er hielt die Augen geschlossen und entspannte sich. Willig ließ er es geschehen, daß sie Herztöne und Gehirnschwingungen maßen, eine Blutprobe entnahmen und jedes einzelne Organ auf seine Funktion hin untersuchten. Das größte Interesse jedoch erweckte bei den Spezialisten sein Geisteszustand.

Sie unterhielten sich leise, aber Cardif konnte jedes Wort verstehen. Sie hatten Verdacht geschöpft, soviel stand fest. Ein ungeheurer Schreck durchzuckte Cardif. Sollte sein Plan in letzter Sekunde scheitern? Und das nur, weil diese Pedanten zu sorgfältig ans Werk gingen?

Er blieb ruhig und lauschte dem Gespräch.

„. . .ohne Zweifel Folge einer seelischen Belastung", dozierte jemand, den er nicht kannte. „Man muß ihn mit Hypnoseverstärkern verhört haben. Das kann nicht ohne schädigenden Einfluß auf das Gehirn geblieben sein."

„Wollen Sie damit sagen", warf eine andere Stimme ein, „daß Rhodan geistesgestört ist?"

„Nein, das natürlich nicht. Nur ein schwerer Schock. Wir haben hier an Bord weder die Instrumente noch die Fachärzte, um einen Heilungsprozeß einzuleiten. Wir müssen veranlassen, daß Rhodan sofort in eine Spezialklinik gebracht wird."

„Schock? Durch Hypnoseverhör?"

„Genau. Sie haben ihn offenbar nach seinem Gespräch mit Bully noch einem Hypnoseverhör unterzogen."

Jemand betrat den Raum. Cardif blinzelte vorsichtig durch die Augenlider und erkannte Bully. Er begegnete direkt dessen Blick und wußte, daß es zu spät war, weiter den Bewußtlosen zu spielen. Also stöhnte er leise auf, als wäre er gerade dabei, aus einem tiefen Schlaf zu erwachen.

„Er kommt zu Bewußtsein!" rief einer der Ärzte.

Bully trat näher. „Perry, hörst du mich? Erkennst du mich? Nicke mit dem Kopf, wenn du kannst . . ."

Cardif nickte, und es sah ganz so aus, als benötige er dazu alle noch in seinem Körper vorhandenen Kräfte.

„Er hat mich erkannt", triumphierte Bully glücklich. „Mein Gott, er hat mich erkannt. Dann hat er also nicht sein Gedächtnis verloren." Er beugte sich dicht über Cardifs Gesicht und studierte es. Das waren die entscheidenden Sekunden. Wenn überhaupt eine Entdeckung möglich war, dann mußte sie jetzt erfolgen. Niemand kannte Rhodan besser als Bully, sein ältester Freund. Bully kannte jede Falte des vertrauten Gesichts. „Fühlst du irgendwelche Schmerzen, Perry? Sage doch etwas."

Cardif lächelte mühselig, und es sah so aus, als wolle er jeden Moment das Zeitliche segnen. Er spielte seine Rolle vorzüglich.

„Danke, Bully."

„Na endlich", freute sich der Dicke. „Endlich spricht er. Wer hat dir denn das Ding auf der Stirn verpaßt? War das Cardif, dieser Halunke? Ja? Na, der ist uns entkommen, aber verlaß dich darauf, einmal erwischen wir ihn. Und dann soll er büßen."

„Ja." Rhodan-Cardif nickte schwach.

Die Ärzte drängten Bully beiseite.

„Der Patient benötigt Ruhe", erklärte einer von ihnen. „Es ist nicht gut, wenn Sie ihn zu sehr anstrengen, Sir."

„Gut, wenn Sie meinen, daß es besser ist." Er wandte sich wieder Cardif zu. „Bis später. Das Beste, was du tun kannst, ist schlafen."

„Noch nicht, Dicker. In meiner rechten Uniformtasche befindet sich die Formel für das Gegenmittel."

Bully starrte ihn entgeistert an. „Das hatte ich vor Aufregung fast vergessen."

„Veranlasse sofort alles Notwendige!" befahl Rhodan-Cardif.

Bully nahm die Unterlagen an sich, verabschiedete sich überschwenglich und verließ die Medo-Station.

Cardif atmete erleichtert auf. Er wußte, daß Bully die größte Bewährungsprobe bedeutet hatte. Und Bully hatte ihn für Rhodan gehalten, ohne auch nur eine Sekunde zu zögern.

Bis die IRONDUKE auf der Erde landete, war er vor jeder Entdeckung sicher. Während des Fluges würde nicht viel geschehen. Sie würden ihn in einen gesunden Schlaf versenken, vielleicht die Arbeit seines Gehirns überwachen und die Tätigkeit seiner Organe kontrollieren. Aber richtig behandelt würde er erst in Terrania werden.

Die Insel versank im Ozean des Planeten Okul, und Okul versank schließlich im Meer der Sterne.

Thomas Cardif aber schloß die Augen, und über seine Züge breitete sich ein Lächeln aus.

„Es geht ihm besser", sagte einer der Mediziner und atmete erleichtert auf. „Er wird es schaffen."

Ja, dachte Cardif bei sich. Er wird es schaffen.

19.

Siebenundzwanzig Tage nach den Ereignissen auf Okul war das Gegenmittel, das von Professor Wild „Allitiv" genannt wurde, bereits lieferbar. Inzwischen waren die Süchtigen aus den großen Lagerbeständen, die man überall entdeckt hatte, weiter mit Liquitiv versorgt worden. Auf diese Weise verhinderte man, daß es zu Unruhen und Aufständen kam. Die schnellsten und größten Schiffe der verbündeten Imperien brachten die rettenden Kapseln mit Allitiv zu allen Welten, auf denen sich Süchtige aufhielten.

Man war noch einmal davongekommen und feierte den Mann, der mit einem Schock von Okul zurückgekommen war, als Retter von Milliarden intelligenter Wesen: den vermeintlichen Perry Rhodan.

Innerhalb von zwei Monaten hatte sich der Erste Administrator jedoch soweit erholt, daß er sich der Öffentlichkeit stellen und eine große Rede halten konnte. Er wies darauf hin, daß Arkon und Terra von dem Schlag der Antis völlig unvorbereitet getroffen worden waren. Außerdem ließ er keinen Zweifel daran, daß er mit weiteren Maßnahmen der Priester rechnete.

Rhodan verlangte, daß man den heimtückischen Plänen der Antis zuvorkommen mußte. Die gerade vor den Folgen des Liquitivs gerettete Menschheit nahm seine Rede mit großer Begeisterung auf. Zum Erstaunen seiner Freunde nutzte Perry Rhodan die Gelegenheit, um sich vom terranischen Parlament mit jenen Vollmachten ausstatten zu lassen, die eigentlich nur für den Fall eines Notstands in Kraft treten sollten. Aber alle sagten sich, daß Rhodan seine Macht nicht mißbrauchen würde; er hatte es auch damals während der Druuf-Invasion nicht getan.

Damit war Rhodan alleiniger Oberbefehlshaber der Solaren Flotte und brauchte bei ihren Einsätzen das terranische Parlament nicht zu konsultieren.

Der Notstand, von dem im Grunde genommen in diesen Tagen keine Rede sein konnte, sollte zunächst für ein halbes Jahr gelten. Danach wollte das Parlament zusammentreten, um darüber zu entscheiden, ob man die Frist verlängern würde.

Die Verwunderung von Rhodans Freunden wuchs, als sie erleben mußten, daß der Erste Administrator oft die Beherrschung verlor und wilde Drohungen gegen vermeintliche Feinde ausstieß. Sie schrieben sein Verhalten jedoch den Folgen des Hypnoverhörs zu, das er bei den Antis erlitten hatte. Sie nahmen Rücksicht auf seinen Zustand. Dabei mußten sie immer wieder erleben, daß er sie vor den Kopf stieß und sich allmählich von ihnen zurückzog.

Einmal sprach er davon, daß sein Verhalten mit dem Verlust seines Sohnes zu tun hätte.

Manchmal lächelte Perry Rhodan auch wieder, aber es war kein gutes Lächeln, wie alle, die ihn kannten, beunruhigt feststellten.

Nachdenklich legte Reginald Bull den Bericht zur Seite und schüttelte den Kopf.

Der Bericht trug Perry Rhodans Unterschrift.

Es war einer von vielen, die Bully heute gelesen hatte; alle Unterlagen waren aus Rhodans Arbeitszimmer auf seinem Schreibtisch gelandet. Einige trugen seinen handschriftlichen Vermerk: *genehmigt*. Dieser Bericht, der ihm Kopfschmerzen machte, auch.

Untersuchungen über den Antrag der Galaktischen Händler, innerhalb des Hoheitsgebiets des Solaren Imperiums weitere dreihundert Handelsniederlassungen zu errichten.

Die Experten, die den Bericht verfaßt hatten, waren einstimmig zu der Ansicht gekommen, daß der Antrag der Springer abgelehnt werden sollte.

Rhodan aber hatte handschriftlich darunter vermerkt: *Die Handelsniederlassungen sind zu genehmigen, gez. Rhodan.*

Bully atmete schwer. Perry, was ist nur mit dir los, seitdem wir vom Planeten Okul zurück sind?

Plötzlich ging mit Bully das Temperament durch. Er fluchte vor sich hin und machte damit seiner Erregung Luft.

Dann schaltete er den Interkom ein.

Allan D. Mercants Gesicht erschien auf dem Bildschirm. Der Chef der Solaren Abwehr sah Reginald Bulls ergrimmtes Gesicht. Das war Kommentar genug. Mercant wartete ab, was Bully ihm zu sagen hatte. Erfreuliches bestimmt nicht.

„Mercant", polterte Bully verärgert los, „ich habe von Rhodan das Gutachterresultat bekommen. Sie wissen ja Bescheid: Antrag der Springer, sich bei uns noch weiter auszudehnen. Rhodan hat auf diesem Antrag handschriftlich vermerkt: ‚Handelsniederlassungen sind zu genehmigen!' Na, was sagen Sie dazu?"

Ruhig erwiderte Mercant: „Wenn es in dieser Art weitergeht, sehe ich mich leider gezwungen, den Mannschaftsbestand der Solaren Abwehr zu verzehnfachen."

„Sagen Sie es ihm, Mercant!" rief Bully.

Mercant winkte ab. „Der Chef ist ein Mann einsamer Entscheidungen geworden, Bull."

„Wohin soll das aber noch führen, Mercant? Je mehr Zeit vergeht, um so fremder wird Perry mir. Er hat nicht einmal mehr eine Spur von Humor. Alle gehen ihm aus dem Weg, sogar Gucky."

„Vielleicht ist gerade das ein Fehler. Vielleicht lassen wir den Chef zu offensichtlich merken, daß er uns fremd geworden ist. Vielleicht drängt ihn gerade unser Verhalten noch mehr in seine Isolation."

Bully unterbrach den Solarmarschall. „Zum Teufel, Mercant, einer muß ihm doch etwas sagen können, wenn er Fehlentscheidungen trifft. Allem Anschein nach eigne ich mich am schlechtesten dazu. Mercant, Sie sind doch viel mehr Diplomat als ich. Bitte, kommen Sie hier vorbei, nehmen Sie sich das Gutachterurteil und gehen Sie damit zu Rhodan. Ich hoffe, daß er auf Sie hört und diese Invasion der Springer nicht Tatsache werden läßt."

Er sah Mercants Zögern; er drängte nicht. Allan D. Mercant war nicht der Mann, der sich beeinflussen ließ.

„Gut", sagte Mercant schließlich, „ich will es versuchen. Erwarten Sie mich in zehn Minuten, Bull."

„In Ordnung." Es klang wie ein Stoßseufzer, danach schaltete Bully ab. Die Sorge um Perry Rhodan blieb.

Wenn er allein war – und von Woche zu Woche kapselte er sich mehr ab – dann überkam Rhodan-Cardif wie ein Gespenst die Erkenntnis, nur eine Marionette der Antis zu sein. Sie hielten ihn in der Hand. Wenn er, Cardif, nicht nach ihrer Pfeife tanzte, würden sie ihm die Daumenschrauben anlegen.

Inzwischen war er von seinem ursprünglichen Plan, den angeblichen Cardif in Frieden zu lassen, wieder abgekommen. Er mußte seinen Vater aufspüren, dann bekam er vielleicht eine Chance, der Abhängigkeit der Baalol zu entkommen.

Je länger er Rhodans Rolle spielte, um so mehr wurde er vom Machtrausch erfaßt, und der urprüngliche Haß auf den Vater trat durch dieses neue Machtgefühl immer mehr in den Hintergrund.

Doch auch diese Gefahr hatte er erkannt. Wie ein Süchtiger kämpfte er gegen den Machtrausch an. Er durfte sich nicht davon beherrschen lassen.

Er hörte das Klopfen.

„Ja!" rief er erschreckt. Aus tiefstem Grübeln war er in die Wirklichkeit zurückgerufen worden. Als er zur Tür blickte, hatte er sich schon gefaßt. „Mercant, Sie?" fragte er, als er Allan D. Mercant eintreten sah. „Ich kann mich nicht erinnern, eine Besprechung auf dem Terminkalender vermerkt zu haben."

Früher hatte Perry Rhodan nie so scharf gesprochen. Seit der Rückkehr von Okul herrschte fast nur noch dieser Ton.

Der Solarmarschall ließ sich nicht abschrecken. Wie üblich, nahm er links von Rhodans Schreibtisch Platz.

„Sir", begann er und legte den Expertenbericht vor sich hin. „Ich habe bei Bully dieses Gutachten vorgefunden. Darf ich Sie darauf aufmerksam machen, daß der Personalbestand der Solaren Abwehr um ein Vielfaches erhöht werden muß, wenn zusätzlich zu den schon vorhandenen Niederlassungen der Galaktischen Händler noch einmal dreihundert im Kolonisationsgebiet des Imperiums eröffnet werden?"

Cardif-Rhodans graue Augen ruhten unverwandt auf Mercant. Seine scharf geschnittenen Züge verrieten nichts über seine Gedankengänge.

Thomas Cardif dachte in diesem Augenblick an die Antis und verfluchte sie. Auf ihr Drängen hin hatte er den Antrag der Galaktischen Händler genehmigt.

Er war das Opfer ihres ersten Erpressungsversuchs. Vor vier Tagen hatten sie ihm über eine Händlerabordnung unmißverständlich zu verstehen gegeben, daß sie die Konsequenzen aus seinem Verhalten ziehen mußten, wenn der Antrag auf Handelsniederlassungen abschlägig beschieden würde.

Und nun saß Mercant vor ihm und versuchte ihn dazu zu überreden, daß er seine Genehmigung zurücknahm.

„Sonst noch etwas, Mercant?" fragte er kalt.

Der Solarmarschall zeigte Erstaunen.

„Sir", stammelte er – und bei Mercant bedeutete eine Verwirrung viel –, „es ist von lebenswichtiger Bedeutung, ob wir die Vielzahl der Niederlassungen um dreihundert erweitern oder nicht. Wir sind einfach nicht in der Lage, die Springerkontore so zu überwachen, wie es unsere Sicherheit erfordert. Wir öffnen unsere Tore für ‚Trojanische Pferde‘."

175

„Das lassen Sie meine Sorge sein, Mercant. Ich habe den Antrag genehmigt. Genügt das nicht?"

Innerlich fieberte Thomas Cardif. Er konnte den Chef der Solaren Abwehr verstehen. Er erkannte auch, was hinter diesem Antrag der Springer steckte: schleichende Übernahme des Solaren Imperiums durch die Galaktischen Händler, hinter denen jedoch die Priester des Baalol standen.

Mercants Gesicht wurde zur Maske. Seine Lippen preßten sich hart zusammen. Sein Atem ging stoßweise. Langsam, fast widerwillig legte er das Expertengutachten wieder zusammen und steckte es in die Mappe.

Wortlos nickte er Rhodan zu. Wortlos erhob er sich und ging.

Cardifs Blick folgte ihm bis zur Tür. Als sie hinter Mercant zufiel, tat Thomas Cardif einen tiefen Atemzug. In ohnmächtiger Wut ballte er die Hände. „Ihr Antis!" knirschte er und fuhr zusammen, als neben ihm der Bildschirm des Visiophons aufflackerte.

Reginald Bull rief ihn an. Er konnte noch nicht wissen, daß Mercants Besuch erfolglos geblieben war.

„Perry", sagte er, „die Anmeldung teilt mir soeben mit, daß du bereit bist, einen Arkoniden namens Banavol zu empfangen. Darf ich einmal wissen, was dieser Mann von uns will?"

Immer wieder ärgerte sich Cardif darüber, daß Reginald Bull sich mit seiner Neugier in die privatesten Dinge einmischte. Mehrfach hatte er versucht, dem einen Riegel vorzuschieben, aber jeder Versuch war an Bullys Dickfelligkeit gescheitert.

„Banavols Besuch hat mit Cardif zu tun, Dicker. Zufrieden?"

„Ja", log Bull und schaltete ab. Er lehnte sich zurück, um nachzudenken. Da betrat Mercant sein Zimmer.

Bully konnte auf jede Frage verzichten. Das Gesicht des Solarmarschalls schien erstarrt. Er warf die Mappe mit dem Expertenbericht auf den Schreibtisch des Dicken. „Die Invasion kommt!"

„Welche Gründe hat der Chef angeführt, Mercant?"

„Führt er neuerdings überhaupt noch Gründe an?" stellte Allan seine Gegenfrage. „Und was passiert nun, Bull?"

„Wieviel Vorbereitungszeit benötigen Sie, um den Personalbestand der Abwehr erhöhen zu können?"

Mit beiden Armen machte Mercant eine verzweifelte Geste. „Wie stellen Sie sich das vor: Erhöhung des Personalbestands? Bull, der Dienst in der Abwehr muß gelernt sein. Ich sage Ihnen jetzt, damit es zwischen uns beiden keine Mißverständnisse gibt: Die Solare Abwehr ist ihrer Aufgabe nicht mehr gewachsen, wenn zusätzlich zu den schon vorhandenen Springerkontoren weitere dreihundert Niederlassungen kommen. Und bevor es soweit ist, gehe ich in Pension."

Bully beherrschte sich dieses Mal. „Mercant, ich riskiere jetzt sehr viel. Das, was ich vorhabe, erzähle ich Ihnen nur privat. Ich werde den Antrag der Springer abändern, und zwar in dem Sinn, daß pro Jahr nur hundert neue Springerkontore innerhalb des Solaren Systems eröffnet werden können."

„Wenn Sie das schaffen, Bull..." Mercants Augen leuchteten auf, doch der Glanz darin hatte nicht lange Bestand. „Wenn der Chef dahinterkommt, stößt er alles wieder um."

„Darauf lasse ich es ankommen, Mercant. Wissen Sie übrigens, wer im Augenblick beim Chef ist? Ein Arkonide, in Sachen Thomas Cardif."

„Wissen Sie, wie er heißt?" fragte Mercant knapp. Er zeigte keine Überraschung.

„Banavol."

„Bekannt. Sehr lebhaft, äußerst intelligent, sehr geschäftstüchtig. Wir arbeiten mit seinem Büro zusammen."

„Wer? Die Abwehr?"

„Ja. Er hat ein Beratungsinstitut für wirtschaftliche Probleme aufgebaut; eins der wenigen Spionagebüros im Arkon-Imperium, mit denen wir etwas anfangen können. So, Banavol ist beim Chef, wegen Cardif. Das ist übrigens auch ein Punkt, in dem der Chef sich merklich verändert hat: Mit einer früher nie gezeigten Hartnäckigkeit versucht er, seinen Sohn finden zu lassen. Nur weiß ich nicht, ob ich diese Veränderungen bei Rhodan begrüßen soll oder nicht. Aber zur Stunde haben wir ja andere Sorgen."

Beide ahnten nicht, welche Sorgen der Mann hatte, den sie für Perry Rhodan hielten.

Banavol, im Aussehen typischer Arkonide, saß Cardif-Rhodan gegenüber. Der etwa dreißigjährige Mann zeigte offen seine arkonidi-

177

sche Arroganz. Für ihn war der Erste Administrator des Solaren Imperiums ein unter ihm stehender Primitivling.

Kaum hatte er Platz genommen, als er das Gespräch eröffnete.

„Kann ich hier ungestört sprechen? Ich verstehe darunter: unbelauscht."

Cardif befand sich in Alarmstimmung. Banavols einleitende Worte kündigten eine Nachricht von größter Bedeutung an. In Cardifs Augen blitzte es auf. Das war aber auch das einzige sichtbare Anzeichen einer Erregung.

„Kann ich hier ungestört sprechen?" wiederholte Banavol.

Wiederum blieb die Frage unbeantwortet.

„Na schön", sagte der Arkonide lässig. „Meine Sorgen sind es nicht. Ich komme im Auftrag von Rhobal."

Diese Bemerkung konnte Cardif nicht zum Widerspruch reizen. Er lächelte dünn.

„Nun, ich tue das, wofür man mich bezahlt", fuhr der Arkonide fort. „Aber man hat mich nicht bezahlt, lange Reden zu halten. Rhobal verlangt zwanzig Zellaktivatoren. Damit habe ich mein Geld verdient, Terraner. Ich wüßte nicht, was ich noch sagen sollte."

Ein Lauern war in Banavols Stimme, ein Lauern in seinen rötlichen Arkonidenaugen. Lässig lag er im Sessel.

Rhodans Ebenbild, dem er gegenübersaß, hatte mit keiner Wimper gezuckt, als er den Namen des Hohenpriesters Rhobal erwähnte. Noch weniger war er zusammengezuckt, als Banavol die Forderung der Antis aussprach: zwanzig Zellaktivatoren. Zwanzig Antimutanten gelüstete es, gleich Imperator Gonozal VIII., sich ewiges Leben zu verschaffen. Der einzige, der ihnen diese eigroßen Aktivatoren besorgen konnte, war Rhodans Double: Thomas Cardif.

Für ihn mußte es ein leichtes sein, die galaktischen Daten über die Kunstwelt Wanderer zu erfahren. Daß *Es,* das einzige Wesen auf Wanderer, Rhodans Freund war, wußten die Antis durch Cardif. Nach Meinung der Baalol-Priester mußte es für Cardif eine Kleinigkeit sein, Wanderer aufzusuchen, *Es* zu bitten, zwanzig Zellaktivatoren herauszugeben und mit diesen Wunderdingen zurückzukommen.

„Banavol, bestellen Sie Rhobal, daß sein Verlangen nicht durchzuführen ist", sagte Cardif.

Der Arkonide zuckte mit den Schultern. „Ich bin nicht befugt, Verhandlungen mit Ihnen zu führen, Terraner. Wenn Ihnen Rhobals Wunsch nicht paßt, dann bringen Sie Ihr Mißfallen darüber in der Springerniederlassung auf Pluto zum Ausdruck. Man erwartet Sie dort, bevor Sie nach Wanderer fliegen. Gut, daß Sie mich daran erinnert haben, sonst hätte ich es vergessen zu erwähnen."

Fast fünf Jahrzehnte hatte Thomas Cardif unter den Antimutanten gelebt. Es gab keinen Terraner, der die Priester des Baalol besser kannte als er. Somit wußte er, daß Banavol für ihn keine Gefahr darstellte. Denn wer von den Antis mit Aufgaben dieser Art betraut wurde, war selbst nicht mehr in der Lage, frei über sich zu verfügen.

Banavol mußte sich ebenso fest und ausweglos im erpresserischen Griff der Priester befinden wie er.

„Ich bleibe noch etwas, damit mein Besuch auch die erforderliche Länge hat", sagte Banavol. „Über Thomas Cardif würde ich mich nun gerne unterhalten, Terraner. Mit Verlaub, ich habe es zuerst nicht glauben können, als Rhobal mich besuchte und mir ein Geheimnis erzählte. Aber etwas später sah ich den berühmten Perry Rhodan. Cardif, Sie sehen besser aus als er. Von der einstigen Größe Ihres Vaters ist nicht mehr viel übriggeblieben. Aber ist es nicht eigenartig, daß die Antis vor dem machtlosen Perry Rhodan immer noch tausendmal mehr Hochachtung haben als vor seinem Sohn? Verstehen Sie das, Terraner?"

Thomas Cardif verstand, warum Banavol gerade diese Rede führte. Er wollte ihm damit noch einmal klar vor Augen führen, daß er nur eine Marionette der Antis war, die man, sobald sie nicht mehr benötigt wurde, wegwerfen würde wie eine leere Schale.

Die Erlaubnis, dreihundert Handelskontore zu den bereits bestehenden zu errichten, war der erste Schritt der gewaltlosen Übernahme des Solaren Imperiums. Und ihn benutzten sie als Handlanger ihrer Eroberungspläne.

Viele Sekunden gegenseitigen Anstarrens vergingen. Thomas Cardifs Gesicht zeigte keine Reaktion.

„Alle Achtung, Terraner", sagte Banavol jetzt. „Sie können sich gut beherrschen. Rhobal hat mich in diesem Punkt nicht gut informiert. Doch kann ich jetzt gehen, oder ist es besser, wenn ich noch etwas bleibe?" Das arrogante Lächeln verschwand nicht aus seinem Gesicht.

„Bleiben Sie doch, Arkonide", erwiderte Cardif unverbindlich. Er lächelte zurück.

Während Banavol noch sprach und Rhodans Sohn zu provozieren versuchte, hatte hinter Cardifs Stirn ein Plan Gestalt angenommen.

Plötzlich reizte es ihn, der Forderung Rhobals zu entsprechen, und auch das Spiel begann ihn zu reizen, seine eigenen Kräfte mit denen der Antis zu messen.

Doch Banavol gegenüber gab er sich ablehnend.

Dieser Agent der Antis sollte Rhobal übermitteln, daß Cardif kein Spielball in ihren Händen wäre.

„Ihr letztes Wort, Terraner?" vergewisserte sich Banavol noch einmal, als er sich anschickte, den Arbeitsraum zu verlassen. „Sie weigern sich, nach Wanderer zu fliegen?"

„Ich sage nicht dreimal nein und dann doch ja, Arkonide!" herrschte Cardif ihn an.

„Wie Sie wollen, Terraner. Aber es ist nicht meine Aufgabe, Ihre Absage den Priestern zu überbringen. Sie können sie nur im Springerkontor auf Pluto geben. Ich habe mit der Entwicklung dieser Sache jetzt nichts mehr zu tun."

Cardif glaubte ihm. Er kannte die Antis gut genug, um zu wissen, wie sie arbeiteten. Nun, auf einen Flug zum Pluto kam es ihm nicht an, und vor dem Gespräch mit einem Anti in der Maske eines Springers fürchtete er sich nicht.

Zum erstenmal, seit er die Rolle Rhodans übernommen hatte, fühlte er sich guter Stimmung. Er lächelte ironisch, als Banavol seinen Arbeitsraum verließ. Das Lächeln blieb, als er eine Sichtsprechverbindung zu Bully herstellte.

„Ja?" hörte er ihn fragen. Bully dachte nur an Thomas Cardif. „Hat der Arkonide etwas Wichtiges über Cardif sagen können, Perry?"

„Banavol hatte nichts Bedeutungsvolles zu sagen, wenn ich von drei Hinweisen absehe, die vielleicht eine Spur sein könnten, Dicker. Doch deswegen rufe ich nicht an. Ich möchte mich nicht Mercants Bedenken verschließen. Verstehst du mich? Ich spreche von dem Antrag der Galaktischen Händler. Ich möchte meine Genehmigung dahingehend umgeändert wissen, daß die Springer pro Jahr hundert neue Kontore in unserem Imperium einrichten dürfen . . ."

„Perry", unterbrach ihn Bully begeistert, „du hast ja meine Gedanken gelesen. Genau das habe ich doch vorgehabt, nur wollte ich dich vor vollendete Tatsachen stellen."

Thomas Cardif behielt sein freundliches Gesicht, obwohl er innerlich über Reginald Bulls Eigenmächtigkeit vor Wut kochte.

„Ich habe meine besonderen Pläne mit den Springern", behauptete Cardif-Rhodan schon merklich kühler. Er hoffte, mit dieser Andeutung Bullys Neugier gedämpft zu haben.

Doch der Dicke bohrte weiter: „Welche Pläne hast du denn, Perry?"

„Darüber später mehr. Aber lasse meine Genehmigung zu dem Springerantrag noch nicht hinausgehen. Vorher will ich mir die Handelsniederlassung auf Pluto noch einmal ansehen."

Vorsichtig beobachtete er Bullys Gesicht auf dem Bildschrim. Der Dicke lachte auf und fragte: „Wann fliegst du zum Pluto?"

„Wahrscheinlich morgen. Ende, Bully."

Die Verbindung brach ab. Cardif-Rhodan erhob sich und trat an das Fenster.

Wie oft hatte hier sein Vater gestanden und über das Häusermeer von Terrania hinaus auf den Landstrich geblickt, der vor nicht allzulanger Zeit noch eine Wüste gewesen war.

Wie oft war hier Rhodan mit seinen großen und kleinen Sorgen allein gewesen und hatte an diesem Platz um viele Entscheidungen gerungen.

Nicht anders erging es jetzt dem Sohn; nur bewegten sich seine Probleme auf anderen Ebenen. Alles, was er überlegte, plante, lag im Grunde genommen jenseits der Legalität und war nichts weiter als ein verbrecherisches Spiel.

„Rhodan . . .", hörte er sich sagen, und der Haß auf den Vater flammte wieder in ihm auf.

Mit Übernahme von Rhodans Rolle hatte er, Cardif, sich exponiert und war dazu auf Gedeih und Verderb von den Antis abhängig.

Durch Banavol hatten sie zwanzig Zellaktivatoren angefordert. Als Thomas Cardif daran dachte, überflog ein grimmiges Lächeln sein

Gesicht. Er konnte sich ohne Schwierigkeiten vorstellen, aus welchen Beweggründen heraus diese Forderung kam. Zwanzig der einflußreichsten Baalolpriester liebäugelten mit der Idee, sich mit Hilfe der Aktivatoren die relative Unsterblichkeit zu verschaffen.

Cardif nickte zufrieden.

Sein Plan nahm immer mehr Gestalt an. Es sollte eine Machtprobe zwischen ihm und den Antis werden. Er war überzeugt, daß er diesen Kampf gewinnen würde.

Mausbiber Gucky hatte Besuch in seinen vier Wänden – einem komfortablen Bungalow am Ufer des Goshun-Salzsees. In dieser Wohnkolonie lebten Rhodans engste und älteste Mitarbeiter und Freunde. Weitab vom Verkehr und der Hast Terranias ließ es sich hier herrlich wohnen. Trotzdem machte Guckys Besucher ein äußerst unzufriedenes Gesicht. Auch die Stimmung des Mausbibers war nicht gut, denn sein einziger Nagezahn blieb verdeckt, und die sonst so lausbübisch funkelnden Mausaugen zeigten nicht viel von ihrem Glanz.

„Dagegen ist eine Eisbox gar nichts, John", piepste Gucky.

Das war nach fünf Minuten anhaltenden Schweigens die erste Bemerkung gewesen.

John Marshall, Chef des Mutantenkorps und neben dem Mausbiber der beste Telepath, nickte Gucky zu. Er hatte ihn verstanden. Er konnte die Worte des Kleinen nur unterstreichen. Seitdem man mit dem Chef vom Planeten Okul zurückgekommen war, hatte Rhodan mehr und mehr eine unsichtbare Mauer um sich herum aufgebaut. Mehr und mehr war er für seine alten Freunde zum *Administrator* geworden – eine einsame Größe, unnahbar und erschreckend unpersönlich.

Gucky lag auf der Couch, John Marshall in einer Hängeschaukel. Neben dem Mausbiber lag ein Sortiment frischer Mohrrüben, die Gucky selbst in seinem Garten gezogen hatte. Gucky wußte, was sich als Gastgeber gehörte. Aus dem Berg Mohrrüben suchte er die schönsten aus.

„Auch eine, John?"

Zu seinem Erstaunen winkte der Telepath nicht energisch ab. „Gib her! Vitamine können nie schaden. Für den Denkprozeß werden viele Vitamine benötigt. Eine Frage unter vier Augen, Gucky: Kommst du noch an Rhodans Gedanken heran?"

„Ja, John, ich komme an seine Gedanken heran. Doch wenn ich mich eingeschaltet habe, kommt mich das Grauen an. Etwas, was früher nicht bei ihm zu bemerken war, etwas Verschwommenes ist jetzt da. Manchmal meine ich, wenn ich versuche, seine Gedanken zu lesen, ich stünde vor einer Milchglasscheibe und sähe dahinter Schatten – Schatten von Gedankenimpulsen, und dann ist plötzlich alles verschwunden, weder eine Milchglasscheibe ist vorhanden, noch sind Schatten zu sehen. Hast du es noch nie bemerkt, John?"

Der Chef des Mutantenkorps blickte den Mausbiber lange und nachdenklich an. Schwer erwiderte er: „Du hast etwas präzise ausgedrückt, über das ich mir jetzt erst klargeworden bin, Kleiner. Ja, ich habe auch Schattenimpulse festgestellt. Große Milchstraße, ob diese Schatten die Ursache der Veränderung Rhodans sind?"

„Jetzt wird es ja immer schöner!"

Mit dieser im verärgerten Ton getroffenen Feststellung verließ Bully seinen Platz hinter dem Schreibtisch, warf dem Interkom, der ihm soeben eine Nachricht von Rhodan durchgegeben hatte, einen schiefen Blick zu und ging.

Beim Passieren des Vorzimmers knurrte er: „Ich bin bei Mercant zu finden."

Kurz darauf saß Bully vor dem Abwehrchef.

„Nun?" fragte Mercant ahnungslos.

„Die IRONDUKE wird startklar gemacht."

„Das ist mir bekannt, Bull."

„Das ist auch nichts Besonderes", entgegnete Bully mit leichtem Spott in der Stimme. „Aber warum der Chef die IRONDUKE klarmacht, um diesen Hüpfer nach Pluto zurückzulegen – nun, ist das etwas, Mercant?"

„Die IRONDUKE soll nur bis zum Pluto fliegen?" Mercants Augen verengten sich.

Reginald Bull fuhr bereits fort: „Und von dem zweiten Ereignis scheinen Sie gar keine Ahnung zu haben, Solarmarschall? Ich habe es durch puren Zufall erfahren. Perry hat das Positronengehirn auf der Venus angerufen und die galaktischen Koordinaten von Wanderer verlangt."

„Der Chef will nach Wanderer?" platzte Mercant heraus.

„Ja, Mercant, und wenn das noch lange so weitergeht, dann gehe ich in die Luft. Er hat mich noch nie belogen. Aber vorhin hat er mich belogen. Mercant, was sagen Sie dazu?"

„Nichts, bevor ich nicht weiß, was er plant. Ich ahne, daß er eine große Sache vorhat. Ich ahne, was er damit bezweckt: Er will das zu ihm erschütterte Vertrauen mit einer überraschenden Aktion wiederherstellen."

„Gott erhalte Ihnen Ihren Glauben an den Weihnachtsmann", rief Bully. „Man sollte es doch nicht für möglich halten..."

„Was?" fragte Mercant.

„Nichts." Bully winkte ab. Er hatte gehofft, bei dem Chef der Solaren Abwehr auf Verständnis zu stoßen, in ihm einen Partner zu finden, der gleich ihm überzeugt war, daß mit Perry Rhodan sehr viel nicht in Ordnung war. Was aber war dabei herausgekommen?

„Ich muß fast annehmen, daß Sie sich in eine Vorstellung verrannt haben, die zu den Tatsachen in keinem Verhältnis steht, Bull", hielt Mercant ihm verärgert vor.

Entmutigt schüttelte Bully den Kopf. „Nehmen Sie an, was Sie wollen, Mercant. Ich gehe nicht davon ab, daß Perry krank ist, seelisch krank. Ich kenne ihn wie kein anderer, darum muß es mir doch mehr als allen anderen auffallen, wie sehr er sich verändert hat. Manchmal scheint er der alte zu sein, wenn es darum geht, blitzschnell etwas zu entscheiden. Dann ist er mir vertraut, doch sobald er sich zurückzieht und er aus der Einsamkeit heraus seine Entscheidungen trifft, stehe ich einem Fremden gegenüber. Rhodan hat mich belogen. Er hat mich belogen, indem er vorgab, unbedingt nach Pluto zu müssen. Seine Besichtigung des auf Pluto befindlichen Springerkontors sei von entscheidender Bedeutung. Mercant, seit wann kümmert er sich um solche Nebensächlichkeiten? Wofür haben wir die Abwehr? Wenn er nur bis Pluto will, warum läßt er die IRONDUKE klar machen?

Warum die Aufforderung an das Gehirn auf der Venus, die galaktischen Koordinaten für Wanderer zu liefern? Was haben wir auf
Wanderer im Augenblick zu suchen?"

„Bull, ich kann den Chef doch nicht überwachen lassen!" warf
Mercant ein, der damit zugab, von Bulls Worten doch beeindruckt zu
sein.

„Wer spricht von Überwachung? Ich behaupte, daß er seelisch
krank ist und unter Depressionen leidet."

„Thomas Cardif?"

„Ich vermute es. Als dieser Bursche seinen Vater auf Okul überwäl-
tigte, muß in Perry etwas zerbrochen sein. Er ist niedergeschlagen,
deprimiert. Ihm fehlt seit Okul etwas. Das Menschliche ist kaum mehr
vorhanden, das Lebendige. Mercant, ich weiß einfach nicht, wie ich es
ausdrücken soll."

„Spricht er sich über seine Erlebnisse mit seinem Sohn auf Okul
denn nicht aus?" Immer stärker wurde Mercant überzeugt, daß Bullys
Sorgen um Perry Rhodan begründet waren.

Die Sichtsprechverbindung schnarrte dazwischen: „Achtung, wichtige Durchsage: Der Start der IRONDUKE ist auf 18.35 Uhr Standardzeit vorverlegt worden. Ich wiederhole: Der Start der IRON-
DUKE..."

Hastig hatte Bully abgeschaltet. Das Geplärr störte ihn plötzlich.
„Sie fliegen mit, Mercant?"

„Ich habe keinen Auftrag dazu."

„Ich auch nicht. Trotzdem bin ich an Bord. John Marshall mit einem
Teil unserer alten Mutanten hält sich schon auf der IRONDUKE auf."

Mercant sah ihn starr an, dann atmete er einmal tief durch und
sagte: „Gut, ich werde auch an Bord sein und zum Pluto fliegen."

20.

Catepan, Springerchef der Handelsniederlassung auf Pluto, hatte den größten Wagen zur IRONDUKE herübergeschickt. Das Fahrzeug erwartete den Ersten Administrator an der ausgefahrenen kleinen C-Rampe des Kugelraumers.

Furchtlos und ruhig ging Cardif-Rhodan die Rampe hinunter. Pluto mit seinen lebensfeindlichen Verhältnissen war ihm vertraut. Als Leutnant der Solaren Flotte, strafversetzt nach Pluto, hatte er hier Dienst getan, bis plötzlich eine gewaltige feindliche Flotte – die Druuf – vor dem Solsystem erschienen waren. Damals schien das Schicksal der Erde besiegelt zu sein, doch dann waren die Galaktischen Händler mit ihren bewaffneten Walzenraumern und Arkons Robotflotte dem bedrängten Rhodan zu Hilfe gekommen.

Damals – daran dachte er nur flüchtig. Blitzschnell schaltete er ab. Er schaltete auf Rhodans Wissen um. Sein Lächeln drückte Genugtuung aus.

Ein junger Springer, dessen Gesicht vom Scheinwerferstrahl des Wagens getroffen wurde, grüßte den Ersten Administrator des Solaren Imperiums. In gutem Interkosmo bat er ihn, im Wagen Platz zu nehmen.

Cardif-Rhodan ließ sich in den Polstern nieder.

Über die glatte Landepiste schoß der Wagen davon. Im Licht indirekter Beleuchtung wurden die gewaltigen Umrisse der Springerstation immer deutlicher. Eine hallenartige Schleuse nahm den Wagen auf. Der junge Fahrer öffnete den Schlag, grüßte wieder, als Cardif-Rhodan ausstieg, und unterrichtete ihn darüber, daß er seinen Raumanzug öffnen konnte.

Cardif-Rhodan ging auf den Händler zu, der ihm hastig entgegenkam: Catepan, Chef der Springer auf Pluto.

In den privaten Räumen des Patriarchen öffnete Cardif-Rhodan den Helm und stellte den Helmfunk ab. Er tat dies mit Absicht. Damit brach auch die Funkverbindung zur IRONDUKE ab.

„Catepan, Sie sind wahrscheinlich über den Antrag der Galaktischen Händler informiert, die im Interessengebiet des Solaren Imperiums neue Kontore errichten wollen. Ich werde diesem Antrag stattgeben, wenn ich hier keinen Grund zu einer Beanstandung finde."

Erstaunt blickte ihn der alte Händler an. „Administrator, und deshalb kommen Sie persönlich?"

„Ja", erwiderte Cardif-Rhodan leichthin. Seine Genugtuung verbarg er. Catepan hatte ihm deutlich bewiesen, daß er ihn für den Administrator Rhodan hielt. Mehr wollte Cardif nicht wissen.

Er erhob sich. Catepan tat es auch.

„Danke", Thomas Cardif winkte ab. „Ich werde mich in den Hallen und Büros schon nicht verlaufen, Catepan. Ich gehe allein. Erwarten Sie mich in einer halben Stunde zurück."

Er ließ einen erfahrenen Springer in völlig ratlosem Zustand zurück. Catepan wollte es nicht in den Kopf, daß der mächtigste Mann des Solaren Imperiums sich um die Nichtigkeiten einer flüchtigen Kontrolle kümmerte; noch weniger verstand er, daß Perry Rhodan sie selbst vornahm, völlig schleierhaft war ihm, was diese Kontrolle mit dem Antrag aller Springersippen zu tun hatte.

Währenddessen hatte Cardif-Rhodan den Wohntrakt verlassen und über einen hellen Gang die erste Lagerhalle erreicht. Für die Waren, die hier gelagert waren, interessierte er sich kaum.

Der Machtrausch überfiel Cardif in seiner ganzen Stärke; dieses unbeschreibliche Gefühl, nur befehlen zu müssen, um sich alle Wünsche erfüllen zu können, begann ihn zu beherrschen.

Er wußte nicht, wie grell in diesem Augenblick seine Augen strahlten. Er wußte nur, welch ein Genuß es war, sich diesem Gefühl hinzugeben.

Wie ein Blitz, der alles zerstört, erinnerte er sich der Forderung Rhobals, des Hohenpriesters der Baalol: Zwanzig Zellaktivatoren mit automatischer Individualeinstellung. Verflogen war der Taumel, die nackte Wirklichkeit stand vor seinen Augen.

Marionette Thomas Cardif, in der Maske seines Vaters.

Er schloß die Augen. Er atmete tief.

Und die Sekunde war vorüber, in der das Schicksal Thomas Cardif noch einmal die Chance geboten hatte, seinem Leben eine Wendung zu geben.

Er dachte nicht mehr daran. Er war bereit, es auf eine Machtprobe mit den Antimutanten ankommen zu lassen.

Hier, in der Handelsniederlassung der Galaktischen Händler auf Pluto, wollte er seinen Plan einleiten, der am Ende den Priestern Baalols das Verderben bringen sollte.

Thomas Cardif öffnete die Tür zum Verbindungsgang. Rechtwinklig führte er von der Halle fort. Der vordere Teil war als Schutzraum für Katastrophenfälle eingerichtet, mit Doppelschleusen versehen und besonders stark in der Bauweise.

Nachdem er auch die hintere Schleuse passiert hatte, erreichte er den Teil, in dem die Büros lagen. Sie befanden sich nur auf der linken Seite und waren dem Händlerraumhafen zugewandt, wie Cardif-Rhodan kurz feststellte.

Gelassen schritt Cardif über den geräuschdämpfenden Bodenbelag.

Schließlich kam er an eine Tür, die weit offenstand, so daß er ungehindert in den Raum sehen konnte.

Ein Mann stand am Fenster, drehte sich jetzt um und blickte den Herankommenden fest an. Mit einem angedeuteten Nicken forderte er Cardif zum Eintreten auf.

Cardif-Rhodan betrat das Büro. Der Tür gab er einen leichten Stoß. Beinahe lautlos fiel sie hinter ihm ins Schloß.

Der Mann am Fenster, der wie ein Galaktischer Händler aussah, seinen Bart nach der Mode der Springer gestutzt hatte und auch deren typische Kleidung trug, verbeugte sich vor dem anderen und sagte in gutem Interkosmo: „Im Namen Rhobals bin ich beauftragt, dem Administrator des Solaren Imperiums Grüße zu übermitteln."

„Ich danke", erwiderte Cardif knapp. Seine Stimme klang beherrscht, sein Blick drückte Gleichgültigkeit aus. „Darf ich mich setzen?" Er wartete die Erlaubnis nicht ab und nahm Platz.

Thomas Cardif blickte an dem Mann vorbei nach draußen, auf die unwirtliche Oberfläche Plutos hinaus. Ein Teil des Händlerhafens war von seinem Platz aus sichtbar, und nicht zu übersehen war der gewaltige Kugelraumer, die IRONDUKE, auf der anderen Seite des Hafens mit ihren aufgedrehten Scheinwerfern.

Cardifs gelangweilter Blick kehrte zu dem Agenten der Baalols, denn um einen solchen handelte es sich, zurück. Der Name Rhobals war ihm Beweis dafür genug.

„Nun?" fragte Cardif spöttisch.

Der Baalol-Agent blieb stumm. Die Arme vor der Brust verschränkt, den Rücken gegen die Fensterbrüstung gelehnt, stand er vor dem Mann, der vorgab, Perry Rhodan zu sein.

In Cardif stieg Ärger hoch. Die arrogante Art des Baalol-Bevollmächtigten begann ihn zu stören.

„Ich kann nicht, und ich werde nicht zwanzigfach ein Wunder herbeischaffen", sagte er.

„Du wirst es tun", erwiderte der andere. Keine Miene in seinem Gesicht verzog sich. „Du wirst es tun müssen, Cardif, oder die Tage deiner Macht sind gezählt, und die deines Lebens." Er drehte sich um, kehrte Cardif den Rücken zu, blickte nach draußen zum Kugelraumer hinüber und sagte: „Welch ein herrliches großes Gefängnis für dich. Die IRONDUKE wird dich sicher zur Aburteilung nach Terrania schaffen."

„Du sprichst viel zuviel", höhnte Cardif. „Was wollt ihr mit Drohungen erreichen? Was versprecht ihr euch davon?"

„Nichts", entgegnete der andere, der sich ihm wieder zugewandt hatte. „Nichts, außer zwanzig Zellaktivatoren."

„Erpressung?"

„Die Diener des Baalol sind erhaben über jede schmutzige Beschuldigung", erwiderte der Agent.

„Vor rund sechzig Jahren haben einmal Springer versucht, mich zu ihrer Marionette zu machen. Es ist ihnen nicht bekommen. Wer bist du überhaupt?"

„Athol, persönlicher Beauftragter des Hohenpriesters Rhobal. Wünschst du noch weitere Auskünfte, Cardif?"

„Rhobals Forderung ist undurchführbar, Athol", entgegnete Cardif in scharfem Ton.

„Dir bleibt keine Wahl. Du hast auf dem Planeten Lepso dem Baalolkult ewige Treue und Dankbarkeit geschworen. Heute nimmt dich Baalol beim Wort, oder in wenigen Tagen wird die Galaxis ihren Staatsfeind Nummer eins unschädlich zu machen wissen. Eine Andeutung von uns, geschickt lanciert, genügt, um dir die Maske vom Gesicht zu reißen. Wähle, Cardif. Bevor du den Raum verlassen hast, mußt du dich entschieden haben."

Eiskalt, völlig Herr der Situation, fragte Cardif: „Was bietet mir der Hohepriester, wenn ich liefern könnte?"

Zum erstenmal veränderten sich die Gesichtszüge des Antis. Er grinste Cardif verächtlich an. „Der Baalol wird ständig seine schützende Hand über dir halten."

„So, das wird er?" Zufällig glitt Cardifs Blick von dem Antimutanten ab. Er sah nach draußen, in die Zwielichtzone hinein, und entdeckte etwas, das im Augenblick der Entdeckung einen Teil seines Planes umwarf.

Er zögerte nicht, sich sofort auf die neue Lage einzustellen.

Er ließ sich nicht anmerken, was er beobachtet hatte.

In Bullys Kabine warteten Allan D. Mercant und John Marshall, daß Perry Rhodan sich über seinen Minikom melden würde. Daß der Chef kurz nach der Begrüßung durch den Springerpatriarchen Catepan auch den Helmfunk abgeschaltet hatte, war von ihnen mit Verärgerung festgestellt worden.

Danach waren das Schweigen und das Warten gekommen.

Statt Rhodan meldete sich plötzlich der Ortermutant Fellmer Lloyd über Interkom. „Sir, ich sehe das Gehirnwellenmuster eines Antis."

Bully reagierte sofort.

„Robotstaffel eins, Alarm!" rief der untersetzte Mann ins Mikrophon.

Fellmer Lloyds Angaben wurden in jedem Raum der IRONDUKE mitgehört.

„Sir", klang seine Stimme wieder auf, „Gehirnwellenortung. Springerkontor. Charakteristikum der Gehirnwellenmuster: Haß, Verachtung, Mordgedanken. Leider ist meine Ortung unvollkommen. Der Anti muß sich unter seinem mentalverstärkten Schutzschirm abgekapselt haben. Gehirnwellenortung . . ."

190

„Danke", unterbrach Bully ihn. „Setzen Sie alle Telepathen ein, Lloyd. Jefe Claudrin, Sie haben mitgehört?" Diese Frage galt dem Kommandanten der IRONDUKE.

„Mitgehört!" dröhnte es aus dem Lautsprecher.

„Claudrin, wenn es diesen Sternenzigeunern gelingt, auch nur das kleinste Raumschiff ins Weltall zu bringen und darin zu verschwinden..."

Jetzt mußte Bully es sich gefallen lassen, unterbrochen zu werden.

„Weiß ich, Sir, dann holt mich der Teufel."

Die drei Männer verließen die Kabine und rannten auf den nächsten Antigravschacht zu. Unterwegs schaltete Bully seinen Minikom ein.

„Robotstaffel eins", rief er, „warten, bis wir an der Schleuse sind! Einsatzbereit warten!"

Der Schacht nahm sie auf. Unterwegs setzte Bully noch einmal mit dem Orter Fellmer Lloyd in Verbindung.

Keine neuen Resultate.

Der auf der Springerstation geortete Antimutant mußte sich passiv unter seinem durch körpereigene Parakräfte verstärkten Schutzschirm aufhalten. Seine Gedankenimpulse kamen nicht mehr durch.

Noch einmal gab es vor der letzten Schleuse einen kurzen Aufenthalt. Bully, Mercant und Marshall mußten Raumanzüge anziehen. Obwohl ihnen die Zeit unter den Nägeln brannte, überstürzten sie nichts.

„Waffenkontrolle", ordnete Bully an.

Dann hasteten sie in die Schleuse.

Nebeneinander rannten sie die Rampe hinunter. An ihrem Ende stand ein Schweber, besetzt mit zwanzig Kampfrobotern und einem Piloten. Die drei Männer stiegen ein.

Der Schweber hob vom Boden ab. Bully saß neben dem Maschinenpiloten. Aus etwa zehn Metern Höhe sah er, wie der Schweber auf die Handelsniederlassung der Springer zuraste.

Er warf einen Blick auf ein Meßinstrument. Das gab die Entfernung zum energetischen Schutzschirm um das Springerkontor an.

Noch ein Kilometer. Jetzt kam Bullys Anruf: „Springer Catepan, hier Reginald Bull, Rhodans Stellvertreter! Öffnen Sie sofort die Schutzschirme! Sofort, oder die IRONDUKE schießt!"

Drei Sekunden später fiel der Zeiger des Meßinstruments auf Null. Die Feldschirme um die Springerstation auf Pluto bestanden nicht mehr.

Der Schweber mit zwanzig Robotern und drei Männern an Bord setzte dicht vor der Einfahrtschleuse zum Kontor auf. Wie auf einem Exerzierplatz schwärmten die Kampfmaschinen blitzschnell aus.

Drei stiegen hoch, hielten mit Hilfe ihrer Antigravapparate in fünfzig Metern Höhe an und kontrollierten praktisch von dort aus den gesamten Hallen- und Gebäudekomplex.

Die übrigen jagten mit den Männern auf die Schleuse zu. Sie öffnete sich, ohne daß Bully es fordern mußte. Hinter ihnen sprang das andere weit auf. Durch die Halle, die vor ihnen lag, kam der Springerpatriarch mit allen Anzeichen höchster Erregung angelaufen. Er trug keinen Raumanzug.

Für Bully und seine beiden Begleiter war es das Zeichen, ihren Helm zu öffnen.

„Wo ist der Administrator?" rief Bully dem Springerchef entgegen.

Catepans Erregung wechselte in Erstaunen um. „Perry Rhodan? In einem meiner Büros. Ja, aber . . ."

„Wo liegen die Büros?" unterbrach ihn Bully.

Vollends verwirrt deutete Catepan zum Ende der langgestreckten Lagerhalle.

Bully rannte los. Sein schwerer Raumanzug schien ihn nicht zu hindern. Trotz seiner Sorge um Rhodan vergaß der untersetzte Mann nicht, die Männer in der IRONDUKE zu informieren. Über die Funkanlage seines Raumanzugs rief er durch: „Claudrin, wir sind in dem Kontor auf dem Weg zu Rhodan."

Neben ihm hielt John Marshall Schritt. Allan D. Mercant war knapp zehn Meter hinter den beiden, als sie die Tür zum Gang erreichten, durch die die Roboter schon verschwunden waren.

Kaum hatten sie im Gang die ersten Schritte getan, als Bully impulsiv nach Marshalls Arm griff, ihn festhielt und rief: „Was war das, Marshall? War das nicht ein Schuß?"

John Marshall nickte nur.

Der Anti war ahnungslos, was sich von der IRONDUKE her in rund zehn Meter Höhe dem Handelskontor der Springer in Höchstfahrt näherte. Aber Cardif-Rhodan war durch seine Beobachtung informiert worden.

Einen Augenblick lang packten ihn Entsetzen und Angst. Er erinnerte sich, daß Bully, Mercant und Marshall den Flug zum Pluto mitgemacht hatten, ohne dazu aufgefordert worden zu sein. Und in diesem Moment glaubte Cardif auch zu wissen, daß neben diesen drei Männern auch noch eine Gruppe Mutanten an Bord der IRONDUKE sein mußte.

Reginald Bulls Vorsichtsmaßnahmen.

Die Angst und das Entsetzen entsprangen der Vermutung, die Telepathen hätten seine ureigensten Gehirnimpulse als die Thomas Cardifs identifizieren können.

Dieser Moment war für ihn von höchster Gefahr. Nie hatte er der Entlarvung so nahe gestanden, und um einen eventuellen Verdacht der Telepathen zu zerstreuen, zwang er sich dazu, innerhalb des übernommenen Denkschemas seines Vaters ein gedankliches Lügengespinst von höchster Vollendung aufzubauen.

In seinen Gedanken tat er so, als hätte er gerade in der Person seines Gegenübers einen Anti entdeckt.

Er sprach mit dem Anti. Er machte ihn darauf aufmerksam, welches Risiko er, der Anti, eingegangen war, sich ins Herzstück des Solsystems zu begeben. Von den Zellaktivatoren wurde nicht mehr gesprochen. Der Name Rhobal fiel nicht. Der Anti bemerkte nicht, daß Cardif das Gespräch in neutrale Bahnen lenkte.

Noch weniger ahnte der Anti, daß sich eine Einsatzgruppe vom Linearschlachtschiff IRONDUKE bereits in der Springerstation befand.

Trotzdem wurde ihm etwas an Thomas Cardif unheimlich. Aus einer instinktiven Ahnung heraus warnte er Cardif, der sich ihm nun langsam näherte. „Komm mir nicht zu nahe, Cardif. Kurz nachdem du mir gegenüberstandest, habe ich mein Schutzfeld eingeschaltet. Bleib wo du stehst. Keinen Schritt weiter."

Das war der Augenblick, in dem der wuchtige Laufschritt der ersten Kampfroboter im Gang aufklang.

„Was ist das?" Zu dieser Frage kam der Anti noch. Dann machte er den Fehler, an Cardif vorbei zur Tür zu blicken.

Athol sah nicht, was Thomas Cardif blitzschnell aus der rechten Tasche seines Raumanzugs zog. Als sich auf dem Lauf des kleinen Kombiladers das indirekte Licht widerspiegelte, war es zu spät für eine Flucht des Antis.

Das antimagnetische Plastikgeschoß durchschlug seinen starken Schutzschirm und traf. Cardif-Rhodan zog dem Toten eine Strahlenwaffe aus dem Gürtel und drückte sie ihm in die Hand.

Hinter ihm flog die Tür auf.

Dann wimmelte es um Cardif-Rhodan von Kampfmaschinen, und kurz darauf kamen Bully, Marshall und Allan D. Mercant.

„Perry!" stieß Bully entsetzt aus, als er den Toten sah. „Erschossen?"

Cardif-Rhodan deutete auf die Waffe des Antis.

„Ich hatte keine Wahl", sagte er. „Der Anti wollte mich erledigen."

Reginald Bull trat über den Toten hinweg, stellte sich an den Schreibtisch, warf dabei Mercant und Marshall unauffällig einen Blick zu und wußte sofort, daß diese beiden mit Rhodans Tat auch nicht einverstanden waren.

Scharf blickte er dann dem Freund in die grauen, plötzlich so kalten Augen. „Perry, woher weißt du, daß dieser Tote ein Anti war?"

Cardif-Rhodan zeigte ein dünnes Lächeln. „Du hast Banavols Besuch bei mir vergessen. Du hast dir viel zu wenig Gedanken darüber gemacht, warum ich ausgerechnet das Springerkontor auf Pluto besuchen wollte. Um das Kontor zu kontrollieren?" Er lachte kurz auf. „Ich habe anderes zu tun, als eigenhändig Kontrollen durchzuführen, mein Lieber. Ich wollte mich aber selbst überzeugen, ob Banavols Verdacht stimmte. Und daß seine Nachricht, auf der Pluto-Springerstation hätte sich ein Anti eingeschlichen, stimmt, beweist der Tote. Oder verfügen die Galaktischen Händler neuerdings auch schon über Schutzschirme, die sie durch PSI-Kraft manipulieren können?"

Die drei Männer schwiegen betreten. Rhodans Erklärung schien einleuchtend.

„Und nun zurück zur IRONDUKE!" befahl Rhodan. „Ich habe wichtige Dinge zu erledigen."

An Bord der IRONDUKE befahl Rhodan zur Überraschung seiner Freunde, daß eine Space-Jet startbereit zu machen sei. Nur in Begleitung der beiden Offiziere Stana Nolinow und Brazo Alkher wollte er mit dem Diskusbeiboot nach Wanderer aufbrechen. Bully war sich darüber im klaren, daß sie überrumpelt worden waren. Mit einem Flug nach Wanderer hatten sie gerechnet – aber an Bord der IRONDUKE. Rhodan wiegelte alle Einwände ab, und er gab auch keine Erklärung für den Grund seines Besuchs bei Es ab.

Kurze Zeit später startete das Beiboot und ließ die verbitterten und verblüfften Freunde und Mutanten an Bord der IRONDUKE zurück.

Brazo Alkher flog die I-109. Die Wanderer-Koordinaten waren von der großen Schiffspositronik dem kleinen Bordgehirn der Space-Jet übermittelt worden. Das Venusgehirn hatte sie in einer mehrstündigen Arbeit zuvor erstellt.

Alkher und Nolinow waren allein in der Zentrale der I-109. Rhodan hatte sich in seine Kabine zurückgezogen. Obwohl das diskusförmige Boot mit nur fünfunddreißig Metern Durchmesser gegenüber jedem Kugelraumer wie eine Nußschale wirkte, bot es alles, was man von einem guten Raumfahrzeug erwartete. Ausgerüstet mit dem modernsten Hypertriebwerk und der besten Automatik, war es vielen größeren Schiffen überlegen. Trotzdem war es objektiv Unsinn gewesen, mit diesem kleinen Raumfahrzeug Wanderer anzufliegen. Die IRONDUKE bot in diesem Fall einen tausendfach besseren Schutz für alle Eventualitäten.

Darüber unterhielten sich Brazo Alkher und Stana Nolinow halblaut. Daß Rhodan sich schon kurz nach dem Start von Pluto in seine Kabine zurückgezogen hatte, erschien ihnen nicht bemerkenswert.

Wie sollten sie auch ahnen, daß der Mann, den sie für Perry Rhodan hielten, im Augenblick keine Menschen um sich haben wollte.

Er mußte über seinen Besuch auf Wanderer nachdenken und darüber, ob er vor ES bestehen konnte. Würde ES ihn nicht durchschauen? Würde er von ES zwanzig Zellaktivatoren erhalten? Er war zuversichtlich, daß er Erfolg haben würde.

Er versuchte, in sich hineinzulauschen, suchte nach Unsicherheiten, doch je länger er es tat, um so ruhiger wurde er. Die Telepathen und Orter hatten die Täuschung nicht erkannt. Diese Gewißheit verschaff-

195

te ihm jene gelassene Sicherheit, die ihn befähigen würde, dem Geistwesen von Wanderer gegenüberzutreten.

Thomas Cardif lag wie ein Träumer auf der Couch. Sein Gesicht war wie das des echten Rhodan, ausdrucksvoll, und es schien entspannt zu sein. Seine Haltung war gelockert, nichts verriet, daß hier ein genialer Psychopath einen Plan schmiedete, der den Vater das Leben kosten sollte, und ihn selbst, Cardif, aus der Abhängigkeit der Antis befreien mußte.

Für ihn war der Erste Administrator nicht sein Vater, sondern nur der Erzeuger und der Mann, der seine, Cardifs, Mutter absichtlich in den Tod geschickt hatte.

Es war so. Davon war er überzeugt, und jede gegenteilige Behauptung war Lüge und sollte nur Rhodan schützen.

Wie oft hatte er im übernommenen Wissen Rhodans gesucht. Nie hatte er einen einzigen Gedankenimpuls über seine Mutter darin gefunden.

Es gab ihn nicht. Aber es gab für Thomas Cardif darauf eine Antwort: Perry Rhodan hatte sich durch Suggestivbehandlung das Wissen nehmen lassen, der Mörder der arkonidischen Fürstin Thora zu sein.

Die Zeit verging, und erst Nolinows Zuruf, daß sie sich Wanderer näherten, unterbrach Cardifs Gedanken.

Er folgte Nolinow, der in der Kabinentür wartete, in die Zentrale.

Er war bereit, den gefährlichsten Schritt seines Lebens zu tun. Er mußte ihn tun, wenn er nicht zeit seines Lebens in dem von den Antis verschleppten Perry Rhodan eine Bedrohung seiner Position sehen wollte. Und er mußte dieses Wagnis unternehmen, um nicht länger Marionette der Antis zu sein.

Im Moment, als er seine Kabine verließ, war alle Unruhe von ihm abgefallen. Er war überzeugt, auch *ES* täuschen zu können.

Sie hatten den Atem angehalten, als sie mit der Space-Jet durch die Strukturlücke im Energieschirm des Kunstplaneten Wanderer flogen. Mit letzter Kraft hatte sich auch Cardif beherrscht, als plötzlich die Kunstwelt unter ihnen lag: Wanderer, die Welt der Unsterblichkeit.

Es war kein Planet im üblichen Sinn. Es war eine sechshundert Kilometer durchmessende Scheibe, über die sich in Form einer Glocke ein Energieschirm wölbte.

Auf der Scheibe gab es fast alles, was an Schönem im Weltall zu finden war. Brazo Alkher und Stana Nolinow hätten sich am liebsten stundenlang dieses Wunder angesehen, aber dem stand der Befehl Rhodans entgegen, jenen kreisrunden, zwei Kilometer großen Platz anzufliegen, an dessen Rand sich ein schlanker, zerbrechlich wirkender Turm von mehr als eintausenddreihundert Meter Höhe zum blauen Himmel emporreckte.

Das war die Welt, in der *ES* lebte – seit unbekannter Zeit.

Vorhin, bevor der Spalt sich in der Energieglocke geöffnet hatte, hatte Thomas Cardif *ES* gehört.

Eine Stimme war in Cardif laut geworden. *ES* hatte gefragt: *„Perry Rhodan, du willst zu mir?"*

Und bevor Cardif sich von dem Eindruck dieses Anrufs hatte befreien können, war die Stimme noch einmal aufgeklungen: *„Ich freue mich, dich wiederzusehen. Du scheinst große Sehnsucht nach mir zu haben. Bist du nicht erst vor wenigen Augenblicken zu Besuch gewesen?"*

Das von Rhodan übernommene Wissen informierte Cardif, was das Kollektivwesen unter wenigen Augenblicken verstand. *ES* dachte in anderen Zeiträumen. Was für die Menschen Jahrzehnte darstellte, waren für *ES* Monate.

Und nun schwieg die Stimme immer noch, während die I-109 auf dem freien Platz mit dem schlanken Turm sanft aufsetzte.

Cardif stand hinter den beiden jungen Offizieren und blickte über ihre Köpfe hinweg auf den Rundsichtschirm. Rhodans Erkenntnisse ließen ihn verstehen, was er sah. Er wußte, wohin er zu gehen hatte.

Die letzten Aggregate in der Space-Jet liefen aus.

„Warten Sie hier auf mich. Ich gehe allein", hörten Alkher und Nolinow Rhodan sagen.

Sie sahen ihm nach, wie er den Gang entlangging und dann vor der Schleuse anhielt.

So, wie er gekleidet war, ohne jeglichen Schutz, verließ Cardif das Boot.

Wanderers Schwerkraft betrug 0,9 Gravos; fast irdische Verhältnisse herrschten hier.

Er überschritt den Platz und ging auf die Halle zu, als er plötzlich in seinem Unterbewußtsein ein dröhnendes Gelächter vernahm.

Rhodan, die Langeweile hat mich fast aufgefressen. Freund, wie freue ich mich, dich zu sehen. Schade, daß ich nicht stofflich bin, sonst würde ich dich an mein Herz drücken und dir auf die Schulter klopfen.

Und abermals brandete dröhnendes Gelächter in Thomas Cardifs Unterbewußtsein auf, doch es störte ihn nicht mehr. *ES* hatte ihn als Perry Rhodan begrüßt. *ES* hatte den Wunsch ausgedrückt, ihm, Perry Rhodan, auf die Schulter zu klopfen.

Abrupt brach das wilde Gelächter ab. *Tritt näher, Freund. Was hast du auf dem Herzen? Oho, ich weiß ja genau, was du von mir willst. Einundzwanzig Zellaktivatoren mit selbstwählender Individualeinstellung? Ich liefere sie dir. Du weißt doch, wie sehr ich es liebe, Zuschauer zu sein, wenn das Spiel der Kräfte im Weltall über viele Runden ausgetragen wird. Wirklich, Terraner, ich bin überzeugt, daß für mich die Zeit der Langeweile vorbei ist.*

Die Stimme schwieg, das Lachen wurde leise und leiser, schien aus unendlicher Ferne zu kommen, um dann zu verklingen.

Cardif war stehengeblieben, als die Stimme in seinem Unterbewußtsein aufgeklungen war. Er verhielt sich genauso, wie Rhodan sich benommen hätte, wenn er auf Wanderer war. Das Wissen gab ihm Auskunft darüber.

Sicherer denn je war er nun auch, daß *ES* ebenfalls das Opfer des genialen Täuschungsmanövers geworden war.

Die Halle nahm ihn auf. Er wartete geduldig. Sein Denken nur in Rhodans Bahnen verlaufen zu lassen, kostete ihn kaum Konzentration. Mit einem unbeschreiblichen Hochgefühl blickte er sich um, nicht neugierig, nur interessiert, wie jemand, der vertraute Dinge nach langer Zeit wiedersieht.

Dort stand das Physiotron, jenes einmalige Aggregat, das Rhodan und seinen engsten Vertrauten bisher das Leben erhalten hatte. Alle zweiundsechzig Jahre mußten sie auf Wanderer erscheinen, um die biologische Auffrischung zu erneuern.

Seit langem wußte Cardif davon, genau wie ihm bekannt war, daß

Atlans Lebenserwartung durch einen eiförmigen Zellaktivator theoretisch keine Grenze gesetzt war. Einundzwanzig solcher Aktivatoren hatte er nun von *Es* gefordert, und *Es* hatte zu verstehen gegeben, daß *ES* diese Forderung erfüllen würde.

Ein leichter Schauer über seinen frevelhaften Betrug flog ihn kurz an. Unter Aufbietung aller Konzentration scheuchte er die Stimme seines Gewissens davon.

Denken in Rhodans Bahnen, zwang er sich auf. An den 21. Aktivator denken.

Und er begann sich als Rhodan zu fühlen. Er dachte mit dem Wissen des Vaters, und er dachte doch nicht richtig über *ES*.

Ich will nicht, so sagten seine Gedanken, alle zweiundsechzig Jahre hier zur Zelldusche erscheinen. Ich will wie Imperator Gonozal VIII. jung bleiben.

Nur um diesen Punkt kreisten seine Gedanken.

Er wußte um den Humor von *ES,* und daß *ES* ein Freund davon war, alles auf seine Art kompliziert zu machen.

Cardif zuckte merklich zusammen, als ohne Ankündigung die Stimme wieder in seinem Unterbewußtsein rief: *Alter Freund, du machst ja Odysseus Konkurrenz. Dieser Spaß zwingt mich, dir gefällig zu sein. Soll ich im Physiotron den einundzwanzigsten Zellaktivator auf deine persönlichen Schwingungen abstimmen, Perry Rhodan?*

Cardif fühlte den Schweißausbruch auf der Stirn.

Ja, dachte er. *Ja, stell den Aktivator ein.*

Es kam ihm nicht in den Sinn, die Worte von *ES* genau zu analysieren – ein Versäumnis, das noch schlimme Folgen haben sollte.

Kichern wurde ihm als Antwort gegeben. Kurz war die Pause, die danach folgte. Und wieder erklang die Stimme von irgendwoher: *Du bringst mich heute in Hochstimmung, Terraner. Freund, ich vergelte es mit gleichem. Warte draußen vor der Halle. Perry Rhodan, wenn ich den Zellaktivator auf dich abgestimmt habe, wirst du die übrigen zwanzig auch besitzen.*

Berauscht von einem Gefühl, wie er es noch nie erlebt hatte, verließ Thomas Cardif die Halle. Draußen zu warten, erschien ihm weniger anstrengend als in diesem geschlossenen Raum. Er zwang sich, nicht zu laufen. Gemessen, wie es Rhodans Art war, ging er.

Draußen empfing ihn das milde Klima der Kunstwelt. Die Leutnants Alkher und Nolinow waren seinem Befehl nachgekommen und hatten die kleine Zentrale der I-109 nicht verlassen.

Thomas Cardifs Blick glitt an dem schlanken Turm entlang.

Geschafft, dachte er dabei, um sofort wieder seine Gedanken unter Kontrolle zu halten. Auch diese Vorsicht gehörte zum Erbteil seines Vaters, der auch nie einmal Gewonnenes wieder leichtsinnig aufs Spiel setzte.

Voller Genuß atmete er die würzige Luft von Wanderer tief ein.

Da meldete sich sein Unterbewußtsein. Er glaubte, ES den Satz flüstern zu hören: *Du machst ja Odysseus Konkurrenz.*

Hatte ES ihn doch durchschaut? War das Täuschungsmanöver auf Wanderer mißglückt?

Plötzlich flüsterte Cardifs eigenes Ich in seinem Unterbewußtsein: *ES hat dich nicht durchschaut. ES* hat sich nur darüber amüsiert, daß du der alle zweiundsechzig Jahre fälligen Zelldusche mit Hilfe des Aktivators aus dem Wege gehen willst. Wegen dieses Tricks hat *ES* dich mit Odysseus, dem Listenreichen, verglichen.

Thomas Cardif strich sich über die Stirn. Die Spannung fiel wieder von ihm ab. Erneut atmete er die würzige Luft ein.

Er wartete, daß *ES* ihm einundzwanzig Zellaktivatoren bringen ließ.

Homunk, die Schöpfung von *ES* – ein humanoider Roboter größter Vollendung, beim ersten Besuch Rhodans auf Wanderer für ihn geschaffen, hörte *ES* belustigt kichern.

Homunk hielt sich im Hintergrund der Halle auf. Er hatte sie erst betreten, nachdem Thomas Cardif sie verlassen hatte. *ES* wollte keine Begegnung zwischen den beiden. *ES* wollte sich nur in seiner Art mit Homunk unterhalten. *ES* hätte dazu das Erscheinen des Roboters nicht benötigt, aber die Situation erschien ihm so grotesk, daß er der Ansicht war, Homunk müßte herbei.

Ein Wechselgespräch kam auf.

„Homunk, hast du ihn erkannt?"

„Sofort, Herr."

„Alles, was Rhodan heißt, amüsiert mich königlich, Homunk. Diese Kulturbarbaren auf dem dritten Planeten einer lächerlichen kleinen Sonne verfügen über Einfälle, die belohnt werden müssen."

„Herr, du willst Rhodans Sohn unterstützen?"

„Wenn der kleine Schwindler klug genug ist, warum sollte ich es dann nicht? Aber er hat erst noch zu beweisen, ob er klug ist. Ein kluger Schwindler läßt sich wohl mit dem Namen des anderen anreden, doch er versucht selbst nie, sich in seinem Denken mit dem anderen zu identifizieren."

„Herr, wird er deine Frage verstehen: Soll ich im Physiotron den einundzwanzigsten Zellaktivator auf deine persönlichen Schwingungen abstimmen, Perry Rhodan?"

„Homunk, du enttäuschst mich heute. Bin ich das Schicksal? Nur Törichte versuchen, der Allmacht in den Arm zu fallen. Darum denke ich auch nicht daran, Rhodan zu helfen. Wer so viel wagt, wie er auf Okul gewagt hat, muß dafür auch den Preis bezahlen."

„Herr, jetzt schweben aber beide in Gefahr, umzukommen."

„Ich bestreite es nicht, Homunk."

„Herr, du setzt Thomas Cardif größter Gefahr aus."

„Noch nicht. Bevor es soweit ist, werde ich ihn warnen, Homunk. Ich werde ihn sehr eindringlich warnen. Er hat alles Wissen, das Rhodan über mich besitzt, übernommen. Wer es wagt, so zu handeln, wie Thomas Cardif, muß auch jene Klugheit besitzen, die ihn befähigt, mit fremdem Wissen zu arbeiten. Doch nun ist es an der Zeit, den Zellaktivator aus dem Physiotron zu nehmen, Homunk. Willst du dich überzeugen, ob er genau auf Perry Rhodans Schwingungen eingestellt ist, wie Thomas Cardif es gewünscht hat?"

„Herr, Cardif ist aber nicht Rhodan. Dich und mich hat er nicht täuschen können wie bisher alle anderen. Der Zellaktivator wird bei ihm kontraindiziert sein, weil seine Zellkernstrahlung nicht genau mit der Rhodans übereinstimmt."

„Ich werde ihn vor der Kontraindikation warnen, Homunk, sehr deutlich warnen, wenn es an der Zeit ist."

„Und was lösen die anderen zwanzig Zellaktivatoren aus, welche die Priester des Baalol von Cardif verlangen, Herr?"

„Einen Spaß, Homunk, und eine heilsame Lehre, die den Antis

vielleicht deutlich vor Augen führen, daß man mit mir keine üblen Scherze treiben darf. Aber Thomas Cardif amüsiert mich, dabei kennt er doch das Sprichwort vom betrogenen Betrüger. Er ist doch nicht so klug wie sein Vater."

Das Wechselgespräch in der Halle war zu Ende. *ES* stimmte wieder sein vergnügtes Kichern an, und Homunk, dessen Gehirn eine halborganisch-intotronische Verbindung war, die auf sechsdimensionaler Basis arbeitete, wagte nicht mehr, *ES* anzusprechen.

Homunk war nicht besorgt. Er kannte *ES* zu gut, um zu wissen, daß Thomas Cardif sein Schicksal selbst in der Hand hielt und sein zukünftiges Leben damit bestimmte.

Homunk stand immer noch im Hintergrund der Halle. Er sah, wie der Zellaktivator das Physiotron verließ, und er blickte hinter dem eiförmigen Körper her, als er dem großen Hallentor zuschwebte.

Abgestimmt auf Perry Rhodans Zellkernschwingungen, wäre dem Terraner, wenn er den Aktivator wie Atlan auf dem Körper getragen hätte, relative Unsterblichkeit verliehen worden, aber Thomas Cardif war nicht Perry Rhodan.

Homunk blickte immer noch dem langsam davonschwebenden Aktivator nach. Das vergnügte Lachen von *ES* klang nicht laut, aber es war mächtig genug, um die große Halle auszufüllen.

ES amüsierte sich über diese Terraner. Seitdem *ES* existierte, hatte noch nie ein Wesen versucht, *ES* zu betrügen, aber heute war dies versucht worden – und das stimmte das Wesen vergnügt.

Thomas Cardif ging auf die Space-Jet zu.

Er hatte es geschafft. Er trug den Zellaktivator am Körper. Das ewige Leben stand vor ihm. Nur ein gewaltsames Ereignis konnte ihn noch töten. Gegen Zellverfall war er von jetzt an gefeit. Durch das unbegreifliche Wirken des eiförmigen Körpers auf seiner Brust wurde eine ununterbrochene Auffrischung sich abbauender Zellen ausgelöst.

Er hatte es geschafft. Trotzdem unterdrückte er sein Triumphgefühl. Noch befand er sich auf Wanderer. Noch immer bestand Gefahr, daß *ES* das Täuschungsmanöver erkannte.

ES schwieg. *ES* hatte sich von ihm verabschiedet, als Cardif sich den Atkivator umhängte und ihn unter der Uniform verbarg.

202

Perry Rhodan, ich habe ihn genau auf deine Schwingungen abgestellt. Ich habe es gern getan, alter Freund. Die zwanzig anderen Geräte sende ich dir nach. Du wirst sie vor der Schleuse deines Raumboots finden. Mache dir über den Behälter, in dem sie stecken, keine Sorgen. Wenn du willst, daß er sich öffnen soll, dann öffnet er sich. Bestehst du darauf, daß er geschlossen bleibt, dann kann keine Macht der Welt an den Inhalt heran. Leb' wohl, Rhodan, dein Besuch hat mir Freude gemacht wie selten.

Danach hatte das Fiktivwesen auf Wanderer noch einmal sein dröhnendes Lachen angestimmt. Bis zur Hälfte des kreisrunden Platzes hatte es Thomas Cardif begleitet, um dann abrupt zu verstummen.

Nur noch hundert Meter trennten Cardif von der I-109, als er einen bisher noch nie erlebten belebenden Strom durch seinen Körper fließen fühlte.

Der Aktivator arbeitet, dachte er, und er mußte alle Energien aufwenden, um nicht in einen euphorischen Zustand zu verfallen. Er verhielt den Schritt, er lauschte in sich hinein, und dann gab es für ihn keine Täuschung: Er fühlte sich plötzlich jung, aufgeladen mit einem Maximum an Energien und befreit von einem Druck, der auf ihm gelegen hatte, seitdem er sich auf Wanderer befand.

Als er die kleine Rampe der Space-Jet erreichte, tauchte aus dem Nichts vor ihm eine blaßrot leuchtende Kugel auf. Sie schwebte in Höhe seines Kopfes. Zwanzig dunkle, eiförmige Gegenstücke zu dem Zellaktivator, den er vor der Brust trug, konnte er in ihrem Innern erkennen.

Er streckte die Hand danach aus und berührte die Oberfläche des kugeligen Gehäuses. Sie fühlte sich kühl an, aber nicht kalt. Sie schien massiv zu sein, aber Cardif glaubte es nicht. Rhodans Wissen gab ihm eine Erklärung über die Struktur dieser Hohlkugel. Es war ein Zeitfeld, abgestimmt auf seine Impulse, und ließ sich nur kraft seines Willens öffnen.

Plötzlich verstand er das Gemeinschaftswesen, was es damit hatte sagen wollen: Ohne deinen Willen kommt keine Macht der Welt an die zwanzig Zellaktivatoren heran.

Mit einem Lächeln um den Mund betrat er die kleine Zentrale der

Space-Jet. Stana Nolinow und Brazo Alkher hatten es sich gemütlich gemacht und spielten Schach. Sie wollten aufspringen, als Rhodan plötzlich vor ihnen stand.

Er winkte ab. Er nickte ihnen zu. Irgendwie mußte er seinen Triumph an den Mann bringen. In diesem Augenblick wirkte er auf die beiden jungen Offiziere wie Perry Rhodan, der für jeden, wenn es nur gerade möglich war, immer ein offenes Ohr hatte.

„Aber die Partie müssen Sie leider abbrechen, meine Herren. Wir starten." Cardif-Rhodan übersah die neugierigen Blicke der beiden Leutnants, die immer wieder die in Schulterhöhe Rhodans schweben-de, blaßrote Kugel ansehen mußten. Er gab ihnen darüber keine Erklärung ab.

Hastig erhoben sich Nolinow und Alkher. Jeder nahm seinen Platz ein. Vom Schaltpult aus ließen sie die Rampe einfahren und die Schleuse schließen. Die Stille in der Space-Jet war vorbei. Durch die I-109 lief ein Zittern.

Die beiden Offiziere hatten jetzt keine Zeit, sich umzudrehen, als sie hinter ihrem Rücken die Schritte Rhodans hörten, der die Zentrale verließ. Doch während sie noch die letzten Vorbereitungen zum Start trafen, kehrte Cardif-Rhodan wieder zu ihnen zurück, dieses Mal aber ohne die schwebende, blaßrot leuchtende Kugel.

„Start", sagte Brazo Alkher gewohnheitsgemäß.

Die I-109 stieß zur Energieglocke hoch, die sich in Halbkugelform über die sechshundert Kilometer durchmessende Scheibe wölbte, auf der die Zauberwelt Wanderer existierte.

Alkher brachte das Triebwerk auf Maximalleistung. Unter dem Brüllen der Motoren jagte die I-109 durch die Strukturlücke in den normalen Weltraum hinein.

Kaum hatte das kleine Sternenboot die Grenze passiert, als auf dem Rundsichtschirm von dem Energieschirm nichts mehr zu entdecken war. In ihrer nächsten Nähe sah der sternenarme Weltraum so aus, als ob es hier nicht die rätselhafte Kunstwelt gab, die von den Menschen Wanderer getauft worden war.

Ohne ein Wort zu sagen, verließ Cardif-Rhodan abermals die kleine Zentrale. Er mußte allein sein. Er wollte allein sein. Er wollte jetzt seinen Triumph in vollen Zügen genießen.

204

Er, der Unsterbliche, hatte es geschafft, und aus den Fängen der Antis zu entkommen, war bei dem Köder, den er in zwanzigfacher Form besaß, kein Kunststück mehr.

Cardif schloß hinter sich die Kabinentür ab. Er ließ sich im Sessel nieder. Die blaßrot leuchtende Energiezeitfeldkugel schwebte in der Ecke. Cardif konzentrierte sich darauf.

Öffne dich! dachte er.

Die Kugel schwebte heran, lautlos, blieb über seinem Schoß in zehn Zentimeter Höhe stehen. Ein Spalt wurde sichtbar. Ein eiförmiger Körper in der Kugel trieb auf den Spalt zu. Ein Zellaktivator verließ sein Schutzgehäuse und fiel in Cardifs Schoß.

Seine Hände griffen danach. Er musterte den Aktivator von allen Seiten. Dieses Stück unterschied sich nur in einem Merkmal von dem Aktivator, den er selbst trug. Die zwanzig Aktivatoren konnten von jedermann getragen werden, da sie über keine spezielle Justierung auf ein bestimmtes Wesen verfügten – so wie das Gerät auf Cardifs Brust.

„Zwanzigmal ewiges Leben, ihr Priester!" höhnte er, und er hatte in diesem Augenblick den Wunsch, ihnen bereits gegenüberzustehen.

Sie hatten für weniger als zwanzig Aktivatoren den Preis zu zahlen, den er ihnen abverlangte.

Ewiges Leben war unbezahlbar.

„Warum soll ich nicht mit nur einem Aktivator von den Antis alles erzwingen können?" Er schob den eiförmigen Körper wieder durch den Spalt des Zeitfelds. Automatisch schloß sich die leuchtende Kugel wieder. Als ob sie ein selbständig denkendes Wesen wäre, schwebte sie in die Ecke zurück.

„Geschafft!" rief Thomas Cardif stolz aus.

Die Space-Jet I-109 hatte halbe Lichtgeschwindigkeit überschritten, traf aber noch keine Anstalten, in Transition zu gehen. Über Interkom hatte Cardif-Rhodan befohlen, erst bei 99,01 der Lichtgeschwindigkeit zu springen.

Stana Nolinow drehte sich zu Alkher um: „Brüderchen, hast du eine Ahnung, wie weit unsere nächsten Überwachungskreuzer von uns entfernt sind?"

„Keine Ahnung, Stana", erwiderte Alkher. „Wenn du es wissen willst, frage die Positronik."

„Dahin ist mir der Weg zu weit." Das war eine unverschämte Übertreibung. Stana Nolinow brauchte sich mit seinem Sessel nur herumzuschwingen, um vor der Bordpositronik zu sitzen. In Sekundenfrist hätte ihm das Rechengehirn übermittelt, wo die nächsten Kreuzer der Solaren Flotte standen.

Ein knisterndes Geräusch ließ die beiden Leutnants hochfahren. Die Strukturtasterortung der I-109 hatte angesprochen. Aus dem Nichts heraus tauchte ein riesiges, walzenförmiges Raumschiff auf. Die stufenlose Vergrößerung der Space-Jet zeigte die plumpe Walze mit den abgerundeten Enden erschreckend deutlich, als stünde das unbekannte Schiff dicht vor ihnen. Dabei trennten sie noch mehr als eine Million Kilometer. Doch was spielte diese Distanz bei halber Lichtgeschwindigkeit für eine Rolle?

In der I-109 schrien drei Sirenen Alarm.

Brazo Alkher war schlagartig ein anderer geworden. Er sah nur noch das unbekannte Schiff auf die Space-Jet zurasen.

Ein Strahl aus dem Geschützturm des Walzenraumers ließ ihn aufstöhnen. Mit der linken Hand schlug er die Sperre für das Triebwerk zurück. Der feindliche Strahl war einige tausend Kilometer seitlich der Space-Jet in den Raum gezischt.

„Ich übernehme", knirschte neben Brazo Alkher Leutnant Stana Nolinow.

Alkher hatte jetzt beide Hände frei.

Das alles hatte sich in Sekundenbruchteilen abgespielt.

Ein Walzenraumer wollte sie kapern. Man hatte es auf Perry Rhodan abgesehen.

Die Notruftaste verschwand in der Fläche des Schaltpults. Verbunden mit der Bordpositronik, die in derselben Sekunde die galaktische Position der I-109 feststellte, ging über den starken Hyperfunksender der I-109 der Notruf ins Weltall.

Zur selben Zeit schoß Brazo Alkher mit den drei Impulsgeschützen der Space-Jet.

Alkhers Schüsse schmolzen in Höhe der Maschinen die Wandung des Walzenraumers auf.

Dann waren beide Schiffe schon aneinander vorbei.

„Aus", sagte Brazo.

Stana Nolinow dachte nicht daran, zu widersprechen. Die Instrumente verrieten genug.

Sie sagten auch, von wem die Terraner angegriffen worden waren: von Antis.

Die Kraftstation der Space-Jet lieferte Energie wie bisher, aber die Energie erzielte keine effektive Wirkung mehr.

Ein von den Dienern des Baalol errichtetes mentales Kraftfeld hatte sich um die kleine Maschinenanlage der I-109 gelegt.

Brazo Alkher und Stana Nolinow waren dadurch vom Maschinenteil ihrer Space-Jet getrennt. Die freiwerdende Energie konnte sich nur noch innerhalb des Mentalfelds austoben. Sie mußte zu einer Explosion führen, wenn nicht bald abgeschaltet wurde.

Stana Nolinow tat es. Der Hauptschalter ging auf Aus.

Der Mann, den sie für Perry Rhodan hielten, stürzte aus seiner Kabine.

„Antis, Sir", sagte Alkher lakonisch und deutete müde auf den Rundsichtschirm.

Im großen Bogen näherte sich der Walzenraumer erneut.

„Antis?" stieß Cardif-Rhodan aus.

„Sir, ich konnte noch einen Notruf abstrahlen", sagte Alkher.

„Gut, Alkher", antwortete Cardif-Rhodan. „Woher wollen Sie wissen, daß wir es mit Antis zu tun haben?"

„Sir", erwiderte der junge Leutnant, „hören Sie es denn nicht? Wir haben unser Triebwerk abschalten müssen, um uns nicht selbst in den Raum zu jagen. Diese Antimutanten haben ein Mentalfeld um unseren Maschinenraum gelegt."

Barsch fiel Thomas Cardif dem jungen Leutnant ins Wort: „Habe ich Sie beauftragt, mir Belehrungen zu erteilen?" Damit drehte er sich um und verließ die Zentrale der Space-Jet.

„Brüderchen", fragte Stana entsetzt, „kannst du mir erklären, was den Chef so konfus machte?"

Deprimiert durch die ungerechte Zurechtweisung Rhodans winkte Brazo ab. „Was weiß ich. Da! Sie holen uns mit einem Traktorstrahl heran."

Vorläufig war an ihrer Lage nichts mehr zu ändern. Ihre Hoffnung konnten sie allein auf die Solare Flotte stützen.

Die Space-Jet I-109 wurde mit Hilfe eines Traktorstrahls an Bord des Walzenraumers geholt.

Ein harter Stoß ging durch das diskusförmige Beiboot. Die Space-Jet I-109 landete im großen Hangar des fremden Schiffes.

Die große Schleuse des Walzenraumers schloß sich. Dann dauerte es Minuten, bis die Beleuchtung des Hangars aufflammte. In der Zwischenzeit mußte die Halle voll Luft gepumpt worden sein, denn ein Mann ohne Schutzanzug trat durch eine Tür in den großen Raum hinein.

Thomas Cardif, der über den Bildschirm in seiner Kabine alles beobachtete, hatte ihn auf den ersten Blick erkannt. Der Hohepriester Rhobal ging auf die Stelle der Space-Jet zu, wo sich die Schleuse befand.

Da erst begriff Thomas Cardif, daß er die Antis unterschätzt hatte. Sie ließen sich nicht so leicht betrügen. Sie hatten mit diesem Manöver seinen Plan durchkreuzt, der darauf hinauslief, sie durch Zurückhaltung der Zellaktivatoren unter Druck zu setzen.

Vermutlich hatten die Antis in der Nähe Plutos auf sein Erscheinen gewartet und waren der Space-Jet dann bis hierher gefolgt. Mit ihren mentalen Kräften hatten sie eine Ortung zunächst verhindert. Immerhin – nach Wanderer waren auch die Antis nicht gelangt.

Cardif-Rhodan schaltete den Interkom ein und befahl: „Öffnen Sie die Schleuse, Alkher! Und noch eins, meine Herren, wenn die Antis unseren Notspruch nicht bemerkt haben, dann machen Sie unter keinen Umständen darüber eine Aussage. Dieser Notruf ist unsere einzige Chance."

Kurz darauf stand er dem Hohenpriester gegenüber.

Rhobal verbeugte sich vor ihm. „Die Diener des Baalol sind erfreut, Perry Rhodan, den Ersten Administrator des Solaren Imperiums, in ihrem Raumschiff zu empfangen. Darf ich Sie bitten, mir zu folgen?"

Cardif rührte sich nicht.

„Darf ich bitten, Administrator?" wiederholte Rhobal noch einmal seine Aufforderung, wandte dann vorsichtig nach rechts und links seinen Kopf und zwang Cardif damit, das gleiche zu tun.

Im tiefen Schatten des Hangars, an der Lichtgrenze, standen Kampfmaschinen Schulter an Schulter. Alle Roboter starrten den Mann in der einfachen Uniform des terranischen Administrators an. Ihre Strahlwaffen waren auf ihn gerichtet.

Als Cardif den ersten Schritt tat, sagte Rhobal so leise, daß nur der andere es hören konnte: „Ich habe doch gewußt, daß wir beide einig werden."

Bully war noch unterwegs zur Zentrale, und die Sirenen im Schiff heulten immer noch, als die IRONDUKE schon abhob.

Im verstärkten Ringwulst des Kugelraumers brüllten die Impulsmotoren auf – außerhalb der Kugelschale verschwanden die beiden Ringe von Teleskopstützen in der Schiffshaut – während Hunderte von Männern auf ihre Stationen eilten. Einer fragte den anderen nach dem Grund des Alarms. Keiner wußte Bescheid. Nur zwei Mann ahnten, was geschehen war: Reginald Bull, Perry Rhodans Stellvertreter, und Solarmarschall Mercant, Chef der Solaren Abwehr.

Bully stürzte in die Zentrale.

Aber er hatte zu warten wie jeder andere. Der Start der IRONDUKE mit der Wachbesatzung verlangte von jedem einzelnen im Schiff höchste Konzentration.

Jefe Claudrin, der Epsaler, brachte sein Linearschiff vom Boden. Er gehörte zu den Größen unter den Kommandanten. Mit der Veranlagung, Kugelraumer zu fliegen, war er anscheinend geboren worden. Seine Donnerstimme erteilte Befehle.

Bully blickte kurz zur Seite, und sein Blick traf sich mit dem Mercants.

„Notruf von der Space-Jet I-109", meldete der Cheffunker. „Automatikruf mit Angabe der Koordinaten."

Bully trat zu Claudrin. Der Epsaler warf ihm einen flüchtigen Blick zu.

Bully sagte ins Mikrophon: „Funkspruch an das Hauptquartier der Solaren Flotte: Alarm für Dritten Schweren Kreuzerverband, für die 18., 19. und 23. Flottille der Leichten Kreuzer, und Alarm für drei Einheiten der Superschlachtschiffe. Ziel . . ."

209

Die Koordinaten folgten.

Danach hatte Bully noch einen Satz zu sagen: „Der Administrator wird in diesem Raumsektor vermißt."

Stana Nolinow und Brazo Alkher hörten die schweren Schritte von Robotern. Sie ahnten, was auf sie zukam.

„Vorläufig aus, wenn nicht für immer", stellte Nolinow sarkastisch fest. Sie standen unbewaffnet vor ihren Pilotensitzen, als die erste Kampfmaschine eintrat. Vier andere folgten.

„Mitkommen!" befahl ihnen einer der Roboter. Unverwandt zielten seine Waffen auf die beiden Terraner. Von zwei Robotern eskortiert, verließen die beiden Männer die Space-Jet. Der diskusförmige Flugkörper war von Robotern umstellt. Eine Gasse tat sich für die Terraner auf. Sie folgten der Kampfmaschine, die ihnen befohlen hatte, mitzukommen.

Als Stana den Versuch unternahm, mit Brazo zu reden, klirrte die metallische Stimme: „Keine Gespräche."

Nolinow schwieg. Roboter handelten nach ihrer Programmierung. Programmierungen kannten keine Gefühle, und Stana Nolinow war kein Selbstmörder.

Sie bekamen keine Möglichkeit, zu fliehen und sich im Walzenraumer zu verbergen. Als sie das Hauptdeck betraten, sahen sie vor einem Maschinenraum aufgeregt diskutierende Personengruppen zusammenstehen. Unruhe herrschte im Schiff, Rufe waren zu hören. Von einem Brand war die Rede, der noch nicht unter Kontrolle zu bekommen war.

Brazo Alkher lächelte kurz. Er freute sich, daß sein dreifacher Strahlschuß diese Zerstörung im Maschinenraum des Walzenschiffs angerichtet hatte. Diese Tatsache verbesserte ihre Gesamtlage. Die Antis konnten nicht weiterfliegen, sondern mußten versuchen, den Schaden zu beheben. Die Solare Flotte mußte inzwischen zu diesem Sektor unterwegs sein, und es würde kein Problem sein, dieses flügellahme Raumschiff der Antimutanten aufzubringen.

Plötzlich ging ein harter Schlag durch den mehr als dreihundert Meter langen Raumer. Das Zittern, das durch den Boden lief, war noch nicht verebbt, als Sirenen losheulten. Die Menschengruppen am Ende des Hauptdecks jagten nach allen Richtungen auseinander. Die Antis, die an Alkher und Nolinow vorbeiliefen, achteten nicht auf die Terraner. Panik stand in den Gesichtern der Priester.

Stana Nolinow grinste breit.

Sie wurden von den Robotern in eine Kabine gestoßen. Beide kamen zu Fall. Als sie sich aufrichteten, war hinter ihnen die Tür wieder geschlossen. Sie waren endgültig Gefangene der Antis und konnten von sich aus nichts mehr unternehmen.

Thomas Cardif glaubte sich von allem Glück verlassen, als er sich umblickte und die fanatischen Gesichter der Priester sah. Auch Rhobal, der Hohepriester, hatte keinen freundlichen Blick mehr für ihn übrig.

Er stellte sich vor Cardif, der aufgefordert war, als einziger in der großen Kabine Platz zu nehmen.

Eiskalt, drohend, sagte Rhobal: „Als Edmond Hugher hat der Baalol dich auf Aralon studieren lassen. Als Edmond Hugher hast du dem Baalol ewige Treue geschworen. Dem Baalol hast du es zu verdanken, nach achtundfünfzig Jahren von dem Hypnoseblock befreit worden zu sein, den Arkon dir im Auftrag deines Vaters aufgezwungen hatte. Als Thomas Cardif hast du abermals ewigen Dank dem großen Baalol geschworen. Mit unserer Hilfe konnte Rhodan ausgeschaltet werden, mit unserer Hilfe bist du Perry Rhodan geworden, und als Dank dafür versuchst du uns jetzt zu betrügen? Cardif, ein Wort von uns, und die Terraner reißen dir die Maske vom Gesicht, und du hast dein Spiel ausgespielt. Wir werden deine wahre Identität bekanntgeben, wenn du uns nicht das aushändigst, was du von dem unsichtbaren Planeten mitgebracht hast. Wir hätten dich auch verraten, wenn es dir gelungen wäre, mit den Zellaktivatoren zur Erde zu kommen. Hast du ernsthaft mit dem Gedanken gespielt, uns erpressen zu können?"

Wie Hammerschläge hatten Cardif diese Sätze getroffen.

„Cardif, wo sind die Zellaktivatoren?" fragte Rhobal mit drohender Stimme und richtete den Hypnostrahler auf Cardif.

In ohnmächtiger Wut sah dieser ein, daß jeder Widerstand zwecklos war, doch gerade im Augenblick größter Niedergeschlagenheit erinnerte er sich daran, daß sich die zwanzig Zellaktivatoren in einem kugelförmigen Zeitfeld befanden, das sich nur dann öffnete, wenn er es wollte.

„Rhobal, die zwanzig Aktivatoren befinden sich in meiner Kabine der Space-Jet."

Ruhig klangen seine Worte. In einer für den echten Rhodan typischen Bewegung reckte er sich. Die auf ihn gerichtete Hypnowaffe übersah er.

Unwillkürlich stutzten die mehr als zwei Dutzend Antis. Die Veränderung, die mit Cardif vor sich gegangen war, konnten sie nicht übersehen. Plötzlich strahlte Rhodans Sohn jenes Fluidum aus, das seinen Vater immer wieder ausgezeichnet hatte.

„Rhobal, hole sie doch", forderte er ihn auf. „Ich weiß, euch interessieren die Zellaktivatoren nur am Rande. Was bedeutet es denn schon, ewiges Leben zu besitzen? Für euch doch nichts, oder vielleicht doch? Nun? Wer von euch bekommt denn keinen Aktivator? Habt ihr schon unter euch verlost?"

Er kannte die Diener des Baalol besser als jeder andere Terraner.

Psychologisch geschickt spielte er einen gegen den anderen aus. Den einflußreichsten Antis stand er hier gegenüber. Alle kannte er, keiner war frei von der Gier nach Macht. Er wußte, mit welchen Mitteln sich jeder einzelne seine Position geschaffen hatte. Keiner, der vor ihm stand, war freiwillig bereit, auf einen Zellaktivator zu verzichten.

„Cardif", warnte Rhobal in drohendem Ton, „es wird dir nicht gelingen, unter uns Zwietracht zu säen, und ebensowenig wird es dir gelingen, uns jemals zu entkommen. Vergiß nicht, daß Perry Rhodan lebt. Und er wird so lange leben wie du, damit wir dich immer daran erinnern können, daß du nur sein Sohn bist."

Zum erstenmal blitzte es in Cardifs Augen auf.

„Antis!" Er sprach voller Verachtung und bedachte jeden mit seinem Blick. „Ihr seid nicht stärker als ich. Ihr plant, das Solare Imperium zu übernehmen. Versucht es doch – ohne mich. Noch sind die zusätzlichen dreihundert Springerkontore nicht genehmigt. Wie

212

wollt ihr sie errichten – ohne mich? Weder euer Agent Banavol noch der Baaloldiener auf Pluto haben mich unter Druck setzen können."

„Du hast Athol ermordet, Cardif", schleuderte ihm Rhobal entgegen.

Zynisch lachte der Mann auf. „Gerade aus deinem Mund, Rhobal, hört sich dieser Vorwurf unglaubwürdig an. Also, wie verhandeln wir jetzt weiter? Auf der Basis der Gleichberechtigung, oder glaubt ihr immer noch, der stärkere Teil zu sein?"

Gelassen wartete Cardif ab, was der Hohepriester ihm zu sagen hatte.

Der wandte sich an zwei Antis. „Holt die Zellaktivatoren aus der Space-Jet."

In diesem Moment ging ein harter Schlag durch das Walzenraumschiff. Cardif lächelte schwach. Rhobal sah dieses Lächeln.

„Geht!" befahl er den beiden Priestern, die erschreckt stehengeblieben waren, und mit vor Zorn blitzenden Augen sagte er zu Cardif: „Wenn wir durch den heimtückischen Angriff deiner Space-Jet explodieren, stirbst du mit uns."

„Ich kann es nicht ändern", erwiderte Thomas Cardif kalt.

Dann warteten sie auf die Rückkehr der Baaloldiener, die den großen Raum bald wieder betraten. Zwischen ihnen schwebte das blaßrote Zeitfeld von einem halben Meter Durchmesser. Als schwarze, eiförmige Körper waren darin die Zellaktivatoren zu sehen.

Ehrfurchtvolle Bewunderung zeigte sich auf den von Fanatismus geprägten Gesichtern der Antis. Doch aus Bewunderung wurde Gier. Vor ihnen, in einer Energiehülle unbekannter Art, schwebte zwanzigmal ewiges Leben.

„Öffne die Kugel, Cardif!" Rhobals Stimme zitterte.

Thomas Cardif lehnte sich bequem im Sessel zurück. „Warum soll ich es tun? Warum öffnest du die Hülle nicht, Rhobal?" Starr blickte er ihn dabei an.

Ohne Vorwarnung hob Rhobal seine Waffe und gab einen Hypnoschuß auf Cardif ab.

Der saß im selben Moment wie erstarrt im Sessel.

„Cardif", befahl der Hohepriester des Baalolkults, „öffne die Kugel!"

213

Und erstaunt hörten die Antis Cardif sagen: „Ich will, daß du dich öffnest."

Doch die im blassen Rot leuchtende Kugel blieb geschlossen.

Was wußten die Antis von dem Fiktivwesen auf Wanderer?

Ihr Wissen beschränkte sich allein auf Cardifs Angaben, und die konnten bis zu seinem Besuch auf Wanderer nicht hundertprozentig gewesen sein.

„Aufschneiden", schlug ein Priester vor. Er war so erregt, daß er kaum sprechen konnte.

Ein Desintegratorblaster zielte auf die Energiehülle. Der Strahl traf den oberen Polteil.

Leicht pendelnd, unversehrt, schwebte die blaßrote Kugel im Raum.

„Einen Versuch mit Thermo", schlug ein anderer Baaloldiener vor.

„Nein", widersprach Rhobal, den die Ahnung überkam, daß diese Kugel jedem Öffnungsversuch widerstehen würde. „Nur der Terraner kann sie öffnen."

„Aber er hat es doch gerade versucht, Rhobal", wurde ihm entgegnet.

„Er ist nicht er, solange er sich im Hypnoschock befindet", erklärte der Hohepriester ungeduldig. Dicht stand er vor der Kugel. Sein Blick lag unverwandt auf den noch unerreichbaren Zellaktivatoren. Es kostete ihn unmenschliche Anstrengung, seine wilde Erregung den anderen nicht zu zeigen.

Dicht vor ihm schwebte das ewige Leben. Die Zukunft war für ihn offen. Für ihn und neunzehn andere Hohepriester des Baalol. Sie würden unsterblich wie Imperator Gonozal VIII. werden.

Vorwürfe wurden gegen Rhobal erhoben, weil er seine Hypnowaffe auf Cardif abgeschossen hatte. Die Gier nach den Zellaktivatoren zerstörte jede Rangordnung, keiner nahm noch Rücksicht darauf, daß Rhobal ihr Vorgesetzter war und nur der Hohe Baalol auf Trakarat die Aktivatoren verteilen durfte.

Sie verlangten nach den Aktivatoren. Sie begannen Drohungen gegen Rhobal auszustoßen.

Rhobal sah sich einmal kurz um, dann schrie er laut: „Roboter!"

Die Tür zum Nebenraum öffnete sich. Vier Kampfmaschinen traten ein, stellten sich rechts und links der Tür auf und bedrohten die Diener des Baalol mit ihren Strahlwaffen.

Thomas Cardif, aus der Kurzhypnose wieder erwacht, lachte amüsiert auf. Wie von der Tarantel gestochen, drehte Rhobal sich zu ihm herum. „Öffne die Kugel, Terraner, oder ich zwinge dich dazu."

„Große Worte und nichts dahinter", stellte Cardif fest. Er trat neben die Kugel und umfaßte sie mit beiden Armen. Wie einen Ball hob er sie über seinen Kopf. „Seht euch die Zellaktivatoren an, die euch das ewige Leben schenken können. Zwanzig Stück warten auf euch, aber ihr werdet sie nie erhalten, wenn ich nicht aus *freiem* Willen den gedanklichen Befehl erteile, daß sich die Kugel öffnen soll. Hinter unserer Zeit verborgen ruhen sie. Versteht ihr das? Ein Zeitfeld schließt sie ein, und das Zeitfeld bleibt geschlossen, solange ich nicht aus freien Stücken befehle, daß es sich öffnen soll. Nun, Rhobal, wagst du immer noch, mir zu drohen?"

Er ließ die Energiekugel los. Sie schwebte auf der Stelle. Das blaßrosa Leuchten hatte etwas Beruhigendes an sich, aber die erregten Antis sprachen darauf nicht an.

Mit aufreizender Lässigkeit nahm Cardif wieder im Sessel Platz. „Rhobal, bist du nun bereit, mit mir zu verhandeln, oder glaubst du immer noch, befehlen zu können?"

„Verhandeln! Verhandeln!" riefen die ersten Antis sofort.

Noch lauter aber war die Durchsage der Bordverständigung: „Rhobal, ein Raumschiff der Solaren Flotte befindet sich im Anflug auf unsere Position."

Zwei Dutzend Antis wurden vor Schreck starr.

Der Mann aber, der Perry Rhodans Stelle im Solaren System eingenommen hatte, fluchte innerlich.

Er ahnte, wie das Schiff hieß, das sich im Anflug befand: IRONDUKE. Und er wußte, daß sich mit dem Auftauchen des Linearschlachtschiffs seine Lage verschlechtert hatte.

Jetzt würden ihm die Antis wieder damit drohen, ihn als Betrüger an die Solare Flotte auszuhändigen, wenn er nicht sofort die zwanzig Zellaktivatoren an sie herausgab.

Er blickte auf. Vor ihm stand Rhobal. Der Anti grinste ihn triumphierend an.

Mit hoher Geschwindigkeit kehrte die IRONDUKE in den Normalraum zurück. Das havarierte Springerschiff mit den Antis an Bord wurde im Zielsektor geortet. Immer deutlicher wurde das Walzenschiff mit den abgeplatteten Enden.

Die Funkmeßortung, mit dem großen Bordgehirn gekoppelt, hatte längst schon die ersten Werte zur Durchrechnung abgegeben. Seitdem die IRONDUKE sich wieder im normalen Universum befand, erhielt die Positronik in jeder Sekunde hundertachtzig sich ständig verändernde Wertgruppen, mit der das Gehirn spielend fertig wurde.

Trotz der immer noch halben Lichtfahrt schien das Schlachtschiff sich nur unmerklich dem Walzenraumer zu nähern. Gerade wollte Bully diesen Punkt geklärt haben, als der Leitende Offizier an der Positronik meldete: „Fremdraumer nimmt Fahrt auf."

Jefe Claudrin handelte unverzüglich.

„Wann sind wir auf Schußweite heran, Claudrin?" fragte Bull.

„Schußweite wird zwischen dreihundertdreißig bis dreihundertvierzig Sekunden erreicht, wenn Walzenraumer vorher nicht in Transition geht. Fremdschiff beschleunigt seit zwanzig Sekunden sehr stark."

Wieder dröhnte Claudrins Stimme auf. „Aufforderung an Fremdraumer: Zwecks Kontrolle abstoppen! Sonst Feuereröffnung!"

Rechts von Bully stand Mercant. Der Solarmarschall blickte nur hin und wieder auf die Bildscheibe, dafür um so öfter auf seinen Chronometer.

Seit der Zeitangabe von der Positronik her waren hundert Sekunden verstrichen.

„Hundert vorbei, Bull . . ." Weiter kam er nicht.

Die Funkanlage der IRONDUKE gab eine aufsehenerregende Meldung durch.

„Fremdraumer BAALO droht, Perry Rhodan zu erschießen, wenn der Befehl zum Stoppen nicht sofort zurückgenommen wird. Ultimatum gestellt. Ultimatum läuft in siebzehn Sekunden ab."

Mit starrem Blick, den Kopf leicht in den Nacken gelegt, sah Bully den Lautsprecher an. „Diese Antimutanten lassen uns nicht einmal Zeit, nachzudenken." Er beugte sich über den Telekomanschluß. „Befehl zum Stoppen aufgehoben. Wir verpflichten uns, Schußweitebereich nicht anzufliegen, Bitten um Verhandlung."

Claudrin wußte, was er zu tun hatte.

Sein Schlachtschiff nahm eine Kursänderung vor, gleichzeitig bremste er den Kugelraumer stark ab. Die Andruckabsorber im tiefer gelegenen Teil des Schiffes begannen bei der schlagartig auftretenden Belastung zu wimmern. Kein Mensch in der Zentrale achtete darauf. Kein überflüssiges Wort fiel. Alle warteten darauf, was in wenigen Sekunden über den Lautsprecher kommen mußte.

Das Warten wurde zur Ewigkeit.

Da kam die erwartete Meldung: „Angebot angenommen. Verhandlungsbereit, aber Perry Rhodans Leben ist verwirkt, wenn ein einziger Zwischenfall passiert. Rhobal."

„Rhobal!" rief Bully und wischte sich den Schweiß von der Stirn. Den Namen dieses Mannes würde er bis zum Jüngsten Tag nicht vergessen. Nun wußte er endgültig, daß sie es mit Antis zu tun hatten.

Hoherpriester Rhobal bewies, daß er nicht zu Unrecht diesen Titel trug. Schnell und folgerichtig hatte er gehandelt, als ihm ein Kampfschiff aus dem Solsystem gemeldet worden war. Er hatte darauf bestanden, daß Thomas Cardif in seiner nächsten Nähe blieb und jede Entscheidung, die er traf, mithörte.

Rhobal begriff, daß es um Sekunden ging, sollten er und die übrigen Priester nicht mit dem beschädigten Walzenraumer untergehen.

Doch bevor sich der Hohepriester an Cardif wandte, alarmierte er alle Priester im Walzenraumer und ordnete an, die Schutzschirme der BAALO mental zu verstärken, obwohl er seit den Ereignissen auf Okul wußte, daß diese Maßnahme nicht unbedingt etwas nutzte.

Wortlos blickte der Hohepriester den Mann an, der als Edmond Hugher fast fünf Jahrzehnte lang den Baalolpriestern mit seinen überragenden medizinischen Kenntnissen gedient hatte.

Jetzt standen sich Anti und Cardif feindlich gegenüber; der Erpresser vor dem Erpreßten.

„Du hast dein Leben in deiner Hand, Cardif", hielt ihm Rhobal vor. Das war alles, was er sagte.

„Und die Zellaktivatoren? Zählen die gar nichts?" stieß Thomas Cardif erregt hervor.

„Willst du mir erklären, welchen Wert sie in dieser Lage haben?" Rhobal deutete auf den Bildschirm. In der Tiefe des dunklen Weltraums stand ein winziger Punkt: die IRONDUKE in Wartestellung. Das Linearschiff hatte sämtliche Scheinwerfer eingeschaltet und gab damit den Antis auf der BAALO zu erkennen, daß die Schiffsführung verhandeln wollte.

In ohnmächtigem Zorn stand Thomas Cardif schwer atmend vor dem Priester. Es kostete ihn unmenschliche Kraft, jetzt nicht die Beherrschung zu verlieren.

Er durchschaute Rhobals Vorhaben. Der Anti wollte für die zwanzig Zellaktivatoren nichts bezahlen.

„Entscheide dich, Cardif. Du hast nicht nur dein Leben in der Hand, sondern unser aller Leben, aber ich gebe dir erst das Recht, eine Entscheidung zu treffen, wenn du uns die zwanzig Aktivatoren ausgehändigt hast."

Die blaßrote Kugel, die ein Zeitfeld umschloß, schwebte neben ihnen.

Aus dem Lautsprecher klang Reginald Bulls Stimme. Die Bildübertragung war abgeschaltet.

„Cardif, du hast gehört, was dein Stellvertreter und eventueller Nachfolger, Reginald Bull, gerade gefordert hat", sagte Rhobal. „Wir möchten die Verhandlungen schnell zum Abschluß bringen. Nun, wie stellst du dich zu meinem Verlangen, die Aktivatoren herauszugeben? Weigerst du dich, dann gehen wir Diener des Baalol mit dir zusammen unter. Gibst du sie heraus, dann steht dir nichts mehr im Wege, unser Raumschiff zu verlassen. Doch wenn du es verläßt, dann erinnere dich daran, daß in spätestens drei Tagen der Antrag der Galaktischen Händler auf weitere dreihundert Kontore zu genehmigen ist. Solltest du dich weigern, dann müssen wir dir leider Unannehmlichkeiten bereiten."

Abermals klang der Lautsprecher dazwischen. Wieder war Bullys Stimme zu hören. „Raumschiff BAALO, hier spricht Reginald Bull, Stellvertreter des Ersten Administrators. Ich muß darauf aufmerksam machen, daß sich ein starker Flottenverband im Anflug auf unsere Position befindet. Zwischenfälle können bei der großen Zahl von Raumern möglich sein. Um dieses Gefahrenmoment auszuschalten, schlage ich sofortigen Verhandlungsbeginn vor. Ich erwarte Bestätigung meines Anrufs. Ende."

Rhobal sah Cardif lauernd an.

„Ich öffne", rang Cardif sich ab.

Er nahm Platz. Die Kugel schwebte über seinem Schoß, und dann dachte er kurz, aber intensiv: Öffne dich!

Die blaßrot leuchtende Kugel hörte auf zu bestehen. Sie gab zwanzig eiförmige Körper frei, die in Cardifs Schoß fielen.

Der Hohepriester nahm sie an sich.

„Rufe die IRONDUKE an, Cardif, und melde deine Ankunft. Vergiß aber nicht zu befehlen, daß man uns unbehelligt ziehen läßt. Glaubst du mir, wenn ich dir nun versichere, daß wir uns gefreut haben, dich an Bord der BAALO begrüßen zu dürfen?"

Thomas Cardif kehrte ihm den Rücken, trat vor das Funkgerät und schaltete die Bildübertragung ein.

Reginald Bulls von Spannung und Sorge gezeichnetes Gesicht tauchte auf.

„Ich komme mit der Space-Jet zur IRONDUKE hinüber, Bully. Gib auch den anfliegenden Flottenverbänden den Befehl, daß das Schiff der Antis nicht zu behindern ist, wenn ich die BAALO verlassen habe. Ende."

Beim Sprechen hatte er unwillkürlich die rechte Hand auf seine Brust gelegt. Die Finger fühlten den eiförmigen Körper, den er auf der Haut trug: den einundzwanzigsten Zellaktivator – jenes Wunder aus einer übergeordneten Welt, das auch ihn zu einem Unsterblichen machte.

Und auf dieser seiner Unsterblichkeit baute er in wenigen Sekunden seinen neuen Plan auf, die Macht der Antis zu brechen, Perry Rhodans Existenz zu eliminieren und darüber hinaus auch Imperator Gonozal VIII. zu entmachten.

Er, Thomas Cardif, war Terraner und Arkonide. Er wollte Herrscher über beide Reiche werden.

Die Space-Jet raste auf die IRONDUKE zu. Inzwischen war die BAALO offenbar wieder soweit funktionstüchtig, daß sie beschleunigen und in Transition gehen konnte. Die Antis schirmten das Eintauchmanöver ab, so daß es nicht mehr geortet werden konnte.

Eine halbe Stunde später betrat Cardif-Rhodan die Zentrale der IRONDUKE.

„Perry!" stieß Bully erlöst aus und wühlte mit beiden Händen in seinen borstigen Rothaaren herum. Irgendwie mußte er seiner Hochstimmung Luft machen.

„Gott sei Dank, daß Sie wieder bei uns sind, Sir", sagte Allan D. Mercant, und seine Augen leuchteten.

Jefe Claudrin sprach auch seinen Glückwunsch aus und tobte anschließend, weil ihm der Walzenraumer entkommen war.

Reginald Bull dachte sich nicht allzuviel dabei, als er Rhodan etwas später fragte: „Nolinow und Alkher sind auf ihre Stationen gegangen, Perry?"

Auf diese Frage hatte Cardif-Rhodan schon seit Betreten der Zentrale gewartet.

„Nein", sagte er und schüttelte den Kopf. „Die beiden Leutnants sind nicht mitgekommen. Ich glaube, sie sind tot."

„Perry, du glaubst, sie sind tot? Du weißt es nicht genau?" stotterte Bully und trat dicht vor den Freund. „Perry, ich habe mich doch jetzt bestimmt verhört."

Cardif-Rhodan sah ihn abweisend an. „Glaubst du, ich würde den Tod dieser beiden Männer nicht bedauern? Ich habe gesehen, wie sie von einem Roboter fortgebracht wurden. Sie sahen wie Tote aus. Leider gaben die Antis mir keine Auskunft, als ich mich nach Nolinow und Alkher erkundigte. Hätte ich dir nicht ebenso gut sagen können: Die beiden Leutnants sind tot? Wäre ich mit dieser Aussage nicht jedem Mißverständnis ausgewichen?

„Perry, so hast du früher weder gehandelt noch gedacht", sagte Bully erschüttert. „Ich verstehe dich nicht mehr. Ja, die Aktion auf Pluto ist mir klar. Banavol hat dir die Nachricht zugetragen, auf dem Springerstützpunkt würde sich ein Anti aufhalten, aber klar ist mir nicht, warum du höchstpersönlich dich darum bemühst. Wozu haben wir denn die Solare Abwehr?"

Cardif-Rhodan unterbrach ihn. „Die Solare Abwehr kann jetzt zeigen, ob sie immer noch das ist, was sie jahrzehntelang war." Dabei glitt sein Blick zu Allan D. Mercant hinüber.

„Was heißt das denn?" brauste Bully verärgert auf. Daß dieser Wortwechsel in der Zentrale der IRONDUKE stattfand, machte ihn nervös.

„Was es heißt, Bully?" fragte Cardif-Rhodan mit bissigem Spott. „Das wirst du gleich erfahren. Sicherlich dürfte es interessant sein zu wissen, aus welchem Grund die Antis einen Überfall auf mich verübt haben und woher sie von meinem Flug zu Wanderer wußten. Ich möchte es nicht nur wissen, Bully, ich will es wissen. Und nun gebe ich dir den Rat, dich zu beherrschen, wenn ich meinen Verdacht ausspreche. Entweder Stana Nolinow oder Brazo Alkher, oder beide zusammen müssen die Antis von meinem Flug nach Wanderer unterrichtet haben. Eine andere Möglichkeit besteht nicht, denn die Antis haben mir unmißverständlich zu verstehen gegeben, daß sie der Space-Jet aufgelauert haben."

Hinter Cardif-Rhodans Rücken räusperte sich jemand. Jefe Claudrin, Kommandant der IRONDUKE und direkter Vorgesetzter der beiden durch den Chef so schwer beschuldigten Leutnants.

„Sir", brüllte er los, doch Cardif-Rhodan schnitt ihm das Wort ab.

„Ich habe Sie nicht um Ihre Meinung gefragt, Claudrin!" schrie er zurück. „Mercant, ich verlange von Ihnen, daß Ihre Abwehr binnen kürzester Frist erfährt, wo die BAALO gelandet ist, wohin sich die Antis begeben haben und ob Alkher und Nolinow tatsächlich tot sind. Ich wünsche auf diese Fragen in einer Woche befriedigende Antworten zu haben."

Mercants Gesicht war ausdruckslos. Bullys vielsagenden Blick ignorierte er. Der Solarmarschall konnte sich nicht entsinnen, von Rhodan jemals in dieser Form einen Auftrag erhalten zu haben, und früher hatte Perry Rhodan nie das Können der Solaren Abwehr in Zweifel gezogen.

„Sir", hielt Mercant Rhodan ruhig vor, „Sie verlangen von der Abwehr fast Unmögliches..."

Cardif-Rhodans herrische Handbewegung sagte genug aus. „Unmögliches hin, Unmögliches her, Mercant. In diesem Fall interessiert es mich nicht. Wissen Sie, worum es geht? Wissen Sie, was den Antis dank der verräterischen Hilfe eines Offiziers der Solaren Flotte oder der Hilfe aller beiden in die Hände gefallen ist? Und wissen Sie, warum die Antis mich bedingungslos freigaben? Zwanzig Zellaktivatoren sind ihnen in die Hände gefallen. Zellaktivatoren von dem Typ, wie ihn bisher Atlan als einziger besessen hat. Die Aktivatoren waren für euch bestimmt, meine Freunde. Deshalb wollte ich nach Wanderer."

Diese Nachricht machte sogar Allan D. Mercant mundtot.

Bully rang verzweifelt nach Luft. In der Zentrale wischten sich eine Reihe von Offizieren den Schweiß von der Stirn. Der Epsaler hatte die grobe Zurechtweisung vergessen.

Und Cardif-Rhodan stand in triumphierender Haltung mitten unter ihnen. Innerlich frohlockte er, als er feststellte, daß auch Solarmarschall Allan D. Mercant ihn leicht schuldbewußt ansah. Er verschwieg, daß er einen Zellaktivator an sich genommen hatte.

Sein niederträchtiger Schachzug, die beiden untadeligen Offiziere zu Verrätern zu stempeln, trug jetzt schon Früchte.

Nur einer ließ sich von seiner Ansicht nicht abbringen, und wieder machte Jefe Claudrin, der Epsaler mit der Donnerstimme, seinen Einwurf: „Sir, ich bitte um Entschuldigung, aber ich kann nicht glauben, daß Alkher oder Nolinow, oder beide, Sie an die Antis verraten haben."

Cardif-Rhodan hatte den IRONDUKE-Kommandanten ausreden lassen. Jetzt trat er auf den Epsaler zu. Er legte ihm in einer echten Rhodangeste die Hand auf die Schulter.

„Claudrin", fragte er, „können Sie mir dann erklären, woher die Antis von meinem Flug nach Wanderer wußten? Und noch eins, Claudrin: Wieso konnten mich die Baaloldiener nach den Zellaktivatoren fragen, als sie mich auf ihrem Schiff gefangennahmen?"

Der Kommandant blickte den Chef aus großen Augen an. Langsam schüttelte er seinen breitstirnigen Schädel. „Sir, es tut mir leid, aber ich kann diesen beiden Offizieren auch jetzt noch keinen Verrat zutrauen. Da müssen andere Dinge mitspielen, von denen wir alle noch nichts ahnen. Vielleicht gibt uns die Solare Abwehr darauf eine Antwort."

222

Cardif-Rhodan kam nicht zu einer Erwiderung. Aus dem Hintergrund der Zentrale war Mercant zu vernehmen. „Claudrin, das schwöre ich Ihnen: Diesen Fall klärt die Solare Abwehr auf, so wahr ich Allan D. Mercant heiße."

21.

Dieses Gespräch fand auf dem Planeten Wanderer statt. Der Humanoidroboter Homunk unterhielt sich mit seinem Herrn, dem Gemeinschaftswesen *ES,* das Wanderer beherrscht. Infolge der sonderbaren Meinung, die sowohl das Gemeinschaftswesen als auch Homunk über die Zeit besitzen, zog sich das Gespräch, obwohl nur aus wenigen Sätzen bestehend, über einige Zeit hin, im terranischen Sinne gesprochen.

Homunk: *„Ich bemerke deine ungewöhnliche Heiterkeit, Herr. Willst du mich teilhaben lassen an deinem Vergnügen?"*

Es: *„Selbstverständlich. Es ist kein Geheimnis dabei. Es handelt sich um die Zellaktivatoren, die vor kurzem an ein Wesen ausgegeben worden sind, das sich Perry Rhodan nannte. Die Aktivatoren sind nicht ganz das, was man sich davon verspricht. Das heißt, sie erfüllen ganz und gar nicht die Aufgabe, die Aktivatoren eigentlich erfüllen sollten."*

Homunk: *„Erfüllen sie überhaupt eine Aufgabe?"*

ES: *„O ja, natürlich. Sie dienen meiner Unterhaltung."*

Homunk: (nach kurzem Zögern): *„Darf ich fragen, inwiefern?"*

ES: *„Ein Zellaktivator arbeitet eng mit dem Gehirn des Trägers zusammen. Denn die Energieform, die zur stetigen Regenerierung der Zellen verwandt wird, ist der vom durchschnittlichen Gehirn erzeugten mentalen Energie verwandt. Es bedeutet also, technisch gesehen, keine Schwierigkeit, den Aktivator als Verstärker auszulegen."*

Homunk: *„Ich verstehe also, daß der Aktivator, im Gehirn des*

Besitzers einen bestimmten Gedanken formend, ohne daß der Besitzer dieses Gedankens gewahr wird, die gedanklichen Schwingungen sofort verstärkt und sie mit unerhört großer Amplitude abstrahlt."

ES: *„Ja, das ist richtig."*

Homunk: *„Der ausgestrahlte Gedanke ist in der Lage, die Gehirne der empfangenden Wesen zu unterjochen und in ihnen Bilder hervorzurufen, die in Wirklichkeit nicht existieren."*

ES: *„Ganz genau. Na und, ist das nicht ein herrlicher Spaß? Da ist zum Beispiel auf Utik am Rand des Sternhaufens M-13 ein Antipriester..."*

22.

Kalal hatte sich gerade von dem Laufband auf den festen Grund des kleinen Raumhafens herabbringen lassen, da hörte er das dröhnende Gelächter zum erstenmal.

Es war so ungewöhnlich, daß jemand in seiner Nähe zu lachen wagte, daß er voller Entrüstung herumwirbelte. Da stand das turmhohe Springerraumschiff, aus dem er soeben gekommen war, auf grauweißem Kunstasphalt, da waren ein paar Mitglieder der Mannschaft, die sich nach ihrem Passagier das Schiff zu verlassen anschickten, und da waren ein paar Mann Bodenpersonal, die die hydraulischen Landestützen des Riesenschiffs einer gründlichen Untersuchung unterzogen. Über dem allem wölbte sich Utiks tiefblauer Himmel, und die weiße Sonne ließ nach Kalals Ansicht an Willen, ihre Kraft zur Schau zu stellen, nichts zu wünschen übrig.

Aber da war niemand, der gelacht haben konnte.

Mit einem erleichterten Seufzer machte sich Kalal auf den Weg zu dem Automatenwagen, der ein paar Meter jenseits der Laufbrücke auf ihn wartete. Er hatte kaum zwei Schritte getan, da ertönte das Gelächter zum zweitenmal, und als er diesmal herumwirbelte, hatte sich die Szene grundlegend verändert.

Die Springer, die hinter ihm die Treppe heruntergekommen waren, standen plötzlich wie zu Steinsäulen erstarrt und starrten ihn an. Die Männer vom Bodenpersonal hatten aufgehört zu arbeiten und starrten ebenfalls zu ihm herüber. Kalal war verwirrt. Was war geschehen? Ein Diener des Baalol mochte wohl für das Bodenpersonal eine aufsehenerregende Erscheinung sein. Aber warum standen die Springer dort und starrten ihn an?

Zum drittenmal hörte Kalal das Gelächter. Diesmal konnte er sehen, daß keiner von denen lachte, die ihm nachblickten. Dieser Heiterkeitsausbruch kam von woanders her. Aber woher?

Die Männer, die an den Hydraulikstützen gearbeitet hatten, kamen unter dem Schiff hervor. Ihre Gesichter, bisher ernst und ein wenig gelangweilt, hatten plötzlich einen anderen Ausdruck angenommen. Die Augen glänzten, und der Mund stand vor Erwartung weit offen. Die Männer hatten die Arme vorwärtsgestreckt, als wollten sie etwas greifen, bevor es ihnen entrann.

Außerdem war er es, nach dem sie die Hände ausstreckten, und auf ihn kamen sie zu, als wollten sie ein flüchtiges Wild einfangen, das einen wohlschmeckenden Braten verhieß.

Kalal fühlte sich äußerst unbehaglich. Mit den besonderen Geistesgaben, über die er verfügte, versuchte er, in die Gedanken der Männer einzudringen und zu erfahren, warum sie sich auf einmal so närrisch benahmen. Aber das gelang ihm nicht, sei es, weil er zu verwirrt war, um sich zu konzentrieren, sei es, daß etwas anderes im Spiel war.

Auf jeden Fall empfand er die Situation als gefährlich, als auch die Springer am Fuß der Lauftreppe sich in Bewegung setzten und hinter den Mechanikern her mit dem gleichen verzückten Gesicht auf ihn zugeeilt kamen. Völlig ratlos, ohne auch nur die geringste Vorstellung davon, was da geschah, drehte er sich um und rannte auf den Automatwagen zu. Seine Kleidung, bunt und beinahe pomphaft, war für so rasche Bewegungen schlecht geschaffen. Kalal taumelte und wäre um ein Haar gestürzt. Aber in diesem Augenblick hörte er dicht hinter sich das gierige Schnaufen der Männer, die ihn verfolgten, und das riß ihn wieder in die Höhe.

Mit einem letzten, mächtigen Satz rettete er sich durch das offenstehende Luk des Wagens. Das Luk schloß sich, als er den Schaltknopf auf der Armleiste neben seinem Sitz berührte. Entsetzt sah Kalal, wie die Männer, blind vor Eifer, gegen den Aufbau des Fahrzeugs prallten, zurücktaumelten und gleich darauf wieder sich die Gesichter an den Fenstern plattdrückten.

„Zum Tempel der Wahrheit!" schrie er auf arkonidisch, von Angst gepeitscht.

Der Autopilot, ein kleiner Kasten voll positronischer Pseudoweisheit, mit einem Mikrophon, das aus dem kleinen Armaturenbrett ein Stück weit ins Innere des Wagens hineinragte, verstand die Anweisung. Etwas begann zu summen. Mit einem Seufzer der Erleichterung sah Kalal den flachen, glatten Boden des Landefelds nach unten zurückweichen und die Menge der verzückten, gierigen Männer unter sich zurückbleiben.

Er war dem Alptraum entkommen, sozusagen im letzten Augenblick. Er hätte Grund gehabt, sich jetzt erleichtert und erlöst zu fühlen. Aber das Gefühl hielt nicht lange an. Dann kehrte die Sorge wieder.

Was war geschehen?

23.

Ron Landrys erster Gedanke nach der Landung auf Utik und der Begrüßung durch Sergeant Hannigan war: Der Alte hätte mich wirklich woanders hinschicken können.

Vor einigen Tagen war eine Meldung von Mitchel „Meech" Hannigan, einem neuen Spezialroboter der Abteilung 3, auf Terra empfangen worden. In ihr war von ungewöhnlichen Vorgängen auf Utik die Rede. Hannigan, dessen biopositronisches Gehirn in der Lage war, parapsychologische Impulse zu registrieren, gehörte zu den Agenten, die auf Planeten mit Anti-Tempeln im Einsatz waren. Aufgabe dieser Agenten war es, Aktivitäten der Baalol-Priester zu überwachen und ungewöhnliche Vorkommnisse ans Hauptquartier der ISE zu melden.

Hannigan hatte berichtet, daß die Bewohner Massennocks, der Hauptstadt von Utik, einen Kult um eine violette Blume mit grellgelbem Blütenkern entwickelten. Die Bürger von Utik schienen wie verrückt nach dieser Wunderblume zu sein.

Deshalb hatte Quinto einige seiner besten Männer losgeschickt.

Ron Landry konnte seinem neuen Auftrag keine Begeisterung abgewinnen. Oberst Quinto und seine Hypnoschulungsgeräte hatten ihn, Ron Landry, auf das vorbereitet, was ihn auf Utik erwartete. Es wäre ihm lieber gewesen, man hätte ihn irgendwohin geschickt, wo es etwas Handfestes zu tun gab, als nach Utik, wo offenbar Besitzer unangreifbarer Psi-Fähigkeiten einander ein Stelldichein gaben. Zudem war Rons Aufgabe nicht klar umrissen. Er sollte zunächst Informationen sammeln. Das war undeutlich genug und ließ ihm viele Wege offen – viele Wege, sich in etwas hineinzumanövrieren, woraus er sich nachher aus eigener Kraft nicht mehr befreien konnte.

Es war ihm nur ein geringer Trost, daß Captain Larry Randall und der neue Agent Lofty Patterson inzwischen ebenfalls auf Utik gelandet waren und daß er von ihrer Seite aus Unterstützung haben würde. Er mochte seinen neuen Auftrag einfach nicht leiden, und dabei blieb es.

Sergeant Hannigan kannte die Stadt. Er besorgte einen Automatwagen und brachte seinen Vorgesetzten und sich in ein Hotel der Stadtmitte. Daraufhin schickte Ron Landry ihn sofort wieder auf den Weg und befahl ihm, Informationen über die Vorgänge in der Nähe des Baalol-Tempels zu besorgen.

Meech kehrte nach einer Stunde zurück und brachte außer einem Stapel von Zeitungen, Mikrofilmkassetten und Nachrichten-Tonbänder mit.

Aus den Nachrichten, Bild- und Tonberichten war zu entnehmen, daß man in Massennock begonnen hatte, sich an offizieller Stelle über die merkwürdigen Vorgänge in der Umgebung des Baalol-Tempels Gedanken zu machen. Beobachter waren entsandt worden, aber keiner von ihnen hatte bislang anscheinend den Weg zurückgefunden. Man hatte im Tempel nach dem Grund des Aufruhrs gefragt, aber die Priester der Wahrheit schienen selbst keine Ahnung davon zu haben. Die verzückten Menschenmassen belagerten die Tore der Tempelmauer. Zum erstenmal seit Bestehen des Tempels hatten die Tore geschlossen werden müssen. Den Priestern gelang es kaum, die Tempelanlage mit einem Automatwagen durch die Luft zu verlassen, denn natürlich belagerten die Verzückten das Ziel ihrer Wünsche auch auf diesem Wege. Nur der Abwehrschirm, den die Priester um die Anlage herum errichtet hatten, verhinderte, daß sämtliche Gebäude der Anlage innerhalb weniger Minuten gestürmt wurden.

Die Polizei von Massennock war aufgeboten worden, um die Masse zu zerstreuen. Aber anstatt das zu tun, hatten die Polizisten ihre Waffen weggeworfen und sich selbst an der Belagerung des Tempels beteiligt. Die Umgebung des Tempels, bis in einem Umkreis von fünfundzwanzig Kilometern, glich einem Heerlager. Da alle üblichen Informationsmethoden gründlich versagten, wußte in Massennock niemand genau, worum es bei all der Aufregung eigentlich ging. Das Resultat war Hilf- und Ratlosigkeit. Man hatte Gerüchte von einer Wunderblume gehört, die im Tempel der Wahrheit verborgen gehalten würde, aber niemand war bereit, diesem Gerücht Glauben zu schenken.

Seine Hoffnung, aufgrund der vorliegenden Nachrichten einen Plan entwickeln zu können, sah Ron Landry also getäuscht. Mit wenig Begeisterung stellte er fest, daß er sich an Ort und Stelle überzeugen mußte.

Er verlor keine Zeit. Nachdem er das Informationsmaterial studiert hatte, brach er mit Meech Hannigan ohne Verzögerung auf.

Die Behörden von Massennock hatten eines zuwege gebracht, sie hatten die Umgebung des Tempels etwa einen Kilometer hinter den am weitesten zurückliegenden Linien der Belagerer absperren lassen. Niemand war ohne besondere Erlaubnis berechtigt, diese Absperrung zu überqueren.

Ron Landry besaß eine solche Erlaubnis nicht, aber darum machte er sich keine Sorgen.

Durch eine Straße, in der Neugierige diskutierende Gruppen bildeten, näherte er sich mit Meech Hannigan dem Polizeigürtel. Ein Wachtposten, aus fünf Polizisten bestehend, hielt eine Straßenkreuzung besetzt, und ein Stück weiter die Straße hinunter zeigte sich wie ein Teil einer dunklen Mauer die Schar der Belagerer.

Ron und Meech ließen die diskutierenden Neugierigen hinter sich. Ein Polizist löste sich aus der Wachgruppe und kam ihnen ein paar Schritte entgegen.

„Sie können hier nicht durch", behauptete er im Arkon-Dialekt seiner Heimatwelt. „Die Straße ist gesperrt."

„Ich kann schon", antwortete Ron kurz angebunden. „Wer ist Ihr Vorgesetzter?"

Der Polizist zeigte sich durch Rons Bestimmtheit beeindruckt.

„Leutnant Nazdek", erklärte er und sprach den Namen so laut aus, daß der Genannte sich umwandte und Ron fragend ansah.

„Mein Name ist Landry", sagte Ron, „Major der Terranischen Flotte. Sehen Sie sich das hier an, bitte."

Er griff in die Tasche und brachte ein kleines, glitzerndes, medaillenähnliches Ding zum Vorschein. Der Leutnant brauchte nur einen kurzen Blick darauf zu werfen, um zu wissen, was er vor sich hatte. Jedermann, ob Untertan des Solaren Imperiums oder des Arkonidischen Reiches, wußte, was eine violette P-Medaille war und daß er sich in Schwierigkeiten brachte, wenn er dem Träger der P-Medaille nicht sofort das verschaffte, wofür das P stand: Priorität.

„Sie können selbstverständlich passieren, Major", erklärte der Leutnant.

„Ich empfehle mich Ihrer Verschwiegenheit", sagte Ron lächelnd.

Er gab Meech einen Wink, und sie überquerten die Straßenkreuzung.

Meech sah wie ein wohlerzogener junger Mann aus: Adrett gekleidet, groß, schlank und mit einem kantigen Gesicht.

Ron wandte sich nach links. Der Gedanke, mitten auf der Straße in die Gefahrenzone hineinzugehen, war ihm alles andere als sympathisch. Die hohen Wände der Häuser boten ein wenig Deckung. Wogegen, das allerdings konnte Ron im Augenblick noch nicht sagen.

Im Gegensatz zu den Straßen jenseits der Kreuzung waren hier die Fenster verschlossen und leer. Die Häuser schienen verlassen. Die allgemeine Erregung schien alle Bewohner auf die Straße und zum Tempel hingelockt zu haben.

229

Meech blieb plötzlich stehen. Ron vermißte das Klappern seiner Schritte und wandte sich verwundert um.

„Da ist jemand", sagte Meech ruhig und leise.

Ron sah sich um.

„Wo?" wollte er wissen.

„Nächstes oder übernächstes Haus", hieß Meechs knappe Antwort. „Zwischen dem zehnten und fünfzehnten Stockwerk."

Ron vermied es, hinaufzusehen. Seine Gedanken arbeiteten fieberhaft. Er wußte, daß es auf Utik keine eingeborenen Mutanten gab, Nachkommen arkonidischer Kolonisten also, deren Parabegabungen mit einer mentalen Ausstrahlung verbunden waren, die Meech wahrnehmen konnte. Wer auch immer auf Utik solche Strahlungen aussandte, war kein Eingeborener.

Arkonidische Mutanten waren selten und prinzipiell schwach begabt. Terranische gab es auf Utik überhaupt nicht. Übrig blieb also nur ein völlig Fremder oder ein Anti, ein Priester des Baalol-Kults.

Ron verstand plötzlich, daß hinter seinem Utik-Auftrag mehr steckte, als er bislang hatte glauben wollen.

Sie warteten auf ihn.

Er brauchte nur ein paar Sekunden, um einen Plan zu fassen.

„Wir gehen ruhig weiter", entschied er. „Achte auf den Burschen dort oben."

Scheinbar gemächlich, als ob sie sich auf einem Spaziergang befänden, gingen die beiden Männer nebeneinander her. Für einen Beobachter mußte es so aussehen, als unterhielten sie sich über ein recht belangloses Thema. Dann und wann lächelte der eine oder andere zu seinen Worten, aber im großen und ganzen schien die Unterhaltung uninteressant zu sein.

„Er rührt sich nicht", sagte Meech und schüttelte dazu den Kopf, als sei er mit etwas nicht einverstanden.

Vom unteren Ende der Straße her kam eine Woge von Lärm.

„Ich möchte gern wissen, was er vorhat", antwortete Ron lauter als sonst und verzog das Gesicht dazu.

„Ich kann seine Gedanken nicht erkennen", Meech lächelte, „aber es hat den Anschein, als beobachte er uns nur."

Er wollte noch etwas sagen, aber in diesem Augenblick empfing er zum erstenmal wieder die Ausstrahlung des merkwürdigen, fremden Gehirns, das ihm zum erstenmal aufgefallen war, als sein Besitzer auf dem Raumhafen von Massennock den Boden von Utik betreten hatte. Das war vor sechs Tagen gewesen.

Meech stellte fest, daß die unbekannte Strahlung aus nordöstlicher Richtung kam, also von dorther, wo der Tempel der Wahrheit lag. Er wollte Ron Landry darauf aufmerksam machen.

Aber etwas kam ihm zuvor.

Wie eine Wolke unbeschreiblicher Süße und unstillbaren Verlangens senkte sich der Duft auf die Straße herab. Ron blieb wie gebannt stehen. Er hob den Kopf und begann zu schnüffeln.

Der Duft brachte Ahnungen mit sich – Ahnungen von einer wunderbaren, unglaublich schönen Blume, die dort hinten irgendwo wuchs. Ron war gleich im ersten Augenblick davon überzeugt, daß er sein Leben lang nicht mehr glücklich werden würde, wenn er die Blume nicht so bald wie möglich zu sehen bekam. Sie war zart und zerbrechlich, das wußte er. Sie mochte jeden Augenblick zugrunde gehen.

Was für ein abscheulicher Gedanke. Man konnte die Blume erhalten. Sie war es wert, erhalten zu werden. Wenn sich nur alle genug Mühe gaben, sie zu pflegen, dann konnte sie nicht eingehen.

Das war es. Er mußte die Blume sehen und sein Teil dazutun, um sie zu pflegen und zu schützen.

Er fuhr herum und schlug Meech voller Begeisterung auf die Schulter.

„Wir wollen die Blume sehen, Meech, nicht wahr?" rief er laut.

In Meechs Gehirn klickte etwas. Als Roboter war Meech in der Lage, selbst die ärgste Verwunderung im Lauf weniger Nanosekunden zu überwinden. Gleichmütig nickte er und stimmte bei: „Ja, das ist eine gute Idee. Gehen wir."

Ron schritt voran. Er hatte es auf einmal ziemlich eilig. Die dunkle Mauer aufgeregter Menschen kam rasch näher. Meech achtete nicht darauf. Es war ihm eine Kleinigkeit, mit Ron Schritt zu halten. Und im übrigen brauchte er seine Aufmerksamkeit, um auf das fremde Gehirn zu achten, das sich noch immer irgendwo über ihnen in einem der Häuser befand.

Es begann jetzt, sich zu bewegen. Meech spürte deutlich, daß es ihnen folgte. Er wußte, daß die Wohnblocks, an deren Wänden sie entlanggingen, von einer Unzahl Gängen durchzogen waren, die gewöhnlich von einem Ende des Blocks bis zum anderen liefen, also von einer Straßenfront bis zur nächsten. Jemand, der sich in einem solchen Gebäude befand, hatte keine Mühe, einen andern, der unten auf der Straße ging, über den ganzen Block hinweg zu verfolgen.

Mit Rons Verwandlung hatte Meech sich rasch abgefunden. Seine kurze Überraschung hatte ohnehin nur der Tatsache gegolten, daß Ron Landry dem fremden Bann schon so weit hinter der Mauer der Menschen unterlegen war. Bis beinahe zu der Polizeisperre auf der Kreuzung reichte also die unheimliche Ausstrahlung.

Dies bedeutete, daß die hypnotische Beeinflussung einen genau abgegrenzten Wirkungskreis besaß. Es bereitete Meech keine Mühe herauszufinden, daß dieser Wirkungskreis einen Radius von 25 Kilometern um den Tempel hatte.

Auf die Tatsache selbst, daß Ron Landry beim Eindringen in das gefährdete Gebiet ebenso wie alle anderen seine Vernunft verlieren würde, war Meech längst vorbereitet. Nicht allein deswegen war er Ron als Begleiter mitgegeben worden. Er würde Ron, sobald die Sache gefährlich wurde, zum Umkehren bewegen – wenn es sein mußte mit Gewalt – und ihn wieder aus der Gefahrenzone herausbringen. Das war einfach. Niemand vermochte der physischen Kraft des Roboters Widerstand zu leisten.

Kompliziert wurden die Dinge nur durch das Auftauchen des unbekannten Beobachters, der sich in einem der leeren Häuser verborgen hielt. Was ihn anging, so hatte Meech keinerlei Programm. Er mußte sich also selbst etwas ausdenken.

Ron erreichte schließlich die rückwärtige Front derer, die sich um den Tempel drängten und nicht weiterkamen, weil Zehntausende von Gleichgesinnten vor ihnen die Straßen bis auf den letzten Quadratmeter verstopften. Ron hatte nicht die Absicht, sich dadurch aufhalten zu lassen. Er faßte zwei der zunächst stehenden, kahlköpfigen Männer bei den Schultern und schob sie mühelos beiseite.

„Laßt mich durch, Leute!" rief er mit kräftiger Stimme. „Wir müssen die Blume sehen und pflegen."

Einer der beiden zur Seite geschobenen war zu verblüfft, um irgend etwas zu sagen. Der andere aber faßte Ron am Kragen und versuchte, ihn zurückzuziehen.

„He, he!" schrie er zornig. „So geht das nicht! Wir stehen hier alle schon ein paar Stunden und warten darauf, daß wir näher rankommen."

Zustimmendes Gemurmel erhob sich rechts und links. Meech machte sich kampfbereit. Ron würde mit seiner draufgängerischen Art in Schwierigkeiten kommen. Ron war inzwischen herumgefahren, hatte die fremde Hand abgeschüttelt und den eifrig protestierenden Utiker bei beiden Schultern gepackt.

„Wenn du zu einfältig bist, um dir Zutritt zu verschaffen", grinste er ihn an, „dann heißt das nicht, daß ich genauso sein muß, mein Freund."

Mit diesen Worten stieß er kräftig zu. Der Glatzköpfige taumelte rückwärts in die Menge derer hinein, die zu seinen Worten eben noch beifällig gemurmelt hatten. Es entstand ein schreiendes Durcheinander, und als das Knäuel aus dem Gleichgewicht geratener Menschen sich zu entwirren begann, war Ron schon längst zwischen den Zuschauern verschwunden, Meech ihm dicht auf den Fersen.

Von da an hatte Ron nur noch selten Schwierigkeiten. Die Nachricht über den Zwischenfall verbreitete sich schnell. Man drängte sich lieber noch mehr zusammen, um ihm Platz zu machen, als daß man sich mit ihm anlegte.

Auf diese Weise gelangte Meech hinter seinem Vorgesetzten her bis zur nächsten Straßenkreuzung. Der Wohnblock linker Hand war hier zu Ende, und der Unbekannte, der ihnen dort oben durch die Gänge gefolgt war, mußte sich jetzt entscheiden, was er weiter unternehmen wollte. Meech beschloß, ihm eine Gelegenheit zu geben.

Die Straße zur Linken der Kreuzung schien leerer zu sein als die, die auf der anderen Seite geradeaus lief. Meech hielt Ron am Arm fest.

„Dort hinüber", flüsterte er auf englisch. „Wir kommen da schneller vorwärts."

Willig wandte Ron sich nach links, und Meech schob ihn zur Stirnwand des Wohnblocks hinüber.

Das Gedränge lichtete sich rasch. Zwanzig Meter jenseits der

Kreuzung war die Straße schon fast leer. Ron Landry machte weite Schritte, um rasch vorwärtszukommen.

Aber Meech wußte, daß er nicht weit kommen würde. Das fremde Gehirn war ganz nahe, und nach der Stärke der Ausstrahlung zu schließen, mußte es schon einen Plan gefaßt haben. Meech machte sich kampfbereit, obwohl er nicht glaubte, daß er in den bevorstehenden Zwischenfall würde eingreifen müssen.

Ron erreichte den Rand des leuchtenden Transportbands, das vom Niveau der Straße zu dem großen, torartigen Eingang des Hauses hinaufführte. Er warf nicht einmal einen Blick nach links. Erst als er die harte Stimme hörte, blieb er stehen und fuhr herum.

„Keine Bewegung, ihr beiden!" sagte die Stimme.

Der Mann, der unter dem offenen Portal stand, sah für Meechs Begriffe normal aus. Er trug einen Straßenanzug nach der nicht besonders phantasiereichen Mode von Utik, und das einzige, was ihn von den anderen Utikern unterschied, war sein dichtes Haar.

Und natürlich die kurzläufige Strahlwaffe, die er in der Hand hielt.

Meech wußte nicht, was Rons Reaktion sein würde. Er hatte auf zwei Dinge gleichzeitig zu achten, nämlich darauf, was Ron jetzt unternehmen würde, und darauf, daß der Fremde nicht zum Schuß kam. Er stellte sich schräg, so daß er Ron und den Fremden im Auge behalten konnte, und hob langsam die Arme. Erleichtert sah er, daß Ron nach kurzem Zögern seinem Beispiel folgte.

„Kommt hier herauf!" befahl der Fremde und winkte mit seiner Waffe.

Meech trat auf das Transportband und glitt langsam zum Portal hinauf. Er spürte deutlich, daß Ron dicht hinter ihm war.

Der Fremde trat zur Seite und ließ Meech das Portal passieren. Da er Meech dabei aus den Augen lassen mußte, war es dem Robot klar, daß hinter dem Portal noch jemand war, der ihn in Empfang nehmen sollte. Er wunderte sich daher nicht, als aus dem Halbdunkel der Empfangshalle ein knüppelähnlicher Gegenstand herabgesaust kam und ihn schwer auf den Kopf traf. Meech war an sich für derart altmodische Methoden nicht empfänglich, aber er wußte, was man jetzt von ihm erwartete. Er stieß einen schmerzhaften Seufzer aus, ging in die Knie und kippte behutsam genug zur Seite, daß der

234

Aufprall seines schweren Körpers die Halle nicht allzusehr erschütterte.

Als er lag, konnte er aus den Augenschlitzen erkennen, daß Ron Landry die gleiche Behandlung zuteil geworden war wie ihm. Nur mit dem Unterschied, daß Ron wirklich bewußtlos war.

Aus dem Hintergrund der Halle erschienen vier Männer. Zwei von ihnen trugen dünne Stangen aus Plastikmetall, die Waffen, mit denen Meech und Ron niedergeschlagen worden waren.

Während sie näherkamen, spürte Meech deutlich, daß auch ihre Gehirne jene eigenartige Kraft besaßen, zu strahlen und sein Empfangsgerät zum Ansprechen zu bringen. Nur war das, was sie von sich gaben, wesentlich schwächer als die Strahlung aus dem Gehirn des Mannes mit der Waffe. Meech hielt das für den Grund, warum sie seiner Ortung bisher entgangen waren.

„Bringt sie nach oben!" befahl der Mann mit der Waffe.

Meech konnte ihn nicht sehen. Er lag mit dem Rücken zum Portal. Aber er wußte, daß er jetzt etwas unternehmen mußte. Wenn sie ihn aufzuheben versuchten, würden sie feststellen, wie schwer er war, und wahrscheinlich rasch auf den richtigen Gedanken kommen. Damit war ihm nicht geholfen.

Er sah, wie zwei der Fremden Ron aufhoben und ihn zu einem der Liftschächte im Hintergrund trugen. Währenddessen machten sich die anderen beiden mit ihm zu schaffen. Meech fühlte sich an Kopf und Beinen gepackt. Er hörte jemand ächzen und dann den entsetzten Ausruf: „Gerechte Wahrheit! Der Kerl ist so schwer, als ob er aus Stein wäre!"

Das machte die beiden anderen Männer hinten am Liftschacht und den Fremden an der Tür neugierig. Sie kamen herbei. Ron blieb dabei auf dem Boden liegen, und nur darauf hatte Meech gewartet. Er wollte Ron aus der Kampfzone haben, falls es zu einem Kampf kam.

Mit einem mächtigen Ruck sprang er auf. Der Schwung, der in seinem massigen Körper lag, reichte aus, um die beiden, die ihn hatten forttragen wollen, von den Beinen zu reißen und zwanzig Meter weit fortzuschleudern. Noch in der Bewegung des Aufrichtens begriffen, wirbelte Meech herum. Er hatte sich nicht getäuscht. Der Fremde mit der Strahlwaffe hatte blitzschnell reagiert. Der kurze, gedrungene

235

Lauf schwenkte herum, und Meech konnte in die flimmender Offnung sehen. Aber die Hundertstelsekunde, die der Finger eines organischen Wesens braucht, um einen Abzug zu drücken, sind für einen Robot eine kleine Ewigkeit. Schneller als jemand sehen konnte, riß Meech die rechte Hand nach oben und löste den Schockstrahler aus, dessen Laufmündung unter der Nagelimitation des Zeigefingers lag. Mit einem Schrei zuckte der Fremde zusammen, richtete sich starr auf und fiel dann zur Seite.

Meech streckte die Arme weit zur Seite und drehte sich ein zweites Mal um. Seine Taktik war richtig gewesen. Zwei der übriggebliebenen Kämpfer hatten die Situation inzwischen verstanden und drangen, mit den Knüppeln bewaffnet, auf ihn ein. Meech ruckte mit den Armen nach vorn und traf sie beide gegen die Stirn. Ohne noch einen Laut von sich zu geben, stürzten sie hintenüber und blieben reglos liegen. Meech betäubte die beiden, die ihn hatten forttragen wollen, noch bevor sie sich wieder aufrichten konnten. Damit war die Schlacht beendet, und Meech hielt sorgfältig Ausschau, ob irgendwo in gefährlicher Nähe noch ein weiterer Gegner verborgen war.

Die Gehirne der fünf Bewußtlosen waren stumm. Meech empfing das gedämpfte Gemurmel, das die wartende Menge draußen verbreitete, und darüber hinweg das kräftige Dröhnen des geheimnisvollen Fremden, den er vor sechs Tagen bei dessen Landung auf Utik zum erstenmal vernommen hatte. Es war dieser Fremde, von dem der merkwürdige Zauber ausging, der die Menschenmenge auf den Vorortstraßen von Massennock gefangenhielt – davon war Meech längst überzeugt.

In seiner Nähe dagegen befand sich niemand. Die fünf, die ohnmächtig auf dem Boden lagen, stellten die gesamte gegnerische Streitmacht dar.

Meech brauchte nicht lange zu überlegen, was jetzt zu tun war. Er hatte fünf wichtige Gefangene, die in Sicherheit gebracht werden mußten, und einen bewußtlosen Vorgesetzten, den er wenigstens so weit bringen mußte, daß er, wenn er wieder zu sich kam, sich außerhalb des Bannkreises befand, hinter dessen Grenze alle Leute glaubten, sie hätten nichts anderes zu tun, als auf eine wundersame Blume aufzupassen und sie zu schützen.

Das alles mußte ohne viel Aufhebens geschehen. Meech brauchte einen großen Automatwagen, aber in diesem abgeriegelten Teil der Stadt konnte er keinen bekommen. Er erinnerte sich, daß der Wohnblock, an dessen nordöstlichem Ende er sich jetzt befand, nach rückwärts bis zu der Kreuzung reichte, die die Polizisten unter Leutnant Nazdek besetzt hielten. Wenn er Ron und die Gefangenen also bis zum anderen Ausgang schleppen konnte, dann würde er Nazdek ein Zeichen geben und einen Automatwagen besorgen können.

Er machte sich unverzüglich auf den Weg. Einer der Hauptgänge des Gebäudes zweigte unmittelbar von der Empfangshalle ab. Meech nahm Ron und einen der Fremden unter die Arme und zog sie so, daß die Füße auf dem Boden schleiften, hinter sich her. Er schätzte, daß er bis ans andere Ende des Gebäudes etwa fünf Minuten brauchen würde. Die Wirkung des Schockschusses dagegen hielt wenigstens zwei Stunden an.

Er brauchte wegen der übrigen drei Gefangenen keine Sorge zu haben.

24.

Kalal wußte, daß er so gut wie verloren war.

Was auch immer mit den Menschen jenseits der festen Tempelmauern geschehen war – es gab keinen Zweifel daran, daß das Gerät auf seiner Brust es verursachte. Kalal erinnerte sich, wie er zu diesem Gerät gelangt war. Vor wenigen Wochen war er mit achtzehn anderen Hohenpriestern nach Trakarat gerufen worden, dem Sitz des Hohen Baalols. Jeder Hohepriester hatte einen der Zellaktivatoren erhalten, die Cardif auf Wanderer besorgt hatte. Einen Aktivator hatte der Hohe Baalol für sich behalten. Danach war Kalal in einer neuen Mission nach Utik geschickt worden. Während des Fluges nach Utik hatte er die wohltuende Wirkung des Aktivators genossen. Erst als

Kalal das Raumschiff verlassen hatte, waren diese entsetzlichen Dinge geschehen.

Die Ziele des Baalol-Kults vertrugen gerade in dieser Zeit nichts weniger als öffentliches Aufsehen. Kalal wußte, daß er sein Amt als Hoherpriester und vielleicht auch sein Leben verlieren würde, wenn der Hohe Baalol von seinem Mißgeschick auf Utik erfuhr – ungeachtet dessen, ob er etwas für das Mißgeschick konnte oder nicht.

Er hatte versucht, das Gerät von seiner Brust zu entfernen. Das war weder ihm noch den Ara-Spezialisten im Innern des Tempels gelungen. Der Zellaktivator hatte sich seinen Weg durch das Gewebe gesucht und war in der Nähe des Herzens zur Ruhe gekommen. Als ob eine teuflische Intelligenz ihn leitete, hatte er seinen Platz so gewählt, daß an einen operativen Eingriff nicht zu denken war, wenn Kalal das Leben nicht verlieren wollte.

Danach hatte der Hohepriester darauf gedrungen, daß das Gerät an seinem Platz bleiben, aber zerstört werden sollte. Die Ara-Ärzte hatten eine eingehende Untersuchung angestellt und herausgefunden, daß der Aktivator anstelle des Herzens einen Teil der Blutversorgung des Körpers übernommen hatte und daß seine Zerstörung zu einer tödlichen Stagnierung des Blutkreislaufs führen würde.

Also war Kalal auch dieser Ausweg versperrt. Er mußte das Höllending mit sich herumtragen und es erdulden, daß überall die Menschen mit verzückten Gesichtern auf ihn zugestürzt kamen, um ihn zu beschnuppern, ihn zu streicheln und, wenn sie ein Gefäß und die nötige Flüssigkeit zur Hand hatten, mit Wasser oder gar anderen Flüssigkeiten zu begießen.

Er wußte auch, daß den Gegnern des Baalol-Kults der Aufruhr auf Utik längst zu Ohren gekommen war, und zuverlässige Verbindungsleute hatten berichtet, daß zwei terranische Agenten schon seit Stunden auf dem Wege waren, um die Ursache des rätselhaften Zwischenfalls zu erforschen. Auf Kalals Befehl hin war eine Gruppe von Priestern den beiden Terranern entgegengegangen, um sie gefangenzunehmen, sobald sie in den Bannkreis des teuflischen Geräts eindrangen und ihre Aufmerksamkeit abgelenkt war. Kalal wollte erfahren, bis zu welchem Maß die feindlichen Mächte schon mißtrauisch geworden waren.

238

Aber Doosdal, der Anführer der Losgeschickten, hatte sich seit mehr als einer Stunde nicht mehr gemeldet, und Kalal begann allmählich zu glauben, daß der Einsatz nicht so verlaufen war, wie er ihn geplant hatte.

Daß seine Priester wie auch die Aras gegen den hypnotischen Einfluß, den der Aktivator verstrahlte, infolge ihrer besonderen geistigen Veranlagung geschützt waren, bedeutete für Kalal den einzigen Lichtblick in diesem Durcheinander.

Er wußte, was er zu tun hatte, wenn Doosdal sich nicht im Lauf der nächsten Minuten meldete. Es bestand die Gefahr, daß einer seiner Priester auf den Gedanken kam, seine, Kalals Anwesenheit sei für die Ziele des Baalol-Kults gefährlich, und bevor die Ziele des Kults aufs Spiel gesetzt würden, müsse man den Hohenpriester töten, da sich die Ursache allen Übels nicht anders beseitigen ließ. Kalal war sich darüber im klaren, daß irgend jemand auf diese Idee kommen würde, und zwar bald.

Kalal spürte sie kommen. Er konnte ihre Gedanken nicht erkennen, denn sie schirmten sie vor ihm ab. Aber er konnte sich denken, was sie wollten. Sie kamen mit keiner freundlichen Absicht.

Sie blieben draußen vor der Tür stehen, und einer von ihnen fragte: „Dürfen wir eintreten, ehrwürdiger Herr?"

Nur diesen einen Gedanken ließ er unter der Abschirmung hervorschlüpfen. Kalal verstand ihn und versuchte, durch die Öffnung, durch die der Gedanke gekommen war, rasch einen Blick auf das zu werfen, was sonst noch hinter dem Schirm lag.

Aber der Priester dort draußen war sehr vorsichtig. Er ließ Kalal nichts sehen.

„Tretet ein, meine Freunde", antwortete Kalal müde, und im selben Augenblick öffnete sich die Tür.

Sie waren zu fünft, und derjenige, der gesprochen hatte, war Argagal, der älteste unter den Priestern. Vor der Tür stellten sie sich in einer Reihe auf und machten zu Kalal hin, der sich von seinem bequemen Sessel nicht erhoben hatte, die vorgeschriebene Verbeugung.

„Nun, was führt euch zu mir, meine Freunde?" fragte Kalal mit gleichmütig klingender Stimme.

„Wir bitten dich, ehrwürdiger Herr", antwortete Argagal, „den Vorsitz der Hauptversammlung zu übernehmen, die schon einberufen worden ist."

Kalal erschrak.

Sie hatten eine Hauptversammlung einberufen. Es gab nur zwei Möglichkeiten, wie eine solche Versammlung zustande kommen konnte. Entweder der Hohepriester rief sie zusammen – oder die Gesamtheit aller anderen Priester, die sich im Tempelkomplex befanden. Entschied sich nur einer von ihnen gegen die Einberufung der Versammlung, dann kam keine Versammlung zustande. Waren aber alle dafür, dann brauchte nicht einmal der Hohepriester gefragt zu werden. Die Versammlung tagte dann, ob mit oder ohne Zustimmung des Tempelvorstands.

Kalal erinnerte sich nicht, jemals eine Hauptversammlung erlebt zu haben, die auf die letztere Weise zustande gekommen war. Es mußten unerhört wichtige Dinge geschehen, bevor die Priester eines Tempels sich zu einem solchen Schritt aufrafften. Und selbst dann baten sie gewöhnlich den Vorstand noch um seine Zustimmung.

Das hatte Argagal nicht getan. Die Versammlung würde tagen – und Kalal war nicht gefragt worden.

Kalal wußte, was das bedeutete.

Er stand auf.

„Wir wollen keine Zeit verlieren", sagte er, jetzt, nachdem er den ersten Schreck überwunden hatte, wieder mit ruhiger, freundlicher Stimme.

Argagal und seine Begleiter wandten sich wieder um und gingen hinaus. Sie führten Kalal durch den breiten Hauptgang der Tempelpyramide bis zum großen Versammlungssaal.

Dort begab sich Kalal ohne Zögern an den Platz am oberen Ende des großen Tisches, den Platz des Vorsitzenden, der ihm gebührte. Er überflog die Reihen seiner Untergebenen, die aufmerksam hinter ihren Sesseln standen und ihn ansahen. Er erkannte, daß sie alle gekommen waren. Nur diejenigen fehlten, die im Einsatz waren.

„Es ist eine Hauptversammlung einberufen worden", erklärte Kalal

240

mit spröder Stimme. „Man gebe mir bekannt, wer diese Einberufung veranlaßt hat und welches der Grund dafür ist."

Mit diesen Worten galt die Versammlung als eröffnet. Die Priester ließen sich auf ihren Sesseln nieder. Nur einer blieb stehen, Argagal.

„Ich habe den Antrag gestellt, ehrwürdiger Herr", entgegnete er ruhig. „Der Grund dafür ist die außergewöhnlich gefährliche Lage, in die unser Tempel auf Utik geraten ist. Und zwar rührt die Gefahr von dem fremden Gerät her, ehrwürdiger Herr, das du in der Brust trägst."

Da war die Anklage heraus. Kalal erkannte seine Chance sofort. Es wunderte ihn, daß Argagal gerade seinen ersten und wichtigsten Satz nicht klüger formuliert hatte. Wenn er so weitermachte, würde die Hauptversammlung mit der endgültigen Niederlage für ihn enden.

Argagal setzte sich. Kalal als Vorsitzender hatte es nicht nötig, sich zu erheben, als er antwortete: „Ich bin mir selbst der Gefahr bewußt, die das fremde Gerät bedeutet. Aber selbst wenn eine Möglichkeit bestünde, es zu entfernen, dürfte ich es nicht tun, denn ich habe es vom Hohen Baalol selbst erhalten."

Er sah in die Runde und war nicht besonders zufrieden mit dem, was er da beobachtete. Daß der Aktivator aus den Händen des Hohen Baalol kam, hatte er bis jetzt noch niemand gegenüber zugegeben. Er war sicher gewesen, daß seine Erwiderung alle Bedenken darüber, daß das Gerät an seinem Platz bleiben und weder ihm noch seinem Träger etwas angetan werden dürfe, zerstreuen werde.

Das war jedoch offensichtlich nicht der Fall. Die Priester sahen ihn nach wie vor unfreundlich an. Kalals Erklärung beeindruckte sie nicht.

„Gestatte mir, ehrwürdiger Herr", begann Argagal von neuem und erhob sich dabei, „daß ich eine Vermutung ausspreche."

Kalal nickte ihm zu.

„Der Hohe Baalol, unser allerehrwürdigster Herr, hat dir das Gerät gewiß gegeben, damit es einen ganz bestimmten Zweck erfüllt. Diesen Zweck kann es offenbar jedoch, vielleicht wegen eines Konstruktionsfehlers, nicht erfüllen. Statt dessen bringt es eine andere Wirkung hervor, die für uns auf Utik und auch sonstwo höchst gefährlich ist. Ich bin sicher, daß der Hohe Baalol, wenn er wüßte, welches Unheil angerichtet wird, seine Meinung über die Unantastbarkeit des Geräts sofort ändern würde."

Kalals Stirn bekam ärgerliche Falten.

„Das ist pure Vermutung", antwortete er zornig. „Niemand hat das Recht, unserem allerehrwürdigsten Herrn Worte in den Mund oder Gedanken in den Kopf zu legen, die er gar nicht geäußert hat. Wir können nichts unternehmen, bevor der Hohe Baalol sich entschieden hat."

Zum erstenmal zeigte Argagal eine Art Lächeln, ein höhnisches, schadenfrohes Lächeln.

„Darf ich dich fragen, ehrwürdiger Herr, wie der Hohe Baalol eine Entscheidung treffen soll, wo er doch gar nichts von den Dingen weiß, die hier vorgehen?"

„Wir werden ihn benachrichtigen, sobald ich die Zeit für gekommen halte", war Kalals Antwort.

„Ist die Gefahr nicht schon groß genug?" fragte Argagal.

„Willst du es wagen, mir Vorschriften zu machen?" donnerte Kalal.

„Ich mache dir keine Vorschriften, ehrwürdiger Herr", antwortete Argagal ruhig. „Aber wir alle sehen, daß du ein wichtiges Prinzip unseres Glaubens verletzt. Du stellst dein persönliches Wohl über die Belange der Absoluten Wahrheit."

Kalal sprang auf. Er wußte, daß er diesen Vorwurf nicht durchgehen lassen durfte, sonst war er verloren.

„Für diese Lüge werde ich dich zur Rechenschaft ziehen, Argagal!" schrie er.

„Das glaube ich nicht", erwiderte Argagal. „Hast du nicht selbst Anweisung gegeben, daß man das Gerät entweder aus deinem Leib entfernen oder vernichten soll? Und hast du nicht selbst eben erklärt, dem Gerät dürfe nichts angetan werden, da es der Hohe Baalol selbst dir übergeben und anvertraut habe? Wie passen diese beiden Dinge zusammen? Sind sie nicht ein Beweis dafür, daß mein Vorwurf den Kern der Sache trifft? Du fürchtest um dein Leben, ehrwürdiger Herr."

Ein paar Sekunden lang war Kalal sprachlos. Argagal nutzte die Gelegenheit, um weiterzusprechen. „Ich habe nicht darauf gewartet, bis du deine Furcht soweit überwunden hast, daß du unserem allerehr-

242

würdigsten Herrn Bericht über die Vorfälle auf Utik erstattest. Ich habe selbst den Hohen Baalol angerufen und ihn untertänigst gebeten, mir einen Befehl zu geben, dessen Ausführung uns erlaubt, die drohende Gefahr zu bannen."

Kalal war blaß geworden. Deswegen also hatte Argagal sich leisten können, seine Anklage so ungeschickt zu beginnen. Er hatte mit dem Hohen Baalol gesprochen und wahrscheinlich die entsprechenden Anweisungen bekommen. Daß der Hohe Baalol sein, Kalals, Leben nicht schonen würde, als stünden die Pläne und Ziele des Baalol-Kults auf dem Spiel, daran zweifelte Kalal keine Sekunde.

„Was – was war die Antwort?" fragte Kalal, seiner Stimme kaum mehr mächtig vor Furcht.

„Der Hohe Baalol", antwortete Argagal mit dröhnender Stimme, „zeiht dich des Ungehorsams, weil du ihn nicht sofort in Kenntnis gesetzt hast, und überläßt es dieser Versammlung, zu entscheiden, was in einem solchen Fall getan werden muß. Wir alle wissen, daß das teuflische Gerät sich aus deiner Brust weder entfernen noch an Ort und Stelle zerstören läßt. Es wird also weiterarbeiten und weiter die Scharen hypnotisierter Verrückter um den Tempel herum zusammenziehen. Die halbe Galaxis wird aufmerksam werden – und wir werden unsere Pläne fallenlassen müssen, weil wir sie nur im Geheimen durchführen können. Das Gerät, das du mit dir trägst, muß also zum Schweigen gebracht werden. Das ist nicht anders möglich als dadurch, daß wir dich töten. Da dies der einzig gangbare Weg ist, stelle ich hiermit den Antrag: Der ehrwürdige Kalal, von unserem allerehrwürdigsten Herrn des groben Ungehorsams beschuldigt, soll getötet werden, damit der unheilvolle Einfluß, der von ihm ausgeht, unsere Pläne nicht länger in Gefahr bringen kann. Ich bitte, die Abstimmung zu veranlassen."

Kalal sank in seinen Sessel zurück, unfähig, noch ein weiteres Wort zu sagen. Er sprach die Formel nicht, die die Abstimmung eröffnete, und Argagals Worte, als er diese Aufgabe an seiner Stelle übernahm, waren nur ein häßliches Rauschen in seinen Ohren. Er verstand erst wieder etwas, als Argagal mit seiner klaren Stimme verkündete: „Das Abstimmungsergebnis ist einstimmig. Der ehrwürdige Kalal soll getötet werden."

Langsam stand Kalal auf. Er wußte, daß sie sich nicht viel Zeit lassen würden, ihren Beschluß auszuführen. Es ging jetzt um sein Leben – und das war ihm teuer.

Er würde sich wehren müssen, und, bei der Großen Wahrheit, er würde ihnen eine harte Nuß zu knacken geben.

Dieser Entschluß gab ihm neuen Mut. Farbe kehrte in sein Gesicht zurück. Die Priester hatten sich während der Abstimmung von ihren Plätzen erhoben und starrten ihn jetzt an. Kalal ließ sich Zeit, sie der Reihe nach anzusehen, als wolle er sich ihre Gesichter einprägen.

„Ihr werdet mich nicht töten!" donnerte der Hohepriester, und aller Zorn, den er aufgespeichert hatte, lag in seinen Worten.

25.

Der Raum war klein und unscheinbar, ein Büro, wie es für terranische Handelsniederlassungen auf relativ unbedeutenden Welten typisch war. Der flache, weite Gebäudekomplex enthielt eine Unzahl solcher Räume, und kein Außenstehender hätte ahnen können, daß tief unter der Planetenoberfläche all die Geräte und sonstigen technischen Einrichtungen verborgen waren, die die Handelsniederlassung zu einer wirksamen Operationsbasis der Abteilung 3 der Interkosmischen Sozialen Entwicklungshilfe machten, zu einer Basis für Nike Quintos Männer also.

In die Niederlassung hatte Meech Hannigan seinen Vorgesetzten und die fünf Gefangenen gebracht. Der heikle Transport war ohne Zwischenfall verlaufen. Ron Landry war bald darauf wieder zu sich gekommen und hatte von den eigenartigen Vorfällen innerhalb des Sperrgebiets keine Ahnung mehr gehabt. Ein kräftiges Schädelbrummen machte ihm jedoch plausibel, daß Meech Hannigans Bericht der Wahrheit entsprach – ganz abgesehen davon, daß er sich darüber im klaren war, daß ein Roboter seinen Vorgesetzten nicht anzulügen vermochte.

Ron Landry hatte nicht gezögert, die Gefangenen zu vernehmen. Freiwillig hatten sie ihm nichts verraten wollen. Er hatte sie mit Meech zusammen in die geheimen Räume geschafft und sie dort unter dem Einfluß eines mechanohypnotischen Generators verhört. Selbst da war der Erfolg nur mittelmäßig gewesen. Der Anführer der Gruppe, Doosdal, hatte jeglicher Beeinflussung widerstanden, und von seinen Untergebenen war nur ein einziger, Zaleel, nicht in der Lage gewesen, die Kraft des Generators mit seiner eigenen Geisteskraft wirkungsvoll zu kompensieren. Unglücklicherweise war Zaleel nicht gerade der am besten Informierte unter den Antis. Was er sagen konnte, war wenig. Aber für Ron Landry reichte es aus, um daraus einen kurzen Bericht an Nike Quinto zu machen und vor allen Dingen selbst einige Vorbereitungen für sein weiteres Vorgehen zu treffen.

Er hatte sich danach mit Larry Randall und Lofty Patterson in Verbindung gesetzt, und im Augenblick waren sie in jenem kleinen, abhörsicheren Büroraum dabei, ihre Erfahrungen auszutauschen und Ron Landrys Pläne zu diskutieren.

„Natürlich weiß Zaleel nicht", erklärte Ron in diesem Augenblick, „welcher Art die Ausstrahlung ist, die Kalal von sich gibt. Aber nach seinen Angaben und unseren eigenen Beobachtungen kann es sich kaum um etwas anderes handeln als einen mechanohypnotischen Generator, ähnlich dem, den wir unten im Labor haben. Arbeitet er wirklich nach dem gleichen Prinzip, dann haben wir wahrscheinlich keine Schwierigkeit, uns gegen die Ausstrahlung des Hohenpriesters mit einem helmähnlichen Absorber zu schützen. Der Techniker der Niederlassung arbeitet bereits an den Geräten. Wir werden sie morgen früh ausprobieren können. Bis morgen früh wird auch eine Antwort auf meinen Bericht von Terra vorliegen. Ich denke, daß Nike Quinto uns weitere Anweisungen gibt, so daß wir nicht nur auf unsere eigene Phantasie angewiesen sind."

Larry Randall und Lofty Patterson, ein älterer Agent mit verschmitztem Gesichtsausdruck, wechselten einen Blick.

„Wir waren inzwischen nicht untätig", sagte Larry. „Wir haben einen ehemaligen Liquitiv-Händler namens Kazek in Massennock aufgespürt. Er kennt einen Geheimgang in den Tempel. Früher wurde auf diesem Weg oft Liquitiv transportiert."

„Er wäre bereit, uns hinzuführen", ergänzte Lofty. „Soweit haben wir ihn gebracht."

Ron Landry nickte zufrieden.

„Sobald die Helme getestet sind, versuchen wir es", entschied er.

26.

Sie hatten ihm befohlen, in sein Studierzimmer zurückzukehren und dort zu warten. Kalal hatte gehorcht, weil er wußte, was sie vorhatten, und weil er es für gefährlich hielt, durch Widerspenstigkeit ihren Verdacht zu erregen.

Kalal begab sich auf dem schnellsten Weg in sein Zimmer, legte sich auf das bettähnliche Gestell und entspannte sich. Er versuchte, seine Gedanken auf die große Aufgabe zu konzentrieren, die vor ihm lag. Das gelang ihm kaum. Er wußte nicht, ob er allein gegen zehn kräftige Männer aufkommen und Sieger bleiben könne. Diese Ungewißheit versetzte ihn in Panik, und die Panik hinderte ihn daran, sich voll und ganz der Vorbereitung zu widmen.

Nur langsam begann die Ruhe ihn zu erfüllen, die er brauchte. Er spürte, wie Stück für Stück die Angst von ihm abfiel, und als er die Augen schloß, sah er deutlich die zehn Priester, wie sie sich ebenfalls konzentrierten, um so bald wie möglich den tödlichen Geistesimpuls aussenden zu können.

Das war die Art, in der die Anhänger des Baalol-Kults ihre Verurteilten töteten. Zehn Priester taten sich in geistiger Konzentration zusammen, mit ihren Gehirnen eine Macht bildend, der niemand widerstehen konnte – oder fast niemand. Im Augenblick der höchsten Konzentration strahlte die Einheit der zehn Gehirne den Sterbebefehl aus. Sie schossen den Befehl in das Gehirn des Verurteilten hinein, und dem blieb, unter der Wucht des Aufpralls zusammenbrechend, nichts anderes übrig, als zu gehorchen. Es hörte auf zu arbeiten, der Verurteilte starb an Gehirnschlag.

Kalal sah deutlich, wie sie dort standen, die Augen geschlossen, und an ihn dachten – an ihn und seinen Tod.

Kalal spürte, wie die Kraft ihrer Gehirne wuchs. Argagal war allen voran. Eine Welle von Feindseligkeit und tödlicher Drohung drang auf Kalal ein. Kalal wußte, daß er verloren gewesen wäre, wenn ihn der hypnotische Befehl überraschend getroffen hätte.

Argagals Gedankenkraft erreichte eine gewisse Stärke und wuchs danach nicht mehr weiter. Kalal glaubte zu fühlen, wie Argagal stumm die Hände seiner beiden Nebenmänner drückte, um ihnen anzuzeigen, daß er „soweit" war. Er spürte auch, wie die Wucht der anderen Gehirne jetzt rasch wuchs und dem gleichen Niveau zustrebte, das Argagal schon erreicht hatte.

Kalal lag reglos. Er spürte nicht, wie ihm der Schweiß aus den Poren brach. Er hörte nichts von dem leisen Summen, das die Klimaanlage verbreitete. Aber er sah die zehn Priester, die seinen Tod wünschten, so klar und deutlich, als trennten ihn nicht ein paar solide Wände von ihnen.

Er hielt den Atem an, als der letzte unter den zehn sein Gehirn voll unter seine Kontrolle brachte und das mächtige Gedröhn der vereinten Gedanken seinen Schädel erfüllte.

Jetzt . . .

„Stirb, Kalal!"

Wie ein fürchterlicher Schrei hallte es in seinem Kopf. Er selbst schrie auf, eine unsichtbare Macht hob ihn von seinem Lager und schleuderte ihn zur Erde. Er schrie immer noch, als er dort unten lag.

Aber er fühlte gleichzeitig den Schmerz, den der Sturz ihm verursachte, und das bedeutete, daß er noch lebte. Er hatte den Angriff abgewehrt. Er war Sieger geblieben – Sieger gegen zehn mächtige Gehirne.

Er schlug die Augen auf. Scheußlicher Schmerz tobte in seinem Schädel, und er konnte die Umrisse der Dinge in seiner Umgebung nur undeutlich erkennen. Allmählich jedoch ließ das Zerren und Reißen nach. Er konnte sich langsam aufrichten – und dann spürte er plötzlich, daß die Gedanken der zehn Priester, die ihn hatten töten wollen, verschwunden waren.

Der gedankliche Abwehrschirm, den er um sich herum aufgerichtet hatte, hatte gewirkt. Er hatte den Sterbebefehl abprallen lassen und auf die Befehlenden zurückgeschleudert. Ihre Gehirne waren erschöpft gewesen, nachdem sie den Befehl ausgestrahlt hatten, und besaßen keine nennenswerte Abwehrkraft. Obwohl sich die zurückgeschleuderte, mentale Energie über zehn Gehirne verteilte, mußte sie unter diesen Umständen verheerende Wirkung gehabt haben. Die tiefe Stille wies darauf hin, daß von den zehn keiner mehr bei Bewußtsein war.

An der Erkenntnis, welch ungeheure Kraft in seinem Schädel wohnte, richtete er sich innerlich wieder auf. Alle Furcht und Unentschlossenheit waren jetzt von ihm abgefallen. Er wußte, was er zu tun hatte.

Dieser Teil des Tempels war leer.

Die Gelegenheit zur Flucht war also günstig. Kalal hatte keine genaue Vorstellung davon, wohin er eigentlich fliehen sollte. Er wußte, daß er es nicht wagen durfte, den Tempel zu verlassen. Die Verzückten würden ihm folgen, wohin auch immer er ging, und die Priester brauchten nur ihre Bewegungsrichtung zu beobachten, um in jedem Augenblick genau zu wissen, wo er sich befand.

Er mußte im Tempel bleiben und warten, bis sich eine günstigere Möglichkeit ergab. Welche Möglichkeit das sein sollte, wußte Kalal vorläufig noch nicht zu sagen.

Es gab nur eine Möglichkeit, sich im Innern des Tempels wirkungsvoll zu verstecken. Unten, tief unter der Planetenoberfläche, im Gewirr der Gänge und Hallen, in denen die Geräte untergebracht waren, ohne die ein Baalol-Tempel nicht existieren konnte. Diese Anlagen waren in allen Tempeln gleich, und Kalal traute sich zu, die Suchenden dort unten lange Zeit an der Nase herumzuführen. Außerdem gab es dort unten Proviant.

Kalal machte sich auf den Weg. Er hatte sich nicht getäuscht, die Gänge in diesem Teil des Gebäudes waren verlassen.

Durch einen Antigravschacht sank Kalal in die Tiefe. In der fünfzehnten Etage, umgeben vom Brummen und Vibrieren der mächtigen Aggregate, die hier untergebracht waren, stieg er aus und entfernte sich durch einen schmalen Gang vom Schacht.

Dabei kam er an der Tür vorbei, hinter der die Geräte des starken

Hyperkomsenders lagen, mit dem die Baalol-Priester den überlichtschnellen Funkverkehr mit anderen Tempeln, den Springern und dem Hohen Baalol auf Trakarat aufrechterhielten.

Es kam ihm in den Sinn, daß er ebensogut auch selbst etwas zu seiner Rettung unternehmen könne. Er konnte den Sender benutzen, um Hilfe herbeizurufen.

Er zögerte nicht, diesen Plan auszuführen. In dem Kode, der besonders für den Funkverkehr mit dem befreundeten Volk der Springer bestimmt war, verfaßte er einen Funkspruch des Textes: „Kalal auf Utik bittet um eure Hilfe, Freunde. Es ist dringend. Kommt schnell."

Diesen Text stanzte er in eine Plastikschablone, und die Schablone wiederum schob er in das Sendeaggregat. Dann zögerte er ein paar Sekunden, dachte darüber nach, ob er auch den richtigen Text gewählt hatte, und drückte schließlich die Auslösetaste.

Kontrollichter leuchteten auf. Summend und klickend begann der Sender zu arbeiten. Kalal sah, daß alles in Ordnung war, und verließ den Raum. In diesem Augenblick würden sie oben schon wissen, daß jemand am Sender war.

Er mußte jetzt schnell und schlau sein, wenn sie ihn nicht erwischen sollten.

Zum erstenmal, seitdem sie versucht hatten, ihn zu töten, fand Kalal Zeit zum Nachdenken. Die meisten Priester verstanden es nicht, ihre Gedanken vollständig abzuschirmen, und wenn sie in seine Nähe kamen, konnte Kalal sie ohne Schwierigkeit bemerken und sich danach einrichten.

Zuerst hatte er die Beobachtung, daß er die Gedanken eines Priesters aus nicht allzu großer Entfernung erkennen konnte, ohne weiteres Nachdenken hingenommen. Jetzt jedoch, da er wenigstens für ein paar Minuten zur Ruhe gekommen war, kamen ihm Bedenken.

Er erinnerte sich an andere Gelegenheiten, als er versucht hatte, die Gedanken eines anderen Priesters zu lesen. Es war ihm nur gelungen, wenn der Betreffende sich nicht abschirmte. Jetzt auf einmal bedeutete es keine Schwierigkeit mehr. Woran lag das?

Auch die Art und Weise, wie er sich vor dem Tode gerettet hatte, kam ihm jetzt mehr oder weniger unheimlich vor. Wie hatte er jemals hoffen können, daß er imstande sein würde, dem hypnotischen Befehl von zehn Priestern wirksamen Widerstand zu leisten?

Ein hypnotischer Befehl, von zehn geschulten und parapsychisch begabten Gehirnen gleichzeitig ausgestrahlt, war unwiderstehlich.

Woher hatte er den Mut genommen, und wie war es möglich gewesen, daß sein Unterfangen Erfolg hatte?

Kalal war alles andere als ein ungeschickter Denker. Er reihte die Dinge in der Folge zusammen, wie sie sich ereignet hatten, erkannte die Verleihung des Zellaktivators durch den Hohen Baalol als den einen wichtigen Punkt in seinem Leben, seine Ankunft auf Utik mit all den entsetzlichen Nebenerscheinungen, seiner Verurteilung und seiner glücklichen Flucht als den anderen. Es war kein Zufall, daß die Verwirrung auf Utik dicht auf die Verleihung des Aktivators folgte, denn da bestand ein tatsächlicher Zusammenhang. Der Aktivator schuf die Verwirrung. Wie aber war es mit der so plötzlich erweiterten Fähigkeit seines Gehirns? Wurde auch sie durch den Aktivator hervorgerufen?

Kalal wußte nichts vom Aufbau oder der Wirkungsweise des Aktivators. Er kannte jedoch den Effekt, den er erzielte, und verstand genug von der Wissenschaft der Mechanohypnose, um zu begreifen, daß der Aktivator irgendwie mit den elektrischen Strömen seines Gehirns gekoppelt war. Er empfand es als merkwürdig, daß er sich darüber nie zuvor den Kopf zerbrochen hatte. Wahrscheinlich war er durch die Ereignisse nach seiner Ankunft zu aufgeregt gewesen.

Je länger er darüber nachdachte, desto sicherer erschien ihm, daß die Veränderung seiner mentalen Fähigkeiten auf die Anwesenheit des Aktivators zurückzuführen sei.

Er konnte mächtiger werden als der Hohe Baalol.

Wenn er hier herauskam, dann wollte er den Hohen Baalol aufsuchen und seine Kräfte mit den seinen messen. Der Hohe Baalol hatte Argagal freie Hand gelassen, als dieser sich über die Gefahr beschwerte, die die Anwesenheit des Hohenpriesters Kalal auf Utik heraufbeschwor. Er konnte sein Freund nicht sein, und die Bedenken, die jeder Baalol-Diener selbst gegen den Gedanken, dem Hohen Baalol könne man den Gehorsam verweigern, haben mußte, ließ Kalal fallen, jetzt, da dieser seinem Henker freie Hand ließ.

Er fing an, sich an seinem Plan zu berauschen. Er, Kalal, würde den Hohen Baalol besiegen und seinen Platz einnehmen. Er würde alle bestrafen, die sich gegen ihn gewandt hatten, und ein strenges Regime führen, das den Kult der Absoluten Wahrheit schneller, als es der jetzige Hohe Baalol vermochte, ans Ziel seiner politischen Wünsche bringen würde.

Die Idee war so faszinierend, daß Kalal eine Weile brauchte, bis er daraufkam, daß er bei der Ausführung seines Planes nicht unbeträchtliche Schwierigkeiten haben würde. Selbst dort, wo der Hohe Baalol residierte, gab es nicht nur Priester, sondern auch eine ganze Menge völlig normaler Bürger. Und sobald er sich in ihre Nähe wagte, würden sie hinter ihm dreinzulaufen beginnen, um ihn zu beschnüffeln und mit Wasser oder Düngemitteln zu überschütten. Der Hohe Baalol war gewarnt.

Unter diesen Umständen würde der Hohe Baalol keine Schwierigkeiten haben, sich seines Feindes zu entledigen, bevor es überhaupt noch zum Messen der Kräfte gekommen war.

Von der höchsten Begeisterung sank Kalal innerhalb weniger Augenblicke in die tiefste Niedergeschlagenheit hinab. Über all seinen hochfliegenden Plänen hatte er vergessen, daß der Aktivator außer der, seine geistigen Kräfte zu verstärken, auch noch eine andere Wirkung hatte, eine höchst verhängnisvolle und permanent anhaltende sogar.

In dem Augenblick, in dem er sich darüber klar wurde, vernahm er seit langer Zeit zum erstenmal wieder das dröhnende Gelächter, das anscheinend aus dem Nichts kam.

Kalal haßte den Unbekannten und verfluchte ihn mit aller Inbrunst, deren er fähig war.

Einen Augenblick lang dachte er an die Hilfe, die er herbeigerufen hatte, und fragte sich verwundert, warum die Springer noch nicht angekommen waren. Waren sie vielleicht schon längst gelandet und hatten sich von den Priestern oben im Tempel überzeugen lassen, daß er, Kalal, ihrer Hilfe nicht wert sei?

Alles war möglich. Überhaupt, stellte Kalal nachträglich fest, war die Wahrscheinlichkeit, daß man die Springer aufklären und mit einer Entschuldigung wieder nach Hause schicken würde, viel größer als die, daß sie ungehindert den Weg zu ihm herunter fanden und ihn herausholten.

Er mußte nach einem anderen Weg suchen.

Fast im selben Augenblick, nämlich als er den roten Leuchtpfeil sah, der grell und groß von der Gangwand strahlte, kam ihm eine neue Idee. Im ersten Augenblick erschien sie ungeheuerlich. Aber bei näherer Betrachtung erwies sie sich als durchaus brauchbar, zumal Kalal mittlerweile fest davon überzeugt war, daß der Aktivator ihm gewaltige Geisteskräfte verlieh.

Ja, genau so wollte er es machen und sich den Weg in die Freiheit öffnen.

27.

Wenige Minuten, nachdem der Utiker Kazek die vier Spezialagenten der Abteilung 3 in den alten, unter der Planetenoberfläche gelegenen Geheimgang geführt hatte, waren sie so nahe an den Tempel herangekommen, daß sie die inzwischen getesteten Helme aufsetzen mußten, um den mentalen Impulsen nicht zu unterliegen. Meech, der eine ganze Sammlung verschiedenartiger mentaler Ausstrahlungen empfing, behauptete, daß er die, die von dem einen, ganz bestimmten Priester ausging und mit der Massenhypnose auf den Straßen von Massennock im Zusammenhang stand, unter den anderen sehr deutlich erkennen konnte. Sie war von allen die stärkste.

Ron Landry hatte sich inzwischen von Kazek darüber aufklären lassen, wie das Eindringen in den Tempel bewerkstelligt werden sollte. Kazek berichtete, daß an der Grenze des Tempelgeländes der Gang durch ein breites Portal führte und dort nur eingelassen wurde, wer ein bestimmtes Kodezeichen kannte. Kazek war des öfteren hier gewesen, wie er ohne Zögern zugab, und jedesmal von einem der Priester in Empfang genommen worden.

„Nein, ich habe niemals mehr als diesen einen Priester zu sehen bekommen", antwortete er auf Rons letzte Frage. „Und ich bin überzeugt davon, daß er auf das Signal reagieren wird."

Ron war beruhigt. Ein Priester allein, falls es nicht noch Sicherheitsmaßnahmen gab, die Kazek nicht bemerkt hatte, war ungefährlich, selbst wenn er mit den überragenden Parafähigkeiten der Antis ausgestattet war.

Auch Rons ursprüngliche Sorge schien sich allmählich in Nichts aufzulösen. Der hypnosuggestive Einfluß, der vom Tempel ausging, war nicht stärker geworden. Die Helme ließen immer noch keinen bemerkbaren Anteil hindurch. Als sich daran im Laufe von beinahe zwei Stunden nichts änderte, war Ron überzeugt, daß sie sich wegen der eigenartigen Ausstrahlung keine Sorgen mehr zu machen brauchten.

Kurze Zeit später tauchte aus der Tiefe des matt beleuchteten Tunnels das Portal auf, das den Zugang zum Tempel versperrte. Das Portal war zweiteilig und würde sich von der Mitte aus nach beiden Seiten öffnen. Der Priester würde auf diese Weise zuerst Kazek zu sehen bekommen, die anderen aber erst dann, wenn sich das Tor weit genug geöffnet hatte.

Die Signalanlage bestand aus einem einfachen Leuchtknopf, der in den Rand der rechten Portalhälfte eingelassen war. Als Kazek ihn drückte, einmal kurz, zweimal lang, dreimal kurz, tönten in der gleichen Reihenfolge dumpfe Gongschläge durch den Tunnel.

Ein paar Augenblicke vergingen in höchster Spannung. Dann begann das Portal zu summen. Ein schmaler Schlitz bildete sich in der Mitte, wuchs zu einem breiten Spalt und ließ grelles Licht herausdringen.

Ron, Lofty, Larry und Meech hielten ihre Waffen schußbereit, als das Gewand des Priesters sichtbar wurde.

Noch bevor der Priester sie sehen konnte, sprangen Meech und Ron gleichzeitig. Mit mächtigen Sätzen rasten sie auf den vor Entsetzen starren Priester zu.

Larry und Lofty reagierten so, wie es ausgemacht war. Sie brauchten keinen weiteren Befehl. Hinter Ron und dem Roboter her stürmten sie in die Halle hinein, und im Vorbeilaufen gab Larry Kazek einen kräftigen Stoß, so daß er vorwärts taumelte.

Ron hatte richtig gerechnet. Das Portal schien einen mentalen Servomechanismus zu besitzen, den der Priester vielleicht bewußt, vielleicht auch unbewußt durch das Entsetzen in seinen Gedanken ausgelöst hatte. Auf jeden Fall schloß sich das Tor wieder, und zwar weitaus schneller, als es sich zuvor geöffnet hatte.

Jetzt erst nahm Ron sich Zeit, dem Priester und der neuen Umgebung größere Aufmerksamkeit zu schenken. Der Mann, der in kostbarer Robe und mit schreckensbleichem Gesicht vor ihm stand, wirkte jung und unerfahren. Ron nahm sich vor, ihn dennoch nicht zu unterschätzen. Er war ein Anti, und Antis waren immer gefährlich.

Der junge Priester hatte inzwischen seinen Schreck überwunden. Er wandte sich an Kazek und gab sich Mühe, seine Stimme zornig klingen zu lassen: „Wie können Sie es wagen, diese Leute mitzubringen? Sie sind gewaltsam hier eingedrungen und werden mitsamt Ihren Genossen vor den Hohenpriester gebracht werden, damit er Ihnen eine Strafe zumißt."

Ron faßte den zitternden Kazek bei den Schultern, ohne die Waffe aus der Hand zu lassen, und schob ihn weg.

„Ich bin der Mann, mit dem Sie reden müssen, junger Mann", erklärte er lächelnd. „Unser Freund hier ist an all dem Durcheinander völlig unschuldig. Wir haben ihn gezwungen, uns alle hierherzuführen."

Der Priester machte eine wegwerfende Handbewegung.

„Das ändert nichts am Sachverhalt", erklärte er, jetzt schon mit wesentlich festerer Stimme. „Sie sind gewaltsam in einen Tempel der Wahrheit eingedrungen und werden sich deswegen verantworten."

Ron schüttelte den Kopf.

„Wir sind nicht daran interessiert, vor Ihrem Hohenpriester zu erscheinen, junger Mann", erwiderte er. „Wir möchten uns von Ihnen die Tempelanlagen zeigen lassen, das ist alles."

Er hatte gewußt, daß der Priester auf dieses Ansinnen mit einem spöttischen, überheblichen Lächeln reagieren würde. Er betrachtete einen der Terraner nach dem anderen, schließlich den immer noch zitternden Kazek und sagte: „Es tut mir leid, daß ich Ihren Wunsch nicht erfüllen kann. Wir sind leider auf die Führung von Besuchern nicht eingerichtet." Er hatte offenbar die feste Absicht, die nutzlose

254

Unterhaltung sofort zu Ende zu bringen. Wesentlich schärfer fuhr er daher fort: „Mein Name ist Parudal. Folgen Sie mir."

Ohne eine Reaktion abzuwarten, drehte er sich um und schritt in den Gang hinein. Ron rührte sich nicht. Er kannte die geistigen Fähigkeiten des Priesters, und da dieser jung war, nahm Ron an, daß sie noch nicht voll entwickelt waren. Ron glaubte zu wissen, wieviel er dem jungen Mann gegenüber wagen konnte.

Er spürte, wie sich in seinem Schädel, während der junge Priester weiterging, ohne sich umzuschauen, ein zerrendes, schmerzendes Gefühl bemerkbar machte. Er begriff, daß der Anti jetzt versuchte, ihn und die anderen unter seinen Willen zu zwingen. Er versuchte, ihnen den hypnotischen Befehl zu geben, daß sie ihm folgen sollten, ohne Widerstand zu leisten und an Flucht zu denken. Ron wußte, daß dank ihrer Helme noch eine geraume Weile vergehen würde, bevor der Priester ihren freien Willen unterjocht hatte. Aber so lange durfte man natürlich nicht warten.

„Bleiben Sie stehen!" rief Ron dem Priester nach. „Es sind Waffen auf Sie gerichtet!"

Der Priester ging noch ein paar Schritte weiter, die letzten davon zögernd und unsicher. Dann blieb er schließlich stehen und wandte sich um. Sein Blick war fragend auf Ron gerichtet, aber immer noch drückte seine Miene unerschütterliche Selbstsicherheit aus.

„Na und?" fragte er gedehnt.

„Sie sollten das verstehen können", antwortete Ron ernst. „Hören Sie auf, in unseren Gehirnen herumzutasten und uns hypnotisieren zu wollen."

Der junge Anti blieb unbewegt. „Ich taste nicht. Ich habe Ihnen einen Befehl gegeben, und Sie haben zu gehorchen. Das ist alles."

Im selben Augenblick spürte Ron, wie das Zerren in seinem Schädel stärker wurde. Er warf einen Seitenblick auf Larry und sah, wie der das Gesicht verzog. Kazek fing leise an zu wimmern.

„Gut", antwortete Ron, und das Wort knallte wie ein Pistolenschuß in den Gang hinein. „Sie wollen also nicht verstehen. Dann will ich Ihnen erklären, was jetzt gleich geschieht. Wir besitzen Waffen, die Ihren Schirm bezwingen können." Dabei deutete er auf seine und Meechs Waffe, welche etwa dieselbe Größe hatte wie ein normaler

255

Thermostrahler. Nur hatte diese Waffe zwei Läufe. „Diese Waffen sind in der Lage, sowohl Thermostrahlen als auch antimagnetische Plastikgeschosse gleichzeitig abzufeuern, und dagegen kann Sie Ihr Schirm nicht schützen."

Parudal erschrak. Er wußte, daß der Fremde die Wahrheit gesprochen hatte. Mental aufgeladene Energieschirme hatten den Nachteil, daß sie nur *eine* der bekannten Schußarten absorbieren konnten. Zwar waren die Baalols in der Lage, ihre Schutzschirme blitzschnell auf die jeweilige Schußart umzustellen, so daß sie wahlweise sowohl Thermoschüsse als auch gewöhnliche Projektile abwehren konnten. Aber niemals gleichzeitig.

Der Anti wußte nichts Genaues von den Vorgängen auf Okul; er wußte nicht, daß die Terraner gelernt hatten, die als unüberwindlich geltenden Schutzschirme der Antis zu bezwingen. Er sah nur, daß diese Fremden in der Lage waren, ihre Wünsche ihm gegenüber durchzusetzen. Diese Erkenntnis traf ihn wie ein Schlag.

Kalal spürte, wie die fremde Kraft rhythmisch pulsierend in seinem Gehirn dröhnte. Er wußte, daß er sich der gefährlichen Stelle näherte.

Vor ihm, nicht weiter als dreißig oder vierzig Meter entfernt, und doch fast unerreichbar, lag der „Saal der schützenden Gedanken". Kalal wußte, daß er gerettet sein würde, wenn es ihm gelang, ihn zu erreichen und Eintritt zu finden.

Er wußte ebensogut, daß er über diesem Versuch sein Leben verlieren konnte.

Die Stelle, der er sich näherte, war das Herz des Tempels. Was dort geschah, machte den Tempel der Wahrheit zum sichersten Ort auf Utik und jeden anderen Baalol-Tempel zum sichersten Platz auf der Oberfläche des Planeten, auf dem er stand. Im „Saal der schützenden Gedanken" wurde der Schutzschirm erzeugt, der den Tempelkomplex wie eine unsichtbare Mauer undurchdringlich umgab.

Es gab andere bekannte Schutzschirme, größere, höhere, auf die ihre Erbauer stolz waren. Aber es gab keinen, dessen Macht sich mit dem Schirm eines Baalol-Tempels messen konnte. Denn es gab keinen Generator, der mechanisch und mental erzeugte Energie auf so wirksame Weise miteinander koppeln konnte, wie das im „Saal der schützenden Gedanken" geschah.

Es war verständlich, daß den Raum, in dem der Schutzschirm erzeugt wurde, starke Streufelder umgaben. Durch diese Zone der Streufelder erkämpfte Kalal sich einen Weg. Von einer Sekunde zur anderen mußte er sein Gehirn mehr anstrengen, mußte er seine Gedanken eindeutiger auf das Ziel konzentrieren, das vor ihm lag. Er konnte auf nichts anderes mehr achten. Er mußte die Augen schließen, um sich vom Anblick der Dinge, die ihn umgaben, nicht ablenken zu lassen.

Es ging um seine Freiheit. Das Ziel war die Anstrengung wert.

Meech Hannigan ortete sorgfältig.

Sein mechanisches Gehirn empfand Verwunderung, als er bemerkte, was da irgendwo unter und vor ihm los war. Die Ausstrahlungen des Priesters, den er im Verdacht hatte, der Urheber des hypnotischen Taumels zu sein, waren erheblich stärker geworden. Gleichzeitig mischten sich andere Effekte hinein, die Meech bisher nur am Rand wahrgenommen hatte. Sie schienen sich im gleichen Maß zu verstärken wie die Strahlung aus dem Gehirn des Priesters. Meech hatte den Eindruck, daß es eine Resonanz zwischen den Gedanken des Priesters und den anderen Schwingungen, die aus keinem organischen Hirn zu kommen schienen, gab. Aber da Meech über die technischen Anlagen eines Baalol-Tempels nicht besser Bescheid wußte als die irdischen Wissenschaftler, die den Roboter erschaffen hatten, konnte er nur vermuten.

Er teilte Ron Landry beides mit, die Beobachtung und die Vermutung.

„Von woher kommt die Ortung?" fragte Ron knapp.

„Vor und unter uns", war Meechs Antwort. „Neigungswinkel etwa sechzig Grad."

Ron fuhr auf dem Absatz herum und starrte den immer noch wie betäubt dastehenden jungen Priester an. „Wer ist dort unten?"

Parudal schüttelte den Kopf und biß sich auf die Lippen. Ron richtete den Lauf seiner Waffe auf ihn.

Parudal schüttelte ein zweites Mal den Kopf. „Sie können mich nicht zum Verrat zwingen."

Ron senkte die Waffe.

„Ihr Fanatismus wäre eines besseren Zieles wert", erklärte er kühl.

Sie setzten sich in Bewegung. Weiter hinten im Gang, der immer noch geradlinig verlief, gab es Türen rechts und links in den Wänden. Sie zu öffnen, war nicht schwierig. Aber dahinter gab es nichts als Lagerräume, voll von Gestellen, auf denen alle möglichen Dinge ruhten. Wahrscheinlich befand sich hier irgendwo der Liquitivvorrat, von dem Kazek weiter bekommen hätte, wenn die Entwicklung nicht anders verlaufen wäre.

Lofty rümpfte die Nase und schüttelte den Kopf.

„Da führt kein Weg weiter", murmelte er. „Wir müssen woanders suchen."

Meech legte minütlich Rechenschaft darüber ab, aus welcher Richtung er die gedanklichen Ausstrahlungen jetzt empfing. Es schien so, als bewege sich der unbekannte Priester kaum von der Stelle und als brächte sie jeder Schritt ihm näher – soweit die Entfernung in der Horizontalen betroffen war. Der Winkel, den Meech angab, wurde immer steiler, und schließlich befanden sie sich senkrecht über der Stelle, von der die Strahlung ausging.

Lofty schien seine Augen überall zu haben. Ron fiel auf, daß er Parudal, den jungen Priester, merkwürdig oft mit einem Blick streifte, rasch und prüfend, so daß Parudal es nicht bemerkte. Lofty schien die eigenartige Fähigkeit zu besitzen, anderer Leute Gedanken an ihren Gesichtern ablesen zu können. Offenbar war das fast ein vollwertiger Ersatz für telepathische Begabung, denn nach einem letzten, vergewissernden Blick auf den Priester stampfte Lofty auf den Boden und erklärte: „Wenn der Zugang zu den Etagen unter uns nicht im Umkreis von zehn Metern zu finden ist, dann will ich von hier nach Terra durch den Raum schwimmen."

Er schien seiner Sache sicher zu sein. Sie begannen zu suchen, und Ron bemerkte, wie Parudals Blick immer unsicherer und ängstlicher wurde. Zuviel war anscheinend in den letzten Minuten auf den jungen Priester eingestürmt. Er vermochte seine Unruhe nicht mehr zu verbergen.

Offenbar glaubte er, er würde die Entdeckung des geheimen Zugangs mit normalen Mitteln auf keinen Fall mehr verhindern können, denn plötzlich spürte Ron wieder das Zerren im Kopf, und diesmal war es gleich von Anfang an so stark, als lege Parudal seine ganze Kraft hinein, um die Eindringlinge von ihrem Vorhaben abzubringen.

Langsam, fast gemächlich, wandte er sich dem Priester zu und zielte mit dem Lauf seines Revolvers auf die Brust Parudals.

„Noch ein einziger solcher Versuch", warnte Rons leise, gefährlich ruhige Stimme, „und Sie sind ein toter Mann. Ich habe nicht die Absicht, mich von Ihnen aufhalten zu lassen."

Der zerrende Schmerz erlosch sofort. Parudal sah seine Ohnmacht ein. In diesem Augenblick sah er so niedergeschlagen und bejammernswert aus, daß Ron sicher war, daß er ihnen von nun an keine Schwierigkeiten mehr machen würde.

Lofty war auf der Suche geblieben. Als Ron sich von dem Priester abwandte, stieß Lofty einen triumphierenden Schrei aus, winkte die anderen hinter sich her und zeigte mit der linken Hand auf die Gangwand.

„Hier!" rief er. „Ein haarfeiner Riß in der Wand. Ziemlich unverfänglich, verläuft aber schnurgerade von oben nach unten. Wahrscheinlich – ja, hier ist ein zweiter Riß. Das ist die Tür."

Ron warf Parudal einen raschen Blick zu und erkannte an dessen Gesicht, daß Lofty recht hatte.

Sie versuchten, die Tür zu öffnen. Das gelang ihnen wider Erwarten schnell. Die feine Einpassung der Tür in die Wand, so daß die Fugen kaum zu erkennen waren, schien den Baalol-Priestern genug Tarnung für den Zugang gewesen zu sein. Der Öffnungsmechanismus war der gleiche wie bei allen anderen Türen.

Larry war der erste, der den Raum hinter der Tür betreten wollte. Er tat einen Schritt nach vorne – stieß einen entsetzten Schrei aus und warf den Oberkörper mit aller Wucht zurück. Es gelang ihm, das Gleichgewicht wieder zu erlangen. Er wirbelte dabei ein paarmal um seine eigene Achse und starrte schließlich von der Seite her voller Verwunderung in das matt erleuchtete Loch, das hinter der Tür gähnte.

259

Wortlos zog Ron ein antimagnetisches Projektil aus der Tasche und warf es in die Öffnung hinein. Wie er vermutet hatte, sank das Projektil nur langsam nach unten, als müsse es sich durch zähes Öl seinen Weg bahnen.

„Ein Antigravschacht", murmelte Ron. „Los, hinein! Wir haben keine Zeit zu verlieren."

Meech war der erste, der den Schacht betrat. Dicht hinter ihm folgte Ron, der den Priester hinter sich herzog. Hinter dem Priester kamen Lofty, dann Kazek, der vor lauter Angst immer noch nicht wußte, woran er war, und schließlich Larry. Die Tür oben auf dem Gang schloß sich, als Larry über ihre Schwelle hinaus in den Liftschacht getreten war.

Sie sanken etwa fünfzig Meter weit, bis Meech erklärte, daß er die psionische Ausstrahlung jetzt von einem Punkt auf gleicher Höhe empfange.

„Sie ist unglaublich stark geworden", fügte er besorgt hinzu.

Mit Ron zusammen schwang er sich zur Wand des Schachtes hinüber. Von innen war es nicht schwierig, die Rillen zu entdecken, von denen eine Tür eingerahmt wurde, die anscheinend auf ein tiefergelegenes Stockwerk der unterirdischen Anlage hinausführte.

Ron öffnete sie. Draußen lag ein Gang, der dem, aus dem sie gekommen waren, bis aufs Haar glich.

Sie wiesen den Priester an, aus dem Schacht herauszukommen. Während Kazek, Lofty und Larry ihm folgten, stellte Meech eine neue Ortung an und deutete auf die dem Schacht gegenüberliegende Gangwand. Es gab dort eine Reihe von Türen, und Ron war ziemlich sicher, daß hinter einer von ihnen der Weg begann, der zum Ziel führte.

Er wollte sich daranmachen, die erste Tür zu öffnen, als Parudal hinter ihm plötzlich einen erstickten Schrei ausstieß. Ron wirbelte herum. Aber bevor er noch begreifen konnte, was geschah, lag Parudal reglos am Boden und starrte mit weit aufgerissenen Augen zur Decke hinauf.

Ron war sofort neben ihm und untersuchte ihn. Er stellte äußerst schwache, fast nicht wahrnehmbare Atemtätigkeit fest. Parudal lebte noch, aber seine Ohnmacht mußte mit einem starken Krampf verbunden sein, sonst hätte er nicht mit so entsetzlich leblosen Augen in die Höhe gestarrt.

Für den Vorfall wußte Ron keine Erklärung. Er vermutete, daß Parudals Zusammenbruch mit der starken Strahlung zusammenhing, die Meech pausenlos registrierte, aber er hatte keinen Beweis dafür.

Er beschloß, Parudal hier liegen zu lassen und den Weg ohne ihn fortzusetzen. Er wandte sich ab und versuchte von neuem, die Tür in der Gangwand zu öffnen. Aber in diesem Augenblick tönte ein donnernder Schlag durch die Mauern. Ron spürte, wie der Boden unter ihm bebte, und hatte Mühe, das Gleichgewicht zu wahren. Von der Decke rieselten Staub und Steine herab.

Lofty war ein Stück zur Seite geschleudert worden und raffte sich, die stützende Wand im Rücken, mit verwundertem Gesicht wieder auf. Kazek weinte wie ein kleines Kind. Larry spähte geduckt und lauernd in den Gang hinein. Meech war der einzige, der die Ruhe bewahrt hatte.

„Intensität nimmt weiter zu", erklärte er ruhig. Und, als ob er noch etwas Persönliches hinzufügen wollte: „Wenn das so weitergeht, dann weiß ich nicht, wo es hinführen soll. Da werden gigantische Energiemengen freigesetzt."

Ron winkte ab.

„Gleichgültig", entschied er. „Wir versuchen, weiter vorzudringen. Irgendwo dort vorne muß der Bursche sein, den wir suchen."

Beim dritten Versuch gelang es ihm, die Tür zu öffnen. Ein breiter, hell erleuchteter Gang, fast schon ein Saal, führte in den Hintergrund. Inmitten der Helligkeit glaubte Ron, schattenhafte Bewegungen zu erkennen.

Er griff seine Waffe fester und rief: „Dort vorne ist er! Los, Männer!"

Im selben Augenblick dröhnte eine zweite Explosion durch die Anlage. Ron und seine Begleiter waren schon ein Stück weit in den neuentdeckten Gang eingedrungen. Aber als der Donner verebbte, konnten sie trotzdem noch hören, wie draußen Stücke einer Wand zu Boden stürzten und die Erde rauschend nachrutschte.

Das konnte bedeuten, daß sie jetzt eingeschlossen waren, erkannte Ron.

Für Kalal war die Welt nur noch ein glühendroter Feuerball. Er hatte die Augen längst geschlossen, aber das Bild formte sich hinter den Lidern und verzehrte Kalals Gehirn mit seiner Hitze.

Er lechzte nach einer Pause. Er wollte sich einfach vornüberfallen lassen und ausruhen. Aber im hintersten Winkel seines Verstandes, dort, wo noch ein winziger Rest klaren Denkvermögens vorhanden war, sagte ihm eine innere Stimme, daß er im selben Augenblick ein toter Mann sein würde, in dem er mit seinen Anstrengungen nachließ.

Er mußte vorwärts – vorwärts, wenn er die Freiheit gewinnen sollte.

Er zwang seine Gedanken, Bilder der Dinge zu formen, die es dort vorne im „Saal der schützenden Gedanken" gab. Er zwang sie, durch die Wände hindurch die mächtigen Aggregate zu sehen, die das Schirmfeld eigentlich erzeugten, und die Transformer, die die Gedanken der Schützenden so verarbeiteten, daß sie zur Stützung des Feldes und zu seiner Verstärkung verwendet werden konnten.

Das alles mußte er sich ständig vor Augen halten. Er mußte es sehen, durch den glühenden Ball hinter seinen Lidern hindurch, um seinen eigenen Gedanken Zutritt zu verschaffen zu den Transformern. Sie würden die Tätigkeit der Geräte schließlich unterbinden – wenn er mächtig genug war – und die Gedanken der Schützenden auf die Gehirne zurückprallen lassen, aus denen sie kamen.

Er spürte, wie die Welt um ihn herum ins Schwanken geriet. Er wußte gut, welch ungeheure Kräfte hier aufeinanderprallten und daß sie, wenn es zum Höhepunkt des Kampfes kam, sich mechanisch auswirken und die Gangwände erschüttern und die Decken zum Einsturz bringen würden. Er fürchtete sich nicht davor. Er gewann den Kampf entweder, oder es war ihm gleichgültig, auf welche Weise er starb.

Kalal blieb eine Sekunde lang stehen, um dem Gehirn wenigstens für kurze Zeit die Mühe zu ersparen, die es, während er es ganz allein auf seine Aufgabe zu konzentrieren versuchte, damit haben mußte, daß es die Beine in Bewegung hielt. Den Erfolg spürte er augenblicklich. Der glühendrote Ball vor seinen Augen wurde matter. Er konnte die Geräte im „Saal der schützenden Gedanken" deutlich erkennen. Und – er sah noch etwas.

Die Gesichter der fünf Priester, die dort im Saal saßen und ihre

262

parapsychischen Energien in die Transformer strömen ließen, damit
sie dazu beitrugen, den Schutzschirm des Tempels wahrhaft undurchdringlich zu machen.

Nur der älteste unter den fünf Schützenden konnte sich später, in den
wenigen Augenblicken, in denen die geistige Verwirrung sich über
ihm lichtete, noch an den Verlauf der Katastrophe erinnern.

Da waren natürlich die interferierenden Schwingungen gewesen,
die sie alle bemerkt, um die sich jedoch niemand gekümmert hatte,
weil sie glaubten, sie dürften ihre Aufgaben, den Tempel zu schützen,
auf keinen Fall vernachlässigen.

Sie waren auch dann noch ruhig geblieben, als die fremden Gedanken so mächtig wurden, daß sie die der Schützenden fast überall in der
Umgebung kompensieren und ihre Wirkung zunichte machten.

Das war ihr Fehler gewesen. Sie hätten den Strom ihrer Gedanken
unterbrechen und nach der Ursache der Störung sehen sollen. Hätten
Sie das getan, dann hätten die Transformer wahrscheinlich nicht
plötzlich aufgehört zu arbeiten.

Es kam wirklich von einem Gedanken zum anderen. Die andern
wußten nichts mehr davon. Nach einer Tausendstelsekunde schon
waren sie entweder tot oder bewußtlos. Nur Ökaröl, der Älteste,
besaß ein Gehirn, das stark genug war, um den mörderischen Angriff
wenigstens ein paar Sekunden lang zu ertragen.

Er kannte die Gedanken, die sein Gehirn bestürmten. Es waren
dieselben, die er und die anderen einen Augenblick zuvor gedacht
hatten und deren psionische Energieflut von den Transformern zu-
rückgeworfen worden war: „Wir stärken den Schirm. Wir schützen
den Tempel der Wahrheit."

Es waren Gedanken solcher Inbrunst, daß ihr Energiegehalt, von
den Transformern gewandelt, ausreichte, um die Wirkung des Schutz-
schirms um das Tausendfache gegenüber dem zu steigern, was die
mechanischen Geräte allein erzeugen konnten.

Diese Gedanken prallten nun auf die sendenden Gehirne zurück.
Mit ihrer Macht wären sie in der Lage gewesen, selbst den stärksten
Feind von den Mauern des Tempels fernzuhalten.

263

Mit ihrer Macht waren sie jetzt in der Lage, die Gehirne, in denen sie entstanden waren, zu zertrümmern.

Ökaröl erkannte, daß etwas Entsetzliches geschehen sein mußte. Das war das letzte, was sich ihm mitteilte.

Ron sprang zur Seite, als die Wand neben ihm plötzlich mit donnerndem Gepolter in den Gang stürzte. Keuchend blieb er am Rand der Trümmer stehen, die den Boden des Ganges bedeckten, und half Meech, dem ein Trümmerstück die Füße unter dem Körper weggeschlagen hatte, auf die Beine.

Aus der Wand rutschte Erde nach und füllte den Gang.

Ron schrie die Namen seiner beiden Freunde: „Larry! Lofty!"

Aber außer dem Rauschen der Erde war kein Geräusch zu hören. Larry und Lofty waren mit Kazek entweder jenseits des Wandeinbruchs zurückgeblieben – oder sie lagen unter den Trümmern.

Ron hätte es schwer gehabt, in diesem Augenblick zu entscheiden, was er als nächstes tun sollte. Aber Meech Hannigan war bei ihm, und Meechs Augenmerk war nur darauf gerichtet, daß sie die ihnen gestellte Aufgabe so rasch wie möglich erfüllten.

„Dort vorne, Sir!" rief Meech. „Das muß er sein. Ein einzelner Mann."

Ron fuhr herum. Die Helligkeit weiter vorne im Gang war grell und verschleierte mehr als sie enthüllte. Aber da war die dunkle, schattenhafte Gestalt eines einzelnen Mannes, der mitten durch die Helligkeit taumelte, als sei er betrunken.

„Der Höhepunkt der psionischen Strahlungsintensität ist überschritten, Sir", berichtete Meech sachlich. „Es sind offenbar die meisten Strahlungsquellen ausgefallen. Übrig ist nur noch, was von dem Mann da vorne kommt."

Das gab Ron die Besinnung zurück. Lofty und Larry waren ohnehin entweder gerettet, oder er konnte ihnen, selbst wenn Meech ihm zur Seite stand, mit den bloßen Händen auch nicht helfen.

Meech hatte sich schon in Bewegung gesetzt. Mit langen, weit ausgreifenden Schritten drang er durch den unversehrten Teil des Ganges weiter nach vorn, und Ron folgte ihm, so schnell er konnte.

264

Der Gang mündete in einen Saal, auf dessen Boden in merkwürdig verkrümmter Haltung fünf Männer lagen, entweder tot oder bewußtlos, alle mit dem prächtigen Priesterornat des Baalol-Kults bekleidet. An den Wänden entlang standen eine Reihe von großen Aggregaten, deren Funktion Ron sich im Augenblick nicht erklären konnte.

Er betrachtete die starren Gesichter der Priester und ihre weit aufgerissenen Augen. Dann warf er Meech einen fragenden Blick zu.

Meech schüttelte den Kopf. „Nein, Sir, er ist nicht darunter. Ich nehme an, er hat dies hier alles selbst angerichtet. Die Ortung kommt jetzt von dort draußen."

Er deutete zur gegenüberliegenden Wand.

„Also weiter", entschied Ron.

Die merkwürdige Umgebung irritierte ihn. Er hatte keine Ahnung, warum plötzlich Wände einstürzten, Erdrutsche auftraten und so viele Männer tot oder bewußtlos auf dem Boden lagen. Hier ereigneten sich Dinge, die jenseits seiner Vorstellungskraft lagen. Das regte ihn auf. Er besaß nicht Meechs kühle Fähigkeit, Dinge, die er nicht verstand, in eine Speicherbank zu schieben und sie dort ruhen zu lassen, bis jemand eine Erklärung gab.

Da war nur der Mann da vor ihm. Einem Mann nachzujagen und ihn zu fangen, das war eine handfeste Aufgabe, unter der man sich etwas vorstellen konnte. Ron hielt sich an diesen Gedanken. Er sprang zur Tür und öffnete sie. Er wollte hinaus. Er konnte die starren Gesichter mit den weit aufgerissenen Augen nicht mehr sehen.

Die Tür rollte zur Seite. Ron konnte nicht sehen, was dahinterlag. Etwas hob ihn in die Luft und umhüllte ihn mit greller Helligkeit, die in den Augen schmerzte.

Ron fing an zu schreien.

Er hatte bemerkt, daß er verfolgt wurde. Zuerst hatte er geglaubt, es sei nur ein Mann, weil er nur die Gedanken eines Mannes empfing. Daß er schließlich zwei auf seiner Spur entdeckt hatte, hatte ihn fast aus dem Gleichgewicht gebracht. Er wußte, daß er sie abschütteln mußte. Daß er ihnen auflauern und sie unschädlich machen mußte. Aber das plötzliche Auftauchen des Mannes, dessen Gedanken er nicht erkennen konnte, hatte ihn verwirrt. Er besaß, zumal nach der heftigen geistigen Auseinandersetzung mit den fünf Schützenden, kaum noch die Kraft, sich zu konzentrieren.

Dennoch hatte er es gewagt. Er hatte sich hinter der Tür, die auf der anderen Seite aus dem Saal hinausführte, versteckt und gewartet, bis die Verfolger sie öffneten. Die Nähe der Gefahr hatte ihn ein wenig ruhiger gemacht. Es war ihm zuletzt gelungen, sich so zu konzentrieren, wie es für die Ausschaltung zweier tatkräftiger Gegner notwendig war.

Die Tür war zur Seite gerollt, und er hatte seine Kräfte spielen lassen. Ein zuckender Schmerz war ihm durch das Gehirn gefahren.

Er bemerkte, wie der Geist des einen Mannes vor seinem ungestümen Angriff zurückwich und floh. Dann aber packte ihn eisiger Schreck.

Der andere der beiden reagierte überhaupt nicht. Wenigstens nicht auf Kalals Angriff. Er tat etwas anderes, und Kalal sah, daß die Lage für ihn gefährlich zu werden begann.

Meech Hannigan hatte die Situation schneller begriffen, als ein organisches Gehirn zu denken vermochte. Er hörte Ron aufschreien und sah ihn wanken. Er sah auch die reglose Figur im Halbdunkel des Ganges und wußte, was er zu tun hatte.

Von dem Augenblick an, da Kalal seinen Geist spielen ließ, um sich seiner beiden Verfolger zu entledigen, bis zu dem, in dem Meech den ersten Schuß abgab, verging kaum mehr als eine Sekunde.

Krachend entlud sich der Kombilader und spie gleichzeitig Projektile und Strahlen aus. Meech hörte einen wilden Aufschrei. Er sah den huschenden Schatten weit hinten im Gang und hörte die platschenden Schritte, mit denen Kalal davonrannte.

Meech kümmerte sich um Ron. Ron hatte sich inzwischen auf die Ellbogen aufgerichtet und starrte den Roboter verwundert an.

„Er wartete hier auf uns", erklärte Meech. „Wollte uns wahrscheinlich ausschalten. Ich habe ihn verjagt."

Rons kühler Vernunft schien der Zwischenfall nichts ausgemacht zu haben.

266

„Dann los!" stieß er zwischen den Zähnen hervor und sprang auf. „Sonst entkommt er uns zum Schluß noch."

Meech sprang voran. Es war unglaublich, welche Geschwindigkeit er mit seinem größtenteils metallenen Körper, der die vielfache Masse eines menschlichen Körpers besaß, entwickeln konnte. Ron hatte Mühe, ihm auf den Fersen zu bleiben.

Von dem Priester, der vor ihnen herfloh, war lange Zeit keine Spur zu entdecken. Obwohl er nach Meechs Ansicht verwundet war, schien er sich schneller bewegt zu haben, als selbst der Robot es konnte.

Bis die Länge des Ganges und die unheimliche Stille, die dort herrschte, Ron verdächtig vorkam. Er erinnerte sich an den Liftschacht, den Lofty auf der anderen Seite des Saales nur mit großer Aufmerksamkeit entdeckt hatte. Waren sie aus lauter Jagdeifer an einem ähnlich gut versteckten Schacht vorbeigelaufen?

Er machte Meech darauf aufmerksam, und Meech war sofort dafür, daß sie umkehrten und die Gangwände absuchten.

Die Tür zum Antigravlift fanden sie etwa zehn Minuten später.

Durch den Schacht hinter der Tür stiegen sie rasch in die Höhe. Ron war sich darüber im klaren, daß sie sich jetzt auf dem Weg zum oberen, von Antis wimmelnden Teil des Tempels befanden.

Nach kurzer Zeit sahen sie in der Höhe einen Lichtfleck. Noch aus beträchtlicher Entfernung konnte Meech erkennen, daß der Schacht sich dort oben ins Freie öffnete und daß der Lichtschein von Utiks Sonne herrührte, die mittlerweile wieder aufgegangen war. Über das, was sie dort oben, wahrscheinlich auf einem der Tempelhöfe, vorfinden würden, konnte jedoch auch Meech keine Vorhersage machen.

Auf der Oberfläche von Utik hatte sich einiges getan, seitdem sie in den Gängen der unterirdischen Anlage verschwunden waren.

Der weite Hof war mit Menschen vollgestopft, die Luft mit Schreien und Jammern erfüllt. Von den Baalol-Priestern war keine Spur zu sehen. Was sich auf den Hof drängte und schob, das waren Utiker, Männer und Frauen.

Meech und Ron gelang es kaum, den Liftschacht zu verlassen. Einige Schreiende sahen sie herausklettern, wandten sich ihnen zu und bestürmten sie mit Fragen. Sie riefen alle durcheinander, und Ron konnte nur soviel verstehen, daß sie in Sorge um ihre Wunderblume waren, die sich aus irgendeinem Grund auf- und davongemacht hatte.

„Der Schutzschirm muß gefallen sein", rief Ron dem Roboter zu. „Sie sind eingedrungen, und der Priester ist ihnen vor der Nase davongelaufen."

Meech hob den Kopf und suchte den Himmel ab. Ron verstand seine Gedanken. Der Priester konnte nicht einfach gelaufen sein. Die Menge hätte ihn eingeholt. Sicherlich gab es im Tempel Automatwagen oder noch raschere Flugmaschinen. Er hatte das Durcheinander benutzt, um sich eine davon anzueignen und zu fliehen.

„Ein paar Punkte dort vorne in der Luft", sagte Meech schließlich, während Ron von den Fragenden hin und her geschoben wurde, „entfernen sich mit hoher Geschwindigkeit nach Norden. Er könnte darunter sein. Die anderen sind wahrscheinlich Gleiter von Utik – mit Männern am Steuer, die die Blume retten wollen."

Ron drängte die Schreienden entschlossen beiseite.

„Wir müssen ihm nach!" rief er Meech zu. „Es kann im Tempel nicht nur einen Gleiter gegeben haben."

Meech nickte.

„Hoffentlich verlieren wir ihn nicht aus den Augen", antwortete er mit lauter Stimme. „Ich kann seine Ausstrahlung kaum mehr empfangen."

Er stellte sich vor Ron und pflügte ihm eine Bahn durch die Menge. Sie überquerten den Hof.

Sie passierten einen schmalen Gang zwischen zwei kastenförmigen, fensterlosen Gebäuden und kamen auf einen anderen Hof. Dort bot sich das gleiche Bild. Auch hier drängten sich besessene, schreiende Menschen. Auch hier war keine Spur von den Baalol-Priestern, die sich vor dem Aufruhr ins Innere der Tempelgebäude geflüchtet zu haben schienen.

Nur eines unterschied diesen Hof vom vorigen: Über die Köpfe der Menge hinweg waren die Aufbauten mehrerer Automatwagen zu sehen. Die Wagen waren leer. Sie schienen nur darauf zu warten, daß die beiden Terraner sich einen von ihnen aussuchten und die Verfolgung aufnahmen.

Auf diesem Hof brauchte Meech seine Kräfte nur anzustrengen, bis sie etwa die Mitte der Fläche erreicht hatten. Als sie soweit waren, geschah plötzlich etwas Merkwürdiges.

Das Schreien verstummte.

Mit einemmal war es still auf dem Hof. Nur das Scharren vieler Füße war noch zu hören. Die Menschen schoben und drängten einander nicht mehr. Sie standen ruhig und sahen sich verwundert um.

Ron brauchte nur eine Sekunde, um zu begreifen, was geschehen war. Der Bannkreis des hypnotischen Einflusses, den jener merkwürdige Priester um sich verbreitete, hatte einen Halbmesser von fünfundzwanzig Kilometern. In diesem Augenblick, in dem die Menschen zu schreien aufhörten, hatte der fliehende Priester die kritische Entfernung überschritten. Die Menschen waren wieder frei. Dafür würden im Norden der Stadt jetzt andere dem Einfluß unterliegen.

Ron und Meech nutzten die Gelegenheit. Noch rascher als zuvor bewegten sie sich über den Hof, erreichten die Reihe der Fahrzeuge und schwangen sich in dasjenige, das ihnen am nächsten stand. Mit einem Seufzer der Erleichterung erkannte Ron, daß es sich um einen Wagen handelte, den die Antis offenbar auf Utik gekauft hatten. Die Bedienungsweise war ihm vertraut. Er ließ das Fahrzeug aufsteigen, und während die Dächer der Tempelgebäude unter ihm zurückwichen, hielt er ungeduldig nach Norden hin Ausschau.

Er erkannte die Vorberge des hohen Gebirgsstocks, der sich nördlich der Stadt hinter dem Horizont entlangzog. Er erinnerte sich an das, was er über die Geographie von Utik gelernt hatte, bevor er diesen Einsatz angetreten hatte. Im Norden von Utik begann die endlos weite Wüste, die sich bis zur gegenüberliegenden Küste des Kontinents erstreckte, ein unübersehbares Land aus Sand, eingetrockneten Flußbetten und öden Bergen.

Der Priester hatte sich kein schlechtes Versteck ausgesucht.

Kalal brachte es nicht fertig, sich erleichtert zu fühlen.

Die Wunde, die ihm der unheimliche Fremde beigebracht hatte, war mehr schmerzhaft als gefährlich. Sie störte ihn wenig. Aber daß der Fremde gewußt hatte, daß man sich einen Baalol-Priester nur dann vom Leib halten konnte, wenn man mit einer Projektil- und einer Strahlwaffe gleichzeitig auf ihn schoß, gab ihm zu denken.

Die beiden Männer waren offensichtlich Terraner, denn nur diese verfügten bisher über solche Waffen.

Er schob die Gedanken schließlich beiseite, weil er ohnehin keine Antwort auf die Frage finden konnte. Er mußte vorwärtsschauen. Er war auf dem Weg in die Wüste. Die von der Hypnose besessenen Verfolger, die mit ihren Automatwagen über dem Tempel auf ihn gelauert hatten, hatte er abgeschüttelt.

Hier war er nun. Unter ihm dehnte sich die Wüste. Dicht vor ihm stiegen die Berge auf, und wenn er in einer ihrer unzugänglichen Schluchten für einige Tage Zuflucht fand, dann würde sich die Erregung in Massennock legen und er schließlich zusehen können, wie er von hier aus endgültig in Sicherheit gelangte.

Er zog sein Fahrzeug, das er inzwischen in Manuellsteuerung übernommen hatte, ein Stück nach oben, um besseren Überblick zu bekommen. Etwas blitzte hinter ihm auf. Entsetzt sah er sich um und entdeckte den winzigen schimmernden Punkt eines Gleiters, der genau auf seinem Kurs lag.

Panik ergriff ihn. Er wußte, daß er wehrlos war. Es blieb nur noch die Flucht.

Er lenkte seinen Wagen in steilem Flug nach unten. Die Berge kamen mit rasender Geschwindigkeit auf ihn zu. Eine finstere Schlucht tat sich auf, und Kalal fand, daß es keinen besseren Platz gab, sich zu verstecken, als die gähnende, schwarze Spalte.

Er schoß darauf zu. Er hielt das Steuer fest und warf einen Blick nach oben. Sein Herz wollte stehenbleiben, als er sah, daß der Gleiter ihm mittlerweile so nahe gekommen war, daß er die Köpfe der beiden Insassen durch das Frontfenster erkennen konnte. Das kleine Flugzeug stürzte ebenfalls, und zwar so steil, daß es noch früher als Kalal, und zwar ein Stück weiter nördlich, in die Schlucht eindringen würde.

Kalal schätzte den Abstand. Zuerst glaubte er, er hätte noch eine Chance, das Versteck doch als erster zu erreichen. Aber dann erkannte er, daß der Fremde noch weitaus schneller war, als er geglaubt hatte. Er sah ihn herankommen. In diesem Augenblick erkannte er die Absicht des Gegners.

Dieser wollte ihn rammen.

Kalal fand einen Teil seiner kühlen Überlegung wieder. Bis zum letzten Augenblick hielt er seinen Gleiter auf dem alten Kurs. Dann, zwei oder drei Sekunden vor dem Zusammenprall, riß er das Steuer scharf nach hinten. Ein mörderischer Ruck fuhr durch die Maschine. Der Aufbau ächzte, als wollte er auseinanderspringen. Aber gehorsam hob der Bug sich in die Höhe, und steil über den Fremden hinweg schoß Kalal nach oben.

Er hatte den Plan des Gegners nicht richtig erkannt. Er hatte sein Augenmerk auf das nahende Flugzeug gerichtet, ohne den Überhang zu sehen, den die Felswand dicht zu seiner Rechten bildete. Das Manöver war von seinem Verfolger eingeplant gewesen. Kalals Gleiter stieg eine oder zwei Sekunden lang steil in die Höhe. Dann nahm Kalal plötzlich, von einem Atemzug zum anderen, den schwarzen Schatten wahr, der sich scheinbar auf ihn herabsenkte. Er wollte das Steuer noch einmal herumreißen. Aber im selben Augenblick prallte der Gleiter mit donnerndem Krach gegen den Felsüberhang.

Die Geschwindigkeit des Flugzeugs war beträchtlich gewesen. Der Aufbau brach in Stücke auseinander und stürzte mit dem schweren Chassis den Berghang hinunter in die Schlucht.

Nur Kalal selbst, in diesem Augenblick bewußtlos, hatte ein wenig mehr Glück. Er rollte ebenfalls die steile Wand hinunter. Aber bevor er in die Schlucht hinabstürzte, fing ihn eine schmale, rinnenförmige Felsleiste auf, die sich am Rand der Schlucht entlangzog, und hielt ihn fest.

Auch dieser zweite Aufprall war hart genug. Aber er würde Kalal nicht das Leben kosten.

Nach einer halben Stunde gab Meech bekannt, die Signale, die er von dem fliehenden Priester empfange, würden wieder deutlicher. Ron wollte darauf etwas antworten, aber er hatte den Mund noch nicht aufgemacht, als er das Summen des kleinen Empfängers hörte, der ihm hinter dem Ohr unter der Haut saß.

Wie elektrisiert fuhr er auf. Er hob den linken Arm und sprach in das Mikrophon: „Heuschrecke. Wer spricht?"

„Auch Heuschrecke", antwortete Larry Randalls Stimme. „Wir sehen euch."

„Larry!" schrie Ron mit überschnappender Stimme. „Wie seid ihr aus dem Durcheinander herausgekommen? Oder ist Lofty . . .?"

„Doch, alle Mann an Bord", antwortete Larry fröhlich. „Lofty sitzt neben mir, und Kazek liegt vor lauter Angst flach auf dem Boden. Den ausführlichen Bericht gebe ich nachher. Im Augenblick gibt es Wichtigeres zu tun. Wir haben den Burschen dicht vor uns. Er muß uns jeden Augenblick sehen."

„Welchen Burschen?"

„Den Anti."

„Haltet ihn auf! Wir kommen so schnell wie möglich."

„Gut. Das war sowieso mein Plan. Bis es soweit ist, halten wir am besten Funkstille. Der Anti könnte Geräte bei sich haben, mit denen er unsere Sendungen empfangen kann."

„Einverstanden. Ende."

Meech entdeckte Larrys Flugzeug hoch im Blau des Himmels und eine Weile später auch den dunklen Fleck, den der Wagen des Priesters gegen den Hintergrund der Berge bildete. Meech konnte auch einen Teil des Manövers verfolgen, das Larry benutzte, um den Fliehenden aufzuhalten. Aber was wirklich geschehen war, das erfuhren Ron und der Roboter erst, als Larry Bericht erstattete.

Er schloß mit den Worten: „Wir haben die Stelle, an der der Gleiter abgestürzt ist, gerade unter uns. Der Bursche muß mit dem Teufel im Bunde stehen – er lebt immer noch."

Ein kurzes Stück oberhalb der Stelle, an der Kalals Flugzeug gegen den Überhang geprallt war, gab es einen Fleck, auf dem Ron seinen Gleiter landen konnte. Noch während des Fluges hatte er den kaminähnlichen Einschnitt gesehen, der durch den Überhang fast senkrecht nach unten führte und einen einigermaßen bequemen Zutritt zum Rand der Schlucht gestattete. Ron wußte, daß er dort hinunter mußte, wenn er den Priester retten wollte – retten, damit dieser ihm Aufschluß über die merkwürdigen Dinge geben konnte, die sich in den vergangenen Tagen auf Utik ereignet hatten.

Larry blieb mit seinem Gleiter in der Luft. Er hielt über der Mitte der Schlucht, so daß er sowohl den Priester als auch Rons Flugzeug im Auge behalten konnte. Ron ließ Meech zuerst aussteigen und sich vergewissern, daß der Gleiter sicher auf dem kleinen Vorsprung stand. Dann schwang er sich selbst hinaus. Sie durchquerten den Überhang und gewannen das letzte Stück steil abfallender Felswand, das zum Rand der Schlucht hinunterführte. Meech wartete am unteren Ende des Kamins, bis Ron zu ihm aufschloß.

Die Sonne war mittlerweile hoch gestiegen. Ihre grelle Hitze lag auf dem nackten Gestein, und die Luft flimmerte in der fast unerträglichen Wärme. Ron beschattete die Augen mit der Hand, um besser sehen zu können. Unter ihm, nicht weiter als fünfzehn Meter entfernt, lag der Anti auf dem kleinen, trogförmigen Vorsprung, der seinen Sturz aufgehalten hatte. Seine kostbare Robe war zerrissen und staubig. Er hatte sich das Gesicht blutig geschlagen, und ein Arm schien gebrochen, so unnatürlich steif stand er vom Körper ab.

Aber der Mann lebte noch. Ron sah ihn sich aufrichten, auf die Knie kommen und den Hang heraufspähen. Ron nahm die Waffe zur Hand. Er wußte nicht, wie sich der Anti verhalten würde. Vielleicht hatte der Sturz seinen Widerstandswillen noch nicht völlig gebrochen. Ron wollte ihm zurufen, daß er gekommen sei, um ihm zu helfen. Aber er kam nicht dazu.

Etwas warf sich auf ihn. Er konnte es nicht sehen, aber er spürte es deutlich. Es kam von vorne, mit ungeheurer Macht, mit Gekreisch und Getobe. Es warf ihn aus dem Gleichgewicht. Er taumelte, nach hinten zwar, aber dabei glitten ihm die Beine unter dem Körper weg. Er stürzte auf den Rücken und begann die steile Wand hinunterzurutschen. In ohnmächtigem Schrecken erkannte er, daß nichts mehr seinen Sturz in die Schlucht aufhalten konnte.

Er würde an dem Anti vorbei über den Rand stürzen.

Kalal hatte kein klares Empfinden mehr. Er wußte nicht, ob es sich noch lohnte, Hoffnung zu hegen oder nicht. Er war nur zornig. Er sah die beiden Fremden, die er im Tempel schon einmal gesehen hatte, aus dem Kamin auftauchen. Er sah die glitzernden Helme auf ihren

Köpfen und wußte auf einmal, wie sie sich gegen den hypnotischen Einfluß geschützt hatten, den sein Aktivator verbreitete.

Er haßte sie. Er hatte den Hohen Baalol besiegen und selbst oberster Priester werden wollen. Diese beiden hatten alle seine Pläne vereitelt.

Er mußte sie töten – selbst dann, wenn er dabei ebenfalls zugrunde gehen sollte.

Er konzentrierte sich, zum letztenmal in seinem Leben – dann schlug er zu.

Meech sprang.

Es war ein verzweifelter Satz, über mehr als drei Viertel der Wand hinunter. Aber er kam über den stürzenden Ron Landry hinweg, warf sich ihm in den Weg und fing ihn auf.

Zwei Meter unter ihm gähnte der Rand der Schlucht.

Meech begnügte sich nicht damit, daß er seinen Vorgesetzten gerettet hatte. Er sah die Gefahr, die immer noch dort drüben auf dem Vorsprung lauerte, und handelte.

Er riß seine Kombiwaffe hoch und feuerte einen Schuß in Richtung des Antis ab. Meech sah, wie der Anti zusammensank. Aber er hatte den Eindruck, daß der Priester noch lebte.

Ron begann sich zu bewegen.

„Dieser Schurke", knirschte er. „Ich hätte mir glatt das Genick gebrochen."

Er kam wieder auf die Beine. Mit Meech zusammen ging er zu dem Vorsprung hinüber, auf dem der Anti lag.

Meechs Schuß hatte ihn in die Brust getroffen.

Aber da war noch etwas, eine Unebenheit zwischen den Rippen, als sei dort etwas unter die Haut operiert worden. Ron betastete die Stelle mit der Hand, aber als Kalal daraufhin vor Schmerz zu stöhnen begann, ließ er es sein.

Der Anti schlug die Augen auf. Sie waren verschleiert, als könnte er nicht mehr deutlich sehen. Er wollte sich aufrichten, blieb eine Weile ruhig und sank dann wieder zurück.

„Verdammt sei der Hohe Baalol auf Trakarat!" ächzte er.

Das war das letzte, was er sagte. Sekunden später war Kalal tot.

28.

Oberst Nike Quinto nahm sich Zeit, den gesamten Utik-Einsatz mit seinen Männern in Ruhe noch einmal durchzusprechen – jetzt, nachdem der Fall gelöst war.

„Aus dem Verhör der fünf Gefangenen, die Sergeant Hannigan bei jenem ersten Eindringen in den hypnotischen Bannkreis gemacht hat", erklärte Nike Quinto, „und der Untersuchung des toten Priesters ergibt sich einwandfrei, daß der Zellaktivator, wahrscheinlich einer von den zwanzig, die der Erste Administrator vor kurzer Zeit auf Wanderer erhalten hat, an dem ganzen Durcheinander schuld war. Ein Zellaktivator soll, wie der Name sagt, eigentlich Körperzellen aktivieren und seinem Träger die biologische Unsterblichkeit verleihen. Warum dieser hier so völlig aus der Art geschlagen ist, wissen wir nicht. Es könnte mit dem eigenartigen Sinn für Humor zu tun haben, den das Wesen auf Wanderer besitzt, es könnte auch ganz einfach ein Konstruktionsfehler sein. Wir werden mehr darüber wissen, wenn wir herausbekommen, wie es den anderen neunzehn Männern ergeht, die kürzlich in den Besitz von Aktivatoren gekommen sind."

Er machte eine Pause und sah auf die Notizen, die vor ihm auf dem Tisch lagen. Er schnaufte dabei heftig, als bereite ihm jeder Atemzug undenkliche Mühsal, und über sein rosiges Gesicht liefen dicke Schweißperlen. Er machte eine gemurmelte Bemerkung darüber, daß es für ihn und seinen Blutdruck eine Zumutung sei, eine solch lange Vorlesung zu halten, aber schließlich fuhr er in ruhigem Tonfall mit seiner hohen Stimme fort: „Auch die merkwürdigen Bewußtlosen oder Toten im Tempelsaal haben durch die Geständnisfreudigkeit unserer Gefangenen eine Erklärung gefunden. Hinter die eigentlichen Geheimnisse sind wir noch nicht gekommen. Die Baalol-Priester umgeben ihre Tempel mit einem von mechanischen Geräten erzeugten Prallschirm. Da ihnen dieser Schutz allein jedoch nicht ausreicht,

275

verstärken sie den Schirm, indem sie mit ihren Gehirnen, die bekanntlich starke Parafähigkeit besitzen, auf ihn einwirken. So haben sie in jedem Tempel eine ständige Wache, die nichts anderes zu tun hat, als ihre ‚schützenden Gedanken', wie man das nennt, auf den Prallschirm zu projizieren. Sie merken an meiner unbeholfenen Ausdrucksweise, wie wenig ich von der Sache verstehe. Kalal, den Sie schließlich zur Strecke gebracht haben, war offenbar auf der Flucht vor seinen eigenen Leuten. Warum, das wissen wir nicht. Vielleicht wollten sie ihn wegen der Gefahr, in die er den Tempel brachte, beseitigen. Das ist eine Vermutung. Auf jeden Fall schaltete er die fünf Männer mit den schützenden Gedanken aus. Es muß ein telepathischer Kampf ungeheuren Ausmaßes gewesen sein. Die mechanischen Auswirkungen der einander bekämpfenden mentalen Energien haben Sie selbst zu spüren bekommen, meine Herren. Kalal gelang die Flucht, als die tobende Menschenmenge nach dem Zusammenbruch des Schirms die Tempelhöfe stürmte."

Er fuhr sich über die schwitzende Stirn, als müßte er sich noch an etwas erinnern. „Ja – der Fall wäre übrigens um ein Haar ziemlich kompliziert geworden. Anscheinend hat einer der Baalol-Priester eine Abteilung der Springer-Flotte alarmiert. Auf jeden Fall trafen kurz nach Kalals Flucht dreißig Springer-Schiffe über Utik ein. Atlan hat sie mit einer Robotflotte inzwischen zum Rückzug gezwungen. Für uns ist die Angelegenheit Utik damit beendet. Perry Rhodan wurde über alle Einzelheiten unterrichtet. Wir haben keinen Grund mehr, uns weiterhin um den Baalol-Tempel auf Utik zu kümmern. Unsere fünf Gefangenen werden wir wieder entlassen. Fragen, meine Herren?"

„Jawohl, Sir", meldete sich Ron Landry. „Ich möchte endlich wissen, wie es Captain Randall gelungen ist, aus dem zusammengebrochenen Gang zu entkommen. Bisher war die Aufregung zu groß, als daß ich das hätte erfahren können."

Nike Quinto hob den Finger. „Also, Captain, berichten Sie."

„Viel ist nicht zu sagen", begann Larry. „Der Gang brach vor uns zusammen, wir waren nie in Gefahr. Ich wußte eine Zeitlang nicht, was ich tun sollte. Aber Lofty hatte eine Idee." Er warf dem grauhaarigen Alten einen anerkennenden Blick zu. „Er meinte, wenn

er irgendwohin zu fliehen hätte, dann würde er sich nach oben halten –
und der Mann, der bis dahin vor uns gewesen war, würde es
wahrscheinlich ebenso machen. Wir kehrten also durch den Gang
zurück zum Liftschacht. Ein paar Minuten später waren wir oben. Der
Lift endete auf einem Hof. Wir kamen gerade rechtzeitig, um die
völlig aus den Fugen geratene Menschenmenge den Tempel stürmen
zu sehen. Wir verkrochen uns, um nicht überrannt zu werden. Dann
beobachtete Lofty, wie der Auflauf sich auf eine ganz bestimmte Stelle
auf einem der Höfe konzentrierte. Wir gaben unser Versteck auf und
sahen uns die Sache aus der Nähe an. Der Priester war mitten unter
den Leuten. Sie begossen ihn mit Wasser, streichelten ihn und taten
lauter unsinniges Zeug. Er aber hatte anscheinend etwas ganz Bestimmtes im Kopf: Durch all das Wasser und die Streichelei hindurch
arbeitete er sich konsequent auf die Reihe der geparkten Gleiter im
Hintergrund des Hofes zu. Wir waren schneller dort als er. Ohne daß
er es bemerkte – es waren nämlich noch eine ganze Menge Flugzeuge
in der Luft über dem Hof, und außerdem hatte er die Augen
wahrscheinlich voll mit Wasser – starteten wir mit einem der Gleiter.
Der Rest ist bekannt."

Nike Quinto nickte bekräftigend.

„Was ist aus diesem Kazek geworden?" fragte er.

„Der", Larry lachte, „will für den Rest seines Lebens mit Liquitiv
und Terranern nichts mehr zu tun haben."

Nike Quinto kicherte. „Gut. Sonst noch Fragen?"

Er sah die vier Männer der Reihe nach an.

„Dann gehen Sie nach Hause und ruhen Sie sich aus", empfahl Nike
Quinto. „Das wird Ihrem Blutdruck guttun. Lachen Sie nicht, Sergeant Hannigan, beziehen Sie den Rat meinetwegen auf das Plasma
in Ihrer Positronik."

Er winkte mit der Hand und gab zu verstehen, daß die Unterredung
beendet sei. Ron Landry und seine Freunde standen auf, grüßten und
gingen zur Tür. Ihr Vorgesetzter hätte jedoch nicht Nike Quinto sein
müssen, wenn er sie nicht im letzten Augenblick noch einmal angehalten und ihnen nachgerufen hätte: „Übrigens, eine Frage ist noch nicht
geklärt, und es mag sein, daß es eines Tages an uns liegen wird, sie zu
beantworten: Wer ist der Hohe Baalol – und wo liegt Trakarat?"

277

29.

Auch dieses Gespräch fand auf Wanderer statt. Das Geisteswesen ES unterhielt sich mit Homunk.

Homunk: *„Der Fall Utik ist damit abgeschlossen. Der Anti vermochte den Kräften des manipulierten Aktivators nicht zu widerstehen."*

ES: *„In den nächsten Tagen werden auch die anderen Besitzer dieser unrechtmäßig erworbenen Zellaktivatoren einsehen müssen, daß sie mit dem ewigen Leben kein Glück haben."*

Homunk: *„Wir werden noch viel Spaß haben. Aber was ist mit dem Hohen Baalol und mit Thomas Cardif?"*

ES: *„Ich werde Thomas Cardif warnen, vielleicht kommt er noch zur Besinnung, bevor es zu spät ist. Der Hohe Baalol hat der Versuchung bisher widerstanden und den Zellaktivator noch nicht angelegt. Aber er wird es schließlich doch noch tun. Die Gier nach Unsterblichkeit ist zu groß."*

30.

Für die Terraner war und blieb er *Atlan, der Einsame der Zeit.*

Viele wußten nicht einmal, daß Imperator Gonozal VIII. identisch war mit dem arkonidischen Flottenadmiral Atlan, der vor mehr als zehntausend Jahren zum erstenmal seinen Fuß auf die Erde gesetzt hatte. Darum überflogen die meisten Terraner die offizielle Verlautbarung in der terranischen Presse und dachten sich herzlich wenig dabei, als sie lasen:

Der erste Administrator Perry Rhodan hat auf Grund der Sondervollmachten angeordnet, daß mit Wirkung vom 25. August 2103 alle Terraner, die bisher für das Imperium Gonozals VIII. in irgendeiner Form tätig waren, binnen fünf Tagen ins Solare System zurückzukehren haben.

DIE ADMINISTRATION DES SOLAREN IMPERIUMS

Perry Rhodan

Reginald Bull, Rhodans Stellvertreter, hatte soeben die *Terrania Post* aufgeschlagen, um sich während des Frühstücks den Inhalt seines Lieblingsblatts zu Gemüte zu führen, als sein erster Blick auf die offizielle Nachricht fiel.

Seine Augen wurden groß. Dann drückte er wütend das Blatt zu einem Knäuel zusammen und schleuderte es zu Boden. Als Bully sich jedoch wieder gefaßt hatte, ging er auf den Papierball zu, bückte sich und hob ihn auf. Vorsichtig glättete er die umfangreiche Zeitung wieder und las die Meldung noch einmal.

„Ich träume also doch nicht", stellte er laut fest, während er vor dem Tisch stand, beide Arme darauf stützte und die Zeitung studierte.

Große Milchstraße, wollte Perry in wenigen Tagen alles zerstören, was sie in Jahrzehnten unter größten Anstrengungen aufgebaut hatten? Nein, das konnte unmöglich wahr sein . . .

Der untersetzte Mann stürzte zum Videophon.

Die Uhr zeigte erst zehn Minuten nach sechs. Bestimmt schlief Solarmarschall Mercant noch um diese frühe Morgenstunde. Bully nahm darauf jetzt keine Rücksicht.

Der graue Bildschirm begann zu flackern, wurde stabil, aber er zeigte nichts. Über den Tonkanal hörte Bully das Rufsignal.

„Ja?" klang nach mehrfachem Durchläuten Mercants Stimme auf. „Ich komme."

Kurz darauf sah Bully Mercants Gesicht auf dem Schirm. Es wirkte verschlafen, aber Mercants Sinne waren hellwach. Er ahnte, daß Reginald Bull ihn nicht wegen einer Lapalie so früh anrufen würde.

„Was gibt's denn schon wieder?"

„Moment", erwiderte Bully. Er hielt die Hauptseite der *Terrania Post* gegen sein Videophon. „Das hier, Mercant. Können Sie es lesen?"

Die Antwort blieb lange aus.

Endlich sprach Mercant. „Hat Atlan schon angerufen?"

Bully schüttelte den Kopf. „Mich noch nicht, vielleicht aber Perry."

„Ich bin in fünf Minuten bei Ihnen, Bull, unrasiert, ungewaschen."

Sie dachten nicht daran, Perry Rhodan anzurufen. Es wäre nichts dabei herausgekommen.

Rhodans Verhalten hatte sich in den letzten Tagen dramatisch verändert. Es war schwer zu glauben, daß dies immer noch die Folgen seelischer Belastung waren. Aber es gab keine andere Erklärung – Perry mußte seelisch krank sein.

Rhodan, der früher nie danach gestrebt hatte, diktatorische Vollmachten zu erhalten, war nun auf Grund der dem Parlament abgerungenen Sondervollmachten quasi zum Diktator geworden. Den besten Beweis stellte sein Befehl dar, demzufolge alle Terraner sofort das Sternenreich im Kugelhaufen M-13 zu verlassen hatten.

Diese Anordnung mußte eine Katastrophe mit unübersehbaren Folgen auslösen und Gonozal VIII. an Rhodans Freundestreue zweifeln lassen. Der Imperator konnte auf die aktive Hilfe einiger zehntausend Terraner in den bedeutendsten Verwaltungstellen Arkons nicht verzichten.

Bully und Mercant hatten darüber nicht gesprochen. Niemand erkannte besser als sie, welche Schwierigkeiten sich zusammenbrauten. Aber sie wußten ebensogut, daß es sinnlos war, zu Rhodan zu gehen und zu versuchen, ihn umzustimmen.

Bull hatte ein paar Versuche unternommen, Rhodan zur Vernunft zu bringen, war von ihm aber immer gemaßregelt worden. Immerhin hatte Rhodan die öffentliche Meinung auf seiner Seite. Auch der neueste Befehl würde daran nichts ändern.

Auch Bully war bisher nicht der Verdacht gekommen, daß der Mann, den er für seinen Freund Perry Rhodan hielt, in Wirklichkeit Thomas Cardif sein könnte.

Bully sah nicht, wie hinter seinem Rücken die Luft flimmerte und der Mausbiber Gucky materialisierte. Erst als er die Stimme des Mausbibers hörte, fuhr er herum.

„Wenn ich den Burschen erwische, der das Sprichwort erfunden hat: *Morgenstund hat Gold im Mund,* dann drehe ich ihm den Kragen um. Perry hat den größten Teil der Mutanten zum Sondereinsatz nach Arkon und seinen Kolonialwelten befohlen. Spezialüberwachung", piepste Gucky. Seine blanken Mausaugen blitzten, seine Stimme zitterte vor Zorn.

„Erzähle, Gucky", forderte Bully ihn auf.

Es gab nicht viel zu erzählen. Der größte Teil der Mutanten war bereits zum Arkon-Imperium unterwegs. Nur Gucky war noch auf Terra.

Natürlich hatte der Mausbiber wieder einmal seine telepathischen Fähigkeiten spielen lassen. „Ich habe versucht, mich in die Gedanken des Chefs einzuschalten. Aber was kommt dabei heraus? Nichts. Er denkt nur in Bruchstücken. Man könnte darüber verzweifeln, denn in dieser Form zu denken, ist doch nicht normal."

„Gucky..." Schon mehrfach hatte Bully versucht, den Mausbiber zu unterbrechen, doch wenn der erst einmal in Schwung gekommen war, ließ er sich nicht so leicht stoppen. Und nun machte der Start einer großen Zahl Raumer jedes Gespräch unmöglich.

Auf den Höllenlärm hin, der schlagartig aufbrandete, rannten Bully und der Mausbiber auf die Terrasse hinaus.

Ihren Augen bot sich ein grandioses Bild.

Schwere und schwerste Einheiten der Solaren Flotte lösten sich von Terranias riesigem Raumhafen.

Tausendfünfhundert und achthundert Meter große Kugelriesen, begleitet von Kreuzerverbänden der beiden Klassen, umringt von den superschnellen Staatenklassenschiffen, jagten in den wolkenlosen Morgenhimmel hinein.

Gucky fühlte sich plötzlich an seinen Schultern gefaßt und gerüttelt. Bully brüllte ihm ins Ohr: „Was ist da los? Wer hat der Flotte den Einsatzbefehl gegeben?"

Bullys Frage war nicht unberechtigt. Er hatte richtig kalkuliert, daß der neugierige Gucky sich in die Gedanken eines Raumerkommandanten einschalten würde, um zu erfahren, welches Ziel das Massenaufgebot hatte.

Gucky piepste erbost: „Du Grobian, laß mich los, oder du erfährst gar nichts."

Die Drohung hatte Erfolg.

Gucky berichtete: „Ziel: Arkon-Imperium, Kugelsternhaufen M-13 im Herkules."

„Was sollen unsere Schiffe denn dort?" rief Bully.

„Ich weiß es nicht, Dicker. Und das weiß auch kein Raumerkommandant. Sie alle haben nur Befehl, innerhalb des Arkon-Imperiums Wartestellung zu beziehen."

Höher und höher stiegen die Kugelraumer; das Donnern der Triebwerke ebbte ab.

Dann lag der friedliche, sonnige Morgen wieder über der Hauptstadt des Solaren Imperiums.

Die Stimme verfolgte Cardif-Rhodan unbarmherzig: *Du hast bis zum Ablauf der Frist nur noch ein paar Tage, Perry Rhodan. Ich warne dich! Lege den Zellaktivator ab, oder du wirst zu groß und zu stark.*

Obwohl es noch früh am Morgen war und Cardif-Rhodan bis spät in die Nacht gearbeitet hatte, stand er bereits am Fenster seines Arbeitszimmers und verfolgte den Massenstart der Kugelraumer, die in den Morgenhimmel stiegen.

Die Stimme in seinem Unterbewußtsein kannte er. Tag für Tag, seit er von Wanderer zurückgekommen war, hatte er sie gehört. Tag für Tag, fast immer im gleichen Wortlaut, hatte ihn die Stimme beschworen, den Aktivator abzulegen. Eine Frist von fünfzig Tagen hatte sie ihm gestellt.

Er lachte über die Warnung des Fiktivwesens auf Wanderer.

Niemals konnte er zu groß werden. Das Solare Imperium sollte wachsen, sich ausdehnen und in absehbarer Zeit die gesamte Galaxis beherrschen.

Cardif lachte laut. Die Ehrfurcht, die Rhodan dem zeitlosen Wesen erwies, konnte er nicht aufbringen.

Jemand, den er hatte betrügen können, hatte noch nie in seiner Achtung bestanden. *ES* war gerade gut genug, ihm die Waffen einer übergeordneten Technik zu liefern, die er in präziser Formulierung verlangte. *ES* war Waffenlieferant, sonst nichts.

Cardif winkelte den rechten Arm an und legte seine Hand um den Aktivator vor seiner Brust. In dieser Sekunde hatte er das Pulsieren des Körpers gefühlt, und nun spürte er auch den lebenserhaltenden Strom durch seine Glieder laufen.

Die Unsterblichkeit kam zu ihm.

Zu den Antis war sie nicht gekommen. Dabei dachte er an das Schicksal Kalals. Inzwischen befaßte sich die Solare Abwehr mit der Suche nach Trakarat.

Zynisches Lachen entstellte Cardifs Gesichts. Es entstellte ein Gesicht, zu dem immer noch Milliarden Menschen und Arkoniden bewundernd aufsahen.

Cardif ahnte nicht, wie häßlich er jetzt aussah. Er ahnte noch weniger, daß es in seinem Gesicht neue Züge gab: Züge, die seinen ureigenen Charakter widerspiegelten.

Seine Augen, die er von Zeit zu Zeit nachfärben mußte, damit die rötliche Tönung ihn nicht als Thomas Cardif verriet, funkelten kalt. Er genoß die Schadenfreude. Der Untergang des Baalol-Priesters Kalal auf Utik war ihm Beweis, daß *ES* den Diebstahl der zwanzig Aktivatoren durch die Antis entdeckt und die Geräte umgeschaltet hatte. Die Antis, die Aktivatoren trugen, würden Kalals Schicksal teilen.

Es kam Cardif nicht der Verdacht, daß seine Vermutungen jeder Logik entbehrten. Es kam ihm ebensowenig der Verdacht, von *ES* durchschaut worden zu sein.

Oder du wirst zu groß und zu stark.

Dieser Satz besaß für ihn prophetischen Wert: Stark sein als Beherrscher der Galaxis; groß sein im Geist.

Er blickte zum wolkenlosen Himmel, in dem ein kleiner Teil der Flotte verschwunden war. Ihr Start war der Anfang eines neuen Schachzugs. Er wollte sich damit selbst beweisen, noch größer als sein Vater zu sein, und er wollte den Antis zeigen, daß er doch nicht ihre Marionette war, sondern einer, den sie noch fürchten lernen würden.

Sein Plan hatte Arkons Untergang eingeleitet.

Auf allen Arkonwelten, wo bisher Terraner tätig waren, rüsteten diese jetzt zum Aufbruch ins Solare System. Die Aufgabe ihrer Positionen mußte im Imperium Atlans eine Katastrophe hervorrufen. Und am Ende standen Zerfall und Untergang. Anschließend würde die Übernahme durch das Solare System erfolgen.

Cardif war sich klar, daß es ein Spiel mit dem Feuer war. Er kannte

Arkons starke Robotflottenverbände. Aber er hatte auch nicht vergessen, Atlans Mentalität in seinen raffinierten Plan mit einzubeziehen.

Imperator Gonozal VIII. hatte als Admiral Atlan über zehntausend Jahre lang auf der Erde gelebt. In seinem Denken und Handeln war er heute viel mehr Terraner als Arkonide. Für ihn stellte ein Freundschaftspakt mehr dar als nur ein Stück Papier. Für ihn würde der Bruch aller Verträge eine ungeheure seelische Belastung sein. Atlan mußte unter diesem Druck Fehlentscheidungen treffen. Jede Fehlentscheidung aber wirkte sich zugunsten des Solaren Imperiums aus. Den ausbrechenden Unruhen durch die Zurücknahme der Terraner und dem Eindringen der Solaren Flotte würde ein machtpolitischer Bergrutsch folgen, der Gonozal VIII. von seinem Thron hinwegfegte und ihm, Thomas Cardif, als Rhodan die Pflicht aufzwang, im Großen Imperium einzugreifen, um Ruhe und Ordnung wiederherzustellen.

„Eingreifen", sagte er halblaut. Das hieß für ihn Übernahme.

Sein Plan lief. Nichts konnte ihn mehr aufhalten. Er, Cardif, hatte sie alle überspielt.

In einer halben Stunde würden seine Freunde vor vollendeten Tatsachen stehen.

Er hatte nicht umsonst nach einer direkten ständigen Verbindung zum großen Gehirn auf der Venus verlangt. Erst mit Hilfe der großen Positronik war es ihm möglich gewesen, ein Unterfangen von dieser Größe und Kompliziertheit folgerichtig bis ans Ende durchzuführen.

Und immer wieder hatte er zwischendurch die warnende Stimme des Fiktivwesens vernommen.

Er kannte aus Rhodans Wissen den skurrilen Humor des Gemeinschaftswesens. Er wußte, was *ES* unter Scherz verstand. Er fiel auf diesen Spaß nicht herein. Er wollte seine große Gelegenheit nicht ungenutzt verstreichen lassen.

Unbeweglich stand er am Fenster und blickte auf das Häusermeer von Terrania hinaus. Dieses Panorama faszinierte ihn immer wieder.

Er erinnerte sich noch jener Zeit, in der ein Patriarch der Springer ihn zum Administrator machen wollte. Damals hatte er diesen Vorschlag brüsk abgelehnt; damals trieb ihn nur das Rachegefühl, verbunden mit dem Ziel, Perry Rhodan vernichtet zu sehen.

Dieses Rachegefühl war längst nicht mehr so stark in ihm. Die Gier nach Macht hatte es zum Teil verdrängt, nur war sich Cardif dessen nicht bewußt.

Plötzlich schweiften seine Gedanken ab.

Er glaubte, die jungen Offiziere Brazo Alkher und Stana Nolinow vor sich zu sehen.

Nach seiner Rückkehr vom Walzenraumerschiff BAALO hatte er die beiden verdächtigt, Verrat geübt zu haben. Besonders bei Colonel Jefe Claudrin war er damit auf Unglauben gestoßen, und auch Solarmarschall Allan D. Mercant hatte ihm seine Behauptung nicht abgenommen.

Cardif nickte. Auch dieser Nebenplan war schon eingefädelt worden, die beiden Offiziere von jedem Verdacht des Verrates reinzuwaschen, ohne selbst unangenehme Fragen in Kauf nehmen zu müssen, wer denn davon gewußt haben konnte, daß er Wanderer aufsuchen wollte, um Zellaktivatoren zu verlangen.

Nicht aus Gründen der Anständigkeit hatte Cardif beschlossen, die jungen Offiziere zu rehabilitieren, sondern aus reiner Zweckmäßigkeit. Lebten die Leutnants in Gefangenschaft der Antimutanten, dann bestand auch die Gefahr, daß ihnen eines Tages die Flucht gelang. Dann bedeutete es für sie kein schwieriges Problem, zu beweisen, daß sie Rhodans Flug nach Wanderer nicht an die Baalolanhänger verraten hatten.

Cardif übersah nicht, daß seine engsten Mitarbeiter ihn immer öfter teils nachdenklich, bestürzt oder argwöhnisch musterten. Deshalb zog er sich immer mehr von allen Menschen zurück, um eine Aufdeckung seiner Identität zu verhindern.

Er wußte, daß er noch über Jahre hinaus in dieser Einsamkeit leben mußte, bis für die ersten Mitarbeiter die nächste Zelldusche fällig war.

Er selbst besaß den Aktivator. Er benötigte diese Zelldusche nicht. Reginald Bull brauchte sie, aber er würde sie nicht mehr bekommen. Keiner von den alten Freunden seines Vaters. Sie alle sollten in den Tod gehen. Mit *seinen* Freunden wollte er sich umgeben und keines der Gesichter mehr sehen, die ihr Leben lang bewundernd zu Perry Rhodan aufgeblickt hatten, zu dem Mann, den er als den Mörder seiner Mutter haßte.

Lässig drehte er sich um, nahm an seinem Schreibtisch Platz und blickte nach rechts auf die Sichtscheibe.

Der diensttuende Offizier der großen Hyperfunkstation meldete sich. Er kündigte ein Gespräch von Arkon I, der Kristallwelt, an.

Imperator Gonozal VIII. verlangte Perry Rhodan zu sprechen.

Das Zeichen tauchte auf dem Schirm auf, das jedesmal die Staatsgespräche des Imperators ankündigte. Nach wenigen Sekunden verschwand es, und das markante Gesicht Atlans erschien.

„Perry Rhodan", rief der Imperator dem Freund über einen Abgrund von 34 000 Lichtjahren erregt zu, „ich habe gerade von deiner Order gehört, nach der alle Terraner binnen fünf Tagen gezwungen werden, ihren Platz im Arkon-Imperium aufzugeben. Barbar, möchtest du mir erklären, was du damit bezwecken willst? Darf ich dir auch sagen, daß mich deine Order im höchsten Grad schockiert hat und ich an deiner Lauterkeit zu zweifeln beginne?"

„Ich höre dich in dieser hochtrabenden Art gern sprechen, Admiral", erklärte Cardif-Rhodan zynisch. „Ich wundere mich über deinen Anruf. Habe ich dir während unseres letzten Gesprächs vor einer Woche nicht erklärt, daß ich alle Reserven an Menschenmaterial mobilisieren muß, um den neuen Zehnjahresplan des Solsystems in acht Jahren beenden zu können? Habe ich nicht mehrfach von *allen* Reserven gesprochen? Willst du mir nun zum Vorwurf machen, ich hätte dich nicht informiert und dich hintergangen? Admiral, beides weise ich mit aller Entschiedenheit zurück."

Das Gesicht des Arkoniden erstarrte. Eine Pause von vielen Sekunden trat ein.

„Wie willst du mir erklären, daß die Solare Flotte seit Stunden Kurs auf den Kugelsternhaufen M-13 nimmt, Perry Rhodan?" fragte Atlan schließlich.

„Ein Teil der Flotte ist unterwegs, Admiral", erwiderte Cardif-Rhodan eiskalt. „Auch diese Frage versetzt mich in Erstaunen. Erstens ist es der Solaren Flotte laut Vertrag erlaubt, in das Arkon-Imperium nach Belieben ein- und auszufliegen, zweitens scheinst du vergessen zu haben, daß weder Arkon noch das Solare Imperium mit jenen Transmitterstationen ausgerüstet sind, über die das *Blaue System* verfügt. Die Schiffe sind unterwegs, um die Terraner an Bord zu nehmen und zur Erde zu bringen. Hast du etwa im Anflug meiner Schiffe eine Bedrohung gesehen?"

Das Gesicht des Arkoniden hatte sich immer mehr verfinstert. Seine Stimme grollte, als er nun sagte: „Terraner, wenn ich dein Gesicht nicht vor mir auf dem Schirm sehen würde, müßte ich schwören, einem Fremden gegenüberzusitzen. Die ganze Entwicklung gefällt mir nicht. Ich werde unsere Schiffe alarmieren, für den Fall, daß du gegen unsere Verträge verstößt."

Damit unterbrach Atlan wütend die Verbindung. Cardif-Rhodan zuckte mit den Schultern. Atlan konnte ihm im Augenblick nicht gefährlich werden, aber er durfte ihn auch nicht zu sehr reizen.

Atlan wußte, daß er sich in einer Zwangslage befand. Einerseits brauchte er die Hilfe der Terraner, andererseits bedrohte ihn ein plötzlich schwer kalkulierbarer Perry Rhodan mit der Solaren Flotte.

Atlan zog den Logiksektor seines Gehirns zu Rate. Die Überlegungen dieses Gehirnteils waren frei von Gefühlen und anderen ablenkenden Einflüssen und stellten Rhodans Treuebruch nicht zur Debatte. Dieser war, wie die Invasion der terranischen Flotte und der Abzug der Terraner aus dem Arkon-Imperium zeigten, eine Tatsache. Ob sie gut oder schlecht war, interessierte den Logiksektor nicht.

Der einzige Ausweg aus dieser katastrophalen Situation ist ein militärisches Bündnis mit dem Blauen System.

Der Arkonide, der länger als zehntausend Jahre auf der Erde hatte leben müssen und dem die Menschen ans Herz gewachsen waren, folgte dem Rat seines Logiksektors.

Und dann begann er entsprechend zu handeln.

Der Regierende Rat von Akon war zu einer Sondersitzung zusammengetreten.

Sphinx oder Drorah, die fünfte Welt unter der blauweißen Akonsonne, war voller Gerüchte. Vor Stunden war ein dringender Notruf des Arkon-Imperators Gonozal VIII. empfangen worden. Darin war von Hilfeleistung gegen den Terraner Perry Rhodan die Rede.

Abgesehen von den wenigen Offizieren, wußte kein Akone, ob die Gerüchte der Wahrheit entsprachen oder nicht. Doch daß sich hochpolitische Ereignisse in der Galaxis anbahnten, war durch das Zusammenkommen des Regierenden Rates dokumentiert worden.

Die Gerüchte lösten im Blauen System einen unerwarteten psychologischen Effekt aus.

Bisher hatte man den Arkoniden keine Sympathien entgegengebracht, jetzt erinnerte man sich der gemeinsamen Herkunft.

Instinktiv sahen sie in dem Terraner Rhodan und seiner mächtigen Flotte die größte Gefahr für ihre Sicherheit. Die Niederlage, die ihnen dieser Rhodan bereitet hatte, war von ihnen nicht überwunden worden.

Die Exekutivorgane des Regierenden Rates hatten ihre Fühler längst in alle Schichten der Akonbevölkerung ausgestreckt und die Stimmung des Volkes erkundet.

Es stellte sich heraus, daß die Mehrheit für eine Unterstützung Arkons gegen Terra war. Der Rat trat zu einer Sondersitzung zusammen und eine Stunde später ging diese verschlüsselte Funkbotschaft an Atlan: *Das Arkon-Imperium muß dem Blauen System tausend modernste Raumer überlassen. Das Arkon-Imperium muß sich verpflichten, hypnogeschulte Akonen an verantwortlicher Stelle innerhalb der arkonidischen Flotte einzusetzen. Erwarten Verhandlungsangebot.*

Atlan hatte gewußt, daß die Verhandlungen mit den Akonen schwierig werden würden. Er ließ vom Robotregenten einen Vertragstext ausarbeiten und erklärte sich bereit, 1000 Raumschiffe nach Akon zu liefern. Auch Hypnoschulungsgeräte wollte er zur Verfügung stellen, jedoch keine ausgebildeten Raumfahrer. Die Schiffe sollten innerhalb der nächsten sechs Monate übergeben werden. Eine Klausel erlaubte Atlan, den Vertrag einseitig zu kündigen, wenn sich das Verhältnis zwischen Terra und Arkon wieder normalisieren sollte. Atlan wunderte sich, daß die Akonen auch darauf eingingen, aber er hatte ihnen eine Konventionalstrafe für diesen Fall versprochen und außerdem angekündigt, die Hypnogeräte innerhalb einer Woche zu liefern.

Eine Zeitlang spielte Atlan mit dem Gedanken, Bull oder einen anderen von Rhodans Freunden anzurufen, doch dann sagte er sich, daß diese Männer Rhodans aggressiven Plänen offenbar zustimmten, da sie sich sonst bemerkbar gemacht hätten.

Atlan konnte nicht ahnen, wie sehr er sich irrte.

31.

Über Terrania stand die Nacht. Vom wolkenklaren Himmel schimmerte das Band der Milchstraße. Millionen Sonnen als punktförmige Leuchtstellen sandten ihr Licht zur Erde. Thomas Cardif blickte zu ihnen empor, doch nicht in ehrfürchtiger Bewunderung, sondern mit machthungrigen Augen.

Er war der Beherrscher der Milchstraße. *Er,* Rhodans Sohn.

Sein Blick schweifte ab und suchte nun den fernen Raumhafen. Als düstere Kugel konnte er die IRONDUKE im Scheinwerferlicht erkennen.

„Hm . . .", sagte er nur.

Der Interkom meldete sich. Cardif-Rhodan trat an die Sprechanlage. Ein knappes Ja kam von seinen Lippen.

„Solarmarschall Mercant wünscht den Ersten Administrator in Sachen Nolinow-Alkher zu sprechen", gab die Vermittlung durch.

Wie viele hatten in den letzten Tagen, seitdem die Flotte nach Arkon gestartet war, ihn zu sprechen gewünscht. Er, Perry Rhodan, hatte niemand empfangen.

Jetzt machte er eine Ausnahme. Er wußte, warum.

„Ich erwarte Mercant", sagte er.

Gelassen wartete er auf das Erscheinen des Abwehrchefs. Bequem im Sessel sitzend, völlig entspannt, Herr der Situation, ließ er die Zeit verstreichen. Plötzlich begann sein Zellaktivator wieder zu arbeiten.

Er fühlte einen Strom vom Gerät auf seinen Körper übergehen.

Das ewige Leben kam zu ihm.

Doch im selben Moment hörte er in seinem Unterbewußtsein jenes bekannte Kichern, mit dem *ES* sich jeden Tag wenigstens einmal bei ihm meldete.

Nur noch mit halbem Ohr lauschte Cardif auf die Stimme in seinem Innern. Allmählich langweilte ihn die stereotype Warnung: *Wenn du nicht zu groß und zu stark werden willst, Perry Rhodan, dann lege den Zellaktivator ab.*

Dieser Satz klang nun wieder auf. Cardif versuchte, ihn zu überhören. Doch dann stutzte er, denn das Fiktivwesen von Wanderer sprach heute mehr als sonst.

Perry Rhodan, du hast noch einen Tag Zeit, das Gerät abzulegen. Bedenke, daß zuviel an Größe auch von Übel sein kann. Du mußt wissen, was du tust, Perry Rhodan.

Er hatte nur ein abfälliges Lachen dafür übrig. Er hatte erfahren, wie begrenzt der Horizont von *ES* wirklich war. Er hatte erprobt, daß die Fähigkeiten des Gemeinschaftswesens, fremden Gedankeninhalt zu erfassen, beschränkt waren.

Sein Betrug auf Wanderer war gelungen. Und er dachte nicht daran, den Aktivator abzulegen.

Das letzte Kichern verklang gerade, als Solarmarschall Mercant trotz der vorgerückten Nachtstunde eintrat.

„Nehmen Sie Platz, mein Lieber", forderte Cardif-Rhodan ihn freundlich auf. „Was haben Sie zu berichten? Unruhen im Arkon-System oder etwa Angriffe von arkonidischen Robotraumern auf Schiffe unserer Flotte? Ach ... das war mir entfallen, Mercant, Sie kommen wegen der Alkher-Nolinow-Affäre. Gibt es da neue Einzelheiten?"

Mercant nickte. Er legte die Akte, die er bis jetzt in den Händen gehalten hatte, auf den Tisch. „Sir, es gibt erstaunliche Neuigkeiten, leider sind sie rätselhaft!" Interessiert beugte sich Cardif-Rhodan vor.

„Sir, wir haben eine interessante Entdeckung gemacht. Im Kommandostand der IRONDUKE wurde ein swoonscher Mikrosender gefunden. Vermutlich haben die Antis über dieses Gerät erfahren, daß Sie nach Wanderer wollten und sind Ihnen gefolgt."

Cardif-Rhodan lächelte. Sein Plan war aufgegangen. *Er* selbst hatte den Sender ins Schiff geschmuggelt.

290

„Wenn das stimmt, Mercant", sagte er mit gespieltem Entsetzen, „bin ich selbst der Verräter. Es muß den Antis gelungen sein, mir das winzige Gerät anzuhängen. An Bord verlor ich ihn dann. Ich fürchte, daß die Antis Terra überwachen. Die Anwesenheit eines Baalol im Springerkontor spricht auch dafür. Alkher und Nolinow sind unschuldig. Erklären Sie durch Hyperfunk-Rundspruch allen Angehörigen der Solaren Flotte, daß ich bedaure, die beiden Leutnants des Verrats verdächtigt zu haben und es nicht versäumen werde, mich bei ihnen in aller Form zu entschuldigen, wenn sie zurückkehren sollten. Was gibt es dann noch, Mercant?"

„Sir", begann der Abwehrchef, „ich muß Ihnen sagen, daß Ihre verantwortlichen Mitarbeiter mit dem Vorgehen der Solaren Flotte im Arkon-Imperium . . ."

Cardif-Rhodan hatte sich erhoben.

Mercant verstummte. Die kurz aufgeflackerte Hoffnung erlosch.

„Mercant, ich habe noch zu arbeiten."

Der Solarmarschall verbeugte sich knapp, nahm seine Unterlagen und ging.

Ihn fror. Das Fremde, das plötzlich aus Perry Rhodan strahlte, war erschreckend.

32.

Fünfzig Tage lang hatte *ES* Cardif mit dem stereotypen Satz gewarnt: *Lege den Zellaktivator ab, Perry Rhodan, oder du wirst zu groß und zu stark.*

Fünfzigmal hatte Thomas Cardif das Gemeinschaftswesen mißverstanden. Dann kam plötzlich eine neue Botschaft, aber Cardif ignorierte auch sie.

Perry Rhodan, du hast noch fünf Minuten Zeit, den Zellaktivator abzulegen. Ich rate dir, tu es, und bedenke noch einmal, daß ein Zuviel an Größe und Stärke von Übel sein kann.

Dieser Botschaft war kein Kichern gefolgt.

Cardif sichtete wichtige Meldungen aus dem Kugelsternhaufen M-13. Die dort eingesetzten Angehörigen der Solaren Abwehr meldeten übereinstimmend Unruhen im Arkon-Imperium; wirtschaftliche Schwierigkeiten und plötzlich aufflammende politische Betätigung der Galaktischen Händler.

Cardif, den man nur noch in der schlichten Uniform des Administrators sah, schob gerade einige Unterlagen zur Seite, als ein furchtbarer Schmerz blitzartig durch seinen Körper raste.

Cardif stürzte aus dem Sessel, krümmte sich auf dem Boden und schrie gellend.

Überall war der irrsinnige Schmerz: im Kopf, in der Brustgegend, in allen Fingern, in den Armen, in den Beinen – überall.

Der kalte Schweiß brach ihm aus. Er glaubte vor Schmerzen verrückt zu werden. Sein Schreien hatte nichts Menschliches mehr an sich.

Cardif-Rhodan sah nicht, wer zu ihm hereinstürzte. Er wußte nicht, wer ihn anhob und auf die Couch legte. Er hörte nicht, wie Terranias bedeutendste Ärzte alarmiert wurden. Er wand sich nur vor Schmerzen.

Der Notarzt kam.

„Eine Spritze!" herrschte der aufgeregte Reginald Bull ihn an.

Der Notarzt weigerte sich, Rhodan eine Injektion zu geben, bevor er ihn nicht untersucht hatte.

Aber Cardif-Rhodan ließ sich nicht untersuchen.

Er verdrehte die Augen. Schweißbäche rannen über seinen Körper.

„Das kann doch kein Mensch länger mitansehen!" herrschte Bully den ratlosen Notarzt an. „Warum geben Sie ihm keine Spritze? Eine, die ihn besinnungslos macht."

Vier kräftige Hände hielten Cardif-Rhodans linken Arm fest. Das Hemd war weit hinaufgerollt. Jetzt zielte der Arzt mit der Hochdruckspritze auf den Armmuskel. Als der nadelscharfe Strahl zischte, wand sich der Administrator in einem erneuten Schmerzanfall, und wirkungslos verspritzte das Betäubungsmittel.

„Ich kann nicht mehr. Ich kann nicht mehr..." Das waren die ersten Worte Rhodans. Für die Dauer von fünf Sekunden lag er ruhig.

Bully wütete, weil der Notarzt diese Zeit nicht zur Verabreichung einer Spritze genutzt hatte.

Wieder bäumte sich der Mann in der Uniform des Administrators auf. Erneut schrie er auf. Er drohte von der Couch zu fallen. Der Notarzt setzte zum zweiten Versuch an.

Dreiviertel der Ampulle erreichte das Innere der Armmuskulatur. Mitten im Schrei fiel Rhodan zusammen. Er streckte sich, drehte sich halb und schien plötzlich ruhig zu schlafen.

Reginald Bull stöhnte auf und wurde sich nun erst bewußt, daß auch er in Schweiß gebadet war. „Was ist mit Perry los? Doktor, zum Teufel, untersuchen Sie ihn doch."

Der Notarzt klappte sein Besteck zu. Kopfschüttelnd winkte er ab.

„Sir", begann er zögernd, „das ist kein Fall für mich. Sehen Sie sich doch nur einmal den linken Arm an. Hier – oder hier oder hier. Selbst da, wo es keine Muskeln gibt, ist alles verkrampft und steinhart."

Bully überzeugte sich selbst von Rhodans rätselhaftem Zustand.

Perry Rhodans linker Arm fühlte sich hart wie Stein an, aber Bully machte noch eine andere Beobachtung. „Hat er Fieber? Kann die Hitze, die er ausstrahlt, von der Wirkung der Spritze herrühren?"

Hastig trat der Arzt neben ihn, nahm Rhodans Arm, zuckte zusammen, suchte nach dem Puls und begann stumm zu zählen. Je länger er zählte, um so größer wurde sein Erstaunen.

„Der Puls ist vollkommen normal. Das widerspricht der Wirkung des Betäubungsmittels. Die Pulszahl müßte wenigstens ein Viertel unter dem normalen Wert liegen. Dazu dieses Fieber ..."

Er ließ den Arm los, legte eine Hand auf Rhodans Stirn.

Der Arzt öffnete wieder sein Bestecketui. Er legte Rhodan das araische Fiebermeßgerät auf die Stirn. Es hielt binnen drei Sekunden die Körpertemperatur fest.

„Sechsunddreißigfünf ...", stammelte der Arzt, als er die Temperatur ablas. „Das kann doch nicht stimmen. Der Administrator hat wenigstens vierzig Grad Fieber."

Der Doktor entnahm seinem Etui ein Ersatzmeßgerät. Als er es kontrollierte, zeigte es ebenfalls 36,5 an.

„Ich will seinen Oberkörper frei machen", sagte der Arzt, der sich keinen Rat mehr wußte.

Der Arzt streifte dem falschen Rhodan das Unterhemd ab. Der Brustkorb des Besinnungslosen lag unverhüllt vor ihnen.

„Was – was ist das?" stotterte der Arzt und deutete auf den eiförmigen Metallkörper, der sich zur Hälfte in Rhodans Brustkorb geschoben hatte.

„Das ist doch . . ."

Bully sagte nicht, was es war. Jetzt begriff er gar nichts mehr. Perry Rhodan trug einen Zellaktivator.

Sie hatten Rhodan in besinnungslosem Zustand in die Klinik gebracht. Die Ärzte hatten darauf bestanden.

Drei Chirurgen hatten gerade ihre Untersuchungen abgeschlossen, aber sie hüteten sich, das Ergebnis bekanntzugeben.

Die Neurologen, ein Sechserteam, legten an Rhodan Kontakte an. Chefneurologe Meißner hatte bei einem Test etwas festgestellt, das seiner Ansicht nach unnatürlich war. Die Partie, die er berührt hatte, war extrem reflexarm.

Das Neuroton begann zu arbeiten, ein Gerät, das der Aramedizin entstammte, und mit dem der Verlauf der Nervenbahnen in erstaunlich kurzer Zeit aufgezeichnet wurde.

Chefneurologe Meißner stöhnte auf. Er starrte die Aufzeichnungen an.

Bully explodierte. Die Angst um den Freund brachte ihn fast um. Die fassungslosen Gesichter der medizinischen Wissenschaftler trieben ihn in millionenfache Ängste. Er verstand nicht, was sie in ihrer Fachsprache sagten.

„Das sage ich Ihnen", rief er dem Nervenspezialisten zu, „erklären Sie mir nichts in Ihrer Geheimsprache. Drücken Sie sich allgemeinverständlich aus."

Der Chefneurologe begann: „Sehen Sie hier, diese Bahnen?" Sie standen nebeneinander vor dem Bildschirm des Neurotons. „Das sind Nervenbahnen. Hier, diese leere, eiförmige Stelle, ist der Zellaktivator. Und was ich nun sehe, verstehe ich selbst nicht."

„Sprechen Sie schon, Doktor. Was ist mit dem Aktivator?"

„Bereiten Sie sich auf alles vor, Bull. Auf das Allerschlimmste. Mit

294

Rhodan ist ein unvorstellbarer Umwandlungsprozeß vor sich gegangen. Er besitzt plötzlich Nervenbahnen, die ein normaler Mensch nicht hat. Alle Nervenbahnen haben *organischen Kontakt* zum Zellaktivator gefunden. Das heißt: Durch Operation ist der Aktivator nicht mehr zu entfernen. Wagt man es doch, dann überlebt er diese Operation nicht."

„Das Ding ist doch aus Metall, Doktor. Wie kann Metall mit Nerven eine Verbindung eingehen? An diesen Unsinn glauben Sie doch selbst nicht", polterte Bully los.

„Ob ich will oder nicht", erwiderte der Arzt schlicht, „ich muß glauben, was das Neuroton uns zeigt. Darf ich Sie bitten, meinen Kollegen Platz zu machen, damit auch sie sich überzeugen können, daß mir keine Fehldiagnose unterlaufen ist?"

Der Befund des Chefneurologen wurde von den übrigen Ärzten bestätigt.

Eine Erklärung konnten sie auch nicht abgeben. Es war ihnen ein Rätsel, wie in Rhodans Körper völlig artfremde Nervenbahnen entstehen konnten. Es war ihnen ein Rätsel, wie Organisches sich mit einem Metallkörper verbinden konnte. Sie waren nicht in der Lage zu sagen, wieso sich der Aktivator zur Hälfte in Rhodans Brustkorb befand, und sie vermochten ebenfalls nicht zu erklären, was diesen plötzlichen Schmerzausbruch ausgelöst hatte.

Bully dachte an das Fiktivwesen auf Wanderer. *ES* mußte sich dies ausgedacht haben, nur *ES* konnte so etwas vollbringen.

Zwiespältige Gefühle bemächtigten sich Bullys. *ES*, ein unvorstellbares Etwas, bisher trotz seines eigenwilligen Humors doch niemals zum Schaden der Menschheit handelnd, sollte sich plötzlich als Perry Rhodans Todfeind entpuppt haben?

Bully fühlte, daß hier etwas nicht stimmte, und auch, daß seine Überlegungen von falschen Voraussetzungen ausgegangen waren, aber er kam nicht dahinter, wo sein Denkfehler zu suchen war.

„Er kommt zu sich!" Professor Manoli hatte die Beobachtung gemacht. Die Neurologen arbeiteten fieberhaft, um die Kontakte wieder zu entfernen. Drei befanden sich noch in Höhe des Herzens, als Cardif-Rhodan die Augen öffnete, sich aufzurichten versuchte und sich verstört umsah.

Verständnislos blickte er die Ärzte an. Bully, der sich jetzt im Hintergrund aufhielt, verhielt sich schweigend.

„Was ist?" Cardif-Rhodan verstummte erschreckt. In einer unwillkürlichen Bewegung hatte er mit der rechten Hand zum Zellaktivator gegriffen. Dabei stellte er fest, daß das Gerät sich zur Hälfte in seinem Brustkorb befand und sich nicht mehr bewegen ließ.

Entsetzen wollte sich auf seinem Gesicht abzeichnen, als er im selben Moment fühlte, wie der Aktivator zu arbeiten begann. Der Strom, der in seinen Körper floß, war für ihn ein Stück des ewigen Lebens.

Schlagartig fiel jede Spannung von ihm ab, gleichzeitig aber kam auch die Erinnerung.

Schmerzen von unbeschreiblicher Intensität hatten ihn blitzartig überfallen, ihn fast zum Irrsinn getrieben, und schließlich hatte er eine Betäubungsspritze bekommen. Nun fand er sich in der Neurochirurgischen Klinik von Terrania wieder.

„Ich glaube, ich kann mich aus eigener Kraft erheben, meine Herren!" Seine Stimme klang völlig normal. Sein Aussehen besserte sich von Sekunde zu Sekunde. Gegen den Einspruch mehrerer Ärzte richtete er sich auf. Er blickte an sich herunter und sah den Aktivator an. Von dort aus kehrte sein Blick zu den Ärzten zurück. Er brachte es fertig, sie leicht belustigt anzusehen. „Diese Angelegenheit wird bestimmt einige Fragen bei Ihnen aufgeworfen haben, nicht wahr? Aber trösten Sie sich mit mir, meine Herren, denn auch ich erhalte nicht auf alle Fragen Antwort."

Er ahnte nicht, welche Gefühle seine Worte in Reginald Bull auslösten.

Der Mann jubelte innerlich. Er war felsenfest davon überzeugt, daß Perry nun seine schlimmste Zeit überstanden hatte und bald wieder der alte sein würde.

Er trat vor, nahm im Vorübergehen Rhodans Kleidungsstücke mit und reichte sie ihm wortlos, während er über das ganze Gesicht lachte.

„Danke, Dicker", sagte Rhodan und nahm seine Kleidung in Empfang. Er lachte, und dies bestärkte Bully noch mehr in der Hoffnung, daß das Schlimmste für den Freund nun vorüber war.

Trotzdem ließen es sich drei Ärzte nicht nehmen, Rhodan zu

begleiten, und sie befahlen ihm, bis zum nächsten Tag das Bett zu hüten.

Scheinbar widerwillig gab Cardif-Rhodan nach. Im stillen war er froh darüber, denn der ihm rätselhafte Schmerzausbruch hatte ihn unerhört viel Kraft gekostet.

Er war es gewöhnt, allein zu sein. Mit den Ärzten schickte er auch Reginald Bull fort. Dessen Gesicht ging ihm auf die Dauer auf die Nerven, und er wollte allein sein.

Kaum hatten ihn alle verlassen, als der Arzt in ihm wach wurde. Mit Hilfe eines Spiegels betrachtete er den Sitz des Zellaktivators in seinem Brustkorb. Er fand keine Erklärung dafür, wie der eiförmige Metallkörper sich hatte so eingraben können, aber er machte sich darüber keine Sorgen. Er glaubte, die Prüfung, die das Fiktivwesen ihm auferlegt hatte, mit vollem Erfolg bestanden zu haben. Als Dank dafür, allerdings auf Kosten fast unerhörter Schmerzen, hatte *ES* dann dem Zellaktivator den endgültigen richtigen Sitz gegeben, so daß er, Cardif, ihn nie verlieren konnte.

In dem Hochgefühl, das ewige Leben zu besitzen, schlief Cardif-Rhodan ein.

33.

Auf Saos, dem zweiten Planeten einer kleinen gelben Sonne, 33 218 Lichtjahre von Terra entfernt, herrschte fieberhafte Aktivität. Hier befanden sich die Produktionsanlagen für die Schirmfeldprojektoren der Antis. Wenn man von den Antis absah, die hier ihre Arbeit verrichteten, war der Planet unbewohnt. Saos war, was man eine unwirtliche Welt nannte. Der Planet hatte eine Schwerkraft von 1,3 Gravos und eine ungewöhnlich lange Rotationszeit von 214 Stunden. Diese Rotationsgeschwindigkeit führte dazu, daß in der Übergangszone zwischen Tag- und Nachthalbkugel orkanähnliche Stürme tobten. Die Atmosphäre bestand größtenteils aus Stickstoff mit geringen

Mengen anoierer Edelgase und Sauerstoff, war aber für den menschlichen Metabolismus gerade noch verträglich. Saos besaß wüstenähnlichen Charakter mit nur sehr schwach ausgebildeten Vegetationszonen.

Aber es waren nicht diese planetarischen Verhältnisse, welche die Aktivität der Antis auslösten, sondern die Hyperfunkmeldung eines Agenten, die vor wenigen Minuten eingetroffen war. Sie besagte, daß Cardif-Rhodan plötzlich erkrankt war und daß man bei der Untersuchung festgestellt hatte, daß er einen Zellaktivator trug. Weiter hieß es in der Meldung, daß der terranische Geheimdienst den Planeten Trakarat suchte. Die Antis vermuteten, daß der ums Leben gekommene Baalolpriester von Utik, Kalal, kurz vor seinem Tod den Hinweis auf diesen Planeten gegeben hatte.

Die Botschaft veranlaßte Kutlos, den Hohenpriester der Antis auf Saos, alle Priester zusammenzurufen. Lediglich die beiden Terraner, die sich seit zwei Wochen auf Saos befanden, durften nicht an der Versammlung teilnehmen.

Kutlos wartete, bis alle Priester eingetroffen waren, dann ergriff er das Wort. „Unserem Bruder, dem Hohenpriester Rhobal, ist ein schwerer Fehler unterlaufen, weil er Cardif, als dieser sich als Gefangener auf der BAALO befand, nicht gründlich genug durchsucht hat. Er hätte bei zuverlässigerem Handeln den einundzwanzigsten Aktivator bei Cardif finden müssen. Wenn Rhodans Sohn stirbt, wie unser Bruder Kalal auf dem Planeten Utik, der das Opfer einer Massenhysterie wurde, dann ist alles vergeblich gewesen, was wir bisher eingeleitet haben. Was Trakarat betrifft, so müssen wir die Solare Abwehr auf eine falsche Spur lenken. Wenn sie uns Zeit läßt und wir nichts überstürzen, dann werden wir mit Hilfe der beiden terranischen Offiziere Saos in den Planeten Trakarat verwandeln."

„Du meinst die Terraner Alkher und Nolinow, die Rhobal hier zurückgelassen hat?" fragte ein Anti.

„Natürlich. Ihnen wird die Solare Abwehr mehr glauben als einem Arkoniden, Springer oder Ara. Wenn wir es geschickt anstellen und innerhalb eines Gesprächs durchblicken lassen, daß Saos für uns auch den Namen Trakarat hat, dann haben wir fürs erste die terranische Abwehr auf eine falsche Fährte gelenkt. Deuten wir auch noch an, daß sich hier eine Zentrale befindet, könnten wir einen Flottenverband Rhodans herlocken. Am besten wäre es, wenn die Schiffe hier landeten und wir eine Begrüßungsexplosion vorbereiten könnten. Es muß eine Möglichkeit gefunden werden, die es den beiden Terranern erlaubt, von Saos zu fliehen – zu fliehen mit dem Wissen, daß Saos von uns auch Trakarat genannt wird und eine Zentrale besitzt. Zur Zeit sind diese beiden Terraner für uns vollkommen wertlos, sie könnten aber durch ihre Flucht dem Baalol ungeheure Dienste erweisen, wenn sie die Solare Abwehr dazu brächten, die Nachforschungen nach dem wirklichen Schulungszentrum einzustellen. Wir werden den Plan gründlich überlegen und ihn so schnell wie möglich durchführen. Die Produktionsanlagen für die Schirmfeldgeneratoren auf einen anderen Planeten zu verlegen, ist eine Kleinigkeit. Bevor wir jedoch beginnen, will ich noch mit dem Hohen Baalol reden und seine weisen Entscheidungen anhören."

Kutlos lächelte nachdenklich. „Saos gehört außerdem zu den äußeren Welten des Großen Imperiums von Arkon. Wir dürfen gespannt sein, wie Imperator Gonozal VIII. reagiert, wenn Terraner anfangen, hier Landungskommandos auszuschleusen. In der derzeitigen Situation kann das alle möglichen Folgen haben."

34.

Cardif wurde aus tiefem, erholsamem Schlaf wach, blinzelte zur Uhr, gähnte laut, reckte die Arme und richtete sich auf.

Warum habe ich mich wecken lassen? grübelte er verschlafen nach. Im selben Moment fiel es ihm ein: Für zwölf Uhr erwartete er von allen im Arkon-Imperium eingesetzten Flottenverbänden die Tagesmeldungen, außerdem war Solarmarschall Mercant zur Berichterstattung bestellt.

Cardif erhob sich, ging ins Badezimmer, erledigte seine Toilette und kleidete sich danach an.

Die frische Uniform, die sauber gefaltet über einem Bügel hing, war beste Maßarbeit von positronisch gesteuerten Fertigungsrobots.

Er streifte die Hose über, wollte den Bund schließen und stutzte.

„Nanu!" hörte er sich sagen und blickte verwundert an sich herunter.

Seit wann habe ich einen Bauch? dachte er und musterte den Bund genauer.

Der Mediziner wurde in ihm wach.

Mit einer Hand seine Hose festhaltend, ging er zur Couch und legte sich darauf. Seine kundigen Hände drückten die Bauchdecke ab.

Seine Hände taten es noch einmal, wieder blieb das Abtasten ohne Befund.

Er stieß eine Verwünschung aus.

„Das geht doch nicht mit rechten Dingen zu."

Cardif erhob sich wieder. Er schloß gewaltsam den Hosenbund. „Drei Zentimeter zu eng. Und ich fühle mich vollkommen wohl . . ."

Cardif streifte sein Hemd über, zog es am Körper herunter und erstarrte.

Das Hemd spannte unter den Achseln.

Nackte Angst begann sich Cardifs zu bemächtigen.

Der Hosenbund zu eng. Das Hemd spannte unter den Achseln. Gestern hatte noch alles gepaßt, hatte bequem am Körper gesessen.

Rhodans Sohn drehte sich nach dem Robot um, der bewegungslos in der Ecke stand und auf seine Befehle wartete.

„Eine andere Hose und ein anderes Oberhemd!" befahl er. Er sah, wie der Roboter sich am eingebauten Schrank zu schaffen machte, und ging ins Bad zurück.

Fast auf dem Fuß folgte ihm der Maschinenmensch. Cardif riß ihm die Kleidungsstücke aus der Hand. Er zog eine andere Hose an.

Mit dem gleichen Ergebnis.

„Donnerwetter, da bin ich ja in der letzten Zeit hübsch dick geworden und stelle es erst heute morgen fest. Das kommt davon, wenn man für sich selbst keine Zeit mehr hat." Cardif hörte sich lachen. Das war des Rätsels Lösung.

Der Roboter stand immer noch in der Tür zu seinem Schlafzimmer.

„Haben wir ein Bandmaß hier?" fragte Cardif ihn.

300

„Jawohl, Sir", erwiderte der Robot, machte auf der Stelle kehrt und traf wieder auf Cardif, als der sich im Schlafzimmer im Spiegel besah. „Bitte, Sir." Und damit reichte der Robot ihm das Bandmaß.

Cardif legte es um die Taille. „Achtundneunzig. Merke dir das, Roboter."

Bully stürmte in Allan D. Mercants Privaträume. Er sah, daß der Solarmarschall Besuch hatte: Oberst Nike Quinto.

„Großartig, daß Sie auch hier sind, Quinto", begrüßte der untersetzte Mann den Chef der Geheimabteilung 3. „Ich komme von Perry. Ich bin bei ihm nicht zu Wort gekommen. Nach fünf Minuten hatte ich auch kein Interesse mehr, mich mit ihm zu unterhalten. Meine Herren . . ." Bully machte eine Pause. Er hatte bisher mitten im Raum gestanden und nahm jetzt erst Platz. „Meine Herren, ich befürchte das Schlimmste. Ich war dreißig Minuten bei ihm. In diesen dreißig Minuten hat er achtmal ein Bandmaß genommen und seinen Leibumfang gemessen."

Gespannt blickte er Mercant und Quinto an. Zu seiner Überraschung winkte der Abwehrchef ab.

„Daß Rhodan krank ist, pfeifen die Spatzen schon von den Dächern. Daß er an Verdauungsstörungen leidet, habe ich heute beiläufig erfahren. Das ist alles. Außerdem hat er wahrscheinlich Sorge, noch einmal solch einen furchtbaren Schmerzanfall durchstehen zu müssen."

Oberst Nike Quinto hatte sich bei Mercants Worten aufgerichtet und gespannt gelauscht. Er kam mit seiner Frage zu spät. Bully war ihm zuvorgekommen.

„Nimmt man deshalb neuerdings das Bandmaß? Mir ist das, was in den letzten Tagen passiert ist, zu hoch, Mercant. Wozu hat Perry sich einen Zellaktivator verschafft? Und *ES* auf Wanderer verstehe ich noch weniger. Warum hat *ES* Perry so ein Ding gegeben? Quinto, was sagen Sie dazu?"

Der schüttelte bedächtig den Kopf. „Bull, dazu kann man nichts sagen, solange Rhodan sich in Schweigen hüllt. Aber die Angelegenheit mit dem Bandmaß ist interessant . . ."

„Nein, verrückt!" rief Bully dazwischen. „Es ist an der Zeit, daß wir ..."

Mercant erhob sich. Er hatte Bully verstanden. Mit einem harten „Nein!" unterbrach er ihn. „Dazu ist es zu früh. Ich habe mit einem halben Dutzend von Ärzten gesprochen. Es liegen keine Anzeichen geistiger Störung vor. Sie verstehen doch, was das heißt?"

Bully, viel stärker als Mercant oder Quinto zwischen Freundestreue und Pflicht gegenüber dem Solaren Imperium hin- und hergerissen, lief in Mercants Zimmer auf und ab. Abrupt blieb er vor dem Solarmarschall stehen. „Aber so geht es doch auch nicht weiter. In zwei oder drei Tagen haben wir vielleicht Krieg, wenn unsere Flottenverbände weiterhin das arkonidische Imperium provozieren. Was Atlan von uns denkt, ist schon nicht mehr in Worten auszudrücken."

Mercant sah ihn scharf an. „Wollen Sie den Chef, nur auf den Verdacht hin, er könnte krank sein, stürzen?"

Der dicke Mann schnaubte: „Verdammt, ich bin der letzte, der Perry verraten könnte, aber wir als verantwortliche Mitarbeiter dürfen doch nicht das Solare Imperium vor die Hunde gehen lassen."

Tiefes Verantwortungsbewußtsein sprach aus diesen Worten und die Sorge um das Schicksal von Milliarden Menschen.

Bully fuhr fort: „Ich habe Gucky bearbeitet. Ich habe ihn gezwungen, sich in die Gedanken Perrys einzuschalten. Und was hat der Kleine mir sagen können? Der Chef denkt nach innen. Was ich mir darunter vorzustellen habe, das konnte er mir auch nicht erklären."

So wie er hereingestürmt war, so verließ er Mercant und Quinto wieder. Sie lauschten seinen Schritten nach und schwiegen.

Perry Rhodan hatte immer zu den Frühaufstehern gehört. Cardif-Rhodan hielt es auch so, aber heute morgen fühlte er sich nicht erfrischt vom Schlaf. Als erstes griff er zum Nachtschränkchen. Darauf lag das Bandmaß, das gestern abend Bully fast zum Irrsinn getrieben hatte. Thomas Cardif maß seinen Bauchumfang. Sein Blick flackerte, als er die Zahl darauf ablas: 98.

„Ich fing schon an, Gespenster zu sehen", seufzte er erlöst, lachte, ließ das Bandmaß fallen und reckte sich jetzt.

Barfüßig betrat er das Bad. Wie gewohnt stellte er sich auf die Waage.

„Was...?" Seine Hände suchten nach einem Halt. Seine Knie begannen zu zittern. Was seine Augen sahen, konnte doch nicht stimmen. Innerhalb einer Nacht war er um sechshundert Gramm schwerer geworden, obwohl er am Abend zuvor weder Getränke noch Speisen zu sich genommen hatte.

Er blickte in den Spiegel. Ein fremdes Gesicht, auf dem sich Angst und Entsetzen abzeichneten, sah ihn an.

Er riß die Jacke seines Schlafanzugs auf, und der Spiegel zeigte ihm deutlich den Brustkorb mit dem halb hineingewachsenen Zellaktivator, der gerade wieder zu pochen begann und einen beruhigenden Strom in seinen Körper fließen ließ.

Angst und Entsetzen schwanden aus seinem Gesicht.

„Nicht nervös werden, Rhodan", sagte er laut vor sich hin und lachte dann. Mit dem Handrücken wischte er sich den kalten Schweiß von der Stirn.

Allan D. Mercant betrat Bullys Büro und übergab ihm ein Schriftstück.

Fassungslos las Bull den Text: *Geheimabkommen zwischen Arkon und Akon. Atlan hat sich bereiterklärt, 1000 moderne Raumschiffe in das Blaue System zu liefern und die Ausbildung der Schiffsmannschaften zu übernehmen. Die Hypnoschulungsanlagen werden schon in den nächsten Tagen auf Akon erwartet.*

Blaß starrte Bully den Solarmarschall an.

„Weiß der Chef davon?" fragte er tonlos.

„Ja."

Bully explodierte. „Lassen Sie sich doch nicht jedes Wort abringen, Mercant. Was hat er denn dazu gesagt?"

Wortlos zog Mercant dem erregten Mann den Bericht aus den Händen und legte ihn wieder in die Mappe zurück. Mercant klopfte eine Zigarette aus der Packung, schob sie zwischen die Lippen und setzte sie in Brand. Er nahm zwei tiefe Züge, und dann erst setzte er zum Sprechen an.

„Bull, er hat sich nicht dazu geäußert, aber er hat sich in der Viertelstunde, in der ich mich bei ihm aufhielt, viermal auf die Waage gestellt . . ."

„Was haben Sie gesagt, Mercant? Viermal in fünfzehn Minuten?" Und dann war Schweigen.

Dieses Schweigen dauerte Minuten. Bully brach es endlich.

„Verrückt?" fragte er kurz und bündig.

„Nein", erwiderte der Solarmarschall schwer, „aber von Angst gepeitscht."

„Und das hat mit dem Wiegen zu tun?"

„Vielleicht. Woher soll ich es wissen? Wer wird denn noch vom Chef ins Vertrauen gezogen? Das war einmal. Das ist seit unserem Einsatz auf Okul nicht mehr."

„Sie haben doch damit sagen wollen: Thomas Cardif hat seinen Vater Perry Rhodan auf dem Gewissen. Hat Ihre Abwehr von diesem Burschen immer noch keine Spur entdecken können, Mercant?"

„Thomas Cardif ist zwischen den Sternen ebenso verschwunden wie der Arkonide Banavol."

„Wer ist das denn?"

„Erinnern Sie sich nicht mehr, woher Rhodan den Tip hatte, in der Handelsniederlassung der Springer auf Pluto hätte sich ein Anti eingeschlichen? Nach Angaben Rhodans soll Banavol ihm diesen Hinweis geliefert haben. Ich habe alles aufgeboten, um Banavol aufzutreiben. Die Abwehr kann ihn nirgends finden. Auf dem Flug von der Erde nach M-13 ist er verschollen."

„Mercant, Sie haben doch jetzt nicht ohne bestimmte Absicht dieses alte Thema wieder aufgewärmt. Also reden Sie."

Abwehrend hob Mercant die Hand. „Natürlich verfolge ich damit eine Absicht. In der letzten Zeit verschwinden mir zu viele Menschen, mit denen Rhodan unter vier Augen allein gewesen ist."

Bully riß sich aus seinem Sessel hoch. Mit weiten Schritten ging er zum Fenster. Dort blieb er stehen und stützte beide Arme auf die Fensterbrüstung. Er rührte sich nicht. Mercant wartete, bis Reginald Bull das Gespräch wieder aufnahm.

Kurz darauf hörte er ihn wie im Selbstgespräch sagen: „Banavol kommt und verschwindet. Ein Anti trifft in der Pluto-Niederlassung auf den Chef und stirbt. Perry fliegt mit Alkher und Nolinow nach Wanderer und kommt ohne diese Offiziere zurück – und wenn ich einen strengen Maßstab anlege, dann hat auch das auf Okul angefangen. Auf Okul sind sich Vater und Sohn zum erstenmal seit langer Zeit wieder unter vier Augen begegnet. Ist seit dieser Zeit nicht auch Thomas Cardif spurlos verschwunden, Mercant?"

Der erwiderte verärgert: „Bull, jetzt spekulieren Sie aber ziemlich leichtsinnig."

Bully kehrte sich seinem Besucher zu, blieb aber am Fenster stehen. „Sie können doch nicht bestreiten, daß alles auf Okul begonnen hat?"

„Was wollen Sie damit sagen, Bull?" fragte Mercant vorsichtig.

„Können die Antis den Chef nicht beeinflußt haben – mit einer Methode, die unseren Medizinern unbekannt ist und vielleicht auch den Aras?"

„Sie müssen sich deutlicher ausdrücken."

Bully verschränkte die Arme vor der Brust.

„Gern", sagte er, aber er atmete dabei schwer. „Ich komme davon nicht los, seit mir Gucky erklärt hat, der Chef würde *nach innen* denken. Mercant, allmählich glaube ich nicht mehr daran, daß Rhodans erschreckende Veränderung nur allein durch Schock hervorgerufen worden ist. Sie glauben gar nicht, wie sehr mich die Tatsache erregt, daß Perry sich einen Zellaktivator von Wanderer geholt hat und das Ding nun mit ihm verwachsen ist. Wir wissen alle, daß *ES* einen für uns Menschen kaum verständlichen Humor hat, aber ich traue *ES* keine makabren Witze zu. Mercant, will *ES* uns auf etwas hinweisen, oder will *ES* Rhodan in die Schranken verweisen? Hat Perry auf Wanderer etwas angerichtet, was er, wäre er im Besitz seiner früheren geistigen Fähigkeiten, nie getan hätte?"

„Bull, Sie spielen wieder darauf an, daß der Chef verrückt sein könnte. Wenn es ihm zu Ohren kommt, dürften Sie Unannehmlichkeiten bekommen", warnte Mercant.

Bully lachte grimmig auf. „Wenn Sie wüßten, was ich darum gäbe. Aber lange sehe ich mir das nicht mehr an. Unaufhaltsam naht die Stunde, in der ich handeln muß. Und wenn dieser Fall eintritt, Mercant, dann arbeite ich für meinen kranken Freund Perry, aber nie gegen ihn. Ist das klar?"

„Das hätten Sie mir gar nicht zu sagen brauchen, Bull. Ich weiß, wie Sie zu ihm stehen – auch jetzt noch. Ich habe nur Angst, daß Sie ihm zu früh in den Arm fallen . . ."

Wütend unterbrach der untersetzte Mann Mercant: „Zu früh, wenn zwei Imperien Gefahr laufen, sich gegenseitig aufzureiben? Zu früh, wenn Atlan gezwungen ist, mit den Akonen zu paktieren?"

Mit verbissenem Gesicht blickte er zum Bildschirm hinüber, über den sich die Zentrale meldete.

„Was mag jetzt schon wieder kommen?"

Die große Klinik in Terrania gab bekannt: *Administrator Perry Rhodan ist vor wenigen Minuten in der Klinik von Terrania eingeliefert worden. Über die Ursache der Einlieferung ist nichts bekannt.*

Bull und Mercant tauschten einen Blick.

„Ich wünschte . . .", begann Bully, aber die Zentrale unterbrach ihn abermals. Diesmal war es General Deringhouse über die Funkrelaisstation der Solaren Flotte.

„Eines unserer Schiffe, die GANGES, hat die beiden Leutnants Alkher und Nolinow aufgefischt", berichtete er.

„Was?" riefen Bull und Mercant wie aus einem Mund.

„Sie haben eine abenteuerliche Flucht in einem Beiboot hinter sich", fuhr Deringhouse fort. Sein Gesicht wurde grimmig. „Das heißt, *wenn* es eine Flucht war und kein Bluff, mit dem uns die Antis hereinlegen wollen."

„Sir", sagte Internist Bock, „organisch sind Sie vollkommen gesund."

Cardif-Rhodan unterbrach ihn schroff. „Das interessiert mich nicht. Erklären Sie mir die Gewichtszunahme, erklären Sie mir, wieso ich um einen Zentimeter größer werden konnte und warum mein Bauchumfang eine Steigerung von drei Zentimetern erfahren hat. Deswegen bin ich hier. Auf diese Fragen möchte ich Antwort von Ihnen allen haben."

„Sir, wir haben dafür keine Erklärung, aber wenn Sie darauf bestehen, daß wir diese drei Ursachen herausfinden sollen, dann müssen wir Untersuchungen anstellen, die Sie zwingen, in der Klinik zu bleiben."

„Was soll das denn heißen? Drücken Sie sich bitte verständlicher aus, Doktor!" herrschte Cardif-Rhodan ihn an, und eine neue Panikwelle stieg in ihm auf.

Er fühlte sich gesund, er fühlte den Zellaktivator arbeiten, und jedesmal, wenn von diesem Gerät der Strom in seinen Körper floß, glaubte er in einem Jungbrunnen zu liegen, aber die Tatsache, daß er nicht nur dicker geworden, sondern auch entgegen aller biologischen Gesetze gewachsen war, hatten ihn in panischer Angst in die Klinik getrieben.

Heute war es ihm schwergefallen, sich ob seiner medizinischen Kenntnisse nicht zu verraten. Jedes Fachwort war ihm ein Begriff, ihm, der als Dr. Edmond Hugher einmal zu den berühmtesten Ärzten gezählt hatte. In seiner Angstpsychose den Laien zu spielen, kostete ihn gewaltige Anstrengungen.

„Warum sagen Sie nichts?" fragte er scharf. Sein Blick ging in die Runde.

Eine Ahnung sagte ihm bereits, warum er schwerer und größer geworden war. Dazu kam sein Wissen als Mediziner, nur wollte er diese Vermutungen weit von sich schieben. Alles in ihm sträubte sich dagegen. Er versuchte nicht nur, sich selbst zu belügen, er wollte auch von den besten Ärzten des Solaren Imperiums belogen werden. Sie sollten irgendeinen Grund finden, warum diese Veränderungen mit ihm geschehen waren, aber sie sollten nicht den Grund finden, vor dem er seit einigen Stunden grauenhafte Angst hatte.

Äußerst vorsichtig drückte sich Internist Bock aus. „Sir, es könnte sein, daß wir operative Eingriffe vornehmen müssen."

„Bei der augenblicklich angespannten politischen Lage, meine Herren?" schnarrte Cardif-Rhodan. „Wie denken Sie sich das?"

Professor Manoli, der sich bisher zurückgehalten hatte, sah sich gezwungen, das Gespräch mit Perry Rhodan zu übernehmen.

„Perry, ich darf dir versichern, daß kein einziger Eingriff dich länger als drei Stunden ans Bett fesselt. Ich möchte dir raten, zunächst nur eine Zellgewebsuntersuchung vornehmen zu lassen, die kaum belastet, uns aber vielleicht wertvolle Hinweise liefern kann."

Professor Manoli verstand nicht, warum ihn Rhodan mit flackernden Blicken ansah. Manoli sah auch die Schweißperlen auf Rhodans

Stirn und beobachtete die zuckenden Lippen. Und nun hörte er den Mann, der das Solare Imperium in unermüdlicher Arbeit aufgebaut hatte, sagen: „Nehmen Sie eine Zellgewebsuntersuchung an mir vor, meine Herren."

Die Vorbereitungen dazu waren schon getroffen. Die Abnahme nahm nur eine Minute in Anspruch. Unter dem aufgesprühten Aramittel verschwand die kleine Wunde an Cardif-Rhodans Unterarm und war binnen drei Stunden narbenlos verheilt.

Die Untersuchung des entnommenen Gewebes lief an. Rhodan hatte sich wieder angekleidet und stand am Fenster, das den Blick auf den Innenhof der Klinik freigab.

Er konnte den Ärzten nicht mehr ins Gesicht sehen. Er wußte, daß seine Züge von Angst gezeichnet waren. Er fürchtete sich vor dem Resultat der Untersuchung, wie er sich in seinem ganzen Leben noch nie gefürchtet hatte.

Die flüsternde Stimme in seinem Innern, die ihm sagen wollte, woran er litt, wurde lauter und lauter. Bald besaß er nicht mehr die Kraft, sie noch länger zu unterdrücken.

Das harte Pochen des Zellaktivators unterbrach für Augenblicke die quälenden Gedanken. Ein Strom, der in ihm ein erfrischendes Gefühl auslöste, ging durch seinen Körper und gab ihm die Kraft, sich ruckartig aufzurichten. Mit der Energie eines Verzweifelten klammerte er sich an den Gedanken: Der Zellaktivator garantiert dir das ewige Leben.

Hinter seinem Rücken war eine Tür ins Schloß gefallen. Drei Ärzte hatten soeben den großen Untersuchungsraum betreten und näherten sich ihm. Da erfaßte ihn wieder wilde Panik, doch mit einer bewundernswerten Willensanstrengung überwand er sie.

Er drehte sich um und sagte beherrscht: „Bitte?"

„Perry", begann Professor Manoli, „ich habe die schwere Aufgabe, dir mitzuteilen, daß du an einer explosiven Zellspaltung leidest."

In diesem Moment glaubte Thomas Cardif die Stimme des Fiktivwesens von Wanderer rufen zu hören: *Perry Rhodan, lege den Zellaktivator ab, sonst wirst du zu groß und zu stark.*

Jetzt erst begriff er diesen Satz. Jetzt verstand er, daß ihn das Gemeinschaftswesen über eine Frist von fünfzig Tagen tagtäglich

gewarnt hatte. Immer wieder war er von *ES* mit „Perry Rhodan"
angesprochen worden. *ES* hatte ihn jedoch immer wieder daran
erinnern wollen, daß er in Wirklichkeit nicht Perry Rhodan war.

Nur er, Cardif, hatte die Warnungen nicht verstehen wollen.

Explosive Zellspaltung. Er wußte, was das hieß. Der normale
Vorgang der Zellteilung hatte in seinem Kröper ein explosives Stadium erreicht, das von Dauer war. Und ausgelöst wurde alles durch
den Aktivator, der mit seinem gesamten Nervensystem eine Verbindung eingegangen war.

„Perry", hörte er Professor Manoli wie aus weiter Ferne sagen,
„vorbehaltlich aller Irrtümer glauben wir sagen zu können, daß diese
Zellwucherungen nicht bösartiger Natur sind. Nur was diese über-
schnelle Zellteilung hervorruft, ist uns zur Stunde noch unbekannt."

Thomas Cardif mußte sich zusammennehmen, um den Ärzten nicht
in seiner Verzweiflung zuzurufen: Die Ursache meiner Zellteilung ist
mit meinem Brustkorb verwachsen. Hier, das Ding, das mir das ewige
Leben bringen sollte, bringt mir nun den Tod.

Statt dessen sagte er mit brüchiger Stimme: „Danke."

Wenig später betrat er sein Büro, wo bereits die Meldung auf ihn
wartete, daß Brazo Alkher und Stana Nolinow in Freiheit waren. Sie
befanden sich an Bord der GANGES. In ihrem Bericht sagten beide
Leutnants übereinstimmend aus, daß ihre Flucht von Saos aus nur
möglich gewesen war, weil den Antis offenbar daran gelegen war, die
Terraner bei ihrer Suche nach Trakarat in die Irre zu führen. Saos
sollte für Trakarat ausgegeben werden.

Cardif-Rhodan preßte die Lippen aufeinander.

Saos war vermutlich sogar eine Falle für terranische Schiffe. Aber
Alkher und Nolinow hatten den Plan der Antis durchschaut.

Doch der Gedanke an Saos und die Antis ließ Cardif nicht mehr los.

Unsinnige Hoffnung brandete in ihm auf. Mit der Energie eines
Verzweifelten klammerte er sich an den Gedanken, die Antimutanten
müßten ihm mit ihrem Wissen helfen können, seiner Zellspaltung
Herr zu werden. *ES* würde ihm bestimmt nicht helfen – aber die Antis
konnte er dazu zwingen.

Er mußte so schnell wie möglich nach Saos.

Er schmiedete in diesen Augenblicken den Plan, wie er die Antis zwingen konnte, ihm zu helfen, doch er kalkulierte auch die Möglichkeit ein, daß sie nicht daran dachten, ihm beizustehen. Für diesen Fall sollte die Anlage auf Saos mitsamt dem Planeten die längste Zeit existiert haben.

„Bull", erklärte Mercant, „es geht darum, die galaktische Position des Planeten Trakarat ausfindig zu machen. Auf dem Planeten Saos befinden sich Antis, die uns darüber Auskunft geben können. Ihnen ist bekannt, wann wir zum erstenmal von der Existenz dieser Welt Trakarat hörten. Sie scheint jene Welt zu sein, die entweder Ausgangspunkt der Antis ist oder auf der sich ihre jetzige Zentrale befindet."

Der Bildschirm des Videophons flackerte.

Das Gesicht des Epsalers Jefe Claudrin erschien.

„Solarmarschall", erklärte er mit seiner Donnerstimme, „ich habe gerade von Perry Rhodan Startbefehl für fünfzehn Uhr erhalten. Ziel: das Saos-System in M-13. Gleichzeitig habe ich mitgehört, daß Rhodan mehrere Flottenverbände, die bisher noch im Zentrum des Arkon-Imperiums operiert haben, alarmiert hat. Sie sollen auch nach Saos fliegen. Der Chef kommt um vierzehn Uhr fünfzig an Bord. Die Leutnants Alkher und Nolinow sollen später auch an Bord genommen werden, weil sie sich auf Saos auskennen."

Mercant nickte Jefe Claudrin auf der IRONDUKE zu und schaltete dann ab. Er stöhnte auf. „Wenn Atlan erfährt, daß terranische Schiffe gegen eine Welt des Großen Imperiums vorgehen, wird er darin möglicherweise den Auftakt zur Invasion sehen. Er könnte darauf mit einer offiziellen Kriegserklärung reagieren. Bully, Sie sind der einzige, der imstande ist, diese Katastrophe zu verhindern. Zu Ihnen hat Atlan immer noch eine Spur von Vertrauen. Ich . . ."

Es klopfte. Die Tür öffnete sich, und Professor Manoli trat ein. Schweigend wurde er empfangen. Manoli nahm Platz.

Die Worte, die er benutzte, klangen eigentümlich: „Keiner, der sich dafür interessieren dürfte, weiß, daß ich hier bin. Rhodan leidet an explosiver Zellteilung. Die Verantwortung zwingt mich, dies auszusagen."

Bully und Mercant sahen sich an. Unter der Krankheitsbezeichnung konnten sie sich nichts vorstellen.

Unaufgefordert erklärte Manoli ihnen den Zustand Rhodans. Je länger er sprach, um so blasser wurde Bully.

„Er muß sterben?" stieß er heiser aus.

„Ich habe keine Hoffnung. Einige Kollegen von mir denken anders darüber. Es ist möglich, daß ich unrecht habe. Niemand kann es jetzt schon sagen. Diese Krankheit hat es noch nie gegeben."

Erregt fragte Bully: „Kann der Zellaktivator diesen Prozeß ausgelöst haben, Eric?"

Manoli stellte eine Gegenfrage: „Traust du *ES* einen kaltblütigen Mord zu, Bully?"

Alle drei Männer hatten schon auf dem Kunstplaneten die Zelldusche erhalten und kannten das Fiktivwesen.

„Nein", antwortete Bully energisch.

„Also . . .", erwiderte Manoli, „dann muß die Krankheit Perrys eine andere Ursache haben, aber wir kennen sie nicht, noch nicht."

„Sie geben die Hoffnung nicht auf?" fragte Mercant mit schwachem Aufleuchten in den Augen.

Manoli lächelte fast schmerzlich. „Wir sind doch Menschen. Wir leben doch von der Hoffnung. Wir hoffen oft bis zum letzten Atemzug. Also hoffen wir, daß Rhodan durch ein Wunder geheilt wird, sonst würde er nämlich ein Monstrum." Zum Schluß hatten die beiden den Mediziner kaum noch verstehen können, so leise war dessen Stimme geworden.

Bully überlegte. „Wir müssen herausfinden, ob die Krankheit auf das Konto der Antimutanten geht. Wenn ja, werden wir sie zwingen, ihn zu kurieren."

Mercant lächelte schwach.

„Das heißt, daß Bully ebenfalls an Bord der IRONDUKE geht und den Flug nach Saos mitmacht", erläuterte er Manoli. „Und dieser Flug ist unsere einzige Hoffnung."

35.

4000 terranische Einheiten, darunter mehrere Superschlachtschiffe, hatten das Saos-System abgeriegelt. Kein Raumschiff konnte auf dem Planeten landen oder von ihm starten.

Auf dem Bildschirm, den der Hohepriester Kutlos beobachtete, waren die gegnerischen Raumschiffe nur als leuchtende Punkte zu erkennen. Kutlos wußte von seinen Agenten, daß eines der Schiffe die IRONDUKE war.

Cardif-Rhodan befand sich an Bord.

Kutlos war darauf vorbereitet gewesen, daß ein Teil der Solaren Flotte aufkreuzen würde – er hatte nur nicht damit gerechnet, daß es so schnell gehen würde.

Die Transportschiffe der Antis, beladen mit hochwertigen Maschinen aus der Individualschirmproduktion, lagen noch immer auf dem Raumhafen.

Kutlos richtete sich auf. Das vertraute Summen der Klimaanlage rief ihn in die Gegenwart zurück.

„Soll ich abschalten, Kutlos?" fragte ein junger Priester.

Der Hohepriester nickte stumm. Die Ortungsgeräte behielten jedes einzelne Schlachtschiff der Terraner in ihren technischen „Augen". Jede Ortsveränderung wurde aufgezeichnet. Sorgfältig wurde der Energieausstoß der einzelnen Raumer kontrolliert, um sofort festzustellen, wann die Invasion beginnen würde.

Für Kutlos' Begriffe zögerten die Terraner bereits zu lange. Auf Erdzeit umgerechnet, lauerte der Flottenverband bereits drei Tage im Raum. Der Hohepriester hatte gehofft, daß alle Antis noch vor dem Eintreffen der Terraner auf den Transportschiffen flüchten könnten. Die Schnelligkeit, mit der die Kugelraumer aus dem Hyperraum gebrochen waren, hatte diesen Teil des Planes zerstört. Die Priester auf Saos mußten unfreiwillig in ihrem Stützpunkt verweilen.

Zum erstenmal sah Kutlos seine Strategie zum Scheitern verurteilt, zumal die Terraner offenbar wußten, daß Saos nicht Trakarat war. Jede noch so heftige Gegenwehr bei einer Invasion würde nach einiger Zeit zusammenbrechen. Der Hohepriester war nicht geneigt, Saos kampflos aufzugeben, aber er rechnete mit einer vernichtenden Niederlage.

Die Schiffe rings um den Planeten machten ihn nicht nervös. Er fühlte eine gewisse Resignation darüber, daß er auf dem Wege zur Macht an der Geschwindigkeit von viertausend Raumschiffen scheitern würde.

„Wann werden sie angreifen?" drang eine Stimme in sein Bewußtsein.

Er wandte sich um und blickte in die klugen Augen von Tasnor, seinem Stellvertreter. Vom ersten Tage an hatte Kutlos sich eine feste Meinung über Tasnor gebildet. Tasnor war intelligent, wesentlich intelligenter als der Hohepriester selbst. Aber er würde niemals zu den obersten Würdenträgern des Baalol aufsteigen können. Tasnor machte zwei entscheidende Fehler: Er redete zuviel, und er redete mit jedem. Außerdem glaubte er, unbedingt verschiedene seiner Ideen durchsetzen zu müssen. Eine solche Handlungsweise würde ihm die Karriere verderben.

Kutlos musterte den anderen schweigend, und in dieser Stille erstarb die Aktivität Tasnors, sie erfror förmlich im kühlen Glanz von Kutlos' Augen. Es war dem Hohenpriester gleichgültig, welche Gefühle Tasnor ihm entgegenbrachte. Wahrscheinlich haßte ihn der jüngere Mann. Das änderte nichts an dem Respekt, den er ihm entgegenbrachte. In seinem Umgang mit Mächtigen hatte Kutlos gelernt, wie man sich Achtung erwarb und erhielt.

„Diese Warterei zerrt an den Nerven", sagte Tasnor entschuldigend.

Kutlos lächelte, und dieses Lächeln degradierte Tasnor zu einem nervenschwachen, unerfahrenen, jungen Mann, mit dem sich der Hohepriester außer seinen wichtigen Aufgaben noch zusätzlich zu beschäftigen hatte. Der Stellvertreter errötete. Seine Augenlider senkten sich, und seine Hände glitten über den weiten Umhang.

„Ich weiß", erwiderte Kutlos freundlich. „Wir sollten den Terranern dankbar sein für die Frist, die sie uns gewähren. Sie läßt uns Zeit, den zweiten Teil unseres Planes auszuführen."

Hepna-Kaloot, ein für einen Anti sehr kleiner und dicker Mann, drehte sich auf seinem Platz herum.

„Das klingt ganz so, als gäbe es noch einen Ausweg für uns", schloß er. „Es lag noch nie in meiner Absicht, den Heldentod zu sterben. Kutlos, welcher Einfall läßt dich hoffen?"

Hepna-Kaloot war der einzige Priester auf Saos, für den Kutlos Sympathie empfand. Auf den kleinen Mann ließ sich sein übliches Gebaren nicht anwenden.

„Ich wüßte nicht, warum wir unseren ursprünglichen Plan nicht ausführen sollten", sagte Kutlos. „Wir werden uns nach den Anweisungen des Hohen Baalol richten."

Noch bevor er seine Worte zu Ende gesprochen hatte, sah er den Widerstand in Tasnors Augen aufblitzen.

„Als die Befehle von der Zentrale eintrafen, wußten wir noch nicht, daß uns keine Möglichkeit bleiben würde, uns von Saos abzusetzen", erinnerte der junge Priester. „Die Planung des Hohen Baalol ging von ganz anderen Voraussetzungen aus."

Kutlos mußte nicht erst in die Gesichter der übrigen Antis blicken, um zu wissen, daß die Mehrheit Tasnors Meinung teilte. Auch sein Stellvertreter schien das zu spüren. Kutlos fühlte sich dadurch nicht beunruhigt. Dieser Schwätzer würde ihn nicht daran hindern, einen letzten Triumph zu erleben.

„Das einzige, was sich geändert hat, ist, daß wir uns noch *hier* aufhalten", sagte der Hohepriester leise.

Tasnor beging den Fehler, Kutlos' Äußerung als beginnende Schwäche auszulegen. Er hob beschwörend seine Arme und wandte sich an die versammelten Antis.

„Kutlos hat recht", rief er ihnen zu. „Wir sind noch hier, und unser aller Leben ist in Gefahr. Viertausend Schiffe werden Saos angreifen und uns keine Chance geben. Es wäre ein sinnloses Opfer, wollten wir es darauf ankommen lassen. Mein Vorschlag ist, daß wir den Terranern verraten, wer ihr vermeintlicher Rhodan eigentlich ist. Sie werden ihn verhaften und zur Erde zurückkehren."

„Der Vorschlag ist schlecht", urteilte Kutlos abfällig. „Wenn die

314

Raumfahrer der Erde erfahren, daß sie Cardifs Befehlen folgen, werden sie sich bemühen, herauszufinden, wo der echte Rhodan steckt. Und wo, frage ich, könnten sie am ehesten Informationen erlangen, wenn nicht auf Saos?" Kutlos machte eine Pause, um den Priestern Zeit zu geben, die Konsequenzen seiner Frage zu überdenken. „Sie werden also auch landen, wenn sie von Rhodans Sohn wissen. Wahrscheinlich würde sie das Bewußtsein, daß wir sie überlistet haben, noch zorniger machen." Der Hohepriester machte eine energische Handbewegung. „Machen wir uns doch nichts vor", fuhr er fort. „Wir alle wissen, wie gefährlich die Terraner sind. Wollen wir sie noch reizen? Noch immer haben wir Cardif in der Hand. Diesen Trumpf sollten wir nicht so ohne weiteres aufgeben. Solange Thomas Cardif in Rhodans Maske als Erster Administrator auftritt, sind die Schiffe der Erde relativ ungefährlich für uns. Der Hohe Baalol teilte uns mit, daß ein anderer Mächtiger dieser Galaxis ihn zur Zeit weit mehr interessiert."

„Imperator Gonozal VIII.", warf Hepna-Kaloot ein.

„Sehr richtig", stimmte Kutlos zu. „Wir wissen, daß sich seit der Übernahme des Robotregenten durch Atlan einiges getan hat. Mit starker Hand hat Gonozal VIII. sein Imperium wachgerüttelt. Perry Rhodan war ein guter Verbündeter. Das Große und das Solare Imperium bedeuten zusammen einen gewaltigen Machtfaktor. Die beiden obersten Männer der Sternenreiche sind zu Freunden geworden." Kutlos lächelte spöttisch. „Inzwischen hat es unser aller Freund, Thomas Cardif, fertiggebracht, die Situation entscheidend zu verändern. Zwischen Arkon und Terra bestehen politische Differenzen. Man kann von einem kalten Krieg sprechen. Unsere Agenten haben erfahren, daß Cardif alle terranischen Hilfskräfte von den arkonidischen Planeten abgezogen hat. Rhodans Sohn muß den Imperator mehrmals schwer beleidigt haben. Heute ist es soweit, daß Einheiten der Solaren Flotte im Machtbereich des Großen Imperiums herumfliegen."

Tasnor schien zu fühlen, daß Kutlos mit langatmigen Erklärungen auf die Stimmung der Priester einwirken wollte.

„Das alles ist uns bekannt", erklärte er grimmig. „Es hilft uns jedoch nicht weiter."

Der Hohepriester ließ sich nicht beirren. Seine Stimme übertönte kaum das Summen der elektronischen Geräte. Was er aber sagte, war für jeden verständlich.

„Gonozal VIII. hat die Generalmobilmachung verkündet", sagte er. „Das heißt, daß er eine ernsthafte Auseinandersetzung durchaus für möglich hält. Der Hohe Baalol glaubt, daß wir diesen Streit schüren könnten. Arkon und Terra sind gegen unsere Sekte eingestellt. Es kann uns also nur recht sein, wenn sie sich gegenseitig schwächen. Dafür können wir diesen Stützpunkt opfern."

„Und unser Leben!" rief Tasnor.

Er hatte sein einzig schlagkräftiges Argument bereits zu oft benutzt, so daß es nicht mehr die gewünschte Wirkung ausübte.

„Wenn Atlan und Cardif aufeinanderprallen, werden wir die lachenden Dritten sein", erklärte Kutlos. „Dieses System gehört zum Machtbereich des Großen Imperiums. Indem die Solare Flotte uns angreift, mischt sie sich in die inneren Angelegenheiten Arkons ein."

Kutlos schritt zu dem Bildschirm des Ortungsgeräts der optischen Aufzeichnung. Er schaltete das Gerät ein. Auf der Mattscheibe tauchten wieder die glühenden Pünktchen auf.

„Der Plan ist gut", sagte er. „Und er wird funktionieren."

Mit diesen einfachen Worten hatte Kutlos beschlossen, viertausend terranische Schiffe zu vernichten – oder besser, sie vernichten zu lassen. Wenn dabei Tausende von arkonidischen Roboteinheiten zerstört werden sollten, konnte es den Antis nur recht sein.

Die Stimmung an Bord der IRONDUKE war gedrückt. Keine fröhlichen Worte klangen auf.

„Ich werde mit ihm reden", brach Reginald Bull das Schweigen.

Niemand widersprach ihm. Wenn es überhaupt einen Mann gab, der noch vernünftig mit Perry Rhodan sprechen konnte, dann war es Bully. Er war der beste und älteste Freund des Administrators.

Bull nickte den Männern zu und verließ die Zentrale. Er zweifelte am Erfolg seiner schwierigen Mission. In den letzten Tagen hatte er sich innerlich immer weiter von Rhodan entfernt. Das Band ihrer langjährigen treuen Freundschaft schien zerrissen zu sein.

316

Bull gestand sich ein, daß sein Widerstandswille gegen Rhodans unsinnige Anordnungen wuchs.

Als Bull vor Rhodans Kabinentür stand, hielt er es für besser, kräftig anzuklopfen. In früheren Zeiten hatte er solche Umstände nicht gekannt.

Bully öffnete und trat ein. Rhodan lag auf dem Bett. Er fuhr hoch, und sein Gesicht verzerrte sich.

„Ich bin's nur", sagte Bully einfach.

Rhodan sank zurück und verschränkte die Arme hinter dem Kopf. Es war nur noch eine Frage der Zeit, bis das Bett zu klein für ihn sein würde.

„Was willst du?" erklang es unfreundlich.

„Ich dachte, daß du vielleicht ein bißchen Gesellschaft wünschst", erklärte Bull ungerührt. „In der Zentrale werde ich nicht benötigt."

Er suchte sich ein freies Ende von Rhodans Lager aus und setzte sich. Mit offensichtlichem Widerwillen sah ihm Rhodan dabei zu. Bull bemühte sich, diese Abneigung zu übersehen.

„Wie ich sehe, trägst du jetzt eine Brille, Perry", sagte er freundlich. „Ist etwas mit deinen Augen passiert? Soll ich Dr. Gorsizia zu dir schicken?"

Rhodan lachte verbittert. Seine Mundwinkel zogen sich verächtlich nach unten.

„Was soll Gorsizia, wenn mir die terranischen Spezialisten nicht helfen können", meinte er. Er zerrte an seinem formlosen Pullover herum. „Noch nicht einmal meine Jacke paßt mir."

Er richtete sich auf und umklammerte mit beiden Händen Bulls Kragen. Ganz dicht kam er mit seinem Gesicht an den untersetzten Mann heran. Bull glaubte unter dem dunklen Glas der Brille verschwommene Umrisse der Augen zu erkennen. Rhodans heißer Atem streifte seine Wange.

„Sieh mich an!" forderte Rhodan keuchend. „Sieh mich doch an! Allmählich werde ich zu einem aufgeblähten Ungeheuer."

„Perry!" Bully sah ihn beschwörend an. „Beruhige dich doch."

„Beruhigen?" brach es aus dem Mann heraus, der längst nicht mehr die Rolle eines Administrators spielen konnte. „Was weißt du denn schon von meinem Elend? Soll ich es dir zeigen, Bully?"

Mit einer blitzartigen Bewegung hatte er seine Brille abgenommen und davongeschleudert.

Unfähig zu sprechen, sah Bull in die Augen seines Freundes. Verzweiflung und Angst, Zorn und Haß loderten wie gelbe Flammen in ihnen auf.

Jäh fiel Bull ein, wann er schon einmal solche Augen gesehen hatte. In seiner Jugend hatte er einen Zoo besucht, und ein gefangenes Raubtier hatte ihn durch die Gitter angestarrt.

„Ihre Farbe hat sich verändert!" rief Rhodan aus.

Und Bull, der Mann mit den eisernen Nerven, senkte seine Augen vor diesem Blick.

„Die Antis", rief Rhodan. „Sie sind die Schuldigen. Dafür wird Saos fallen."

Das einzige, was Thomas Cardif in diesem Augenblick noch mit seinem Vater gemein hatte, war sein falscher Name und der Titel, den er sich angeeignet hatte. Sein eigener Charakter überspielte mehr und mehr die positiven Erbanlagen des echten Rhodan. Cardif war zu einem haßerfüllten Fanatiker geworden.

Voller Erschütterung stand Reginald Bull auf. Mit hängenden Schultern schritt er auf die Tür zu.

„Du mußt zu mir halten, Bully", sagte Rhodan krächzend.

Alles, was Bull in diesem Augenblick zustande brachte, war ein Nicken. Es kostete ihn mehr Überwindung als alles, was er jemals in seinem Leben getan hatte. Der Mann auf dem Bett war ein Fremder für ihn. Es gab keine innere Beziehung mehr zwischen ihnen. Mit aufgewühlten Gefühlen verließ Bull die Kabine.

Sein eigentliches Anliegen hatte er vollkommen vergessen. Als er in die Zentrale zurückkam, stellte Oberst Claudrin als einziger eine Frage. „Was hat er gesagt?"

Bull sah den Epsalgeborenen an.

„Er hat seine Brille abgesetzt", sagte Bull leise.

Es war genau 18.45 Uhr Standardzeit. In der Zentrale war es noch ruhiger geworden. Jeder wartete auf das Erscheinen Rhodans. Das Auftauchen des Administrators würde unweigerlich mit dem Befehl verbunden sein, die Invasion von Saos zu beginnen.

Unbeeinflußt von allem Geschehen, blieb die IRONDUKE in ihrer festen Kreisbahn um den Planeten der Antis. In ihrem Innern befand sich ein Mann, dessen Verstand mehr und mehr von den fürchterlichen Zellwucherungen getrübt wurde.

Dieser Mann besaß die Befehlsgewalt über die gesamte Solare Flotte.

In den Händen eines vernünftigen Mannes bedeuteten die vielen tausend Schiffe ein wichtiges politisches Instrument.

Thomas Cardif war nicht mehr vernünftig.

Unter seiner Befehlsgewalt war die Flotte gefährlicher für die Menschheit als ein außer Kontrolle geratener Kernbrand.

Imperator Gonozal VIII., Herrscher über das Große Imperium, führte ein einsames Regime. Unter den Arkoniden war kaum einer fähig, Atlan helfend zur Seite zu stehen. Ohne den Robotregenten wäre der Versuch des Unsterblichen, sein Imperium wieder zu konsolidieren, zum Scheitern verurteilt gewesen. Es war einfach unmöglich, daß ein einzelner Mensch die gigantische Aufgabe bewältigen konnte, ein Imperium von lichtjahreweiter Ausdehnung zu regieren. Nur das riesige Robotgehirn war in der Lage, den ganzen Komplex der unzähligen Sonnensysteme zu erfassen und die von dort eingehenden Meldungen logisch in das Gesamtbild einzufügen.

Trotzdem war Atlan völlig überlastet. Er erfuhr nie von kleineren Schwierigkeiten, da er dem Gehirn in solchen Fällen vertraute. In verwirrten politischen Situationen jedoch ließ sich der Imperator über jede Einzelheit berichten.

Die Tatsache, daß zwischen Arkon und Terra eine Art kalter Krieg ausgebrochen war, hatte Atlan bewogen, jede Nachricht über die Auseinandersetzung persönlich entgegenzunehmen. Der Unsterbliche war über das Verhältnis zu den ehemaligen Verbündeten schwer bedrückt. Er versuchte, die unbegreiflichen Taten Perry Rhodans zu verstehen, aber er begriff sie ebensowenig, wie er diesen total verwandelten Rhodan selbst begriff. Auf den Planeten des Blauen Systems war die Hypnoschulung in vollem Gang. Intelligente Akonen lagen unter den Schnellschulungsgeräten.

Die Schaltungen des Robotgehirns hatten wiederholt zum Eingreifen gegen die dreisten terranischen Schiffe aufgerufen. Immer wieder hatte Atlan die logischen Rückschlüsse der Mammutpositronik übergangen. Er hoffte, daß Perry Rhodan zur Besinnung kommen würde und seine schweren Fehler rückgängig machte.

Die Einheiten der arkonidischen Robotflotte waren in Alarmbereitschaft versetzt worden. Atlan hatte mehrere Beratungen mit hohen Würdenträgern abgehalten, denen seine Aktivität jedoch mehr oder weniger ein Dorn im Auge war. Sie redeten sich auf den Versammlungen müde, ohne zu brauchbaren Entschlüssen zu kommen.

In diesen Tagen war Atlan einsamer als jemals zuvor.

Ein Dienstrobot kam herein und brachte dem Imperator eine Tasse mit einem dampfenden Getränk. Nahezu geräuschlos bewegte sich die Maschine über den glatten Boden.

Der Besucher, der dem Imperator auf der anderen Seite des Tisches gegenübersaß, lächelte unmerklich. General Alter Toseff wartete, bis Atlan getrunken hatte.

„Nach terranischen Rezepten hergestellt, General", sagte Gonozal VIII. „Sie sollten es einmal versuchen."

Toseff lächelte nur.

„Ich danke, Euer Erhabenheit", lehnte er ab. „Ich fürchte, mein Gaumen hat sich zu sehr an die Genüsse von Saratan gewöhnt."

Saratan war ein arkonidischer Kolonialplanet. General Alter Toseff vertrat die Interessen des Großen Imperiums auf dieser Welt.

„Sie werden auf diese Genüsse eine Zeit verzichten müssen, General", eröffnete Atlan seinem Gegenüber. „Es gibt wichtige Aufgaben für Sie."

Atlan schob dem Offizier eine Mappe über den Tisch.

„Lesen Sie das", forderte er. „Sie werden darin . . ."

Ein Summen unterbrach ihn.

„Einen Moment", sagte Atlan. „Eine wichtige Nachricht des Gehirns."

Er schaltete die Sprechanlage auf dem Tisch ein. Eine sachlich klingende Stimme sagte: „Der Hohepriester der Baalol auf Saos bittet den Imperator um eine Unterredung über Hyperfunk."

Verärgert erwiderte Atlan: „Ich bin jetzt beschäftigt. Der Anti kann warten."

Unbeeindruckt sagte die mechanische Stimme: „Es handelt sich um einen neuen Übergriff der Solaren Flotte. Der Imperator befahl, jeden Bericht dieser Art sofort an . . ."

„Schon gut", unterbrach Atlan hastig. „Herein mit dem Gespräch."

„Der Priester spricht über Kanal dreiundzwanzig", ertönte es.

Toseff machte Anstalten, sich zu erheben.

„Warten Sie, General", rief Atlan. „Es kann nichts schaden, wenn Sie bei dem Gespräch dabei sind. Es hat bestimmt mit Ihrem späteren Auftrag zu tun."

Toseff nahm wieder Platz. Einer der Bildschirme erhellte sich, und aus verschwommenen Umrissen formte sich das hagere Gesicht des amtierenden Hohenpriesters von Saos. Ein Knopfdruck Atlans genügte, um den Anti eine Projektion von dem Gesicht des Imperators auf den Bildschirmen in der Zentrale der Tempelpyramide auf Saos erblicken zu lassen.

Atlan hatte keinen Grund, den Priestern freundlich gesinnt zu sein. Sie hatten auch auf den Planeten des Arkon-Imperiums Liquitiv abgesetzt.

„Was wünschen Sie?" erkundigte sich der Unsterbliche kühl.

Kutlos' hageres Gesicht blieb unbewegt. Nur die Lippen bewegten sich, als er ruhig erwiderte: „Ich habe eine Nachricht für Sie, Euer Erhabenheit."

So wie er das sagte, schien diese Information nicht besonders interessant zu sein.

„Sprechen Sie", forderte Atlan den Anti auf.

„Der Planet Saos gehört zum Hoheitsgebiet des Großen Imperiums", sagte Kutlos gleichmütig.

Atlan wurde ungeduldiger. „Wollen Sie mir Unterricht in Astropolitik erteilen?" erkundigte er sich frostig.

Kutlos lächelte. Selten hatte Atlan ein derart humorloses Lachen gesehen. Er mußte dem Anti zugestehen, daß er es verstand, seine Gefühle gut zu verbergen.

„Keineswegs", versicherte der Priester. „Aber eine Lektion in kosmischer Strategie."

General Alter Toseff räusperte sich wütend, als er diese freche Bemerkung hörte. Atlan winkte dem Arkoniden beruhigend zu. Er

glaubte zu wissen, daß der Priester ihm die Sache besonders schmack-
haft machen wollte.

„Auf Saos steht die Invasion eines Solaren Flottenverbandes unter
Führung Perry Rhodans bevor", verkündete Kutlos in diesem Moment. Seine Stimme hatte unverändert sachlich geklungen.

Atlan war zusammengefahren, als Rhodans Name erwähnt wurde.
Seine Sinne wollten das Gehörte nicht wahrhaben. Er brauchte
mehrere Sekunden, bis er sich von dem Schock erholt hatte.

„Sind Sie sicher, daß es Terraschiffe sind?" fragte er Kutlos.

„Wenn Sie sich beeilen, können Sie es selbst feststellen", schlug der
Anti ironisch vor. „Warten Sie aber nicht zu lange, denn inzwischen
könnte Saos von Fusionsbomben vernichtet werden. Rhodan hat
immerhin viertausend Schiffe aufgeboten."

„Viertausend", wiederholte Atlan dumpf. „Er fliegt einen Angriff
auf einen Planeten des Großen Imperiums mit einem ganzen Flottenverband. Das ist eine offene Kampfhandlung."

„Werden Sie eingreifen?" erkundigte sich Kutlos gespannt.

Atlan musterte ihn unfreundlich. Er konnte sich in die Gedankengänge des Priesters versetzen. Trotzdem war Rhodans Vorgehen eine
ungeheuerliche Maßnahme, die *de facto* einer Kriegserklärung
gleichkam.

„Denken Sie einmal darüber nach", empfahl er Kutlos und schaltete
ab.

Toseff öffnete zögernd seinen Mund. Die innerliche Erregung des
Imperators war unverkennbar. Der General verkniff sich eine Bemer-
kung. Instinktiv fühlte er, daß er dem einsamen Mann bei seiner
Entscheidung nicht helfen konnte. In diesem Moment wurde die
Treue des Generals noch fester verankert. Er spürte die Verbunden-
heit mit dem Unsterblichen und eine unzerstörbare Loyalität zum
Großen Imperium.

„Wie konnte der Barbar nur so etwas tun?" sagte Atlan niedergeschlagen. „Will er mit aller Gewalt einen galaktischen Krieg entfesseln?"

„Vielleicht hat der Priester gelogen", wandte der General ohne
Überzeugung ein. „Die Baalols könnten daran interessiert sein, zwei
Mächte aufeinanderprallen zu lassen."

„Das sind sie zweifellos", stimmte Gonozal VIII. zu. „Trotzdem hat der Anti die Wahrheit gesprochen. Er weiß nur zu gut, daß ich Möglichkeiten besitze, um seine Information schnell überprüfen zu lassen. Mit einer Lüge riskiert er die Sperrung des Stützpunkts von Saos."

Mit einer gewissen Bestürzung erkannte der General, daß Atlan zögerte, auf die aggressive Herausforderung der Solaren Flotte in entsprechender Weise zu antworten. Seine Freundschaft mit Perry Rhodan hielt ihn wie eine unsichtbare Fessel umklammert. Er wollte einfach nicht begreifen, daß der Erste Administrator der Erde alle abgeschlossenen Verträge brach.

„Euer Erhabenheit, weitere Zurückhaltung von unserer Seite würde uns bei allen Verbündeten als schwach erscheinen lassen", mahnte Toseff. „Außerdem würde es weitere Aktionen der Terraner nach sich ziehen. Einmal muß es eine Grenze geben. Entschuldigen Sie meine harten Einwände."

Atlan fuhr mit dem Handrücken über sein Gesicht. Die Stille des großen Raumes wirkte auf Toseff niederdrückend.

„Ich danke Ihnen für Ihre offene Sprache, General", antwortete Atlan ernst. „Ich schätze es, wenn jemand seine Meinung unverblümt ausspricht. Das ist bei den Würdenträgern des Imperiums selten der Fall."

„Sie werden nur schwer zu einer Entscheidung gelangen, Imperator", vermutete der arkonidische Statthalter von Saratan.

Atlan lächelte humorlos. „Ein altes arkonidisches Sprichwort sagt, daß man mit Freunden Geduld haben muß, wenn die Freundschaft zu zerbrechen droht. *Wieviel* Geduld, General?"

Atlans Frage stellte das ganze Ausmaß seiner schwierigen Situation dar. Während er bemüht war, es nicht zu einem offenen Bruch mit Rhodan kommen zu lassen, mußte er gleichzeitig mit allen Mitteln das Große Imperium vor weiteren Übergriffen schützen.

Als Toseff zu einer Antwort ansetzte, stellte das Robotgehirn wieder die Verbindung mit Atlan her. Der General unterbrach sich und wartete, bis der Imperator die entsprechenden Schaltungen vorgenommen hatte.

„Ein neuer Übergriff der Solaren Flotte im Hoheitsgebiet des

323

Großen Imperiums wurde bekannt", berichtete die gleichförmige Stimme aus den Lautsprechern. „Der Hyperfunkspruch eines Springerschiffs traf soeben ein. Ein terranisches Kriegsschiff hat den Handelsraumer beschossen und gestoppt. Ein Prisenkommando untersuchte das Schiff der Händler. Sonzomon, der Kommandant der Springer, verlangt eine sofortige Wiedergutmachung und öffentliche Entschuldigung durch den terranischen Offizier."

Mit einem Schlag der flachen Hand unterbrach Atlan die Verbindung zu seinem positronischen Helfer. Seine Lippen waren zu dünnen Strichen geworden.

„Das genügt", sagte er kalt. „Auch das Höchstmaß an Geduld geht einmal zur Neige."

„Euer Erhabenheit?" Toseff sah ihn aufmerksam an.

„Die Zeiten, daß wir uns von den Barbaren der Erde alles bieten lassen, sind jetzt endgültig vorüber, General. Arkon schlägt zurück. Es wird keine weiteren Übergriffe unerwidert hinnehmen." Atlan stieß diese Worte förmlich hervor. „Das heißt, daß wir eine zehntausend Einheiten starke Robotflotte starten. Sie ist an Schlagkraft den Terranern ebenbürtig, nicht jedoch in der Reaktion und den verblüffenden Tricks, die Rhodans Männer bei kosmischen Schlachten anwenden." Er lächelte breit. „Es sei denn, zwei zu allem bereite Männer gingen an Bord des Flaggschiffs."

Toseff nickte begeistert.

Drei Minuten später setzte sich Atlan mit dem Gehirn in Verbindung. Positronische Speicherbänke begannen auf Hochtouren zu arbeiten. Es galt, eine strategisch günstige Angriffsposition zu finden. Inzwischen bereitete sich Atlan zur Übernahme des Flaggschiffs vor. Toseff sprudelte vor Ideen über. Schneller als die Riesenpositronik hatte er einen Schlachtplan entworfen.

Cardifs Finger verkrampften sich über jener Stelle, wo er den Zellaktivator unter seiner aufgedunsenen Brust wußte.

Die Zellspaltung hatte den ganzen Körper erfaßt. Sein Gehirn war ebenso betroffen wie alle übrigen Teile und Organe. Cardifs Geisteszustand ließ ihn nicht mehr die Gefahr eines Verrats seiner Identität

324

durch die Antis erkennen. Blind vertraute er seinem Racheplan, der ihm den Planeten Saos in die Hände geben würde. Dort hoffte er die nötigen Informationen zu seiner Heilung und über Trakarat zu erhalten.

Er würde den Männern schon zeigen, daß er immer noch eine Flotte zu befehligen vermochte. Stöhnend wälzte er sich aus dem zerwühlten Bett. Prüfend strich er über den Pullover. Wurde er nicht bereits wieder enger?

Er ordnete seine Frisur und wechselte seine Hosen. Verächtlich warf er die Schutzbrille davon. Hatte er, der Administrator, es nötig, sein Gesicht zu verstecken?

Die Offiziere sollten die Augen des Mannes sehen, der sie zum Sieg über die Antis führen würde. Cardif kicherte leise. Die Zeit des Zögerns war vorüber. Schon viel zu lange hatte er sich von den Mahnungen Bulls aufhalten lassen. Später, wenn er seine Macht gefestigt hatte, würde Bull einer der ersten sein, den er liquidieren würde.

Cardif kontrollierte sein Aussehen. Er wollte die panische Verzweiflung in seinem Innern nicht wahrhaben. Er präparierte sich für eine Rolle, die immer weniger zu ihm paßte: Für die eines Administrators des Solaren Imperiums.

Sein Erscheinen in der Kommandozentrale löste verschiedene Reaktionen aus. Die Offiziere der IRONDUKE waren durch das Verhalten des falschen Rhodan einer außergewöhnlichen Belastungsprobe ausgesetzt.

Cardif blieb innerhalb des Schottes stehen und stützte seine Hände an beiden Seiten ab. Er sah die Männer prüfend an. Er spürte ihre instinktive Ablehnung. Er straffte sich und berührte mit seinem Haar die Oberkante des Schottes. Das bedeutete, daß er ein weiteres Stück gewachsen war.

Er trat völlig in die Zentrale hinein.

„Befehl an alle Schiffe, Oberst!" rief er Jefe Claudrin zu. „Angriff auf Saos."

Claudrin wuchtete herum. Sein eckiger Körper schob sich wie ein menschlicher Tank durch die Zentrale. Über Normalfunk setzte er sich mit den Kommandanten aller Schiffe in Verbindung.

325

„Es wäre vielleicht besser, wenn Sie selbst sprechen würden, Sir", sagte er ruhig. „Das würde den Männern Auftrieb für den bevorstehenden Kampf geben."

Thomas Cardif grinste verächtlich.

„Für einen Sieg über diesen lächerlichen Stützpunkt wird *Ihre* Ansprache durchaus genügen, Oberst", sagte er mit ätzendem Spott.

„Natürlich, Sir", erwiderte der Epsalgeborene. Ohne jede weitere Bemerkung führte er den Befehl aus.

Cardif blickte auf die Borduhr.

„In genau einer Stunde terranischer Zeit", sagte er, „werden die ersten Schiffe unserer Flotte auf Saos landen."

„Ich kann mir nicht helfen, Perry, aber ich habe ein ungutes Gefühl bei dieser Sache", meinte Bull von seinem Platz aus. „Die Antis verhalten sich verdächtig ruhig."

Cardif brach in ein schrilles Gelächter aus. Sein Gesicht geriet in Bewegung. Die meisten der Offiziere senkten die Köpfe unter dem wilden Ausdruck in den Augen des Administrators.

Da wurde auch dem letzten Mann an Bord der IRONDUKE klar, daß Rhodan niemals von seinem Vorhaben ablassen würde.

Mit monotoner Stimme verständigte Jefe Claudrin die übrigen Schiffe. Gefaßt nahmen die Kommandanten die Befehle entgegen. Keiner von ihnen hatte einen Einwand vorzubringen. Das Vertrauen in Rhodans Persönlichkeit war nach wie vor nicht umzustoßen.

„Keiner kann uns aufhalten!" rief Cardif aus. „Wir werden dieses Rattennest ausräuchern."

Noch wußte er nicht, wie sehr er sich getäuscht hatte.

Von welcher Seite Kutlos auch das Ergebnis seines Gesprächs mit Gonozal VIII. betrachtete – der Erfolg schien ihm in jedem Fall unbefriedigend. Der Imperator hatte bei weitem nicht so heftig reagiert, wie Kutlos gehofft hatte. Der Hohepriester sah ein, daß er einen Fehler begangen hatte, als er den Unsterblichen unnötig gereizt hatte. Die Antipathie des Imperators war damit nur gesteigert worden. Es war mehr als fraglich, ob ein Teil der arkonidischen Flotte um Saos kämpfen würde.

In Gedanken versunken saß der Hohepriester in seinem Sessel. Ab und zu drang ein Gesprächsfetzen der übrigen Antis in sein Bewußtsein. Von Optimismus war nichts zu spüren. Jeder wußte, daß bei einem Angriff der terranischen Schiffe keine Hoffnung auf Rettung bestand. Die Niederlage auf Okul hatte bewiesen, daß die Individualschirme der Priester für die Männer von der Erde kein Hindernis waren.

„Die terranischen Schiffe verändern ihre Positionen!" rief eine gellende Stimme.

Kutlos schreckte auf. Er benötigte nur Sekunden, um sich zu orientieren. Vor den Bildschirmen der Massedetektoren und Energieanzeiger drängten sich die Priester.

„Laßt mich hindurch!" befahl der Hohepriester und schob seinen hageren Körper an den anderen vorbei.

Die grünleuchtenden Ortungsreflexe waren in Bewegung geraten. Es war deutlich zu sehen, an welchen Stellen sie sich zu einer Formation zusammenschlossen. Kutlos mußte kein Prophet sein, um zu wissen, was diese Änderung zu bedeuten hatte. Sein Gesicht nahm einen finsteren Ausdruck an.

Die Invasion stand dicht bevor.

Mit entstellter Stimme sagte Tasnor: „Dein Plan ist fehlgeschlagen, Kutlos. Sie greifen uns an, bevor Gonozal VIII. uns helfen kann. Ich bezweifle noch, ob er jemals mit seinen Schiffen hier auftauchen wird."

Der Hohepriester erkannte, daß die herbe Kritik des Jüngeren nur der Angst vor dem Tod entsprang. Es war sinnlos, daß er sich mit seinem Stellvertreter in eine Diskussion einließ.

„Hoherpriester!" rief eine erregte Stimme.

Kutlos wandte sich um. Die Ortungsreflexe der terranischen Schiffe waren zur Ruhe gekommen. Der Grund dafür war bereits deutlich zu erkennen. Mindestens zehntausend Schiffe waren soeben aus dem Hyperraum vorgestoßen und drangen in das Saos-System ein.

Das waren keine Solaren Verbände.

„Sie kommen!" schrie Kutlos außer sich. „Der Imperator kommt uns zu Hilfe!"

Ein Jubelschrei antwortete ihm. Eine leichte Erschütterung ließ das

327

Gebäude erbeben. Das bedeutete, daß der arkonidische Verband in bedenklicher Nähe des Planeten aus der Transition gekommen war. Die ungeheuren Energieentladungen ließen Erdbebenwellen durch Saos laufen.

Kutlos fühlte einen unvergleichlichen Triumph. Seine Strategie hatte einen Sieg davongetragen. Es war nur noch eine Frage der Zeit, und die beiden Flotten würden aufeinanderprallen.

Von den Ortungsgeräten war das auf- und abschwellende Geräusch der Energietaster zu vernehmen. Die arkonidische Flotte kam rasch näher. Jetzt bewegten sich auch die Kugelraumer der Terraner wieder. Der Einschließungsring löste sich auf. Die einzelnen Schiffe änderten ihre Position.

Als General Alter Toseff den Entzerrungsschmerz der Transition endgültig überwunden hatte, sah er den Imperator bereits wieder vor den Ortungsgeräten stehen. Atlan blickte sich nach ihm um.

„Der Priester hat nicht gelogen. Um Saos haben sich viertausend Schiffe der Barbaren versammelt. Nach ihren Positionen zu schließen, stecken sie bis über die Ohren in der Vorbereitung einer Invasion."

Saos war als Teilabschnitt eines Kreises auf den Mattscheiben zu sehen. Die Gravitationsfelder des Planeten schickten bereits ihre ersten Ausläufer nach den arkonidischen Schiffen, deren Impulstriebwerke jedoch spielend damit fertig wurden.

Atlan wußte, daß es im Moment sinnlos war, den Befehl über die zehntausend Roboteinheiten zu übernehmen. Die Bordpositroniken hielten die Schiffe in ihrer Gewalt. Jede einzelne von ihnen stand mit dem Robotgehirn von Arkon in überlichtschneller Simultan-Verbindung. Selbst im Flaggschiff hatte Atlan in diesem Augenblick dem Autopiloten die Navigation überlassen.

Der Unsterbliche beabsichtigte nicht, ohne vorherige Warnung anzugreifen. Er war sich darüber im klaren, daß das Gehirn die Einheiten in Angriffsposition gehen ließ, aber ohne seinen ausdrücklichen Befehl würde von arkonidischer Seite kein einziger Schuß fallen. Die Formation der arkonidischen Flotte war eine ultimative Drohung, und Rhodan sollte sie als solche verstehen.

Noch immer hoffte Atlan, daß er mit seinem Freund ein vernünftiges Abkommen schließen konnte.

„Sie scheinen noch nicht auf dem Planeten gelandet zu sein, Euer Erhabenheit", vermutete Toseff nach einem Blick auf die Geräte.

„Sie stoppen die Landemanöver", erwiderte Atlan. „Sie haben uns sofort bemerkt. Nun können sie sich ein wenig darüber Gedanken machen, wie sie mit zehntausend Schiffen und dem Stützpunkt gleichzeitig fertig werden können."

Der Arkonide von Saratan überlegte. „Hoffentlich fällt ihnen nichts ein, was uns in Verlegenheit bringen könnte."

Atlan lächelte. In seinem Gesicht erschienen einige Falten.

„Wir geben ihnen dreißig Minuten, um sich mit uns in Verbindung zu setzen", sagte er.

In Toseffs Augen stand eine stumme Frage.

„Dann greifen wir an", sagte Atlan.

Diese Worte waren nie mehr als ein böser Traum für ihn gewesen. Nun, in dieser bitteren Stunde, waren sie harte Wirklichkeit geworden.

Thomas Cardif fühlte die ständige Schwächung seiner geistigen Substanz. Er konnte diesen Vorgang in aller Schärfe verfolgen, als säße er vor einer Leinwand, auf der ein Filmdrama abrollte. Die Triebhaftigkeit in ihm gewann immer mehr die Oberhand über Logik und Vernunft.

Sein minutenlanges Gebrüll, als die arkonidischen Schiffe aus dem Hyperraum gebrochen waren, sein unbesonnener Befehl zu einem sofortigen Angriff, der ihm von Bull nur mit Mühe ausgeredet worden war – alles deutete darauf hin, daß sein Verstand nicht mehr die frühere Urteilskraft besaß.

Cardif kämpfte gegen sein geistiges Versagen an, er zwang sich zu überlegten Aktionen und sachlichen Äußerungen. Doch immer wieder spülten seine Instinkte, seine innere Aufgewühltheit und seine willkürlichen Gefühlsausbrüche diese zerbrechlich angelegten Versuche davon. Mehr und mehr wurde Cardif zum Gefangenen seiner doppelten Persönlichkeit.

Die schweigsame Besorgnis seiner Offiziere, die ernsten Blicke, die sie untereinander austauschten und die angespannte Atmosphäre an Bord der IRONDUKE trugen nicht dazu bei, Cardifs Geduld zu erhöhen. Er wirkte reizbarer als ein verwundeter Stier. Jede noch so diplomatisch vorgetragene Kritik ließ ihn die Nerven verlieren.

Mit brennenden Augen beobachtete er die Bildschirme, auf denen die arkonidischen Schiffe deutlich sichtbar Angriffsposition bezogen.

„Es dürfte sich um einen Verband von zehntausend Robotschiffen handeln", bemerkte Reginald Bull sachlich.

Cardif glaubte aus der Stimme des untersetzten Mannes eine deutliche Warnung herauszuhören.

„Na und?" rief er aufgebracht. „Sie können mich nicht aufhalten." Er sah an sich herunter und zerrte an dem Pullover. „Die Roboter sollen sofort eine neue Uniformjacke herbeischaffen – eine die paßt", grollte er. „Ich will diesem aufgeblasenen Sternenkönig mit meinen Rangabzeichen entgegentreten, wenn er mit mir zu verhandeln wünscht."

Ein skeptischer Blick Bulls belehrte ihn darüber, daß niemand daran glaubte, daß Atlan mit Rhodan in Funkverkehr treten würde. Vielmehr dachten die Offiziere, daß der Arkonide eine solche Handlungsweise von Rhodan erwartete.

Major Krefenbac gab die neue Uniformjacke in Auftrag.

„Es sieht nicht so aus, als würden sie gleich über uns herfallen", sagte Bull nach einem kurzen Seitenblick zu den Ortungsgeräten mit sichtbarer Erleichterung. „Sie behalten ihre eingenommenen Formationen bei."

„Dieser Schwarm von Insekten!" rief Cardif haßerfüllt. „Ich verschwinde jetzt wieder in meiner Kabine. Wenn die Roboter mit der neuen Uniform fertig sind, bin ich bereit, mit Atlan zu sprechen."

Hastig verließ er die Zentrale. Oberst Claudrin räusperte sich nachdrücklich.

„Entschuldigen Sie, Sir", wandte er sich an Bull. „Ich finde unsere derzeitige Lage einfach untragbar. Vom strategischen Standpunkt aus stehen wir auf verlorenem Posten. Wenn der Arkonide seinen Schiffen Feuerbefehl gibt, werden wir einfach überrannt."

Bully nickte verzweifelt. Sie waren in diesem Moment militärische

Hasardeure – und sie spielten ohne Trümpfe. Sie konnten noch nicht einmal bluffen, denn ein unerfahrener Raumkadett hätte jeden Schachzug der Terraflotte durchschauen können.

„Wir können nur hoffen, daß der ...", begann Bully, doch Major Krefenbac rief erregt dazwischen:

„Sir, ein Funkspruch. Jemand ruft uns über Normalfunk."

Mit wenigen Schritten war Rhodans Stellvertreter vor dem Gerät und schaltete es auf Empfang. Gespannt blickten die Männer auf den Bildschirm. Jeder hoffte, daß das markante Gesicht Atlans darauf erscheinen würde.

Doch es war nicht der Unsterbliche, der die IRONDUKE rief. Der Mann, der sichtbar wurde, war kahlköpfig, nur ein schütterer Kranz von Haaren war ihm geblieben. Sein kluges Gesicht war von Sorgen überschattet.

„Mercant!" rief Reginald Bull überrascht. „Woher kommen Sie?"

„Wenn Sie die zehntausend arkonidischen Schlachtschiffe nicht so beschäftigen würden, hätten sie bestimmt bemerkt, daß die Struktur-taster der IRONDUKE angesprochen haben", erklärte der Chef der Solaren Abwehr. „Ich bin gerade dabei, mir freies Geleit durch Atlans Flottenformation zu erbitten. Zur Zeit befinde ich mich an Bord des Schnellen Kreuzers ACAPULCO. Kommandant ist Major Burg-graf."

Irgendwie fühlte sich Bull durch die Anwesenheit Mercants erleich-tert. Der kleine Mann war einer von Rhodans engsten Vertrauten. Sein Einfluß auf ihn konnte die Situation vielleicht noch retten.

„Allan", sagte Bull warm, „ich bin froh, daß Sie da sind."

Mercant grinste. „Erwarten Sie von diesem kleinen Schiff nicht, daß es das militärische Gleichgewicht in diesem Teil des Raumes wieder-herzustellen vermag."

„Sie haben also bereits bemerkt, daß die Robotschiffe Arkons nicht zu unserer Unterstützung hier sind?"

„Man hat es mir in drastischer Form zu verstehen gegeben", berichtete Mercant mit einer Gelassenheit, als schildere er einen Wochenendausflug. „Ein gewisser General Toseff hat mich im Auf-trag Atlans mit den Impulskanonen eines dieser Riesenschiffe be-droht. Ich vermute, daß auch der Imperator an Bord ist." Er lächelte.

331

„Ich habe die Erlaubnis erhalten, hierher durchzustoßen, da man mich anscheinend nicht als sehr gefährlich betrachtet."

„Wir werden Sie übernehmen, Sir", dröhnte Oberst Claudrin dazwischen, der die näher kommende ACAPULCO auf den Bildschirmen beobachtete.

„In Ordnung", sagte der Abwehrchef. „Major Burggraf befürchtet, daß uns die Arkoniden nur den Weg freigegeben haben, weil sie sicher sind, daß wir ihn nicht mehr zurückfliegen können, wenn es hier erst einmal losgeht."

„Vielleicht hat der Major gar nicht so unrecht", meinte Bull. „Perry läßt sich nicht davon abbringen, die Antis auf Saos anzugreifen. Er ist . . .", Bull zögerte, „. . . aber das sehen Sie sich am besten selbst an."

„Sie wollten sagen, daß seine körperliche Veränderung anhält", erriet Mercant bekümmert.

„Nicht nur die *körperliche,* Mercant."

„Ich verstehe." Der Mann, der die Fäden des Geheimdiensts in den Händen hielt, schloß einige Sekunden die Augen. „Major Burggraf meldet gerade, daß die Space-Jet fertig ist. Ich werde zur IRONDUKE übersetzen. Dann werden wir beraten, was wir noch tun können, um das Schlimmste aufzuhalten."

Das Gesicht des Abwehrchefs verblaßte. Zurück blieb etwas Hoffnung, daß sie doch noch einen Ausweg aus dieser Sackgasse finden würden.

Als Allan D. Mercant die Kommandozentrale des Linearschlachtschiffs IRONDUKE betrat, betrachtete er fragend die versammelten Offiziere.

„Wo ist er?" fragte er.

„In seiner Kabine", berichtete Bull. „Er wartet, bis die Roboter eine neue Uniform für ihn angefertigt haben. Seine eigene wurde ihm zu eng. Er will Atlan nur mit allen Auszeichnungen eines Ersten Administrators entgegentreten."

„Seltsam", meinte der Chef der Abwehr. „Ich kann mich nicht erinnern, daß Rhodan früher der Meinung war, eine Uniform könnte einen Menschen ausmachen."

„Er hat seine Ansichten noch in anderen Punkten geändert", sagte Bully ohne Groll. „Manchmal könnte man glauben, er sei ein völlig anderer Mensch geworden."

Niemals zuvor war Reginald Bull der Wahrheit so nahe gekommen.

„Wir werden mit Atlan sprechen", sagte Mercant entschlossen.

Die anderen waren sofort einverstanden, und Claudrin stellte eine Funkverbindung zum arkonidischen Flaggschiff her. Atlans Gesicht erschien auf dem Bildschirm. Der Unsterbliche sah müde aus.

„Also gut, Bully", sagte er ruhig. „Reden wir."

Bulls finsteres Aussehen veränderte sich nicht.

„Wir sprechen ohne Perrys Wissen mit dir", erklärte er. „Wir möchten die Solare Flotte aus dem Gebiet des Großen Imperiums zurückziehen. Das ist jedoch nicht so einfach. Mit Perry ist seit seiner Gefangenschaft auf Okul eine Veränderung vor sich gegangen." Bully berichtete alles, was er wußte. „Er hat den Schock noch nicht überwunden. Außerdem leidet er unter einer explosiven Zellspaltung. So nennen es jedenfalls die Ärzte. In Wirklichkeit sieht das so aus, daß er ständig wächst und sich ausdehnt. Du würdest ihn kaum noch erkennen."

„Ich verstehe die Zusammenhänge nicht", erwiderte Atlan kühl. „Was hat seine Krankheit mit Saos zu tun?"

„Perry will die Antis dazu zwingen, ihm Hilfe zu leisten. Sie müssen seiner Meinung nach dazu imstande sein, den unkontrolliert arbeitenden Zellaktivator stillzulegen. Wir sind auf der Suche nach einem geheimnisvollen Planeten. Sein Name ist Trakarat. Das soll die Hauptwelt der Antis sein. Durch einen Trick haben die Priester versucht, Saos für Trakarat auszugeben."

„Die Übergriffe der Solaren Flotte häufen sich", beschwerte sich der Imperator. „Niemand kann von uns verlangen, daß wir ständig Rücksicht auf Rhodans gefährliche Extravaganzen nehmen."

Mercant, der sich die ganze Zeit über passiv verhalten hatte, sagte eindringlich: „Wir sind Rhodans Freunde, Atlan. Auch Sie bezeichnen sich so. Unterstützen Sie uns, ihm auf dem schnellsten Weg zu helfen. Sein augenblicklicher Zustand ist so bedenklich, daß man das Schlimmste befürchten muß. Er gibt Befehle und Anordnungen, über die er früher gelacht hätte."

„Ziehen Sie die terranischen Schiffe von hier ab", forderte Atlan. „Es gibt keine andere Möglichkeit."

„Ich wünschte, du könntest ihn sehen!" rief Bully leidenschaftlich. „Wie kannst du uns deine Unterstützung verweigern? Hast du vergessen, was er schon alles für dich und dein Imperium getan hat? Glaubst du, das wäre nur geschehen, um es später wieder zu zerstören? Nein, Perry ist krank, deshalb können wir ihn nicht verurteilen. Wir müssen den amtierenden Hohenpriester von Saos in unsere Gewalt bringen. Er wird sicher Informationen besitzen, die uns weiterhelfen können."

Auf Atlans Stirn war eine Falte erschienen. Einen Augenblick wurde seine Hand sichtbar, die über die Augen fuhr.

Wie sehr sie sich gleichen, dachte Bully erschüttert. Atlan und Perry – der *alte* Perry.

Nach einer Weile stillen Nachdenkens, das nur von dem Summen der Geräte unterbrochen wurde, sagte der Unsterbliche: „Das bedeutet, daß ihr Saos angreifen werdet?"

„Ja", erwiderten Bull und Mercant wie aus einem Mund.

„Es besteht natürlich die Möglichkeit, daß dieses Funkgespräch ein Trick ist", meinte Atlan. „Ich bin darauf angewiesen, zu glauben, daß ihr die Wahrheit sprecht."

„Wie schon so oft", erinnerte Bully sanft. Er wollte Atlan für seine Haltung nicht tadeln, denn er hätte an der Stelle des Imperators sicher ebenso gehandelt. Es konnte jedoch nicht verkehrt sein, wenn er Atlan darauf hinwies, daß er sich in der Vergangenheit auf seine terranischen Freunde verlassen hatte.

„Vielleicht begehe ich einen schweren Fehler, aber ich werde meine Flotte vorerst zurückhalten", sagte Atlan.

„Es besteht eine Möglichkeit, einen totalen Angriff unserer Kugelraumer gegen Saos zu verhindern", gab Bully bekannt.

Atlan und Mercant sahen gleichermaßen interessiert aus. Doch Bull schien nicht geneigt zu sein, irgendwelche Auskünfte zu geben.

„Es ist nur eine Idee", erklärte er. „Jetzt kommt es ganz darauf an, was Perry unternehmen will."

„Sir!" rief Major Krefenbac aus dem Hintergrund. „Die Roboter sind mit der Uniform fertig. Rhodan bekommt sie gerade in seine Kabine gebracht."

„Machen wir Schluß, Admiral", schlug Bully vor. „Halte uns die Daumen, daß alles gut verläuft."

Atlan hob beide Hände so hoch, daß sie auf dem Bildschirm sichtbar wurden.

Niemand mußte den Offizieren der IRONDUKE erklären, was Atlan damit ausdrücken wollte. Der Imperator glaubte nicht mehr an einen guten Ausgang dieser Sache. Beide Parteien hatten sich bereits zu sehr festgelegt.

Jefe Claudrin schaltete das Funkgerät ab.

„Noch können wir unseren Freund hinhalten", erklärte er.

Alles hing jetzt von Rhodan ab. Unwillkürlich erschauerte Bully bei dem Gedanken an Rhodans Rückkehr in die Zentrale. Auf seinen Schultern lastete jetzt die doppelte Verantwortung. Er war Atlan gegenüber verpflichtet.

„Ich glaube, jetzt können Sie uns in Ihre Gedankengänge einweihen, Bull", sagte Allan D. Mercant mit erhobener Stimme.

Thomas Cardif schlüpfte in die Uniform und knöpfte sie zu. Der Roboter, der sie ihm gebracht hatte, war wieder gegangen. Mit verschleiertem Blick sah Cardif an sich herunter. Es kam ihm so vor, als hätte ihn das Kleidungsstück zu seinem Vorteil verändert. Sein aufgequollener Körper bekam neuen Halt. Er befestigte die Auszeichnungen, die sich sein Vater rechtmäßig erworben hatte, ohne zu zögern an dem Stoff.

Er war fest davon überzeugt, daß Atlan mit ihm sprechen und um Frieden betteln würde. Notfalls konnte er weitere terranische Schiffe nach Saos beordern.

Mit steifen Schritten verließ er seine Kabine. Der Gang, den er entlangschritt, war nur stellenweise beleuchtet, und jedesmal, wenn Cardif aus dem Lichtkreis der Lampe trat, warf er einen verzerrten Schatten auf den Boden, der sich sofort wieder auflöste, wenn eine neue Lichtquelle ihre Helligkeit verbreitete. Cardif beobachtete das ständige Wiederkehren seines Schattens mit zusammengekniffenen Augen. Er verzichtete darauf, ein Transportband zu benutzen und folgte weiter dem Gang.

335

Als Thomas Cardif die Zentrale betrat, sagte ihm sein Instinkt, daß etwas Entscheidendes geschehen war. Er konnte nicht feststellen *was,* aber allein das sichere Gefühl steigerte sein krankhaftes Mißtrauen. Betont lässig näherte er sich den Ortungsgeräten. Er stellte fest, daß die arkonidischen Schiffe wieder in Bewegung waren, ohne allerdings in Angriffsformation überzugehen.

„Was bedeutet das, Oberst?" fragte er Claudrin.

„Sie kreisen uns ein", erklärte der Epsalgeborene. „Sie bilden eine undurchlässige Schale um Saos, Sir. Das heißt, daß wir dieses System nicht verlassen können, wenn Atlan uns nicht freiwillig hinausläßt."

Cardif-Rhodan machte eine abfällige Handbewegung.

„Es ist offensichtlich, daß der Arkonide Angst hat", stellte er befriedigt fest. „Wenn er sich seines Sieges so sicher wäre, würde er bestimmt angreifen."

Er wandte sich von Claudrin ab und erblickte zum erstenmal Allan D. Mercant.

„Wo kommen Sie denn her?" entfuhr es ihm.

Der Abwehrchef brachte es fertig zu lächeln. Trotzdem konnte er kaum seine Erschütterung über Rhodans Aussehen verbergen. Der Administrator war zu einem Riesen geworden.

„Ich dachte mir, daß Sie mich hier brauchen könnten", sagte Mercant. „Wenn wir dieses Anti-Nest dort unten angreifen, werde ich Ihnen mit Rat und Tat zur Seite stehen."

„Es gibt also doch noch mutige Terraner!" rief Cardif begeistert. „An Bord der IRONDUKE muß ich mir immer nur zur Vorsicht mahnendes Gejammer anhören."

Mercant reckte sich. Offenbar fühlte er sich geschmeichelt.

Er hätte Schauspieler werden sollen, dachte Claudrin ohne Erheiterung.

„Nur wer handelt, wird Erfolg haben", sagte Mercant und blickte sich angriffslustig um. „Bull und die anderen Offiziere glauben, daß wir nur mit einem Angriff *aller* Schiffe auf diesen lächerlichen Stützpunkt Erfolg haben können."

Rhodan lachte spöttisch. Er klopfte dem kleinen Mann jovial auf die Schulter. Mit gemischten Gefühlen betrachtete Mercant alle Auszeichnungen auf Rhodans Brust. Bisher war es so gewesen, daß sich der Administrator mit einer einfachen Kampfkombi begnügt hatte.

Cardifs verwirrter Geist war nicht mehr in der Lage, die psychologisch raffinierte Falle des Abwehrchefs zu durchschauen. Bewußt hatte Mercant den Widerspruch des Administrators gereizt.

„Alle Schiffe?" wiederholte Rhodan höhnisch. „Ich garantiere dafür, daß wir Saos mit zehn Schiffen nehmen werden."

„Die im Raum stehenden Schiffe werden ein Eingreifen Atlans verhindern", sagte Mercant und gab sich keine Mühe mehr, seine Befriedigung zu unterdrücken.

Mit einer nachlässigen Gebärde brach Cardif das Gespräch ab.

„Wir greifen an!" befahl er.

Mercant und Bully sahen sich nur an, ohne ein Wort zu äußern. Während Rhodan die zehn Invasionsschiffe bestimmte, begann gleichzeitig der Plan Reginald Bulls anzulaufen. An der Spitze der Ausführenden würden die Leutnants Brazo Alkher und Stana Nolinow stehen, die inzwischen an Bord gekommen waren. Beide kannten die Verhältnisse auf dem Anti-Stützpunkt am besten.

Thomas Cardif konnte nicht wissen, daß gleichzeitig mit seinem Angriff auf Saos eine zweite Gruppe landen sollte.

Alles hing jedoch davon ab, wie lange Atlan stillhielt. Seine gewaltigen Robotschiffe lagen rings um Saos, und ihre Geschütztürme kreisten drohend.

Zehn Schwere Kreuzer der Solaren Flotte lösten sich aus dem Verband und stießen in die dünne Atmosphäre des Planeten vor. Ihre Impulstriebwerke ließen die mit Stickstoff geschwängerte Luft erbeben.

Die Auseinandersetzung um Saos hatte begonnen.

Als die Priester an den Ortungsgeräten meldeten, daß sich die arkonidische Flotte zurückzog und kugelförmig um das Saos-System formierte, ahnte Kutlos, daß Gonozal VIII. vorerst nur Zuschauer bleiben würde.

Kutlos gab den Gefehl, alle Abschußbasen zu besetzen und feuerbereit zu machen. Die Verteidigungsanlagen öffneten ihre Schlünde und

337

reckten die Läufe der schweren Strahlbatterien nach oben. Kutlos ließ auch Handstrahler verteilen, denn es würde unweigerlich zu Nahkämpfen kommen. Der Hohepriester gab sich nicht der Illusion hin, die terranischen Schiffe bereits in der Luft abwehren zu können.

Gelassen beobachtete er die Positionsänderungen der arkonidischen Kugelraumer. Es bestürzte ihn nicht, daß der Imperator eine abwartende Haltung einnahm. Seine unerschütterliche Ruhe wirkte sich auf die anderen Priester aus. Willig folgten sie den Anordnungen des Mannes, der in seinem weiten Umhang von Station zu Station eilte, um sich persönlich von dem Verteidigungswillen der Antis zu überzeugen.

Er kehrte in die Bildzentrale der großen Pyramide zurück und hielt eine kurze Ansprache.

„Wir werden diesen Kampf verlieren, wenn Gonozal VIII. uns nicht zu Hilfe kommt", sagte er mit brüchiger Stimme. „Trotzdem wollen wir uns nicht geschlagen geben. Jeder von uns hat die Pflicht, mit aller ihm zur Verfügung stehenden Kraft auszuhalten."

Er kontrollierte die Schußbereitschaft seines Strahlers und nahm vor dem Panoramaschirm Platz. Von allen Seiten wurden ihm Meldungen zugerufen. Jedes Manöver der Raumschiffe wurde beobachtet.

„Kutlos!" rief jemand laut.

Er schreckte auf. Sofort erkannte er, was geschehen war. Der Bildschirm gab deutlich wieder, was sich in den obersten Schichten der Atmosphäre abspielte.

Zehn terranische Schiffe hatten sich von der Flotte getrennt und donnerten der Oberfläche von Saos entgegen. Kutlos rutschte in seinem Sessel nach vorn, bis er dicht vor dem Bildschirm saß. Seine glanzlosen Augen bewegten sich wie farblose Kiesel.

„Verteidigungsanlagen und Abschußbasen – Achtung!" rief er schrill. „Feuerbereitschaft!"

Die Bestätigungen kamen sofort. Die Antis hinter den schweren Strahlgeschützen und an den Abschußrampen der Abwehrtorpedos machten sich bereit. Noch einmal erwachte die Station auf Saos zu hektischem Leben.

Aus allen Lautsprechern ertönte Kutlos' ruhige Aufforderung:

„Bereitet ihnen einen Empfang, den sie so schnell nicht vergessen werden."

Dann stand er auf, rief ein paar Männer zusammen und führte sie hinaus, um dort den Kampf aufzunehmen.

„Es geht los!" rief Leutnant Stana Nolinow und schaltete den Antrieb des kleinen Schiffes ein. Die gewaltigen Luftschleusen des Hangars hatten sich geöffnet.

Bulls sommersprossiges Gesicht erschien auf dem Bildschirm.

„Sie wissen, was für uns auf dem Spiel steht", sagte er ernst. „Gehen Sie kein unnötiges Risiko ein. Unsere zehn Schiffe sind mit heftigem Abwehrfeuer empfangen worden. Die Schlacht kann sich noch über eine Stunde hinziehen. Sie kennen Ihre Aufgabe."

„Verlassen Sie sich auf uns!" rief Nolinow.

„Ein runder Kuppelbau wurde gerade zerstört", berichtete Bull.

„Das kann nur eine der vier Kraftstationen der Antis gewesen sein", meinte Alkher.

„Starten Sie jetzt!" befahl Bull. „Viel Glück."

Der Bildschirm wurde dunkel. Die „Kaulquappe" F-32 fegte aus dem Hangar und stieß in den Raum um Saos. An Bord befanden sich 32 Mann, die auf besonderen Befehl Reginald Bulls und Allan D. Mercants handelten. Das Einsatzkommando war mit den neuen Kombiladern ausgerüstet.

Der Auftrag der beiden Leutnants war klar umrissen: Nolinow und Alkher, die sich auf Grund ihrer Gefangenschaft auf Saos gut auskannten, sollten versuchen, während des allgemeinen Durcheinanders den Hohenpriester dieses Anti-Stützpunkts gefangenzunehmen. Durch ein Verhör dieses wichtigen Mannes erhofften sich Bull und Mercant wichtige Rückschlüsse über den sagenumwobenen Planeten Trakarat, der identisch mit der Hauptwelt der Baalol-Sekte sein sollte.

Bull und Mercant bezweifelten, daß Rhodan bei seinem Frontalangriff auf den Stützpunkt zum Erfolg kommen würde. Deshalb hatten sie den beiden Leutnants die „Kaulquappe" zur Verfügung gestellt. Dreißig entschlossene Männer begleiteten die beiden Offiziere, die ihre Laufbahn an Bord des ersten Linearschiffs FANTASY begonnen

339

hatten. Mutanten befanden sich nicht bei dieser Gruppe, da ihr Einsatz gegen die paramentalen Fähigkeiten der Antis sinnlos gewesen wäre.

Stana Nolinow steuerte das kleine Schiff in weiten Schleifen in die Atmosphäre des Planeten. Die Kaulquappe würde nicht landen. Alle Männer trugen arkonidische Kampfanzüge, die ihnen einen Absprung aus großer Höhe ermöglichten.

Der Autopilot würde die „Kaulquappe" zurück in den Hangar des Mutterschiffs steuern. Über Funk konnten die Männer das Schiff jederzeit wieder zurückholen.

Brazo Alkher beobachtete die Ortungsgeräte.

„Die Antis scheinen nicht an eine Kapitulation zu denken", sagte er.

„Vielleicht hoffen sie noch immer, daß ihnen Atlan zu Hilfe kommt", meinte Stana Nolinow.

Alkher kratzte sich überlegend an seinem Hinterkopf. Nachdenklich sah er seinen Freund an.

„Es wird am besten sein, wenn wir in der Nähe des Raumhafens abspringen", schlug er vor. „Der Hauptkampf dürfte um die Pyramide und die Kraftwerke entbrennen."

Stana Nolinow ließ die „Kaulquappe" dem Boden entgegensinken. Alkher, der die Geräte beobachtete, winkte ihm mit der Hand zu und sagte: „Wir sind tief genug, Stana."

Nolinow schaltete auf automatische Steuerung um und ließ das Schiff auf seinen Antigravfeldern schweben.

„Wir steigen aus, Sir!" rief er in das Rillenmikrophon.

Gelassen erwiderte Bull von der fernen IRONDUKE: „Gut, Leutnant. Wir holen die F-32 zurück."

Brazo Alkher hakte den Kombilader in den Gürtel seines Kampfanzugs.

„Wir springen in Abständen von drei Sekunden aus der Schleuse!" befahl er den Männern. „Sollte der Raumhafen unbewacht sein, fliegen wir sofort zur Hauptstation weiter. Bis wir dort angekommen sind, werden die ersten Raumlandeeinheiten ihre Schiffe verlassen haben."

Die 32 Männer versammelten sich in der Schleuse. Alkher, der ganz vorn stand, nickte Nolinow zu. Für einen Moment zeichnete sich seine hagere Silhouette noch vor dem Hintergrund der trüben Atmosphäre ab, dann war er verschwunden.

„Ihm nach!" rief Nolinow mit heiserer Stimme.

Als er den anderen nachsprang, sah er in der Ferne einen gewaltigen Lichtblitz aufleuchten, dem ein anhaltendes Donnern folgte.

„Die zweite Kraftstation, Stana!" rief Alkher über den Sprechfunk.

Nolinow breitete seine Arme aus, obwohl das vollkommen unnötig war. Der Antrieb hielt ihn sicher in der Luft. Als er sich umwandte, war die F-32 bereits zu einem kleinen Punkt geworden, der rasch verschwand.

Der Kampflärm wurde immer lauter. Das dröhnende Geräusch, das sich immer wieder gegenüber dem zischenden Brüllen der Energiewaffen durchsetzte, waren die Impulstriebwerke der Kreuzer.

Nolinow schüttelte seinen Kopf. Für ihn war es unverständlich, daß Rhodan die Schiffe hier niedergehen ließ. Warum hielt er sie nicht über der Station und befahl den Mannschaften abzuspringen? Später stellte sich heraus, daß nur zwei der Kreuzer auf Saos gelandet waren und das nur, weil sie durch den unerhört starken Beschuß der Antis manövrierunfähig geworden waren.

Leutnant Brazo Alkher, der an der Spitze der kleinen Gruppe flog, sah die ebene Fläche des Raumflugfelds hinter den Bergen auftauchen. Wie Spielzeuge muteten die Transportschiffe der Antis an, die notgedrungen dort ihr Schicksl erwarteten. Noch immer leisteten die Priester heftigen Widerstand.

Alkher landete zuerst. Er war genau zwischen zwei Schiffen niedergegangen. Kein Anti war zu sehen. Nach und nach versammelten sich alle Männer des Einsatzkommandos um ihn. Nolinow erschien als letzter, seine untersetzte Gestalt blieb ständig in Bewegung. Er lief über den Stahlplastikboden zum Bug des Baalol-Schiffes und ließ sich dort mit Hilfe seines Anzugs in die Höhe treiben, so daß er einen Überblick über das gesamte Raumfeld gewann.

„Wie ausgestorben", meldete er Alkher. „Sie haben ihre Verteidigung auf die Hauptstation konzentriert."

Sie schwebten dem Ort entgegen, wo sich die Terraner und Antis ineinander verbissen hatten.

341

Der Luftdruck der zweiten Explosion war so stark, daß Kutlos glaubte, die Lungen würden ihm zerquetscht. Er schnappte nach Luft und warf sich auf den Rücken. Das Prasseln niederregnender Steine wurde hörbar. Kutlos richtete sich auf den Ellenbogen auf und versuchte, durch den aufgewirbelten Staub etwas zu sehen.

Die Terraner griffen an, obwohl die arkonidische Flotte, von der Kutlos Hilfe erwartet hatte, im Raum um Saos stand.

Er erhob sich und schwankte einen Augenblick zwischen den Resten der Mauer.

Eine Gruppe schwerbewaffneter Priester rannte ihm entgegen.

„Hierher!" schrie Kutlos. „Folgt mir! Wir müssen zum Raumhafen!"

Keiner schien ihn wiederzuerkennen, denn die Männer blieben mißtrauisch stehen und brachten ihre Waffen in Anschlag. Kutlos blickte an sich herunter und sah den Staub und den Dreck und sein zerfetztes Gewand.

„Es ist der Hohepriester!" rief einer der Antis.

Kutlos fuhr mit der glatten Hand über sein Gesicht, das sich anfühlte, als wäre es von einem pelzigen Belag bedeckt. Er schaute durch eines der Seitenfenster hinaus, gerade in dem Augenblick, als ein Flachbau in der Nähe explodierte.

„Zum Raumhafen!" rief Kutlos wieder.

Von allen Seiten drang ätzender Brandgeruch in den Gang ein, weiter vorn quoll eine schwarzgraue Wolke durch ein Loch und versperrte vollkommen die Sicht.

Die Gruppe der bewaffneten Antis schloß zu ihm auf, und er rannte an ihrer Spitze weiter. Jemand schob ihm von hinten eine Waffe unter den Arm, er umklammerte sie während des Laufens, und der Druck ihres harten Metalls an seiner Hüfte beruhigte ihn. Die Männer hinter ihm husteten und keuchten, der beißende Qualm trieb ihnen Tränen in die Augen, und sie stolperten über Mauerreste und große Steine.

Die Wucht des terranischen Angriffs konzentrierte sich auf die Hauptstation, das war Kutlos klar. Es waren auch nur wenige Schiffe der Solaren Flotte, die den Stützpunkt beschossen. Das konnte bedeuten, daß die Hauptmacht der terranischen Flotte in Kämpfe mit arkonidischen Einheiten verwickelt war. Das war ein befriedigender

Gedanke für Kutlos, obwohl er für seine Richtigkeit keine Beweise besaß.

Seine Überlegungen wurden unterbrochen, als ganz in der Nähe mehrere Männer durch die geborstenen Mauern in den Gang eindrangen. Sie waren in Qualm und Staubwolken kaum zu erkennen. Auf jeden Fall bedeuteten sie eine wertvolle Verstärkung für seine Gruppe.

Doch dann blieb Kutlos stehen.

Das waren keine Diener der Baalol-Sekte, es waren auch keine Arkoniden, auf deren Eingreifen Kutlos wartete.

Es waren Terraner.

Rein automatisch schaltete der Hohepriester seinen Individualschirm ein und eröffnete das Feuer.

Sie landeten in der Nähe der dritten Kraftstation. Nolinow tauchte neben Alkher auf. Er war schweißüberströmt, trotzdem grinste er.

„Bekanntes Gebiet!" rief er Brazo zu. „Hier waren wir als Gefangene!"

Alkher blickte sich sichernd um. Noch hatte Rhodan keine Truppen gelandet. Das Abwehrfeuer der Antis wurde bereits schwächer. Ein Raumfahrer schob sich neben Alkher und sagte: „Dort drüben, Sir. Die Mauern sind eingefallen, und wir können eindringen, ohne uns erst einen Weg freischießen zu müssen."

„Mitchum!" rief Alkher.

Der Mann erschien an seiner Seite und blickte ihn abwartend an.

„Nehmen Sie drei Mann und erkunden Sie die zerstörte Mauer. Wenn es dahinter ruhig ist, werden wir sie als Eingang benutzen."

„Jawohl, Sir", sagte Mitchum und rief drei der Soldaten zu sich.

Alkher beobachtete, wie die vier davonrannten, die Kombilader schußbereit in den Händen. Sie kletterten über die Trümmer, und Mitchum schob sich als erster in das Innere des Gebäudes. Gleich darauf erschien er wieder und winkte mit seinen langen Armen.

„Keine Gefahr", bemerkte Nolinow trocken, obwohl im selben Augenblick in unmittelbarer Nähe ein kleines Depot unter einem Impulsstrahl auseinanderschmolz. Die Gefahr, von dem Beschuß der eigenen Schiffe getroffen zu werden, war im Augenblick größer als die, die von den voll und ganz mit der Verteidigung beschäftigten Antis drohte.

Leutnant Brazo Alkher hob seine Waffe.

„Es geht los!" rief er laut.

Mitchums lange Figur war von Rauch und Staub halb verdeckt, als sie bei ihm ankamen.

„Alles in Ordnung, Sir", meldete er. „Dort drinnen", er zeigte mit seinem Daumen hinter sich, „ist alles ruhig."

Sie zwängten sich durch die herausgesprengte Öffnung und wurden von einem dunsterfüllten Gang aufgenommen, in dem sie nicht weiter als zwanzig Meter sehen konnten.

„Sir, es würde ge . . .", begann Mitchum. Was immer er hatte sagen wollen, er konnte es nicht mehr zu Ende sprechen. Bestürzt sah Alkher die Arme des Mannes durch die Luft wirbeln, dann sackte Mitchum in sich zusammen.

Vor ihnen, aus den undurchsichtigen Wolken, tauchten verschwommene Gestalten in wallenden Gewändern auf.

„Die Antis!" schrie Nolinow.

Alkher handelte beinahe instinktiv. Mit einem einzigen Satz warf er sich hinter der Mauer in Deckung und brachte den Kombilader in Anschlag. Jemand stieß einen schmerzerfüllten Schrei aus, und der Gang war erfüllt von dem dröhnenden, zischenden Lärm der Waffen. Alkher fühlte ein schmerzhaftes Ziehen in seiner Magengegend. Vor ihm, auf dem Boden, lagen vier Terraner, die sich nicht schnell genug in Sicherheit hatten bringen können. Der Leutnant biß sich auf die Lippen.

Als er zum erstenmal getroffen wurde, wußte Kutlos, daß er die Raumschiffe nicht mehr lebend erreichen würde. Sein Individualschirm war gegen die Waffen, die die eingedrungenen Terraner benutzten, ein unzureichendes Abwehrmittel. Bewegungslos lag er hinter den Resten eines Schaltschranks und preßte sein Gesicht gegen die kühle, glatte Oberfläche des Metalls. Gonozal VIII. hatte sie im Stich gelassen, der Plan des Hohen Baalol war fehlgeschlagen.

344

Direkt neben ihm stöhnte jemand. Kutlos löste sich von dem Schaltschrank, während die Schmerzen durch seinen Körper tobten, und blickte über das Gewirr aufgespulter Drähte, Wicklungen und zerplatzter Röhren. Bevor er den Verletzten sehen konnte, wurde er zum zweitenmal getroffen. Diesmal spürte er fast gar nichts, nur die Tragfähigkeit seiner Beine ließ schnell nach.

Wieder stöhnte der Unbekannte. Kutlos umklammerte zwei Sicherungen und zog sich daran über die polierte Oberfläche des Schrankes. Dann ließ er sich vornüberkippen und landete auf dem Boden. Er sah niemanden. In seinem Unterkörper breitete sich ein eigenartiges Gefühl aus, fast schien es ihm, als seien seine Beine aus Wachs.

Er begann sich zu wundern, daß niemand in seiner Nähe war, der den Terranern Widerstand leistete.

„Sie sind geflohen", stellte er verbittert fest.

Jetzt bemerkte er auch, daß die Geräusche des Kampfes innerhalb des Ganges verstummt waren.

Schritte näherten sich. Kutlos versuchte mit aller Kraft aufzustehen, aber er kam nicht mehr hoch. Die Anstrengung erschöpfte ihn so, daß er die Augen schließen mußte.

Jemand zerrte den zerstörten Schaltschrank vor ihm weg, das Getöse des Blechgehäuses, das über die Steine davongeschleift wurde, erschien ihm unbeschreiblich laut.

Er öffnete die Augen und sah eine Reihe von Stiefeln. Als sein Blick höher glitt, sah er die Männer, die diese Stiefel trugen, und ihre Gesichter, weit über sich, wie durch einen Nebel: Terraner.

Eines der Gesichter kam näher zu ihm herab, hager und kantig, mit braunen, ernsten Augen. Irgendwie kam ihm dieser Mann bekannt wor. Und dann fiel es ihm ein: Das war einer der beiden Gefangenen, die sie hatten entkommen lassen.

„Kutlos!" rief der Terraner in Interkosmo.

„Ich höre dich", erwiderte der Anti. „Was immer du von mir willst, beeile dich, dein Verlangen zu äußern, denn ich werde nicht mehr lange leben."

Brazo Alkher musterte ihn rasch. Soweit er sehen konnte, hatte der Priester zwei Schüsse in den Leib erhalten. Der Leutnant zog seine Augenbrauen zusammen. Mit Gewalt unterdrückte er seine Gefühle.

„Ist der Planet Trakarat identisch mit der Hauptwelt der Baalol-Sekte, Kutlos?" fragte Brazo.

Kutlos nickte nur, denn das Sprechen bereitete ihm Schwierigkeiten.

„Kannst du uns die Positionsdaten von Trakarat oder andere Auskünfte über die Welt geben?" erkundigte sich der Leutnant hastig.

„Ich könnte", sagte Kutlos mühsam.

„Sprich!" forderte der Terraner.

Kutlos weigerte sich.

„Nein", sagte er einfach.

Das war die letzte Äußerung vor seinem Tod.

Kurz darauf sank sein Kopf nach hinten, und der Blick seiner Augen wurde starr. Brazo Alkher ließ von ihm ab und erhob sich. Er schluckte krampfhaft.

„Es war alles umsonst", sagte er verzweifelt.

Die Verteidigungslinien der Baalols brachen allmählich zusammen, und der von Rhodan gesteuerte Angriff rollte mit aller Wucht gegen die letzten Befestigungen.

Das Einsatzkommando unter der Führung der Leutnants Alkher und Nolinow zog sich zum Raumhafen zurück. Fünf Männer waren in den Ruinen zurückgeblieben, für sie gab es keine Rettung mehr. Zwei Schwerverletzte wurden vorsichtig mittransportiert. Das Gefühl, daß ihr Versuch, Informationen über Trakarat zu erhalten, gescheitert war, noch zudem unter Opfern, bedrückte die Männer.

„Vielleicht hat Rhodan mehr Glück als wir", hoffte Nolinow schließlich.

Alkher blieb skeptisch.

„Die Antis kämpfen verzweifelt, und unsere Kreuzer gehen nicht gerade schonend mit ihnen um."

„Da!" schrie Nolinow plötzlich.

Brazo Alkher fuhr herum. Quer über den freien Platz rannten zwei Gestalten, die nicht die Tracht der Priester trugen. Offensichtlich waren beide Männer auf der Flucht, und ihr Ziel konnte nur der Raumhafen sein.

„Verfolgt sie!" befahl Brazo Alkher.

Nach zehn Minuten hatten sie die beiden Flüchtlinge festgenommen. Es waren große, verwildert aussehende Gestalten, denen die Angst in den Augen geschrieben stand.

Es waren zwei Springer.

Brazo Alkher trat vor und schlug einem der Springer derb auf die Schulter.

„Wir sind friedliche Händler", sagte der Mann. „Wir haben mit dieser Angelegenheit nichts zu tun."

Sein Begleiter nickte bekräftigend. Alkher dachte spöttisch, daß die Friedensliebe der Galaktischen Händler immer dann zu bemerken war, wenn ihr Leben bedroht wurde.

„So ist das?" fragte Nolinow in gespieltem Erstaunen und trat neben seinen Freund. Er hielt den Gefangenen seinen Kombilader entgegen.

„Also", sagte er scharf, „wie steht es wirklich mit eurer Friedensliebe, ihr Unschuldslämmer?"

Ein Mensch, der Stana Nolinow nicht genau kannte, hätte zweifellos in diesem Moment Furcht vor ihm empfunden. Seine Augen glitzerten gefährlich, und seine Gesichtsmuskeln hatten sich verkrampft.

Die bereits eingeschüchterten Springer zuckten zusammen. Sie dachten verzweifelt über eine Möglichkeit des Entkommens nach.

„Wir werden jede Information preisgeben, die wir besitzen", beeilte sich einer der Händler zu sagen.

„Wir suchen einen bestimmten Planeten", setzte Alkher das Verhör fort. „Es soll sich um die Hauptwelt der Baalol-Sekte handeln. Der Planet heißt Trakarat. Was wißt ihr über ihn?"

Mit einem Seitenblick auf Nolinows drohende Waffe entgegnete der Mann: „Wir haben gehört, daß sich die Priester oft über diesen Planeten unterhalten haben. Wir kennen die Position dieser Welt nicht, aber es muß sich um eine seltene Erscheinung handeln."

„Was heißt das?" fragte Nolinow drängend.

„Trakarat besitzt einen doppelten Ring, ähnlich wie ein Planet des Solsystems", berichtete der Springer. „Ich glaube, ihr nennt ihn Saturn."

Alkher nickte. Der Händler zögerte, doch dann fuhr er fort: „Trakarat umkreist eine rote Doppelsonne, zusammen mit fünfzehn weiteren Planeten. Der Name der Sonne ist Aptut. Nach den Gesprä-

347

chen der Priester zu schließen, muß sie nahe dem Milchstraßenzentrum stehen."

Die beiden Leutnants wechselten einen Blick. Nolinow ließ seine Waffe sinken. Die Erleichterung darüber war den Springern deutlich anzumerken.

„Wir werden euch so lange gefangenhalten, bis sich die Richtigkeit eurer Angaben bestätigt hat", erklärte Alkher. „Wenn ihr uns Lügen erzählt habt, dann wird euch nichts anderes übrigbleiben, als diese auf dem schnellsten Weg zu berichtigen."

Innerlich war er bereits von der Wahrheit der Informationen überzeugt. Die Angst der beiden Händler war viel zu groß, als daß sie riskiert hätten, die Terraner durch falsche Aussagen zu reizen.

„Wir werden die IRONDUKE rufen", wandte sich Alkher an Nolinow. „Bull und Mercant werden sich über unseren Erfolg freuen. Immerhin wissen wir schon eine ganze Menge, und ein System, wie Aptut es darstellt, ist ziemlich auffällig."

„Sie sollen uns die ‚Kaulquappe' schicken", sagte Nolinow. „Unsere Mission auf Saos ist beendet."

Mit diesen Worten betätigte er das Funkgerät. Sie befanden sich jetzt bereits außerhalb des Gebiets, das unter dem Zermürbungsfeuer der Kreuzer lag. Es konnte sich nur noch um Minuten handeln, bis der letzte Widerstand der Antis gebrochen war und Rhodan in die Trümmer der Station eindringen würde.

Er kletterte über Berge von Schutt, torkelte zwischen eingestürzten Wänden weiter und zwängte sich durch Engpässe. Längst achtete er nicht mehr darauf, ob ihm die Truppe noch folgte. In seinen Ohren war ein ständiges Summen, das alle anderen Geräusche übertönte. In dem seltsamen Zwielicht der vernichteten Pyramide tauchten unzählige Gänge und Schächte auf, aufgesprengte Lifts und zu Fragmenten zerrissene Treppen.

Thomas Cardif fühlte einen stechenden Schmerz in seiner Herzgegend und mußte stehenbleiben. Schweiß bedeckte seinen Körper, rann zwischen den Augenbrauen hindurch und brannte in den Augen. Plötzlich fühlte er, daß Menschen um ihn waren, er spürte ihre

Anwesenheit, und als er sich mit grimmigem Gesicht umwandte, sah er sie stehen. Schulter an Schulter, die Kombilader in halber Höhe haltend, stumm, mit verengten Augen und zusammengekniffenen Lippen hatten sie sich hinter ihm versammelt.

Die Rauminfanteristen der Solaren Flotte. Da fühlte Cardif zum erstenmal, was es für ihn bedeutet hätte, *wirklich* Perry Rhodan zu sein. Da folgten ihm diese Männer in einen Kampf, den sie alle für sinnlos hielten, kämpften an seiner Seite für ein Symbol, das Perry Rhodan hieß.

Mit hängenden Armen sah Cardif über die Soldaten hinweg. Ein salziger Geschmack war in seinem Mund.

Cardif blickte sich um. Zuerst sah er das gleiche Bild, das er bereits kannte – grauer Schutt und wüste Zerstörung.

Dann erblickte er den Anti – eine dunkle Gestalt in einer dunklen Umgebung, die bewegungslos in den Resten eines Sessels hockte und ihn anstarrte.

Der Baalol war alt, einer der ältesten, die Cardif je gesehen hatte.

Der Alte war noch am Leben, und seine farblosen Augen starrten Cardif fasziniert an. Plötzlich ahnte Cardif den Grund, und er hob seinen Kombilader.

Er weiß genau, wer vor ihm steht, dachte er. Er kann mich verraten, und alles ist aus.

Doch der Alte schwieg, und Cardif, der beinahe auf ihn geschossen hätte, ließ seine Waffe wieder sinken. Seine Verzweiflung war so groß und seine geistige Verwirrung so weit fortgeschritten, daß er ohne Skrupel auf diesen Mann gefeuert hätte.

„Wo finden wir den Hohenpriester?" fragte Cardif energisch.

Der Anti sah ihn ausdruckslos an.

„Wer will das sagen." Seine Stimme war so leise, daß sich Cardif vorbeugen mußte, um sie zu verstehen. „Die Gefilde des Todes sind weit und endlos, Kutlos kann überall sein."

„Lebt noch einer seiner Stellvertreter?"

„Ja", sagte der Alte, „ich."

„Ich muß die Position des Planeten Trakarat wissen, alter Mann", sagte Cardif eindringlich. „Sage sie uns, und wir lassen dich frei."

„Freiheit", sagte der Anti nachdenklich. „ist ein vager Begriff.

349

Welche Form der Unfreiheit sollte einen alten Mann wie mich noch schrecken?"

Cardif schrie den Priester an: „Die Position, heraus damit!"

„Ich bin müde, quäle mich nicht", sagte der Alte.

Cardif machte Anstalten, sich auf den Wehrlosen zu stürzen.

Der Anti schloß seine Augen und lehnte sich in die aufgeplatzte Kopfstütze des Sessels zurück. Er verschränkte beide Arme über der Brust, und sein Gesicht blieb ausdruckslos.

Da wußte Thomas Cardif, daß er von dem alten Priester nichts über die Position des Planeten erfahren würde – von ihm nicht und von keinem anderen Anti, den sie vielleicht noch zwischen den Trümmern finden würden.

Seine erhobene Hand fiel kraftlos nach unten.

Leutnant Brazo Alkher machte eine abschließende Handbewegung und nickte Reginald Bull zu. „Das ist alles, was wir von den Springern erfahren haben, Sir."

Die beiden Leutnants waren in die Zentrale der IRONDUKE zurückgekehrt und hatten Bull, Mercant und den Offizieren Bericht erstattet. Allan D. Mercant rieb nachdenklich sein Kinn.

„Es ist immerhin etwas, aber viel können wir damit nicht anfangen", sagte er langsam. „Es bestünde vielleicht eine Möglichkeit, daß das Robotgehirn auf Arkon etwas mit den Daten anfangen könnte."

„Dazu müßten wir Atlans Unterstützung in Anspruch nehmen", wandte Bully ein. „Er wird nach Lage der Dinge nicht in freundlicher Stimmung sein, obwohl er seine Robotschiffe zurückgehalten hat."

Claudrin mischte sich ein. „Ich finde, daß wir sogar verpflichtet sind, dem Arkoniden von dem Erfolg unseres Einsatzes zu berichten, denn nur durch sein Stillhalten konnten wir ihn durchführen", sagte er.

„Nun gut, Jefe", stimmte Mercant zu. „Stellen Sie eine Verbindung zu Atlan her."

Mit brennenden Augen hatte General Alter Toseff die Geschehnisse auf den Bildschirmen verfolgt und darauf gewartet, daß Gonozal VIII. eingreifen würde. Aber der Imperator hatte in Gedanken versunken dagesessen und stumm beobachtet. Toseff wagte nicht, den Unsterblichen aus seiner Versunkenheit zu reißen, aber er fühlte einen dumpfen Groll gegen die Terraner, die in Anwesenheit eines arkonidischen Flottenverbands einen Planeten des Großen Imperiums angegriffen hatten.

Hätte General Toseff geahnt, daß Atlan seinen ehemaligen Verbündeten im stillen Glück wünschte, damit sie Perry Rhodan helfen konnten, seine Verstimmung wäre wahrscheinlich noch stärker gewesen.

Das Summen der Funkanlage unterbrach Toseffs düstere Gedanken. Er schaltete das Gerät mit Bildempfang ein, um den Anruf entgegenzunehmen. In diesem Augenblick erwachte der Imperator aus seiner Bewegungslosigkeit und trat neben Toseff.

„Lassen Sie nur, General", sagte er.

Das offene Gesicht Reginald Bulls wurde sichtbar. Hinter ihm standen Allan D. Mercant und Claudrin, der Kommandant der IRONDUKE. Atlan konnte sein Sympathiegefühl für diese Männer einfach nicht unterdrücken.

„Nun?" erkundigte er sich.

Bully blickte ihn unsicher an und räusperte sich durchdringend.

„Perry hat den Stützpunkt auf Saos zusammengeschossen", brach es dann aus ihm hervor, und die Mißbilligung, die er dieser Aktion entgegenbrachte, war deutlich aus seinem Ton herauszuhören. „Er wird bald an Bord zurückkommen, ohne die gewünschten Informationen erhalten zu haben. Mein eigener Plan wickelte sich etwas erfolgreicher ab. Die Leutnants Alkher und Nolinow haben zwei Springer gefaßt, die etwas über die Hauptwelt der Baalol wußten."

„Um welche Welt handelt es sich?" fragte Atlan.

„Der Name der Sonne, um die der Planet kreist, lautet Aptut. Es soll sich um eine rote Doppelsonne handeln. Trakarat, wie die Welt heißt, soll einen ähnlichen Ring wie Saturn besitzen."

Atlan wechselte einen Blick mit General Alter Toseff. Der schüttelte seinen Kopf.

„Ich habe nie von einem solchen System gehört", sagte der Imperator.

„Es soll sich nahe dem Milchstraßenzentrum befinden", berichtete Mercant. „Obwohl es dort nicht gerade an Sternen mit Planeten fehlt, ist dieses System derart auffällig, daß es vielleicht als Orientierungspunkt katalogisiert wurde. Auf jeden Fall müßte in den Speicherbänken des Robotregenten etwas darüber enthalten sein."

Hastig fügte Bully hinzu: „Wir wollten dich darum bitten, uns bei der Suche nach Trakarat zu unterstützen. Mit Hilfe des Regenten wird es bestimmt leichter sein, die Anhaltspunkte auszuwerten."

Ohne zu zögern versicherte Atlan: „Ich werde alles tun, um den Standort dieses auffälligen Sonnensystems herauszufinden."

Die dankbaren Blicke der Terraner taten ihm gut. Dort waren immer noch seine Freunde, die ihm in jeder gefährlichen Situation helfen würden.

„Wir werden dir alles übermitteln, was wir von den beiden Springern erfahren haben", kündigte Bully an. „Du erhältst eine genaue Aufzeichnung des gesamten Verhörs."

„Jeder noch so kleine Anhaltspunkt kann wichtig sein", erinnerte Atlan. „Man sollte die Händler erneut vernehmen."

„Eines verspreche ich Ihnen, Imperator", sagte Mercant feierlich. „Wenn diese Aktion hier beendet ist, die auf diese Art keiner von uns herbeiführen wollte, wird die Terraflotte aus dem Hoheitsgebiet des Großen Imperiums sofort abgezogen werden. Alle Terraner, die für Arkon arbeiteten, müssen an ihre Plätze zurückkehren."

Sie besprachen weitere Einzelheiten, bis Major Krefenbac meldete, daß die zehn Kreuzer wieder zu dem Hauptverband aufgeschlossen und Perry Rhodan mit einem Gleiter zur IRONDUKE zurückkehrte. Auf Wunsch Reginald Bulls wurde daraufhin das Gespräch unterbrochen.

Atlan, den die Schilderungen über Rhodans Krankheit mehr und mehr besorgten, beschloß, seinen alten Freund persönlich anzurufen, wenn dieser wieder das Kommando in der IRONDUKE übernommen hatte. Selbst Bullys Einwände konnten ihn von diesem Vorsatz nicht abbringen.

„Ein Krieg zwischen den beiden Imperien wurde noch einmal

verhindert", sagte Atlan zu General Toseff, als die Verbindung zu dem Terraschiff abgerissen war.

„War der Preis nicht ein bißchen zu hoch, Euer Erhabenheit?" fragte Toseff.

„Unser Prestige bleibt gewahrt, denn die Schiffe der Solaren Flotte werden abziehen, und wir können es als einen militärischen Erfolg buchen, der ohne Blutvergießen erzielt wurde."

Man konnte dem General deutlich ansehen, daß er gerne widersprochen hätte, aber entweder war er seiner Sache nicht sicher, oder seine Scheu vor Atlan war zu groß.

Schließlich sagte Atlan: „Ich bin davon überzeugt, daß, wenn Rhodan wieder gesund ist, die alten freundschaftlichen Verhältnisse schnell wieder gefestigt sein werden. Dann ersparen wir uns die Lieferung von tausend Raumschiffen an Akon. Die terranischen Helfer werden an ihre Plätze zurückkehren, und das gegenseitige Vertrauen wird sich noch verstärken. Glauben Sie mir, General, ohne Terraner können wir das Große Imperium nicht halten, wir brauchen ihre Verstärkung, um nicht endgültig in unzählige Reiche zu zerfallen."

„Ich hoffe, daß Sie recht behalten, Euer Erhabenheit", sagte Toseff.

„Ich will nun meinen kranken Freund sprechen", erklärte Atlan. „Versuchen Sie, die IRONDUKE zu erreichen, General."

Als der Bildschirm nach wenigen Sekunden zu flimmern begann, konnte Atlan nicht verhindern, daß sich sein Magen vor gespannter Erregung verkrampfte. Irgendwie war es ein eigenartiges Gefühl für ihn, Rhodan auf diese Weise wiedersehen zu müssen.

Wie würde Perry Rhodan auf seinen Anruf reagieren?

Die Mattscheibe wurde klar, und Atlan konnte in die Zentrale der IRONDUKE sehen. Im Hintergrund erkannte er einige Offiziere, die an den Kontrollgeräten arbeiteten.

Dann schob sich jemand von der Seite vor den Bildschirm, und Atlan öffnete in stummem Entsetzen seinen Mund, um ein gestammeltes „O nein!" hervorzustoßen. Er mußte sich zwingen, weiter auf dieses ungeheuerliche Bild zu blicken und jenen Mann anzusehen, der einmal Perry Rhodan gewesen war.

Der Erste Administrator der Erde war zu einem Riesen geworden, zu einem formlosen Wesen mit einem aufgedunsenen Gesicht.

„Was willst du?" kam es über die Sprechübertragung.

Der Imperator konnte nur weiter voller Erschütterung auf den Terraner starren.

„Perry!" stöhnte er. „Ich wußte nicht, daß es so schlimm ist."

„Erspare dir dein mitleidiges Geschwätz, Arkonide", erwiderte Cardif-Rhodan zornig. „Wenn du Wünsche vorzubringen hast, dann beeile dich und halte keine rührseligen Reden."

Stumm duldete Atlan diese Beschimpfungen. Er sah nicht, wie die Knöchel General Toseffs weiß wurden, als dieser seine Hände vor Empörung um die Griffe des Schaltpults klammerte. In diesem Augenblick schwor sich Atlan, daß er seinem verunstalteten Freund helfen würde, was immer es ihn kosten sollte.

„Du kannst mit meiner vollen Unterstützung rechnen, Perry", sagte er leise und schaltete das Gerät ab, bevor ihn Rhodan weiter beleidigen konnte.

„Das dürfen Sie sich nicht gefallen lassen, Imperator!" rief Toseff unbeherrscht.

Vor Atlans geistigem Auge rollten noch einmal all jene Abenteuer ab, die er zusammen mit Rhodan ausgestanden hatte. Er erinnerte sich an ihre Zweikämpfe, und er dachte an ihr stummes Verstehen, das sich im Lauf der Zeit zwischen ihnen entwickelt hatte. *Darüber* wußte der General nichts.

„Er ist mein Freund, General, und ich werde alles tun, um ihn zu retten."

36.

In den nächsten Wochen gelang es Bully und den anderen Freunden Perry Rhodans, die terranischen Raumschiffe aus dem Bereich des Großen Imperiums wieder abzuziehen und die terranischen Spezialisten nach Arkon zurückzuschicken, ohne daß der kranke Erste Administrator Notiz davon nahm.

Cardif-Rhodan war fast ausschließlich mit sich selbst und seinen ureigensten Problemen beschäftigt. Wenn er überhaupt Fragen stellte, dann bezogen sie sich auf die Antis und deren geheime Stützpunktwelt Trakarat.

Auch als Bully an diesem Morgen zu einem seiner üblichen Routinebesuche bei Cardif-Rhodan vorsprach, brütete der Erste Administrator dumpf vor sich hin. Die Zellexplosion war weiter fortgeschritten und entstellte ihn zunehmend. Er wußte, daß Bully in den vergangenen Tagen heimlich versucht hatte, Wanderer einen Besuch abzustatten und *ES* um Hilfe zu bitten. Doch sein Stellvertreter war unverrichteter Dinge zurückgekehrt; er hatte Wanderer nicht an jenem Koordinatenpunkt vorgefunden, wo er nach den Angaben der Venuspositronik eigentlich hätte stehen sollen.

Cardif-Rhodan ahnte, daß *ES* sich von ihnen abgewandt hatte. Den Grund dafür konnte er leicht erraten.

Bully schaute sich in dem Raum, der einer verwüsteten Höhle glich und von Cardif-Rhodan kaum noch verlassen wurde, lange um, bevor er zu sprechen begann.

Seine Worte jedoch versetzten den falschen Rhodan in höhste Alarmbereitschaft.

„Atlan hilft uns bei der Suche nach Trakarat", erklärte der untersetzte Mann. „Bei einem unserer Gespräche hat er mich noch einmal darauf hingewiesen, daß sein Zellaktivator auf seine Individualimpulse abgestimmt ist. Wäre es nicht möglich, daß das bei deinem Gerät auch der Fall ist?"

Cardif-Rhodan musterte ihn mißtrauisch. Er witterte eine Falle. „Worauf willst du hinaus?"

„Bei der Hypnobehandlung, die dir die Antis auf Okul verpaßt haben, wurden deine Individualschwingungen leicht verändert", meinte Bully.

„Nun gut", sagte Cardif-Rhodan. „Ich hatte *ES* gebeten, meinen Aktivator auf meine Individualschwingungen einzustellen. Das Gerät wurde im Physiotron programmiert."

„Und das Physiotron enthält deine originalen Schwingungsdaten",

355

triumphierte Bully. „*Deshalb* macht dir der Aktivator diese Schwierigkeiten. Wir müssen ein paar Antis finden, die bei der Hypnosebehandlung dabei waren, damit wir wissen, *was* und *wieviel* verändert wurde. Wenn wir sie dazu bringen können, alles zu korrigieren, bist du gerettet."

Cardif-Rhodan starrte ins Leere. Er erinnerte sich seines Aufenthalts auf Wanderer und an die Worte von ES: „*Soll ich im Physiotron den einundzwanzigsten Zellaktivator auf deine persönlichen Schwingungen abstimmen, Perry Rhodan?*"

Warum, dachte Cardif verzweifelt, war ihm damals die wahre Bedeutung dieser Worte nicht klar geworden?

Mit Bully konnte er über dieses Problem nicht ehrlich sprechen, ohne seine wahre Identität zu verraten. Seine letzte Hoffnung waren in der Tat die Antis, wenn auch nicht in der Form, wie Bully sich das dachte. Aber vielleicht konnten sie ihn behandeln, so daß seine Schwingungen denen des Aktivators angepaßt waren. Andererseits war dies eine vage Hoffnung, denn die Antis waren nach allem, was man in Erfahrung gebracht hatte, mit ihren Aktivatoren auch nicht klargekommen.

„Auf jeden Fall", sagte er verbissen, „muß die Suche nach Trakarat endlich Erfolg haben. Es gefällt mir nicht, daß ihr ständig hinter meinem Rücken mit dem Arkoniden sprecht. Ich werde ihn persönlich anrufen und ihn zur Rede stellen."

„Meinetwegen", sagte Bully resignierend. „Wenn du dir einen Erfolg davon versprichst."

Er ging niedergeschlagen hinaus und begab sich zu Allan D. Mercant, um ihn über dieses Gespräch zu unterrichten. Als er das Büro des Abwehrchefs betrat, hatte Mercant gerade eine Hyperfunkverbindung mit Arkon. Auf einem der Bildschirme war Atlans Gesicht zu sehen.

Bully hörte den Imperator sagen: „Als der Regent keine Anhaltspunkte in seinem Gedächtnisspeicher finden konnte, wandte ich mich an die Akonen. Nachdem ich die Lieferung von tausend Raumschiffen erneut zugesagt hatte, erklärte man sich bereit, die Archive zu öffnen. In diesen Aufzeichnungen waren sogar die Namen jener Männer und Frauen festgehalten worden, die vor etwa zwanzigtausend Jahren das heutige Arkonidenimperium gegründet hatten. Ich ging bei den Nachforschungen von der Annahme aus, die Antis brauchten nicht unbedingt Nachkommen *Arkonidischer* Auswanderer zu sein, sondern solche, die direkt von der gemeinsamen Heimatwelt gekommen sein könnten. Diese Vermutung erwies sich als richtig."

Mercant atmete tief ein. „Mein Kompliment. Daran hat niemand außer Ihnen gedacht."

Atlan fuhr fort: „Bei der exakten Geschichtsschreibung der Akonen konnte es möglich sein, den Planetennamen Trakarat zu finden. Es gelang nicht, wohl aber stieß man auf Daten über seine seltene rote Doppelsonne. Beide Sterne sind von fast gleicher Masse. Eine ungewöhnliche Erscheinung, wie Sie zugeben werden. Außerdem besitzt der Doppelstern sechzehn Planeten. Das genügte mir. Ich habe die akonischen Unterlagen dem Robotregenten zur Berechnung eingereicht."

„Wieso kommt es, daß man den Namen der roten Sonne kennt, nicht aber den des Planeten?" fragte Bully dazwischen.

„Dafür kann es viele Gründe geben", sagte Atlan. „Im Verlauf der Jahrtausende wird man die ursprüngliche Bezeichnung geändert haben. Zu jenem Zeitpunkt dürfte bereits keine Verbindung mehr zu den Akonen bestanden haben. Dagegen wissen wir aber nun, daß die Antis keine Nachkommen meines Volkes sind. Sie stammen direkt vom akonischen Urvolk ab. Ich bin davon überzeugt, daß sie ihre eigenartigen Fähigkeiten erst viele tausend Jahre nach der Auswanderung erlangt haben."

Bull nickte langsam und berichtete von seinem jüngsten Besuch bei Rhodan.

Er sagte abschließend: „Wir wissen nun, in welcher Form Perry vernommen worden ist. Nach seiner Befreiung besorgte er sich den Aktivator, aber er schien nicht geahnt zu haben, daß seine Individualimpulse gestört sind. Das ist die einzige Erklärung, die wir bisher gefunden haben. Sie kann nicht widerlegt werden. Hilf uns, Trakarat zu entdecken. Die Antis werden uns sagen können, welche Geräte bei dem Hypnoverhör angewendet wurden. Perry scheint mittlerweile auch erkannt zu haben, was mit ihm geschah. Wir verstehen deshalb, warum er Trakarat finden und – wenn es sein muß – angreifen will."

357

„Natürlich helfe ich, so gut ich kann", versicherte Atlan. „Doch hier sind zunächst einmal die Koordinaten, von denen ich sprach. Die Doppelsonne Aptut hat sechszehn Planeten und ist 38 439 Lichtjahre von Terra entfernt. Die Sprungkoordinaten werden als Aufzeichnung gesendet. Die galaktische Position konnte mit hundertprozentiger Sicherheit ermittelt werden: der Doppelstern Nadelkissensektor, vierzehnter galaktischer Zentrumsarm, akronidische Katalogbezeichnung. Augfrund der Unterlagen kann mit neunundneunzigprozentiger Sicherheit angenommen werden, daß der Planet Trakarat die sechste Welt des Aptutsystems ist."

Bully seufzte. „Hoffentlich haben wir Glück. Übrigens, Perry hat angedeutet, daß er persönlich mit dir sprechen will."

Atlans Miene verriet keine Gefühle.

„Für Freunde bin ich immer zu sprechen", antwortete er.

Schlußbericht Atlan

Das Gespräch von Terra war vor wenigen Augenblicken angemeldet worden – von Perry Rhodan persönlich.

Meine Augen begannen zu tränen, ein Zeichen hoher Erregung. Ich ahnte, daß ich nun mit keiner Geste zeigen durfte, wie erschüttert ich war. Ich zwang mir ein Lächeln ab, überprüfte es in einer spiegelnden Bildscheibe der Kommandoelemente und nahm mir dabei vor, dieses Lächeln nicht aufzugeben, egal, was kommen mochte.

Eine unförmige Gestalt tauchte im Erfassungsbereich der Weitwinkeloptik auf. Ich erblickte ein Monstrum, eine kaum noch menschlich zu nennende Gestalt von unglaublicher Größe. An diesem Lebewesen war nichts mehr normal, bis auf die Augen.

Es waren jedoch schreckliche Augen. Sie hatten ihr Graugrün und ihr ironisches Funkeln verloren. Jetzt waren sie gelblich, und sie hatten den Blick eines Wolfes – hell, schnell umherhuschend und ohne eine Spur von Gefühl.

Das also war mein Freund. Das war der Mann, dessen trockenen Humor ich genauso schätzen gelernt hatte wie seine kämpferische Härte. Jetzt erblickte ich in ihm nur noch ein der Auflösung zutreibendes Ungeheuer.

„Hallo", klang es aus meinen Lautsprechern. „Atlan? Du bist es? Keine Imitation?"

„Keine, kleiner Barbar", entgegnete ich zögernd.

Sein Gesicht verzerrte sich, und dann schrie er einige Schimpfworte. „. . . verbitte mir diese unverschämte Anrede. Hier sollte klargestellt werden, wer der Mächtigere ist, Roboterfürst."

Bei den letzten Worten gebärdete er sich wie ein Tobsüchtiger. Die Hände hatte er geballt. Bald sah ich nur noch diese Fäuste, da er sie anscheinend in seiner sinnlosen Wut gegen die Außenaufnahmeoptik schlug.

Ich saß wie erstarrt. Ich versuchte mir einzureden, eine Rücksicht-nahme sei unangebracht. Dieser Mann konnte nur noch mit harten Worten und massiven Drohungen gebändigt werden. Statt dessen begann ich nun schnell zu sprechen, um ihn nicht noch mehr zu reizen.

„Du suchst den Planeten Trakarat, Freund? Ruhig, ich habe ihn gefunden."

Nie in meinem Leben hatte ich einen solchen Schrei gehört, nie ein so verzweifeltes Hoffen in den Augen eines anderen Menschen bemerkt.

Er hatte sich aufgerichtet. Den Mund weit geöffnet, die unförmigen Hände vor dem Kinn verschlungen – so schien er in sein Hyperkomge-rät hineinkriechen zu wollen.

„Wo – wo ist er zu finden?"

„Der Regent wird die Daten nach unserem Gespräch durchgeben. Ich bin unterwegs, um die Angaben der Akonen zu überprüfen. Nur sie konnten wissen, wo die Doppelsonne Aptut zu suchen ist."

„Nebensächlich!" schrie er. „Stimmen die Koordinaten? Mir ist es gleichgültig, woher du sie hast. Stimmen sie?"

Jetzt raste er wieder, und ich wurde noch ruhiger.

„Sie sind richtig. Der Regent wertet die akonischen Unterlagen in zweifacher Richtung aus. Einmal für terranische Belange und zum anderen für die meinen."

„Wie lange wird es dauern? Ich verlange aufgrund unseres Bündnis-ses, daß du mir mit allen verfügbaren Einheiten deiner Flotte bei-stehst. Wann kommen die Daten an? Ich starte sofort."

„Du wartest meine Nachricht ab, oder du wirst allein angreifen", entgegnete ich schärfer als beabsichtigt.

Er begann nicht erneut zu toben, aber den tückischen Blick würde ich nie vergessen können. Schließlich lächelte er sogar, und da schloß ich die Augen.

„Ich bin nicht sehr schön, wie?"

„Das ist augenblicklich uninteressant. Ich benötige etwa vierund-zwanzig Stunden, um die arkonidische Flotte auf den Weg zu bringen. Schneller geht es mit dem besten Willen nicht. Bis dahin wirst du die Koordinaten über einen Treffpunkt erhalten haben. Welchen Raumer wählst du als Flaggschiff?"

„Die IRONDUKE. Ich verlange, daß du an Bord kommst. Ich möchte dich unter Kontrolle haben."

Er lachte bösartig. Im Innersten aufgewühlt, schaltete ich ab, nachdem ich noch einige Male beteuert hatte, die Daten seien tatsächlich genau.

23. Oktober 2103 Terrazeit. Vor zwanzig Stunden waren die ersten Einheiten der arkonidischen Robotflotte aus dem Hyperraum gekommen. Zur Zeit formierten sich die Geschwader im Treffpunktgebiet „Destination", dessen Zentrum von einem blauen Überriesen ohne Plantensystem symbolisiert wurde.

Der Stern stand am Rand des sogenannten „Nadelkissensektors", 418 Lichtjahre von Aptut entfernt. Der Anflug war unter strenger Geheimhaltung erfolgt, und nur wenige Personen aus meinem engsten Beraterstab waren darüber informiert. Die Baalol-Sekte hatte ein gutfunktionierendes Nachrichtennetz, deshalb hatte ich nur absolut zuverlässige Personen eingeweiht. Die Antis durften von der bevorstehenden Aktion nichts erfahren. Unsere Chancen lagen in der Überraschung. Wir wollten zwar mit geballter militärischer Macht über Trakarat erscheinen, diese aber nicht zum Einsatz bringen.

Zwanzig Stunden nach dem Abflug der leichten Verbände war ich mit den schweren Einheiten gestartet. Mein Flaggschiff war die TEPARO, das modernste Schiff Arkons. Ich hatte an die zehntausend Robotschiffe für diesen Einsatz abkommandiert. Rhodans Flotte, die schon beim vereinbarten Treffpunkt auf mich wartete, würde achttausend Einheiten umfassen. Es mußte schon mit dem Teufel zugehen, wenn die Antis angesichts dieser Übermacht ernsthaft Widerstand leisteten.

Ich hatte den Rematerialisierungsschmerz kaum überwunden, als mich Rhodans Aufforderung erreichte, unverzüglich an Bord der IRONDUKE zu kommen. Damit hatte ich gerechnet und bereits beschlossen, Rhodan diesen Gefallen zu tun.

Wenige Augenblicke nach unserer Ankunft verließ ich mit einem Beiboot die TEPARO – mit gemischten Gefühlen, wie ich zugeben mußte.

Er erwartete mich in der Kommandozentrale des Schlachtschiffs. Seine Haltung glich der eines tyrannischen Herrschers, der über Leben und Tod entscheidet. In den gelben Wolfsaugen konnte man alles lesen, nur keine menschliche Wärme.

Sie blickten scharf, lauernd und argwöhnisch. War das noch der große Mann der Erde?

Seine Gestalt war die eines Kolosses. Man hatte für Rhodan eine Spezialuniform aus hochelastischem Kunstoffgewebe angefertigt. Obwohl das Material bis zur Zerreißfestigkeit nachgeben konnte, spannte es sich schon wieder über den Schultern.

Ein Riese von 2,38 Metern wankte auf mich zu.

Seine Hände waren zu wulstig verformten Pranken geworden. Er schien kein Gefühl mehr in ihnen zu haben.

Die schrecklichen Augen riefen in mir Entsetzen hervor. Das entstellte Gesicht wies kaum noch Spuren der vertrauten Züge auf.

Als er vor mir stand, mußte ich den Kopf in den Nacken legen. Seine Stimme hatte sich nicht verändert. Sie war vielleicht etwas heiserer geworden, aber sehr stark schienen die stimmgebenden Organe von der Zellspaltung noch nicht beeinflußt worden zu sein.

Ich lachte ihn an. Ich legte alles hinein, was ich für ihn je empfunden hatte.

„Ich darf dich darüber aufklären, daß an Bord meines Flottenflaggschiffs Disziplin herrscht, Arkonide", fuhr er mich an.

„Wie bitte?"

„Hier herrscht Disziplin", wiederholte er noch schärfer. In seinen Augen glomm schon wieder das Funkeln eines irren Zornes auf. Er schien sehr schnell die Fassung verlieren zu können.

„Ich verstehe nicht ganz, Freund."

„Hier wird nicht gegrinst!" schrie er.

Mir verging das Lachen. Hilflos sah ich mich um. Die Männer der Zentralbesatzung standen in strammer Haltung vor ihren Manöverstationen. Selbst Bull und Mercant rührten sich nicht vom Fleck.

Ich war entsetzt. Rhodan mußte irrsinnig geworden sein. Gegen meinen Willen musterte ich ihn ironisch. Meine unterbewußten Reaktionen warfen meine guten Vorsätze schneller um, als ich es mir vorgestellt hatte.

„Das war kein ‚Grinsen‘, sondern ein frohes Lachen. Oder kannst du dir nicht mehr vorstellen, daß ich mich freue, nach so langer Zeit vor dir zu stehen?"

Er musterte mich argwöhnisch. Anscheinend kämpfte er um seine Beherrschung. Schließlich sagte er: „Willkommen an Bord."

Er streckte die riesige Hand aus.

„Auf gute Zusammenarbeit", sagte ich und griff zu.

Ich erschrak, denn mir war, als hielte ich einen Schwamm umschlossen.

Ich sah seinen verzerrten Mund. Er drückte mit aller Gewalt zu, aber ich spürte es kaum. Trotzdem stieß ich heftig die Luft aus den Lungen, spreizte die Beine wie ein überanstrengter Ringkämpfer und schob die rechte Schulter nach vorn.

Schließlich kannte ich die alten Kraftspiele unter den Menschen und wußte, wie man sich dabei benahm.

Ich verzog keine Miene, ging aber langsam in die Knie. Da ließ er endlich los, und ich konnte meine Hand zurückziehen.

Sein Gelächter widerte mich an. Sofort sagte ich mir, daß dies nun einmal eine Folgeerscheinung der Krankheit wäre und daß es mir nicht zustünde, ein Gefühl des Ekels zu empfinden. Ich versuchte ein Lächeln, das er aber mißdeutete.

„Ich hätte dich zerquetschen können, Arkonide", behauptete er selbstgefällig. „Du bist stark, zugegeben. Erinnerst du dich noch an unseren Zweikampf in dem Venusmuseum? Ich habe ihn nicht vergessen, jede Einzelheit ist mir noch so gut im Gedächtnis, als wäre es gestern geschehen. Du hattest mich demütigen wollen."

„Du wolltest mich töten, Freund. Du hattest eine moderne Waffe und ich eine sehr alte."

„Feiger Schwätzer! Ich habe meinen Strahler weggeworfen, als du mit dem Degen auf mich zukamst. Ich habe ebenfalls einen ergriffen und fair mit dir gekämpft. Heute würdest du mich damit nicht mehr besiegen."

Mein Extrahirn war identisch mit einem fotografischen Gedächtnis. Im Verlauf der Erinnerungs-Impulsgebung, die wie ein Rafferfilm vor meinem geistigen Auge ablief, wurde mein Gesicht ausdruckslos.

Mercants Körper spannte sich plötzlich. Ich bemerkte es aus den

Augenwinkeln. Als ich sprach, erkannte ich meine Stimme nicht mehr. Sie unterlag nun dem Einfluß meines Separatgehirns, das sich in meine bewußten Handlungen eingeschaltet hatte.

„Oh, bist du sicher, dich genau erinnern zu können?"

„Solche Dinge vergesse ich nicht. Damals schlossen wir Frieden. Ich entdeckte deine wahre Herkunft. Oder willst du etwa behaupten, ich hätte doch auf dich geschossen, obwohl du keine moderne Waffe hattest?"

„Nein, du hast wirklich nicht geschossen. Ich verleitete dich mit Psychotricks, deinen Strahler nicht anzuwenden."

„Genau das. Du zerschlugst mir mit dem Degen das Fußgelenk. Vergiß es, Arkonide, und denke daran, daß du heute keine Chance mehr haben würdest."

Er drehte sich schwerfällig um und ging auf die Hauptkontrollen zu. Das war also der Empfang gewesen.

Mercant musterte mich eindringlich. Ich nickte ihm zu und schaute mich nach Gucky um. Der Mausbiber lag zusammengerollt in einem breiten Andrucksessel.

Hatte er nichts bemerkt? Mir war, als wäre in meinem Schädel ein Feuer ausgebrochen. Das Extrahirn war bemüht, Rhodans Erklärungen Wort für Wort zu sezieren. Es war ein für mich unangenehmer Prozeß, den ich abzuwarten hatte. Anschließend meldete sich mein vor Jahrtausenden aktivierter Gehirnteil. In knapper Form wurde mir mitgeteilt: *Mehrere Widersprüche. Rhodan muß zwischen einem Degen und einem beidseitig geschliffenen Wikinger-Langschwert unterscheiden können. Außerdem warst du doch bewaffnet. Du hattest einen Impulsstrahler und einen Schocker.*

Mercant kam näher.

„Ist Ihnen nicht gut, Sir?" erkundigte er sich. Sein Lächeln war etwas zu harmlos.

„Alles in Ordnung, vielen Dank", wich ich aus.

Weiter vorn begann Rhodan Befehle zu schreien.

„Einsatzbesprechung in fünf Minuten!" rief er mir zu. „Deine Robotflotte bildet den äußeren Abwehrring. Ich greife persönlich an. Oberst Claudrin..."

Der Epsalgeborene eilte nach vorn.

„Nehmen Sie gefälligst Haltung an!" brüllte Rhodan. „Sie wissen wohl nicht, wen Sie vor sich haben!"

Der Oberst stand stramm. Ich dagegen schwieg immer noch.

Hatte Rhodan nicht ausdrücklich behauptet, er könne sich an jede Einzelheit erinnern? Wieso hatte er dann von einem Degen, nicht aber von einem fast meterlangen Schwert gesprochen?

Weshalb hatte er, der grundsätzlich logisch Denkende, außerdem erwähnt, ich hätte ihm mit dem Degen das Fußgelenk zerschlagen? Mit einem leichten *Degen?* Bei einem starken Knochenbau? Wie groß war die Aufschlagwucht einer so dünnen Klinge pro Quadratzentimeter Körperfläche? Konnte sie bei einem mit aller Kraft geführten Hieb ausreichen, ein Fußgelenk zu zertrümmern?

Ausgeschlossen. Gewebe und Sehnen können bestenfalls zerschnitten werden, gab mein Extrahirn durch.

Ich war damals hinter einem Wikingerboot in Deckung gegangen, nachdem mich Rhodan trotz meines Deflektorschirms mit einem Spezialgerät geortet hatte. Auch er war unsichtbar gewesen, bis er sich dazu entschlossen hatte, seinen Schirm abzuschalten.

Wußte er das auch nicht mehr? Vielleicht hatte er es nur nicht sagen wollen. Maßgeblich war unser Zweikampf gewesen. Er war unter so extremen Umständen erfolgt, daß seine Vorgeschichte eigentlich noch erwähnenswerter war als das eigentliche Schwertgefecht.

Es störte mich, daß Perry Rhodan von „Degen" gesprochen hatte. Solche Fehler konnten Rhodan nicht unterlaufen, auch wenn er nun ein kranker Mann war.

Ich beobachtete ihn und lauschte angestrengt auf seine Befehle. Wenn er sich nicht zu einem Zornausbruch oder zu einer lächerlich wirkenden Rüge hinreißen ließ, sprach er so klar und überlegt, wie ich es von ihm kannte. Er konnte nicht schwachsinnig sein. Die komplizierten Schaltungen des Linearschlachtschiffs beherrschte er.

Ich schaltete mein Extrahirn ab. Es war sinnlos, im Augenblick der Einsatzvorbereitungen über längst vergangene Dinge nachzugrübeln.

Schließlich besaß Perry doch nicht ein solches Gedächtnis wie ich. Außerdem hätte er es in seiner hochgradigen Gereiztheit als Bevormundung auffassen können, wenn ich ihn auf seine Fehler hingewiesen hätte.

Er befand sich in einem Stadium, in dem er keine Belehrungen mehr annahm. Ich verzichtete darauf, den Fall nochmals aufzurollen. Nur fragte ich mich, warum er unmittelbar nach unserem Wiedersehen den Kampf im Venusmuseum überhaupt erwähnt hatte. Jetzt gab es wichtigere Dinge zu besprechen.

Zehn Minuten später erschien ich in der Offiziersmesse der IRON-DUKE. Die Kommandanten der terranischen Einheiten hörten mit. Jeder Schiffsführer war darüber informiert, welchen Platz er in der Linie einzunehmen hatte.

Ich erteilte über mein Kommandogerät einige Anweisungen an den Robotregenten, der dementsprechend die zehntausend Fernsteuerschiffe programmierte.

Zwei Stunden nach meinem Eintreffen auf der IRONDUKE nahm die terranische Flotte Fahrt auf.

Wir benötigten etwa fünfzehn Minuten, bis alle Einheiten die einfache Lichtgeschwindigkeit erreicht hatten. Sekunden danach erfolgte die massereichste Simultan-Transition, die ich jemals erlebt hatte. Die Strukturtaster waren vorsorglich abgeschaltet worden. Fast auf den Augenblick genau gingen achttausend terranische Raumschiffe in den übergeordneten Hyperraum.

Die IRONDUKE ging gemeinsam mit den anderen Linearschiffen im Schutz ihres Kalupschen Absorberfelds in den direkten Linearflug über. Mit millionenfacher Lichtgeschwindigkeit rasten wir auf die gut erkennbare Doppelsonne zu, die sich atemberaubend schnell aus dem Gewimmel der anderen Sterne herausschälte.

Nach wenigen Minuten hatten wir die geringe Entfernung von 418 Lichtjahren überwunden und kehrten in den Normalraum zurück. Etwas weiter zurück, außerhalb des Systems, war die Flotte rematerialisiert. Bei so vielen Raumschiffen konnten wir es nicht verantworten, innerhalb des Systems aus dem Hyperraum aufzutauchen. Dies hätte katastrophale Folgen für das gesamte Aptut-System hervorgerufen. Allein die geringste Erschütterung der Bahnebene des äußersten Planeten hätte alle anderen Planeten in Mitleidenschaft gezogen. Die Schwerkraftfelder zwischen den Planeten hätten eine Kettenreaktion ausgelöst, die auch Trakarat nicht verschont hätte. Zwar bedeutete diese Vorsichtsmaßnahme einen Zeitverlust für uns, da der Überraschungseffekt nicht hundertprozentig sein würde, aber dies mußten wir in Kauf nehmen.

Lediglich die IRONDUKE war, gemeinsam mit den anderen Linearschiffen und einem Dutzend terranischer Großkampfschiffe, weiter in das System eingedrungen und in der Höhe des achten Planeten in den Normalraum zurückgekehrt. Sternförmig flogen wir auf Trakarat, den sechsten Planeten des Systems, zu. Der Rest der terranischen Flotte würde mit knapper Unterlichtgeschwindigkeit folgen, während meine Robotschiffe das System an dessen Grenze abriegeln sollten.

Tatsächlich tauchte der sechste Planet bald auf den Schirmen der Relieferfassung auf. Die Welt war in einen Energieschirm von hoher Intensität gehüllt, der von den Antis mental verstärkt worden war.

Rhodans Befehle überstürzten sich. Ich paßte scharf auf, aber er beging keinen Fehler. Er plante rasch und präzise, niemals erfolgte ein Widerspruch. Über seinen barschen Ton hörte ich hinweg, desgleichen über die Beleidigungen, die er selbst hohen Offizieren zuschrie.

Jefe Claudrin war am Ende seiner Beherrschung angekommen. Bully griff ein. Er versuchte, Rhodan von dem Kommandanten der IRONDUKE abzulenken.

Major Hunts Krefenbac, der Erste Offizier, sah mich hilfeflehend an.

Ich ging nach vorn. Perry war aus seinem Spezialsitz aufgestanden. Man hatte für ihn einen verstellbaren Sessel gebaut.

Als er mich erblickte, drehte er sich schwerfällig um. Seine Augen schienen zu glühen. Sie wirkten in dem Augenblick nichtmenschlich.

„Ist er das? Ist das Trakarat?" schrie er.

Als ich nicht sofort antwortete, tappte er nach vorn und umklammerte meine Schultern.

„Du sollst antworten, Kerl!" rief er noch lauter und wütender. „Ob das Trakarat ist?"

Ich schob meine Arme zwischen den seinen hindurch und breitete sie einfach auseinander. Seine Hände glitten von meinen Schultern. Ich hatte mich nicht anstrengen müssen.

„Langsam, kleiner Barbar. Du kannst mich Atlan oder Freund nennen, nicht aber ‚Kerl'."

Es wurde plötzlich still in der Zentrale. Nur das Tosen der mit voller Bremsbeschleunigung laufenden Triebwerke war zu hören. Die Männer hielten den Atem an. Soeben war es zu der ersten Kraftprobe gekommen.

Rhodan schaute mich starr an.

Zu meiner Überraschung sagte er kein Wort. Nur sein Gesicht zuckte.

Ich fuhr fort: „Du solltest begreifen, daß man einen Verbündeten anders behandelt. Wenn du schon auf meine Freundschaft verzichten willst, so fordere ich die gebotene diplomatische Höflichkeit. Sollte sie vom Ersten Administrator des Solaren Imperiums nicht gewährt werden, sehe ich mich veranlaßt, meine Flotte zurückzuziehen."

„Lächerlicher Schwätzer."

Das kam eiskalt aus seinem Mund. Es traf mich schlimmer, als wenn er wieder geschrien hätte. Diese überraschende Selbstbeherrschung deutete nicht auf eine krankhafte Persönlichkeitsveränderung hin. Er hatte beleidigen wollen.

„Es würde dir gut zu Gesicht stehen, deinen Wortschatz zu korrigieren."

Er lachte plötzlich. Ich sah in tückische Augen. Seine Erklärung war auch nicht sehr schön. „Es steht dir frei, das System zu verlassen. Ich habe Trakarat gefunden. Du hast deine Schuldigkeit getan, Arkonide."

Ich wurde weder ausfallend, noch verriet ich, wie sehr er mich getroffen hatte. Dagegen begann ich mit einem psychologischen Feldzug gegen Perry Rhodan. Mein Logiksektor hatte es mir schon vor dem Abflug geraten.

In dem Augenblick wurden die beiden Ringe des sechsten Planeten erkannt. Sie erschienen auf den Bildschirmen der elektronischen Fernoptik. Sie arbeiteten mit einem dreißigtausendfachen Vergrößerungsfaktor.

Er sah hinüber. Triumph zeichnete sein Gesicht.

„Du kannst gehen", wiederholte er.

„Vielen Dank, ich bleibe", sagte ich mit einer verbindlichen Kopfneigung. „Ich habe bestimmte Informationen erhalten. Demnach ist es leicht möglich, daß sich dein mißratener Sohn auf der Hauptwelt der Antis aufhält. Du mußtest ihn ja bei deinem Unternehmen gegen die Antis auf Okul laufenlassen, nicht wahr? Es würde mich interessieren, wie sich Thomas Cardif während der vergangenen Monate entwickelt hat. Ich werde ihn diesmal finden, Freund."

Seine Reaktion war erschreckend. Er drang sinnlos schreiend auf mich ein und forderte die nahestehenden Offiziere auf, mich niederzuschießen.

Ich legte die Hand flach gegen seine Brust und stieß ihn zurück. Dabei hatte ich nur die Masse seines Körpers zu bewegen. Einen ernsthaften Widerstand konnte er nicht leisten.

„Verhaften, sofort verhaften!" brüllte er.

Niemand rührte sich, bis Allan D. Mercant vortrat. „Sir, ich erinnere an die politische Immunität des Imperators. Es steht uns nicht zu, Seine Erhabenheit zu verhaften."

Rhodans Schreie verstummten. Plötzlich sah er mich wieder aus klaren Augen an. Er überlegte. Ich dagegen wußte, daß ihn die Erwähnung des Namens Thomas Cardif getroffen hatte.

„Du wirst Cardif nicht fassen", sagte er überraschend ruhig. „Das ist meine Sache."

„Wie du willst", gab ich nach. „Er muß jedoch festgenommen und von den Mutanten verhört werden. Er hat nicht nur das Liquitiv erfunden, sondern ist vermutlich auch für deinen jetzigen Zustand verantwortlich. Wer leitete damals das Psychoverhör, als du in die Gefangenschaft der Antis gerietest? War es Cardif?"

„Meine Sache", wehrte er erneut ab. „Kümmere dich um deine Angelegenheiten."

Er zwängte sich an mir vorbei und schritt zur Ortungszentrale hinüber.

Mercant atmete hörbar auf. „Sir, Sie sollten ihn nicht so reizen."

„Meinen Sie? Mir scheint, als hätte er sich auf einmal recht ordentlich benommen. Glauben Sie nicht auch, Herr Solarmarschall, Sie ließen ihm zuviel durchgehen?"

Mercant sah mich sinnend an. Dann drehte er sich abrupt um.

„Das wäre zu überlegen", meinte Bully nachdenklich. „Bisher haben wir immer nur zurückgesteckt."

Es gelang mir nicht mehr, meine Untersuchungen fortzuführen. Die ersten Schlachtschiffe meiner Robotflotte fielen in das System der Doppelsonne ein.

Als die terranischen Linearschiffe gemeinsam mit einem Dutzend Großraumschiffen den Ringplaneten einzuschließen begannen, um dann auf die aufschließende Flotte zu warten, formierten sich meine Robotschiffe außerhalb des Systems zur Blockade.

Dabei wurde von einem Schlachtschiff ein unbekanntes Raumschiff angegriffen und manövrierunfähig geschossen.

Wie sich später herausstellte, handelte es sich um einen Frachter der Springer.

Ich verzichtete darauf, Rhodan zu informieren. In mir keimte ein Verdacht auf, den ich nicht mehr abschütteln konnte.

Ich wartete, bis die Einkreisung des Planeten Trakarat beendet war.

Auf Trakarat selbst rührte sich nichts. Der Energieschirm umspannte fugenlos diese große und schöne Welt.

Die beiden Ringe bestanden aus kosmischer Mikromaterie, die von dem Planeten eingefangen worden war. Sie umkreisen Trakarat entgegen dem Uhrzeigersinn. Die Hauptwelt der Antis war noch prächtiger als der solare Saturn.

Die in rascher Folge bekanntwerdenden Fernanalysen über Dichte, Masse, atmosphärische Zusammensetzung, Rotationsgeschwindigkeit und was der Dinge noch mehr waren, interessierten mich nur am Rand.

Perry Rhodan war zur Hauptfigur geworden, eine seltsame Tatsache während einer Situation, die eigentlich alles Denken und Planen für sich hätte in Anspruch nehmen müssen.

Als ich mich für einige Minuten zurückziehen wollte, brach in der Funkzentrale ein heftiger Streit aus.

Ich rannte hinüber. Rhodan hatte den diensthabenden Offizier aus dem Sessel gezerrt. Als ich eintrat, schrie er wie ein Wahnsinniger auf ihn ein und bedrohte ihn dabei mit der Strahlwaffe.

Der Funkchef hatte es gewagt, ohne ausdrücklichen Befehl den Planeten anzurufen und die Antis zur Übergabe aufzufordern. Bull und Mercant mußten energisch einschreiten, andernfalls der Rasende wohl doch noch geschossen hätte.

Die Stimmung unter den Männern der Besatzung war gespannt.

370

Außerdem kannte ich die Terraner und ihren Stolz. Einmal würde Rhodan an den Falschen geraten, und dann war die Katastrophe da.

Als er sich etwas beruhigt hatte, schrie er dem blassen Offizier ins Gesicht: „Niemand nimmt Verbindung auf, ist das klar?"

„Jawohl, Sir."

„So richten Sie sich danach. Anweisung an alle Kommandanten – Wortlaut: Es wird untersagt, ohne besonderen Befehl die Antiwelt anzurufen. Nur die Flottenwelle darf eingeschaltet bleiben. Alle Nachrichten sind über Kanal achtunddreißig, Rafferkode ‚Destination' abzustrahlen. Los, sofort den Spruch absetzen."

Bull schaute mich fassungslos an. Mercant räusperte sich, und ich begann schon wieder zu überlegen.

Rhodan drehte sich um. Als er mich sah, blieb er stehen. Irrer Zorn entstellte seine Züge. Oder war da noch etwas, was ich augenblicklich nicht zu deuten wußte?

Mein Gesicht mußte wie eine Maske wirken.

„Was gibt es hier zu glotzen?" sagte er. „Aus dem Wege, Arkonide."

„Du solltest nicht zu weit gehen", entgegnete ich gedehnt. „Oder fürchtest du, dein Sohn könnte sich melden? Bist du der Meinung, du könntest wieder weich werden?"

„Aus dem Weg!"

Er griff zur Waffe. Da trat ich um einige Schritte zurück. Schwer atmend, tappte er an mir vorbei. Dabei traf mich ein Blick, der sofort meinen Logiksektor rebellisch machte.

Angst! Angst wovor? gab mein Extrahirn durch.

Ich ahnte es. Der Entschluß, jede Kontaktaufnahme zu verbieten, war eine Kurzschlußhandlung gewesen. Warum wollte er unter allen Umständen vermeiden, daß andere Menschen mit den Antis Kontakt aufnahmen?

Wollte er einem eventuellen Erpressungsversuch aus dem Weg gehen? Befürchtete er vielleicht, dem Flehen seines mißratenen Sohnes nicht widerstehen zu können?

Allmählich glaubte ich selbst daran, der verschwundene Thomas Cardif könnte auf dieser Welt weilen. Ja – warum eigentlich nicht? Wo hätte er einen besseren Unterschlupf finden können?

Nun ging ich doch nicht in meine Kabine. Die Geschichte mit dem Degen fiel mir wieder ein. Ich faßte einen bestimmten Entschluß.

Es dauerte noch eine Stunde, bis sich Rhodan vollends beruhigt hatte. Während dieser Zeit hatte ich alles getan, um ihn von meiner Loyalität zu überzeugen.

So hatte ich die Befehle an den Regenten lautstark ausgesprochen. Er hatte sie gehört und fast gnädig genickt. Die Einschließung des Planeten war beendet.

Zu diesem Zeitpunkt hatte ich ihn dort, wo ich ihn haben wollte. Er wirkte jetzt ausgeglichen. Ich schlenderte näher und gab Claudrin einen Wink. Der Kommandant verstand.

Eine Entschuldigung murmelnd, verließ er seinen Sitz. Ich nahm Platz. Rhodans mächtiger Körper war zum Greifen nahe. Er sah mich an.

„Wir sollten bald angreifen", begann ich übergangslos. „Ich bin der Meinung, daß dein Zellverfall besser zu stoppen ist, wenn wir schnellstens etwas dagegen tun. Ich halte meine Schiffe vorerst zurück. Einverstanden?"

„Einverstanden", sagte er überraschend ruhig und mit normaler Lautstärke.

„Was hast du im Detail geplant, Perry?"

„Schutzschirme beseitigen, Spezialwaffen einsetzen und Landungskommandos auf den Boden bringen. Ich muß die Burschen lebend fangen, darunter möglichst einige Wissenschaftler."

„Du solltest ein Ultimatum stellen."

Ich hatte genug geredet. Eine einwandfreie Planung war das ohnehin nicht gewesen. Wahrscheinlich hatte er einige Dinge im Sinn, die er mir verheimlichen wollte.

So hatte mir Mercant zugeflüstert, Rhodan würde beabsichtigen, persönlich an dem Landemanöver teilzunehmen.

Das wäre noch verständlich gewesen. Da war aber noch etwas, was mich hellhörig machte.

Bis zu meiner Ankunft auf der IRONDUKE war es verboten gewesen, den Namen Thoams Cardif auszusprechen. Ich hatte ihn dann gleich mehrere Male erwähnt und damit ein Tabu gebrochen.

Daran mußte ich denken. Ich gab Perry noch einige Sekunden Zeit zur Sammlung, ehe ich zu singen begann: „*Das Wasser ist naß, das Wasser ist naß. Wie köstlich schluckt und schlürft sich das. Das Wasser ist kühl, kühl ist das Naß. Ich schwimme in einem ganzen Faß, denn heute ist das Wasser naß . . .*"

Ich wartete gespannt auf seine Reaktion. Sie kam so, wie ich es nicht erwartet hatte.

Überhaupt nicht erbost oder wütend sah er mich an. Jetzt lachte er sogar mit echtem Humor. „Großer Jupiter, wer hat den Blödsinn gedichtet?"

Ich grinste ihn an. „Die Worte fielen mir gerade ein. Sie sollen einmal von einem arkonidischen Raumfahrer gereimt worden sein, als er halb verdurstet in einer Wüste lag. Er wurde gerettet, und da sang er das Liedchen. Seitdem macht es in der arkonidischen Flotte die Runde. Das ist aber lange her, Freund."

Er lachte abermals, um dann aufzustehen.

„Befehlserteilung in dreißig Minuten!" befahl er scharf. „Ich erwarte die Offiziere pünktlich in meiner Kajüte."

Er wankte davon.

Als er verschwunden war, stand ich ebenfalls auf. „Mercant, würden Sie so freundlich sein, für einen Augenblick in meine Kabine zu kommen? Ich möchte Sie unter vier Augen sprechen."

„Natürlich, Atlan."

Ich nickte dankbar und verließ die Zentrale.

Als ich den breiten Rundgang vor der Zentrale erreicht hatte, löste sich meine innere Verkrampfung.

Aufstöhnend lehnte ich mich mit dem Rücken gegen die Wandrundung. Ich war entsetzt, war mir doch endlich klar geworden, was geschehen war.

Dieser lächerliche, so unsinnig klingende Knüttelvers war nur zwei Lebewesen in der Galaxis bekannt: Perry und mir.

Als ich die Worte zusammengereimt hatte, waren Rhodan und ich Gegner gewesen, aber kein Dritter hatte uns sehen können.

Verlassen hatten wir auf der Wüstenwelt Hellgate auf Hilfe gewartet, und jeder hatte den anderen mit der Waffe in der Hand bedroht. Das Wasser war knapp geworden. Wir waren in unseren Raumanzügen beinahe verdurstet.

Da hatte ich aus rein psychologischen Gründen diesen „Wasservers" ersonnen, um Rhodan, der ebenfalls am Ende seiner Kräfte angekommen war, aus seiner Deckung zu locken.

Niemals hatte er den Psychoreim vergessen, der ihn bald zum Irrsinn getrieben hatte. Wir hatten nur noch an Wasser gedacht. Später hatten wir uns über den Zweikampf auf Hellgate ausgesprochen. Er war zwischen uns zum unauslöschlichen Symbol geworden, denn mit ihm hatte unsere Freundschaft begonnen.

Nun aber wußte er nichts mehr davon. Er hatte mich in voller geistiger Klarheit und in selten ruhiger Gemütsverfassung lachend gefragt, wer „den Blödsinn gedichtet" hätte.

Ich bezwang meine Erregung und überprüfte mich selbst. Hatte ich logisch gedacht? Keine Denkfehler begangen? Mußte er den Vers noch kennen, jetzt, da ihn die Krankheit überfallen hatte? War er auch wirklich vollkommen klar gewesen, als er sich danach erkundigt hatte?

Er war klar, schaltete sich mein Logiksektor ein. *Erinnere dich an den Degen, den er mit einem schweren, zweischneidigen Wikingerschwert verwechselte. Ist das auch Zufall?*

Mercant saß mir in meiner Kabine gegenüber und beantwortete geduldig meine Fragen.

„Wer ist zuerst in den Verhörraum auf Okul eingedrungen?"

„Das war Gucky."

„Und er fand Rhodan in besinnungslosem Zustand?"

„Ja, natürlich. Die Funkverbindung war schon vorher abgebrochen. Die Antis waren mit dem Springerschiff gestartet."

„Was geschah anschließend?"

„Gucky brachte Rhodan in die Medostation der IRONDUKE. Kurz darauf flog der Unterwasserstützpunkt in die Luft. Atlan, wenn Sie mir jetzt nicht sagen, was Sie mit diesen Fragen bezwecken, dann..."

Er unterbrach sich.

Ich war aufgesprungen und zur Tür gegangen. Verständnislos sah er mir nach.

Schon in der Tür stehend, bat ich ihn: „Erwarten Sie mich in der Zentrale."

„Wohin wollen Sie?"

„Perry einige Fragen stellen."

„Sie sind verrückt. Er wird Sie erschießen."

„Er wird mich ebensowenig erschießen, wie er mich im Venusmuseum mit einem Degen erschlagen hat."

Ich verließ die Kabine. Ich eilte auf den Lift zu, sprang in das Antigravfeld und stieß mich ab. In der Ringwulstetage stieg ich aus. Hier lagen die Unterkünfte der Schiffsoffiziere. Auch Rhodans Kajüte war hier eingerichtet worden. Es sollte ein prächtiger Raum sein, hatte man mir gesagt.

Dieser Luxus paßte nicht zu Perry Rhodan, auch dann nicht, wenn er sich krank fühlte. Er war nie ein Mann gewesen, der auf Äußerlichkeiten Wert gelegt hatte.

Es paßte überhaupt nichts mehr zu dem Perry Rhodan, den ich kannte und schätzte.

Vor dem Panzerschott waren zwei Kampfroboter aufmarschiert. Sie hatten ihre Körperschutzschirme eingeschaltet, und die Mündungen der Energiewaffen flimmerten rötlich. Die Strahler waren geladen und entsichert.

Vorsichtig ging ich auf die Robots zu, die ihre Waffen sofort in Anschlag brachten. Sie sprachen kein Wort. Es war auch nicht notwendig.

Laut rief ich ihnen zu: „Imperator Gonozal VIII., Herrscher über Arkon und das arkonidische Sternenreich bittet um eine kurze Unterredung mit Perry Rhodan. Meldet mich an!"

„Warten Sie."

Der Robot schien einen Funkruf abzustrahlen. Gleich darauf erschien Rhodans Gesicht auf dem Kontrollbildschirm an der Außenwandung.

„Was willst du?"

„Ich glaube ein Mittel gefunden zu haben, sämtliche Antis besinnungslos machen zu können. Die Waffe ist an Bord meines Flaggschiffs TEPARO. Es dürfte von Vorteil sein, die Baalols auf diese Weise zu bezwingen. Ich – nun öffne endlich die Tür. Soll ich mir die

375

Lungen aus dem Hals schreien? Seit wann kann ich dich nicht mehr sprechen?"

Er zögerte. „Tritt ein. Ich habe drei Minuten Zeit."

Die Kampfmaschinen machten Platz. Vor mir öffneten sich die Schotte. Ich besaß keinerlei Beweise, mit denen ich meine Behauptung hätte rechtfertigen können. Wenn sich mein Verdacht nicht bestätigte, würde der Freund endgültig zum Feind werden. Einen solchen Prunk hatte ich nicht erwartet. Rhodan saß in einem luxuriösen Pneumosessel. Die Uniform hatte er über der Brust geöffnet. Ich bemerkte den mit seinem Gewebe verwachsenen Zellaktivator.

Mühevoll richtete er sich auf. Dann stand er vor mir wie ein Berg aus Schaumstoff.

Ich zögerte nicht mehr lange. Seine gelben Augen drückten Mißtrauen aus. Anscheinend bereute er es bereits, mich eingelassen zu haben. Noch aber beherrschte er sich, noch schauspielerte er weiter. Er wußte nicht, wie weit meine Überlegungen gediehen waren.

Ich sah ihn zwingend an. Meine Hand schwebte über dem Griff der Waffe.

„Deine Hypnoschulung weist einige Fehler auf, mein Junge", sagte ich fast herzlich. „Man hat es anscheinend versäumt, die unwesentlich erscheinenden Details aus Rhodans Erinnerungszentrum in das deine zu übertragen. Ich verstehe nun recht gut, warum du es bisher vermieden hast, mir gegenüberzutreten. Setze dich hin, Bürschlein. Ich bin einige Jahrtausende älter als du, und außerdem ist dein Vater mein bester Freund. Setz dich hin!"

Er starrte mich an. Noch fehlte mir der letzte Beweis, obwohl ich – vom logischen Standpunkt her – vollkommen sicher war.

Ich bemerkte seine aufflackernde Angst. Plötzlich war er nicht mehr der großmächtige Herrscher.

Sein Mund war weit geöffnet. Noch sagte er kein Wort.

„Du solltest dich setzen, Thomas Cardif. Du hast entscheidende Fehler begangen, die nur ich bemerken konnte. Der Vers ist das wichtigste Erinnerungsglied zwischen deinem Vater und mir. Wir haben auch nicht mit leichten Degen gekämpft, sondern mit breiten und schweren Wikingerschwertern. Dazu kommen noch einige Dinge, die du nicht wissen kannst. Ich möchte von dir hören, wie es dir gelungen ist, die Menschheit zu übertölpeln. Ich möchte ferner erfahren, wo Perry Rhodan zu finden ist. Cardif – tue es nicht!"

Plötzlich brüllte er wieder, aber es waren keine Schreie des Zornes. Ich wußte, wie hilflos er in diesen Augenblicken war.

Seine Hand glitt zur Waffe. Er war zu langsam. Erst wollte ich ebenfalls ziehen, dann sprang ich doch nach vorn.

Schon nach meinem ersten Hieb taumelte er mit glasigem Blick. Ich drehte ihn mit einem Hebelgriff auf den Rücken, riß die Impulswaffe aus dem offenen Halfter und versetzte ihm dann den zweiten Schlag, der aber schon mehr als Ohrfeige gedacht war.

Er schrie fürchterlich. In seinen Augen stand nur noch Angst. Da wußte ich endgültig, daß ich nicht Perry Rhodan, sondern seinen verräterischen Sohn vor mir hatte. Thomas Cardif hatte die gesamte Galaxis betrogen, und niemand hatte es bemerkt.

Da geschah etwas, womit ich nicht gerechnet hatte. Das Schott glitt auf. Ich erblickte einen der Kampfroboter und eine plumpe Waffenmündung.

„Halt, nicht schießen!" schrie ich, doch es war schon zu spät. Einem Menschen hätte ich noch eine Erklärung zurufen können, nicht aber einer spezialisierten Kampfmaschine, die weiter nichts zu tun hatte, als ihren Herrn zu bewachen.

Ich sah direkt in den blendenden Blitz, der mir in Magenhöhe in den Körper fuhr.

Ein greller Schmerz durchzuckte mich. Haltlos, noch im Sturz verkrampfend, fiel ich zu Boden.

Ich konnte einwandfrei denken, sehen und hören. Sehen jedoch nur so weit, wie es der Blickwinkel meiner aufgerissenen Augen erlaubte.

Der falsche Rhodan hatte sich sofort gefaßt. Er spielte den grundlos Überfallenen und Erschöpften.

Als die ersten Männer in die Kajüte kamen, Reginald Bull voreweg, war ich nicht mehr fähig, ein erklärendes Wort zu sagen.

Cardif tobte. Wahrscheinlich hätte er mich auf der Stelle erschossen, wenn er nicht gegen seine Proteste mit sanfter Gewalt von zwei medizinischen Robotern aus der Kabine gebracht worden wäre.

Ich hörte nur noch seine Schreie, als er nicht mehr zu sehen war. Innerlich atmete ich auf. Ich war von einer Schockwaffe gelähmt worden. Erfahrungsgemäß würde dieser Zustand etwa zwei Stunden lang anhalten. Was aber konnte in dem Zeitraum geschehen?

Jemand drehte mich herum, so daß ich auf den Rücken zu liegen kam. Bulls Gesicht erschien in meinem Blickfeld. Dicht neben ihm wurde Allan D. Mercant erkennbar.

„Geschockt, sinnlos zu fragen", sagte Mercant mit der ihm eigenen Beherrschung. „Atlan, ich weiß, daß Sie mich hören können. Uns bleibt jetzt keine andere Wahl, als Sie vor Rhodans Zorn zu schützen, bis Sie wieder sprechen können. Anschließend wird sich alles klären."

Ich verzweifelte beinahe, aber ich konnte beim besten Willen keine Auskünfte geben.

„Bringen Sie ihn in die Zentrale", fuhr Mercant fort. „Dort haben wir ihn gut unter Beobachtung. Sorgen Sie dafür, daß Rhodan nicht eher aus dem Lazarett entlassen wird, bis wir Atlans Erklärungen gehört haben. Mehr können wir augenblicklich nicht tun."

Wie weise war dieser kleine Mann. Er schien zu ahnen oder schon zu wissen, was sich zwischen mir und dem falschen Rhodan abgespielt hatte.

Zwei Roboter hoben mich auf. Im Laufschritt wurde ich zur Zentrale getragen, wo sie mich auf einem abseits stehenden Kontursessel niederlegten.

Ich mußte abwarten. Mir blieb keine andere Wahl.

Die Intensität des Waffenstrahlers konnte ich nur schätzen, die verstrichene Zeit war mir genau bekannt. Man hatte mich so gebettet, daß ich die Borduhr über den Hauptkontrollen sehen konnte.

Inzwischen hatten die terranischen Schiffe mit ihren Kombiwaffen das Feuer auf den Schutzschirm eröffnet. Achttausend Raumschiffe griffen gruppenweise an.

Mittlerweile hatten wir auch erfahren, daß es auf Trakarat nur eine Stadt gab. Sonst war nirgends eine Ansiedlung zu entdecken gewesen.

Kurz nach meiner Erstarrung waren Gucky und John Marshall erschienen. Die besten Telepathen des Mutantenkorps hatten versucht, meinen Bewußtseinsinhalt zu erfassen.

Ich hatte sofort meinen Monoblock aufgehoben und mein Gehirn soweit geöffnet, wie es möglich war. Schon hatte ich geglaubt, meine Erkenntnisse über Thomas Cardif auf telepathischer Ebene übermitteln zu können, als sich die Kräfte der Antis auch hier an Bord bemerkbar machten.

Die parapsychische Überlagerung der Mutantenfähigkeit war sofort spürbar geworden. Gucky und Marshall waren außerstande gewesen, meine Gedanken aufzunehmen. Ich hörte aus ihren Gesprächen, daß sie zwar einzelne Impulse wahrnehmen konnten, aber das reichte nicht für eine einwandfreie Übermittlung aus.

So schwebte ich durch die hektische und von Selbsterhaltungstrieb gesteigerte Aktivität der sogenannten Baalol-Priester in noch größerer Gefahr.

Gucky saß neben mir auf dem Lager. Er wischte mir gelegentlich über die Stirn, wobei er mir so traurig in meine Augen sah, daß ich fast verzweifelte.

Unermüdlich wiederholte er seine Frage, was nun eigentlich geschehen sei. Bully und Mercant konnten sich nicht um mich kümmern. Rhodans Stellvertreter hatte den Befehl über die terranische Flotte übernommen.

Ich verfolgte Bullys Maßnahmen mit großer Aufmerksamkeit. So verstrich eine Minute nach der anderen. Dabei versuchte ich, nicht an Thomas Cardif zu denken, über dessen falsches Spiel ich nichts aussagen konnte.

Ich rechnete fieberhaft. Wenn der Schockschuß nicht zu stark gewesen war, konnte ich nach etwa zwei Stunden die Gewalt über meinen Körper zurückgewinnen. Die damit verbundenen Schmerzen kannte ich. Ich sah sie als einen vernachlässigbaren Faktor an.

Viel wichtiger war die Frage, ob es Cardif vorher noch gelingen würde, zu mir vorzudringen.

Zwar hatte Mercant befohlen, ihn bis zu meiner Normalisierung in der Bordklinik festzuhalten, was aber keine Garantie für meine Sicherheit war. Zu diesen Überlegungen warf sich für mich noch das Problem auf, wie es dem Verbrecher gelungen war, die Menschheit so nachhaltig zu täuschen.

Schuld daran waren zweifellos Rhodans engste Mitarbeiter, die wahrscheinlich überhaupt nicht die Möglichkeit erwogen hatten, der falsche Mann könnte die Macht ergriffen haben. Dabei hatte es so viele Anhaltspunkte gegeben, Cardif zu mißtrauen. Wenn man erst einmal argwöhnisch geworden wäre, hätte es bis zur Entlarvung des Betrügers nicht mehr lange dauern können.

Für Cardif kam es zu diesem Zeitpunkt darauf an, mich aus dem Weg zu räumen. Als meine Überlegungen so weit gediehen waren, trat das ein, was ich befürchtet hatte.

Die aufgleitenden Schotte konnte ich nicht sehen. Wohl aber hörte ich den plötzlich entstehenden Tumult, aus dem Cardifs Organ deutlich hervorzuhören war.

„Ich ordne das Standrecht an und lasse Sie vor ein Bordgericht stellen!" hörte ich ihn schreien. „Geben Sie den Weg frei, Mercant, Sie sind ab sofort Ihres Kommandos enthoben!"

Ich konnte nur einen kleinen Teil der Zentrale übersehen. Jetzt war ich verloren. Wenn Cardif geschickt handelte, mußte es ihm gelingen, bis zu meinem Lager vorzudringen.

Du hättest ihn paralysieren sollen, Narr! gab mein Extrahirn bekannt.

Die Stimmen kamen immer näher. Die kolossale Gestalt erschien in meinem Blickfeld.

Ich bemühte mich verzweifelt, die Herrschaft über meinen Körper zurückzugewinnen, vergeblich.

„Sir, bedenken Sie, wen Sie in Atlan zu respektieren haben", sagte Mercant erregt. „Sie verursachen mit absoluter Sicherheit einen Krieg mit dem arkonidischen Imperium. Der Robotregent wird die Macht übernehmen, sobald der Imperator nicht mehr handlungsfähig sein sollte. Sir – so hören Sie doch auf mich . . ."

Cardif stieß den schmächtigen Mann zur Seite. Dann stand er dicht vor mir. Sein Gesicht war von Haß und Furcht noch mehr verzerrt.

Ehe Mercant erneut eingreifen konnte, handelte der Verräter.

Seine Rechte erfaßte die Waffe und zerrte sie erstaunlich schnell aus dem Halfter. Ich hörte den Aufschrei der Anwesenden – doch dann geschah etwas, woran ich nicht mehr geglaubt hatte.

Wenigstens einer wagte es, dem Administrator Widerstand zu leisten. Es war Gucky.

Der Mausbiber saß immer noch auf dem Rand meines Lagers, als der schon feuerbereite Strahler aus Cardifs Hand gerissen und gegen die stählerne Decke geschleudert wurde.

380

„Das erlaube ich nicht", sagte der Mausbiber feindselig. „Ich werde dich zerschmettern, wenn du das noch einmal versuchst."

Cardif wich taumelnd zurück. Seine Augen waren weit aufgerissen. Zwei andere Mutanten des Korps stellten sich vor mich. Es waren Iwan Goratschin und der Telekinet Tama Yokida.

„Sie werden doch wohl noch zehn Minuten warten können, Sir, oder?" fragte der mittelgroße Japaner in aller Ruhe.

„Offene Meuterei!" rief Cardif außer sich. „Claudrin, erschießen Sie diese Männer. Geben Sie mir meine Waffe – nein, reichen Sie mir die Ihre."

In dem Augenblick verlieh mir die Verzweiflung ungeahnte Kräfte. Die Starre begann von mir zu weichen. Ich stieß einen krächzenden Laut aus, der Cardif sofort aufmerksam werden ließ.

Er handelte schnell. Ehe die Terraner die Lage erfaßten, verschwand er aus der Zentrale. Dabei verstand er es geschickt, seinen Rückzug mit allerlei Drohungen zu tarnen.

Oberst Claudrin ließ einen Stoßseufzer hören, als der angebliche Administrator nicht mehr zu sehen war.

„Glück gehabt", sagte Goratschins linker Kopf. Der rechte lachte. Gucky fuhr mir mit der zarten Pfote über die Stirn.

Ich konnte mich noch nicht bewegen. Die Laute, die meinem Mund entflohen, mußten unverständlich sein. Man mühte sich um mich, aber die Zeit verstrich, ohne daß man etwas gegen Cardif unternahm.

Erst zehn Minuten später fühlte ich die qualvollen Schmerzen. Mein Nervensystem erwachte. Ich schrie, bis es mir endlich gelang, einige Worte zu formulieren. Jedermann in der Zentrale hörte sie. Ich war laut genug.

„Verhaften – schnell, es ist Thomas Cardif, verhaften! Mercant – er ist nicht Rhodan, schnell..."

Der Abwehrchef fuhr zusammen, als hätte ihn ein Geschoß gestreift.

„Atlan, bist du sicher?" brüllte mir Bully ins Ohr. Er war leichenblaß.

„Ja, es ist Cardif. Abfangen – Beweise hundertprozentig, verhaften..."

Plötzlich brandete auf telepathischer Ebene homerisches Gelächter auf, das von allen Anwesenden auf schmerzhafte Weise vernommen wurde. *„Atlan, du hast die Wahrheit erkannt, während die anderen alle versagt haben. Aber damit habe ich gerechnet."* Es gab keinen Zweifel, die Stimme gehörte ES.

„Ich habe ihn gewarnt", fuhr Es fort, *„aber er wollte nicht auf mich hören. Du wirst groß und stark, sagte ich ihm. Er verstand jedoch nicht. Der Aktivator ist auf Rhodans Individualimpulse eingestellt, doch Cardif ist nicht Rhodan."*

Wieder machte das mentale Gelächter den Männern zu schaffen. Gleich darauf sprach ES weiter: *„Gucky, lieber Freund, deine Parafähigkeiten sind derzeit durch die Antis blockiert. Und doch wirst du es sein, der den Weg zu Cardif findet. Der Aktivator, den Cardif trägt, wird dir diesen Weg zeigen. Ich werde dich in die Lage versetzen, seine Impulse trotz der Behinderung durch die Antis auf telepathischer Basis zu empfangen. Nur du wirst diese Impulse empfangen können. Folge ihnen und finde Cardif. In dem Augenblick, da der Aktivator seinem rechtmäßigen Besitzer gehört, erlöschen die Impulse. Beeile dich, denn der Vorsprung Cardifs könnte sonst zu groß werden."*

Nochmals war das unerträgliche Gelächter zu vernehmen, dann erlosch es.

Da erwachten sie endlich aus ihrer Verwirrung. Plötzlich schien ihnen einzufallen, wie anomal sich dieser angebliche Rhodan benommen hatte, wie sehr sie sich in ihrer Verblendung und Verehrung für den echten Rhodan von seinem Sohn hatten täuschen lassen.

Nie hatte ich Männer so laufen sehen. Ich konnte jetzt schon meine Hände bewegen, wenig später die Arme und Beine. Die Schmerzen wurden fast unerträglich. Flüssiges Blei, das mit Millionen feiner Nadeln gespickt war, schien durch meine Adern zu rinnen.

Ich versuchte nicht, meinen Zustand durch heldenhaftes Benehmen zu verheimlichen. Wenn ich schrie, gelang es mir immer, einige erklärende Worte hervorzustoßen.

Wieder dauerte es Minuten, bis ich mich aufrichten konnte. In dem Augenblick kam jene Meldung, die ich befürchtet hatte. Die Schleusenzentrale rief an. Ein Captain teilte mit, Rhodan sei mit einer Space-Jet gestartet, um Verhandlungen auf Trakarat einzuleiten. Rhodan habe soeben den Hangartubus verlassen. Er wäre allein.

Bully tobte, und ich wurde endlich innerlich ruhig. Jetzt hatten wir den letzten Beweis. Ich hatte es nicht mehr nötig, die noch Zweifelnden überzeugen zu müssen.

Auf wankenden Beinen stand ich vor dem Lager. Mercant war es, der die Sachlage zuerst in voller Konsequenz überschaute.

„Ruhe!" schrie er, und nochmals: „Ruhe!"

Ich grinste ihn ironisch an.

„Ihr Helden", lallte ich mit schwerer Zunge. „Euer Verstand ist offenbar eingefroren."

„Ihre Befehle, Sir!" sagte Mercant beherrscht. „Haben Sie eine Idee?"

„Natürlich. Sofort eine Space-Jet starklar machen. Pilot ist Leutnant Brazo Alkher. Ich kenne ihn. Gucky, willst du mit mir fliegen? Das Fiktivwesen von Wanderer hat schon immer gewußt, daß dieser Rhodan ein Betrüger war. Versteht ihr nun, warum es zu der Zellwucherung kam? Cardif hat als Perry Rhodan einen lebenserhaltenden Aktivator verlangt, wie ich ebenfalls einen besitze. *ES* hat wieder einmal gespielt. Das Gerät wurde von *ES* auf Rhodans Individualschwingungen abgestimmt, die jedoch geringfügige Unterschiede zu Cardifs Werten aufweisen. Das hat der Schurke zu spät erkannt. Wahrscheinlich wird Cardif seine Freunde angerufen haben. Setzen Sie den Beschuß fort. Wir sind uns ja darüber einig, daß das ursprüngliche Ziel, Hilfe von den Antis anzufordern, hinfällig geworden ist. Jetzt geht es darum, Rhodan, der sich wahrscheinlich irgendwo da unten befindet, zu befreien und Cardif zu fassen. Stellen Sie den Antis ein Ultimatum. Fordern Sie die Freilassung Rhodans. Drohen Sie den Antis, den Beschuß so lange fortzusetzen, bis sie die Forderungen erfüllen."

Das reichte. In wenigen Minuten hatten wir klare Absprachen getroffen. Kodesignale wurden vereinbart. Ich verzichtete nach wie vor darauf, von einem Einsatzkommando begleitet zu werden. Die Mutanten konnten ohnehin nichts unternehmen. Ihre Fähigkeiten mußten nahe der Antistadt vollkommen aufgehoben werden. Es war erstaunlich, daß es dem Mausbiber gelungen war, Cardif die Waffe zu entreißen. Gucky hatte sich anstrengen müssen.

Die Space-Jet des Flüchtlings wurde geortet. Niemand schoß auf ihn. Das Bordgehirn strahlte den vorgeschriebenen Losungsimpuls ab. Außerdem waren die Kommandanten der anderen Raumschiffe noch nicht unterrichtet worden. Es wurde höchste Zeit, die Verfolgung aufzunehmen.

Inzwischen hatten die Antis den globalen Schirm abgeschaltet und einen kleineren über der Stadt aufgebaut.

Die von mir verlangten Ausrüstungsgegenstände wurden in eine zweite Flugscheibe gebracht. Kombilader und normale Waffen gehörten dazu. Alkher, Gucky und ich legten arkonidische Kampfanzüge an.

Cardif tauchte in die Atmosphäre des Planeten ein, als wir endlich in der Schleuse ankamen.

Eigentlich hätte er längst gelandet sein müssen. Warum hatte er sich so lange im Raum aufgehalten?

Der richtige Gedanke kam mir fast zu spät. Cardif hatte erst die Landeerlaubnis einholen müssen. Für mich war es ein Vorteil. Sein großer Vorsprung war dadurch auf ein Minimum zusammengeschrumpft.

Der Schleusenabschuß traf mich hart. Ich brauchte noch einige Zeit zur Erholung. Die injizierten Medikamente mußten aber bald zu wirken beginnen.

Leutnant Brazo Alkher war ein Meister seines Faches. Entspannt und doch konzentriert wirkend, saß er hinter der modernen Knüppelschaltung der Düsenquerschnittsverstellung.

Wir drangen vom Pol her in die Atmosphäre ein, um den äquatorialen Staubringen entgehen zu können.

Gucky saß hinter uns im Sessel des Ortungsfunkers. Er lauschte angestrengt auf die Impulse des Zellaktivators, die er dank *ES'* Hilfe empfangen konnte. Er hatte mir mitgeteilt, die Ausstrahlungen würden ständig lauter werden.

Schließlich bekamen wir wieder einen klaren Ortungskontakt. Cardifs Maschine erschien über dem Funkhorizont.

„Abschwenken auf äquatoriale Ringbahn!" rief ich Alkher zu.

Er nickte nur.

Noch steiler stürzten wir auf die Oberfläche zu. Cardifs Schiff verschwand wieder hinter der Planetenrundung.

In achtzig Kilometern Höhe fing Alkher unsere Jet auf. Weit voraus mußte die Hauptstadt der Antis liegen. Wir empfingen die ersten Energieechos vom Schutzschirm über der Ansiedlung.

Ich gab dem Piloten ein Zeichen. Gleichzeitig beugte ich mich nach links und drückte auf den Sammelschaltknopf seines Einsatzanzugs. Der durchsichtige Energieschirm legte sich über seinen Körper.

Gucky folgte meinem Beispiel. Er sagte kein Wort. Wir hatten abgesprochen, er solle sich nur dann melden, wenn seine Parapeilung einen falschen Kurs auswiese. Anscheinend war das nicht der Fall.

Es war auch nicht zu erwarten, daß Cardif einen anderen Ort als die Stadt aufsuchen würde. Sie hatte bisher noch keinen Namen erhalten. So nannte ich sie bei mir Antipolis.

Wir flogen noch mit vierzigfacher Schallgeschwindigkeit. Ich bemerkte, daß Brazo immer wieder zur Düsenumlenkung greifen mußte, um die Jet in der Flugbahn halten zu können. Unsere Fahrt lag etwas höher als die Fluchtgeschwindigkeit von Trakarat. Ohne Antriebskorrekturen wären wir fraglos in den Raum getragen worden. Noch konnte uns die Gravitation nicht festhalten.

Trakarat war eine schöne Welt.

Es war verwunderlich, daß die Baalols darauf verzichtet hatten, den Planeten vollkommen zu besiedeln. Offenbar lag es aber in ihrer Mentalität, eine Kolonisierung in gewohntem Sinn nicht vorzunehmen. Unsere Logiker waren mittlerweile zu der Auffassung gelangt, Trakarat diene lediglich als Ausbildungszentrale für die vielen Kultpriester, die man auf vielen Welten der Galaxis antreffen konnte. Hier schien das Koordinierungssystem zu liegen, von dem aus die Geschehnisse geplant und gesteuert wurden.

Am Horizont zeichnete sich ein Flimmern ab. Wir flogen der roten Doppelsonne entgegen, die eben über Antipolis aufgegangen war.

Es war ein seltenes Gestirn. Ich hatte noch nie einen Doppelstern von solcher Harmonie gesehen. Die Sonnen standen sehr eng beieinander; kaum durch einige Lichtwochen getrennt. So geschah es, daß sie von ihren sechzehn Planeten auf nur wenig exzentrischen Bahnen umlaufen wurden.

Das Sterngefunkel des nahen Milchstraßenzentrums verblaßte, je tiefer wir in die Lufthülle eintauchten, und je heller das Tageslicht wurde.

Das Triebwerk heulte für wenige Sekunden mit voller Schubleistung auf. Brazo arbeitete mit 2500 Megapond. Der Andruckabsorber nahm die Beharrungskräfte gut auf.

Als wir im Sturzflug tiefer glitten – Gucky hatte ein dahingehendes Zeichen gegeben –, waren wir nur noch zweifach überschallschnell.

Entgegen meiner Absprache mit Bully meldete sich plötzlich die Funkstation der IRONDUKE. Bulls Gesicht erschien auf unserem Bildschirm.

„Vorsicht!" sagte er so ruhig, als hätte ich ihm gegenübergesessen. „Eine schwere Kampfrakete hat den Schirm durchschlagen. Sie ist nahe der Stadt explodiert. Der Schirm schwankt. Wir kommen jetzt mit den Strahlkanonen durch. Die Antis melden sich aber immer noch nicht. Wie wäre es mit einem massierten Einsatz aller Landetruppen?"

„Abwarten, noch nicht."

Ich drehte mich zu Gucky um. Er lag mit geschlossenen Augen in seinem Sitz.

„Wo steht die Maschine?"

„Klare Echos, sehr stark. Sie gleitet ab. Er setzt zur Landung an."

Bully hatte die Worte gehört.

Ich sagte rasch: „Wir folgen ihm. Lassen die Antis nach?"

„Ganz erheblich. Der Schirm könnte jetzt vollends zerstört werden."

„Nehmt einige Randprojektoren unter Feuer. Ich brauche einen Konturriß. Ich fliege aus nördlicher Richtung an. Ende."

Brazo ließ die Jet im Gleitflug nach unten stoßen. Antipolis war noch fünfzig Kilometer entfernt. Ich wunderte mich über die mangelhafte Bodenabwehr.

Die Stadt war von vier Kanonenforts umgeben gewesen, die wir inzwischen zerstört hatten. Die Forts hatten aber kein einziges Raumschiff vernichten können.

Weshalb hatten es die Baalols unterlassen, den Planeten zu einer Festung auszubauen? Wahrscheinlich hatten sie niemals mit einem massierten Angriff gerechnet. Die große Energiehülle hätte tausend

386

und mehr Raumschiffen standhalten können, nicht aber achttausend terranischen Einheiten mit Kombiwaffen.

Je näher wir kamen, um so deutlicher bemerkten wir die aus dem Raum niederzuckenden Leuchtfinger. Es war ein filigranhaftes Gespinst von ultrablauen, grünlichen und rosa Linien.

Die terranischen Raumfahrer schossen genau. Es kam nur sehr selten vor, daß ein Schuß die hochgewölbte Energiekuppel verfehlte und dicht neben ihr in den Boden schlug.

Dort, an den nicht mehr geschützten Punkten, entstanden dann glutflüssige Krater, die jedoch nicht radioaktiv strahlten.

Ich überlegte. Natürlich wäre es närrisch gewesen, anzunehmen, man würde uns mit offenen Armen empfangen. Sicherlich dachte auch niemand daran, dem arkonidischen Imperator den Schutzschirm zu öffnen, nur weil er es sich in den Kopf gesetzt hatte, einen flüchtigen Verbrecher zu fangen.

Ich hatte mich also einmal mit dem Glutmeer außerhalb des Energieschirms auseinanderzusetzen und zum anderen mit dem Schirm selbst. Wenn er nicht aufgerissen wurde, war ein Eindringen unmöglich.

Wahrscheinlich würde man Cardif einlassen, obwohl mir meine Logik sagte, daß die Götzenpriester über den Besucher nicht sehr entzückt sein konnten. Als Cardif noch fähig war, Rhodans Rolle zu spielen, war er für die Baalols wertvoll gewesen. Jetzt war er für sie nur noch Zeuge ihrer Untaten, immer vorausgesetzt, die Antis hatten bereits erfahren, daß wir Cardifs Betrug durchschaut hatten.

Probleme über Probleme zeichneten sich ab. Gucky war als Teleporter nutzlos geworden. Er mußte sich anstrengen, um die Paraimpulse des Zellaktivators erfassen zu können.

In unmittelbarer Nähe so vieler Antis wurde er zu dem, als was er sonst nur äußerlich erschien: zu einem kleinen, liebenswerten Geschöpf mit schwachem Knochenbau und geringen Körperkräften.

Ich feilte noch an der Vollendung meines Operationsplans, als etwas geschah, woran ich nur mit einem Gefühl dumpfen Unbehagens gedacht hatte. Die Antis waren doch nicht so unklug gewesen, wie man angenommen hatte.

„Vorsicht!" schrie Alkher.

Zugleich riß er den Impulsknüppel nach hinten und drückte den im Kopfende eingebauten Notschalter mit dem Daumen in die Fassung. Das Triebwerk heulte auf, aber es war zu spät.

Ich bemerkte gleichzeitig zwei Dinge. Auf dem Bildschirm der Bodenbeobachtung zeichneten sich drei kleine Metallkörper ab. Aus ihnen fuhren die feurigen Energiebahnen zu uns empor.

Innerhalb der dichten Lufthülle waren sie nur halb lichtschnell, weshalb ich das Aufblitzen einen Sekundenbruchteil vor ihrer Ankunft sehen konnte. Ehe mein Gehirn jedoch den optischen Eindruck verarbeitet hatte, schlug es schon in unseren Schutzschirm ein.

Zwei andere Entladungen zuckten wirkungslos an uns vorbei, aber der dritte Schuß der fahrbaren Abwehrbatterie traf uns voll.

Die Jet wurde aus dem Steigkurs gerissen und so gewaltsam um ihre Achse gewirbelt, daß die Automatik des Absorbers kaum nachkam. Heftige Stöße preßten unsere Körper in die Anschnallgurte. Zugleich begann es unter meinen Füßen zu bersten.

Nach einer Explosion, die das molekülverdichtete Stahlblech des Bodens weißglühend aufwölbte, fiel das Triebwerk aus. Die Jet stürzte ab.

Von dem dichten Qualm verspürten wir nichts. Die Schutzschirme der Kampfanzüge wirkten wie hermetisch abschließende Hüllen von Raumanzügen. Trotzdem durften wir nicht in der Maschine bleiben.

Brazo Alkher war verletzt worden. Eine Gaszunge aus hocherhitztem Reaktorplasma hatte ihn getroffen, den Individualschirm teilweise durchschlagen und starke Verbrennungen verursacht. Ich sah Alkhers schmerzverzogenes Gesicht, aber kein Laut kam über seine Lippen.

Draußen heulten die verdrängten Luftmassen. Bei dem Treffer waren wir noch etwa zehn Kilometer hoch gewesen.

Ohne ein Wort zu verlieren, hieb ich mit der Faust auf den Sprengschalter der Kanzelablösung. Die Vorrichtung funktionierte noch. Mit einem dumpfen Knall wurde die Druckkabine aus den Halterungen gerissen, von der stürzenden Maschine abgetrennt und in weitem Bogen davongeschleudert.

Zu der Zeit waren wir noch dreitausend Meter hoch. Die Notstrombank lief automatisch an, um den eingebauten Antigravitationsprojektor mit Energie zu versorgen. Das heißt – sie hätte automatisch anspringen sollen.

Als nichts geschah, hatten wir verstanden. Erst tausend Meter über dem Boden sprengte Brazo das Kabinendach ab, und die zusätzlich vorhandenen Schleudersitze erhielten den Zündkontakt. Wieder flogen wir aus dem Wrack heraus, doch diesmal minderte kein Andruckabsorber den heftigen Beschleunigungsstoß.

Ich wurde in dem Sitz zusammengestaucht, daß die Luft aus meinen Lungen gedrückt wurde, und sah mich um. Gucky und Alkher waren gut aus der Kanzel gekommen. Weit entfernt schlug die Jet auf. Sie verging in einer Atomexplosion, deren Druckwelle die nun deutlich erkennbaren Abwehrgeschütze über das Gelände schleuderte.

Ich löste die Anschnallgurte, schaltete das Flugaggregat des Kampfanzugs ein und überließ mich der Automatik.

Das entstehende Antigravfeld hob den Fall auf. Nur der Sessel stürzte weiter, wo er dann meinen Blicken entschwand.

Gucky und Brazo waren dicht hinter mir. Die Absorber neutralisierten die planetarische Schwerkraft, die in Äquatornähe etwa 1,08 Gravos betrug.

Ich gab Handzeichen. Wahrscheinlich hätte es bei einer Funksprechverbindung doch nur Störungen gegeben. Der infolge des pausenlosen Beschusses mehr und mehr zusammenbrechende Energieschirm über Antipolis war nicht mehr weit entfernt.

Wir glitten zum Boden hinab. In einem dichten Forst berührten meine Füße das Gelände. Brazo und der Mausbiber folgten.

Ich schritt zu dem jungen Offizier hinüber. Nachdem er sein Körperfeld abgeschaltet hatte, untersuchte ich seine Verletzungen. Brazos rechte Hüfte sah nicht gut aus. Die Verbrennungen waren schwerer als angenommen. Er stöhnte vor Schmerz.

Gucky bemühte sich vergeblich, die Hirnimpulse von eventuell näher kommenden Intelligenzen zu empfangen.

„Die Antis überlagern alles", beklagte er sich. „Ich kann dir nicht mehr viel nützen, Atlan."

„Versuche, den Aktivator ausfindig zu machen."

„Habe ich schon. Cardif geht auf die Stadt zu. Seine Maschine muß ganz in der Nähe stehen."

Ich öffnete Brazos Verbandskasten. Er hing unterhalb des Kombitornisters. Unter den Medikamenten wählte ich ein schmerzlinderndes Mittel aus. Die Automatspritze zischte, als ich ihren Inhalt unter hohem Druck in Brazos Armgewebe sprühte.

„In Ordnung, Junge, nach drei Minuten spüren Sie nichts mehr, aber Sie werden stark benommen sein. Bleiben Sie hier und warten Sie."

„Unsinn, Sir."

„Nichts da, ich kann es nicht verantworten, Sie in dem Zustand mitzunehmen. Sie warten hier, bis Hilfe kommt."

Seine braunen Augen flehten. „Sir, mir wird ja schon besser. Ich spüre nichts mehr. Ich kann doch wenigstens als Rückendeckung fungieren."

„Sie bleiben! Das ist ein Befehl, Leutnant."

Gucky landete wieder. Er hatte sich in die Luft erhoben und Umschau gehalten.

Hastig kam er auf seinen kurzen Beinen näher. „Ich habe Cardifs Maschine gesehen. Sie steht etwa zwei Kilometer westlich von uns in einer Bodensenke."

Wortlos schaltete ich Brazos Flugaggregat ein. Er war so benommen, daß er sich kaum noch orientieren konnte. Wenige Minuten später hatten wir nach einem schnellen Tiefflug die Space-Jet erreicht. Sie war unbeschädigt, nur Thomas Cardif war nicht mehr darin.

Aufatmend bettete ich Alkher in einen herabklappbaren Kontursessel.

„Sie haben Startverbot, ist das klar? Fliegen Sie nicht los. Sie unterschätzen das Betäubungsmittel. Ihre Reaktionsfähigkeit ist auf ein Minimum herabgesetzt."

„Jetzt merke ich es auch, Sir", lallte er mit schwerer Zunge. Ich strich ihm über die Wange. Er mußte schleunigst in ärztliche Behandlung kommen.

Augenblicke später rief ich mit den starken Funkgeräten des Kleinraumschiffs die Flotte an. Die IRONDUKE meldete sich sofort. Bull war am Apparat.

„Na endlich!" rief er autatmend. „Wir haben den Absturz beobachtet. Wo seid ihr?"

„In Cardifs Maschine. Er wird schon in der Stadt sein. Wir haben ihn nicht mehr rechtzeitig fassen können. Ich stoße mit Gucky vor."

„Verrückt!" rief er aufgebracht. „Es genügt, daß die Burschen eine Geisel haben. Ich habe vor fünf Minuten Antwort auf mein Ultimatum bekommen. Die Antis ersuchen um einen Waffenstillstand. Sie wollen überlegen. Perry ist in der Stadt. Unverletzt."

Die letzten Worte rief er freudestrahlend aus. Auch mir wurde warm ums Herz. Nun war alles gut.

„Weiter, Bully."

„Nun ja, sie werden allerlei für Perrys Freilassung fordern. Über Cardifs Betrugsmanöver hat man kein Wörtchen verlauten lassen. Was sollen wir tun?"

„Sofort eine Raumlandedivision absetzen und die Stadt einschließen. Wie sieht die Energieglocke aus?"

„An sieben Stellen aufgerissen. Nordabschnitt liegt frei. Die Antis können den Schirm nicht wieder aufbauen. Ich befürchte aber, sie haben etwas im Sinn, was wir noch nicht durchschauen können."

„Ich vermute, daß man sich erst mit Cardif in Verbindung setzen will. Womöglich erhofft man sich von ihm nutzbringende Auskünfte. Die Besatzungsmitglieder der Flotte müssen über alles informiert werden. Unter Umständen beginnt Cardif nochmals Theater zu spielen. Wenn er mit Unterstützung der Antis die hiesigen Sender aktiviert, kommen seine Funksprüche überall durch. Er könnte auf die Idee kommen, den gesamten Führungsstab zu verleumden. Gucky und ich dringen jetzt von Norden her in die Stadt ein. Alles klar?"

Bully ließ ein zustimmendes Geräusch hören, und ich schaltete ab. Brazo war noch wach.

„Alkher, glauben Sie, mir als Relaisstation für eingehende Funksprüche dienen zu können? Ich befürchte, mit dem Armbandgerät nicht mehr durchzukommen."

„Sie können sich auf mich verlassen."

Gucky und ich machten uns fertig und brachen auf.

Ich schwebte mit Gucky fünfhundert Meter hoch über dem äußeren Nordring. Die im Boden eingebauten Schirmprojektoren waren zerstört worden. Trotzdem standen noch große Teile des Energieschirms.

Tiefer hatten wir nicht gehen können, da das Gelände an den Ausfallstellen noch in heller Rotglut strahlte. Hier und da waren blasenwerfende Krater zu sehen, aus denen giftige Dämpfe und gefährliche Hitzewellen nach oben stiegen.

Ein Sturm war aufgekommen. Wir konnten uns nur mit Mühe in der Luft halten. Wir hatten viele Intelligenzwesen beobachtet, die nach Körperform und Aussehen gut Arkoniden oder Menschen hätten sein können.

Deutlich war zu erkennen, daß die Antis sich in Panikstimmung befanden. Am Rand der Stadt gab es Anzeichen von Zerstörung, hervorgerufen durch die den Schirm durchdringenden Projektile der Kombigeschütze.

Unter solchen Verhältnissen war es nicht verwunderlich, daß der paramentale Einfluß der Antis nachließ. Viele von ihnen hatten wahrscheinlich mehr zu tun, als reglos auf dem gleichen Fleck zu stehen, um ihre Geistesgaben mit denen anderer Baalols zu vereinen. Auf andere Art war eine starke Paraaufladung des Schirms nicht möglich.

Rasch durchflogen wir einen breiten Konturspalt im Schirm. Wir landeten auf der abgeflachten Spitze eines Bauwerks. Unter uns herrschte das Chaos. Antis schrien aufeinander ein, andere versuchten, mit flachen Fahrzeugen die Stadt zu verlassen.

„Streit!" rief mir Gucky zu. „Das konnte gar nicht besser kommen."

Er hatte recht. Ernste Meinungsverschiedenheiten waren deutlich erkennbar. Gelegentlich bemerkte ich sogar Gruppen, die sich zu bekämpfen schienen.

Auch die Antis waren Lebewesen mit einem Selbsterhaltungstrieb. Es wäre sonderbar gewesen, wenn sie sich nicht gegen das aus dem Raum niederbrechende Schicksal aufgelehnt hätten.

Die führende Oberschicht saß wahrscheinlich seit Stunden in relativ sicheren Tiefbunkern. Das waren Dinge, die ich am Rand bemerkte. Wirklich wichtig war nur Thomas Cardif.

Gucky hatte ihn bisher gut verfolgen können. Wenn auch seine

Psigaben fast erloschen waren, so konnte er durch die Hilfe von *ES* doch die Impulse des Zellaktivators aufnehmen. Er sagte, er spüre sie wie ein fernes Singen, das ab und zu von einem lauten Gelächter übertönt würde.

Ich ahnte, daß das letzte Stadium angebrochen war. Cardif würde jetzt völlig verzweifelt sein, zumal die Antis nun sicher wußten, daß seine Rolle als Perry Rhodan ausgespielt war.

Wieviel war er ihnen noch wert? Was würden sie zu seinen Gunsten riskieren?

Nichts mehr! sagte mein Logiksektor. *Sie werden vielleicht noch einen Versuch mit ihm machen. Schlägt das Experiment fehl, lassen sie ihn fallen.*

Der Auffassung war ich auch. Was würde man aber durch Cardif zu erreichen versuchen? Zur Zeit geschah noch nichts. Gucky konnte seinen Weg verfolgen. Er weilte im Zentrum der Stadt.

Wir flogen weiter. Der Kleine hatte meine Hand ergriffen und dirigierte so meinen Kurs. Die schwerkraftaufhebenden Antigravaggregate arbeiteten gut.

Inzwischen waren die Terraner wahrscheinlich bereits gelandet und hatten die Stadt hermetisch abgeriegelt. Viel würde nun von der Verhandlungsbereitschaft der Antis abhängen.

Der Mausbiber sprach nicht viel. Über einem weiten Platz, der von prächtigen Gebäuden und Parkanlagen umgeben war, hielt er an. Wir landeten auf dem Runddach eines großen Kuppelbauwerks.

„Er ist genau unter uns", schrie mir Gucky zu. „Wahrscheinlich wird er von den Antis empfangen, aber das kann ich nicht genau sagen. Ich spüre nur die Strahlungen des Geräts."

Das genügte mir vollauf. Ich spähte nach unten. Auf dem großen Platz war kaum jemand zu sehen. Von Bull kamen keine neuen Nachrichten durch. Vertraute man im Führungskreis der Götzenpriester noch immer auf den wankenden Energieschirm? Erhoffte man sich ein Wunder durch Perry Rhodan – oder durch Thomas Cardif?

Ich wurde unruhig.

„Wir können ihn jetzt fassen!" rief mir Gucky ungeduldig zu.

„Nein, das ist jetzt von zweitrangiger Bedeutung. Wir greifen erst dann an, wenn er bei Rhodan ist."

„Wird man ihn zu Perry bringen?"

„Mit größter Wahrscheinlichkeit."

„Was hast du vor?"

Ich erklärte es mit wenigen Worten. Es kam jetzt nur noch darauf an, unentdeckt zu bleiben und Cardifs Fährte zu verfolgen.

Vorsichtig schwebten wir über die Dachrundung hinweg, umflogen einige hochragende Antennenmasten und glitten dann zum Gelände hinunter.

Ich suchte nach einem Eingang. Das Mauerwerk war teilweise geborsten. Es war leicht, in Erdgeschoßhöhe eine breite Öffnung zu finden. Wir gelangten in eine prunkvoll ausgestattete Halle, von der aus etliche Antigravschächte nach oben führten.

Ich ging hinter einer Sechskantsäule aus fluoreszierendem Material in Deckung und zog den Kleinen näher.

„Fliege vornweg", sagte ich leise. „Da drüben sind Antis, vorsichtig also! Kannst du den Aktivator orten?"

„Viel besser als vorher. Cardif geht weiter nach unten."

Gucky flog los. Wir gelangten an einen Antigravschacht, in den wir uns hineinwagten. Wir schwebten nach unten.

Eine Schleusenhalle wurde sichtbar. Hinter dem Eingang erblickten wir ein unheimliches Bild. Tausende von Antis, alle in wallende Gewänder gekleidet, hockten dichtgedrängt auf dem Boden, den Blick auf die Wände gerichtet.

Nebenan war eine zweite Halle. Wieder bemerkten wir eine reglose Masse Gelbgekleideter. Mir wurde klar, daß es sich bei ihnen um die „Psi-Armee" der Baalols handelte. Sie hatten die Aufgabe, den Schutzschirm durch ihre mentalen Naturkräfte zu verstärken. Doch sie würden nicht mehr lange durchhalten.

Gucky winkte. Ich sah nur eine schattenhafte Bewegung. Lautlos zog ich mich von der schweigenden Armee zurück.

„Schnell, Cardif geht tiefer. Ich habe Schmerzen."

„Schmerzen? Wieso?"

„Die Aktivatorschwingungen werden zu stark. Dann ertönt immer wieder dieses Gelächter."

Außerhalb der Schleusenhalle stießen wir auf eine Treppe, die tiefer führte. Gucky nickte und deutete hinab.

Wir rannten die Treppe hinunter. Wachen tauchten nicht auf. Dann vernahmen wir plötzlich Stimmen. Cardifs heiseres Organ war deutlich zu unterscheiden. Er schrie etwas, was ich nicht verstehen konnte.

Nach der letzten Windung erblickten wir einen runden Kuppelsaal. Mehrere gelbgekleidete Antis standen vor Cardifs monströsem Körper. Sie betrachteten ihn mitleidlos.

„... werde ich davon überzeugen können", sagte der Verbrecher soeben. Er umklammerte mit beiden Händen seinen Hals. Wahrscheinlich litt er unter Atemnot.

Ich zog mich mit Gucky in die Ecke unter den Stufen zurück. Noch galt es abzuwarten.

„Du hast versagt", entgegnete ein alter, hochgewachsener Anti. Er trug eine violette Robe mit unverständlichen Farbsymbolen. Das mußte der Hohe Baalol sein.

„Wir halten es für ausgeschlossen, daß dein Vater nochmals auf dein Ansinnen eingeht. Welche Möglichkeiten stehen dir noch offen, die Besatzungen der terranischen Raumschiffe zu beeinflussen?"

„Ihr habt mir nicht die Sendestation zur Verfügung gestellt", beschwerte sich Cardif. „Ich hätte sie noch überreden können."

„Wir haben einen offenen Rundspruch an alle Kommandanten und Besatzungen aufgefangen. Es ist jetzt allen Terranern bekannt, daß du nicht Perry Rhodan bist. Wir haben keine Zeit zu verlieren. Das Feld bricht zusammen."

Ich zählte fünf Antis, die wahrscheinlich zur Führungsschicht dieser Welt gehörten.

Drei andere waren uniformiert und bewaffnet. Ich versuchte, die Lage nüchtern zu überdenken.

Die fünf einflußreichen Personen trugen Individualprojektoren, die sie zur Zeit nicht eingeschaltet hatten. Die Uniformierten hatten ihre Geräte aktiviert. Da sie sich augenblicklich nicht bedroht fühlten, waren die Körperschirme nicht mental aufgeladen.

Cardif begann weinerlich zu betteln. Ich bemerkte, daß er immer wieder um einen Schritt rückwärts taumelte. Dabei riß er seine Augen so angstvoll auf, als hätte er etwas Fürchterliches erblickt.

„Das Ultimatum läuft in zwanzig Minuten Standardzeit ab", sagte ein Kultpriester.

„Ich werde mit ihm sprechen!" rief Cardif verzweifelt. „Führt mich zu ihm. Ich bringe ihn vor den nächsten Telekom. Die terranischen Offiziere werden sich seinen Befehlen unterwerfen. Es geht um sein Leben, denkt daran."

„Um das unsere auch", bemerkte der Hohe Baalol kühl.

In diesem Augenblick schrillten Alarmsirenen los.

„Zum Teufel!" stöhnte Gucky. „Wir sind geortet worden."

Wir verhielten uns trotz der Entdeckungsgefahr ruhig. Die führenden Antis forderten erregt Aufklärung. Einer der drei Uniformierten rannte die Treppe hinauf, als von oben schon Rufe erklangen.

Darauf kehrte der Offizier zurück. Er schien die Lage erfaßt zu haben.

„Schaltet eure Schirme ein!" rief er. „Jemand ist unbemerkt eingedrungen."

Ich bemerkte die Handbewegungen der Götzenpriester. Plötzlich waren sie alle geschützt, aber ich wußte immer noch nicht, wo Rhodan zu finden war.

„Was jetzt?" fragte Gucky.

Cardif gab die Antwort auf die Frage. Ich sah ihn davonwanken und weiter hinten eine Tür aufreißen. Die fünf Antis folgten ihm. Die Uniformierten standen mit gezogenen Waffen an den Wänden.

Cardif war nicht mehr zu sehen. Ich vernahm einen heftigen Wortwechsel.

„Hinfliegen, schnell."

Gucky verstand. Ich aktivierte die Flugaggregate und glitt dicht über den Boden hinweg auf die Tür zu.

Unbeschadet kamen wir an.

Ich zögerte nicht mehr länger. Sollten sie uns erkennen.

Gucky stand sprungbereit, als ich die Tür aufzog. Mit zwei Sätzen waren wir hindurch, und da klangen wie erwartet die Warnrufe auf.

Ich schob die Tür mit dem Fuß zu, sah mich um und riß auch schon die Waffe hoch.

Im Hintergrund des Raumes stand ein hagerer, hochgewachsener Mann mit grauen Augen und einem ironischen Lächeln auf den Lippen: Perry Rhodan. Cardif wollte auf ihn schießen.

Ich schoß um den Bruchteil einer Sekunde früher.

Cardif schrie auf und stürzte.

Sein rechter Arm war in Höhe des Schultergelenks getroffen worden. Stöhnend wälzte er sich auf dem Boden, den Mund verzerrt, die Augen weit aufgerissen.

Vier der Baalols waren bis zur Wand zurückgewichen. Nur jener in der violetten Robe stand hoch aufgerichtet mitten im Zimmer. Ausdruckslos sah er sich um.

Draußen erklangen Rufe. Man wagte es aber nicht, einzutreten oder durch die Tür zu schießen. Cardif schrie immer noch. Die Verletzung mußte schmerzhaft sein.

„Ihr verwechselt einen offenen Krieg mit einem Spiel, Hoher Baalol", sagte ich laut. „Ich möchte dir dringend raten, die draußen wartenden Männer anzuweisen, ihre Waffen einzustecken. Terranische Truppen landen. Zehntausend Robotschlachtschiffe schwenken soeben in ihre Angriffspositionen ein."

Der Alte zögerte. Dann schritt er gravitätisch an mir vorbei und öffnete die Tür. Ich wich mit einigen Sprüngen zu Rhodan zurück, der mittlerweile Cardifs Strahlwaffe aufgehoben hatte.

„Danke", sagte er einfach.

Der alte Mann hatte in wenigen Augenblicken Ordnung geschaffen. Er kam zurück, aber die Tür blieb geöffnet. Draußen hatte man ein tragbares Impulsgeschütz aufgestellt.

Um Cardif kümmerte sich niemand. Er schleppte sich quer durch den Raum, bis er an einer Wand Halt fand. Daran richtete er sich zu sitzender Stellung auf.

Gucky war bei Perry.

Der Hohe Baalol schien einen Entschluß gefaßt zu haben.

„Ich nehme an, in Euch Seine Erhabenheit, Gonozal VIII. zu sehen", begann er.

„So ist es."

„Führe du die Verhandlungen", flüsterte Perry. Er scheute sich, zu seinem wimmernden Sohn hinüberzublicken.

Der Anti lächelte verbindlich. Er schien keine Nerven zu besitzen.

„Darf ich Euer Erhabenheit darauf aufmerksam machen, daß ein Vernichtungsangriff Eurer Flotte auch Euer Leben gefährden würde?"

„Darüber war ich mir klar, als ich in diesen Bau eindrang", entgegnete ich kühl. Meine Waffe bedrohte ihn. Er blickte ausdruckslos auf die seltsam geformte Mündung.

„Ihr schätzt Eure Gesundheit nicht hoch ein, Euer Erhabenheit."

„Meine Befehle sind nicht mehr rückgängig zu machen, wenn ich hier länger als zwei Stunden Standardzeit festgehalten werde. Ihr solltet über die gefühllose Logik des Robotregenten informiert sein."

„Habt Ihr mir besondere Vorschläge zu unterbreiten?"

„Nur wenige und kurze. Der Baalol-Kult wird im Herrschaftsbereich des Solaren und des Großen Imperiums ab sofort auf religiöse Tätigkeit beschränkt. Thomas Cardif ist der terranischen Gerichtsbarkeit auszuliefern. Der Administrator und ich sind auf freien Fuß zu setzen."

„Und Eure Gegenleistungen, Euer Erhabenheit?"

„Abzug der vereinten Flotte. Mehr haben wir euch nicht anzubieten."

Der Hohe Baalol überlegte. Schließlich ersuchte er um eine Bedenkzeit von zehn Minuten.

Als er gehen wollte, geschah etwas, womit niemand gerechnet hatte. Cardif begann plötzlich wieder zu toben, aber so wild hatte er sich vorher noch nie gebärdet.

In unseren Gehirnen klang ein dröhnendes Gelächter auf. Es steigerte sich so, daß ich glaubte, mein Schädel müsse zerbersten.

Auch die Antis vernahmen es, obwohl es mit dem normalen Gehörsinn nicht wahrgenommen werden konnte.

Cardif fuhr vom Boden auf. Dann stürzte er nieder und wälzte sich unter gräßlichen Schreien auf den geschliffenen Steinplatten.

„Nein, nicht das", hörte ich Perry sagen.

Cardifs Spezialuniform begann über der Brust zu zerreißen. Er schrie noch lauter. Seine nackte Brust wurde erkennbar. Daraus löste sich ein eiförmiger Körper.

Hell leuchtend schwebte er für einige Augenblicke durch die Luft, um dann langsam auf Perry Rhodan zuzugleiten. Perry umklammerte meinen Arm. Ich war fasziniert.

Das parapsychische Gelächter erstarb.

Dafür wurden einige Worte vernehmbar.

„Rhodan, alter Freund, nimm deinen rechtmäßigen Besitz in Empfang!"

Anschließend brandete wieder das Gelächter auf.

Der Aktivator schlug gegen Rhodans Brust, wo er deutlich sichtbar haften blieb. Perrys Gesicht verzerrte sich für einen Moment, dann sah er sich ruhig um.

Cardifs Schreie brachen abrupt ab. Als ich zu ihm trat, war er bereits tot. Langsam steckte ich meine Waffe weg. Niemand sprach ein Wort. Der Hohe Baalol war erblaßt.

„Eine fürchterliche Strafe", sagte ich leise. „Die Auslieferungsforderung hat sich erübrigt."

„Deine Verbündeten sind mächtig", meinte der Alte. „Ich habe wohl daran getan, keinen der Zellaktivatoren, die uns Cardif verschafft hatte, anzulegen. Als ich dann vom Ende der neunzehn Hohenpriester hörte, die alle eines der Geräte trugen, habe ich den für mich reservierten Aktivator vernichtet. Ich nehme die Kapitulationsbedingungen an und werde dafür sorgen, daß alle Hohenpriester, die auf den verschiedenen Welten Dienst tun, davon verständigt werden."

Damit zog sich der alte Anti zurück – ein geschlagener Mann.

Endlich konnte ich mich um Perry Rhodan kümmern. Er dankte mit wenigen Worten, deren Herzlichkeit mich mehr bewegte, als er es mit einer wohlgesetzten Rede hätte erreichen können.

Gucky betastete ihn von oben bis unten.

„Gut", meinte der Kleine zufrieden, „diesmal bist du es. Wie haben sie dich auf Okul gefangen?"

Sein Gesicht verschloß sich. Er vermied es, den Toten anzuschauen.

„Ich benahm mich wie ein Narr. Die Felsplattform glitt in die Tiefe. Damit war ich schon verloren. Mein Gedächtnisinhalt wurde an Cardif übermittelt. Damit konnte er meine Rolle spielen."

„Immerhin", sagte ich erleichtert, „brauche ich den Akonen nun keine eintausend Raumschiffe zu liefern."

Wir hatten Thomas Cardif mitgenommen und seine Leiche nach einer kurzen Andacht des Bordgeistlichen dem Raum zwischen den Sternen übergeben.

Rhodan brachte mich mit der IRONDUKE zum Arkonsystem zurück, wo jetzt erst die Verbände der Robotflotte landeten.

Als wir uns verabschiedeten, wußten wir, daß Cardifs unheilvolles Erbe nicht leicht zu bewältigen war.

Rhodan reichte mir die Hand, und ich schaute auf das Brustteil seiner einfachen Uniform, unter der nun der lebenserhaltende Zellaktivator hing. Er war immer für ihn bestimmt gewesen, und nun hatte er ihn erhalten.

„Ich werde dich eines Tages rufen müssen", sagte ich bedrückt. „Achte deshalb auf dein Gerät. Die Galaxis wird dich noch brauchen. Das Arkonidenimperium benötigt Hilfe."

Er sah mich ernst an, dann verstand er. „Bestimme du den Zeitpunkt, Imperator. Wenn du Hilfe benötigst, sind wir da."

Als die IRONDUKE bald darauf in den Himmel dröhnte, war ich wieder allein.

ENDE

Leichter Flottentender der REVISOR-Klasse

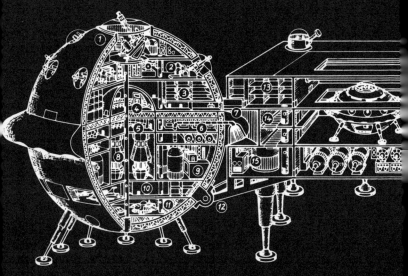

Zeichnung: Bernard Stoessel

Allgemeines:

Leichter Flottentender zur Bergung, Reparatur und Wartung von kleineren Raumschiffen bis zu einer Größe von 100 m ⌀, z. B. Leichter Kreuzer der Planeten-Klasse. Quadratische Lande- und Werftplattform. Seitenlänge 200 m, Dicke 40 m. An der Vorderseite befindet sich eine 80 m durchmessende Kugel als Wohn- und Kommandozelle. Diese wird im Notfall abgetrennt und ist dann ein selbständiges Raumschiff. Besatzung: 320 Mann

Technische Daten:

1. Transformkanone mit 500 Gigatonnen Abstrahlleistung, Bordobservatorium
2. Leichte Impulsgeschütze und Desintegratoren mit starker Energieanlage
3. Mannschaftsräume mit Messe, Funkraum und Krankenstation
4. Kommandozentrale mit Steueranlage, Feuerleitstelle und Positronik
5. Maschinenkontrollzentrale
6. Generatoren, Klimaanlage und Antigravprojektoren
7. Ringwulst mit 18 Projektorfelddüsen, darüber Verbindungsschleuse
8./18. Zwei Lineartriebwerke in Kompaktbauweise
9./17. Maschinenraum mit